D0557297

Knaur.

*Im Knaur Taschenbuch Verlag ist bereits
folgendes Buch der Autorin erschienen:*
Die Spur der Hebamme

Über die Autorin:
Sabine Ebert wurde in Aschersleben geboren und ist in Berlin aufgewachsen. Sie hat Lateinamerika- und Sprachwissenschaften in Rostock
studiert und arbeitet als freie Journalistin. Sabine Ebert arbeitet in Freiberg – dort, wo auch ihr erster Roman spielt.
Besuchen Sie die Autorin auf ihrer Homepage: www.sabine-ebert.de

Sabine Ebert

Das Geheimnis der Hebamme

Roman

Knaur Taschenbuch Verlag

Besuchen Sie uns im Internet:
www.knaur.de

Originalausgabe November 2006
Copyright © 2006 by Knaur Taschenbuch.
Ein Unternehmen der Droemerschen Verlagsanstalt
Th. Knaur Nachf. GmbH & Co. KG, München
Alle Rechte vorbehalten. Das Werk darf – auch teilweise –
nur mit Genehmigung des Verlags wiedergegeben werden.
Redaktion: Ilse Wagner
Umschlaggestaltung: ZERO Werbeagentur, München
Umschlagabbildung: Artothek / Bridgeman Art Library Corbis
Satz: InDesign im Verlag
Druck und Bindung: Clausen & Bosse, Leck
Printed in Germany
ISBN 978-3-426-63412-7

Dramatis Personae

Aufstellung der wichtigsten handelnden Personen. Historische Persönlichkeiten sind mit einem * gekennzeichnet.

Bewohner von Christiansdorf

Marthe, eine junge Hebamme und
    Kräuterkundige
Christian, Ritter im Dienste des Meißner
    Markgrafen Otto von Wettin und Anführer
    der Siedler*
Lukas, sein Knappe
Jonas, der Schmied, und seine junge Frau
    Emma
Hildebrand, der Dorfälteste, seine Frau
    Griseldis und sein Sohn Bertram
Guntram und seine Frau Bertha
Wiprecht, ein Witwer, mit seinem Sohn Karl
    und den Töchtern Marie und Johanna

Grete, eine alte Witwe, mit ihren Söhnen Martin
    und Kuno
Kaspar und Hiltrud
Gernot, ein Köhler
Bartholomäus, der Dorfpfarrer
Bergmeister Hermann und seine Tochter
    Gertrud
Hartwig, von Randolf eingesetzter Verwalter
    des Herrenhofes

Meißen

Otto von Wettin, Markgraf von Meißen*
Hedwig, seine Gemahlin*
Albrecht* und Dietrich*, ihre Söhne
Gerung, Bischof von Meißen*
Hermann, kaiserlicher Burggraf*
Randolf, Ottos mächtigster Vasall
    und erbitterter Feind Christians
Giselbert, Ekkehart und Elmar, Randolfs
    Freunde
Raimund, Ritter im Dienste Ottos und Freund
    Christians
Elisabeth, Raimunds Frau
Richard und Gero, Freunde Christians
Arnulf, Waffenmeister im Dienste Ottos
Aloisius, Astrologe
Susanne, Magd im Dienste Hedwigs
Josefa, eine weise Frau
Oda, geheimnisvoller Gast an Ottos Hof

Hochadel und Geistlichkeit

Kaiser Friedrich von Staufen, genannt
    Barbarossa*
Beatrix von Burgund*, seine Gemahlin
Heinrich der Löwe, Herzog von Sachsen und
    Bayern*
Mathilde*, seine Gemahlin
Albrecht der Bär, Markgraf von Brandenburg*,
    Vater von Hedwig und erbittertster Gegner
    Heinrichs des Löwen
Ottos Brüder Dedo von Groitzsch*, Dietrich
    von Landsberg, Markgraf der Ostmark*,
    Graf Friedrich von Brehna* und Heinrich
    von Wettin*
Konrad*, Sohn Dietrichs von Landsberg
Erzbischof Wichmann von Magdeburg*
Rainald von Dassel*, langjähriger Kanzler
    und Vertrauter des Kaisers und Erzbischof
    von Köln
Ludwig der Eiserne*, Landgraf von
    Thüringen
Christian von Oldenburg*

Weitere handelnde Personen

Wulfhart, Burgherr von Marthes Heimat-
    dorf
Irmhild, seine junge Frau
Oswald und Ludolf, bewaffnete Knechte
    Wulfharts auf der Suche nach Marthe
Friedrich und Hans, Salzfuhrleute aus Halle

7

Ludmillus, ein fahrender Sänger, und sein
Begleiter Hilarius
Berthold* und Konrad*, die Herren der
Nachbardörfer von Christiansdorf

Prolog

Vor vielen hundert Jahren schien das Leben fest gefügt. Jeder hatte von Geburt an seinen Platz auf Erden. Doch plötzlich gerieten die Dinge in Bewegung. Wer sich den Siedlerzügen in den Osten anschloss, hatte die Chance auf ein neues, besseres Leben.

Der Preis dafür war hoch. Die Wagemutigen, die mit wenig Habe aufbrachen, mussten alle Brücken hinter sich abbrechen und ins Ungewisse ziehen. Durch dunkle Wälder, in unbekannte Lande, weiter weg, als sie das Ende der Welt wähnten. Was sie am Ziel erwartete, wussten sie nicht. Nur eines: Nicht jeder würde es erreichen. Doch viele Tausende wagten es. Und Unerwartetes geschah.

ERSTER TEIL

Der Siedlerzug

1167 in Franken

M ach schon, prügle sie, bis sie Gehorsam gelernt hat«, forderte Ludolf wutschnaubend seinen älteren Beglei-ter auf. Oswald, der Anführer der schwer bewaffneten Knechte von der Burg, hatte bereits die rechte Faust geballt. Doch noch musterte er eher mit Staunen und grimmiger Belustigung das zierliche Mädchen mit dem kastanienbraunen Zopf, das vor ihm stand.

Noch nie hatte es jemand gewagt, sich ihnen zu widersetzen – und schon gar kein Weibsbild. Die hier war ja außerdem noch fast ein Kind und reichte ihm nicht einmal bis an die Schulter. Er hätte ihr mit einem einzigen Hieb seiner mächtigen Faust das Kinn zerschmettern oder die Nase zertrümmern können. Nur würde er damit seinem Herrn schlecht dienen. Der brauchte das aufsässige Weibsstück unversehrt – vorerst.

Marthe, um die sich der ganze Ärger drehte, war so verzweifelt, dass sie vollkommen vergaß, wie gefährlich es war, sich mit den zwei im ganzen Dorf gefürchteten Raufbolden anzulegen.

»Seht ihr nicht, dass sie stirbt? Ich kann jetzt nicht weg«, rief sie außer sich und wandte sich ab, um in der Kate wieder nach der todkranken Serafine zu sehen, ihrer Ziehmutter und wei-sen Frau des Dorfes.

Nun flammte auch in Oswald Zorn auf. Wenn dieses dreiste

Ding meinem Herrn erst einmal gedient hat, werde ich ihr schon Gehorsam beibringen, dachte er wütend. Einen köstlichen Moment lang stellte er sich vor, wie sie wimmernd vor ihm auf dem Boden lag und um Gnade bettelte.

Er packte Marthe grob am Arm, zerrte sie aus der winzigen Hütte am Waldrand und brüllte: »Du kommst jetzt mit, du kleine Hexe, oder du kriegst die Peitsche zu spüren! Wenn die Alte nicht kann, musst du eben dem Erben des Burgherrn auf die Welt helfen.«

Oswald, dessen linke Gesichtshälfte von einer schlecht verheilten Narbe entstellt war, saß auf, zerrte das Mädchen unsanft vor sich aufs Pferd und ritt scharf an.

»Mutter Fine!«, schrie Marthe Hilfe suchend und wollte sich noch einmal umdrehen. Doch Oswald hielt sie fest umklammert und trieb sein Pferd Richtung Burg.

Sie ritten rasch durch den kalten, regnerischen Märzmorgen. Ludolf, stämmig und mit strähnigem hellen Haar, hatte noch Marthes Korb mit Salben und Tinkturen geholt und folgte nun dicht hinter ihnen.

Marthe fror. Ihr Körper schmerzte von den Kanten des hölzernen Sattels und vom groben Griff des dunkelhaarigen Reiters, der nach Bier, Zwiebeln und Schweiß roch.

Bald ließ Oswald seine rechte Hand über ihren filzigen Umhang wandern. Das Mädchen erstarrte vor Schreck. In ihrer Angst zog sie das Pferd so heftig an der Mähne, dass es scheute und Oswald beide Hände brauchte, um es wieder unter Kontrolle zu bringen.

Hastig drehte sie sich zu ihm um. »Können wir nicht wenigstens im Dorf Bescheid sagen, damit Pater Johannes zu meiner Mutter geht? Ihr wollt doch nicht, dass sie ohne Absolution stirbt und im Höllenfeuer brennen muss?«

Ludolf schloss zu ihnen auf. »Was will die Kleine? Zärtlicher umfasst werden?«, rief er anzüglich grinsend herüber. Die Bewegung des anderen war ihm nicht entgangen.

»Nein, 'nen Priester für die alte Hexe. Als wenn die nicht sowieso schnurstracks in die Hölle fährt.« Oswald lachte boshaft.

Schlagartig wurde das Gesicht seines jüngeren Begleiters ernst. »Damit ist nicht zu spaßen. Mit dem Höllenfeuer nicht und auch nicht mit der Alten. Am Ende legt sie noch einen Fluch über dich.«

»Sie ist keine Hexe. Sie ist eine weise Frau, die nie jemandem etwas Böses tun würde. Bitte, lasst sie nicht allein sterben«, bat Marthe.

»Wir haben keine Zeit zu verlieren«, brummte Oswald und rieb mit dem Handrücken über die gezackte Narbe in seinem Gesicht. »Aber meinetwegen. Im Dorf soll jemand den Priester losschicken.«

Erleichtert atmete Marthe auf. Pater Johannes würde Serafine beistehen. Und Oswald hatte aufgehört, nach ihrer Brust zu tasten. Seine Rechte hielt sie nun wieder mit hartem Griff umklammert.

Ein paar Hühner stoben laut gackernd beiseite, als die zwei Reiter durch das Dorf unterhalb der Burg preschten. Während sie an einem alten Mann vorbeiritten, der versuchte, ein mageres Schwein vom Weg zu treiben, brüllte Ludolf: »Du da! Lauf zum Priester und schick ihn zu der alten Wehmutter. Die liegt im Sterben.«

Der Alte blickte ängstlich auf. Aber als Marthe ihm nachschaute, sah sie erleichtert, dass er in Richtung der hölzernen Kirche humpelte.

In scharfem Galopp ritten die Männer durch das Burgtor und grüßten mit lässiger Handbewegung die Wache.

Oswald stieß Marthe vom Pferd und saß ab. Er warf die Zügel einem Stallburschen zu und schickte Ludolf auf die Suche nach dem Verwalter.

Mit einem Blick erfasste das Mädchen das übliche Durcheinander auf dem schlammigen Burghof. Schweine suhlten sich in einer Lache, gleich neben den Ställen lag ein riesiger Misthaufen, aus der Küche drang lautes Geschrei, neben dem verwitterten Brunnen lagen herausgebrochene Steine.

Am Schandpfahl hing ein Mann bewusstlos in Stricken. Sein Rücken war von Peitschenhieben zerfetzt und blutverkrustet. Marthe wusste, wer der Unglückliche war. Im Dorf hatte sich am Vortag in Windeseile herumgesprochen, dass der Burgherr einen der armen Bauern für ein Strafgericht auf die Burg schaffen ließ. Oswalds Werk, erkannte sie beklommen angesichts des blutig geschlagenen Rückens. Jeder im Ort wusste, dass der Narbengesichtige ein krankes Vergnügen dabei empfand, die Peitsche zu schwingen. Seine Grausamkeit wurde nur von der des Burgherrn übertroffen.

Als ob die Bauern ihre Schulden schneller zahlen könnten, wenn er sie zu Tode prügelt, dachte sie bitter.

Sie unterdrückte den Impuls, zu dem Unglücklichen zu laufen und ihm zu helfen. So etwas wurde auf der Burg nicht geduldet. Wenn die Dunkelheit hereinbrach, würde sie versuchen, ihm wenigstens etwas Wasser zu bringen.

Ein Schmerzensschrei gellte aus den oberen Fensterluken des Bergfrieds.

»Hörst du, die Herrin braucht deine Hilfe«, knurrte Oswald.

Marthe schwieg.

Sie war nicht nur deshalb besorgt, weil dies ihre erste Entbindung ohne Serafines Hilfe sein würde. Ihre Lehrmeisterin hatte angesichts der fortschreitenden Krankheit darauf bestanden, dass Marthe auch allein Kranke behandelte und Kinder auf die Welt holte. Aber bisher war Fine immer dabei gewesen und hatte darauf geachtet, dass ihre junge Nachfolgerin alles richtig machte.

Doch Irmhild, die junge Frau des Burgherrn, hatte noch nie ein gesundes Kind geboren. Bei einer Fehlgeburt und einer Totgeburt waren Serafine und Marthe schon an ihrer Seite gewesen. Jetzt kam sie vor der Zeit nieder, drei Monate zu früh nach Marthes Rechnung.

Wieder gellte ein Schrei über den Burghof.

Der Verwalter näherte sich Marthe und Oswald. Er war ein übellauniger Mann, dessen Augen in dem aufgedunsenen Gesicht fast verschwanden. Sein dunkelbraunes Übergewand war aus feinem Stoff, aber verschlissen und verschmutzt.

»Was bringt ihr da? Wo ist die alte Wehmutter?«, fragte er den Reisigen unwirsch.

»Die liegt im Sterben – nichts zu machen.« Bedauernd hob Oswald die Arme. »Da haben wir die junge mitgebracht.«

Der Verwalter musterte die zierliche Marthe.

»Du hast doch selbst noch kein Kind geboren – wie willst du da eines auf die Welt holen?«, fragte er abfällig.

»Ich werde mich bemühen, Herr«, antwortete sie so ruhig sie konnte. »Aber es ist noch viel zu früh für die Geburt eines gesunden Kindes. Vielleicht wäre es besser, eine erfahrene Hebamme von weiter her zu holen.«

»Hat dir niemand Benehmen beigebracht?«, fauchte der Verwalter. »Auf die Knie! Die Frau hat zu schweigen und den Blick zu senken.«

Wie soll ich erkennen, was den Menschen fehlt, wenn ich sie nicht einmal anschauen darf?, dachte Marthe grimmig, während sie gehorchte. Dabei könnte ich schwören, dass deine

Galle bald überläuft. Du solltest weniger üppig essen! Doch sie schwieg wohlweislich. Widerworte wurden nicht geduldet. Für ihren Rat hätte sie statt Dank nur Prügel bekommen.

Kalt betrachtete der Verwalter das kniende Mädchen, bis er ihr schließlich mit einem Wink bedeutete, aufzustehen und ihm zu folgen.

Die Halle war düster, eiskalt und rußgeschwärzt. In einer Ecke rauften ein paar Hunde. Burgherr Wulfhart saß allein am Tisch, vor sich Becher und Krug. Den Kopf auf einem Arm gestützt, blickte er nur kurz auf und starrte dann wieder ins Leere.

»Mein Herr, dieses junge Ding hier wird Eurer Gemahlin beistehen«, sagte der Verwalter ehrerbietig.

Schnell schob er Marthe nach vorn, die pflichtgemäß vor dem Ritter auf die Knie sank.

Wulfhart starrte sie aus glasigen Augen an.

Er ist schon am frühen Morgen betrunken, erkannte Marthe sofort und blickte schaudernd zu Boden. Ihr war, als könnte sie das Böse, das von Wulfhart ausging, um ihn wabern sehen.

»Du willst dich aufs Kinderholen verstehen? Wie alt bist du?«, raunzte Wulfhart.

»Beinahe vierzehn, Herr«, sagte Marthe und hielt den Blick starr nach unten auf die verdreckten Binsen gerichtet, die den Boden der Halle bedeckten. Genau wusste sie ihr Alter nicht; sie war eine Waise. Vor zehn Jahren hatte ein Haufen Gesetzloser Marthes Eltern totgeschlagen und die Schafe geraubt, die sie für den Burgherrn hüteten. Serafine, die bei der Schäfersfrau frische Kräuter hatte eintauschen wollen, entdeckte die Bluttat und fand die völlig verstörte Marthe in einem Gebüsch versteckt. Sie nahm sie bei sich auf und brachte ihr mit der Zeit alles bei, was sie selbst als Heilkundige wusste.

»Verzeiht, mein Herr, in der Kürze der Zeit konnten wir keine andere Wehmutter auftreiben«, beeilte sich der Verwalter hinzuzufügen und breitete bedauernd die Arme aus.

Aus den Räumen über ihnen hallte erneut ein Schrei.

Wulfhart blickte träge auf. »Mach, dass das Gejammer ein Ende hat, und verhilf mir endlich zu einem Sohn«, sagte er mit befehlsgewohnter Stimme. Dann plötzlich beugte er sich vor und brüllte: »Und sieh zu, dass es diesmal einer wird und nicht wieder so eine tote Missgeburt! Sonst lasse ich dir Hände und Füße abschlagen!«

Der Verwalter zerrte Marthe hoch und schob sie hinaus.

»Du hast gehört, was der Herr gesagt hat. Er pflegt seine Versprechen zu halten.«

»Ja, Herr«, antwortete Marthe kreidebleich.

Daran hatte sie keinen Zweifel.

Beklommen kletterte Marthe die Stufen zum Zimmer der jungen Burgfrau hinauf.

Die Kammer war abgedunkelt, wie bei einer Entbindung üblich, stickig und voller Rauch.

Irmhild lag wimmernd unter dicken Decken und Fellen auf ihrer Bettstatt, umgeben von mehreren Frauen, die Marthe ebenso skeptisch wie neugierig ansahen. Am Fenster stand der verlegen dreinblickende Burgkaplan, ein hagerer alter Mann mit eisgrauem Haar.

Rasch entschied Marthe, was zu tun war.

»Dies hier ist Frauensache. Seid so gut und lasst die Herrin nun allein, Vater. Aber ich bitte Euch, helft ihr mit Euren Gebeten«, sagte sie. Der Kaplan nickte, murmelte einen Segensspruch und verließ sichtlich erleichtert die Kammer.

»Wie geht es Euch?«, fragte das Mädchen freundlich die zarte junge Frau mit dem aschgrauen Gesicht.

»Hilf mir – es zerreißt mich fast! Wo ist Serafine?«, stöhnte Irmhild.

Marthe überging die Frage. Sie sprach ein kurzes Gebet, dann schob sie die Felle beiseite, mit denen die Kreißende zugedeckt war, und untersuchte sie mit sanften, aber geschickten Händen. Serafine hatte ihr beigebracht, den geschwollenen Leib genau von außen zu erkunden. »Nur mit äußerster Vorsicht darf man mit der Hand in den Leib der Gebärenden gehen«, hatte sie ihr immer wieder eingeschärft. »Das meiste, was du als Wehmutter wissen musst, kannst du auch so erkennen.«

Wenn sie unter sich waren und Heiltränke brauten, hatte die alte Fine oft von Hebammen berichtet, die den Frauen schlimme Verletzungen zufügten, indem sie die Hand zu tief in den Unterleib bohrten oder die Scheidenöffnung auseinander rissen, um dem Kind den Weg zu öffnen. Serafine gehörte zu den Kundigen, die auch von außen ein Kind im Mutterleib drehen konnten, wenn es nicht richtig lag, und hatte dieses Wissen an Marthe weitergegeben.

»Das Kind will vor der Zeit kommen. Die Geburt ist nicht mehr aufzuhalten«, sagte Marthe schließlich leise. Sie deutete auf die frischen Blutergüsse, mit denen Irmhilds Gesicht und Körper übersät waren. »Was ist Euch zugestoßen?«

Wulfharts Frau ließ den Kopf sinken. »Ich bin gestürzt.«

Marthe sprach nicht aus, was offensichtlich war. Sie durchsuchte den Korb, den Ludolf ihr gebracht hatte, und schickte eine Magd nach frischem Wasser und reinem Gänsefett. Dann führte sie mit einer der Frauen Irmhild zum Gebärstuhl.

»Ihr werdet es schaffen«, versuchte sie die verängstigte Burgherrin zu beruhigen, die nur wenige Jahre älter war als sie.

Unter den misstrauischen Blicken der Frauen wusch sie sich Hände und Arme.

Schnell war ihr klar geworden, dass Wulfhart auch diesmal

vergeblich auf einen Erben hoffte. Das Kind kam viel zu früh. Wahrscheinlich war es bereits tot. Verdorbenes Fruchtwasser hatte das Laken verfärbt.

Doch sie sagte Irmhild vorerst nichts davon, um sie nicht noch mehr zu ängstigen. Dass sie wieder keinen Erben zur Welt brachte, würde der jungen Frau nur neue Schläge einbringen. Vielleicht verstieß Wulfhart sie auch und schickte sie in ein Kloster. Aber vermutlich würde Irmhild lieber dort leben als weiterhin ihrem gewalttätigen Mann ausgeliefert zu sein.

Wie sie sich allerdings selbst vor dessen Zorn retten sollte, davon hatte Marthe keine Ahnung.

Es würde noch mindestens einen halben Tag dauern, bis das Kind kam. Die Frauen in Irmhilds Kammer – ein paar ältere Gevatterinnen, die Marthe nicht kannte, die Kammermägde und die Frau des Burgverwalters – genossen das Ereignis mit der dafür üblichen Mischung aus Aufregung, Sorge und Mitgefühl. Eine Geburt bedeutete eine willkommene Abwechslung im eintönigen Leben der Frauen. Nur die Frau des Verwalters betrachtete Irmhild in unbeobachteten Momenten mit offenkundiger Häme. Bald kam auch die Amme, die so unplanmäßig früh aufgetrieben werden musste, und setzte sich stumm in eine Ecke.

Marthe machte der Kreißenden Umschläge aus Frauenmantelkraut und Gundelrebe, rieb ihr sanft Rücken, Bauch und Schenkel und sprach ihr immer wieder Mut zu.

»Es kommt zu früh, nicht wahr?«, flüsterte die Burgfrau zwischen den Wehen. »Dabei habe ich doch alles getan, was möglich war. Immer wieder gebetet und das hier getragen.«

Mit fahriger Bewegung holte sie einen Beutel unter dem Kissen hervor. »Die Kranichkralle hat mir meine Mutter für eine leichte Entbindung vererbt. Und die Maulwurfspfote soll

Glück bringen und den künftigen Erben schützen. Ein sehr heiliger Mann hat sie mir verkauft.«

Marthe erinnerte sich noch genau an den Händler, der im vorigen Sommer durchs Dorf gezogen war und den Bauersfrauen wortreich seine Waren angepriesen hatte: Liebestränke, unfehlbare Mittel gegen Herzenskummer, Frauenleiden und Unfruchtbarkeit. Wahrscheinlich hatte er auf der Burg bessere Geschäfte gemacht. Sie hegte starke Zweifel an der Wirksamkeit von Maulwurfspfoten und getrockneten Käfern, aber das sagte sie nicht. Irmhild brauchte jetzt alle Kraft, die sie aufbringen konnte.

»Ihr seid noch jung und werdet starke Söhne bekommen«, versuchte Marthe die verängstigte Frau zu trösten, während sie ihr mit einem feuchten Tuch die Stirn kühlte. »Ihr müsst nur Eurem Herrn zu verstehen geben, dass er Euch mehr schonen muss, wenn Ihr guter Hoffnung seid.«

Irmhild senkte den Blick und blieb stumm.

Nachdem ein halber Tag verstrichen war, stieß die Burgherrin einen handgroßen Fötus aus, der offensichtlich schon einige Zeit tot war. Es war ein Junge. Irmhild sank kraftlos zurück und begann am ganzen Leib zu zittern.

Mitleid durchflutete Marthe, aber noch mehr Angst. Wulfhart würde ihr die Schuld geben und seine Drohung wahr machen.

Von der zu Tode verängstigten Irmhild war kein Beistand zu erwarten. Wenn Wulfhart kam, um einen Schuldigen zu suchen, würde nichts und niemand Marthe vor ihm schützen.

Die Vorstellung, wie Oswalds Axt niederfuhr und ihr Hände und Füße abschlug, wurde auf einmal übermächtig.

Herr, vergib mir, flehte Marthe stumm, während sie das Totgeborene wusch und in ein Leinentuch wickelte. Ich muss hier weg – so schnell wie möglich.

Doch zuerst musste sie etwas Zeit gewinnen. Noch konnte sie Irmhild nicht im Stich lassen.

»Es ist noch nicht vorbei. Die Herrin braucht eure Gebete. Jetzt sofort«, herrschte sie die wehklagenden Frauen an, die zu ihrer Überraschung und Erleichterung niederknieten und zu beten begannen.

Gebete können nicht schaden, dachte Marthe. Vor allem aber halten sie vorerst die Frauen davon ab, die schlechte Nachricht von dem tot geborenen Erben aus dem Raum zu tragen.

»Ich werde den Kaplan holen«, sagte sie, nachdem sie Irmhild von der Nachgeburt entbunden und versorgt hatte.

Noch ehe jemand etwas sagen konnte, war sie bereits zur Tür hinausgehuscht. Sie lief die Stufen hinunter, überquerte den Burghof und fand schließlich den hageren Geistlichen, der ihr besorgt entgegensah. »Die Herrin bittet Euch, zu ihr zu kommen. Sie braucht Eure Hilfe«, sagte sie.

Der Kaplan eilte sofort los.

Seine Gegenwart wird Irmhild vor Schlägen bewahren, hoffte Marthe. Dem Vernehmen nach war der Kaplan der Einzige, der es gelegentlich wagte, dem jähzornigen Wulfhart Einhalt zu gebieten.

Sie lief über den Burghof zum Tor, so schnell sie konnte, ohne aufzufallen. Der Pfahl war inzwischen leer. Wahrscheinlich steckte der Geschundene jetzt im Verlies. Oder war er tot?

»Was ist los, wohin so eilig?«, fragte der Wachsoldat, der missmutig am Tor lümmelte. Aus dem Wachhaus drangen klappernde Geräusche und das laute Gejohle seiner Kameraden beim Würfelspiel.

Marthe blickte kurz hoch zu der schmalen Fensterluke, hinter der Irmhilds Kammer lag. Jeden Moment konnte von dort jemand brüllen: »Haltet die Hexe fest und werft sie ins Verlies!«

Mit so viel Munterkeit in der Stimme, wie sie aufbringen konnte, wies Marthe ihren Korb vor. »Ich gehe ein paar Kräuter pflücken, um der Herrin die Geburt zu erleichtern. Frisch wirken sie am besten.«

Mit hämmerndem Herzen wartete sie auf die Reaktion des Wachpostens. Würde er sie passieren lassen? Nur ein paar Schritte noch, und sie wäre vorerst in Sicherheit. Oder sie würde Wulfharts blutiger Rache ausgeliefert sein und sterben. Doch der Soldat wedelte nur mit der Hand. »Dann beeil dich! Unser Herr erwartet seinen Sohn schon ungeduldig.«

Marthe huschte aus dem Tor und ging schnell, aber ohne zu rennen, auf den Wald zu, der zweihundert Schritte vor der Burg begann.

Mit jedem Augenblick wuchs ihre Angst. Bitte lass sie noch nichts merken, flüsterte sie vor sich hin, während ihre Bewegungen immer steifer wurden. Sie atmete stockend, in der Erwartung, einen todbringenden Pfeil sirren zu hören, der sich zwischen ihre Schulterblätter bohrte.

Als sie endlich außer Sichtweite der Torwache war, rannte sie im Schutz der Bäume Richtung Dorf und versteckte sich in einem Gebüsch am Weg.

Die Flucht

Der Regen hatte aufgehört, doch nun blies ein eisiger Wind. Es dauerte nicht lange, bis sich Marthes Befürchtung bestätigte. Oswald und Ludolf kamen aus der Burg geprescht, hielten erst kurz auf den Wald zu, wendeten dann und ritten ins Dorf.

Von dem Versteck aus konnte das Mädchen hören, wie Ludolf brüllte: »Wer hat die junge Wehmutter gesehen?«

Starr vor Angst wartete Marthe, was geschehen würde. Doch die Antworten der Dorfbewohner schienen nicht nach Ludolfs Geschmack auszufallen. Er versetzte einer alten Frau, die ängstlich den Kopf geschüttelt hatte, einen Schlag mit der Faust, so dass sie in den Schlamm stürzte. Dann ritten die beiden Reisigen davon.

Marthe wusste nun, woran sie war. Im Schutz der Bäume bewegte sie sich vorsichtig in Richtung ihrer Kate. Oswald und Ludolf würden bestimmt dort auf sie lauern.

Ob Pater Johannes noch da war?

Sie war sicher, dass ihre Ziehmutter nicht mehr lebte. Irgendwann während ihrer Bemühungen um Irmhild hatte diese Gewissheit plötzlich ihr Innerstes durchflutet. Doch nach einem Schreckensmoment hatte sie diesem Gefühl nicht nachgegeben und sich wieder auf die Gebärende konzentriert. Trauern konnte sie erst später.

Marthe kam auf dem vor Nässe rutschigen Boden nur langsam voran. Außerdem durfte sie nicht gesehen werden. Vielleicht würden die Dorfbewohner sie nicht verraten, doch sie wollte niemanden in Gefahr bringen. Und sie musste damit rechnen, dass die Reiter zurückkehrten.

Auf halbem Weg sah sie Itta, die Frau des Alten, den Ludolf zu Pater Johannes geschickt hatte. Als sie sich ihr in der Hoffnung auf Neuigkeiten zeigte, hastete Itta ihr entgegen und krallte die Hand in ihre Schulter.

»Du darfst nicht weiter. Sie brennen eure Kate nieder«, stieß sie hervor. Marthe starrte sie entsetzt an.

Schwer atmend berichtete Itta. Als sie von ihrem Mann gehört hatte, dass Fine im Sterben lag und Marthe von Oswald auf die

Burg gebracht wurde, war sie aufgebrochen, um selbst nach der weisen Frau zu sehen. Sie hatte Fines Hand gehalten, bis Pater Johannes kam und die Sterbesakramente erteilte.

Doch wenig später waren der Narbengesichtige und Ludolf gekommen, hatten den Priester aus dem Haus geschickt, Itta beiseite gestoßen und alles in der Kate kurz und klein gehauen. »Weil sie dich nicht fanden, schlugen sie auch noch auf die Tote ein, Gott strafe sie für diese Missetat«, ächzte Itta und bekreuzigte sich schaudernd. »Dann haben sie eure Kate angezündet. Geh nicht weiter, sie sind bestimmt noch dort.« Sie zögerte kurz. »Wir könnten dich bei uns verstecken.«

Doch Marthe spürte Ittas Angst.

»Ich kann nicht ins Dorf. Sie werden nach mir suchen.«

Die Alte verbarg kaum die Erleichterung darüber, dass ihr halbherzig gemachtes Angebot nicht angenommen wurde. »Was wirst du tun?«, fragte sie.

»Ich weiß es nicht ... Mich verstecken. Wünsch mir Glück.« Itta umarmte sie heftig. »Gott segne dich!«

Dann drehte sie sich um und lief Richtung Dorf.

Marthe aber konnte nicht anders. Was sie erfahren hatte, war so ungeheuerlich, dass sie es trotz ihrer Furcht mit eigenen Augen sehen musste.

Vorsichtig und mit zittrigen Beinen schlich sie Richtung Kate.

Von weitem schon roch sie den Rauch, dann hörte sie ein lautes Krachen und Prasseln. Vor dem dichten Buschwerk in der Nähe ihrer Hütte hielt das Mädchen inne.

»Wenn wir schon die Hexe nicht verbrennen können, dann wenigstens ihr Haus«, ertönte Oswalds Stimme.

Vorsichtig zwängte sie ihren Kopf noch ein Stück weiter durch die Äste.

Der Anblick ließ ihren Atem stocken. Die Hütte stand lichterloh in Flammen. Ein paar verkohlte Dachbalken stürzten gerade in das Innere der brennenden Kate, aber das Poltern war in dem Fauchen und Funkengeprassel kaum zu hören. Oswald und Ludolf genossen den Anblick lachend aus sicherem Abstand auf ihren unruhig tänzelnden Pferden.

Marthe unterdrückte mühsam den Impuls, zur Kate zu rennen und den Leichnam herauszuziehen. Wenn Fine verbrannte, konnte sie nicht auferstehen am Tag des Jüngsten Gerichts!

Doch sie konnte nichts tun. Oswald und Ludolf würden sie töten – das war alles, was geschehen würde, wenn sie jetzt aus ihrem Versteck lief.

Wie gebannt starrte sie auf die Flammen, während sich das schaurige Bild in ihr festbrannte. Zum zweiten Mal sah sie ihr Zuhause in Feuer aufgehen, ohne etwas davon retten zu können – nicht die kargen Vorräte, die ihnen nach dem strengen Winter noch geblieben waren, nicht die getrockneten Bündel Heilpflanzen unter dem Dach, die sorgsam zubereiteten Salben und Tinkturen.

Zum zweiten Mal hatte sie die Mutter verloren.

Ich kann hier nicht bleiben! Hämmernd jagte dieser Satz wieder und wieder durch Marthes Kopf. Wulfhart würde sie verfolgen, bis er sie gefunden hatte und seine grausige Drohung wahr machen konnte.

Doch wohin konnte sie fliehen? Wovon sollte sie leben? Sie hatte keine Familie, keine Verwandten, die sie bei sich aufnehmen konnten.

Jede weise Frau musste damit rechnen, irgendwann einmal nach einem Misserfolg erschlagen oder verjagt zu werden. Nicht umsonst lebten sie etwas außerhalb des Ortes – eine Vorsichtsmaßnahme der Dörfler gegen den bösen Blick und anderes Unheil, das sie den Heilkundigen nur zu gern zuschrieben.

Aber in einem fremden Dorf würde ihr niemand trauen.

Tiefe Hoffnungslosigkeit erfüllte Marthe, als sie ihre Zukunftsaussichten überdachte: allein und hungernd durch die Fremde zu irren, als Heimatlose erschlagen zu werden oder als Hure zu enden. Oder alles zusammen, dachte sie verzweifelt. Die Ersten, denen ich über den Weg laufe, werden mich zur Hure machen und dann erschlagen, noch bevor ich Zeit habe, zu verhungern. Ich kann auch gleich zum Sterben hier liegen bleiben. Sie kroch wieder tiefer in das Gestrüpp zurück und verbarg den Kopf in den Armen. Wellen von Angst fluteten durch ihren Körper, bis sie am ganzen Leib zitterte.

Doch während Marthe in ihrem Versteck kauerte und darauf wartete, dass Oswald und Ludolf wieder zur Burg ritten, nahm ein Gedanke Form in ihrem Kopf an.

Sie fürchtete sich vor dem, was zu tun war. Aber sie wollte es wagen. Sie wollte leben.

Entschlossen wischte sie sich das tränennasse Gesicht mit dem Ärmel ab. Leise schlich sie zurück und schlug dann einen großen Bogen. Als sie außer Sichtweite der Berittenen war, begann sie zu rennen, weg von dem Dorf.

Marthe lief, bis ihr die Seiten wehtaten und sie kaum noch Luft bekam. Sie hielt kurz inne, bis ihr Atem etwas ruhiger wurde.

Die Spur, nach der sie gesucht hatte und der sie nun folgte, war deutlich zu sehen. Wagenräder hatten tiefe Furchen in den feuchten Boden gegraben. Marthe ging nicht auf dem Weg, sondern dicht daneben zwischen den Bäumen, um selbst keine Spuren zu hinterlassen und nicht gesehen zu werden.

Sie lief, so schnell sie in ihrer Erschöpfung konnte. Das Haar klebte an ihren Schläfen, der Zopf hatte sich beinahe aufgelöst. Der Korb mit den Kräutern und Tinkturen schlug bei jedem Schritt an ihr Bein, das schon beinahe gefühllos geworden war. Ein paar Mal war sie auf nassen Blättern ausgerutscht und gestürzt. Doch jedes Mal quälte sie sich wieder hoch. Sie war sicher, wenn sie auch nur einen Moment länger liegen blieb, würde sie nicht wieder aufstehen.

Als die Dämmerung einsetzte, wurde ihr immer banger ums Herz.

Was war, wenn sie diejenigen nicht vor Einbruch der Dunkelheit erreichte, nach denen sie suchte? Schließlich wusste jeder, wie gefährlich es war, nachts im Wald unterwegs zu sein. Selbst wer den wilden Tieren, bösen Geistern oder Räubern entging, lief immer noch Gefahr, in der Finsternis über eine Wurzel zu stolpern und sich das Genick zu brechen.

Bald hatte Marthe jedes Gespür für Zeit und Richtung verloren und nur noch einen Gedanken: unbedingt die zu finden, nach denen sie suchte, ehe sie im Dunkel die Spur verlor und schutzlos die Nacht im Wald verbringen musste.

Die Bäume hoben sich schwarz gegen den dunkelblauen Himmel ab, als sie endlich in einiger Entfernung vor sich ein Licht flackern sah.

Erleichtert blieb Marthe stehen. Das mussten sie sein. Ein Tross von Bauern, die nach Osten ziehen wollten.

Ein fremder Ritter hatte ihnen weit weg von hier Land versprochen, für das sie auf zehn Jahre keine Abgaben zahlen mussten, wenn sie es urbar machten. Das hatte auch in Marthes Dorf den ganzen Winter über für viel Aufregung gesorgt. Die Verlockung war groß, sich auf den gefahrvollen Weg ins Unbekannte zu machen, um der drückenden Not und der Willkür Wulfharts zu entkommen.

Doch von den Siedlern, die seit Generationen immer wieder gen Osten aufbrachen, hieß es nicht ohne Grund: »Der Erste hat den Tod, der Zweite die Not, der Dritte das Brot.«

Und konnte man dem Fremden trauen? Die Dorfbewohner hatten Marthe erzählt, dass er ein rechter Finsterling sei. Er mache wenig Worte und lächle nie. Sie selbst hatte ihn nur ein einziges Mal von weitem gesehen. Doch Jonas, der Sohn des Schmieds, und die rotblonde Emma aus ihrem Dorf hatten beschlossen, sich dem fremden Ritter anzuschließen. »Er wird ein besserer Herr als Wulfhart sein«, hatte ihr Emma voller Hoffnung gesagt, als sie der nur zwei Jahre jüngeren Marthe von ihren Plänen erzählte.

Vor ein paar Tagen war der Tross in einem weiter südlich gelegenen Ort aufgebrochen und hatte am Vortag unterhalb der Burg Rast gemacht. Und an diesem Morgen mussten Jonas und Emma mit ihnen aufgebrochen sein.

Marthe atmete die kalte Luft bis tief in den Bauch und versuchte, ihr hämmerndes Herz zu beruhigen.

Sie war ganz allein, hatte weder Schuhe noch Umhang, geschweige denn Saatgut oder Vieh, nicht einmal etwas zu essen für den langen Weg. Warum sollten die Siedler sie mitnehmen?

Aber ihr blieb keine Wahl. Sie musste es einfach schaffen.

Sie wischte ein paar feuchte Blätter vom Rocksaum, löste ihren zerzausten Zopf und strich mit den Fingern ihr Haar glatt.

Sie wollte sich den Rastenden offen auf dem Weg nähern. Doch im letzten Moment überkamen sie Zweifel. Wenn das Wulfharts Männer waren, die dort lagerten? Vorsichtig, um nicht gesehen zu werden, schlich sie von einem Baum zum anderen.

Marthe war auf dreißig Schritt an das Feuer herangekommen, als sie spürte, dass jemand in unmittelbarer Nähe war. Sie blieb stehen, straffte sich und sagte leise, aber deutlich: »Ich komme allein und bitte um Euren Schutz!«

Wie aus dem Nichts tauchte neben ihr der fremde Ritter auf, den sie im Dorf gesehen hatte, das blanke Schwert in der Hand. Er war groß und schlank, mochte Mitte zwanzig sein und trug ein schlichtes Lederwams. Dunkle Haare fielen ihm auf die Schulter. Sein Gesicht war scharf geschnitten und wirkte so düster, als würde es kein Lächeln kennen.

Mit fließender Bewegung steckte der Ritter das Schwert in die Scheide. »Wie hast du mich bemerkt? Ich habe kein Geräusch gemacht«, fragte er mit einer kaum wahrnehmbaren Spur von Staunen.

Marthe wusste nicht, was sie darauf antworten sollte. So wiederholte sie nur: »Herr, ich bitte um Euren Schutz.«

Das Gesicht des Fremden blieb ernst, aber seine Stimme klang nun freundlicher. »Schutz wovor oder vor wem? Ein junges Mädchen, das sich sogar nachts in den Wald wagt, scheint nicht sehr ängstlich zu sein.«

Marthe beobachtete ihn vorsichtig. Wie viel durfte sie ihm sagen?

Er ist wachsam, mutig und voller Trauer, dachte sie und fragte sich im gleichen Augenblick, woher sie das wissen wollte.

Sie entschloss sich, ihr Schicksal in die Hände dieses Mannes zu legen, und holte tief Luft.

»Warte«, unterbrach er sie nach einigen Sätzen.

Der Ritter holte einen Feuerstein aus dem Beutel an seinem Gürtel, entfachte mit geübten Griffen ein kleines Feuer und bedeutete ihr, sich ihm gegenüber an das Feuer zu setzen.

Er will mein Gesicht sehen, während ich erzähle, dachte Marthe und begann, stockend zu berichten.

Christian, Ritter im Dienste des Meißner Markgrafen Otto von Wettin und künftiger Lehnsherr der Siedler, beobachtete das Mädchen aufmerksam. So ausgefallen ihre Geschichte auch klang – er glaubte ihr aufs Wort. Er hatte Wulfhart bei seinem Antrittsbesuch auf der Burg kennen gelernt und auch bei den Dorfbewohnern genug gesehen und gehört. Die Grausamkeit des Burgherrn, die Rohheit seiner Soldaten und die Unnachgiebigkeit, mit der er auch nach den Missernten der letzten Dürrejahre die Abgaben eintreiben ließ, hatten unübersehbare Spuren hinterlassen. Die Ländereien waren heruntergewirtschaftet, die Höfe ohnehin längst zu klein, um eine ganze Familie zu ernähren. Weiter unter den Söhnen aufgeteilt werden konnten sie nicht; die Jüngeren mussten sich beim ältesten Bruder als Knecht verdingen.

Auf die nach eigenem Land hungrigen nachgeborenen Söhne hatte auch sein Herr gesetzt, als er ihn nach Franken schickte, um Siedler anzuwerben. Markgraf Otto herrschte über ein weites Gebiet in den Ostlanden jenseits der Saale. Doch das war zu großen Teilen von dichten Wäldern bedeckt. Abgesehen von wenigen größeren Ortschaften, lebten dort zumeist nur einige halbherzig konvertierte heidnische Slawen. Hier und da stand eine schwach besetzte Burg, um das Land gegen die Böhmen zu befestigen. Es fehlte an Menschen, die es urbar machten, Dörfer errichteten, Wege instand hielten und den Zehnten zahlten.

Die offenkundige Misswirtschaft in Wulfharts Dörfern hatte Christian die Aufgabe leichter gemacht, Männer und Frauen für den gefahrvollen Marsch in die Ferne zu gewinnen.

Dieses Mädchen hier braucht und verdient Schutz, dachte er.

Schmal und abgehetzt, wie sie vor ihm saß, wirkte sie zerbrechlich. Ob sie stark genug für die Plagen und Gefahren des Weges sein würde?

Als Marthe ihre Geschichte beendet hatte, schaute sie auf. Dabei traf ihr Blick so unverhofft den des Ritters, dass sie sich bis ins Innerste getroffen fühlte.

In den dunklen Augen des Fremden spiegelte sich der Schein des Feuers wider. Doch merkwürdigerweise machte ihr dieser fast dämonisch wirkende Anblick keine Angst. Sie erahnte eine verborgene Leidenschaft hinter der beherrschten, strengen Miene.

Mit einem Mal verstand sie, was Fine gemeint hatte, wenn sie sagte: »Die Augen sind das Tor zur Seele.«

Hastig senkte sie die Lider, um ihre Verwirrung zu verbergen.

»Werdet Ihr mich mitnehmen, Herr? Darf ich mich dem Zug anschließen?«, fragte sie bange.

»Du hast keine bösen Zauber und unheilvollen Künste verwendet?«

»Beim Seelenheil meiner toten Eltern – nein«, antwortete sie ernst. Der Ritter stand auf und trat das kleine Feuer mit einer leichten Bewegung aus.

»Unser Marsch ist nicht ungefährlich. Und das Leben wird nicht einfach sein, wenn wir erst angekommen sind. Das musst du wissen«, sagte er. Dann bedeutete er ihr, ihm zu folgen, und ging zu den Leuten, die um das große Feuer lagerten.

Ein mit Dolch und Streitkolben bewaffneter Blondschopf von vielleicht sechzehn oder siebzehn Jahren kam ihnen entgegen und musterte Marthe kurz. »Wen bringt Ihr da, Herr?«

»Wir bekommen Zuwachs«, entgegnete der Ritter. »Übernimm die Wache.«

»Wie Ihr wünscht, Herr.« Der hoch aufgeschossene Junge nickte und zog in die Richtung, aus der sie kamen.

Sein Knappe, erinnerte sich Marthe. Die Dorfbewohner hatten auch erzählt, dass er weitaus umgänglicher und redseliger als sein Herr war.

Am Feuer lagerten – umgeben von etlichen Kindern – mehr als ein Dutzend zumeist junger Männer und Frauen, unter denen Marthe auch Emma und Jonas erkannte.

»Das ist Marthe«, sagte der Ritter knapp. »Sie will mit uns ziehen und bittet um Schutz vor Wulfhart.«

Emma blickte verblüfft auf. Rasch ging sie zu Marthe und zog sie an sich. »Was ist passiert?«

»Fine ist tot. Und Wulfharts Wachen haben unsere Kate niedergebrannt, weil Irmhild wieder ein totes Kind geboren hat«, antwortete Marthe mit zugeschnürter Kehle. Erneut stiegen die schrecklichen Bilder in ihr auf. Sie kam sich plötzlich sehr allein und hilflos vor.

»Sind sie hinter dir her?«, fragte eine griesgrämig wirkende ältere Frau aufgebracht. »Dann droht uns allen vielleicht noch Ärger. Und du hast nichts? Wie stellst du dir das vor? Wovon willst du leben, wenn wir angekommen sind?«

Die Stimme der Fremden wurde immer schriller, während sie sprach.

»Das ist Griseldis, die Frau des Ältesten«, raunte Emma leise. »Lass dich nicht einschüchtern.«

Marthe schluckte. »Unsere weise Frau hat mir beigebracht, was sie wusste. Ich kann euch helfen, wenn ihr Fieber bekommt oder sich jemand verletzt. Ich kann eure Kinder auf die Welt holen. Den Sohn, den du trägst.«

Alle blickten erstaunt zu Marthe. Geradezu fassungslos aber reagierte die von Kummer gezeichnete Frau, zu der sie die letzten Worte gesprochen hatte. Während ihr Mann erst verblüfft hochschaute und sie dann unbeholfen umarmte, stammelte sie: »Woher weißt du …? Ich bin mir doch selbst noch nicht sicher.«

Marthe trat verlegen von einem Bein aufs andere. Sie hatte es nicht gewusst, bevor sie es aussprach, und nicht die geringste Ahnung, woher dieses Wissen kam. Aber sie war sich völlig sicher.

Sie erwiderte nichts und zuckte nur mit den Schultern. Erschöpfung und Müdigkeit schienen plötzlich ihre Glieder bleiern schwer zu machen.

»Ich kenne sie gut, sie hatte eine erfahrene Lehrmeisterin und wird uns nützlich sein«, setzte sich Emma für sie ein.

»Eine Heilkundige und Wehmutter dabeizuhaben wäre gut, auch wenn du mir noch etwas jung dafür scheinst«, meinte ein kahlköpfiger Mann mit rundem Schädel, der neben Griseldis saß. Er sprach, ohne hochzublicken, sondern stocherte mit einem Ast in der Glut des Feuers, so dass hellrote Funken aufstoben. »Aber wir werden dich durchfüttern müssen. Und unsere Vorräte sind knapp. Keiner weiß, wie lange wir unterwegs sein werden. Und was wird, wenn wir angekommen sind? Eine Familie wird dich aufnehmen müssen. Oder du heiratest ...«

»Das wird sich finden, wenn es soweit ist«, unterbrach ihn der dunkelhaarige Ritter. »Als Waise hat sie Anspruch auf unseren Schutz. Falls Wulfhart Reiter ausschickt, die nach ihr suchen, werdet ihr schweigen. Ihr selbst wollt seiner Willkür nicht mehr ausgeliefert sein. Also nehmt sie mit und überlasst alles weitere mir.«

Der Ritter erhob sich abrupt und ging in die Richtung, in die er seinen Knappen geschickt hatte.

Schweigen legte sich über die Runde am Feuer. Marthe betrachtete nacheinander die Gesichter.

Ein jäher Schmerz zuckte durch ihre rechte Schläfe.

Mit einem Mal war ihr, als ob eine Stimme in ihrem Kopf erklang: »Drei werden sterben, und einer wird uns alle ganz furchtbar verraten.«

Dann sah sie den Boden auf sich zukommen.

Zur gleichen Zeit
auf dem Burgberg in Meißen

»Er hat *was?!*« Wutentbrannt fegte Markgraf Otto, ein breitschultriger Mann um die fünfzig Jahre mit grauen Schläfen und kantigem Kinn, Pergamentrollen und Trinkgefäße vom Tisch. Ein Krug krachte zu Boden und zerschellte, ein Becher rollte scheppernd hin und her. Als das Geräusch endlich verstummt war, herrschte für einen Moment Grabesstille in der mit prächtigen Wandbehängen geschmückten Halle.

Der Bote trat von einem Bein aufs andere und überlegte missmutig, was seiner Gesundheit zuträglicher wäre: die Nachricht zu wiederholen oder zu schweigen.

Wie von selbst richtete jedermann im Saal den Blick auf Hedwig, die Gemahlin des Markgrafen. Ritter, Bedienstete und Geistliche – sie alle erwarteten, dass die schöne Burgherrin wieder einmal eingreifen und den schuldlosen Überbringer der schlechten Neuigkeit vor Ottos Zorn retten würde.

Lediglich der unglückliche Bote wagte nicht, in Richtung der blonden Markgräfin zu blicken. Er wusste nur zu gut, dass sich Hedwig schon zu viele Feinde gemacht hatte, weil sie sich oft in Ottos Geschäfte einmischte und der – ansonsten ein energischer Herrscher, der keinen Widerspruch duldete – ihr nicht etwa Einhalt gebot, sondern in vielen Fällen auf seine kluge junge Frau hörte. Im Moment aber, so fand der Bote, wäre etwas Einmischung nicht schlecht, selbst wenn sie von einem Weib kam. Doch diesmal blieb Hedwig stumm.

So rang er sich durch, die Nachricht zu wiederholen. »Bischof Gerung hat Lokatoren ausgesandt, um flämische Siedler zu holen.«

Er verneigte sich und trat schnell zwei Schritte zurück.

Otto ließ seine Faust auf den Tisch krachen. »Dieser Bastard von einem Pfaffen!«

»Mäßigt Euch, Ihr sprecht von einem Mann der Heiligen Mutter Kirche«, warf todesmutig einer der Geistlichen ein, die in der Halle standen.

Mit Unheil kündender Miene stürmte der Markgraf auf den Kirchenmann zu. Der zuckte zusammen, rührte sich aber nicht von der Stelle. Otto blieb einen halben Schritt vor ihm stehen, zog seine buschigen schwarzen Brauen zusammen und blickte ihm drohend in die Augen. »Wenn er so heiligmäßig ist, Euer Bischof, sollte er sich dann nicht besser um die Seelen sorgen, was seines Amtes ist?«, höhnte er mit immer lauter werdender Stimme. »Warum kümmert er sich nicht lieber um die Bekehrung der heidnischen Slawen, von denen es hier schließlich noch mehr als genug gibt?!«

Der Markgraf stapfte zurück zu seinem reich verzierten Stuhl und ließ sich schwer darauf sinken.

»Ich weiß nicht, wer alles noch nach meinem Land giert, nur weil es noch nicht ausreichend besiedelt ist«, knurrte er. »An den Grenzen strecken Ludwig von Thüringen und der Magdeburger Erzbischof die Hände danach aus. Der Kaiser lässt im Pleißenland ein Reichsterritorium errichten. Als ob er nicht genug damit zu tun hätte, endlich die Lombarden zu bezwingen! Und wenn ich nicht mit seiner liebreizenden Tochter verheiratet wäre, würde auch noch Albrecht der Bär seinen Hunger mit meinem Land stillen wollen.«

Er sandte ein grimmiges Lächeln in Hedwigs Richtung.

Die neigte mit betont liebenswürdigem Lächeln den Kopf.

»Mein Vater, der Markgraf von Brandenburg, wird Euch stets ein treuer Verbündeter sein, mein Gemahl.«

Otto schnaubte. »Das will ich auch hoffen. Wer braucht noch

Feinde an den Grenzen, wenn er genug in allernächster Nähe weiß!«

Hedwig wusste nur zu gut, warum die Nachricht den Markgrafen so aufgebracht hatte.

Ottos Vater Konrad von Wettin war der mächtigste Fürst östlich der Saale gewesen. Doch als er vor zehn Jahren sein Erbe unter den fünf Söhnen aufteilte, hatte Otto als Ältester mit der Mark Meißen zwar das bedeutendste Gebiet bekommen, war jedoch weit vom einstigen Einfluss seines Vaters entfernt. Mit einer energisch vorangetriebenen Besiedlung konnte er seinen Machtbereich ausdehnen. Und dabei wollte ihm der ehrgeizige Bischof von Meißen wieder einmal zuvorkommen.

Es ist überall das Gleiche, dachte Hedwig. Bischöfe und Fürsten, Päpste und Kaiser – sie alle streiten um ihre Einflussgebiete.

Beschwichtigend legte sie eine Hand auf Ottos Arm und wies mit der anderen auf den Boten. »Lasst den Bedauernswerten gehen, bevor er noch vor Angst im Boden versinkt.«

Otto entließ ihn mit mürrischer Miene und einer lässigen Handbewegung.

»Wenn Gerung wirklich Siedler aus Flandern kommen lassen will«, sprach Hedwig ruhig weiter, »werden sie lange unterwegs sein. Wer weiß, ob seine Werber überhaupt Erfolg hatten. Ihr habt Eure Lokatoren nach Franken gesandt, mein Herr und Gemahl. Die Ersten werden längst mit ihren Bauern auf dem Weg hierher sein.«

Sie lächelte breit. »Gibt es schon Nachricht von Christian? Wäre es nicht unziemlich für eine Dame, würde ich wetten, dass er von allen, die Ihr ausgesandt habt, als Erster mit einer ganzen Kolonne Siedler eintrifft.«

Zehn Schritte vom Grafen entfernt verzog ein hünenhafter Ritter mit weißblondem Haar das Gesicht.

»Mir scheint, dein treuester Feind kommt gerade wieder einmal zu mehr Ehren, als er wert ist«, raunte ihm einer der drei ebenso kostbar gekleideten Ritter zu, die mit ihm in einer Gruppe standen. Die anderen grinsten hämisch, nur der Hüne blickte wütend vor sich hin.

»Ja, und es sieht aus, als hätte er endlich einmal Glück bei den Damen«, fügte ein Zweiter hinzu und begann, über seinen eigenen Witz wiehernd zu lachen, während der Weißblonde ihn böse anfunkelte.

Sie hatten Aufmerksamkeit auf sich gezogen, doch zu ihrem Glück betrat in diesem Moment der Haushofmeister den Saal und sorgte für Ablenkung.

»Ein Bote mit einem Brief des Markgrafen Albrecht von Brandenburg«, meldete er und ließ einen staubbedeckten jungen Mann ein, dem man ansah, dass er einen Gewaltritt hinter sich hatte.

»Oh, von meinem Herrn Vater«, sagte Hedwig erfreut und klatschte in die Hände. »Die Familienneuigkeiten werden uns aufheitern, mein Gemahl.«

Sie blickte Otto so viel sagend in die Augen, dass der seinen Zorn für den Moment beiseite schob, tief durchatmete und dann einen Mundwinkel zu einem kalten, kaum sichtbaren Lächeln verzog.

Tatsächlich erwartete Otto Nachrichten aus Brandenburg, die ihn aufheitern würden. Doch um Familienklatsch – wie Hedwig zur Täuschung der Anwesenden behauptet hatte – ging es dabei ganz und gar nicht. Mit dem Brief erhoffte er neue Einzelheiten zu erfahren über die Revolte der sächsischen Fürsten gegen den Mann, der sie alle immer wieder herausgefordert und tödlich beleidigt hatte: Heinrich der Löwe, Herzog von Sachsen und Bayern.

Der in Braunschweig residierende Welfe Heinrich war der mächtigste und am meisten gehasste Mann unter den Edlen des Kaiserreichs. Dass Heinrich über zwei Herzogtümer herrschte, sicherte ihm mindestens ebenso viel Einfluss wie dem Kaiser. Er gebärdete sich wie ein König, wenn Kaiser Friedrich von Staufen, den die Lombarden wegen seines roten Bartes »Barbarossa« nannten, in Italien war. Und dort war der Kaiser die meiste Zeit. Die bevorstehende Hochzeit des Braunschweigers mit der kleinen Mathilde, der Tochter des englischen Königs Heinrich Plantagenet und dessen Gemahlin Eleonore von Aquitanien, würde seine Position noch stärken und seinen Machtanspruch vermutlich ins Unermessliche wachsen lassen.

Doch der Kaiser schien sich an dem Gebaren des Welfen nicht zu stören, der sein Vetter und einst selbst aussichtsreicher Anwärter auf die Krone gewesen war, solange ihn dieser auf seinen Italienfeldzügen mit einem großen Heer unterstützte. Wie oft auch der Löwe rücksichtslos das Recht brach und sich fremdes Land aneignete, Friedrich Rotbart entschied zu seinen Gunsten und schenkte den Klagen der Fürsten keine Beachtung. Deshalb schlossen sich immer mehr Edle zu einem Bund gegen den Welfen zusammen: Sachsen von der Nordsee bis zum Harz, seine Widersacher vom Südwesten bis zum Südosten des Kaiserreiches.

Otto hatte lange gezögert, sich den Verschwörern anzuschließen, deren Anführer Hedwigs Vater war. Er war vorsichtig, wenn es um riskante Auseinandersetzungen ging. Doch vor ein paar Monaten war der Moment gekommen, wo er sich dieser Sache nicht mehr entziehen konnte, wollte er nicht das Gesicht vor seinem mächtigen Schwiegervater verlieren. Albrecht der Bär, ein Kampfgefährte von Ottos

Vater, hatte einst das ihm verliehene riesige Herzogtum Sachsen an Heinrich abtreten müssen und gehörte zu den erbittertsten Feinden des Löwen.

Wegen der drohenden Revolte hatte Heinrich seine Teilnahme am vierten Italienzug des Kaisers abgesagt. Doch kaum war das kaiserliche Heer fortgezogen, begann die Rebellion gegen den Löwen. Kurz vor Weihnachten hatte Albrecht der Bär gemeinsam mit dem Landgrafen von Thüringen Heinrichs Festung Haldensleben nahe Magdeburg belagert, wenn auch ohne Erfolg. Was immer der alte, kampferprobte Bär nun gegen seinen Erzfeind plante, Otto und seine Brüder würden diesmal dabei sein.

Der Markgraf räusperte sich. »Familiennachrichten … Ihr habt ja so Recht, meine Liebe! Gebt mir den Brief. Und ihr da verschwindet!«

Mit einer Handbewegung verscheuchte Otto den Boten, die Diener und die Geistlichen und wandte sich dann an den weißblonden Ritter.

»Mein geschätzter Randolf, sucht mit Euren treuen Freunden nach meinem Bruder und kommt gleich zu mir, wenn Ihr ihn gefunden habt. Bringt auch den wackeren Arnulf mit.«

Der Hüne verneigte sich knapp und verließ mit seinen drei Begleitern die Halle.

Draußen packte er einen vorbeihuschenden Pagen am Arm, der so heftig erschrak, dass er den Inhalt seines Kruges über die eigenen Schuhe schwappen ließ.

»Tölpel!« Der Ritter versetzte dem Pagen eine gewaltige Ohrfeige. »Wo ist der Graf von Groitzsch?«

Der Junge fing an zu stammeln: »Gerade von der Jagd zurück …«

»Du gehst sofort zu ihm und sagst, der Markgraf will ihn se-

hen! Danach setzt du dich erneut in Bewegung und schickst
mir Arnulf!«

Der Page verneigte sich und rannte los.

Der Ritter schaute kurz dem Jungen nach. Dann führte er seine Begleiter zu einer freien Stelle, wo sie nicht zu belauschen
waren.

»Verdammt soll Christian sein«, zischte er. »Erst sah es so aus,
als ob dieser Bastard mit seinem Auftrag endlich aus meinem
Gesichtskreis verschwinden würde – und nun gelangt er viel-
leicht sogar noch zu Ehren! Eine Schande für den ganzen
Stand. Nächstens wollen noch Bettler und Bauerngesindel
Ritter sein.«

Der Feiste, der in der Halle so wiehernd gelacht hatte, versuchte, Randolf zu beschwichtigen. »Wozu regst du dich auf?
Dieser Dahergelaufene muss mit seinem Bauernpack lange
durch den Wald. Und da kann viel passieren. Wenn nicht, können wir immer noch ein bisschen nachhelfen ...«

Ein böses Grinsen überzog das Gesicht des Hünen. »Wahrscheinlich müssen wir das nicht einmal – bei dem, was man
von der Wegstrecke hört!«

»Freut mich, dass du die Dinge wieder nüchtern siehst. Der
Kaiser will ein Gesetz erlassen, nach dem bald nur noch in den
Ritterstand erhoben werden darf, dessen Vater und Großvater
schon von edlem Geblüt waren. Dann wird es solchem Gesindel unmöglich, sich unter unseresgleichen zu mischen. Vergiss
den Habenichts! Wenn er unterwegs nicht umkommt, er-
schlägt ihn das Bauernpack nach der Ankunft, weil es nichts
zu fressen hat. Und nun komm, wir haben Wichtigeres zu
tun.«

Doch der Dritte in der Gruppe, ein Ritter mit sorgfältig ge-
kämmtem rötlichem Haar und grünem Bliaut, hielt die anderen zurück. »Findet ihr nicht auch, dass die schöne Hedwig

ein auffälliges Interesse an Christian zeigt?«, fragte er und zog viel sagend die Augenbrauen hoch.

Der Feiste winkte ab. »Wer hier etwas gegen Hedwig sagt, der ist ein toter Mann. Otto lässt nichts auf sie kommen.«

»Wie kann man einem Weib nur so verfallen?«, gab der Rothaarige zurück und senkte die Stimme. »Deshalb sollte er umso empfänglicher sein, wenn ihm klargemacht wird, dass hier die Minne zu weit geht.«

»Sie ist mit Sicherheit klug genug, ihrem Mann nicht untreu zu werden«, knurrte Randolf.

»Vielleicht. Aber ob Otto darauf wirklich vertraut?«, fragte der Rothaarige mit durchtriebenem Grinsen. »Allein der Verdacht dürfte reichen, um den Hungerleider in Ungnade fallen zu lassen. Wir müssen nur den richtigen Zeitpunkt abwarten.«

Als die Halle sich geleert hatte, entrollte Otto gespannt das Pergament.

»Lass sehen, mein Lieber«, meinte Hedwig und las über seine Schulter – ein Verstoß gegen die Sitten, den Otto kaum wahrzunehmen schien.

Sie schwieg lange. Dann mahnte sie leise: »Wenn der Italienfeldzug des Kaisers nicht glücklich verläuft, wird sein Zorn über uns hereinbrechen wie das Strafgericht Gottes. Er wird uns die Schuld geben, weil sich Heinrich unseretwegen nicht dem kaiserlichen Heer angeschlossen hat.«

»Soll er doch!«, brauste Otto auf. »Erinnere dich nur an den Hoftag letzten Sommer auf Boyneburg. Erzbischöfe und Markgrafen haben vor dem Kaiser Klage geführt gegen den Welfen – und nichts ist geschehen. Der Verräter war nicht einmal gekommen, um Rede und Antwort zu stehen. Wir machen uns zum Gespött, wenn wir das hinnehmen.«

»Also ist es entschieden. Gott steh uns bei«, sagte Hedwig leise. Stumm warteten sie, dass die Gerufenen kämen.

Wenig später betrat eine Gruppe gut gerüsteter Männer die Halle. Allen voran stapfte Dedo von Groitzsch, der jüngere Bruder des Markgrafen, ein Mann von gewaltigem Körperumfang. Ihm folgten Randolf mit seinen drei Freunden sowie Arnulf, ein gestandener Kämpfer, der schon unter Ottos Vater erfolgreich Truppen in die Schlacht geführt hatte. An der linken Hand fehlten ihm zwei Finger, die Gicht machte ihm das Gehen schwer, aber er galt als listenreich und erfahren im Kampf wie nur wenige.

Otto erhob sich und hielt das Pergament hoch.

»Meine Getreuen! Christian von Oldenburg hat einen weiteren großen Sieg gegen den Löwen errungen und Bremen erobert!«

Jubelrufe ertönten. Die gescheiterte Belagerung von Haldensleben war ein herber Schlag gewesen, doch ausgerechnet der Oldenburger hatte bereits wenig später einen unerwarteten Sieg gegen Heinrich errungen und die stark befestigte Burg Weyhe gestürmt. Nun also auch Bremen.

»Die Bürger von Bremen haben ihn freudig in ihrer Stadt aufgenommen«, fuhr Otto fort. »Und beim nächsten Gerichtstag muss Heinrich die Burg Haldensleben an den Erzbischof von Magdeburg übergeben.«

Wieder erklangen begeisterte Rufe, doch der Markgraf brachte die Männer mit einer Handbewegung zum Schweigen.

»Noch ist es nicht so weit. Heinrich wird sich nicht kampflos ergeben. Er lässt seine Schlupfwinkel befestigen, hat ein Heer aufgestellt und das Land schon bis vor die Mauern Magdeburgs verwüstet. Das bedeutet, wir müssen unseren Verbündeten zu Hilfe zu eilen.«

»Endlich!«, dröhnte Dedo. »Meine Männer warten schon darauf, nach diesem langen, öden Winter.«

Otto hatte mit keiner anderen Reaktion gerechnet. Aber eine besondere Neuigkeit hatte er noch aufgehoben.

»Dann wird Euch freuen, zu hören, dass unsere Allianz einen neuen, mächtigen Verbündeten bekommen hat: Rainald von Dassel, den Erzbischof von Köln.«

Diese Ankündigung sorgte für einen Moment atemloser Stille, bis die Anwesenden aufgeregt durcheinander zu sprechen begannen.

»Der Kanzler und Vertraute des Kaisers!«

»Der Einzige, dem der Kaiser vorbehaltlos traut!«

Außer seiner Gemahlin Beatrix von Burgund, dachte Hedwig bei sich.

Da Rainald mit dem Kaiser nach Italien gezogen war, würde er von dort aus agieren, berichtete Otto und wandte sich dann an seinen Bruder. »Du, Dedo, wirst umgehend abreisen müssen, um in deiner Grafschaft alles Nötige zu veranlassen.«

»Aber du schickst mich doch nicht vor dem Mahl aus dem Haus«, tönte der fette Graf von Groitzsch.

Die Umstehenden lachten.

»Wie könnte ich?« Als Nächstes wandte sich Otto dem alten Kämpen zu. »Arnulf, reite zu Albrecht und biete ihm Hilfe an, um auszukundschaften, wo wir den Löwen am empfindlichsten treffen können.«

Der Listenreiche legte die Hand aufs Herz und verneigte sich.

»Und Ihr, Randolf, stellt mir wieder eine große Zahl Berittener?«

Der Hüne trat einen Schritt vor. »Selbstverständlich, mein Fürst! Ich werde sofort alle Vorbereitungen treffen.«

Diese Entwicklung der Dinge hatte seine Laune erheblich verbessert. Sosehr Otto auch die Besiedlung des Landes am Herzen lag – was war schon ein Haufen zerlumpter Bauern gegen die Schar gut gerüsteter Männer, die er dem Markgrafen stellen konnte?

Schließlich winkte Otto einen schwarz gewandeten Kahlkopf mit fingerdünnem Kinnbart heran, der die ganze Zeit fast unbemerkt in einer Ecke gesessen hatte und mit der Wand hinter sich wie verschmolzen schien.

»Aloisius, befragt die Sterne, welches die beste Zeit für unser Vorgehen ist.«

»Wie Ihr wünscht, mein Herr!«

Der Hagere verneigte sich tief vor dem Markgrafen und verschmolz wieder mit seiner Ecke.

Zuvor aber tauschten er und Hedwig einen kurzen Blick aus, der einem aufmerksamen Beobachter verraten hätte, dass beide sich inbrünstig hassten.

»Gut, gut«, meinte Otto. »Begebt Euch ans Werk.«

»Begleitet Ihr mich auf einen Trunk in unser Gemach, mein Gemahl?«, fragte Hedwig, als die Männer die Halle verlassen hatten.

Otto sah überrascht auf. Mit vieldeutigem Lächeln ergriff er ihre Hand, küsste sie und folgte wortlos.

Hedwig scheuchte die Mägde und Gesellschafterinnen nach draußen, als sie die Kemenate betraten, und setzte sich.

Otto lehnte sich lässig an die Tür, verschränkte die Arme und sah sie spöttisch an. »Was hast du auszusetzen, meine Liebste?«

Hedwig ging nicht auf seinen Ton ein. »Findest du es wirklich klug, diesen Scharlatan dabeizuhaben, wenn es um vertrauliche Botschaften geht?«

»Ich weiß, dass du Aloisius nicht ausstehen kannst, meine Teure, aber er ist kein Scharlatan, sondern ein hochgelehrter

Mann. Du nimmst ihm bloß übel, dass er deinen Lieblings-
sohn für besessen erklärt hat.«

»Dietrich ist nicht von Dämonen besessen. Er ist doch noch so
klein. Wie kann dieser Sterndeuter solch ein Urteil über ihn
fällen?«

Nun verschränkte sie die Arme vor der Brust und blickte Otto
provozierend an. »Wann ist zum letzten Mal eine seiner Vor-
hersagen eingetroffen?«

»Ich kann mich an keine erinnern, mit der er Unrecht gehabt
hätte.«

»Weil er sie so abfasst, dass man alles mögliche hineindeuten
kann! Und er wird dir wieder sagen, dass die Sterne raten, die
nächste Schlacht am Dienstag nach Vollmond zu schlagen.
Das tut er jedes Mal.«

Hedwig stand auf, schenkte Wein ein und reichte Otto einen
Becher. »Lass uns nicht streiten. Aber ich traue diesem Menschen nicht. Und du solltest es auch nicht.«

Nachdenklich trank sie einen Schluck und stellte ihren Becher
ab. »Wie willst du eigentlich den Krieg gegen den Löwen be-
gründen?«

Otto kniff kurz ein Auge zu und lächelte durchtrieben. »Vielleicht mit unserer Treue gegenüber dem Kaiser?«

Nun lag doch Spott in Hedwigs Stimme.

»Das klingt seltsam aus dem Munde eines Mannes, der Jahre
gewartet hat, bis er endlich seinem Kaiser den Lehnseid leistete, und der zu Hoftagen nur anreist, wenn es sich wirklich
nicht umgehen lässt.«

»Mein Bruder Dietrich ist mit dem Kaiser nach Italien gezogen und auch Dedo ist viel bei Hofe. Das sollte wohl reichen«,
knurrte Otto und lachte dann kurz auf. »Ich kann ja schlecht
öffentlich zugeben, dass ich viel lieber den gottesfürchtigen
Rotbart auf dem Kaiserthron sehe, weil der sowieso die meiste

Zeit in Italien beschäftigt ist, als den unberechenbaren Löwen. Schlimm genug, dass wir zwei Päpste haben – wir brauchen nicht auch noch zwei Kaiser. Wenn aber die zwei mächtigsten Männer im Reich einträchtig zusammenhalten, macht das uns andere Fürsten zu Schwächlingen.«

Hedwig drehte gedankenversunken an einem Ring, den ihr Otto geschenkt hatte. »Dass Rainald von Dassel die Allianz anführt, wird uns über jeden Zweifel erheben.«

»Du bist ein verdammt kluges Weib.«

»Und du sollst nicht fluchen, mein Herr und Gemahl.«

»Ach was. Ich hab genug Pfaffen hier auf dem Burgberg, die das für mich ausgleichen werden ... Rainald ist ein gefährlicher Mann. Aber was immer er auch an Ränken ersonnen hat, er hat dabei nie gegen die Interessen des Kaisers gehandelt.«

Hedwig zog eine Augenbraue hoch. »Was glaubst du: Warum führt er die Allianz an?«

»Der Welfe hat sich zu oft mit der Kirche angelegt«, gab Otto zurück. »Spätestens seit dem Streit um Freising ...«

Die Markgräfin nickte versonnen. Vor zehn Jahren hatte Herzog Heinrich die Zollstation des Bischofs von Freising zerstört, um ein Stück flussaufwärts an der Isar eine eigene zu errichten. »Aber gelohnt hat es sich für ihn«, gab sie zu bedenken.

»Die neue Zollstation bringt Heinrich fette Pfründe«, knurrte Otto. »Wie man hört, blüht und gedeiht dieses Munichen ... Jemand muss Heinrich Einhalt gebieten.«

»Schließlich wollen wir doch nicht, dass einmal der Tag kommt, an dem der gesalbte Kaiser vor seinem Vasallen niederkniet, um ihn zum Waffendienst zu *bitten*?«, zitierte Hedwig ironisch einen berühmt gewordenen Ausspruch des Markgrafen.

Nun lachte Otto und ging mit einem Funkeln in den Augen betont langsam auf seine Frau zu.

»Ich liebe es, mit dir über diese Dinge zu plaudern. Das ist …
so anregend …«

Hedwig musterte ihren Mann. Sie kannte diese Stimmung und genoss sie.

Als sie dem mehr als zwanzig Jahre älteren Meißner Markgrafen anvermählt worden war, hatte sie selbstverständlich auf diese Entscheidung keinen Einfluss gehabt. Die Hochzeit war abgesprochen worden, um die Rivalität zwischen den einstigen Kampfgefährten Konrad von Wettin und Albrecht dem Bären zu beenden. Sie war zutiefst erschrocken und hatte heimlich geweint, als sie hörte, wem ihr Vater sie zur Frau geben wollte.

Doch kurz vor der Hochzeit hatte ihre Großmutter Eilika sie beiseite genommen und ihr ganz unverblümt eine Lektion erteilt, die der künftigen Braut die Sprache verschlug und ihre Wangen zum Glühen brachte.

»Wenn du die Gunst deines Mannes auf Dauer erringen willst, zeige dich in der Brautnacht züchtig und unerfahren, wie du bist, aber danach nie wieder«, hatte die von vielen gefürchtete Eilika geraunt, die sich ihr Leben lang erfolgreich gegen Adlige und Geistliche durchgesetzt hatte. »Und dann vergiss, was die Kirchenmänner verlangen: dass die Frau sittsam still unter ihrem Mann zu liegen und ihn zu erdulden hat. Gib ihm das Gefühl, ein wilder Stier zu sein, der dein Blut schon mit einem Blick zum Wallen bringt – und er wird Wachs in deinen Händen sein!«

Hedwig befolgte ihren Rat, nachdem sie das erste Entsetzen überwunden hatte. Und sie sollte es nicht bereuen. Otto betete sie an. Er bezog sie gegen den Widerstand seiner Ratgeber bei Entscheidungen mit ein und wollte ihre Meinung hören. Sie würde sich zu Tode langweilen, wenn er sie nur für die Frauenarbeit Sorge tragen lassen würde.

Außerdem war ihr Gemahl trotz seiner grauen Schläfen immer noch eine stattliche Erscheinung. In Momenten wie diesem, wenn er sie ansah mit jener Mischung aus Bewunderung und Wollust, fühlte sie sich von ihm angezogen. Lächelnd sah sie in seine Augen und begann an den Schnüren ihres Obergewandes zu zupfen.

Otto war für einen Moment überrascht.

»Um diese Tageszeit? … Weib, wir werden uns verliegen wie Erec und Enide in dem neuen Roman von diesem Christian aus Troyes«, murmelte er, während er näher trat und ihre Schulter küsste.

»Und wenn. Du weißt doch schon, welche Heldentaten du zur Buße als Nächstes vollbringen wirst«, gurrte Hedwig.

Otto grinste sie an. »Gegen den Löwen oder jetzt gleich bei dir?« Ungeduldig zerrte er an der Verschnürung ihres Kleides, drängte sie zwischen die Kissen und begann begierig an ihren Brüsten zu saugen. Hedwig stöhnte genüsslich auf und reckte sich ihm entgegen.

»Du bist ein schamloses Weib!«, brummte Otto und schob sich auf sie. »Und genau das gefällt mir an dir.«

»Lieber!«

»Hm.«

Hedwig richtete sich auf und begann ihr Haar zu entwirren, während Otto mit geschlossenen Augen dalag.

»Wir werden Geld brauchen, um den Feldzug zu bezahlen.« Träge schlug Otto die Augen auf. »Dann borgen wir welches von den Juden.«

»Was wird aus den Siedlern?«

»Wie kommst du jetzt darauf?«

»Du hast versprochen, ihnen den Anfang zu erleichtern. Sie können nicht alles Nötige auf einer so weiten Strecke mitbringen. Sie brauchen Vieh und Korn, um im ersten Winter nicht zu verhungern.«

Stöhnend wälzte sich Otto auf die Seite und stützte sich auf einen Arm. »Ich bin nicht deren Amme. Ich lasse sie schon auf eigene Kosten herkommen, gebe ihnen Land und erlasse ihnen auf zehn Jahre die Abgaben.«

»Ich weiß. Aber denk auch an die wüsten Dörfer – aufgegeben von denen, die es nicht geschafft hätten. Willst du den Erfolg wirklich Gerung überlassen?«

Nun setzte sich Otto doch auf und beobachtete seine Frau scharf, die immer noch mit ihrem Haar beschäftigt war.

»Du versuchst, mich zu beeinflussen. Denk nicht, dass mir das entgeht«, sagte er streng. »Ich kann das Geld nur einmal ausgeben. Der Feldzug wird uns schnell Beute bringen. Bis die Siedler den Zehnten zahlen können, wird dagegen viel Zeit vergehen.«

»Wir hätten ihnen schon mehr Geleitschutz mitgeben sollen«, wagte Hedwig noch einzuwenden, obwohl sie wusste, dass sie keinen Erfolg mehr haben würde.

»Zu spät. Und nun lass dich ankleiden. Es ist Zeit, dass wir uns in der Halle zum Mahl blicken lassen.«

Noch vor dem Essen ritten Boten los. Niemand bemerkte, dass es mehr waren, als Otto zu entsenden befohlen hatte.

Unterwegs

Am ersten Morgen, den Marthe gemeinsam mit den Siedlern erlebte, brach seit langem endlich wieder ein zaghafter Sonnenstrahl durch die graue Wolkendecke. Im Lager wurden die Vorbereitungen für den Aufbruch getroffen.

Die Kinder rannten durcheinander, unter dem Gelächter der Umstehenden stürzte Griseldis wutentbrannt zwei Halbwüchsigen hinterher und schwang drohend einen Schöpflöffel. Jonas und Emma, die beiden Jungverliebten, standen eng umschlungen beieinander und konnten die Hände nicht voneinander lassen.

Christian fühlte einen schmerzhaften Stich in seinem Inneren, als er sie sah. Doch er verdrängte die aufwallenden Erinnerungen. Mit leisen Worten strich er seinem Grauschimmel über den Hals und gab ihm einen verschrumpelten Apfel, während er die Menschen betrachtete, die sich ihm anvertraut hatten.

Diese Bauern dort sind noch nie weiter als ein oder zwei Tagesmärsche von ihren Heimatorten entfernt gewesen, dachte er einmal mehr. Werden sie es schaffen, die Angst vor dem Ungewissen und die Gefahren des Weges zu überwinden?

Es waren zumeist junge, kräftige Leute, die sich entschlossen hatten, in der Fremde ihr Glück zu suchen. Den ganzen Winter über hatten sie sich vorbereitet, hatten angefertigt oder ausgebessert, was sie an Gerätschaften mitnehmen konnten.

Dass auch der Sohn des Dorfschmieds mit ihnen zog, war eine glückliche Fügung. Jonas hätte einmal die Schmiede des Vaters übernehmen können, doch er wollte sein Mädchen dem Zugriff des Burgherrn entziehen. Schwer zu glauben, dass er das überhaupt so lange geschafft hat, dachte Christian bei sich. Wulfhart galt auch in Bezug auf Frauen als rücksichtslos. Und die fünfzehnjährige Emma war unter den Dorfmädchen eine Schönheit.

Bisher schienen alle gut mit den Strapazen des Weges zurechtzukommen, ausgenommen eine der Frauen, die von Tag zu Tag mehr verfiel. Vielleicht konnte dieses Mädchen Marthe etwas für sie tun?

Wieder wanderte sein Blick zu dem Neuankömmling. Sie konnten gut jemanden brauchen, der sich aufs Heilen und Kinderholen verstand. Gebären war für die Frauen immer eine Sache auf Leben und Tod. Es würde schwierig werden, wenn den Männern in der neuen Heimat, wo die Siedler ganz auf sich allein gestellt waren, die Frauen im Kindbett wegstarben. Eigentlich war dieses Mädchen noch viel zu jung, um als Hebamme zu arbeiten. Doch Christian hatte das sichere Gefühl, dass nicht nur deshalb etwas Besonderes, das er noch nicht näher bestimmen konnte, an ihr war.

Marthe freute sich. Der bevorstehende Aufbruch erfüllte sie mit Aufregung und Spannung. Jeden Gedanken an das grausige Geschehen des Vortages schob sie beiseite. Sie würde mit diesen Menschen hier ein neues Leben beginnen.

Der Weg würde schwierig und gefahrvoll werden, doch auch das konnte sie heute nicht erschrecken. Wenn Gott ihr diese wunderbare Möglichkeit eröffnet hatte, würde er schon dafür sorgen, dass sie ihr Ziel heil erreichte.

Nachdem Marthe am Abend zuvor bewusstlos zusammengesackt war, hatte sich die Zurückhaltung der Frauen unversehens in Mitgefühl verwandelt. Sie hatten sie mit ein paar kräftigen Schlägen wieder zu sich gebracht und ihr etwas zu essen gegeben. Selbst Griseldis, die ihr erst so zugesetzt hatte, munterte sie auf: »Wir müssen zusammenhalten.«

Und Bertha, jene von Kummer gezeichnete Frau, deren Schwangerschaft sie erahnt hatte, fragte immer wieder, ob sie denn sicher sei mit ihrer Voraussage.

»Ich bin so froh«, hatte Bertha gesagt, deren Augen leuchteten, während sich die Locken zurückstrich, die unter ihrer Bundhaube hervorschauten. »Und Guntram erst. So lange haben wir uns schon wieder ein Kindchen gewünscht!«

Sie hatte Marthe umarmt und schützend die Hand über den Bauch gelegt.

»Mein Mädchen war noch kein halbes Jahr, als das Fieber sie mir nahm. Und die beiden Jungs habe ich nicht über das schlimme Hungerjahr gebracht, als die Ritter, mit denen Wulfhart Fehde führte, uns nach der schlechten Ernte auch noch das Vieh gestohlen hatten. Seitdem bin ich nicht wieder schwanger geworden.«

Marthe hatte ihr eine Hand auf den Arm gelegt. »Es wird diesmal gut gehen. Ich weiß es.«

Für einen kurzen Moment zuckte wieder die unheimliche Ahnung vom Vorabend durch ihren Kopf: »Drei werden sterben, und einer wird uns ganz furchtbar verraten.«

Hirngespinste!

Sie streckte die kälteklammen Glieder, stand auf und ging zu den Frauen, um bei der Zubereitung des Frühstücks zu helfen. Es war ein karges Mahl aus Brei, der über heiße Steine gegossen und zu dünnen Fladen gebacken wurde. Marthe spürte, dass sie von vielen Seiten neugierig gemustert wurde, und konnte nun auch selbst ihre Reisegefährten genauer betrachten. Sie sah sofort, dass ihr Heilwissen hier gebraucht wurde. Fast alle Kinder schniefen und husteten, bei den Älteren bemerkte sie eitrige Abszesse, blutendes Zahnfleisch und grindige Köpfe. Mindestens eine der Frauen war schwanger, und Emma würde es bestimmt bald werden.

Eine ältere Frau wirkte jedoch so krank, dass Marthe Zweifel hatte, ob sie überhaupt noch etwas für sie zu tun vermochte. Doch bevor sie zu ihr gehen konnte, kam ihr neuer Herr auf sie zu. Marthe wartete mit pochendem Herzen und gesenkten Lidern. Was mochte er von ihr wollen?

Zu ihrer Überraschung wies er mit einer leichten Kopfbewegung in die Richtung, in die sie eben noch geschaut hatte.

»Kannst du nach ihr sehen? Ich hätte sie gar nicht mitnehmen sollen. Aber sie hat mich auf Knien angefleht, mitkommen zu dürfen.«

Marthes Blick war Antwort genug. Hilflos zuckte sie die Schultern. »Vielleicht kann ich ihr wenigstens etwas Linderung verschaffen, Herr.«

»Dann tu das«, meinte Christian und ging an die Spitze des Zuges. Nicht nur Marthes Auskunft hatte ihn bestürzt. Jetzt, im Tageslicht, hatte er in ihren graugrünen Augen etwas entdeckt, das ihn irritierte. Sie erinnerten ihn an ein anderes Augenpaar – eines, in dessen Tiefen uralte Geheimnisse verborgen lagen.

Das Mahl war schnell verzehrt. Während die Männer mit lauten Rufen die Kühe und Ochsen hochtrieben und vor die Wagen spannten, scheuerten die Frauen die Kessel und riefen die Kinder heran.

»Gib mir deinen Korb, ich kann ihn tragen«, bot Marthe der Frau mit dem aschgrauen Gesicht an, um deren Zustand sich auch Christian sorgte. Dankbar half ihr die Ausgemergelte, das Weidengeflecht auf den Rücken zu hieven, und nahm zwei blonde Mädchen an die Hand, die vier und sechs Jahre alt sein mochten.

Christian sprach ein Gebet für alle. Dann setzte sich der Zug in Bewegung. Nach Marthes Schätzung umfasste er mehr als vierzig Leute, die Kinder eingerechnet. Der Ritter saß auf einem prächtigen Grauschimmel an der Spitze, sein Knappe Lukas sicherte auf einem Braunen das Ende der Kolonne und führte das Packpferd seines Herrn. Alle anderen waren zu Fuß. Niemand von den Siedlern hatte sich ein Pferd leisten können.

Mit lauten Rufen trieben die Männer die vier Ochsengespanne voran, die nur mäßig beladen und mit Hühnerkäfigen behangen waren. Viel hatten die Siedler nicht mitnehmen können. Das Dorf war arm. Einige Familien führten ihre Habe auf Handkarren mit: Töpfe, Kannen, Äxte, Spinnzeug und Fässer unterschiedlicher Größe, die Saatgut und Vorräte an Erbsen, Rüben, Kohl und Getreide enthalten mochten. Ein mit Körben beladener Esel, ein paar Ziegen und Hunde vervollständigten den Zug.

Die erste Strecke durch den Wald war mühsam.

Zu dieser Jahreszeit waren noch kaum Fuhrwerke unterwegs und auch keine Hörigen, die die Wege in Ordnung hielten. Immer wieder zwangen umgestürzte Bäume zum Halten.

Es war kalt, an manchen Stellen lagen Schneereste. Fröstelnd zog Marthe ihr Tuch enger um die Schultern.

Bald kam die mit einem großen Bündel beladene Emma an ihre Seite und stellte ihrer Freundin diejenigen Mitreisenden vor, die sie von ihrem Platz in der Kolonne aus sehen konnten.

Der Mann mit dem kugelrunden Kahlschädel, der am Vorabend im Feuer gestochert und dabei Marthes Zukunftsaussichten abgewogen hatte, hieß Hildebrand und war der Älteste der Gruppe. »Seiner Frau, Griseldis, widersprich besser nicht«, meinte Emma und verzog das Gesicht.

Dann wies sie auf die Kranke, deren Korb Marthe trug, und den bekümmert wirkenden älteren Mann neben ihr. »Das sind Wiprecht und Wilhelma. Und da vorne, das ist die alte Witwe Grete. Auf ihr Wort hören sogar die Männer, wenn auch widerwillig.«

Neugierig blickte Marthe auf die winzige Frau mit dem schlohweißen Haar, die gerade energisch auf einen jungen Burschen einredete, der sie ein ganzes Stück überragte.

»Sie ist mit ihren Söhnen mitgekommen, die dem jungen Ritter die Felder bestellen werden. Einer ist im heiratsfähigen Alter. Vielleicht wird er bald dein Mann?«

Emma kicherte, aber Marthe war verlegen. Der kraftstrotzende Bursche, mit dem Grete gerade schimpfte, hatte sie schon am Morgen mit Blicken gemustert, die sie ängstigten. Doch bevor sie etwas erwidern konnte, mischte sich Jonas ein, der unmittelbar hinter ihnen ein Ochsengespann führte. »Habt ihr nichts weiter zu tun, als euch über andere das Maul zu zerreißen?«, spottete er, während sich Lachfältchen um seine dunklen Augen bildeten.

Emma drehte sich um und strich ihm über die Wange. »Sie muss doch die Leute kennen lernen, mit denen sie einmal leben wird. Schließlich ist sie hier das einzige Mädchen im heiratsfähigen Alter.«

»Außer dir! Vielleicht überleg ich mir's ja noch mal mit der Hochzeit?«, neckte der Schmied.

»Das würdest du bereuen«, gab Emma im gleichen Tonfall zurück. »Sieh dich nur um – es gibt genug Anwärter, die schon auf der Lauer liegen …«

Laute Rufe von der Spitze des Zuges unterbrachen das Geplänkel. Die Kolonne machte Halt. Wie sich herausstellte, hatte eine dicke Wurzel auf dem Pfad beim ersten Ochsengespann ein Rad gelockert. Jonas lief nach vorn, um beim Ausbessern zu helfen.

»Ich weiß nicht, was die Burschen ausgeheckt haben, aber irgendetwas haben sie gleich gestern Abend abgemacht, das mit dir zu tun hat«, raunte Emma Marthe zu. Die erschrak bei der Vorstellung, dass die jungen Männer sie bereits wie eine Ware auf dem Markt mustern und ihre Ehetauglichkeit diskutieren könnten.

»Ich will noch nicht heiraten«, gab sie leise zurück. Sie hatte zwar das nötige Alter erreicht, aber ihr Monatsblut floss noch nicht, und ihr Körper hatte bislang kaum frauliche Formen angenommen.

Emma lachte. »Vielleicht kannst du es eines Tages kaum erwarten.« Sie war sicher, dass es nicht lange dauern würde, bis sich die Burschen darum schlugen, wer von ihnen das Mädchen bekam.

Emma hat gut reden, dachte Marthe. Wer sonst hat schon das Glück, von seinem Liebsten zur Frau genommen zu werden? Ehen wurden von den Eltern abgesprochen, ohne Rücksicht darauf, ob sich die Brautleute kannten und leiden mochten. Es gab Ehepaare, die sich mit der Zeit gut verstanden oder sogar Zuneigung zueinander fassten. Doch das Los der meisten verheirateten Frauen, die sie kannte, waren tägliche Plage, eine Schwangerschaft nach der anderen und nur zu oft dazu noch die Schläge des Ehemannes.

Unversehens erlosch ihre Freude. Stattdessen war ihr auf einmal, als läge ein riesiger Stein in ihrem Magen. Denn gerade war ihr die Lage bewusst geworden, in die sie geraten war. In ihrem Heimatdorf hätte sie schlecht und recht von ihrer Arbeit leben können. Doch eine Gruppe von nur vierzig oder fünfzig Menschen, die selbst kaum etwas besaßen, war zu klein für einen Broterwerb in ihrem Gewerbe. Wenn sie weiter als Hebamme und Kräuterfrau arbeiten wollte, würde sie tatsächlich einen Ehemann brauchen, der sie ernährte.

Wenigstens hatte diese Gemeinschaft einen Vorteil: Man konnte sie hier nicht jemandem zur Frau geben, der doppelt oder dreimal so alt war wie sie. Nur die jungen Burschen waren unverheiratet.

Als Emma Marthes Unbehagen spürte, legte sie ihr tröstend den Arm um die Schulter. »Ritter Christian hat dich unter seinen Schutz genommen. Der weiß, was er tut. Auch wenn er kaum eine Miene verzieht, geschweige denn einmal lächelt«, versuchte sie das Gespräch in andere Bahnen zu lenken.

»Etwas Trauriges umgibt ihn, aber nichts Böses«, wandte Marthe ein.

»Vielleicht steckt ein Herzensgeheimnis dahinter. Aber er ist unser Lehnsherr und wird sich kaum herablassen, uns das auf die Nase zu binden«, meinte Emma.

Von fern beobachtete Marthe den Reiter, der eine ruhige Kraft ausstrahlte und mit verblüffender Leichtigkeit sein Pferd dirigierte. Der Grauschimmel war wild und gefährlich, niemand außer dem Ritter und seinem Knappen durfte sich ihm nähern, hatten ihr die anderen gleich am Morgen eingeschärft. Das Tier war ganz bestimmt sehr kostbar, Christians Kleidung hingegen deutlich schlichter als die von Wulfhart, der ewig in Geldnöten steckte, und sein Schwert war ohne jeglichen Schmuck. Wie passte das zusammen?

Und was lastete auf seiner Seele? Als sie am Morgen für einen winzigen Moment in seine Augen geblickt hatte, war darin nur erloschene Hoffnung zu sehen.

Nach einer Weile begann der Weg anzusteigen, so dass sie immer wieder schieben helfen mussten, damit die Karren vorankamen. Durch die Anstrengung fror bald niemand mehr. Auch Marthe rann der Schweiß übers Gesicht. Die Last auf ihrem Rücken schien immer schwerer zu werden, die Trageseile schnitten tief in ihre Schultern ein. Sie klemmte die Daumen unter die Stricke, um den Druck zu mildern.

Die Gespräche erstarben. Es war besser, den Atem zu sparen.

Nur die zwei blonden Mädchen neben Wilhelma, die vor Marthe liefen, ließen ihrer kranken Mutter keine Ruhe

»Gehen wir jetzt wieder nach Hause? Sind wir bald da?«, drängelte die Kleinere.

»Nein, Marie, Liebes«, antwortete Wilhelma kraftlos zwischen zwei Hustenanfällen. »Wir werden nie wieder dorthin kommen.«

Marie blieb stehen und fing an zu weinen. Johanna, die ältere der beiden, zerrte ihre heulende Schwester mit sich. »Wie weit ist es noch? Weiter als zum verwunschenen Weiher?«, wollte sie wissen.

»Viel weiter. Wir werden Wochen unterwegs sein.«

»Unmöglich!«, mischte sich ein magerer Rotschopf von etwa zehn Jahren mit unzähligen Sommersprossen auf seinem Gesicht ein. Er war im Zug ein Stück zurückgefallen, weil die Ziege, die er mit sich führte, stehen geblieben war, um nach ein paar Grashalmen zu suchen. »So groß ist die Welt gar nicht«, verkündete er mit wichtigtuerischer Miene und blickte dabei zu Marthe. »So weit ist es nicht einmal bis zum Sarazenenland, wo die Heiden leben und die Nüsse so groß sind wie der Kopf eines Mannes!«

Inzwischen war die Sonne längst wieder verschwunden. Als die Reisenden den Wald hinter sich gelassen hatten und über ein Stück Land mit wilden Wiesen und losen Baumgruppen zogen, türmten sich dunkle Wolken, und ein eisiger Wind blies. Bald setzten heftige Hagelschauer ein. Hart prasselten die erbsengroßen Körner auf Mensch und Tier. Die Ochsen ließen sich nur mühsam weitertreiben, die Menschen zogen sich Kapuzen und Felle über den Kopf. Es dauerte nicht lange, bis der Boden so aufgeweicht war, dass sich die Wagenräder tief in den Schlamm drückten und das Vorwärtskommen noch schwieriger wurde.

Marthe hielt den Kopf tief gesenkt, um sich vor Wind und Regen zu schützen, als vom Ende des Zuges plötzlich ein schlaksiger Junge zu ihr gerannt kam.

»Schnell, versteck dich!«, rief er ihr zu. »Berittene kommen. Vielleicht suchen sie nach dir!«

Schon lief er weiter nach vorne zu Christian.

Marthe blickte sich hastig nach einem Versteck um.

»Duck dich hier hinein«, rief Bertha, nahm ihr rasch den Tragekorb ab und wies auf ihren Handkarren. Schnell kletterte Marthe hinauf und kauerte sich zwischen ein Fass und einen Korb mit Rüben. Vorsichtig spähte sie unter dem Rand des filzigen Schaffells hindurch, das Bertha über sie geworfen hatte.

Christian gab dem Zug Anweisung, so weit wie möglich zur Seite zu rücken, um die fremden Reiter vorbeizulassen. Doch die hatten schon am Ende der Kolonne gehalten und redeten auf den Knappen ein. Marthes Herz pochte ängstlich, als sie die beiden erkannte: Wulfharts Reisige waren immer noch hinter ihr her.

Christian hatte inzwischen sein Pferd gewendet und lenkte es zum Ende des Zuges.

»Was gibt es?«, fragte er Oswald und Ludolf.

»Wir suchen nach einem Mädchen, das sich seiner gerechten Strafe entzieht. Etwa so groß« – der Narbengesichtige hielt die Hand in Höhe seiner Brust –, »rothaarig und in Hexenkünsten bewandert.«

»Was wollt ihr von ihr?«

»Sie hat den Erben unseres Burgherrn verhext. Seitdem ist sie verschwunden.«

»Vielleicht hat sie sich sogar unsichtbar gemacht. Sie ist gefährlich«, fügte Ludolf hinzu und schaute sich besorgt um.

»Solch ein Mädchen ist hier nicht vorbeigekommen«, antwortete Christian mit undurchdringlichem Gesichtsausdruck.

»Hm. Behaltet lieber die Augen offen«, knurrte Oswald und rieb über seine Narbe. »Wer weiß, was sie noch für Schaden anrichtet. Wenn Ihr sie seht, legt sie in Stricke. Unser Herr wird es Euch vergelten.«

»Dank für den Rat«, verabschiedete Christian die beiden, wendete den Grauschimmel und ritt wieder an die Spitze des Zuges. Auf sein Zeichen hin setzten sich Menschen und Wagen erneut in Bewegung.

Oswald und Ludolf berieten sich kurz und kehrten dann um.

»Du kannst rauskommen«, meinte Bertha nach einer Weile. Erleichtert kroch Marthe unter dem Fell hervor.

»Die bist du los, die kommen bestimmt nicht wieder«, rief Guntram herüber.

»Und wenn, dann werden wir dich beschützen«, erklang eine Knabenstimme. Der Rotschopf, der die Welt nicht für groß genug hielt, als dass man sie mehrere Wochen lang durchwandern könnte, und ein gleichaltriger Junge mit rabenschwarzem struppigem Haar tauchten vor ihr auf.

»Ich bin Kuno, und das ist Bertram«, stellte der Rothaarige sich und seinen Freund vor. Marthe musste lächeln, während die beiden schon wieder davonstoben.

Sie waren kaum weg, als der Knappe auf seinem Braunen zu ihr aufschloss.

»Ich denke nicht, dass sie noch einmal kommen. Aber ich werde aufpassen, mach dir keine Sorgen«, versprach der Knappe großspurig. Mit spöttischem Zwinkern nahm er ihren Dank entgegen und ließ die anderen an sich vorbeilaufen, bis er wieder seinen Platz am Ende des Zuges einnehmen konnte.

Der Junge, der sie gewarnt hatte und der vielleicht zwei Jahre älter war als Marthe, blieb an ihrer Seite. »Ich heiße Karl«, stellte er sich vor und sah sie verlegen an. Doch dann rief einer der Männer nach Verstärkung, weil schon wieder eines der Ochsengespanne feststeckte. Mit bedauerndem Blick lief der Junge nach vorn.

»Unser Bruder«, erklärte Marie wichtigtuerisch, die neben Marthe ging.

Die Sonne musste hinter den Wolken schon recht hoch stehen, als Christian endlich eine Rast befahl. Stöhnend setzten die Siedler ihre Lasten ab und ließen sich zu Boden sinken.

Griseldis und die alte Grete teilten Brot und gedörrten Fisch aus. Marthe hatte ihre Portion noch nicht einmal in Empfang genommen, als neben ihr Streit ausbrach.

»Findest du nicht, dass du deiner Frau nicht alles wegfressen solltest, Kaspar?«, wies die alte Witwe energisch einen stämmigen Mann mit filzigem Haar zurecht, der seiner Frau deren Ration Dörrfisch aus der Hand gerissen hatte.

»Ich brauche das nötiger als sie. Wie soll man von dem kargen Fastenessen bei Kräften bleiben für diese Plackerei!«, brauste der Mann auf. Einige Männer murmelten zustimmend.

»Lass nur, Vater, ich geb ihr von meinem ab«, versuchte ein junger Bursche schüchtern zu schlichten.

Grete schob ihr Kinn vor und starrte grimmig auf Kaspar. »Sie braucht ihre Kräfte genauso wie du! Gib den Fisch her!«

Die Witwe wollte Kaspar die zweite Portion wegnehmen. Der holte zu einem Schlag aus, doch plötzlich war Christian zur Stelle und fiel ihm in den Arm. Mit eisernem Griff zwang er den Wütenden in die Knie und betrachtete ihn voller Abscheu.

»Hier erhebt niemand die Hand gegen eine Frau!«

Kaspar geriet völlig aus der Fassung. »Aber Herr …«, stammelte er. »Wenn ein Weib sich auflehnt gegen einen Mann, muss man sie zum Gehorsam prügeln.«

»Nicht, solange ich euch führe!«

Wortlos starrten die Umherstehenden auf ihren neuen Herrn. So zornig hatten sie ihn noch nicht erlebt.

Mürrisch gab Kaspar seiner Frau den Fisch zurück, die ihn ohne aufzublicken nahm und sich schnell verzog.

»Wie es scheint, haben wir in unserem neuen Herrn wirklich einen Beschützer gefunden«, raunte Emma der verblüfften Marthe zu.

Nachdem Marthe ihr Essen bekommen hatte, setzte sie sich neben Wilhelma und kramte in ihrem Korb nach Thymian und einer Tinktur aus Alant, Eibisch und Fenchel. »Nimm das hier. Und heute Abend koche ich dir einen Sud, der dir das Atmen etwas leichter macht«, sagte sie.

Mit einer Mischung aus Dankbarkeit und Resignation schaute die Frau hoch. »Du bist ein gutes Kind. Aber es wird nicht mehr helfen. Ich muss schon zu oft Blut spucken.«

Marthe strich sich müde eine Haarsträhne aus dem Gesicht. Sollte sie Wilhelma belügen, um sie zu trösten?

Doch unerwartet hellte sich Wilhelmas Miene auf. »Bald werden wir einen Einsiedler treffen, einen heiligen Mann. Ich will zu ihm gehen und ihn um seinen Segen bitten. Vielleicht schenkt er mir einen Faden aus seinem Gewand.«

Dieser Marsch ist zu anstrengend für Wilhelma, dachte Marthe. Wie will sie das überstehen?

Die häufigen Schwangerschaften, die harte Arbeit auf dem Feld, das karge Essen machten die Körper der meisten Dorffrauen schnell widerstandslos. Bei vielen Leiden hatten Fine und sie helfen können – ob es nun ein gebrochener Finger war oder eine eiternde Wunde. Aber einen Menschen welken zu sehen, weil es zu wenig Essen gab, das machte Marthe jedes Mal traurig und wütend zugleich.

»Du musst dich schonen. Deine Kinder brauchen dich«, sagte sie schließlich matt.

Beinahe ärgerlich sah Wilhelma hoch. »Denkst du, wir neh-

men das alles freiwillig auf uns? Die Familie nie wiederzusehen und die Plackerei, die uns noch erwartet?« Sie blickte hinüber zu Johanna und Marie. »Ich tu's der Kinder wegen.
Karl, mein Ältester, der kommt schon durch. Aber ich muss
die Mädchen in Sicherheit bringen.«
»Wovor in Sicherheit?«
Auf diese Frage blieb Wilhelma die Antwort schuldig.

Christian ließ den Siedlern nur wenig Zeit auszuruhen, denn
sie hatten ihn um einen kleinen Umweg gebeten, um einen
Einsiedler aufzuspüren, der unweit des Pfades leben sollte.
Der Ritter war wenig erfreut über die Verzögerung. Aber
er verstand die Ängste der Menschen, die sich ihm anvertraut hatten. Es würde noch einige Zeit dauern, bis sie einen Geistlichen trafen, der mit ihnen in die neue Heimat
zog. Der Segen eines heiligen Mannes würde ihnen manche
Last von der Seele nehmen in all der Ungewissheit, die vor
ihnen lag. So gab er, wenn auch widerstrebend, sein Einverständnis.
Zu der Höhle des Eremiten würden sie nur zu Fuß durch-
kommen. Deshalb teilte er Lukas und drei der Männer ein, um
die Wagen, die Tiere und die Habe der Siedler zu bewachen.
Zu seiner Überraschung hatte Marthe gebeten, ebenfalls bei
den Karren bleiben zu dürfen, um ihre knappen Vorräte an
Heilkräutern mit ein paar jungen Misteltrieben aufzufüllen,
die sie in der Nähe entdeckt hatte.
»Ist dies hier das Wegzeichen?«, fragte Christian und wies auf
drei hohe Tannen, die so dicht beieinander standen, dass sie
aussahen wie zusammengewachsen.
Hildebrand nickte mit kaum verhohlener Aufregung. »Von
hier an noch drei Dutzend Schritte nach links.«
Christian ging voran und bahnte sich und den anderen einen

Weg auf dem dicht bewachsenen, kaum noch erkennbaren Pfad durch den Wald.

»Dort, da muss er sein!«, rief Hildebrand bald und zeigte auf eine Höhle in den Felsen, deren Eingang fast vollkommen zugewuchert war. Beißender Gestank drang daraus hervor.

»Seid gegrüßt, Ehrwürdiger«, rief Christian mit lauter Stimme. »Hier sind Menschen, die Euch um Euren Segen bitten wollen.« Doch nichts rührte sich.

Vorsichtig näherte sich Christian der Höhle und warf einen Blick hinein, während ihm der grauenhafte Geruch fast den Atem nahm.

»Niemand da.«

»Er ist sicher nicht weit weg. Lasst uns einen Moment warten, Herr«, bat Hildebrand schüchtern.

Noch einmal rief Christian nach dem Einsiedler, als er dicht hinter sich ein kaum hörbares Geräusch wahrnahm. Mit einer jähen Bewegung fuhr er herum und zog noch in der Bewegung das Schwert.

Doch nach einem kurzen Blick auf sein Gegenüber steckte er die Waffe in die Scheide und hob die Handflächen zum Zeichen seiner Friedfertigkeit.

»Verzeiht mir! Diese Menschen wollen Euch sprechen«, sagte er, während die anderen vor dem Fremden auf die Knie sanken.

Der Alte sah Furcht erregend aus. Die vor Schmutz starrenden Lumpen verhüllten kaum seine storchendünnen Beine und ließen nur noch schwer erkennen, dass sie einstmals eine Mönchskutte gewesen waren. Sein dünnes, verfilztes Haar stand wirr ab und war offensichtlich jahrelang weder gekämmt noch gewaschen worden.

Der Alte ließ ein Zischen hören und wackelte mit dem Kopf. »So viele!«

Dann zeigte er mit dem Finger auf die Knienden und rief:
»Alles Sünder! Alle verderbt! Ihr seid alle verloren!«

Der Fluch

Marthe hatte ein paar frühe Huflattich- und Wegerichblätter geschnitten und legte sie auf den Weidenkorb. Dann sah sie sich nach einem Baum um, auf dem die Mistel niedrig genug wuchs, dass sie die Triebe erreichen konnte. Doch sie war kaum ein paar Schritte gegangen, als sich eine Hand schwer auf ihre Schulter legte. Sie zuckte zusammen und drehte sich schreckensbleich um.

Doch hinter ihr standen nicht etwa Oswald oder Ludolf, wie sie befürchtet hatte, sondern Lukas, der Knappe. »Entferne dich nicht allein vom Lager«, sagte er und sah sie streng an.

»Ich will nur etwas Mistel schneiden, junger Herr!«, erklärte Marthe, nachdem sie sich wieder gefasst hatte.

»Hier wächst doch welche«, meinte Lukas und wies auf einen Baum neben ihnen. Dann verstand er.

»Oh, zu hoch ... Du kannst da nicht raufklettern, weil ein Mädchen das nicht tut ...«, sagte er mit breitem Grinsen.

»Dann werde ich dich wohl zum zweiten Mal an einem Tag vor einer misslichen Lage bewahren müssen.«

Der Knappe warf einen prüfenden Blick nach hinten, ob bei den Tieren und den Wagen alles ruhig war, und machte dann Anstalten, auf den Baum zu klettern.

»Wartet – bitte nehmt dieses Messer«, bat Marthe. »Und bevor Ihr die Blätter schneidet, sprecht ein Gebet, dass die Heilkraft der Pflanzen den Menschen nutzen möge.«

»Wird gemacht«, antwortete Lukas und musterte neugierig das kleine schmale Messer, das Marthe ihm reichte. Es schien sehr alt, die Klinge war vom vielen Schärfen schon ganz schmal geworden. In das abgegriffene hölzerne Heft waren eigentümliche Verzierungen geschnitzt.

»Ihr dürft die Blätter nicht fallen lassen, junger Herr. Wenn sie den Boden berühren, verlieren sie ihre Heilkraft«, rief das Mädchen zu Lukas hinauf.

Der hielt bald ein dickes Büschel hoch. »Reicht das?«

Marthe nickte. Lukas sprang herunter und übergab ihr mit einer erneuten spöttischen Verbeugung Blätter und Messer.

Marthe dankte verlegen, legte die Pflanzen in den Korb und steckte das Messer ein.

»Gebt mir Eure Hand«, sagte sie zu Lukas. Der sah sie überrascht an.

»Die Linke!«

Lukas wollte die Hand wegziehen, aber sie hatte schon entschlossen danach gegriffen und den Ärmel hochgeschoben. Ihr war nicht entgangen, dass der Knappe beim Klettern den linken Arm geschont und das Gesicht verzogen hatte, als er ihn belasten musste. »Das muss behandelt werden.«

Plötzlich war es an Lukas, verlegen zu sein. »Ist doch nichts Schlimmes. Das heilt schon von allein«, murmelte er.

Marthe schnaubte. Vom Handgelenk über den Unterarm prangte ein gewaltiger Bluterguss. Vorsichtig fuhr sie mit den Fingern über die geschwollene, tiefblau verfärbte Haut. Alles fühlte sich hart an, die Finger seiner linken Hand waren eiskalt und klamm.

»Wie wollt Ihr so zwei Pferde führen? Setzt Euch!« Sie deutete auf einen großen Stein neben sich und suchte in ihrem Korb nach Beinwellsalbe. Lukas war zu verblüfft darüber, dass von der Schüchternheit des Mädchens plötzlich nichts mehr zu spüren war, um zu widersprechen.

Obwohl er sich bemühte, keine Miene zu verziehen, zuckte er kurz zusammen, als sie die Salbe mit kreisenden Bewegungen der Fingerkuppen sanft in die Haut einzureiben begann.

»Ihr werdet Hand und Arm danach besser bewegen können«, versprach Marthe. »Also haltet still. Wie ist das passiert?«

»Kleines Missgeschick mit Drago …«

»Drago?«

»Ritter Christians Grauschimmel.«

»Ein seltsamer Name für ein Pferd«, meinte Marthe, während sie vorsichtig versuchte, sein Handgelenk zu bewegen. »Sagt, wenn es zu sehr wehtut.«

»Wird schon viel besser«, log Lukas.

Bis eben noch hatte er dieses magere, in Lumpen gehüllte Ding kaum zur Kenntnis genommen. Die teils versteckten, teils offenen Rangeleien, die die jungen Burschen längst um sie austrugen, ohne dass sie davon etwas zu bemerken schien, belustigten und verwunderten ihn gleichermaßen. Sie war doch noch fast ein Kind! Und jetzt kommandierte ihn dieses Kind wie ein Feldhauptmann herum. Doch sie schien ihr Handwerk zu verstehen. Allmählich breitete sich wohlige Wärme in seinem Arm aus.

Redselig nahm er deshalb den Faden wieder auf. »Drago, das ist fremdländisch für Drachen. Der Grauschimmel ist ein Ungeheuer, wenn er sich angegriffen fühlt. Lässt keinen an sich ran, wenn es Christian nicht erlaubt.«

»Aber Euch duldet er?«, fragte Marthe. Im nächsten Moment wurde sie flammend rot. Gerade hatte sie zugegeben, schon einigen Klatsch über den Knappen gehört zu haben.

Der grinste breit. »Meistens. Hat zwei Jahre gedauert, bis ich mich ihm überhaupt nähern durfte. Und kaum achte ich einen Moment nicht auf seine Launen, quetscht er mich mit dem Sattel gegen einen Baum. Aber das hat er nicht ernst gemeint. Sonst müsstest du jetzt meine Reste unter seinen Hufen hervorkratzen, anstatt mich mit sanfter Hand zu streicheln.«

Er lachte sie frech an. »Mach nur weiter ...«

Erschrocken zog sie ihre Hand zurück. Sie hatte nichts weiter gewollt, als seine Verletzung zu kurieren. Hatte er das falsch verstanden? Würde er jetzt etwas ganz anderes von ihr einfordern?

»Das müsste wohl reichen, junger Herr«, murmelte sie bang.

Jetzt hab ich sie verschreckt, erkannte Lukas beschämt. Um kein peinliches Schweigen zwischen ihnen aufkommen zu lassen, begann er zu erzählen, dass Drago das Geschenk eines böhmischen Herrschers an den Fürsten der Mark Meißen war.

»Ein Geschenk des Teufels! Erst waren alle hingerissen von dem kostbaren Tier. Aber niemand durfte auf seinen Rücken. Zwei Männer hat er zerstampft, etliche gebissen und gequetscht. Schläge mit der Peitsche, Hunger – nichts hat etwas bewirkt. Sie wollten ihn schon töten.«

Der Knappe machte eine bedeutungsschwere Pause, doch Marthe fragte nicht, sondern schaute ihn nur gespannt an. Also redete er weiter.

»Mein Herr Christian ist der beste Reiter, den ich je gesehen habe. Aber als er dem Biest zum ersten Mal den Sattel auflegte, hätte niemand auf sein Leben auch nur einen Vierting setzen wollen. Ein wahrer Ritter zeigt natürlich keine Angst. Aber ihm schien es einfach egal zu sein, ob ihn die Bestie gleich zu Tode stampfen würde.«

Betroffen starrte Marthe ins Leere. Das war es!

Sie hatte die Szene so lebhaft vor Augen, als wäre sie dabei gewesen. Es war Christian gleichgültig gewesen, ob er sterben würde. Das Tier musste gespürt haben, dass dieser Reiter im Gegensatz zu allen anderen nicht die geringste Spur von Angst oder Aufregung fühlte. Als Drago ihn nicht abwerfen konnte, erkannte er den Ritter als seinen Herrn an.

Ein Schauer lief über Marthes Rücken, und sie hätte am liebsten bitter aufgelacht. Ich ziehe mit lauter Fremden in ein unbekanntes Land, dachte sie, verfolgt von Wulfharts Knechten, die mein Blut wollen, belauert von ein paar Burschen, die vielleicht schon um mich würfeln, und angeführt von einem Ritter, der sich nach dem Tod sehnt!

Doch die Bitterkeit verflog schnell. Schließlich hatte Christian sie ohne Zögern unter seinen Schutz gestellt. Und sie spürte, dass sie ihm vertrauen konnte. Was er wohl erlitten haben mochte, um sich den Tod zu wünschen?, fragte sie sich bekümmert.

Lukas redete immer noch und schien gar nicht zu bemerken, dass er für einen Moment seine Zuhörerin verloren hatte. Sie blinzelte kurz und wandte ihre Aufmerksamkeit wieder dem Knappen zu, der ins Schwärmen geraten war.

»Du hättest es erleben sollen! Jedermann ließ sofort alles stehen und liegen, als sich herumsprach, dass Christian dem Untier den Sattel auflegte. Spätestens seit diesem Ritt hat er die ungeteilte Bewunderung der meisten Männer auf der Burg. Die Knappen reißen sich darum, bei ihm richtig reiten zu lernen.« Er blickte sie stolz an, und ihr war klar, was er damit sagen wollte.

»Christian wollte Drago für den Markgrafen zureiten. Aber der Hengst duldete auch den Fürsten nicht auf seinem Rücken. Schließlich überließ Markgraf Otto meinem Herrn das Tier, unter der Bedingung, jedem zu erzählen, wer so kostbare Pferde an seine Vasallen ... Was ist denn los?«

Marthe war plötzlich herumgewirbelt und starrte mit schnee-weiß gewordenem Gesicht in den Wald.

Lukas rüttelte sie leicht an der Schulter.

»He!«

»Etwas ist da draußen passiert«, murmelte Marthe.

Der Knappe sah sie erstaunt an. Er spähte zum Wald, ohne etwas Beunruhigendes erkennen zu können. Doch nach einem erneuten Blick auf Marthes verstörtes Gesicht zögerte er nicht länger. Er holte einen Spieß, alarmierte die anderen, die zu-rückgeblieben waren, und ließ sie die Gespanne für einen schnellen Aufbruch bereitmachen.

Die Siedler starrten entsetzt auf den Alten, der mit hassvoller Stimme keifte und dabei Speicheltröpfchen durch die schwar-zen Zahnstummel spuckte.

»Warum stört ihr mich? Ich stand kurz vor einer Vision, aber ihr Gottlosen habt sie verscheucht!«

Mehrere Frauen bekreuzigten sich hastig. Hildebrandt begann zu stammeln. Doch der Alte ließ ihn nicht zu Wort kommen, sondern streckte einen Finger nach dem Kahlkopf aus, der er-schrocken in sich zusammensank.

»Dich kenne ich! Was treibt dich her, weg von dem Platz, auf den Gott dich gestellt hat?«

Er weiß gut Bescheid, dachte Christian, der als Einziger ste-hen geblieben war und den Alten mit immer mehr Misstrauen betrachtete.

Der zischte: »Ich weiß, was ihr wollt. Doch ihr wurdet getäuscht. Knechte zu sein ist euch nicht mehr gut ge-nug?«

Der Einsiedler erhob seine Stimme zu einer Lautstärke, die Christian der schmächtigen Gestalt kaum zugetraut hätte.

»Wenn der Allmächtige wollte, dass ihr eigene Höfe führt,

hätte er euch welche gegeben. Lehnt euch nicht auf gegen Gottes Ordnung! Bereut und kehrt um!«

Christian sah, wie die Siedler erstarrten, und trat zwei Schritte auf den Alten zu. »Gott gibt ihnen die Chance, Bauern statt Knechte zu sein – und sie folgen seinem Ruf«, sagte er mit harter Stimme. Dann wandte er sich um. »Wir vergeuden unsere Zeit. Lasst uns weitergehen. Sofort.«

Der Alte trippelte ein paar Schritte hinter ihnen her und blieb dann stehen. »Gottlose! Ihr seid verflucht! Hunger, Not und Verzweiflung werden über euch kommen, Tod und Verdammnis!«, schrie er mit hochgereckten Armen und flackerndem Blick. »Ihr werdet alle sterben!«

Noch einmal wandte sich Christian um und trat an den Alten heran, so nahe, dass ihn dessen ätzender Gestank umfing. »Das wird jeder – und du zuerst. Schweig!«

Lukas und Marthe standen bei den Gespannen und sahen angestrengt in den Wald. Es dauerte nicht lange, bis sie die anderen entdeckten, die sich, von Christian geführt, den Weg aus dem Gehölz bahnten.

Die Wartenden erkannten sofort, dass tatsächlich etwas nicht in Ordnung war. Noch ehe sie Fragen stellen konnten, hatte der Ritter die Bauern um sich versammelt, die auf den Tod erschrocken wirkten.

»Hört nicht auf die Worte eines wirren alten Mannes. Lasst euch keine Angst einjagen«, wandte sich Christian mit klarer Stimme an die Menschen, die ihm bisher gefolgt waren. »Ich habe nie versprochen, dass unser Weg leicht wird. Wir werden alle unsere Kraft und unseren Mut dafür brauchen.«

Er blickte kurz um sich. »Noch ist Zeit zum Umkehren. Für Verzagte und Ängstliche ist kein Platz unter uns.«

Niemand antwortete. Einige tauschten Blicke untereinander aus, die meisten schauten starr zu Boden.

»Was ist geschehen?«, fragte Marthe leise Bertha.

Die berichtete in knappen Worten, während ihr Tränen in den Augen standen.

»Verstehst du? Er sollte mein Ungeborenes segnen ... und nun hat er es verflucht. Uns alle verflucht!«

»Wirst du umkehren?«

Bertha legte nach kurzem Zögern erneut die Hände schützend über den Bauch. »Es soll auf unserem eigenen Hof aufwachsen.«

Der Ritter ließ seine Blicke über die Runde wandern. »Will jemand gleich gehen?«

»Was gibt es da zu überlegen.«

Alle drehten sich verwundert zur hinteren Reihe um, von wo aus die alte Grete mit lauter Stimme gesprochen hatte. Verächtlich sah sich die Witwe unter den Siedlern um, die Arme in die Hüften gestemmt.

»Wollt ihr als Knechte unter Wulfharts Peitsche leben, zurück auf die kargen, ausgelaugten Äcker? Seiner Willkür und seinen verderbten Soldaten ausgeliefert? Ihr habt mehr Mut gezeigt als je zuvor im Leben und seid aufgebrochen. Ohne Wagnis kein besseres Leben. Also folgt diesem Fremden und baut euch in einer neuen Heimat ein neues Leben auf.«

Lange herrschte Schweigen.

Christian beendete die Stille. »Jeder soll sich bis zur Dämmerung besinnen, ob er weiter mit uns zieht oder umkehrt. Danach will ich kein Klagen und Verzagen hören.«

Abrupt gab er das Zeichen für den Aufbruch, stieg auf sein Pferd und ritt voran.

Wortlos setzte sich die Kolonne in Marsch.

Marthe spürte deutlich, dass sich das Entsetzen wie eine dunkle Wolke über den Zug gelegt hatte. Die lärmende Geschäftigkeit war verbissener Stille gewichen. Nur da und dort vermengten sich mit verhaltenen Stimmen geführte Gespräche zu einem dumpfen Gemurmel.

Plötzlich stockte die Wagenreihe. Aufgeregte Rufe erklangen von vorne.

»Marthe, Marthe, komm schnell! Wilhelma braucht dich!«

Das Mädchen rannte zum vorderen Ochsengespann, auf dem die Kranke lag. Wilhelma hatte sich aufgestützt und hustete Blut. Große dunkle Flecken waren auf ihrem Umhang zu sehen. Wiprecht stand starr und hilflos neben dem Wagen. Johanna blickte entsetzt auf den Umhang ihrer Mutter, die kleine Marie fing an zu weinen.

Marthe kletterte auf den Karren, stützte Wilhelma und nahm ihre Hand. Sie rief nach einem Fell, um die Sterbende warm zu halten, und strich ihr das schweißnasse Haar aus der Stirn.

Ich kann ihr nicht mehr helfen, dachte Marthe verzweifelt. Das zweite Mal in nur zwei Tagen, dass ich machtlos bin.

»Mach dir keine Vorwürfe«, sagte Wilhelma leise zu Marthe. »Ich habe gewusst, dass ich nicht am Ziel ankommen werde. Ich habe vor dem Aufbruch gebeichtet und hoffe, dass der Allmächtige im Himmel mich gnädig aufnimmt.«

Wilhelma umklammerte Marthes Hand. »Wirst du dich um meine Mädchen kümmern? Bitte!«

Marthe nickte stumm.

Ein neuer Blutschwall drang aus Wilhelmas Mund.

Als sie wieder etwas Luft holen konnte, verlangte sie mit kaum hörbarer Stimme nach Wiprecht, der fassungslos herantrat.

»Versprich mir, dass du nicht umkehrst. Zieh weiter mit den anderen. Schwöre es!«

Wiprecht blickte auf und nickte dann zögernd. »Ich schwöre.«

Marthe legte Wilhelmas Hand in die ihres Mannes und zog sich zurück. »Nimm Abschied von ihr.«

»Wir schlagen hier das Nachtlager auf«, wies Christian die Männer an. Weit wären sie an diesem Tag ohnehin nicht mehr gekommen.

Die erste Tote, dachte er bestürzt. Wie viele wird es noch geben? Dabei ist es meine Pflicht, diese Menschen zu schützen.

Jonas trat heran. »Sollen wir sie hier begraben, Herr?«

Christian blickte kurz um sich. »Nein, wir kommen übermorgen in ein Dorf mit einer Kirche. Dort kann sie in geweihter Erde zur Ruhe gebettet werden.«

Der junge Schmied wirkte erleichtert.

»Was meinst du?«, fragte Christian mit gesenkter Stimme. »Glauben die anderen, ihr Tod sei schon die erste Erfüllung des Fluchs?«

Jonas überlegte sorgfältig, bevor er antwortete. »Mancher vielleicht, auch wenn es keiner sagt. Aber jeder hat gesehen, sie war schon auf den Tod krank, als wir aufbrachen. Sie wäre auch im Dorf gestorben, Herr.«

Christian nickte versonnen und ging zu den Pferden.

Während die anderen Frauen sich in gedämpfter Stimmung daranmachten, Steckrüben in einen Kessel zu schneiden, wuschen die alte Grete und Marthe Wilhelmas Leichnam und nähten ihn in ein Tuch.

»Warum hat sie nur diese Anstrengung auf sich genommen?«

Marthe sprach das aus, was sie schon den ganzen Tag bedrückte.

»Jeder von uns hatte schwer wiegende Gründe«, erwiderte

Grete. »Die Not, die Angst vor Wulfhart oder die Gemeinheit der Schwägerin, die den Hof führt ... Du selbst bist geflohen, um dein Leben zu retten. Wilhelma tat es, um die Mädchen vor Wiprechts Bruder zu schützen. Der hat sie schon lange belauert. Es war nur eine Frage der Zeit, bis er über die Kleinen hergefallen wäre.« Sie spuckte aus. »Verflucht sei er!«

Marthe blickte schaudernd hinüber zu Johanna und Marie, die in Emmas Armen vor sich hin weinten, und schluckte schwer. »Aber Wiprecht ... konnte er seine Töchter nicht beschützen?«

Grete schnaubte verächtlich. »Der hat ihr nicht geglaubt und wollte nichts davon hören. Karl würde alles tun, um seine Schwestern zu schützen, aber gegen seinen Onkel hätte er keine Chance gehabt.«

Marthe sah erst zu Wiprecht, der abseits stand und Gebete murmelte, dann zu Karl. Der Junge saß mit düsterem Gesicht in der Nähe und zerschnitzelte einen Stock in Späne, ohne den Eindruck zu erwecken, dass er wusste, was seine Hände taten.

Stumm wandte sich Marthe wieder ihrer Arbeit zu.

Als sie fertig waren und ein Gebet für die Tote gesprochen hatten, fasste sie sich ein Herz. »Grete, kann ich dich etwas fragen?«

Die Witwe ließ für einen winzigen Moment ein verschmitztes Lächeln aufblitzen. »Du meinst, warum ich selbst auf meine alten Tage den warmen Herd verlasse und ins Ungewisse ziehe?«

Marthe nickte.

Nun blickte die Witwe sehr ernst. »Weißt du, Mädchen, ich habe etliche Herren kennen gelernt. Wulfhart und seinen Vater und dessen Brüder, die sich gegenseitig das Erbe abgejagt haben ... Keiner von denen hat etwas getaugt.«

Sie spuckte wieder aus und schickte einen deftigen Fluch hinterher. Dann holte sie tief Luft. »Bevor ich sterbe, will ich sehen, ob es doch noch so jemanden gibt wie in den alten Geschichten – einen gerechten Herrn, der sich um seine Leute sorgt, statt sie bis aufs Blut zu quälen. Ich denke, Ritter Christian könnte so einer sein.«

»Und wenn du dich irrst?«

Die Alte lachte kurz auf. »Ich habe zu viele Jahre gelebt, um mir noch etwas vormachen zu lassen. Du spürst es doch auch!«

Marthe fühlte sich einmal mehr durchschaut und schwieg betreten.

»Die Frage ist nur«, fuhr Grete ungerührt fort, »ob er so bleibt und ob unser neues Dorf entlegen genug ist, dass man ihn gewähren lässt. Macht verändert alles.«

Das Essen verlief schweigend.

Danach richtete sich Christian auf. »Ihr hattet Zeit, eure Entscheidung noch einmal zu überdenken«, rief er. »Wer sich vor dem Fluch des Alten fürchtet, der soll gehen. Es steht jedem frei, umzukehren.«

Eine Weile herrschte Stille in der Runde.

Dann erhob sich Hildebrand. »Wir werden weiter mit Euch ziehen, Herr.«

Christian nahm die Entscheidung mit unbewegtem Gesicht, doch mit innerer Erleichterung entgegen. Vielleicht konnte er mit diesen Menschen einen Traum verwirklichen, über den er noch zu niemandem gesprochen hatte. Einen Traum von einer Gemeinschaft ohne Hunger, Willkür und Gewalt.

Und vielleicht würde ihm die neue Aufgabe helfen, die bitteren Erinnerungen und den Schmerz zu überwinden, die ihn ausfüllten. Solange er diese Hoffnung hatte, wollte er nicht aufgeben. Noch nicht.

Der Zweikampf

In dieser Nacht schlief Marthe nicht so schnell ein wie am Abend zuvor, als sie von der Flucht völlig erschöpft war. Die Anspannung der anderen steckte auch sie an. Wilhelmas Tod und der Fluch des Einsiedlers verstärkten das, was Marthe tags zuvor in ihrer Erschöpfung kaum wahrgenommen hatte: die Angst ihrer Gefährten vor der Nacht in einer Gegend, in der noch nie jemand von ihnen gewesen war.

Marthe hatte sich zu den Kindern gelegt und wickelte sich in die Decke, die ihr Emma gegeben hatte. Da und dort hörte sie Leute miteinander flüstern. Vorsichtig setzte sie sich noch einmal auf, rückte die Zweige unter ihrem Rücken zurecht und starrte in den dicht bewölkten Himmel, an dem nicht ein einziger Stern zu sehen war.

Lange war das Prasseln des Feuers, das auf Anweisung von Christian die ganze Nacht unterhalten werden sollte, das einzige Geräusch. Aber schon bald unterschied sie weitere: ein geheimnisvolles Knacken, Rascheln, Knistern ganz in ihrer Nähe. Ein Pferd stampfte und schnaubte.

»Leg dich wieder hin, Mädchen, du machst die anderen nur noch unruhiger. Morgen wirst du deine Kraft brauchen«, mahnte die alte Grete leise.

Marthe legte sich auf den Rücken, verschränkte die Arme unter dem Kopf und grübelte, was die Zukunft wohl noch an

Unwägbarkeiten für sie bereithalten mochte. Johanna und Marie rutschten näher an sie heran und schmiegten sich an sie. Endlich rollte sich auch Marthe zusammen und schlief ein.

Furchtsam starrten die zur Wache eingeteilten Männer in die undurchdringliche Finsternis. Schließlich übernahmen Christian und Lukas die Wache bis zum Morgengrauen.

Die Nacht verlief ohne Zwischenfälle.

Der nächste Morgen bescherte ihnen eine kräftezehrende Wegstrecke. An manchen Stellen ging es so steil bergauf, dass sich die Männer mit dem ganzen Gewicht gegen die Karren stemmen und schieben mussten. Ging es bergab, mussten Hemmschuhe unter die Räder gelegt werden, damit die Wagen nicht zu viel Schub bekamen. Dabei konnte ein Mann leicht seine Hand verlieren, wenn er nicht aufpasste.

Der Himmel war immer noch grau verhangen.

Marthe war stillschweigend die Aufgabe zugefallen, sich um Johanna und Marie zu kümmern, die kaum sprachen, ab und zu weinten, ihr aber nicht von der Seite wichen.

Karl machte sich unentbehrlich, wenn eines der Ochsengespanne festgefahren war oder einer der Handkarren umzukippen drohte. Anfangs kam er sooft er konnte zu Marthe, um nach seinen kleinen Schwestern zu sehen, die ihn inbrünstig liebten. Doch bald blieb er ihnen fern.

Lukas, der seit dem Zwischenfall vom Vortag Marthe und auch die jungen Burschen aufmerksamer beobachtete, kannte den Grund für Karls plötzliche Zurückhaltung. Als Martin, Gretes ältester Sohn, sich unbeobachtet glaubte, hatte er Karl grob am Kittel gepackt und ihn angefahren: »Lass die Finger von dem Mädchen! Denk daran: Solange wir unterwegs sind, macht sich keiner an sie ran! Erst wenn wir angekommen sind, wird ausgetragen, wer sie kriegt.«

Und du glaubst natürlich, dass du das bist, hatte der Knappe grimmig gedacht. Ein schlaues Manöver. Unter den Bauernburschen war Martin der stärkste und rücksichtsloseste. Keiner von den anderen Jungen würde sich gegen ihn behaupten können. Doch wer weiß schon, was in verliebten Weibern vor sich ging? Vielleicht würde sich Marthe von Burcharts Flötenspiel beeindrucken lassen? Oder von Karls Freundlichkeit? Weil Martin unterwegs beide Hände voll zu tun haben würde, hatte er sich so für die nächste Zeit alle Rivalen vom Hals geschafft.

Dabei machte diese Marthe nicht den Eindruck, als ob sie schon einen Gedanken an Liebe oder ans Heiraten verschwendete. Sie warf keine lockenden Blicke um sich und wirkte viel ernster als die Mädchen in ihrem Alter, die er kannte. Als sie nach seiner Hand gegriffen und den Arm sanft mit Salbe eingerieben hatte, schien ihr nicht einmal im Traum einzufallen, er könne dies missdeuten, bis er seine dumme Bemerkung machte. Ihm war, als könne er immer noch ihre warmen Hände spüren.

Auf dem Meißner Burgberg wartete Rosalind auf Lukas, eine lebenslustige Magd, die ihn das Liebesspiel gelehrt hatte und von ihm nichts weiter erhoffte, als dass er ab und zu ihren Hunger nach Zärtlichkeiten stillte. Seitdem konnte er kaum ein hübsches Mädchen ansehen, ohne sich vorzustellen, ihre weiche Brust zu berühren und in ihrem warmen Schoß zu versinken. Er hatte keine Frau mehr gehabt, seit sie unterwegs waren. Und es machte die Sache nicht leichter, dass er jede Nacht das leidenschaftliche Stöhnen von Emma und Jonas mit anhören musste, die sich keinen Deut um Griseldis' laute Vorwürfe kümmerten, dass sie Unzucht trieben, noch dazu während der Fastenzeit, wo doch die Kirche das Beilager verbot.

Wieder rief er sich den Moment in Erinnerung, als er Marthe berührt hatte. Er hatte seine Hand auf ihre schmale Schulter gelegt, als sie sich vom Rastplatz entfernen wollte, und sie war zusammengezuckt wie in Todesangst.

Sie sollte beschützt werden. Nicht nur vor Wulfharts tölpelhaften Knechten, die nach ihr suchten. Sondern auch vor diesen Bauernburschen, die sie belauerten wie Jäger das ahnungslose Wild. Er würde sie nicht aus den Augen lassen, so weit es seine anderen Pflichten erlaubten.

Als die Siedler endlich erschöpft rasteten, rief Christian die Männer zu sich.

»Wir werden von heute an jeden Abend Kampfübungen abhalten, während sich die Frauen um das Essen kümmern«, gab er bekannt.

Überrascht sahen sich die Männer an. Den Bauern war es verboten, Waffen zu tragen. Das hatte der Kaiser verfügt.

Nur Jonas stimmte sofort zu.

»Aber Herr, wir sind keine Soldaten, wir sind Bauern«, wandte Hildebrand zaghaft ein.

»Bald kommen wir durch ein Waldstück, in dem Gefahren drohen, gegen die ein oder zwei ausgebildete Kämpfer vielleicht nicht ausreichen werden«, entgegnete Christian ohne weitere Erklärung.

Plötzlich gellte eine Frauenstimme: »Eine Wolfsspur! Ein Wolf!«

Die Frauen und Kinder sprangen angstvoll auf und drängten sich zusammen, die Männer hasteten zu den Karren, um die dort griffbereit liegenden Äxte und Stangen mit scharfen Spitzen zu holen. Marthe hatte die ängstlich kreischenden Mädchen in die Mitte der Gruppe geschoben und zerrte vom Wagen neben sich eine Stange, die sie fest mit beiden Händen packte.

»Bleibt ruhig«, ermahnte Christian, der die Spur sofort untersucht hatte. »Sie ist mindestens einen Tag alt.«

Er winkte Jonas, mit ihm die Spur zu verfolgen und nach weiteren zu suchen, und wies Lukas an, den Rastplatz zu bewachen.

Bald konnten sie in der Ferne drei Berittene erkennen, die sich schnell aus der Richtung näherten, aus der sie gekommen waren. Marthe trat neben Lukas. »Sie kommen in böser Absicht«, sagte sie.

»Du meinst, es wird Ärger geben?«, fragte er. »Ja, ich denke auch, es ist besser, vorsichtig zu sein. Versteck dich!«

Lukas sprach kurz mit Hildebrand und verschwand, um Christians auffälliges Pferd hinter ein paar Bäumen zu verbergen.

Die Berittenen waren schnell am Rastplatz angelangt und brachten kurz vor den Siedlern ihre Pferde zum Stehen. Sie trugen Kettenhemden und waren bis an die Zähne bewaffnet.

»Was treibt ihr hier, ihr Hungerleider? Wer hat euch erlaubt, durch dieses Gebiet zu ziehen?«, fragte ein stiernackiger großer Kerl mit bulligem Gesicht unwirsch. Mit lauerndem Blick sah er auf die Gruppe.

Hildebrand trat vor und verneigte sich tief. »Wir sind Siedler auf dem Weg nach Osten, Herr.«

Der Gesichtsausdruck des Massigen nahm etwas Verschlagenes an. »Freie Passage durch dieses Land kostet Wegzoll. Einen Pfennig für jeden von euch und pro Wagen vier.«

»Verzeiht, Herr«, antwortete Hildebrand unterwürfig, »uns ist nichts bekannt von Wegzoll. Wir haben auch kein Geld.«

»Sie haben kein Geld! Na, so etwas ...«, höhnte der Anführer und strich sich über den Bart. Seine Kumpane lachten.

»Vielleicht lassen wir ja mit uns reden. Das hängt davon ab, wie entgegenkommend sich eure Weiber zeigen.«

Die Reiter saßen ab. Die Siedler rückten zusammen.

Der Anführer ging mit gezogenem Schwert auf Emma zu und hob mit der Schwertspitze ihren Rock an.

»Du da und ihr zwei!« Er zeigte auf Bertha und Marthe, die aus ihrem Versteck gekommen war, als sie gesehen hatte, dass die Reiter nicht zu Wulfharts Burgbesatzung gehörten.

Jeder der Bewaffneten packte eine der Frauen am Arm.

Emma wurde kreidebleich und fing an zu zittern, Bertha schluchzte auf und sank auf die Knie. »Habt Erbarmen, Herr!«

Bleich vor Zorn und Angst ging Guntram auf die Männer zu, die gesenkten Hände zu Fäusten geballt.

»Lasst sie los«, schrie er. »Dazu habt Ihr kein Recht. Wer einer Frau Gewalt antut, den straft das Gesetz mit dem Tod.«

Der Anführer setzte Guntram lässig das Schwert auf die Brust.

»Sei lieber ruhig, Bäuerlein. Wer redet denn von Gewalt? Wir nehmen bloß, was uns zusteht.«

Marthe stand da wie im Traum, als ginge sie das alles nichts an. Sie spürte kaum den derben Griff an ihrem Arm. Während sie wie aus weiter Ferne die Stimmen der anderen vernahm – das Flehen, die empörten Rufe und ein besorgtes Gewisper: »Wo bleiben nur der Ritter und sein Knappe?« –, war ihr, als würde sie wieder die Stimme in ihrem Kopf hören, die ihr diesmal zuraunte: »Dir wird nichts geschehen.«

Christian verfolgte mit Jonas die Wolfsspur. Doch er rechnete nicht mit einem Angriff wilder Tiere. Bären, Luchse und vermutlich auch das Wolfsrudel würden um diese große, lärmende Kolonne einen weiten Bogen machen. Und wären Raubtiere in der Nähe gewesen, hätten die Pferde sofort Alarm geschlagen, sein Grauschimmel allen voran.

Er sorgte sich um etwas ganz anderes. Bald mussten sie durch ein Waldgebiet, über das schlimme Berichte kursierten. Verwunschen sei dieser Wald, und wer ihn einmal betrete, der komme nie wieder lebend heraus, hieß es. Christian hatte den Wald mehrmals durchquert und war dabei nie Dämonen oder Zauberern begegnet. Einem anderen Gerücht zufolge hatte sich dort eine schlau geführte Bande Gesetzloser gesammelt. Ihn und Lukas als gut bewaffnete Reisende auf schnellen Pferden hatte niemand angegriffen. Doch jetzt kamen sie mit einem großen, langsamen Wagenzug, der Korn, Werkzeug, warme Decken und allerhand Vieh mit sich führte. Eine verlockende Beute, die bestimmt manchem Wegelagerer das Risiko wert war, sich mit ein paar entschlossenen Männern schlagen zu müssen.

Sie waren noch nicht weit vom Lager entfernt, als von dort der Schrei eines Eichelhähers zu hören war.

Christian machte sofort kehrt. »Ein Zeichen von Lukas. Es ist etwas passiert!«

Sie rannten Richtung Rastplatz, doch kurz davor hielt er Jonas zurück. »Wir müssen erst wissen, was los ist.« Beide näherten sich, von starken Bäumen gedeckt, dem Lager.

Das Bild, das sich ihnen darbot, bestätigte die Vorsichtsmaßnahme. Drei Bewaffnete standen in drohender Haltung vor den Siedlern. Einer von ihnen redete lautstark auf die Bauern ein, die sich um Hildebrand geschart hatten.

Dann griff jeder der Fremden nach einer der jungen Frauen. Jonas wollte erneut losstürmen, aber der Ritter packte ihn am Arm. »Warte!«

Christian hatte gesehen, dass einige der Männer sich unauffällig den Wagen näherten, auf denen die Spieße und Äxte lagen. Doch er wollte unbedingt ein Blutbad vermeiden. Den Kampf gegen die drei Bewaffneten musste er allein ausfechten. Kein Vogt würde den Bauern Recht geben, wenn sie die Hand gegen Höhergestellte erhoben. Ihre Aussagen würden nicht viel gegen die der Berittenen gelten.

Zu Christians Zufriedenheit war Lukas nicht bei dem Bauerntross. Wie erwartet tauchte der Knappe im nächsten Moment neben ihnen auf. Mit knappen Worten weihte der Ritter ihn und Jonas in seinen Plan ein.

Inzwischen zielte der Anführer mit seiner Schwertspitze auf Guntrams Brust.

»Das reicht!« Mit gezogenem Schwert ging Christian auf den Anführer zu. »Lasst sofort die Frauen los. Diese Leute stehen unter meinem Schutz und haben freien Durchzug garantiert bekommen.«

»Von wem?« Der Stiernackige beugte sich hämisch vor. »Wulfhart, dem Versoffenen? Der ist weit weg. Und wie wollt Ihr das durchsetzen allein gegen uns? Diese Bauerntölpel werden Euch nicht helfen.«

»Darauf würde ich nicht wetten«, antwortete Christian, während auf sein Zeichen die Männer Spieße von den Wagen holten und auf die Eindringlinge richteten.

Zornig fuhr er fort: »Leute wie Ihr bringen den ganzen Wehrstand in Verruf. Habt Ihr nicht geschworen, die Wehrlosen zu schützen? Stellt Euch mir zum Zweikampf.«

Marthe zuckte zusammen. Der Angreifer wog sicher einein-halbmal so viel wie der schlanke Ritter aus Meißen und war auch noch durch ein Kettenhemd geschützt. Außerdem hatte er mindestens zehn Jahre mehr Kampferfahrung.

Die Fremden dachten wohl ähnlich und reagierten mit Hohnlachen auf die Herausforderung.

»Einverstanden. Das wird ein netter Zeitvertreib zum Aufwärmen. Wenn Ihr versagt, nehmen wir uns, was uns zusteht ...«, antwortete der Anführer und sah viel sagend zu den Frauen.

Nur Lukas ließ ein kaum sichtbares Lächeln um seine Lippen spielen.

Vertraut er so sehr den Schwertkünsten seines Herrn?, dachte Marthe voller Angst. Oder der Gerechtigkeit Gottes, der in einem Zweikampf dem Rechtschaffenen zum Sieg verhilft?

Wenn Christian unterlag, konnte sie nicht einmal fliehen, denn einer der Fremden hielt sie immer noch mit eisernem Griff umklammert. Er glotzte sie an, leckte sich die Lippen und machte eine obszöne Bewegung.

Plötzlich war ihre Angst, Christian mit einer tödlichen Wunde auf dem Boden liegen und verbluten zu sehen, größer als die Furcht vor dem, was ihr im Fall seiner Niederlage drohte.

Im gleichen Moment begann Marthe zu ahnen, dass ihr Schicksal und das des dunkelhaarigen Ritters auf eine ihr noch verborgene Weise miteinander verknüpft waren, die weit über den Umstand hinausging, dass Christian der Herr ihres neuen Heimatdorfes war. Stumm betete sie, dass sie jetzt nicht mitansehen musste, wie er starb.

Christians Gegner nahm Aufstellung. Die Siedler bildeten in respektvollem Abstand ein Oval um sie.

Marthe sank auf die Knie. Sofort zerrte der Bewaffnete sie wieder hoch und presste sie an sich. »Komm schon, meine Schöne«, sagte er mit wollüstigem Grinsen und blies ihr dabei seinen schlechten Atem ins Gesicht.

Die Kontrahenten kämpften ohne Schilde.

Doch der Kampf hatte kaum begonnen, da war er schon entschieden. Christian drosch mit so blitzschnellen Schlägen und überraschenden Finten auf den Gegner ein, dass nur noch erfahrene Kämpfer genau verfolgen konnten, was da vor ihren Augen ablief. Mit wuchtigen Hieben trieb er seinen Gegner vor sich her in einen Bach.

Der verdutzte Anführer der Fremden taumelte und verlor für einen Moment den Halt, was Christian ausnutzte, um ihn mit einem geschickten Manöver zu entwaffnen. Das Schwert flog ins Wasser, der Stoß riss seinen Gegner von den Füßen. Während die Frauen aufjubelten, setzte Christian dem Besiegten die Schwertspitze an die Kehle.

Vorsichtig bewegte er sich um ihn herum, so dass er dessen Kumpane im Blickfeld hatte, von denen der eine immer noch Marthe umklammerte, der andere aber Bertha losgelassen hatte und im Begriff war, sein Schwert zu ziehen.

»Das würde ich unterlassen«, rief Christian.

Im gleichen Moment fühlten die beiden Fremden Messer an ihren Kehlen. Sie hatten ihre Aufmerksamkeit auf die Kämpfenden gerichtet und nicht bemerkt, wie Jonas und Lukas von hinten an sie herangeschlichen waren.

Zögernd ließ der Fremde neben Bertha den Schwertgriff los.

»Und du nimmst sofort deine schmierigen Pfoten von dem Mädchen, du Bastard«, zischte Lukas dem anderen zu, dem er den Dolch an den Hals gesetzt hatte. Er fühlte sich stark versucht, dem Dreckskerl wenigstens eine leichte Wunde beizubringen zur Strafe für seine Grobheit gegenüber Marthe. Aber die Anweisungen seines Herrn waren eindeutig gewesen – leider.

»Nehmt eure Pferde und verschwindet. Hier ist kein Wegzoll zu zahlen«, rief Christian immer noch zornig und voller Verachtung. Er gab dem Besiegten ein Zeichen, sich zu erheben und mit seinen Männern zu gehen. »Wenn ihr uns noch einmal belästigt, erhebe ich Klage wegen Landfriedensbruchs gegen euch.«

Mürrisch zogen die zwei mit ihrem triefnassen Anführer von dannen.

»Und wenn ihr Frauen wollt, geht zu den Huren ... Falls die so tapfere Helden empfangen«, rief ihnen Grete hinterher, während die Siedler lachten.

»Geht es dir gut?«, fragte Lukas die immer noch schreckensbleiche Marthe. Ein merkwürdiges Mädchen. So weit er es hatte beobachten können, schien sie erstaunlicherweise völlig ruhig und gelassen – bis Christian zum Zweikampf angetreten war. Seitdem aber war sie nicht wiederzuerkennen gewesen.
Nur mit Mühe riss Marthe auf seine Frage hin den Blick von dem Ritter los. Lukas sah in ihre leuchtenden Augen und verspürte einen Anflug von Eifersucht. Natürlich war er stolz auf den Sieg seines Herrn. Aber verdiente er nicht auch ein wenig von ihrer Bewunderung? Schließlich hatte er ihr diesen üblen Kerl vom Hals geschafft.
Marthe fasste sich schnell. »Jetzt geht es mir wieder gut, junger Herr. Ich danke Euch«, sagte sie und schlug die Augen nieder. Würde er mehr als Worte zum Dank verlangen?
Lukas spürte ihr wiederaufflammendes Unbehagen und versuchte, sie zu beruhigen. »Wir hätten nie zugelassen, dass dir jemand etwas antut.«
»Ich weiß«, antwortete Marthe zum Erstaunen des Knappen. Doch bevor er darüber nachdenken konnte, kam Grete mit ihrem zahnlosen Lachen auf ihn zu.
»Euer Herr kämpft einen mutigen Stil«, meinte die Alte anerkennend zu Lukas.
»Ja, er wird öfter unterschätzt«, gab Lukas grinsend zurück, während er begann, Christians Schwert neu zu schärfen.

Marthe wollte zum nahen Flüsschen, um sich mit dem eiskalten Wasser das Gesicht abzuspülen und so ihre Benommenheit abzuschütteln. Doch sie war kaum ein paar Schritte weit gekommen, als sie hinter sich einen Ast knacken hörte. Jäh drehte sie sich um und fand sich Martin gegenüber.

Der lächelte breit. »Weißt du überhaupt, wie sehr du uns allen hier den Kopf verdrehst?«

Er zog sie an sich und strich über ihre Wangen. »Ich träume Tag und Nacht von dir!«

Das Mädchen erstarrte. Sie hatte die Handgreiflichkeiten des rüden Fremden kaum verwunden.

»Komm schon«, raunte Martin, der spürte, wie sich Marthe versteifte. Er drängte sie gegen einen Baumstamm und stemmte seine Arme links und rechts von ihr dagegen, so dass sie sich kaum rühren konnte.

Dann presste er sich an ihren Körper und küsste sie.

Durch das Kleid hindurch spürte Marthe die Härte seines Gliedes. Das löste sie aus ihrer Erstarrung. Auch wenn sie noch Jungfrau war – dieses Zeichen wusste sie zu deuten. Mit aller Kraft tauchte sie unter seinen Armen hindurch und rannte zurück.

»Hab doch keine Angst!«, rief ihr Martin nach. »Ich bin der Beste, den du hier kriegen kannst!«

Wütend hieb er mit der Faust gegen den Baumstamm.

Die Warnung

»Gut gemacht«, lobte Christian den Schmied und legte ihm die Hand auf die Schulter. »Und auch ihr habt euch wacker gehalten«, rief er den anderen Männern zu.

Er wusste, wenn die drei Angreifer die Sache gründlicher betrieben hätten, wäre mit Sicherheit Blut geflossen, denn die Siedler waren nicht im Kampf erprobt. Aber er hatte richtig vermutet, dass die Fremden nur eine Rauferei gesucht hatten, bei der sie ohne Mühe und ohne ernsthaften Widerstand Beute machen konnten. Womöglich würden sie auch Ärger mit ihrem Dienstherrn bekommen, wenn sie ohne dessen Einverständnis Reisende überfielen und ausplünderten.

Christians beeindruckender Sieg im Zweikampf hatte dem Ritter die uneingeschränkte Bewunderung der Siedler eingetragen. Nun äußerte auch keiner der Männer und Burschen mehr Zweifel an der Notwendigkeit von Waffenübungen.

Auch wenn sich jeder der Reisenden bleiern schwer und am Ende seiner Kräfte fühlte, wenn sie bei einbrechender Dämmerung ihr Lager eingerichtet hatten, nahmen die Männer und Burschen von nun an jeden Abend bereitwillig Aufstellung und ließen sich zeigen, wie man Stöße pariert und wirksam austeilt.

Christians Zweikampf mit dem Stiernackigen hatte besonders die Phantasie der halbwüchsigen Jungen angeregt, die deshalb Lukas in den Ohren lagen, mit ihnen zu üben. Das kann nicht schaden, dachte er und holte die Erlaubnis seines Dienstherrn ein. So droschen die Jüngeren, deren Wortführer Kuno und Bertram waren, mit Holzstöcken aufeinander ein, dass es nur so krachte.

Lukas hatte zu tun, ihre wilde Begeisterung in die richtigen Bahnen zu lenken, und sparte nicht mit Ermahnungen. »Pass auf! Bei einem echten Kampf wärst du jetzt tot.«

Kuno stöhnte, warf den Knüppel beiseite und lupfte seinen Kittel, um zu sehen, welche Größe die blauen Flecken mittlerweile angenommen hatten. Dann grinste er, griff erneut zum Stock und trieb Bertram in die Enge.

Bald kamen sie, wie von Christian vorausgesagt, durch ein Dorf mit einer eigenen Kirche. Der Pfarrer, ein noch junger Mann, erklärte sich bereit, Wilhelma in geweihter Erde zu bestatten. »Nehmt Abschied von eurer lieben Mutter. Sie schaut jetzt vom Himmel auf euch herab«, sagte er zu Johanna und Marie. Doch als Jonas und Guntram begannen, Erde auf die Tote zu schaufeln, schluchzten die Mädchen auf und klammerten sich an Marthe.

Der Pfarrer ließ an die Siedler Bier und einen großen Kessel voll süßer Grütze austeilen und erlaubte ihnen, in der Kirche zu übernachten.

»Auf der Burg werdet ihr in solch großer Zahl heute kaum noch unterkommen«, meinte er und wies auf die Festung knapp eine Meile von der Kirche entfernt. »Dort versammeln sich seit Tagen die Ritter der ganzen Umgebung zu einem Turnier. Allerlei fahrendes Volk hat sich auch eingefunden.«

Müde von den nächtlichen Gebeten für Wilhelmas Seelenheil, brachen die Siedler am nächsten Morgen wieder auf.

Die Straße wurde breiter, und sie kamen gut voran. Doch sie waren noch gar nicht weit vom Dorf entfernt, als ein schwerer Karren mit einem bunt bemalten kastenförmigen Aufbau den Weg versperrte.

»Ein Haus auf Rädern«, quietschte Marie.

Der sonderbare Karren war vom Weg abgekommen und steckte mit gefährlich anmutender Neigung fest. Zwei Männer, der Kleidung nach unzweifelhaft Gaukler, bemühten sich nach Leibeskräften, den Wagen wieder in eine aufrechte Lage zu bugsieren.

Christian ließ seinen Zug halten und ein paar der Siedler mit anpacken, um das Gefährt wieder aufzurichten.

»Seid bedankt, o edler Herr, und ihr gleichfalls, wackere Leute!«

Mit übertriebner Ehrerbietung verbeugte sich einer der Gaukler vor Christian.

»Ich bin Ludmillus, der gefragteste Spielmann weit und breit. Niemand hier trägt so gekonnt wie ich die schönsten Heldenlieder vor«, prahlte er mit wohlklingender Stimme, sprang auf einen Stein und breitete die Arme aus. »Große Herren haben mich, begeistert von meiner Kunst, mit ihrer Kleidung belohnt, bis sie zum Schluss nackt in der eigenen Halle standen. Die Frauen waren zu Tränen gerührt, die Männer zu Heldentaten bereit, nachdem sie mich gehört haben.«

»Zu Heldentaten? Wohl im Bett?«, rief Grete. Die Frauen prusteten los.

»Wo immer Ihr wünscht, meine Schönste«, gab der Barde zurück und verbeugte sich vor der winzigen Alten.

»Nimm dir nicht zu viel vor, du Hänfling«, konterte die Witwe und stemmte die Arme in die Hüften.

Tatsächlich war Ludmillus von schmaler Statur. Trotz seiner Jugend war der Haaransatz schon ziemlich weit nach hinten gerutscht, aber sein breiter, sinnlicher Mund, die leuchtend blauen Augen und vor allem seine wohltönende Stimme verliehen ihm etwas Anziehendes.

Die Kinder waren am meisten von seiner Kleidung fasziniert. Mit offenen Mündern bestaunten sie die Beinlinge in Mi-parti: eines rot, eines grün. Bei den Ärmeln seines Kittels waren die Farben vertauscht.

»Zum Dank geben wir euch auf der nächsten Rast eine Vorstellung«, versprach Ludmillus, nachdem sie gemeinsam den Wagen wieder auf den Weg bugsiert hatten. »Allerdings wäre uns daran gelegen, diesen ungastlichen Ort hier so schnell wie möglich zu verlassen ...«

»Der Burgherr fand offenbar deine Kunst nicht so überragend«, spottete Grete gut gelaunt.

Ludmillus lachte. »Nein, fand er nicht. Deshalb auch unser schneller Rückzug.«

Der Spielmann schnitt eine Grimasse. »Ich habe wirklich mein Bestes getan, der hässlichen Frau des Burgherrn zu huldigen. Und der Lohn der guten Tat? Ihr Dummkopf von einem Mann wirft uns in einem Anfall von Eifersucht raus«, erzählte er mit geheuchelter Entrüstung.

Die Zuhörer lachten.

»Er ist es nicht gewohnt, dass jemand seinem Drachen minnt«, rief vom Gauklerwagen sein Gefährte, ein braun gelockter Bursche mit einer Kappe aus vielen bunten Streifen, den der Sänger als Hilarius vorgestellt hatte.

»Ja, ein Tölpel, der anscheinend nicht von den neuen Sitten gehört hat, die unser Kaiser nach dem Vorbild der Aquitanier und Burgunder eingeführt hat – dass man die Frauen nicht mehr einfach in die Kemenate sperrt, sondern ihnen Ehren erweist und Lieder widmet«, gab Ludmillus zurück. »Jetzt muss er selber sehen, wie er das Feuer löscht, das ich bei seiner Dame entfacht habe. Das ist nur gerecht als Strafe.«

Nun lachten Siedler und Spielleute gemeinsam.

»Ihr wisst wenigstens einen Spaß zu schätzen. Aber ihr hättet den Kaplan hören sollen: Fröhliches Fleisch verführt zu Sünde … Wer im Diesseits lacht, wird im Jenseits weinen …«, ahmte Ludmillus mit verdrehten Augen und verstellter hoher Stimme nach. »Die Kirchenherren mögen es nicht, wenn die Menschen lachen. Aber der Burgherr wird bald zu bereuen haben, dass er Spielleute unbelohnt weggeschickt hat.«

»Warum sollte er das?«, platzte Marthe heraus, die kein Auge von dem Sänger gelassen hatte und staunend dessen Reden verfolgte.

Ludmillus verneigte sich vor ihr. »Meine Sonne, es ist bekanntermaßen äußerst unklug, sich mit einem Spielmann anzulegen. Denn nun werden wir ein Spottlied auf den Geizhals und sein hässliches Weib dichten.«

»Kann er euch dafür nicht bestrafen?«, wollte Marthe wissen.

Ludmillus lachte. »Gelegentlich müssen wir ziemlich schnell sein. Aber würdest du an seiner Stelle zugeben, dass du mit dem Lied gemeint bist? Unter allen Spielleuten wird es die Runde machen und an vielen Orten gesungen werden. Deshalb hütet sich der kluge Gastgeber davor, es sich mit uns zu verderben.«

Es wurde nicht nur für Marthe die kurzweiligste Wegstrecke bisher. Die Kinder rannten neben dem Gauklerkarren her, sogar Kuno mit seiner störrischen Ziege, und verfolgten gespannt, wie Ludmillus und Hilarius gemeinsam das neue Spottlied reimten. Sogar Johanna und Marie vergaßen für eine Zeit ihren Kummer.

Sie waren wohl sieben oder acht Meilen von der Burg entfernt, als Christian das Zeichen zur Rast gab. Das kam an diesem Tag früher als erwartet, aber der Platz war gut geeignet, um ein Lager aufzuschlagen.

Christian hätte es kaum zugegeben, doch auch er wartete schon gespannt auf die Vorstellung der Spielleute. Der Name Ludmillus war ihm nämlich nicht unbekannt.

Viele Fahrensleute zogen von Dorf zu Dorf und von Burg zu Burg: Musikanten, Seiltänzer und Feuerfresser. Sie unterhielten die Menschen und überbrachten zugleich Berichte von dem, was sich in anderen Gegenden zugetragen hatte. Doch nur wenige waren darunter, die wirklich gut musizieren konnten und die großen Heldenlieder vorzutragen wussten. Gaukler mit rohen Scherzen, Barden mit krächzenden Stimmen, schlecht gereimten Versen und einer Vorliebe für Würfelspiel und Tändeleien zogen den Ruf der Spielleute zur Landplage herab. Von einem jedoch erzählten die Leute auch auf dem Meißner Burgberg wahre Wunder, obwohl er noch nie dorthin gekommen war: von Ludmillus. Es hieß, dass er mit seinen Liedern die Weinenden zum Lachen und die Lachenden zum Weinen bringen konnte.

Christian war gespannt, ob er hier wirklich den echten Ludmillus vor sich hatte oder nur jemanden, der sich den angesehenen Namen borgte.

Die Frauen setzten Hafergrütze an, die Spielleute steuerten einen Aal bei.

»Sicher gestohlen«, lästerte Grete.

Hilarius lachte. »Sagen wir lieber: Wir hatten Bewunderer in der Küche ...«

Marthe fiel auf, dass der Sänger eine Schüssel voll zum Wagen trug. Ob noch jemand zu ihnen gehört?, überlegte sie. Aber warum zeigt er sich dann nicht?

Der Spielmann bat schließlich die erwartungsfrohen Zuhörer, es sich in einem Halbkreis bequem zu machen.

Aus dem Wagen hatte er etwas mitgebracht, das Marthe schon einmal gesehen hatte.

»Eine Laute. Damit macht er Musik, ihr werdet es gleich erleben«, erklärte sie leise Johanna und Marie und freute sich. Das versprach etwas Großartiges zu werden!

Hilarius zog derweil eine Flöte aus dem Gürtel.

»Er ist der Dichter, ich der Sänger. Er reimt die wunderbarsten Verse, wie ihr gleich merken werdet, aber singen kann er nicht. Deshalb habe ich ihm mit einer Flöte das Maul versiegelt«, spöttelte Ludmillus und gab seinem Begleiter ein Zeichen.

Sie begannen mit dem neuen Lied auf den Burgherrn und seine Frau. Ludmillus imitierte mit seiner Stimme und witzigen

Grimassen den schlechten Gastgeber, dessen Gemahlin und den Kaplan, bis sich die Zuhörer die Bäuche hielten und die Tränen aus den Augen wischten. Auch Marthe taten bald die Seiten weh. So unbeschwert gelacht hatte sie seit langem nicht mehr.

»Hört jetzt die Geschichte von einem Ritter, der einen großen Schatz findet, aber seine Liebste verliert«, kündigte der Sänger an und begann eine leise, melancholische Tonfolge auf der Laute zu spielen.

Diesmal war jeder Spott aus Ludmillus' wohlklingender Stimme verschwunden.

Fasziniert verfolgte Marthe, wie der Sänger völlig in seinem Spiel aufging, seine Stimme mal laut jubeln und dann wieder leise wehklagen ließ. So etwas hatte sie noch nicht erlebt. Wie gebannt wanderte ihr Blick immer wieder zu Christian. Obwohl dessen Gesicht keine Regung zeigte, spürte sie doch, dass auch ihn die Geschichte im Innersten berührte. Hatte er eine Frau verloren, die ihm viel bedeutet hatte? Eine Schwester oder eine Geliebte?

Ergriffene Stille herrschte, als der Spielmann geendet hatte.

Die Frauen seufzten, manche wischten sich Tränen aus den Augen.

»Ihr seid ein großer Künstler, Ludmillus«, sagte Christian schließlich, wobei er dem Sänger mit der höflichen Anrede seinen Respekt erwies. Das ist tatsächlich Ludmillus, dachte er dabei tief bewegt. Und er ist so gut, wie die Gerüchte besagen.

»Euer Spiel wird uns lange in Erinnerung bleiben.«

Der so Gelobte verbeugte sich schwungvoll. »Empfehlt mich weiter an Euren Herrn, edler Ritter!«

»Auf dem Meißner Burgberg ist Euer Name bekannt. Markgraf Otto ist ein kunstsinniger Mann und seine Gemahlin eine wirklich schöne Frau. Wenn Ihr dorthin reist, werdet Ihr mit Sicherheit herzlich empfangen und reich belohnt.«

»Meißen, sagt Ihr? Es ist ein weiter und gefährlicher Weg bis dahin«, meinte der Sänger und runzelte die Stirn. »Aber die Welt ist groß. Gott allein weiß, wohin uns der Weg noch führt.«

Dann blickte er wieder auf sein Publikum. »Ihr da – ich wollte euch nicht in Trauerweiden verwandeln! Scheint, wir müssen noch eins drauflegen.«

Er gab Hilarius ein Zeichen, und die beiden begannen, die alte Mär vom armen Bauern Einochs aufzuführen, dem der Dorfschulze, der Meier und der Pfaffe übel mitspielen, bis er sich schließlich an ihnen rächt, indem er sich ihre Habgier zunutze macht.

Während die Zuschauer applaudierten, ging Ludmillus auf Marthe zu und griff nach ihrer Hand. »Meine Sonne! Mein Herz ist gebrochen bei deinem Anblick. Wie willst du es heilen? Mit einem Kuss?«

Die anderen lachten wieder. Nur Lukas ballte die Fäuste. Wenn dieser Strolch es wirklich wagt, sie zu küssen, dann schlag ich ihn zu Boden, dachte er grimmig und wartete unruhig auf Marthes Reaktion.

Doch die antwortete schlagfertig: »Dein Herz scheint mir ganz in Ordnung. Das verraten mir die Farbe deines Gesichts und die Form deiner Nägel.«

»Und was verrät dir die Farbe meiner Nägel?«

»Dass du die Hände gelegentlich waschen solltest«, gab Marthe keck zurück.

Alle lachten, auch Ludmillus. »Hab Dank für deinen Rat, meine Sonne! Du bist nicht nur schön, sondern auch klug.« Mit übertriebener Ehrerbietung sank er vor Marthe auf die Knie und küsste ihr mit einem lauten Schmatzen die Hand.

Marthe war kurz davor, einzuschlafen, durch ihren Kopf schwirrten noch die Melodien der Spielleute, als sie neben sich ein leises, lockendes Rufen hörte.

»Sst.«

Irritiert sah sie sich um.

»Sst. Sst ...« Und dann lauter: »Mädchen!«

Energisch drehte sie sich weg. Die Frauen hatten sie längst gewarnt, dass die vom fahrenden Volk allesamt nur Taugenichtse und eine Gefahr für jedes sittsame Mädchen waren. Aber Ludmillus ließ sich nicht abweisen und rüttelte sie am Arm. Auf seinem Gesicht war nun keine Spur mehr von Verwegenheit zu entdecken, nur noch Sorge. »Kannst du helfen? Die anderen sagen, du bist heilkundig. Komm mit, ich bitte dich.«

Marthe erhob sich leise und begleitete ihn zu dem Kastenwagen. Als sie hineingeklettert war, sah sie auf einem Strohsack ein in Decken gehülltes Kind von vielleicht zwei Jahren. Daneben saß eine junge Frau mit feinem rotem Haar, die bildhübsch ausgesehen hätte, wäre ihr Gesicht nicht vom Weinen verquollen und ihre Augen tief umschattet.

Für sie also war das Essen bestimmt, dachte Marthe.

Die junge Frau blickte Marthe verzweifelt an. »Bitte hilf! Sie fiebert schon seit Tagen. Aber seit dem Abend geht es ihr so schlimm wie noch nie.« Sie schluchzte auf. »Barmherziger Gott, nimm mir nicht mein Kind.«

Ludmillus setzte sich neben die junge Frau und legte ihr die Hand auf die Schulter. Er wirkte genauso unglücklich wie sie.

Marthe schlug die Decken beiseite und griff nach der heißen Stirn der Kleinen. Das Kind atmete stoßweise und röchelnd, seine Augen glänzten fiebrig.

Marthe drehte sich zu Ludmillus um, der sie nicht aus den Augen gelassen hatte. »Rasch, hol Wasser vom Bach. Einen ganzen Eimer voll.«

Als der Sänger wiederkam, tauchte sie Tücher in das eiskalte Wasser und legte sie dem Kind auf die Beine. Ein Zittern und Stöhnen ging durch den winzigen Körper.

»Was tust du da«, rief die Mutter entsetzt.

»Wir müssen schnellstens die Hitze aus dem Körper ziehen«, erklärte Marthe und legte der Kleinen noch ein Tuch auf die Stirn. Als der Atem der Mädchens endlich etwas ruhiger wurde, wies sie die Mutter an, ihr vorsichtig etwas zu Trinken einzuflößen, und kletterte aus dem Wagen, um ihre Kräuter und Tinkturen zu holen.

Marthe hatte sich erst ein paar Schritte entfernt, da tauchte aus der Dunkelheit Griseldis neben ihr auf und packte sie am Arm.

»Fühlst du denn gar keine Scham, du loses Ding? Für Huren ist kein Platz bei uns.«

Marthe brauchte einen Moment, um zu begreifen.

»Da drin ist eine Frau mit einem todkranken Kind. Ich muss ihnen helfen«, verteidigte sie sich.

»Lüg mich nicht an, Schamlose! Denkst du, ich hätte nicht gesehen, wie still du gestanden hast, als diese drei Strauchdiebe über euch herfallen wollten? Hast es wohl kaum erwarten können«, zischte Griseldis.

Fassungslos starrte Marthe die Frau des Ältesten an.

Ludmillus trat neben sie. Er hatte die Stimmen bemerkt und sofort mitbekommen, worum der Streit ging. So bot er Griseldis an, einen Blick in den Wagen zu werfen. Mit einem verächtlichen Laut verschwand die Wütende ohne ein weiteres Wort.

Marthe holte so leise es ging ihre Vorräte und flößte der kleinen Kranken Akeleitinktur und den letzten Sud aus Alantwurzel ein, den sie in ihrem Korb hatte. Dann erneuerte sie immer wieder die Umschläge, die von der Hitze des fiebrigen Körpers warm geworden waren.

Als das kleine Mädchen endlich ruhig atmete und einschlief, unterwies sie die junge Mutter, wie sie ihr Töchterchen weiter pflegen sollte. »Ich denke, sie hat das Schlimmste überstanden. Alles andere liegt nun in Gottes Hand. Holt mich, falls es ihr wieder schlechter gehen sollte«, sagte sie.

Ludmillus drückte ihr dankbar die Hand. »Das werden wir dir nicht vergessen.«

Der Vorfall ließ Marthe trotz aller Müdigkeit nicht zur Ruhe kommen. Sie war sicher, dass die Kleine wieder gesund werden würde. Doch sie war wütend auf Griseldis.

Abend für Abend, wenn sich alle erschöpft am Feuer ausruhten, kümmerte sie sich mit letzter Kraft und wunden Füßen noch bis in die Dunkelheit um die Krankheiten und Verletzungen, die sich die anderen auf dem Marsch zugezogen hatten – und zum Dank dafür musste sie sich solche Vorwürfe anhören! Niemand wäre auf solch einen Verdacht gekommen, als sie noch gemeinsam mit Fine Krankenbesuche machte.

Wenn sie weiterarbeiten wollte, würde es nicht ausbleiben, dass man sie auch nachts an ein Krankenlager rief. Wie sollte sie ihren Ruf wahren, solange sie nicht das respektable Alter einer weisen Frau erreicht hatte? Immer mehr bekam sie das dumpfe Gefühl, dass ihr neues Leben noch komplizierter sein würde, als sie es sich jetzt vorstellen konnte.

Am nächsten Morgen hatte Ludmillus wieder die Maske des fröhlichen Sängers aufgesetzt.

An der nächsten Weggabelung verabschiedeten sich die Spielleute von den Siedlern. Doch bevor jeder auf seinem Weg weiterzog, nahm Ludmillus Marthe kurz beiseite.

»Als Dank für dich eine Warnung auf den Weg«, raunte er. »Gestern sind uns zwei Berittene begegnet, die nach einem heilkundigen Mädchen in deinem Alter und von deinem Aussehen suchen, das angeblich gewaltige Hexenkraft haben soll. Sie klangen nicht so, als wollten sie nur mit ihr plaudern. Ihr Herr hat sie hinausgeworfen, weil sie sie nicht finden konnten. Jetzt wollen sie sich dafür an ihr rächen.«

Er sah Marthe viel sagend an und ging dann zu seinem Wagen. Marthe blieb tief erschrocken zurück.

Sie hatte Wulfharts Männer längst weit hinter sich geglaubt. Weil sie nicht wagte, Christian deshalb anzusprechen, entschloss sie sich, Lukas von der Warnung des Sängers zu erzählen. Der zog besorgt die Augenbrauen hoch, lächelte ihr dann aber beruhigend zu. »Hab keine Angst. Ich sage meinem Herrn Bescheid und gebe selbst am Ende des Zuges Acht. Halte dich in der Mitte, dann kann dir nichts passieren.«

Schon dirigierte er seinen Braunen an den anderen vorbei, um Christian von der Neuigkeit zu berichten.

Der Überfall

Seit sie ein dichtes Waldgebiet betreten hatten, durch dessen Täler und Senken feine Nebelschwaden zogen, überkam Marthe immer wieder das Gefühl, beobachtet zu werden.

Auch Christian wirkte angespannter als sonst und ließ die Karren dichter zusammenrücken.

Doch bisher war alles ruhig. Marthes Gedanken begannen wieder um die Verletzung zu kreisen, die sie bei Hiltrud bemerkt hatte. Ob Kaspar seine Frau schlug, wenn er sich von Christian unbeobachtet fühlte?

Plötzlich durchzuckte Marthe ein jäher Anflug von Gefahr und ließ sie nach Luft schnappen. Nach einem ersten Schreckensmoment rannte sie an die Spitze des Zuges.

»Da vorne ... etwas Schlimmes!«, stieß sie noch im Laufen hervor, als sie Christian erreicht hatte.

Der Ritter reagierte sofort. Er zügelte seinen Grauschimmel und hob den Arm zum Zeichen, dass der Zug halten sollte. Dann richtete er seinen Blick wieder auf den umgestürzten Baum, der vor einer Biegung den Weg versperrte und den er schon vor Marthes Auftauchen misstrauisch betrachtet hatte.

»Dieser Baum wurde mit der Axt umgehauen – und das erst vor kurzer Zeit«, meinte er zu dem immer noch atemlosen Mädchen. »Die ideale Stelle für einen Hinterhalt.«

Er wendete den Grauschimmel und ließ die Karren so dicht wie möglich zusammenrücken. Mit wenigen Worten erklärte er Marthes und seinen Verdacht.

»Sollen wir einfach hier warten? Oder nachsehen?«, fragte Hildebrand ängstlich blinzelnd.

»Wir legen hier eine Rast ein«, wies Christian an und saß ab. Aufmerksam blickte er um sich. »Sie werden kommen. Wir laufen nicht in ihren Hinterhalt. Verhaltet euch ganz normal, aber bleibt in Reichweite der Waffen. Niemand geht Wasser holen, und wir machen kein Feuer.«

Anerkennend sah er zu Marthe, die immer noch verwirrt war. Dieses Mädchen hat einen sechsten Sinn wie ein erfahrener Kämpfer – oder sogar noch besser, dachte er. Sie hatte den umgeschlagenen Baum nicht sehen können, als sie losrannte. Er musste wieder an die erste Begegnung mit ihr denken. Damals hatte sie seine Anwesenheit gespürt, obwohl er weder zu sehen noch zu hören war; er hatte verdeckt an der Stelle gestanden, auf die sie zugelaufen war. Und Lukas hatte ihm berichtet, dass sie auch schon vor der Rückkehr der anderen von dem Einsiedler gewusst hatte, dass etwas passiert sein musste. Doch er schob den Gedanken vorerst beiseite. Im Moment forderte die drohende Gefahr seine ganze Aufmerksamkeit. Alles hing davon ab, ob und wann die Wegelagerer die Geduld verlieren und aus ihren Verstecken kommen würden, um die Rastenden zu überfallen.

Die Siedler hatten sich auf den Boden gesetzt, Griseldis teilte zweifach gebackenes, haltbares Brot aus. Von außen betrachtet schien die Szene alltäglich, abgesehen davon, dass die Männer diesmal wie zufällig in einem schützenden Ring um die Kinder und Frauen saßen. Doch Marthe spürte die Angst der anderen und Christians Ungeduld.

Wir können hier nicht ewig hocken und warten, dachte der Ritter. Irgendwann müssen wir die Stelle passieren. Er blickte sich unauffällig um und suchte nach heimlichen Beobachtern hinter den Bäumen. Es dauerte nicht lange, bis er eine verstohlene Bewegung bemerkte.

»Dort«, flüsterte er Lukas und Jonas zu. »Und da drüben noch einer. Ich den rechts, ihr den anderen.«

Auf sein Zeichen stürmten sie los und warfen zwei Wegelagerer zu Boden, die sich mit Messern und Keulen auf sie stürzen wollten. Im nächsten Augenblick lösten sich aus dem Wald etwa zwanzig zerlumpte Gestalten und rannten brüllend mit gezückten Waffen auf das Lager zu.

Die Frauen schrien auf, die Kinder kreischten, einige verkrochen sich unter den Wagen.

Doch schon hatten die Männer Spieße und Äxte bei der Hand und kämpften. Jonas schwang seinen schweren Schmiedehammer. Selbst einige der Frauen hatten nach Stangen gegriffen und stachen auf die Angreifer ein, die zu den Karren gestürmt kamen, um sich blitzschnell einen Hühnerkäfig oder einen Sack zu greifen und wieder zu verschwinden.

Christian wurde von zwei Seiten attackiert und sah gerade noch aus den Augenwinkeln, dass sich Kuno und Bertram ebenfalls in den Kampf stürzen wollten. Er streckte seine Gegner nieder und riss Kuno zurück.

»Ihr bleibt hier! Das ist kein Spiel!«, schrie er die Jungen an und rannte hinüber zu Hildebrand, der von einem Angreifer mit einer Axt bedrängt wurde und in Todesangst brüllte.

Marthe stand wie gelähmt in dem Tumult aus Entsetzen, Angst, Schreien und Blut. Die schreckliche Szenerie um sie herum überlagerte sich schlagartig mit einer anderen, mit dem Tag, an dem Gesetzlose ihre Eltern erschlagen hatten. All die Jahre hatte sie geglaubt, sich daran nicht mehr erinnern zu können. Doch jetzt wusste sie: Sie hatte alles mit angesehen. Blitzschnell zogen die Bilder an ihr vorbei. Als die Horde kam, hatte ihre Mutter sie hastig in ein Gebüsch geschoben und ihr eingeschärft, sich auf keinen Fall von dort wegzubewegen. Vom Versteck aus musste sie zusehen, wie ihr Vater vergeblich die Mutter zu schützen versuchte. Zwei der Verfemten stürzten sich auf ihn und streckten ihn mit der Axt nieder. Ein anderer stach mit einem fürchterlich langen Messer immer wieder auf ihre Mutter ein, deren Schreie längst verstummt waren.

Ein durchdringender Ruf riss Marthe aus ihrer Betäubung.

Sie sah einen keulenschwingenden Wegelagerer auf sich zurennen, dessen Gesicht durch ein ausgebranntes Auge verstümmelt war. Entsetzt hob sie den Arm, um den Schlag abzuwehren. Doch der kam nicht. Christian hatte im letzten Augenblick den Angreifer mit einem wuchtigen Schwerthieb niedergestreckt.

Das brachte Marthe wieder vollends zu sich. Schnell schob sie Marie, die wimmernd in ihrer Nähe stand, unter einen Wagen und hielt besorgt nach Johanna Ausschau. Sie entdeckte die Kleine in einem Versteck unter einem anderen Karren, wo sie zusammengerollt lag und mit weit aufgerissenen Augen vor sich hin starrte. Dann griff Marthe nach einem Knüppel, um sich zu wehren.

Nach kurzem, blutigen Kampf waren die Wegelagerer in die Flucht geschlagen.

Einige der jungen Burschen wollten ihnen nachsetzen, doch Christian rief sie zurück. »Es ist genug Blut geflossen.«

Er reinigte sein Schwert, ehe er es wieder in die Scheide steckte, und begutachtete die Folgen des Kampfes.

Sieben der Angreifer hatten den Tod gefunden. Doch auch die Siedler hatten Verluste erlitten.

Stumm vor Entsetzen hockten Kaspar und seine schmächtige Frau Hiltrud neben dem Leichnam ihres Sohnes Paul – jenes Jungen, der beim Streit zwischen Kaspar und Grete das Essen mit seiner Mutter hatte teilen wollen. Ein Axthieb hatte seinen Kopf gespalten.

Rechts von ihr schrie Grete auf, als sie Kuno reglos am Boden liegen sah – ihr Ziehsohn, wie Marthe inzwischen wusste. Die Witwe stürzte auf den Jungen zu, der offensichtlich Christians Warnung nicht befolgt hatte.

Marthe löste sich aus der Erstarrung. Für Paul konnte sie nichts mehr tun, vielleicht aber für Kuno. Sie hockte sich neben ihn, fühlte nach dem Herzschlag des Rotschopfs und tastete seinen Kopf ab. »Er lebt«, beruhigte sie Grete und bettete den Jungen vorsichtig so, dass er auf der Seite zu liegen kam. »Bewege ihn nicht. Wenn er beim Aufwachen alles herausbringt, was er im Magen hat, ist das ein gutes Zeichen.«

Sie stand auf, um nach weiteren Verwundeten zu sehen und Schafgarbe aus ihren Vorräten zu holen. Die Blätter gab sie den Frauen in ihrer Nähe. »Kocht das auf! Und holt noch mehr Wasser und sucht ein paar saubere Tücher.«

Emma hatte bereits ein Stück Leinen in Streifen gerissen.

Griseldis stand wehklagend neben Hildebrand, der aus einer klaffenden Wunde am rechten Oberarm blutete. »Der Kittel ist hin. Und wie soll er mit dem Arm je wieder den Pflug führen?«, jammerte sie.

Marthe schob Hildebrands Ärmel vorsichtig hoch, drückte die glatten Wundränder zusammen und legte einige noch warme Schafgarbenblätter darauf.

»Sein Arm wird heilen«, beruhigte sie Griseldis, während sie dem Verletzten eine straffe Binde anlegte. Hildebrand saß kreidebleich am Boden und ließ alles teilnahmslos mit sich geschehen. Marthe holte einen Becher Wasser, zählte sorgfältig einige Tropfen Tollkirschensaft hinein und gab ihn Hildebrand. »Trink, das betäubt den Schmerz, wenn ich die Wunde nachher nähe. Ich warte, bis die Tropfen wirken.«

Während sich Griseldis gleichzeitig vor Angst und Erleichterung die Augen wischte, verschaffte Marthe sich einen Überblick über die anderen Verletzungen. Tatkräftig unterstützt von den anderen Frauen, begann sie Wunden auszuwaschen und zu verbinden, bis Marie kam und sie am Ärmel zupfte. Die Kleine sah bestürzt aus und zog sie zu Karl, dessen Unterschenkel einen Knick aufwies.

Vorsichtig tastete Marthe die Lage des gebrochenen Knochens ab.

»Warum hast du mich nicht eher gerufen?«, fragte sie vorwurfsvoll, doch Karl sah sie nur kläglich an.

Marthe gab auch ihm einige Tropfen Tollkirschensaft. In diesem Fall konnte sie mit der Behandlung nicht warten, aber wenigstens würde das Mittel den schlimmsten Schmerz danach mildern.

Sie rief zwei der unverletzten Männer heran. »Haltet ihn fest, hier, greift unter seiner Schulter durch. Ich muss den Knochen richten.«

Karl stöhnte auf. Sie steckte ihm ein Stück Holz zwischen die Zähne.

»Beiß drauf!«

Der Junge starrte sie schreckensbleich an. Marthe wartete einen Moment, dann drehte sie sich mit dem Rücken zu ihm. Sie prüfte noch einmal, ob sie im richtigen Winkel stand, und sprach ein kurzes Gebet. Dann stemmte sie sich fest in den Boden, griff nach Karls Bein und zog mit aller Kraft den Knochen wieder in seine ursprüngliche Lage.

Das war eigentlich Arbeit für einen Baderchirurgen. Aber in einem so abgelegenen Dorf wie ihrem einstigen Heimatort konnten die Menschen nicht wählerisch sein. Zu selten kamen Wanderchirurgen in jene Gegend. Die Dörfler hatten sich in Notfällen immer an die alte Fine gewandt, von der sie wussten, dass sie ihr Handwerk verstand.

Während ihre Arme noch von der Anstrengung zitterten, nahm Marthe Karl das Holzstück aus dem Mund und lächelte ihm aufmunternd zu. »Es ist gut. Jetzt kannst du dich den ganzen Tag auf dem Karren durch die Gegend fahren lassen.«

Der Junge lächelte matt zurück. »Du hast so eine Art, einem das Schicksal zu versüßen.«

Marthe legte ihre Hände eine Weile auf die verletzte Stelle, um das gemarterte Fleisch zu beruhigen.

Karls Pupillen waren inzwischen von dem Betäubungssaft groß und dunkel geworden und hatten einen auffallenden Glanz bekommen.

»Lass deine Hände dort – und alle werden mich beneiden!« Er

schien seinen zunehmend starren Blick nicht von ihr lassen zu können. Sollte doch Martin kommen und ihn verprügeln. Und wenn schon.

Haben diese Burschen allesamt nichts anderes im Sinn?, dachte Marthe verärgert. Sie schickte einen Jungen los, zwei gerade Äste zu suchen, und schiente damit Karls Bein.

»Er wird wieder gesund«, sagte sie zu Marie, die weinend neben ihrem Bruder stand, während Johanna das Ganze fasziniert beobachtete.

Nachdem Marthe Hildebrands Wunde mit feinen Stichen genäht und wieder verbunden hatte, ging sie zum Bach, um sich die Hände abzuspülen und die Stirn zu kühlen. Die Angst, das Geschrei und das Wehklagen der Menschen um sie herum verursachten ihr Kopfschmerz.

Erschöpft kniete sie am Ufer nieder. Doch sie hatte kaum die Hände ins kühle Wasser sinken lassen, als Lukas neben sie trat. Der Knappe wirkte niedergeschlagen. »Bitte, komm und sieh, ob du helfen kannst. Drago ist verwundet.«

Christians kostbarer Grauschimmel! Doch wie sollte sie ein Tier behandeln, das niemanden an sich herankommen ließ?

Der Ritter, der sich gleich nach dem Ende des Kampfes davon überzeugt hatte, dass die Verwundeten versorgt wurden, stand neben dem Hengst, streichelte ihn und sprach auf ihn ein.

Zu seinen Füßen lag einer der Gesetzlosen. Ein Huftritt hatte sein Gesicht zu einer blutigen Masse zerstampft. Er hatte das Pferd stehlen wollen, doch das war auf den Angreifer losgegangen. Im Sturz oder schon am Boden liegend, hatte der Vogelfreie noch das Messer gezogen und dem Tier einen tiefen Schnitt beigebracht.

»Kannst du etwas für ihn tun?«, fragte Christian. Sein sonst so beherrschtes Gesicht war voller Unruhe.

Marthe sah aus gebührendem Abstand, dass die Verletzung schon behelfsmäßig behandelt worden war. »Besser hätte ich es auch kaum machen können, Herr«, meinte sie staunend. »Ich werde die Wunde nur noch mit einem Sud säubern, damit sie sich nicht entzündet.«

Sie lief los, um zu holen, was sie dafür brauchte.

Als sie wiederkam, sprach Christian immer noch mit beruhigenden Worten auf das Tier ein.

»Gib mir deine Hand«, sagte er, nahm die Rechte des Mädchens und hielt sie dem Hengst unter die Nüstern. Dann legte er sie dem Pferd an den Hals, während er seine darüber hielt und Marthe dem Tier vorstellte, als wäre es ein Mensch.

Marthe wäre bei seiner Berührung am liebsten zusammengezuckt und hätte ihre Hand weggezogen, aber das würde den Hengst verschrecken. Ein Schauer fuhr ihr über den Rücken. Sie betrachtete die Hand des Ritters, die gerade noch mit einem wuchtigen Schwerthieb ihr Leben gerettet hatte und nun ruhig auf ihrer lag. Eine sauber verheilte Narbe zog sich quer über seinen Handrücken. Sie starrte darauf, um dem Drang zu widerstehen, aufzublicken in Christians Gesicht. Das durfte nicht sein. Er war ihr Herr.

»Drago hasst und fürchtet die meisten Menschen für das, was sie ihm angetan haben«, erklärte der Ritter und wies mit dem Kinn auf die Spuren schwerer Peitschenhiebe, mit denen die Flanke seines Hengstes gezeichnet war. »Aber ich denke, jetzt wird er sich mit dir vertragen.« Er nahm seine Hand von Marthes und trat einen halben Schritt zurück.

Marthe schickte in Gedanken einen freundlichen Gruß an den Grauschimmel und legte vorsichtig einen Umschlag auf die Wunde. Drago stand ganz still.

Lukas hielt erstaunt den Atem an, aber Christian wirkte wenig überrascht.

»Ich danke dir«, sagte der Ritter freundlich, als Marthe fertig war. »Geh nun etwas essen und ruhe dich aus.«

Als zwei der Männer den Baum beiseite räumten, der ihnen den Weg versperrt hatte, zeigte sich, dass er wirklich frisch gefällt worden war, um den Wagenzug zum Halten zu zwingen. Wahrscheinlich hatten die Gesetzlosen sie schon eine ganze Wegstrecke beobachtet.

Gleich hinter der Biegung fanden sie den nackten Leichnam des Bauern, der sie am Morgen ein Stück des Weges begleitet hatte. Ein fröhlicher Mann voller Pläne darüber, was er mit dem Erlös anfangen wollte, wenn er seine Lämmer auf dem Markt verkaufte.

Lukas und Jonas hatten ihm angeboten, bis dorthin mit ihnen zu ziehen, denn allein zu reisen war gefährlich, und dieser Wald stand in keinem guten Ruf. Aber er hatte abgelehnt. Er wollte schnell zu seiner Familie zurück.

Jetzt lag er in seinem Blut auf dem Waldboden. Die Wegelagerer hatten ihm nicht einmal seine Kleider gelassen.

So viel Tod, so viel Blut, dachte Marthe fröstelnd. Ob es der Todesschmerz des jungen Bauern war, der sie auf unerklärliche Weise erreicht und vor dem Überfall gewarnt hatte?

Die Verluste der Siedler an Hab und Gut waren gering.

Die Gesetzlosen hatten es vor allem auf die Vorräte abgesehen. Einer hatte sich einen Hühnerkäfig geholt, ein paar Krüge waren zerbrochen.

Bei den Familien, die nicht selbst einen Toten oder Verletzten zu beklagen hatten, schlugen Angst und Kampfstimmung bald in ein Hochgefühl um. Sie hatten überlebt, die Angreifer in die Flucht geschlagen und ihre Habe gerettet. Gesetzlose waren vogelfrei. Kein irdischer Richter würde von ihnen Rechenschaft dafür fordern, dass sie getötet hatten.

Wie unter Zwang betrachtete Marthe noch einmal den Geblendeten, der sie erschlagen hätte, wäre nicht Christian im letzten Augenblick dazwischengegangen. Der Tote war fast noch ein Kind, dürr und ausgemergelt wie die meisten der Wegelagerer.

Überall hatten viele Dörfler durch Missernten und die Fehden der Ritter, bei denen nicht selten die Felder in Brand gesteckt wurden, ihre Existenz verloren. Wer sich nicht als Tagelöhner verdingen konnte, dem blieb keine andere Wahl, als in die Wälder zu flüchten.

Was wäre aus mir geworden, wenn ich mich nicht den Siedlern hätte anschließen können?, grübelte Marthe. Oder aus den anderen nach der nächsten schlechten Ernte?

Doch bei diesem blutigen Aufeinandertreffen war kein Platz für Mitleid gewesen. Es war ein Kampf auf Leben und Tod.

Christian wies die Männer an, die Toten zu beerdigen. Er ließ sie für Paul ein Grab mit einem kleinen Holzkreuz darauf errichten und versprach, für sein Seelenheil eine Messe lesen zu lassen. Den erschlagenen Bauern betteten sie daneben. Im nächsten Dorf würden sie jemanden bitten, seiner Familie die Nachricht zu überbringen und die Stelle zu beschreiben, an der er begraben lag. Die Leichen der Wegelagerer vergruben sie ein Stück weiter und deckten Steine darüber, damit sie nicht von Tieren wieder ausgegraben werden konnten.

Danach zogen sie so schnell wie möglich weiter.

Christian ritt nun sein Packpferd und führte Drago neben sich.

Karl und Kuno wurden, so gut es ging, auf einen Ochsenkarren gelegt. Kuno war wieder zu sich gekommen und hatte sich wie vorausgesagt gründlich erbrochen. Er war kreidebleich um die Nase, während sein enger Freund Bertram neben dem Wagen ging und in grellen Farben schilderte, was passiert war, nachdem Kuno niedergeschlagen worden war. Beinahe belustigt hörte Marthe, wie bald auch Kuno zu prahlen begann, dass er drauf und dran gewesen war, einen der Angreifer zu erschlagen, wäre nicht jener Knüppel auf seinem Kopf niedergegangen.

Doch Lukas nahm sich den Jungen gnadenlos vor.

»Hat dir der Schlag das Hirn zu Brei geschlagen?«, schalt er. »Fast hätte dich dein Verhalten das Leben gekostet. Du hast den Befehl meines Herrn nicht befolgt – und das ist dabei herausgekommen.«

Kuno verstummte und hätte sich wohl am liebsten unsichtbar gemacht.

»Ein bisschen Übung mit dem Stock macht noch keinen Kämpfer«, fuhr der Knappe mit harter Stimme fort. »Wer ins Gefecht geht, muss gut gerüstet sein und auf Leute mit Erfahrung hören, sonst wird er nicht alt.«

Kuno wurde immer winziger auf seinem Lager.

»Verstanden?«

Der Junge nickte und verzog im gleichen Moment schmerzhaft das Gesicht.

»Gut. Möge Gott uns vor einer Lage bewahren, in der wir sogar Zehnjährige in den Kampf führen müssen.«

Dann endlich gestattete sich Lukas ein Lächeln. »Immerhin, Mut gezeigt hast du ja. Aber Mut allein reicht zumeist nicht aus.«

Da grinste Kuno verstohlen und schaute schon wieder ein bisschen munterer in die Gegend.

Marthe kümmerte sich bei jeder Rast um die Verwundeten, kontrollierte Verbände, legte Umschläge auf und wusch Binden aus. Die Wunden heilten gut, auch die Verletzung von Drago. So bat sie Christian um Erlaubnis, die alten Narben des Hengstes behandeln zu dürfen, die von den Schlägen stammten, mit denen die früheren Besitzer dem Tier ihren Willen aufzwingen wollten.

»Es ist ein Segen, dass wir dieses Mädchen bei uns haben«, sagte Lukas zu Christian und deutete mit einer leichten Kopfbewegung auf Marthe, die gerade nach Hildebrands verletztem Arm sah.

»Sie hat wirklich heilende Hände. Keine der Wunden ist bisher brandig geworden«, entgegnete der Ritter anerkennend.

»Sie ist einfach unglaublich.« Lukas seufzte und dachte: Ihre Hände duften immerzu nach Kräutern. Zum hundertsten Mal überlegte er, wie es sich wohl anfühlen mochte, über ihr glänzendes, kastanienbraunes Haar zu streichen.

Der träumerische Blick, mit dem sein Knappe dem Mädchen nachschaute, ließ Christian stutzig werden. Mit seinen blonden Locken und seiner fröhlichen Art war Lukas der Schwarm vieler Mädchen auf dem Meißner Burgberg. Aber wenn er auf der Burg den Mägden nachjagte, war das eine Sache – und dies hier eine andere.

»Sie ist eine Schutzbefohlene. Ich werde kein Getändel dulden, das für das Mädchen möglicherweise schwere Folgen hat«, sagte der Ritter streng.

»Selbstverständlich, kein Getändel«, wiederholte Lukas, ohne dass sich an seinem verzückten Gesichtsausdruck etwas änderte. »Sie ist auch etwas ganz Besonderes.«

Sollte er sich verliebt haben?, dachte Christian beunruhigt.

»Du weißt, was dein Vater von dir erwartet.«

»Ja«, seufzte Lukas. Als erstgeborener Sohn sollte er einmal eine Braut mit stattlicher Mitgift heimführen. Davon hing ab, ob die Familie für seine jüngeren Geschwister die Schwertleite, eine Mitgift für die Heirat oder den Eintritt in ein Kloster bezahlen konnte.

Als Lukas sich mit Christians Erlaubnis entfernt hatte, hielt der Ritter unbemerkt Ausschau nach Marthe.

Christian besaß inzwischen eine ziemlich klare Vorstellung, was sie war. Alles passte zusammen. Doch zum ersten Mal betrachtete er Marthe nicht als schutzbedürftiges mageres Mädchen, sondern als junge, heranwachsende Frau. Sie war zart, zu zart für ihr Alter, aber klug und stärker, als sie wirkte. Und sie hatte zweifellos etwas Faszinierendes an sich, ohne sich dessen bewusst zu sein.

Sein Herz fing schneller an zu schlagen, als er sah, dass Lukas an Marthes Seite trat und unbefangen mit ihr plauderte, während er mit ihr zu Drago ging. Bei Gott, sollte er wirklich eifersüchtig auf seinen Knappen sein?

Die Würze des Lebens

Der Siedlerzug kämpfte sich weiter Richtung Osten.

Mit unerbittlicher Eile und traumwandlerischer Sicherheit für den richtigen Weg trieb Christian die Wagenkolonne voran. Niemand stellte das Tempo oder den frühen Aufbruch infrage. Jeder wusste, wenn sie den Winter überstehen wollten, mussten sie noch rechtzeitig für Aussaat und Ernte in ihrer neuen Heimat ankommen.

Marthe spürte, dass die durchlittene Gefahr und der Sieg über die Gesetzlosen ihre Mitreisenden verändert hatten. Sie waren zu einer Gemeinschaft zusammengewachsen. Selbst Griseldis wechselte nun freundliche Worte mit ihr – dankbar, dass das Mädchen den Arm und damit die Arbeitskraft ihres Mannes erhalten hatte.

Kaspar schien nach dem Tod seines Sohnes eine Schuld abtragen zu wollen. Unbeholfen tröstete er seine schmächtige Frau, die mit rot geweinten Augen neben ihm ging.

Karl musste wegen des geschienten Beines die Wegstrecke auf einem der Ochsenkarren zubringen. Auch wenn er nicht klagte, war ihm anzusehen, dass ihm das Geholper Schmerzen bereitete. In den Rastpausen schnitzte er für seine Schwestern kleine Tiere und rief bei Johanna und Marie mit jedem Stück neue Begeisterung hervor.

Eines Abends – er hatte sich vergewissert, dass niemand sie beobachtete – schenkte er mit verlegener Miene der überraschten Marthe einen Kamm, den er geschnitzt, sorgfältig geglättet und mit einem schönen Muster verziert hatte.

Marie, die heimlich die Szene belauscht hatte, sang: »Ka-arl liebt Marthe, Ka-arl liebt Marthe!«

Karl, der sonst geduldig mit seinen kleinen Schwestern umging, funkelte sie so böse an, dass sie wegrannte. Aber seine Ohren hatten eine leuchtend rote Farbe angenommen. Marthe suchte schnell einen Vorwand, um die Flucht zu ergreifen. Und Karl wartete schicksalsergeben auf Martins Strafgericht.

Die Sonne besaß nun schon Kraft, aus den Knospen der Bäume trieben zartgrüne Blattspitzen. Sie kamen an Feldern vorbei, auf denen Bauern eggten oder Kinder Krähen von der frischen Saat verscheuchten. Wo sie konnten, nahmen sie die Gastfreundschaft eines Klosters in Anspruch, das sie für eine Nacht aufnehmen musste. Das Ende der Fastenzeit und die feierliche Ostermesse, die sie in einer der Kirchen unterwegs erlebten, taten ein Übriges, um trotz der Mühen und Qualen des Weges die Stimmung zu heben.

Sie folgten nun einer der alten Handelsstraßen nach Böhmen und Polen. Auf der breiten, viel befahrenen Straße kamen sie trotz der mühseligen Steigungen gut voran und fanden oft Gesellschaft: Bauern, die auf einen Markt wollten, Geistliche auf dem Weg in eine entfernte Pfarre oder Hausierer, die von Dorf zu Dorf wanderten und Nadeln, Töpfe, Messer, Gewürze und bunte Bänder feilboten. Einmal trafen sie sogar eine Gruppe Pilger, die zur weiten Reise ans Grab des heiligen Jakob in Compostela aufgebrochen waren.

Die Siedler kamen nun oft durch Dörfer oder Marktflecken, wo sie ihre Vorräte erneuern konnten, indem sie eintauschten, was ihnen entbehrlich schien.

In einem Weiler schenkte ihnen eine verhärmte Frau Brot und etwas Honig für die Kinder. »Der Herr wird mir's lohnen. Vor Jahren sind zwei meiner Söhne in die Ostmark gezogen, um Land urbar zu machen. Wie mag es ihnen wohl ergangen sein?«, fragte sie und wischte sich die Augen.

Doch nicht überall reagierten die Dorfbewohner freundlich, wenn der Siedlerzug in ihrem Ort nächtigen wollte. Manche der Bauern betrachteten sie misstrauisch, beschimpften sie als Bettler oder Diebesgesindel und weigerten sich, die Fremden in ihrer Scheune übernachten zu lassen.

»Von eurer Sorte sind schon Hunderte hier durchgezogen in den letzten Jahren. Niemand hat je wieder von ihnen gehört«, meinte eine mürrische Frau, bei der sie ein paar Bohnen eintauschen wollten. »Aber was ihnen auch passiert sein mag – sie sind selbst schuld daran. Was haben sie auch in der Fremde zu suchen.«

Ein paar Tage später kamen sie in ein Dorf, dessen weise Frau im Winter gestorben war. Marthe bat Christian um die Erlaubnis, einige der Bewohner behandeln zu dürfen.

»Das könnte Wulfharts Knechte auf deine Spur bringen«, gab der Ritter zu bedenken.

Marthe streckte ihm ihren fast leeren Korb entgegen. »Ich habe so gut wie keine Kräuter und Salben mehr. Vielleicht könnt Ihr mit dem Dorfschulzen vereinbaren, dass ich mir zum Lohn für meine Arbeit einiges aus den Vorräten der weisen Frau aussuchen darf?«

Zögernd gab Christian sein Einverständnis und ging zum Dorfschulzen, um mit ihm den Lohn für die Arbeit seiner jungen Heilerin auszuhandeln.

Den ganzen Nachmittag und die halbe Nacht lang kümmerte sich Marthe um die Kranken des Dorfes. Als sie den letzten behandelt hatte – einen dürren Alten, an dessen Bein sie mit heißen Umschlägen einen eitrigen Abszess öffnen musste, doch der davon gar nichts zu merken schien, sondern nur vor sich hin brabbelte –, untersuchte sie im Schein eines Talglichts, was sie von den Vorräten der Toten mitnehmen konnte. Die Salben waren ranzig geworden und nicht mehr zu gebrauchen. In anderen Töpfchen entdeckte sie getrocknete Käfer, Krallen und winzige Knöchelchen, für die sie auch keine Verwendung hatte. Schließlich pflückte sie von den Dachsparren ein paar Bündel getrockneter Pflanzen: Kamille, Thymian, Minze und was sie sonst noch fand.

Ein lautes Knarzen ließ sie herumfahren. In der Tür stand der Dorfschulze und musterte sie mit einem falschen Lächeln, das ihr Innerstes gefrieren ließ.

»Wenn du willst, kannst du bei uns bleiben, du darfst sogar in diese Hütte einziehen«, bot er ihr an.

Doch an der Art, wie er sie musterte, erkannte sie, dass dieser Mann sie zu seiner Hure machen wollte. Und spätestens wenn sie schwanger war, würden die Leute sie zum Dorf hinausprügeln.

Mit zittrigen Händen griff sie nach den Kräuterbündeln. Aber sein lauernder Blick sagte ihr, dass er sie nicht an sich vorbeigehen lassen würde.

Zu ihrer Erleichterung knarzte die Tür genau in diesem Augenblick ein zweites Mal, und Lukas betrat den Raum.

»Mein Herr wünscht, dass du noch einmal nach Drago siehst«, sagte er und gab ihr mit einem Zwinkern zu verstehen, dass dies nur ein Vorwand war. Ohne ein weiteres Wort huschte sie hinaus, dankbar für Christians Schutz.

Gemächlich schlenderte Marthe über eine Blumenwiese. Um sie herum waren nur die Stimmen der Vögel zu hören, aus der Ferne wehte der Wind Stücke von Burcharts melodischem Flötenspiel herüber. Die Sonne schien, das Gras leuchtete in frischem Grün.

Plötzlich brach ein riesiger Mann mit gezogenem Schwert aus dem Gestrüpp vor ihr. Wulfhart!

Mit gewaltigem Wutgeheul stürzte der Burgherr auf sie zu. Zu Tode erschrocken wollte sie fliehen, doch sie konnte sich nicht von der Stelle bewegen.

Sie wollte um Hilfe schreien, aber kein Laut kam aus ihrer Kehle.

Voller Entsetzen fuhr das Mädchen aus dem Schlaf, schweißgebadet, ihr Herz raste.

Eine Woche nach dem Überfall hatten die Albträume begonnen.

Zumeist waren es die gleichen Schreckensszenen, die sie in wilder Folge heimsuchten. Wulfhart, der mit erhobenem Schwert über ihr stand und ihr Hände und Füße abschlagen wollte ... Die von Flammen umloderte Serafine, die mit vorwurfsvoller Stimme rief: Warum hast du mir nicht geholfen? Manchmal mischten sich auch Bilder vom Tod ihrer Eltern dazwischen. Sie schienen keine Gesichter zu haben. Marthe konnte sich wirklich nicht mehr erinnern, wie sie aussahen. Aber wieder und wieder sah sie die tödlichen Waffen der Angreifer auf ihre Mutter und ihren Vater niedersausen und das Blut aus den Wunden spritzen.

Grete rutschte zu Marthe hinüber und legte ihr den Arm um die Schulter.

»Was quält dich so, Kind?«, fragte die Witwe und lauschte Marthes wirrer, bruchstückhafter Antwort.

»Es war nicht deine Schuld, sondern Gottes Wille«, sagte die Alte schließlich, deren Stimme warm und sanft war und nichts von der üblichen Spottlust hatte. »Du hast getan, was du konntest, viel mehr, als man erwarten durfte.«

Die lebenserfahrene Frau zog den Kopf des Mädchens an ihre Schulter. Marthe war, als ob durch diese kleine Geste der Damm brach, der bisher alle ihre Tränen zurückgehalten hatte. Der Kummer um Fines Tod und das schreckliche Ende ihrer Eltern, die Angst vor Wulfharts Drohung und seinen Berittenen, der plötzliche Verlust all dessen, was bisher ihr Leben ausgemacht hatte, brach nun aus ihr heraus. Grete wiegte sie sanft, während sie schluchzte, strich ihr immer wieder über das Haar und murmelte ab und zu leise ein paar tröstende Worte.

Es dauerte lange, bis der Tränenstrom endlich versiegte. Marthe wischte sich über das Gesicht und schniefte ein letztes Mal.

»Gott wird einen Grund dafür haben, dass er dich auf diesen Weg geschickt hat«, meinte die Alte. »Du bist stark, auch wenn man es dir nicht ansieht. Aber hör auf einen Rat: Wenn dich das Elend wieder einmal packt, dann lass es dir um Himmels willen nicht vor den anderen anmerken. Sonst fällt der Rest der Welt wie ein Rudel hungriger Wölfe über dich her.«

Als die Siedler wieder einmal erschöpft das Nachtlager aufschlugen, hörten sie schon von weitem einen schwer beladenen Karren heranrumpeln, der von vier massigen Pferden gezogen wurde.

Zwei Männer mit bemerkenswert großen Hakennasen, die sich so ähnlich sahen, dass sie Brüder sein mussten, stiegen vom Kutschbock und näherten sich mit unverhohlener Neugier. Der Ältere nahm seine Kappe ab, wodurch seine Halbglatze sichtbar wurde.

»Gott zum Gruße euch allen! Ist es erlaubt, dass wir uns zu euch setzen und unseren Proviant gemeinsam mit euch verspeisen?«

»Kommt nur heran«, antwortete Christian.

»Wir sind Salzkärrner aus dem Halleschen und auf dem Weg nach Böhmen«, stellte der Ältere sie vor. »Ich heiße Friedrich wie unser Kaiser und das ist mein Bruder Hans.«

Ächzend ließen sich die beiden am Feuer nieder. Marthe bemerkte, dass Friedrich den Rücken steif hielt und statt des Kopfes den halben Oberkörper drehte, wenn er zur Seite blicken wollte.

Hans, der wie sein Bruder einen gekräuselten blonden Bart trug, aber noch volles Haupthaar hatte, holte Brot und Käse vom Wagen.

»Ihr habt wirklich den ganzen Wagen voll Salz?« Marie verzog das Gesicht.

»Täusch dich nicht, Kleine! Auch wenn Safran, Ingwer oder Pfeffer teurer sind – das Salz ist das wertvollste Gewürz«, meinte Hans. Er beugte sich zu dem Mädchen herunter und sagte mit einer Stimme, als ob er ein Geheimnis verraten würde: »Es ist die Würze des Lebens! Denn jede Speise schmeckt fade ohne Salz – ob nun Brot, Suppe oder Braten.«

Mit genüsslichem Stöhnen streckte er die Beine aus.

»Wie stehen die Dinge in euren Landen?«, wollte Christian wissen.

»Halle gedeiht und blüht unter dem Salzhandel. Vor allem seit Erzbischof Wichmann, der Herr der Stadt, die einheimischen Kaufleute und Geistlichen von dem Salzzoll befreit hat, den jeder sonst zahlen muss, der in die Stadt reist und dort seine Waren stapelt.«

»Warum stapeln sie ihre Sachen?«, fragte Marie, die die Fuhrleute mit unverhohlener Neugier ansah.

Hans lachte. »Das heißt nur so, Kleine – das Stapelrecht, ein altes Vorrecht der Städte. Durchreisende Händler müssen ihre Waren drei Tage lang zum Verkauf feilbieten, ehe sie damit weiterfahren. Hast du schon einmal eine Stadt gesehen, in der viele tausend Menschen leben?«

Marie zog die Nase kraus. »Was ist tausend?«

Friedrich stieß seinem Bruder in die Rippen.

»Du prahlst vor einem kleinen Mädchen, das nicht einmal versteht, was du meinst. Aber dem Ritter hast du noch nicht Auskunft gegeben.«

Er wandte sich an Christian. »Verzeiht meinem schwatzhaften jüngeren Bruder, mein Herr. Ihr wolltet Neuigkeiten hören.«

Er sah Christian bedeutungsvoll an. »Ihr werdet es wissen. Der Krieg weitet sich aus wie ein Brand im Hochsommer.«

Christian nickte.

»Städte und Dörfer sind von den gefürchteten Truppen des Löwen besetzt«, fuhr der Salzkärrner fort. »Gerade hat der Braunschweiger das Land um Magdeburg verwüsten lassen. Man munkelt, ein neuer, mächtiger Bund sei gegen ihn gebildet, die Truppen schon in Marsch. Und Heinrich hat gedroht, er werde lieber das Land verwüsten, als es dem Gegner zu überlassen.«

Der Salzkärrner fuhr mit seiner schwieligen Hand über die

kahle Stelle auf seinem Schädel. »Heinrich ist ein grausamer Mann. Er würde nicht zögern, das zu tun. Früher transportierten wir Erz aus den Gruben bei Goslar. Doch im Herbst haben wir beschlossen, lieber nach Halle zu gehen und bei der Salzpfännerschaft um Arbeit nachzusuchen. Ich hoffe, der Krieg holt uns nicht dort noch ein.«

Er machte eine Pause und nahm einen kräftigen Schluck aus einer hölzernen Kanne. »Wenn Ihr erlaubt, würden wir uns gern Eurem Zug anschließen, solange wir die gleiche Richtung haben. Es ist ein gefährliches Geschäft, mit so wertvoller Ladung ohne Geleitschutz zu reisen.«

»Wir ziehen noch einige Tage auf dieser Straße, dann müssen wir nach Süden abbiegen. So lange könnt Ihr gern mit uns reisen, wenn wir Euch nicht zu langsam sind«, bot Christian an.

Die Salzfuhrleute wirkten sichtlich erleichtert – im Gegensatz zu Christian. Friedrichs Bericht hatte eine Befürchtung verstärkt, die ihn schon lange beunruhigte. Markgraf Otto plante, sich den Feinden des Welfen anzuschließen. Wenn er in den Kampf zog, würde er sicher auch Christian auffordern mitzukommen. Dann mussten die Siedler auf lange Zeit allein zurechtkommen. Noch schlimmer war allerdings der Gedanke, dass der Krieg irgendwann selbst ihr abgelegenes Dorf heimsuchen könnte.

Ächzend und mit steifem Rücken quälte sich Friedrich vom Rastplatz hoch, um sich einen Strauch für die Notdurft zu suchen. Als er wieder ans Feuer kam, sprach ihn Marthe an, bevor er sich setzen konnte.

»Wenn Ihr erlaubt, sehe ich mir Euren Rücken an. Vielleicht kann ich Euch zu etwas mehr Beweglichkeit verhelfen«, meinte sie.

Friedrich starrte sie verblüfft an, aber Hans begann zu lachen. »Die geht ja ganz schön ran, die Kleine«, spottete er.

»Aus dir spricht der Neid, Bruderherz«, gab der Ältere zurück.

Bertha mischte sich ein. »Sie ist heilkundig und sehr geschickt in ihrem Beruf.«

Der Fuhrmann sah Marthe zweifelnd an. »In deinem Alter?«

»Lassen wir es darauf ankommen«, meinte Marthe. Sie sah sich suchend nach einem ebenen Stück Boden um, ließ den Salzkärrner seinen Umhang ausbreiten und sich darauf legen.

»Ihr müsstet den Kittel hochschieben«, sagte Marthe. »Aber Ihr könnt mir die Augen verbinden. Was ich wissen muss, kann ich mit den Händen erfühlen.«

Sie hatte Griseldis' Anschuldigung vor dem Spielmannskarren nicht vergessen und wusste deren strengen Blick auf sich gerichtet.

Unter den Siedlern kam Getuschel auf. Aber schon brachte Hans einen Leinenstreifen, band ihn Marthe über die Augen und führte sie zu seinem Bruder, der inzwischen von mehreren Männern umgeben war, während sich die Frauen in gebührlichem Abstand versammelt hatten.

Marthe kniete nieder und verließ sich nun ganz auf das Gespür in ihren Fingerspitzen, die sie mit Johanniskrautöl eingerieben hatte. Vorsichtig fuhr sie an den Wirbeln entlang, um zu fühlen, wie die Knochen saßen und um die harten Muskeln zu lockern.

»Was hast du mit mir vor?«, fragte Friedrich unruhig.

»Nur ruhig! Wenn Ihr Glück habt, geht es Euch gleich besser.«

Mit sanftem Druck schob sie einen Wirbel zurück in die richtige Lage und ließ für eine Weile ihre warmen Hände auf der Stelle liegen.

Dann bat sie ihn, sich aufzusetzen, drehte seinen Kopf vorsichtig nach links und rechts und zog dann mit einem Ruck, dass es schauerlich knirschte.

»Willst du mich zum Krüppel machen?«, schrie der Hallenser entrüstet auf, doch sein Protest machte keinen Eindruck auf Marthe.

»Jetzt dreht den Kopf langsam nach rechts, nach links ... Ja, so ist es gut. Wie fühlt Ihr Euch?«

»Ich kann mich wieder richtig bewegen!«, rief Friedrich begeistert. »Hans, du Nichtsnutz, hast du das gesehen? Beim nächsten Mal machst du das, wenn dieses Mädchen nicht zur Stelle ist!«

Marthe stand auf und lachte. »Lieber nicht! Sucht Euch einen guten Bader. Aber schaut Euch vorher an, wie er seine Kunden behandelt, damit es Euch hinterher nicht noch schlechter geht.«

Als sich die Salzfuhrleute nach zwei Tagen von den Siedlern verabschiedeten, schenkte Friedrich Marthe ein Säckchen Salz. Die gab es gleich weiter an Griseldis, froh, nun auch etwas zu den Vorräten beitragen zu können.

»Vielleicht begegnen wir uns einmal wieder«, rief Hans den Siedlern zu.

»Nicht sehr wahrscheinlich«, brummte Hildebrand.

»Wer kann das schon wissen«, gab Friedrich zurück und setzte das Vierergespann in Bewegung.

»Wir werden heute noch das Kloster der Heiligen Jungfrau Maria in Chemnitz erreichen«, kündigte Christian eines Morgens an.

Diese Mitteilung löste Freude und Erleichterung bei den Siedlern aus, denn sie bedeutete, dass sie ihrem Ziel nahe waren. Auch wenn die junge Stadt Chemnitz dem Kaiser gehörte, so zählte das Benediktinerkloster bereits zum Einflussbereich von Markgraf Otto, der wie vorher schon sein Vater Konrad Vogt des Klosters war. Hier sollte sich endlich auch der Priester zu ihnen gesellen, dessen Eintreffen Christian bereits vor dem Aufbruch in Aussicht gestellt hatte.

Vater Bartholomäus, der die Siedler im Kloster empfing und sie von nun an begleiten würde, erwies sich als ein weißhaariger, rundlicher Mönch mit Lachfältchen um die Augen. Er hatte die Priesterweihen empfangen und war bereit, das gleichförmige Leben innerhalb der Klostermauern aufzugeben, um sich von nun an um das Seelenheil der Siedler zu kümmern.

»Seid willkommen an diesem heiligen Ort«, begrüßte er sie mit sonorer Stimme, nachdem ihm der Bruder an der Pforte die Ankunft des Siedlerzuges gemeldet hatte.

»Wie ich sehe, könnt ihr nicht nur geistlichen Beistand gebrauchen, sondern auch den von Löffel und Messer, Wasser und Seife und Nadel und Faden.« Ein gutmütiges Lächeln zog über sein rundes Gesicht.

Verstohlen musterte Marthe ihr eigenes Kleid und die Kleidung der anderen. Kittel, Röcke und Bundhauben, die das Haar vor Schmutz und fremden Läusen schützen sollten, waren nicht nur schmutzig, sondern auch an vielen Stellen zerrissen und kaum noch zu flicken. Sie beschloss, sich eine Nadel von Bertha oder Emma zu borgen.

Bartholomäus schickte Karl und Hildebrand in den Krankensaal, damit ein Mönch nach ihren Wunden sehen konnte, und wies den anderen Ankömmlingen den Weg in die Gästehäuser für Männer und Frauen.

Er zeigte ihnen auch den Brunnen, an dem sie sich Wasser holen konnten, was einige der Männer zu misstrauischen Blicken veranlasste.

»Waschen und Baden ist weibisch und verweichlicht den Körper«, murrte Hildebrand, nachdem der Pater Christian in den Klostergarten eingeladen hatte, wo sie ungestört sprechen konnten.

»Ich bin froh, Euch wohlauf zu sehen, Vater«, begrüßte der Ritter den Priester, um ihm dann von der Reise zu berichten.

Christian hatte Bartholomäus auf seiner ersten Reise nach Franken kennen gelernt, als er im Kloster übernachtete. Damals hatte er den Eindruck gewonnen, dass der Mönch trotz seiner Jahre zu umtriebig für das ruhige Klosterleben war, und er hatte durchaus das Gefühl, dass Bartholomäus' Mitbrüder recht froh sein würden, ihn loszuwerden.

»Ja, ich bin als Starrkopf verschrien«, hatte der Geistliche lächelnd gesagt und war unversehens ernst geworden. »In Armut und Keuschheit zu leben fällt mir nicht schwer, aber Demut und Gehorsam schon, wenn ich erleben muss, wie Menschen geschunden werden oder einfach verhungern.«

Lange hatten Christian und Bartholomäus miteinander gesprochen und dabei nach und nach ihre Herzen geöffnet – mehr, als man es zwischen einem jungen Ritter und einem weißhaarigen Geistlichen erwarten dürfte.

Bartholomäus war ins Kloster eingetreten, nachdem er vom Kreuzzug zurückgekehrt war, müde, entsetzt und ausgebrannt von den Metzeleien, die er erlebt hatte.

»Ich war dabei, als vor beinahe zwanzig Jahren König Konrads Truppen fast bis auf den letzten Mann niedergemacht wurden«, erzählte er mit düsterem, starrem Blick. »Wer das überlebte, der starb vor Damaskus durch Pfeile, Hunger oder Streit. Oder ihn packte der Schlachtenwahn angesichts der Unmengen von Blut. Ich habe zu viele Tote gesehen. Auch wenn ihnen im Jenseits ein besseres Leben sicher ist, wünschte ich mir von manchem, er würde noch hier auf Erden wandeln.«

Und Christian erzählte von seinem Vorhaben, Siedler in den Osten zu führen, von seinem Traum, für sie und mit ihnen einen Ort aufzubauen, in dem Hoffnung und Gerechtigkeit herrschten.

»Ich suche einen Geistlichen, der sich um diese Seelen kümmert. Könnt Ihr mir jemanden empfehlen, Vater?«, hatte er schließlich gefragt.

Bartholomäus hatte ihn lange angeschaut und dann gebrummt: »Ich bespreche das mit dem Abt. Holt Euch morgen nach der Frühmesse die Antwort.«

Die Siedler versammelten sich in der Klosterkirche und musterten den Priester mit dem weißen Haarkranz voller Respekt, Hoffnung und Neugier.

Bartholomäus wusste, dass sie von ihm nicht nur lateinische Worte erwarteten, die keiner verstand.

»Ihr nehmt die Mühe auf euch, unserem Herrn im Himmel zur Freude und euch zum Wohle das Land urbar zu machen, in das ihr zieht. Möge der Segen des Herrn auf dem Werk ruhen, das ihr euch vorgenommen habt, und eure Wege ebnen.«

Dann sprach er ein Gebet für das Seelenheil von Wilhelma, Paul und den jungen Bauern, den die Wegelagerer erschlagen hatten.

Am nächsten Tag traute Bartholomäus Emma und Jonas. Anstelle des Brautvaters führte Christian die blumengeschmückte Emma zum Kirchenportal. Die Frauen schauten gerührt zu, einige wischten sich die Augen, als der Pater vor der Kirche die Hände des jungen Paares ineinander legte und ihnen das Ehegelöbnis abnahm.

Zum Feiern zog die ganze Gemeinschaft auf eine Wiese. Jonas

rollte unter dem Jubel der ganzen Gruppe ein Bierfass heran, Christian steuerte ein halbes gebratenes Schwein bei, das er dem Cellerar für eine großzügige Spende abgekauft hatte. Hungrig und ausgelassen machten sich die Siedler über das Festmahl her. Burchart wurde zum ersten Mal für sein Flötenspiel nicht verspottet, sondern ausdrücklich aufgefordert, etwas zum Besten zu geben. Glücklich stimmte der schüchterne junge Bursche ein paar bekannte Melodien an, so dass sein Spiel bald von vielstimmigem, wenn auch wenig wohlklingendem Gesang übertönt wurde.

Dies ist eindeutig ein glückliches Paar, dachte Marthe angesichts der strahlenden Brautleute. Ob meine eigene Hochzeit auch einmal so fröhlich wird?

Verstohlen ließ sie ihre Blicke über die jungen Burschen wandern, die an diesem Tag nicht mit anzüglichen Bemerkungen ihr gegenüber sparten. Sie konnte sich keinen von ihnen als Bräutigam vorstellen. Vor allem Martin ließ sie nicht aus den Augen. Sie nahm sich sofort vor, an diesem Abend nicht einen einzigen Schritt allein zu gehen, damit er ihr nicht wieder auflauern konnte.

Der Dunkle Wald

Mit neuem Mut brachen die Siedler am nächsten Morgen auf – diesmal nach einem Gebet, das Pater Bartholomäus für sie gesprochen hatte und mit der erleichternden Gewissheit, dass er dies von jetzt an täglich tun würde.

Die Wegstrecke wurde beschwerlicher; die Landschaft war

bergig und mit gewaltigen Felsbrocken übersät. Zweimal mussten sie Flüsse mit heftig strudelndem, eisigem Wasser durchqueren.

»Vor uns liegt jetzt das letzte Stück des Weges«, erklärte Christian bei einer Rast. »Von hier bis zum Gebirge im Süden herrscht nur dichter Wald, den kaum jemand betreten hat. Man nennt ihn Miriquidi, den Dunklen Wald. Dort liegt unser Ziel.«

Einige der Siedler bekreuzigten sich hastig.

Der Wald begann drei oder vier Meilen südlich der Straße. Sie verließen den Weg und stießen bald auf einen schmalen, steil ansteigenden und dann wieder abschüssigen Pfad. Je tiefer sie in den Dunklen Wald drangen, umso dichter und höher wuchsen die Bäume. Viele waren mit Flechten behangen, und bald traf kein Sonnenstrahl mehr auf den Boden.

Beklommen schauten die Siedler sich um. Marthe spürte, wie ein Schaudern die Menschen ergriff. Dieser Wald war anders als die Wälder, die sie bisher durchquert hatten – uralt, unheimlich und düster. Womöglich hausten hier Drachen, böse Geister, finstere Zauberer und in den Weihern Nixen?

Die Mütter nahmen ihre kleinen Kinder fest bei der Hand und ermahnten die größeren, keinen Schritt vom Weg abzuweichen und um Himmels willen nicht in ein stilles Gewässer zu blicken, sonst würde eine Wasserfrau sie in die Tiefe ziehen. Auch Marthe passte auf, dass Johanna und Marie dicht an ihrer Seite blieben.

Christian führte sie durch Hohlen, schmale, grabenartige Wege, die seit Generationen von Wilderern, Honigsammlern und Schmugglern genutzt wurden, die nach Böhmen unterwegs waren oder von dort kamen. Die meisten dieser Wege folgten dem Lauf sprudelnder Bäche. Nicht selten hatten die

Ochsengespanne Schwierigkeiten, durchzukommen. Manchmal, wenn der Pfad nicht breit genug war für die Karren, nutzten sie auch die eiskalten Bachläufe als Weg.

Sie waren noch nicht weit gekommen, als Marie plötzlich gellend aufschrie. » Ein schwarzer Mann!«

Christian wendete sein Pferd und preschte mit gezogenem Schwert heran. Doch schnell senkte er die Waffe. Zwischen den Bäumen stand ein rußverschmierter Mann unbestimmten Alters in ebenfalls rußverschmierter Kleidung.

Verlegen trat er vor und räusperte sich. »Ich wollte niemanden erschrecken. Ich bin Gernot, der Köhler«, sagte er entschuldigend.

Sie luden ihn zu einer kurzen Rast ein. Christian beabsichtigte, die Gelegenheit zu nutzen, den Köhler nach dem Wald auszufragen und ihm Holzkohle für Jonas' Schmiede abzukaufen.

Gernot erzählte, dass er schon lange in dieser Gegend lebte. Aber nun wolle er die Arbeit aufgeben. Vor kurzem sei seine Frau gestorben. Er könne die Meiler nicht mehr allein versorgen und die Menge Holzkohle liefern, die der Waldhüter von ihm verlangte.

»Kann ich nicht mit Euch ziehen?«, fragte er schließlich mit gesenktem Blick.

»Warum nicht«, antwortete Christian überrascht. »Holz haben wir genug, das überlässt uns der Fürst. Und es wird sich auch jemand finden, der dir bei der Arbeit zur Hand geht.«

Gernot zögerte keinen Moment. »Abgemacht. Ich hole nur noch meine Habe.«

Jonas und Guntram begleiteten ihn. Wenig später kamen sie mit Äxten, ein paar Fellen, einem Vorrat an Hirse und zwei Sack Holzkohle wieder, die sie auf einen der Wagen legten. Dort war inzwischen Platz geworden, denn die Siedler hatten einen beträchtlichen Teil der Ladung unterwegs für sich und das Vieh aufgebraucht.

Hin und wieder lichtete sich der Wald und wich größeren Flecken mit wilden Wiesen oder Sümpfen. Der Boden wurde so morastig, dass die Wagenräder tief einsanken und oft stecken blieben. Am Vortag hatte es stark geregnet, berichtete der Köhler.

In der Nacht setzte erneut Regen ein. Es mussten gewaltige Wassermassen sein, die vom Himmel kamen, denn das Wasser tropfte nicht, sondern rann ununterbrochen in dicken Fäden von den Ästen. Bald boten die Regendächer, die sie sich aus Zweigen und Fellen gebaut hatten, keinen Schutz mehr. Wer überhaupt Schlaf gefunden hatte, wurde wach und suchte, vor Nässe triefend und frierend, nach einem Unterschlupf.

»Hast du jemals in deinem Leben schon so einen Regen erlebt?«, fragte Marthe die alte Grete. »Ich meine, dass das den ganzen Tag so geht. Als ob bald die nächste Sintflut über uns hereinbricht ...«

Die Witwe verzog das Gesicht. »Ich kann mich nicht erinnern.«

Grete drehte sich zu dem Köhler um. »Kommt das hier in der Gegend öfter vor?«

»So schlimm nicht. Nicht weit von hier steht eine Hütte, glaube ich. Da können wir Zuflucht suchen.«

»Schön, dass ihm das jetzt einfällt«, knurrte Jonas, der seinen Umhang um die vor Kälte schlotternde Emma gelegt hatte.

»Tut mir Leid – ich hatte das fast vergessen«, entschuldigte sich Gernot. »Vor zwei oder drei Jahren sind hier schon einmal Leute entlanggekommen, die wie ihr weiter östlich siedeln wollten. Sie hatten hier zwei Kranke zurückgelassen.«

Christian schickte Lukas und Gernot aus, um die Hütte zu

suchen. Bald kehrten beide triefend nass, aber zufrieden zurück. Die Siedler packten eilig zusammen und folgten ihnen.

Das Regenwasser versickerte schon nicht mehr im Boden, sondern sammelte sich in größer werdenden Lachen. Erschöpft und durchgefroren erreichten sie die Hütte – ein roh gezimmerter Bretterverschlag, der wenigstens den Frauen und Kindern etwas Schutz vor dem Unwetter bieten würde, wenn sie eng zusammenrückten. Unmengen von Spinnweben ließen darauf schließen, dass die Hütte schon eine ganze Weile unbewohnt war.

»Was ist aus den Kranken geworden?«, fragte Marthe den Köhler.

»Keine Ahnung – abgeholt, fortgezogen oder tot. Falls sie gestorben sind, haben die Tiere nicht einen Knochen übrig gelassen.«

Sie sind tot, dachte Marthe, die sich umgeblickt und in einer Ecke einen rostigen Gegenstand entdeckt hatte. Niemand würde ohne sein Essmesser weggehen. Ihr Blick traf kurz Christians, und sie erkannte, dass er dasselbe dachte.

Christian ließ Brot an die durchnässten Siedler austeilen. Während die anderen aßen, begann er die Umgebung aufmerksam zu erforschen.

Nur Augenblicke später alarmierte er Hildebrand, Jonas und die anderen Männer. »Wir müssen weiter auf den Hügel hinauf, und zwar schnell.«

Hildebrand begutachtete verdrießlich die steile Böschung. »Auf dem nassen Boden kommen wir mit den Gespannen nie rauf, Herr. Unmöglich, viel zu steil!«

»Dann führt die Tiere einzeln hoch! Jeder soll tragen, was er kann. Sonst verlieren wir alles! Der Bach wird anschwellen.«

Während sich die Männer daranmachten, die Anweisung zu

befolgen, sah Marthe wie gebannt zu einem Baum hinauf. Christian folgte ihrem Blick und zuckte zusammen: Schnecken krochen den Baumstamm hoch und hatten beinahe schon Mannshöhe erreicht.

»Hinauf! Alle sofort den Hügel hinauf!«, brüllte der Ritter. Er machte mit schnellen Griffen seinen schnaubenden und stampfenden Grauschimmel und die anderen Pferde los und nahm zwei der Kinder unter die Arme, um mit ihnen in großen Schritten den Hügel hinaufzulaufen. Als Nächstes rannte Marthe los, griff nach den ihr anvertrauten Mädchen und zerrte sie mit sich. Inzwischen hatte Christian die Kinder bereits oben abgesetzt, schlitterte die steile Böschung hinab und hievte sich den mit seinen Krücken hilflosen Karl über die Schulter.

Endlich kamen die anderen in Bewegung. Frauen griffen nach Kindern oder Körben, Männer rannten los, um die Tiere hinaufzuführen. Jonas kappte mit einem schnellen Hieb die Stricke, mit denen die Ochsen festgebunden waren, weil sich die Knoten nicht schnell genug lösen ließen. Wer oben seine Last abgeladen hatte, rutschte den Hügel hinunter, um Vorräte von den Wagen zu holen.

»Zuerst das Saatgut!«, rief Christian, nachdem er sich vergewissert hatte, dass alle wohlbehalten oben angekommen waren.

Misstrauisch behielt er den Bachlauf im Auge, während er Hiltrud aufhalf, die mit letzter Kraft einen Sack hinter sich her zerrte und immer wieder keuchend in den Schlamm fiel.

Auf einmal schrie er: »Weg da! Lasst alles liegen! Sofort hinauf mit euch!«

Augenblicke später übertönte ein donnernder Lärm den rauschenden Regen. Durch den Hohlweg kam eine gewaltige Wassermenge geschossen. Die tosende Flut riss alles mit sich, was ihr im Weg lag. In wilden Strudeln kreisten Äste und Tier-kadaver.

Fassungslos sahen die Menschen, wie die reißende Strömung die Hütte zerschmetterte und wegspülte, in der sie eben noch gesessen hatten, dann die Karren und mit ihnen den größten Teil ihrer Habe. Einen der Wagen riss das schäumende Wasser mit sich, bis er sich quer in den angeschwollenen Flusslauf stellte.

Griseldis schrie und wollte zum Wasser rennen.

Christian riss sie am Arm zurück. »Bleib hier! Das wäre dein Tod!«

Hildebrands Frau heulte auf. »Wir werden verhungern!«

Noch bevor der Ritter antworten konnte, kam Grete und ver-setzte Griseldis zwei kräftige Ohrfeigen. »Das werden wir nicht! Setz dich hin und rühr dich nicht vom Fleck.«

Die entschlossene Witwe winkte Hildebrand heran und fuhr ihn an: »Sorg dafür, dass dein Weib nicht alle ansteckt mit ih-rem Angstgeschrei.«

Ein Warnruf von Lukas unterbrach sie.

Christian fuhr herum und sah, wie der Knappe aufgeregt nach unten zeigte. Bis eben unbemerkt hatte sich einer der Männer hinuntergewagt, um noch etwas aus dem schäumenden, stru-delnden Wasser zu retten.

»Zurück! Komm zurück!«, schrie Christian.

Marthe sah, wie der Mann versuchte, sich an einem Baum fest-zuhalten und mit dem anderen Arm nach etwas angelte. Plötz-lich rutschte er ab und stürzte ins Wasser.

»Burchart!«, schrie eine der Frauen, andere stöhnten entsetzt auf.

Jetzt erst erkannte Marthe, wer da in dem wild tosenden Was-ser um sein Leben kämpfte. Der Junge sollte sich als Hilfskraft in Jonas' Schmiede anlernen lassen. Abgesehen von seinem

Auftritt bei der Hochzeitsfeier, war er wegen seines Flötenspiels von den anderen Burschen immer nur ausgelacht worden. Vielleicht wollte er nun seine Tüchtigkeit beweisen.

Burcharts Körper tauchte kurz unter und wieder auf, trieb auf einen Baumstamm zu, der quer in der Hohle hing, prallte dagegen und blieb daran hängen. Immer wieder verschwand der Kopf im tosenden Wasser, um kurz darauf wieder aufzutauchen.

Christian rannte zu seinem Packpferd, um ein Seil zu holen.

»Rührt euch nicht vom Fleck«, schärfte er den Umherstehenden ein.

Er band das Seil fest an einen Baum und schlang es sich um den Leib. Dann ließ er sich vorsichtig in die Hohle hinab, griff nach dem Verunglückten und gab ein Zeichen, dass die anderen sie wieder hinaufziehen sollten.

Mit gequältem Gesicht erreichte er schließlich den Hügel und ließ den reglosen Körper zu Boden gleiten. Jetzt konnten auch die anderen sehen, was Christian schon während seiner Rettungsaktion erkannt hatte: Burcharts Kopf war auf einer Seite zerschmettert und hing in unnatürlichem Winkel herab, sein Genick war gebrochen.

Mit entsetztem Schweigen blickten die Siedler auf den Toten, während Bartholomäus ein Kreuz schlug und ein Gebet zu sprechen begann.

»Drei werden sterben.«

Immer wieder musste Marthe an diesen Satz denken, der ihr am ersten Abend ihrer Flucht in die Fremde durch den Kopf gezuckt war.

Wilhelma, Paul und nun Burchart.

War das Zufall? Oder die Erfüllung einer furchtbaren Vision?

Mit brutaler Macht überlagerte dieser Gedanke alle anderen Wahrnehmungen – den Regen, die Kälte, das Entsetzen und Wehklagen.

Die Männer trieben inzwischen die Zugtiere zusammen und banden sie fest. Die Ochsen hatten sich kaum von dem Platz wegbewegt, an den die Männer sie gebracht hatten. Drago hielt die unruhigen Pferde beieinander.

Es goss immer noch in Strömen, unter ihnen toste und strudelte das schlammbraune Wasser mit unverminderter Wucht.

Christian suchte nach einem geeigneten Platz und ließ die Männer dort das gerettete Gut stapeln. Er schickte ein paar Jungen los, um Birkenrinde von den Bäumen zu schälen und Buchenäste aufzulesen, damit trotz der Nässe ein Feuer entzündet werden konnte.

»Kocht uns etwas Warmes! Was an Vorräten feucht geworden ist, werden wir ohnehin schnell aufbrauchen müssen, damit es nicht verdirbt«, sagte er zu den Frauen und brach zu einem kurzen Erkundungsgang auf.

»Es ist hoffnungslos.« Guntram, der mit den anderen um das qualmende kleine Feuer saß, war der Erste, der etwas sagte. Er hatte die ganze Zeit über das Gesicht in seinen schwieligen Händen verborgen. Nun sah er auf.

»Um meines ungeborenen Sohnes willen – Bertha und ich werden nach Meißen gehen und versuchen, uns in der Burg oder bei einem Kaufmann zu verdingen.«

»Du willst aufgeben?«, fragte Jonas, der Emma an sich gedrückt hielt.

»Wie sollen wir denn in der Wildnis überleben, wo wir alles verloren haben? Wir werden verhungern!«, fauchte Kaspar.

Mehrere Frauen schluchzten auf und pressten ihre Kinder an sich, zwei umarmten sich weinend. Hildebrand sah unentschlossen von einem zum anderen und wünschte sich Christian herbei.

Marthe, die ihre Arme um Johanna und Marie gelegt hatte, damit sie sich gegenseitig ein bisschen wärmen konnten, bekam Angst. Was sollte aus ihr werden, wenn die Gemeinschaft das Vorhaben aufgab, ein Dorf zu gründen? Allein war sie ganz und gar verloren.

Bitte, lauft nicht auseinander, flehte sie stumm und drückte die beiden Mädchen so heftig an sich, als könnte sie damit die ganze Reisegesellschaft beisammenhalten. Gebt nicht auf so kurz vor dem Ziel!

Beklommene Stille machte sich breit.

Es war wieder Grete, die das Schweigen durchbrach. »Wir leben noch. Und Burchart könnte es auch, wenn er nicht so leichtsinnig gewesen wäre«, sagte sie mit fester Stimme. »Wir haben unsere Hände und können von vorne beginnen. Ich vertraue unserem neuen Herrn!«

Griseldis, die sich auf den Boden gehockt und den Kopf zwischen den Armen vergraben hatte, blickte wütend hoch.

»Du hast gut reden – du wirst einmal seinen Haushalt führen, deine Söhne werden sein Land bestellen«, rief sie. »Dir wird es an nichts mangeln. Aber was wird aus uns? Was sollen wir den Kindern im Winter zu essen geben?« Furchtsam starrte sie durch den prasselnden Regen. »Vielleicht hatte der Einsiedler doch Recht mit seinem Fluch.«

Unbemerkt war Vater Bartholomäus herangetreten und fuhr nun donnernd dazwischen. »Schweig, törichtes Weib! Lass dich nicht von einem Verblendeten leiten. Gott hat uns eine Prüfung auferlegt. Mit seiner Hilfe und unserer eigenen Entschlossenheit werden wir sie bestehen.«

Auf seinem kurzen Erkundungsgang haderte Christian mit sich selbst. Drei Menschen, die sich seiner Obhut anvertraut hatten, waren gestorben. War das Gottes Wille, oder hatte er sie nicht gut genug beschützt?

Als er sich dem heftig qualmenden Feuer näherte, richteten sich verzweifelte, misstrauische, aber auch Hoffnung heischende Blicke auf ihn.

»Ein paar Steinwürfe von hier entfernt können wir einiges von unserem Hab und Gut retten«, verkündete er. »In den Biegungen haben sich ein paar Fässer verfangen.«

Hildebrand räusperte sich. »Guntram will uns verlassen und sein Glück in Meißen versuchen.«

Mit unbewegter Miene nahm Christian die Nachricht auf. »Noch jemand?«

Ehe einer der Männer antworten konnte, rief Bertha mit heiserer Stimme dazwischen: »Wartet!«

Guntram sah sie erstaunt an.

Bertha griff nach seiner Hand. »Ich will genau wie du, dass unser Sohn lebt und ohne Not aufwächst. Aber wir sind in der Stadt nicht sicherer. Lass es uns hier versuchen! Jeder von uns ist losgezogen, weil er einen Traum hatte – einen Traum vom eigenen Land.«

»Sie hat Recht«, wandte sich Grete an Guntram. »Wie wollt ihr die Kinder in der Stadt durchbringen, wenn ihr keine Arbeit findet? Wald und Fluss werden uns ernähren. Wir können Honig und Nüsse sammeln und Eichelmehl kochen. Und schließlich haben wir alles Vieh retten können.«

Zustimmendes Gemurmel ertönte.

Zögernd blickte Guntram zu Bertha. »Willst du das wirklich wagen? In deinem Zustand?«

Die nickte entschlossen. »Gerade deshalb. Niemand würde mich jetzt als Magd nehmen.«

Christian straffte sich. »Griseldis und Grete werden mit mir prüfen, was uns an Vorräten erhalten geblieben ist. Alles, was noch ausgesät werden kann, bleibt unangetastet. Wir werden nicht verhungern.«

Überrascht bemerkte Christian, dass auch Marthe um Erlaubnis bat, zu sprechen. Er nickte ihr aufmunternd zu.

»Wir müssen Regenwasser auffangen. Das Flusswasser wird auf Tage nicht trinkbar sein«, sagte sie.

Unwillkürlich richteten sich alle Blicke auf die schlammige, wirbelnde Brühe unter ihnen.

Zwei der Frauen standen auf, um nach Gefäßen zu suchen, die sie dafür nutzen konnten.

Christian sah zu Jonas hinüber, der daraufhin das Wort ergriff.

»Wir werden Schößlinge sammeln und Kaninchen fangen und alles Niederwild, das wir uns nach dem Gesetz holen dürfen. Der Fürst erlaubt uns das Fischen. Die Jungs werden Vogelnester ausnehmen, die Frauen Pilze und Beeren suchen. Und vergesst nicht: Zwei der Kühe sind trächtig, wir werden Milch haben. Wir müssen unser Vorhaben nicht aufgeben. Wir sind aufgebrochen, um Land urbar zu machen und auf eigenen Höfen zu leben. Und genau das werden wir tun.«

Christian, Jonas und Hildebrand verteilten die Aufgaben. Die einsetzende Geschäftigkeit schien ein gutes Mittel gegen verloren gegangenen Mut zu sein. Als der Regen endlich nachließ, schickte Christian Männer aus, die das Ufer absuchen sollten. Er ermahnte sie, sich mit Seilen zu sichern, wie er es bei der gescheiterten Rettung Burcharts getan hatte. So konnten sie an den nächsten Biegungen zwei Äxte, mehrere Fässer und sogar einen Sack von Gernots Holzkohle bergen.

Bartholomäus ließ zwei von den Männern ein Grab für Burchart schaufeln. Zum Glück gehörte eine hölzerne Schau-

140

fel zu den Dingen, die sie hatten retten können. Dann sprach er ein Gebet für den Toten.

Während sie am Abend erschöpft ums Feuer saßen und darauf warteten, dass die Körner für den Brei weich kochten, berieten sie, was sie nach der Ankunft zuerst in Angriff nehmen würden.

Der Verlust eines großen Teils der Vorräte hatte ihre ursprünglichen Pläne zunichte gemacht. Sie würden mehr Zeit als geplant für die Nahrungssuche aufwenden müssen. Aber genauso dringend mussten sie roden, um säen zu können. So kamen sie überein, den Häuserbau auf den Herbst zu verschieben und zunächst nur eine behelfsmäßige Unterkunft für alle zu errichten. Marthe war insgeheim erleichtert über diese Lösung. Denn das verschob die Frage, wer sie in sein Haus aufnehmen würde, erst einmal in die Zukunft.

Verschmutzt, erschöpft, aber wild entschlossen brachen sie einen Tag später auf, als das Wasser weitgehend abgeflossen war. Männer wie Frauen waren schwer beladen. Sie hatten steile Wegstrecken zu bewältigen und rutschten an manchen Stellen mehr, als dass sie gingen. Doch der Gedanke, dass sie nur noch einen oder zwei Tage von ihrem Ziel entfernt waren, ließ sie die letzten Kräfte zusammennehmen.

Als sie an einem kleinen Weiher vorbeikamen, konnten sie sehen, dass die Sonne strahlend vom Himmel herabschien, als ob nichts geschehen sei. Nur die wild durcheinander liegenden Baumstämme und verwesende Tierkadaver zeugten von der Naturgewalt, die das Gebiet gerade erst heimgesucht hatte.

Am Nachmittag des übernächsten Tages brachte Christian den Zug unverhofft zum Halten. Er wies auf eine von dichtem Wald umgebene Lichtung mit sanften Hügeln vor ihnen. Verstreut standen Bäume und Buschwerk: Birken, Kiefern, Buchen, Tannen, Fichten, Erlen und Hasel. Die Lichtung mochte vor einiger Zeit durch einen Waldbrand entstanden sein. Ein Bach floss in anmutiger Krümmung durch das Terrain.

»Wir sind da. Hier werden wir unser Dorf errichten.«

Für einen Moment herrschte Schweigen.

Marthe atmete tief durch. Sie hatten es geschafft! Nach vielen Wochen der Ungewissheit und unsäglicher Mühen waren sie am Ziel! Bewegt drückte sie Johanna und Marie an sich.

Jonas zog Emma zu sich und legte seinen Arm um sie.

Griseldis brach in Tränen aus.

Guntram grub seine Hände in den Boden und ließ die Erde durch die Finger rieseln.

Vater Bartholomäus sank auf die Knie und sprach ein inbrünstiges Dankgebet.

Plötzlich lagen sich alle in den Armen – lachend, weinend, ungläubig darüber, am Ziel angekommen zu sein, für das sie so viele Entbehrungen und Gefahren auf sich genommen hatten.

Jeder ließ fallen, was er gerade trug, und stürzte auf einen anderen zu, den er umarmen konnte.

»Wir sind da! Wir sind da!«

Kuno brüllte, was das Zeug hielt, und schlug Bertram lachend auf die Schulter. Karl kam zu seinen Schwestern gehumpelt und ließ die Krücken fallen.

Lukas versuchte, in all dem Trubel gelassen zu scheinen, wie es sich für einen bewährten Knappen gehörte. Doch heimlich suchte er nach Marthe. Als er sah, wie Karl seine kleinen Schwestern umarmte und dann wie beiläufig auch die bei ihnen stehende Marthe, wurde sein Blick starr.

Dabei entging ihm, dass auch Christian seine Blicke ausgerechnet auf diese Szene gerichtet hatte.

Als sich der Jubel endlich gelegt hatte, setzte große Geschäftigkeit ein. Die Burschen führten das Vieh zum Bach, um es zu tränken, die Frauen trafen lauthals redend Vorbereitungen zum Kochen. Die Männer schritten gemeinsam das Land ab und machten Pläne, wo sie zuerst aussäen konnten. Christian hatte die Hufen schon vor dem Aufbruch abgesteckt, aber deren Verteilung sollte erst nach der Herbstaussaat ausgelost werden. So lange würden sie alles gemeinsam bearbeiten.

»Das Land diesseits des Baches steht uns zur Verfügung«, erklärte der Ritter den aufgeregten Siedlern. »Dort, auf dem Hügel, ist ein guter Platz für die Kirche. Die große Linde soll unsere Dorflinde sein, unter der wir beraten und Gericht halten können.«

Einzig Marthe stand still und musterte versonnen das Stück Land, das nun ihr Zuhause werden sollte. Dafür hatten sie ihre Heimat verlassen, den gefahrvollen Weg auf sich genommen und sich zum Schluss fast auf Knien durch die verwüstete Landschaft gequält. Die Bäume versprachen gutes Holz für starke, Schutz spendende Häuser. Würden sie sich hier gemeinsam ein glückliches Leben aufbauen können?

Christian trat an sie heran, gefolgt von Lukas, der Drago am Zügel führte. »Ich werde morgen nach Meißen reiten und dem Fürsten berichten, dass die Siedler eingetroffen sind«, sagte der Ritter. »Du kommst mit mir.«

Marthe sah überrascht auf.

»Der jüngere Sohn des Markgrafen ist krank. Nach dem, was ich unterwegs gesehen habe, kannst du ihm vielleicht helfen.«

»Was fehlt ihm, Herr?«, erkundigte sich Marthe.

»Ein Gelehrter hat ihn für besessen erklärt, aber seine Mutter will sich damit nicht abfinden. Immer wieder befällt ihn ein rätselhaftes Fieber, manchmal verliert er das Bewusstsein und fängt an zu zucken.«

Nun blickte Marthe besorgt. »Ich werde sehen, was ich tun kann.«

An diesem Abend fand niemand schnell Ruhe. Die meisten flüsterten miteinander und schmiedeten Pläne. Jonas und Emma hatten sich ein Stück abseits auf einem der künftigen Felder zum Schlafen niedergelegt, um so für die Fruchtbarkeit des Bodens zu sorgen.

Christian hatte diesmal auf eine Nachtwache verzichtet, sich ausgestreckt und schien sofort eingeschlafen zu sein. Doch seine Gedanken kreisten um den nächsten Tag. Was würde ihn nach so langer Abwesenheit in Meißen erwarten?

Auch Lukas träumte mit offenen Augen von einer Zukunft, die er sich seit dem Nachmittag in glänzenden Farben ausmalte. Alles schien ihm sonnenklar: Marthe würde den jungen Grafen heilen, Otto und Hedwig würden ihr überaus dankbar sein und sie reich belohnen. Vielleicht verschafften sie ihr sogar eine angesehene Stellung am Hof. Und dann könnte er um ihre Hand anhalten, ohne dass sein Vater das ganze Rittergut zusammenbrüllen oder ihn verstoßen würde.

Wieder rief er sich den Duft ihrer Hände, den Glanz ihres Haares, den Blick ihrer grünen Augen in Erinnerung. Wie würde es sein, ganz sanft ihre Lippen zu berühren? Das vertraute Ziehen stieg in seinen Lenden empor.

Bis er sie haben und zur Frau erwecken konnte, würde er sie behüten wie einen kostbaren Schatz.

Marthe starrte währenddessen gedankenverloren in den Sternenhimmel. Nur wenige Schritte entfernt hörte sie Bertha schluchzen. Guntram redete beruhigend auf sie ein. »Ist ja gut. Nun hast du es überstanden. Es ist vorbei«, murmelte er.

Nein, dachte Marthe. Jetzt fängt alles erst an.

ZWEITER TEIL

Zwischen zwei fremden Welten

Audienz beim Markgrafen

Als Marthe am nächsten Morgen erwachte, wunderte sie sich über die Stille. Nur ein paar Vögel waren zu hören, aber es fehlte die Geschäftigkeit des bevorstehenden Aufbruchs.

Dann kam die Erinnerung. Sie waren angekommen! Genau hier sollte das Dorf entstehen.

Neben ihr lagen Johanna und Marie eng aneinander geschmiegt. Ein Stück weiter wälzte sich jemand zur Seite und begann leise zu schnarchen.

Sie setzte sich vorsichtig auf, um die Ruhe nicht zu stören, und malte sich aus, wie die Landschaft aussehen würde, wenn hier Häuser stehen und Felder bestellt sein würden.

Für einen Moment zuckte ein Traumbild durch ihren Kopf: Rauchsäulen, die vom Ufer des Baches aus aufstiegen. Und dieser halb abgebrochene Ast an der Dorflinde ... sah das von weitem nicht aus wie ein Gehängter?

Entschlossen rieb sie sich die Augen, um die Phantasiegespinste zu vertreiben. Dann fiel ihr ein: Heute sollte sie mit Christian und Lukas nach Meißen reiten. Auch wenn der Gedanke sie einschüchterte, so lange allein mit zwei edlen Herren unterwegs zu sein, überwog doch ihre Vorfreude. Sie würde noch nie zuvor Gesehenes erleben – Damen in prachtvollen Gewändern und eine Burg, die sicher um vieles größer und stattlicher war als das heruntergekommene Anwesen von Wulfhart. Und schließlich waren der Ritter und sein Knappe bisher stets freundlich zu ihr gewesen.

Lukas hatte ihr viel von Meißen erzählt, während sie den Grauschimmel pflegte. Viele hundert Menschen wohnen dort, hatte er behauptet. Und auf dem Burgberg würden nicht nur eine, sondern drei Pfalzen stehen und ein riesiger Dom dazu. Aber vielleicht war das auch nur geprahlt.

Leise stand Marthe auf und ging zum Bach, um etwas Wasser zu trinken und sich das Gesicht zu waschen. Ein Stück entfernt standen schon Christian und Lukas und sprachen miteinander, während der Knappe die Pferde tränkte.

Christian rief sie heran. »Bis du bereit? Ich will bald aufbrechen, wir haben fast einen ganzen Tagesritt vor uns.«

Marthe nickte. »Wie ihr wünscht, Herr. Ich hole gleich meine Arzneien.«

Viel hatte sie allerdings nicht mehr. Die Pflanzenbündel, die sie unterwegs hatte mitnehmen dürfen, waren durch den Regen und die Flut unbrauchbar geworden oder verloren gegangen.

Als sie zurückkehrte, ging Drago einen Schritt auf sie zu und stupste sie freundlich an die Schulter. Lukas stand bei dem Anblick vor Staunen der Mund offen.

Ins Lager war inzwischen Leben gekommen. Christian bat Griseldis, ihnen ein wenig Wegzehrung zusammenzupacken. »Wir werden frühestens in zwei Tagen zurück sein«, kündigte er an.

Griseldis machte sich sofort an den Vorräten zu schaffen.

Währenddessen traten Hildebrand und Jonas heran. Der Älteste strich sich über den kahlen Schädel und räusperte sich. Verlegen streckte er Christian eine Axt entgegen.

»Herr, wir wollten Euch fragen ... ob Ihr uns die Ehre erweisen würdet ...« Dann verließ ihn der Mut.

Jonas nahm den Faden auf: »Wir bitten Euch, den ersten Baum auszuwählen, den wir fällen sollen. Und vielleicht würdet Ihr uns die Ehre erweisen, den ersten Schlag zu führen, bevor Ihr aufbrecht?«

Christian griff nach der Axt und blickte sich suchend um. Dann ging er mit entschlossenem Schritt auf eine gerade gewachsene Kiefer zu, die frei inmitten niedrigen Buschwerks stand. Jonas und Hildebrand folgten ihm und riefen die anderen heran. Christian wartete, bis sich die Dorfgemeinschaft um ihn versammelt hatte, prüfte, in welche Richtung der Baum fallen sollte und hieb mit kräftigen Schlägen in den Stamm, bis die Kiefer mit lautem Krachen zu Boden stürzte.

Unter dem Jubel der Siedler reichte er die Axt feierlich an Hildebrand weiter.

»Möge der Segen des Herrn auf diesem Land und unserer Arbeit ruhen«, sagte er. »Ich reite nach Meißen, um den Markgrafen von unserer Ankunft zu unterrichten und nach unseren Verlusten unterwegs einiges an Vorräten zu erbitten.«

»Saatgut wäre nicht schlecht«, meinte Jonas. »Und Eisen. Wir haben zu viel Werkzeug verloren.«

»Wir werden sehen«, gab Christian zurück. »Ihr wisst, was zu tun ist.«

»Ist gut, Herr«, entgegnete Hildebrand und strich sich erneut über den runden Schädel.

Lukas hatte inzwischen Drago gesattelt.

»Du reitest mit mir«, erklärte Christian Marthe knapp.

Sie ging langsam auf den großen Grauschimmel zu. Der Ritter saß auf, hielt den Hengst straff an den Zügeln und sprach beruhigend auf ihn ein.

»Tretet heran, meine Schöne«, sagte Lukas, während er die Hände verschränkte, damit Marthe aufsteigen konnte.

Der blonde Knappe war schwer enttäuscht, dass soeben sein Traum geplatzt war, Marthe könnte mit ihm auf seinem Pferd nach Meißen reiten. Andererseits würde es ihn wohl in höchste Verwirrung versetzen, das Mädchen stundenlang vor sich im Sattel zu haben, ohne sich etwas von seinen Gefühlen anmerken lassen zu dürfen. Also überspielte er seine Enttäuschung auf gewohnt kecke Art. »Und schon wieder unterwegs! Aber so geht's einem mit diesem Herrn ...«

Marthe strahlte ihn an. »Jetzt werde ich schöne Damen und edle Ritter sehen.«

Sie bemerkte nicht, dass Christian wider Willen flüchtig lächelte, als Lukas sich entrüstete. »He, und was hast du hier? Ist das kein tapferer Ritter? Und erst sein Knappe! Ein Vorbild an Tüchtigkeit!«

Grete unterbrach sie und reichte Christian etwas Rundes, das in ein Tuch eingeschlagen war und das er verstaute.

»Hier, Herr, ein Käse. Den hatte ich für einen besonderen Anlass aufgehoben. Ich werde beten, dass Ihr das Wohlwollen des Fürsten erlangt.«

Während Christian dankte, setzte die Witwe wieder ihr verschmitztes, zahnloses Lächeln auf. »... und uns ein paar nützliche Dinge mitbringt.«

So verlegen Marthe die Nähe zu Christian und seine Berührung machte, sosehr faszinierte es sie, die Landschaft um sich herum vorbeifliegen zu sehen. Drago trabte schnell und gleichmäßig, ohne eine Spur von Müdigkeit erkennen zu lassen. Als die Sonne schon hoch am Himmel stand, erreichten sie einen Weiler. Christian hielt auf den Backofen zu, wo sich eine ältere

Frau zu schaffen machte. Marthe sog den wunderbaren Duft von frisch gebackenem Brot ein. Wie lange hatten sie keines mehr gegessen?

»Kannst du uns eines von deinen Broten verkaufen?«, fragte Christian die Fremde und reichte ihr eine kleine Münze. Die verhärmte Frau schaute verwundert hoch, verbeugte sich dann und nahm das Geldstück hastig an sich.

»Hier, edler Herr, und möge Gott Euch auf Eurem Weg beschützen!«

Der Ritter reichte Marthe das noch warme Brot und ritt dann ein kleines Stück weiter zu einer Lichtung, die im Sonnenschein wie eine Feenlandschaft wirkte: zartes Gras bedeckte den Boden, Wildblumen leuchteten da und dort, Birken mit flirrenden Blättern säumten den Platz.

»Wir rasten hier«, erklärte Christian.

Lukas holte Käse und Bier aus dem Proviantsack und ließ die Pferde grasen. Dann machten sie es sich im weichen Gras bequem und teilten das frische Brot.

»Köstlich«, meinte Lukas, mit vollen Backen kauend. »Ich hatte schon fast vergessen, wie das schmeckt.«

Während Marthe aß, beobachtete sie Christian mit halb verdeckten Lidern, um den besten Moment für eine Frage abzupassen, die sie schon den ganzen Vormittag bedrückte.

Als der Ritter Anstalten machte, aufzustehen und weiterzureiten, fasste sie sich endlich ein Herz. »Mein Herr, wird die Gräfin mich bestrafen, wenn ich ihren Sohn nicht heilen kann?«

Dieser beunruhigende Gedanke hatte unterwegs nach und nach ihre Vorfreude in Beklommenheit verwandelt.

»Du musst dir keine Sorgen machen«, sagte Christian und blickte sie freundlich an. »Hedwig ist klug und gerecht. Der Fürst hört in fast allen Dingen auf sie.«

Dem Mädchen entging nicht die Bewunderung in Christians

Stimme. Die Antwort beruhigte sie etwas, doch sie verlangte geradezu nach einer weiteren Frage.

»Aber es heißt doch, die Frau hat zu schweigen. Sind die Ratgeber des Grafen nicht verärgert, wenn sie sich in Dinge einmischt, die nur Männer entscheiden?«

Christian wurde unversehens ernst. »Sicher. Bloß solange Otto ihr uneingeschränkt seine Gunst erweist, können sie das nicht offen zeigen.«

Die Sonne hatte den Zenit längst überschritten, als sie endlich Meißen erreichten. Marthe hielt den Atem an beim Anblick der Stadt. Lukas hatte nicht übertrieben.

Ein breiter Fluss umströmte den Burgberg, in dem sich die Sonne glitzernd spiegelte. Oben auf einem mächtigen Felsplateau thronten die Pfalzen und die größte Kirche, die Marthe je erblickt hatte. Doch sie alle wurden überragt von einem gewaltigen runden weißen Turm, der weithin ins Land zu sehen war. Marthe hatte noch nie einen so großen und schönen Bergfried gesehen.

Vom Fluss bis hoch zu den Palisaden, die den Burgberg umgaben, standen eng aneinander gedrängt unzählige Häuser, von denen manche sogar ein zweites Stockwerk hatten.

Die Burg war vor vielen Generationen von einem König namens Heinrich angelegt worden, als Grenzfeste für Kriegszüge gegen Böhmen und die Ostmark, hatte ihr der redselige Lukas erzählt. Später wurde Meißen Bischofssitz. Und bald wurde noch ein kaiserlicher Burggraf eingesetzt, der für die Sicherheit des Burgbezirkes zu sorgen hatte.

Unbehelligt gelangten sie in die Stadt und ritten durch eine dicht bebaute Handwerkersiedlung unterhalb der Burg, in der eine geradezu überwältigende Geschäftigkeit herrschte.

Verblüfft stellte Marthe fest, dass die Dächer der Häuser entlang des Weges mehrere Ellen lang über die Straße ragten und dabei von hölzernen Stützen gehalten wurden. Eine überdachte Straße, staunte sie. Hier könnte man selbst bei Regen trockenen Fußes gehen, wäre der Weg nicht voll stinkenden Unrats.

Die vielen durcheinander eilenden Menschen, die sich in den engen Straßen drängten und schubsten, und die aufregende Mischung von lauten Stimmen und Gerüchen faszinierten Marthe.

»Handbrote, frisch gebackene Handbrote«, rief ein dicker Mann und hielt einen Korb hoch, aus dem es köstlich duftete – ein willkommener Kontrast zu dem gewaltigen Gestank aus den Straßen. Aber Christian zeigte kein Interesse. Aus den Augenwinkeln sah Marthe noch, wie der Händler sich brüsk umdrehte und dem Nächsten seine Brote anbot.

Töpfer hantierten inmitten schön verzierter Krüge und Becher, auf der anderen Seite hatte ein Korbflechter seine Ware ausgebreitet. Ein Mädchen von sechs oder sieben Jahren zerrte eine Ziege hinter sich her, eine alte Frau trug vorsichtig einen Korb mit Eiern, rechts vor ihr lachten und spotteten ein paar Männer lauthals über einen auf dem Boden liegenden Alten, der vergeblich versuchte aufzustehen. Ein Bettler sprach sie in einer Sprache an, die Marthe nicht verstand, und bekam von Christian eine Münze. Zwei Bewaffnete pfiffen einem Mädchen hinterher, das mit gerafften Röcken davonhastete. Weiter vorne fluchte lauthals ein vornehm gekleideter Mann mit einer Kappe voller Pfauenfedern, über den jemand aus dem oberen Stockwerk einen Kübel Schmutzwasser ausgekippt hatte, wenn nicht noch Ärgeres.

Je höher sie auf dem steilen Weg den Berg hinaufgelangten, umso atemberaubender wurde der Anblick mit dem prächtig glitzernden Fluss zu ihren Füßen.

Über einen Holzbohlenweg, breit genug für drei Reiter nebeneinander, gelangten sie zum Wachturm.

»Wir haben eilige Nachricht für den Markgrafen«, meldete sich Christian beim Wachhabenden, der am Torhaus auf seine Lanze gestützt stand. Ohne seine Haltung zu ändern, ließ der sie passieren.

Der Burghof machte den Eindruck eines Heerlagers im Aufbruch. Überall standen, saßen und liefen Männer in Rüstung herum.

»Wenn du die Pferde versorgt hast, suche nach Raimund, Gero und Richard«, wies der Ritter Lukas an und winkte Marthe zu sich. »Wir gehen gleich in den Palas.«

Marthe löste schnell ihren zerzausten Zopf und glättete mit den Fingern das Haar. Ich werde hier wie eine Bettlerin aussehen, dachte sie mit traurigem Blick auf ihre nackten Füße und ihr ärmliches Kleid. Nachdem ihr Christian am Vortag gesagt hatte, dass sie ihn nach Meißen begleiten sollte, war sie kurz entschlossen mit diesem einzigen Kleid in das Flüsschen gegangen, um den Schmutz und angetrockneten Schlamm herauszuspülen. Nun war es zwar sauber, aber immer noch fadenscheinig, vielfach ausgebessert und am Saum zerrissen.

Doch das Gedränge und das laute Treiben auf dem Burggelände lenkten ihre Aufmerksamkeit schnell auf anderes.

Waschhaus, Backhaus, Milchküche, Schmiede … erriet sie die Bestimmung der einzelnen Gebäude innerhalb der Palisaden. Diese Burg war eine kleine Siedlung für sich und voll von Leuten, die mit lärmender Geschäftigkeit ihrer Arbeit nachgingen. Stallburschen führten Pferde umher, ein Schmied hämmerte auf ein Stück Eisen ein, das er mit geschicktem Griff gleichmäßig drehte, ein paar Schritte weiter feuerten zwei Ritter lachend ein paar Knappen an, die sich damit abmühten, Kettenhemden vom Rost zu befreien.

Christian ließ ihr keine Zeit, sich weiter umzusehen. Er ging mit langen Schritten voran, so dass sie Mühe hatte, ihm zu folgen und ihn in dem Gewimmel nicht zu verlieren.

Quer über den Burghof kämpfte sich ein braun gelockter Ritter zu Christian durch und umarmte ihn lachend. »Sei willkommen! Wenn du Siedler ins Land gebracht hast, dann bist du tatsächlich der Erste, der es geschafft hat in diesem Jahr.«

Christian erwiderte die Umarmung des Lockenschopfes. Marthe hatte den Ritter noch nie so gelöst und herzlich lachend gesehen.

»Raimund! Ich hab schon Lukas nach dir Ausschau halten lassen, aber du warst wieder mal schneller. Was ist das für ein Gewühl hier? Ziehen wir in den Kampf?«

Raimund schüttelte lachend den Kopf. »Erst bist du dran! Erzähle, wie ist es euch ergangen?«

»Vier Dutzend Leute habe ich hierher geführt. Wir hatten schlimme Verluste unterwegs, aber das ist etwas für ein Gespräch bei einem Krug Bier«, gab Christian Auskunft. »Was ist passiert in den letzten Wochen im Kampf gegen Herzog Heinrich?«

»Christian von Oldenburg hatte Bremen erobert. Die Stadtbewohner hatten ihn jubelnd begrüßt, ihr Hass auf den Braunschweiger muss gewaltige Ausmaße angenommen haben … Und kurz nach Ostern sollte der Löwe Haldensleben an Erzbischof Wichmann übergeben. Aber er dachte nicht daran, marschierte gen Bremen und eroberte es zurück. Er hat die Bremer furchtbar büßen lassen dafür, dass sie Christian unterstützt hatten.«

Raimund senkte die Stimme, doch Marthe konnte jedes seiner Worte verstehen. »Nun will sich Otto mit allen anderen Verbündeten in Magdeburg bei Wichmann treffen, um den nächsten Schlag vorzubereiten. Und hier tun sich ein paar merkwürdige Dinge. Aber auch das ist etwas für ein Gespräch zu zweit bei einem Krug Bier.«

»Heute Abend also. Wie geht es deiner jungen Frau? Schon ein Stammhalter in Aussicht?«

Raimund grinste verlegen. »Ein Wunder wäre es nicht ...«

»Grüß Elisabeth von mir. Ich muss zum Grafen. Ist er guter Stimmung?«

Raimund verzog das Gesicht. »Schwierige Frage. Er ist gerade von der Jagd zurück, aber sie haben nicht viel Beute gemacht. Ich sage den anderen, dass du wieder da bist. Wir sehen uns später!«

Christian klopfte ihm noch einmal auf die Schulter und ging weiter.

Plötzlich bemerkte Marthe, wie sich seine Gestalt straffte. Er winkte sie zu sich heran. »Bleib dicht hinter mir.«

Ein hünenhafter Ritter mit weißblondem Haar und eiskalten blauen Augen kam direkt auf Christian zu. Der legte langsam, aber unübersehbar die Hand auf das Heft seines Schwertes.

»Zurück aus dem Dunklen Wald, Hungerleider?«

Der Hüne lachte höhnisch, und drei vornehm gekleidete Ritter, die bei ihm standen, taten es ihm gleich. »Wir hatten schon gehofft, die Wölfe würden dich fressen. Aber anscheinend wollen nicht mal die was von dir. Und ist das dürre Ding da alles, was du dir in der Ferne an Gefolgschaft auflesen konntest?«

Christian trat einen Schritt an ihn heran. »Randolf. Gib mir einen Grund, dass ich dich fordern kann«, sagte er mit beherrschter Stimme. »Oder lass mich durch.«

Der Hüne trat einen halben Schritt beiseite. »Keine Eile, mein forscher Freund. Die Stunde ist nicht mehr fern. Aber das regeln wir nicht hier auf dem Burghof ...«

»In der Hölle wirst du büßen für deine Missetaten«, entgegnete Christian voller Hass. Er vergewisserte sich, dass Marthe unbehelligt an den Rittern vorbeikam, und ging weiter.

Marthe lief ein Schauer über den Nacken. Sie glaubte, die Blicke des Weißblonden und seiner Begleiter wie Messerspitzen im Rücken zu spüren, bis sie endlich das größte Gebäude auf dem Burghof betraten. Christians Hand hielt immer noch das Heft seines Schwertes umklammert.

In der Halle wurden Vorbereitungen für das Mahl getroffen. Mägde und Diener schleppten Bänke und legten große Holzplatten auf Böcke, so dass daraus Tische entstanden. Manche wurden mit weißen Tüchern bedeckt.

Christian fragte einen Diener nach dem Haushofmeister. Der zeigte stumm Richtung Treppe. Sie gingen weiter, bis sie den Gesuchten fanden.

»Ich bringe Nachricht für den Markgrafen.«

Der Haushofmeister, ein Hagestolz mit besticktem Bliaut, musterte ihn mit leicht verächtlichem Blick.

»Ihr seid es, Christian. Der Markgraf ist beschäftigt. Hat es nicht Zeit bis morgen?«

»Ich bin sicher, dass meine Nachricht ihn erfreuen wird. Ich habe Siedler hergeführt.«

Der Hofmeister hob die Augenbrauen. »Tatsächlich? Das wird seine Laune heben. Kommt mit.«

Christian gab Marthe einen Wink, und sie folgten dem hochnäsigen Kerl, der sie eine steile Treppe hinaufführte. Am Eingang zum Palas hieß der Haushofmeister sie mit einer Handbewegung warten. Dann ging er nach vorne, um dem an der Saalfront Sitzenden etwas zuzuflüstern.

Mit großen Augen musterte Marthe den Raum, der von Fackeln erhellt wurde und mit Fahnen und Wandteppichen geschmückt war. Auf einem mit Schnitzereien verzierten breiten

Stuhl saß ein kräftiger Mann, dessen Haar an den Schläfen eisgrau war. Einfach alles an ihm – seine Haltung, seine edle Robe, sein Blick und der Abstand, den die anderen von ihm hielten – strahlte uneingeschränkte Macht aus.

Neben ihm stand ein misstrauisch blickender Mann mit schütterem Haar, im Hintergrund waren zwei Wachen, linker Hand stand ein schmalbrüstiger Mönch am Schreibpult. In einer nur wenig beleuchteten Ecke saß – kaum erkennbar – ein Kahlkopf in schwarzem Gewand, der einen merkwürdigen schmalen Kinnbart trug und das Geschehen angespannt beobachtete, ohne sich zu rühren.

Der Hofmeister bedeutete Christian mit einer Handbewegung vorzutreten.

»Warte hier«, raunte der Ritter Marthe zu, ging ein paar schnelle Schritte, sank auf ein Knie und neigte ehrerbietig den Kopf.

»Ihr habt gute Neuigkeiten für mich? Sprecht!«, forderte ihn der Markgraf mit einer Stimme auf, die durch den ganzen Raum hallte.

»Das habe ich, mein Herr und Gebieter«, antwortete Christian. Auch seine Stimme klang fest. »Gestern bin ich mit einem Zug fränkischer Siedler an jener Stelle im Dunklen Wald eingetroffen, wo sie in Eurem Auftrag ihr Dorf errichten sollen. Die Hufen sind abgesteckt, die Ankömmlinge haben bereits mit dem Roden begonnen.«

Selbst von ihrem entfernten Platz aus konnte Marthe sehen, dass sich Genugtuung auf den Zügen des Markgrafen ausbreitete.

»Erhebt Euch und tretet näher«, sagte er mit seiner dröhnenden Stimme. »Erzählt mir mehr!«

Christian berichtete in kurzen Worten.

»Ihr habt Eure Aufgabe gut gelöst. Und Ihr seid in diesem

Jahr wirklich der Erste, der es geschafft hat, Siedler in mein Land zu führen. Ihr habt Euch die versprochene Belohnung redlich verdient.«

Er winkte Christian zu sich heran, der dicht an den Stuhl trat, sein Schwert dem Grafen zu Füßen legte, niederkniete und die Hände faltete. Der Markgraf legte seine Hände darüber und sagte feierlich: »Hiermit nehme ich Euch zum Lehnsmann und schwöre, Euch ein gerechter Herr und Richter zu sein und Euch und die Euren vor Unheil zu schützen. Nehmt das Dorf, das Ihr selbst begründet habt, als Lehen zum rechtmäßigen Besitz und bringt es zum Erblühen!«

Als Christian antwortete, war in seiner Stimme ein leichtes Beben zu spüren. »Hiermit nehme ich Euch zum Lehnsherrn und schwöre bei Gott, Euch treu zu dienen, Euch und die Euren zu schützen im Kriege wie im Frieden.«

»Erhebt Euch, Lehnsmann!«

Beide standen auf. Der Markgraf umarmte Christian und gab ihm den Kuss, der die Zeremonie besiegelte.

Genau in diesem Moment sah Marthe eine Dame mit schwungvollen und doch zierlichen Schritten den Saal betreten, die sofort alle Aufmerksamkeit auf sich zog.

»Habe ich doch richtig gehört? Ihr seid zurück, Christian, und Ihr hattet Erfolg?«

Christian verneigte sich tief. »Ja, meine Herrin Hedwig.«

»Nehmt meinen Glückwunsch! Ich bin sicher, das Schicksal hat noch einiges mit Euch vor.«

Marthe auf ihrem stillen Beobachtungsposten konnte die Augen nicht von der Markgräfin lassen. Hedwig erschien ihr wunderschön. Sie wirkte jung, wenn auch nicht mehr blutjung, und trug ein leuchtend rotes Kleid über einem Unterkleid aus so feinem weißen Stoff, wie Marthe ihn noch nie gesehen hatte. Das Übergewand hatte weite Ärmel, die fast bis zum Boden fielen und war mit goldenen Borten besetzt. Sie trug einen Gürtel aus ebensolchem zarten Geflecht, der eng um ihren Leib geschlungen war und dessen Enden über der Hüfte lose miteinander verknotet waren. Statt Haube und Gebände bedeckte ein zarter Schleier ihr Haar, der an einem schmalen Goldreif befestigt war. Darunter wurden kunstvoll geflochtene blonde Haare sichtbar.

Hedwig sagte leichthin: »Aber was sehe ich? Ihr seid Wochen nicht aus dem Sattel gekommen und mein Gemahl bietet Euch nicht einmal einen Willkommenstrunk? Otto, mein Lieber, ich verstehe, dass Ihr grässliche Laune habt nach diesem Vormittag, aber dafür kann unser wackerer Ritter hier nichts!«

Marthe war beeindruckt von der unbekümmerten Selbstverständlichkeit, mit der die Markgräfin Otto zurechtwies, ohne ihn bloßzustellen.

Hedwig klatschte in die Hände. Ein Diener trat näher und nahm ihren Befehl entgegen, zwei Becher Wein zu bringen.

»Und für mich etwas heißen Würzwein«, fügte sie hinzu.

»Gemahlin, Ihr kommt mir wieder einmal zuvor«, sagte Otto mit mürrischer Miene. »Erweist uns die Freude und speist heute Abend mit uns an der hohen Tafel«, fügte er zu Christian gewandt hinzu.

Der verneigte sich erneut.

Inzwischen hatte der Diener drei Becher voll geschenkt.

»Ich werde Euch sofort Würzwein aus der Küche holen. Vielleicht nehmt Ihr so lange mit diesem vorlieb«, sagte er zu Hedwig.

Vor lauter Versunkenheit hätte Marthe beinahe überhört, dass Christian von ihr sprach. Jemand gab ihr einen Stoß in den Rücken und ermahnte sie, vorzutreten.

Marthe stolperte und kam neben Christian zu stehen. Doch

noch während sie niederkniete, nahm etwas anderes ihre Aufmerksamkeit vollständig gefangen.

Gerade brachte der Diener einen weiteren Becher, den er Hedwig mit einer formvollendeten Verbeugung reichte.

Marthe starrte wie gebannt auf den Dampf, der kräuselnd dem Becher entstieg. Ein jäher Schmerz zuckte durch ihre rechte Schläfe. Benommen drehte sie sich zu Christian um. »Der Wein ist vergiftet!«

Christian trat hastig drei Schritte auf Hedwig zu, die den Becher schon an den Mund gesetzt hatte, und riss ihn ihr aus der Hand.

»Was fällt Euch ein«, donnerte Otto, während die Wachen sich auf Christian stürzten. Der ließ sich ohne die geringste Gegenwehr mit ausgebreiteten Armen zu Boden drücken.

»Verzeiht, mein Herr, und vor allem Ihr, Herrin«, sagte er mit gepresster Stimme, während er den Kopf hob, so gut es ihm noch möglich war. »Aber ich habe gelernt, auf die Ahnungen dieses Mädchens zu hören. Sie hat Gesichte …«

Otto blickte überrascht auf.

»Lasst ihn los«, bedeutete er den Wachen, die sofort gehorchten. Christian richtete sich wieder auf.

Inzwischen war einer der Hunde, die im Hintergrund des Raumes gehockt hatten, herangekommen, schnüffelte an dem vergossenen Wein und zog sich mit eingeklemmtem Schwanz zurück. Marthe griff nach dem zu Boden gefallenen Becher, roch daran, nahm mit dem Finger einen Tropfen, der sich an der Wandung abgesetzt hatte, und kostete vorsichtig davon.

»Schierling«, sagte sie leise zu Otto.

Der reagierte sofort. »Nichts hiervon dringt aus diesem Raum«, befahl er schroff, stand auf und raffte seinen kostbaren Mantel.

»Wer beim Schwatzen ertappt wird, verliert seine Zunge.

Nehmt euch den da vor«, wies er auf den kreidebleichen Diener, der sich sofort zu Boden warf und wimmernd seine Unschuld beteuerte. »Und den Koch auch. Schickt den Hauptmann der Wache zu mir. Ihr alle verschwindet und wartet, bis ich euch rufen lasse. Nur Ihr bleibt hier, Christian. Ihr und dieses Mädchen.«

Hedwigs Söhne

Als die anderen wie befohlen die Halle verlassen hatten, ging Otto mit ausgreifenden, ungeduldigen Schritten auf und ab, so dass sich sein dunkler Umhang bauschte. Schroff bedrängte er Marthe mit Fragen. Doch sosehr er sie auch einschüchterte – sie konnte ihm nicht sagen, wer das Gift in den Becher getan hatte.

Tief durchatmend setzte sich der Markgraf schließlich wieder. »Hat dieses Kind öfter solche Ahnungen?«, fragte er mit grollender Stimme.

»Auf der Reise hat sie uns mehrfach vor Gefahren gewarnt«, antwortete Christian, hinter dessen beherrschter Miene die Gefühle tobten. So froh er war, dass Marthe Hedwig gerettet hatte – jetzt war sie selbst bedroht. Das hatte er nicht gewollt.

»Bist du eine Zaunreiterin? Oder willst du etwa behaupten, dass der Himmel dir diese Eingebungen schickt?«, schnappte Otto.

Marthe, die immer noch vor ihm kniete, senkte den Kopf. »Verzeiht, hoher Herr. Ich kann es nicht erklären. Es macht mir Angst. Doch eine Hexe bin ich nicht. Bitte, glaubt mir das.«

»Dann sprich endlich: Wer wollte meine Gemahlin töten?«, grollte er erneut.

»Ich weiß nur, der Diener war es nicht. Er hat nichts davon gewusst.«

»Woher willst du das wissen?«

Marthe hob die Arme. »Ich kann es nicht sagen.«

Christian sah, dass eine Ader an Ottos Schläfe gefährlich anschwoll und sein Gesicht dunkelrot anlief. Besorgt trat er einen Schritt näher zu Marthe. Doch bevor er um Nachsicht für seinen Schützling bitten konnte, betrat der Hauptmann der Wache den Palas. Otto winkte ihn zu sich heran.

»Ihr werdet doch nichts dagegen haben, mein Gemahl, wenn ich inzwischen das Mündel unseres wackeren Ritters mit mir nehme«, sagte Hedwig leichthin zu Otto, der ebenfalls die verräterische Ader nicht entgangen war. »Das arme Ding ist doch ganz durcheinander. Lasst mich mit ihr reden.«

Sie wartete Ottos Antwort nicht ab, sondern ging zur Tür und bedeutete Marthe, ihr zu folgen.

Auf der Treppe wandte sich Hedwig um. »Du hast mir wohl gerade das Leben gerettet. Und Christian sagte, du könntest vielleicht auch etwas für meinen kleinen Dietrich tun. Wir werden sehen. Zuerst einmal« – sie sah mit leichtem Spott an Marthe hinunter – »werden wir etwas für dich tun. Aber denk daran, was der Fürst gesagt hat: Kein Wort über das Vorgefallene! Schon gar nicht in der Kemenate unter all den schwatzhaften Weibern.«

Marthe nickte stumm.

Hedwig führte sie in eine geräumige Kammer und winkte die Mägde heran. »Dieses Mädchen ist ein besonderer Gast. Bereitet ihr ein Bad und besorgt ihr anständige Kleidung, etwas Einfaches. Das hier« – sie zeigte naserümpfend auf Marthes Kleid – »verbrennt am besten. Dann führt sie zu mir.«

Hedwig verließ den Raum.

Während zwei Mägde Eimer mit heißem Wasser heranschleppten, rückte eine dritte mit Stupsnase und Sommersprossen ächzend einen Badezuber zurecht.

»Wie heißt du und was tust du hier?«, fragte sie, während sie den eingeschüchterten Neuankömmling mit neugierigen Blicken musterte.

»Ich bin Marthe und gehöre zu den Siedlern, die gestern im Dunklen Wald angekommen sind.«

»Ist das wahr?«, staunte das Mädchen, das etwa in Marthes Alter war. »Dann hast du bestimmt eine gefährliche Reise hinter dir! Habt ihr wilde Tiere getroffen und böse Geister? Hexen, Teufel und schwarze Männer? Erzähle! Ich heiße Susanne.«

Das stupsnasige Mädchen huschte hin und her, durchwühlte mehrere Truhen, legte Tücher zurecht und ließ dabei Marthe kaum aus den Augen. »Muss ein ziemlich anstrengender Weg gewesen sein.« Mit spitzen Fingern hob sie Marthes zerschlissenes Kleid hoch.

»Verbrenn es nicht, bitte, ich habe kein anderes«, bat Marthe. »Für die Arbeit im Dorf wäre jedes neue Kleid zu schade.«

»Wie du meinst«, gab Susanne zurück und rollte das alte Kleid zu einem Bündel. »Aber jetzt erzähl endlich von den bösen Tieren und Geistern. War es nicht schrecklich im Dunklen Wald?«

»Gefährlich wurden uns nicht wilde Tiere und Dämonen, sondern Wegelagerer und Gesetzlose«, antwortete Marthe.

Die Antwort schien Susanne zu enttäuschen. »Keine Wölfe, die über euch hergefallen sind? Keine Waldgeister? Was ist mit

Feen, Riesen und Zwergen? Habt ihr denn gar keine gesehen? Dann erzähle wenigstens von den Räubern. Wie konntet ihr sie in die Flucht schlagen?«

Marthe ließ sich langsam in das warme Wasser sinken und spürte, wie die Anspannung von ihr wich. Ihr war, als könnte sie mit dem Schmutz auch die Strapazen, Ängste und schlimmen Erinnerungen abspülen.

Am liebsten hätte sie das Bad für sich allein in Stille genossen und sich ihren eigenen Gedanken hingegeben. Zu viel war passiert, zu rätselhaft war das Geschehen im Palas. Vor allem aber war sie tief in ihrem Innersten erschrocken darüber, mit welcher Klarheit Christian erkannt und ausgesprochen hatte, was sie sich selbst nicht hatte eingestehen wollen: Ja, es sah ganz so aus, als würde sie hellsichtig. Eine verwirrende und gefährliche Sache.

Doch Susannes Redeschwall hielt sie in der Wirklichkeit fest.

Das Mädchen hatte sich vor den Zuber gehockt, die Arme auf die Kante gestützt und den Kopf darauf gelegt. »Hier ist es manchmal recht eintönig, wenn nicht gerade Spielleute auf der Burg sind.«

Sie wird so bald keine Ruhe geben, dachte Marthe. Und eine Freundin, die mir hilft, mich in dieser fremden Welt zurechtzufinden, kann ich gut gebrauchen.

Also erzählte sie ihrer begeistert lauschenden Zuhörerin von der Reise, von dem Überfall und der Flut, wobei sie ihre außergewöhnlichen Ahnungen ausließ. Susanne lauschte mit kugelrunden Augen und offenem Mund.

Marthe war sicher, dass ihre Geschichten mächtig ausgeschmückt in kürzester Zeit die Runde unter dem Gesinde machen würden.

Ein anderes Mädchen legte ein Holzbrett über den Zuber und brachte Brot, Käse und Bier.

»Hier, du sollst dich stärken. Ausdrücklicher Befehl von der Herrin«, sagte sie. »Was hast du getan, dass du so in ihrer Gunst stehst? Bäder bereiten wir sonst nur für hohe Gäste.«

»Nichts Besonderes«, antwortete Marthe leichthin. »Dem Fürsten sind die Siedler wohl sehr willkommen.«

Sie bot den Mädchen etwas von dem Brot und Käse an, aber die winkten ab. »Wir können uns etwas aus der Küche holen, wenn wir das geschickt anstellen«, meinte Susanne. »Iss nur, du kannst es gebrauchen. Erzähl lieber weiter. Ihr könnt von Glück reden, dass ihr den Räubern entkommen seid.«

Als Marthe zu essen begann, merkte sie erst, wie hungrig sie war.

»Hast du kein Heimweh?«, fragte Susanne und ließ ihr keine Zeit für eine Antwort. »Ich hatte furchtbares Heimweh, als ich hierher kam. Ich war ja noch so klein und sehnte mich nach meiner Mutter und meinen jüngeren Geschwistern«, erzählte sie. »Aber mit der Zeit habe ich mich eingewöhnt. Und mein Vater hatte mich immer geschlagen. Hier bekomme ich nur Schläge, wenn ich etwas anstelle und erwischt werde. Das ist viel besser. Nur vor dem Haushofmeister muss man sich in Acht nehmen. Und natürlich vor den Wachen und den Rittern. Die werden schnell mal zudringlich, wenn man sich nicht unsichtbar macht.«

Für einen Moment schien Susannes Blick zu erstarren, und ein bitterer Zug legte sich um ihren Mund. Aber dann wandte sie sich wieder Marthe zu. »Also pass auf, dass du nie allein bist!«

Eine weitere Magd kam und brachte ein Unterkleid aus ungefärbtem Leinen und ein waidblaues Obergewand. Es war von einfachem Zuschnitt, aber schöner als alles, das Marthe je besessen hatte. Sie tauchte noch einmal ins Wasser, spülte sich das Haar und stieg aus dem Zuber.

Zärtlich strich sie über den Stoff des neuen Kleides und zog es dann an. Sie kam sich wunderschön vor.

»Was soll ich jetzt tun?«, fragte sie Susanne, nachdem sie ihr Haar gekämmt hatte.

»Ich werde der Herrin melden, dass du bereit bist. Komm mit.«

Susanne führte sie über eine Treppe zur Kemenate und klopfte an. »Wünscht Ihr das Mädchen jetzt zu sprechen, das mit Ritter Christian gekommen ist?«

»Schick sie herein.«

Susanne schob Marthe in die Kammer.

»Lasst uns allein!« Mit einer Handbewegung entließ Hedwig die Magd und die vornehm gekleideten Frauen, die mit ihr im Raum gewesen waren. Sie trug immer noch das schöne rote Kleid und saß vor einem kleinen Tisch, auf dem mehrere Pergamente ausgebreitet waren.

Eine Frau, die lesen kann, staunte Marthe.

»Tritt näher und erzähl mir, woher deine Ahnung kommt und woher du schon so viel Kenntnis in der Heilkunde hast.«

Marthe setzte sich auf Hedwigs Wink vorsichtig auf eines der Kissen, die auf der mit schönen Schnitzereien verzierten Bank lagen, und begann leise zu berichten. Sie hatte beschlossen, nichts wegzulassen – weder die Verfolgung durch Wulfhart noch die merkwürdigen Erlebnisse während der Reise. Hedwig war klug. Sie würde sofort merken, wenn ihr Marthe etwas verheimlichte.

Die Markgräfin betrachtete sie aufmerksam, stellte dann und wann eine Zwischenfrage, aber verriet durch nichts, was sie dachte.

Schließlich sagte sie: »Gehen wir zu Dietrich.«

Aus der Kinderstube drang schon von weitem Gebrüll, in das sich halbherzige Ermahnungen einer Frauenstimme mischten.

»Ich bin der Erstgeborene!«, schrie lauthals ein Sieben- oder Achtjähriger, der mit einem Holzschwert herumfuchtelte, als sie das Zimmer betraten. »Ich werde über das Land herrschen! Und den Schwächling hier sperrt zu den Mönchen, der taugt doch zu nichts.«

»Aber junger Herr, solche Reden ziemen sich nicht«, wandte die Kinderfrau zaghaft ein.

»Pah!« Der Junge hatte nicht bemerkt, dass seine Mutter ins Zimmer gekommen war, und trat verächtlich mit dem Fuß nach der Bettstatt, wo ein blasses Kind mit verbundenen Unterarmen lag.

Hedwig riss ihn am Arm zurück. »Albrecht, lass deinen Bruder in Ruhe. Sofort! Ich möchte solche Worte nicht wieder hören.« Sie nahm dem Jungen das Holzschwert ab und gab es der Kinderfrau.

»Pater Gregorius soll mit ihm über Edelmut gegenüber Schwachen und Kranken sprechen.«

Mit verstockter Miene ließ sich der Junge hinausführen.

»Er ist der Erbe. Aber ritterliches Verhalten muss er erst noch lernen«, meinte Hedwig. Sie führte Marthe an das Lager des anderen Kindes. »Dietrich, mein Zweitgeborener. Er ist gerade fünf geworden.«

Marthe betrachtete aufmerksam das schmalgesichtige Kind, das rasselnd atmete.

»Das ist Marthe, mein Lieber«, sagte Hedwig mit sanfter Stimme. »Sie hat eine weite Reise hinter sich, bei der sie viele Abenteuer erlebt hat.«

Marthe sah einen Anflug von Neugier in dem bleichen, klug wirkenden Kindergesicht.

»Wie ein Ritter? Eine Frau kann doch keine Abenteuer bestehen.« Die Stimme des kleinen Kranken klang schwach und müde.

Hedwig sah ihren Sohn aufmunternd an. »Nicht wie ein Ritter und trotzdem aufregend. Später wird sie dir davon erzählen, wenn du möchtest. Aber jetzt sei lieb und beantworte ihre Fragen. Vielleicht kann sie deine Krankheit heilen.«

Dietrich bekam runde Augen. »Bist du eine Fee?«

Aber dann trat schnell wieder ein resignierter Ausdruck in sein Gesicht. »Nein. Eine Fee würde keine Bauernkleider tragen, sondern ein wunderschönes weißes Gewand.«

Marthe lächelte und setzte sich auf den Bettrand. »Ihr mögt Geschichten von Feen, die Wünsche erfüllen?«

Dietrich nickte, wobei ihn ein tief sitzender Husten quälte.

»Was würdet Ihr Euch von einer Fee wünschen?«

»Ich möchte ein starker Ritter werden.«

»Und Ihr habt Angst, dass daraus nichts wird, weil Ihr zu oft krank seid?«

Dietrich drehte den Kopf zu Seite und nickte stumm. »Das sagen doch alle«, brachte er schließlich heraus.

Marthe fühlte seine fiebrige Stirn und griff nach seinem Arm, um den Puls zu fühlen. Grimmig betrachtete sie die Verbände. »Hat Euch der Medicus zur Ader gelassen?«

Dietrich nickte.

»Macht er das oft?«

Wieder ein Nicken.

»Es tut weh und danach fühlt Ihr Euch noch schwächer?«

Ein erneutes Nicken.

Dieser Stümper wird das Kind mit seinen Aderlässen noch unter die Erde bringen, dachte Marthe wütend. Serafine hätte den Jungen in ein paar Tagen wieder auf die Beine gebracht. Aber es ist nicht nur der Husten. Etwas frisst an seiner Seele. Und es ist nicht schwer zu erraten, was das sein dürfte. Warum sieht seine kluge Mutter das nicht?

Sie griff nach der Hand des Jungen, um seine volle Aufmerksamkeit zu bekommen. »Vielleicht sollte Eure Mutter mit dem Medicus reden, dass er Euch vorerst nicht mehr zur Ader lässt. Ich habe ein besseres Mittel, das Euch gesund machen kann.« Der Junge schaute sie zweifelnd an. »Keine Aderlässe mehr? Aber wie willst du die Krankheit dann verjagen?«

»Mit Kräutern.«

»Pah! Karnickelfutter! Das ist etwas für Bauern. Die zählen nicht.«

Sie geben euch Korn und Fleisch und Wolle und fast alles, was ihr sonst noch braucht, dachte Marthe. Stattdessen sagte sie: »Wenn Gott die Pflanzen wachsen lässt auf seiner schönen Erde, dann hat er sich bestimmt etwas dabei gedacht. Und ich glaube, ein paar von diesen Kräutern hat er eigens dafür erschaffen, damit junge Herren wie Ihr wieder gesund und einmal starke Ritter werden.«

Der Kleine schaute immer noch skeptisch.

»Kennt Ihr Drago, das Pferd von Ritter Christian?«

Mit einem Mal leuchteten die Augen des Jungen. »Das schnellste und schönste Pferd in der gesamten Markgrafschaft. Viele wollten es haben, aber nur Christian darf auf seinen Rücken. Nicht einmal mein Vater – und der ist Markgraf und ein großer Held! Solch ein Pferd möchte ich auch einmal reiten!«

»Drago wurde auf der Reise hierher verletzt, aber ich habe ihn geheilt. Mit Kräutern. Wenn es Euch wieder besser geht, können wir uns die Narbe ansehen. Und genauso werde ich Euch auch heilen.«

Der Junge blickte sie beeindruckt an.

Marthe legte die Hände auf seine Brust, wobei sie ein unangenehmes Gefühl in den Fingerspitzen spürte, wie immer, wenn sie eine Körperstelle berührte, wo etwas nicht in Ordnung war. Sie ließ ihre warmen Hände auf dem schmalen Körper liegen, bis Dietrichs Atem ruhiger wurde.

»Ich werde eine Salbe zubereiten, mit der ich Eure Brust einreibe, dazu bekommt Ihr Sude und Rainfarnsuppe. Es wird zwar nicht so gut schmecken wie ein Honigkuchen, aber Euch wird es bald besser gehen.«

Marthe beugte sich zu Dietrich und flüsterte verschwörerisch: »Was meint Ihr: Wenn ich mit dem Koch rede, dass er da und dort in Eure Arznei ein bisschen Honig tut, werdet Ihr sie dann tapfer nehmen?«

Dietrich überlegte einen Moment und nickte dann.

»Gut. Also abgemacht. Und denkt daran: Ein wahrer Ritter hält sein Wort!«

Niedergeschlagen wandte sich Dietrich ab. »Ich bin ja keiner und werde auch nie einer.«

»Sagt Euer Bruder oft solche Dinge wie vorhin?«

Der Junge nickte. »Er ist der Erstgeborene und wird einmal Herr der Mark. Aus mir wird nicht einmal ein richtiger Ritter. Das denken alle. Darum muss ich bestimmt bald ins Kloster. Ich will da nicht hin. Und Vater … schämt sich für mich.«

»Wer sagt das? Albrecht?«

Wieder nickte Dietrich.

»Und Ihr denkt, dass Ihr darüber nicht einmal mit Eurer Mutter reden könnt?«

»Ein Edelmann kann doch kein Weib um Hilfe bitten!«

Marthe verbarg ihr Lächeln sorgfältig. »Ich glaube, wenn man erst fünf Jahre alt ist, darf man das schon. Und wisst Ihr, was ich noch glaube?«

Das schmale Gesicht wandte sich ihr wieder zu, diesmal voll neugieriger Erwartung.

»Ihr habt das Zeug zu einem tapferen Ritter.«

»Woher willst du das wissen?«

»Ich weiß es einfach. Ihr werdet Eurem Vater Ehre machen. Aber erst einmal müssen wir dafür sorgen, dass Ihr wieder zu

Kräften kommt. Ich bespreche das jetzt mit Eurer Mutter und mit dem Küchenmeister und komme dann wieder. Abgemacht?

»Abgemacht.«

Hedwig hatte die Szene aufmerksam beobachtet, während sie mit verschränkten Armen an der Tür stand.

»Was willst du tun?«, fragte sie, nachdem sie noch einmal kurz zu Dietrich ans Bett gegangen war und ihm übers Haar gestrichen hatte.

»Wird er häufig von Krämpfen geschüttelt?«, fragte Marthe.

Hedwig nickte stumm. Die Müdigkeit um ihre Augen, die nur ein aufmerksamer Betrachter bemerken konnte, wich nun unverhüllter Sorge.

»Wann geschieht das? Wenn er fiebert oder aus heiterem Himmel?«

»Im Fieber. Es wird schon geredet, er sei besessen. Das will ich einfach nicht glauben.«

Marthe war erleichtert und zugleich fassungslos über die Unfähigkeit des Medicus. »Diese Krämpfe sind nicht ungefährlich, vor allem wenn sie lange andauern«, sagte sie und strich sich das Haar zurück. »Aber sie kommen vom Fieber und nicht von Dämonen. Gebt ihm Meisterwurz-Wein und Galgant in Himbeerwasser gegen das Fieber und Rainfarm gegen den Husten. Ich werde den Leuten in der Küche zeigen, wie das zubereitet werden muss.«

»Bist du sicher, Kind? Dann hat dich der Himmel geschickt«, stieß Hedwig erleichtert hervor.

Ihre geheimste und drückendste Sorge war, dass Gott sie mit der Krankheit ihres Sohnes dafür bestrafen wollte, dass sie einen weiteren Rat ihrer Großmutter befolgt hatte und Otto auch an jenen Tagen nicht zurückwies, an denen die Kirche fleischliche Gelüste verbot. Es hieß, dass mittwochs, freitags und sonntags gezeugte Kinder deshalb missgestaltet oder besessen seien. Doch Eilika hatte behauptet, dies sei eine Erfindung der Kirchenmänner, denen jede Lust zuwider war.

»Wir müssen alles tun, um seine Kräfte zu stärken«, fuhr Marthe fort. »Keine Aderlässe mehr, viel frische Luft und Sonne, wenn das Fieber erst einmal weg ist. Vielleicht gibt es unter den altgedienten Rittern einen treuen Freund, der sich seiner annimmt? Oder einen munteren Knappen?«

Marthe ließ sich von Susanne in die Küche führen, um die Medizin für Dietrich zuzubereiten. Zu ihrem Erstaunen war diese Küche nicht wie üblich ein hölzerner Bau, der wegen der Brandgefahr etwas abseits von den anderen Gebäuden stand, sondern ein steinernes Gewölbe im Keller der Burg. In dem Raum voller Rauch und Hitze waren Dutzende schweißüberströmter Leute damit beschäftigt, Gemüse zu schneiden, Geflügel zu rupfen, Fisch auszunehmen und Fleisch über offenem Feuer an Spießen zu drehen.

Susanne führte sie zum Küchenmeister, einem schmächtigen Mann, dessen Hagerkeit in Widerspruch zu seinem Beruf stand. Er rührte gerade verschiedene Kräuter zu einer Soße in Essig, behielt dabei die gesamte Küche im Auge und rief Befehle in alle möglichen Richtungen.

»Was wollt ihr?«, knurrte er die Mädchen an, während er weiter an seiner grünen Soße rührte.

Susanne berief sich auf Hedwigs Anweisungen.

Der Küchenmeister verdrehte die Augen. »Muss das ausgerechnet jetzt sein, wo ich ein Mahl für zweihundert Leute vorzubereiten habe?«

Marthe wollte antworten, aber er winkte ab. »Mach nur, Mädchen. Wenn es dem Kleinen besser geht, soll es mir recht sein.

Wäre schade, wenn der Junge nicht wieder auf die Beine käme. He, du da!« Er drehte sich um und winkte einen Burschen heran.

»Du gibst den beiden, was sie brauchen, hörst du?«

Der Küchenmeister zwinkerte Marthe zu, machte dann wieder eine mürrische Miene und widmete sich erneut der grünen Soße.

Marthe bat um eine Hühnerbrühe für Dietrich, erklärte Susanne alle Zutaten für Dietrichs Arzneien und zeigte ihr die Zubereitung. Als der erste Trank fertig war, seihte sie den aufgebrühten Thymian durch ein Tuch, rührte Honig hinein und gab den so gefüllten Zinnbecher der Magd. »Nimm das hier mit und gib es Dietrich. Er soll es trinken, solange es noch warm ist. Ich mache nur noch den Rest fertig und komme gleich nach.«

Susanne ließ sich einen kleinen Korb geben, packte alles hinein, was sie bereits fertig zubereitet hatten, und ging nach oben, den Becher vorsichtig in der Hand tragend.

Als Marthe endlich auch die den Husten lindernde Salbe in ein kleines Töpfchen abgefüllt hatte, verabschiedete sie sich höflich vom Küchenmeister und machte sich auf den Weg zu Dietrichs Kammer.

Auf der Treppe kam ihr ein vornehm wirkender älterer Mann in einem reich bestickten Bliaut entgegen. Sie trat beiseite, um ihn vorbeizulassen, und schlug die Augen nieder. Doch der Fremde hatte schon nach ihrem Arm gegriffen und hielt sie fest.

»Oh, ein neues Gesicht«, frohlockte er leicht schwankend und musterte sie. Sein Atem roch nach Wein.

Marthe hielt den Blick gesenkt und wollte zurückweichen, doch der Mann zog sie noch ein Stück zu sich heran.

»Du bist ein hübsches Kind, weißt du das«, sagte er mit einem anzüglichen Lächeln, tätschelte ihre Wange und drehte ihren Kopf hin und her, um ihn von allen Seiten zu betrachten.

»Komm mit«, sagte er dann und zerrte sie mit sich, ohne ihr Sträuben zu beachten.

Am Ende der Treppe schob er sie in einen schmalen Gang und küsste sie hart. Voller Angst und Widerwillen versuchte Marthe, sich ihm zu entwinden.

»Halt still, du dummes Ding«, fauchte der Edelmann. »Oder ich lasse dich bestrafen. Du bist mir zu Gehorsam verpflichtet!«

Mit dem Gewicht seines Körpers presste er die sich sträubende Marthe an die Wand, während seine Hände über ihre Brüste und Schenkel fuhren.

Marthe stöhnte entsetzt auf. Sie versuchte, ihren Kopf wegzudrehen und zu schreien.

»Was geht hier vor?!«

Gleichermaßen erleichtert und beschämt erkannte Marthe Christian, der diesmal im Gegensatz zu seiner sonstigen Beherrschtheit Mühe hatte, seinen Zorn zu bändigen.

Doch auch der Fremde wirkte ausgesprochen ungehalten.

»Was geht Euch das an, Christian? Sie hat zu gehorchen. Und wenn ich die kleine Hure heute Nacht in meinem Bett haben will, hat sie zu kommen!«

Christian trat einen Schritt näher. »Sie ist keine Hure, sondern ein Gast der Markgräfin und steht unter meinem Schutz. Und diese Art von Gehorsam ist sie selbst Euch nicht schuldig, Burggraf Hermann!«

Rasch zog Christian Marthe hinter sich.

»Die Markgräfin verlangt umgehend nach dem Mädchen«, sagte er kühl und gab ihr ein Zeichen, so schnell wie möglich zu verschwinden.

Das ließ sich Marthe nicht zweimal sagen. Während sie zur Treppe floh, hörte sie den Burggrafen zwischen den Zähnen hervorpressen: »Das wird Euch noch Leid tun, Christian!«

Das Mahl in der Halle

Mit zittrigen Knien stieg Marthe hinauf in die Kammer. Sie wurde erst wieder ruhiger, als sie sorgfältig Dietrichs Brust, Hals und Rücken mit kräftig duftendem Thymian und Lungenkraut einrieb. Es dauerte nicht lange, bis der Junge gleichmäßig atmend einschlief.

Erleichtert schnappte Susanne sie am Arm und führte sie an einen der unteren Tische in der Halle, wo das Mahl begann. Die jungen Mädchen und Frauen hatten die Köpfe zusammengesteckt und prusteten gerade laut los.

»Das ist Marthe. Rückt ein Stück, damit sie noch Platz hat«, meinte Susanne und zwängte sich zwischen die anderen. »Stellt euch vor, sie ist wochenlang durch den Dunklen Wald gezogen und musste sich gegen eine ganze Räuberschar behaupten!«

Die anderen sahen sie teils staunend, teils zweifelnd an, was Susanne umgehend Gelegenheit bot, ihre eigene, dramatisch ausgestaltete Version der Reise weiterzugeben.

An ihrem Tisch wurde noch nicht aufgetragen. So sah sich Marthe in der riesigen Halle um, die von Fackeln und Kerzen erhellt wurde.

Oben an der hohen Tafel saß Christian als Gast bei Otto, Hedwig, einem Geistlichen und einigen reich gekleideten Män-

176

nern. Knappen schnitten ihnen geschickt Fleisch von gebackenen Schweinen und Spießen mit gebratenen Vögeln.

Lukas legte Christian auf und war damit beschäftigt, sich nicht
beiseite drängen zu lassen. Dennoch schaffte er es, gelegentlich zu Marthe hinüberzuschauen und ihr mit einer verstohle-
nen Geste ein Kompliment für das neue Kleid zu machen, als
sie endlich seinen Blick auffing. Rosalind hatte ihn schon
überschwänglich begrüßt und ihm zu verstehen gegeben, dass
sie noch heute Abend auf ihn warten würde. Das Essen konnte für ihn gar nicht schnell genug vorbei sein. Aber mindestens
genauso stark beschäftigte ihn der Gedanke, wie Otto und
Hedwig wohl Marthe belohnen würden.

Zu dem Tisch, an dem die Mädchen saßen, wurde schließlich
eine große Schüssel mit Hirsebrei gebracht, außerdem Platten
mit gesalzenem Fisch, Brot und Butter. Marthe langte zu, ließ
aber immer wieder ihre Blicke wandern. Alles kam ihr wie in
einem Traum vor – die große Halle, ihr neues Kleid, die vielen
Menschen. Noch vor einem halben Tag hätte die Pracht sie
geblendet. Aber einiges von dem, was sie seitdem erlebt hatte,
ließ sie darüber grübeln, ob nicht tödliche Intrigen und Feind-
schaften der Preis dafür waren, hier zu leben.

Warum hatte jemand Hedwig töten wollen? Und musste
Christian jetzt einen Racheakt des Burggrafen fürchten?

Sie war froh, dass er sie aus jener furchtbaren Lage befreit hatte. Aber nie und nimmer wollte sie schuld daran sein, dass er
in Gefahr geriet.

Weiter vorne an einem Tisch sah Marthe Raimund sitzen, jenen Ritter, der Christian so freudig begrüßt hatte. Er schwenkte
eine Hühnerkeule in der rechten Hand und hatte den linken
Arm um eine neben ihm sitzende junge Frau gelegt, die gerade
etwas mit schelmischer Miene sagte. Die ganze Tischgesellschaft – mehrere Ritter und einige Frauen – lachte lauthals mit

ihr und hob die Becher. Sie prosteten Christian zu, der kaum merklich seinen Becher hob und zurückgrüßte.

Doch an der hohen Tafel herrschte eine verborgene Spannung, die Marthe nicht entging. Sie sah, dass Otto jedes Gericht mit grimmigem Blick musterte und Hedwigs Wein vorkosten ließ. Hedwig selbst aß kaum etwas und schien Mühe zu haben, die wenigen Bissen hinunterzuschlucken.

Gegenüber von Raimunds Tisch entdeckte Marthe den Hünen mit dem auffallend hellen Haar, mit dem Christian bei der Ankunft in Streit geraten war.

»Wer ist das?«, fragte sie Susanne und deutete vorsichtig in diese Richtung.

»Der Große da? Randolf. Vor dem nimm dich ja in Acht, vor allem, wenn du mit Christian hier bist«, zischte Susanne.

»Warum?«

»Er ist der mächtigste und einflussreichste Vasall des Markgrafen, gefährlich und grausam. Randolf und Christian sind sich spinnefeind. Jeder hier wartet auf den Tag, an dem Christian Gelegenheit hat, ihn auf Leben und Tod zu fordern.«

»Aber weshalb?«, fragte Marthe erschrocken.

»Randolf stammt aus einer alten, reichen Familie. Er und seine Freunde verachten und hassen Ritter niederen Geblüts. Von Christians Herkunft weiß niemand etwas. Er tauchte eines Tages hier auf und begann die Ausbildung zum Knappen. Gemunkelt wird, dass er ein Bastard Ottos ist. Aber wenn du mich fragst – wohl eher von dessen Vater Konrad. Denn der hatte befohlen, Christian als Knappen aufzunehmen. Umso schmachvoller war es für Randolf, als ihn Christian im Turnier besiegte. Das hatte zuvor noch niemand geschafft! Erst dachte jeder, Christian hätte einfach Glück gehabt im Kampf. Aber beim nächsten Mal siegte er wieder über Randolf. Wenig später begann Randolf um Luitgard zu werben, das Mädchen, das Christian liebte.«

Susanne griff schnell nach dem letzten Stück Fisch, bevor sie weitersprach. »Ihr Vater befahl ihr, Randolf zu heiraten. Randolf ist ein mächtiger Mann. Christian dagegen hatte kein Lehen, kann kaum das Geld für seine Ausrüstung und den Knappen aufbringen und ist nur Ministerialer.«

»Ministerialer?«, fragte Marthe verdutzt.

»Kein Edelfreier, sondern ein unfreier Dienstmann«, erklärte Susanne ungeduldig. »So einen würde eine Edelfreie nie heiraten, genauso wenig wie ein Ritter eine Magd. Also gehorchte Luitgard.«

»Wenn auch nicht freiwillig«, ergänzte, mit vollen Backen kauend, die junge Frau, die neben Susanne saß. »Ihr Vater drohte, sie ins Kloster zu schicken, wenn sie seinem Willen nicht folgte. Und welches Mädchen kann sich schon den Bräutigam aussuchen!«

Marthe erschauderte bei der Vorstellung, ins Brautbett zu dem Hünen mit den grausamen Gesichtszügen gelegt zu werden. Als hätte er ihre Gedanken gespürt, wandte Randolf langsam suchend den Kopf in ihre Richtung. Er bohrte seinen Blick in ihre Augen und verzog den Mund zu einem bösen Grinsen.

Marthe hielt entsetzt die Luft an und senkte den Kopf, so wie die Mädchen neben ihr, die die Szene beobachtet hatten.

»Sieh ja nicht hin«, zischte ihr Susanne zu. »Vor dem kann dich keiner beschützen! Nicht einmal der furchtlose Christian, denn der kann nicht immer zur Stelle sein.«

Marthe wünschte sich dringend, weit weg zu sein.

»Schaut er noch her?«, fragte sie leise, fast ohne die Lippen zu bewegen.

»Du kannst wieder Luft holen. Er ist mit seinen Kumpanen beschäftigt«, gab Susanne Bescheid.

»Und Luitgard? Warum sitzt sie nicht neben ihm?«, wollte Marthe wissen.

»Sie hatte keine gute Stunde bei ihm. Er schlug sie oft und sperrte sie ein. Manchmal hörte man ihre Schreie durch die halbe Burg«, berichtete die junge Frau. »Christian war fast wahnsinnig vor Schmerz und Zorn und wollte Randolf zum Zweikampf fordern. Aber der Markgraf verbat das Duell bei strengster Strafe. Otto wusste genau, dass nur einer von beiden den Turnierplatz lebend verlassen würde. Seine Ritter sollten gegen seine Feinde kämpfen und sich nicht gegenseitig abschlachten, forderte er. Und es sei schließlich Randolfs gutes Recht, sein angetrautes Weib zu züchtigen. Dagegen lässt sich nichts sagen.«

Susanne wischte ihr Essmesser an einer Brotscheibe ab und übernahm wieder das Wort. »Ein paar Wochen nach der Hochzeit fand man sie zerschmettert unterhalb der Palisaden. Ein Unglück, hieß es, aber jede von uns ist sicher, dass sie sich hinabgestürzt hat. Es heißt, Christian trauert immer noch um sie.«

Marthe fröstelte. Sich das Leben zu nehmen war die schlimmste aller Sünden und brachte ewige Verdammnis. Das Leben bei Randolf muss für Luitgard schlimmer als die Hölle gewesen sein.

Das erklärt Christians Schwermut, dachte sie voller Mitleid, während sie nachdenklich ihren Brei löffelte.

Doch plötzlich spürte sie erneut, wie sich ihre Nackenhärchen aufrichteten. Das vage Gefühl überkam sie, dass da irgendwo ein lauernder Beobachter war. Aber sie konnte diesmal weder die Quelle noch die Richtung näher bestimmen.

Nachdem der Markgraf und Hedwig die hohe Tafel verlassen hatten, leerte sich die Halle bald bis auf ein paar eifrige Zecher an den Tischen der Ritter.

Müdigkeit machte sich in Marthe breit. Sie folgte den Mädchen und ließ sich das Nachtlager zeigen.

»Ich habe noch ein Weilchen zu tun, aber wenn du willst, kannst du inzwischen hier aufräumen und dich dann schlafen legen«, meinte ihre neue Freundin.

Marthe ließ sich zeigen, was zu tun war, und beschloss, noch einmal kurz auf den Burghof zu gehen, um die klare Nachtluft zu genießen. Nach so vielen Nächten unter freiem Himmel kam ihr die Luft in der rauchgeschwängerten Burg dumpf und drückend vor. Von den Stallungen klangen ab und zu ein Wiehern und leise Stimmen herüber. Mehrere Bewaffnete schlenderten über den Hof, so dass sich Marthe lieber zurückzog.

Auf der Treppe überkam sie plötzlich ein heftiges Gefühl von Gefahr. Sie zuckte zurück. Eine Hand mit einem Messer fuhr dicht an ihr vorbei, schabte deutlich hörbar an der Wand entlang und holte ein zweites Mal aus. Blitzschnell fuhr die Schneide durch den Ärmel ihres Kleides.

Marthe duckte sich und rannte schreiend auf den Hof.

»Was soll der Lärm zu nächtlicher Stunde?«, rief streng ein Wachsoldat, der auf sie zukam, das Schwert in der Hand.

»Jemand wollte mich töten«, stieß Marthe atemlos hervor.

Mehrere Männer kamen herbeigerannt, unter ihnen auch Christian, der überrascht die Ursache des Auflaufs erkannte und dann den langen Schlitz bemerkte, den das Messer in Marthes Kleid hinterlassen hatte.

»Ich kümmere mich darum«, sagte er zu der Wache und zog das Mädchen beiseite.

Mit besorgter Miene ließ er sich berichten. »Du hast dir heute anscheinend mächtige Feinde gemacht«, sagte er schließlich und rief einen der Stallburschen, der gerade an ihm vorbeilief. »Hole Raimund, Richard und Gero! Sag ihnen, Christian braucht ihre Hilfe. Beeil dich!«

Der Junge rannte los. Wenig später kamen Raimund und zwei weitere junge Ritter, die Marthe noch nicht kannte und die dem Aussehen nach Brüder oder Vettern sein mussten.

Christian berichtete ihnen kurz, was geschehen war.

»Haltet Wache vor der Kammer. Ich gehe inzwischen und versuche, noch einmal beim Grafen vorgelassen zu werden. Und du« – er wandte sich zu Marthe um – »versuch zu schlafen. Meine Freunde werden dich schützen.«

Christian hastete die Treppe hinauf zu den Gemächern von Otto und Hedwig.

»Melde, Christian sei hier mit dringenden Neuigkeiten«, sagte er dem Diener vor der Tür. »Frag an, ob sie mich heute noch empfangen können!«

Wider Erwarten wurde er schnell vorgelassen.

Otto und Hedwig waren noch nicht zu Bett gegangen. Hedwig sah blass und ernst aus. Und den sonst vor Kraft strotzenden Markgrafen hatte Christian selbst nach durchwachten Nächten auf Feldzügen noch nie so erschöpft gesehen.

Otto beugte sich ungeduldig vor. »Habt Ihr etwas erfahren können? Nun sprecht schon«, forderte er.

Christian verneigte sich und begann von dem Angriff auf Marthe zu berichten. Während er sprach, verfinsterte sich Ottos Miene noch mehr.

»Ich will dieses Mädchen«, befahl der Markgraf unwirsch. »Wenn sie Gesichte hat, wird sie den Mörder finden.«

»Sie weiß nichts, ich habe lange mit ihr gesprochen«, widersprach Hedwig. »Und sie ist in Gefahr, wenn wir sie hier lassen.«

»Was gilt das Leben eines Bauernmädchens gegen das meiner Gemahlin?«, brauste Otto auf.

Auch Hedwig hob nun die Stimme. »Sie ist eine Waise und verdient unseren Schutz. Den Giftmischer zu finden ist wohl eher Aufgabe der Wachen.«

Freundlicher fuhr sie dann fort: »Wir sind ihr noch aus anderem Grund zu Dank verpflichtet. Sie ist heilkundig und kümmert sich um Dietrich. Ich würde sie gern hier behalten. Aber so ist es besser, sie geht vorerst wieder mit Christian in sein Dorf. Dort dürfte sie in Sicherheit sein.«

»Was ist das wieder für Unsinn, Weib?«, fuhr Otto auf. »Ich gebe Unsummen aus für die teuersten Ärzte und Baderchirurgen, und du denkst, dieses Kind könnte mehr wissen als die gelehrten Männer?«

»Offensichtlich ist sie bei einer sehr kundigen weisen Frau aufgewachsen. Und immerhin wusste sie auch mehr als Euer Astrologe, mein Gemahl. Der saß daneben, als mir der Diener das Gift reichte, und hat nichts bemerkt. Hätte er das nicht aus den Sternen wissen müssen? Findet den Giftmischer, dann können wir sie auf den Burgberg holen und sie wird uns gute Dienste leisten.«

Otto überging den Einwurf. »Ich habe hin und her überlegt, wer dir nach dem Leben trachten könnte. Wer regiert, hat immer Feinde. Aber warum nicht ich, warum gerade du?«

Mit fast verzweifelter Miene griff er nach ihrer Hand.

Hedwig antwortete nachdenklich. »Der Löwe hätte es auf dich abgesehen und nicht auf mich. Doch er hat viel mächtigere Feinde als uns. Also muss es jemand aus unserer nächsten Umgebung sein. Es gibt genug Leute, die meinen, ich sollte mich lieber um die Spinnstube kümmern als um politische Geschäfte.«

Christian, der sich schon beinahe vergessen vorkam, trat einen Schritt vor und kniete vor Hedwig nieder. »Lasst mich Euch dienen, Herrin. Meine Freunde sind Euch genauso treu ergeben wie ich. Wir würden unser Leben opfern, um Eures zu retten.«

Hedwig reagierte mit einem kaum spürbaren Lächeln, von dem Christian nicht genau sagen konnte, ob es belustigt oder gerührt war.

»Habt Ihr es so eilig mit dem Sterben, mein Freund? Aber ich weiß, Ihr und Eure Freunde zählt zu den mutigsten unter den jungen Rittern. Ich danke Euch für Euer Angebot.«

Otto hatte seinen Entschluss gefasst. »Christian, Ihr brecht umgehend auf und bringt in aller Stille dieses Mädchen in Sicherheit, so wie es meine Gemahlin vorgeschlagen hat. Morgen werdet Ihr einige vertrauliche Aufträge für mich übernehmen. Dann geht zu Euren Bauern, damit sie mit dem Roden vorankommen. Das wollen wir über all dem nicht vergessen. Eure Freunde übernehmen den Schutz meiner Gemahlin. Euch sehe ich wieder hier beim nächsten Neumond in voller Rüstung, bereit zum Feldzug. So lange seid Ihr auf Euer Lehen beurlaubt. Doch kommt nicht zurück, ohne bei dem Mädchen nachgeforscht zu haben, ob ihr noch etwas eingefallen ist. Tut, was immer Ihr tun müsst, damit sie es herausfindet!«

Er entließ Christian mit einer ungeduldigen Handbewegung. Der stand auf, verneigte sich und verließ den Raum.

Als der Ritter gegangen war, ging Otto auf Hedwig zu und drückte sie so heftig an sich, dass es schmerzte. »Ich hätte es nicht ertragen, dich zu verlieren«, sagte er mit gepresster Stimme.

Erstaunt und zutiefst bewegt, legte sie ihr Gesicht an seine Schulter. Noch nie hatte sie solche Worte von ihm gehört. Schließlich hob sie den Kopf. »Vielleicht galt das gar nicht nur mir. Vielleicht wollten sie vor allem dich treffen.«

Otto hielt sie stumm umklammert. Dann trug er sie aufs Bett und bedeckte ihr Gesicht mit Küssen.

Otto war immer ein ungeduldiger Liebhaber gewesen, der mit kraftvoller, eiliger Leidenschaft nach Befriedigung suchte. Aber in dieser Nacht umarmte und liebkoste er seine Frau wieder und wieder, als würde er sie zum letzten Mal in den Armen halten. Und irgendwann begriff Hedwig, dass genau das seine Angst war.

Die alte Muhme

»Alles ruhig?,« fragte Christian leise Raimund, der vor der Tür zu der Kammer Wache hielt, in der Marthe und die Mägde schliefen.

»Alles ruhig«, bestätigte Raimund.

Er legte seinem Freund die Rechte auf die Schulter und sah ihn an. »Was wirst du tun?«

»Ich bringe sie gleich jetzt in Sicherheit. Dann breche ich übermorgen auf und kehre beim nächsten Neumond zurück. Behaltet die Augen solange offen!«

Er senkte seine Stimme noch mehr: »Und achtet unauffällig, aber sorgfältig auf Hedwig!«

Raimund zog scharf die Luft ein. »Verstehe ... Es ist also was dran an den Gerüchten.«

Christian lauschte einen Moment, dann öffnete er vorsichtig die Tür einen Spalt und rief leise nach Marthe, in der Hoffnung, dass sie noch wach war. Er hatte richtig vermutet. Das Mädchen fuhr sofort hoch. Er flüsterte: »Komm, wir brechen auf.«

Marthe schlüpfte in das Überkleid und griff nach ihrem Korb.

Christian bat Raimund, einen Umhang und Stiefel zu besorgen, wie die Knappen sie trugen. Der verschwand und brachte kurz darauf das Gewünschte.

»Zieh das über und setz die Kapuze auf«, forderte Christian Marthe auf. Sie verstand und steckte ihr langes Haar unter die Kappe, die Raimund ebenfalls gebracht hatte. Dann schlüpfte sie in die Stiefel, die ihr viel zu groß waren.

Beim Gehen drehte sie sich kurz nach dem Lockenschopf um und dankte ihm mit einem schüchternen Lächeln.

»Lukas soll nicht faulenzen, solange ich weg bin. Lass ihn ein paar Übungskämpfe absolvieren, bis ihm der Schweiß in Strömen rinnt«, meinte Christian noch zu seinem Freund.

Der grinste. »Wird mir ein Vergnügen sein.«

Mit Christian ging Marthe über den nachtdunklen Hof. Am Tor sprach der Ritter leise mit den Wachsoldaten, die sie dann durch eine kleine Ausfallpforte nach draußen ließen.

Fast geräuschlos führte Christian Marthe durch verwinkelte Gassen, wobei er öfter innehielt, um weder von Streunern noch von patrouillierenden Nachtwachen gesehen zu werden. Marthe lief nun barfuß, die riesigen Stiefel hatte sie ausgezogen und in die Hand genommen. Jetzt verstand sie auch, warum der Ritter diesmal ohne Pferd aufgebrochen war. Es hätte sie durch das Klappern der Hufe verraten.

Nach Umwegen durch die ganze Stadt, gelangten sie schließlich in eine abgelegene, ärmliche Gasse in einiger Entfernung vom Burgberg. Christian hielt an einer kleinen Kate und klopfte viermal kurz hintereinander an die Tür.

Es dauerte nicht lange, bis geöffnet wurde. Eine uralte Frau mit Stroh im zerzausten weißen Haar stand mit einem Binsenlicht in der Tür. Anscheinend hatte sie geschlafen. Sie betrachtete die beiden Besucher nur flüchtig und ließ sie ein.

»Setz dich, mein Sohn«, sagte die Alte und schürte das Herd-feuer.

Mit unverhohlener Neugier musterte sie Marthe. »Steckst wohl in Schwierigkeiten, Mädchen?«

Christian übernahm das Antworten. »Kann sie für eine Weile bei dir bleiben?«

Die Alte nickte.

»Gut. Du bist hier in Sicherheit«, sagte der Ritter zu Marthe. Seine dunklen Augen waren mitfühlend auf sie gerichtet. »Aber jetzt musst du noch einmal alle Kraft zusammenneh-men. Wir müssen herausfinden, wer hinter den Anschlägen steckt.«

Er wandte sich an die Alte. »Josefa, wir brauchen deine Hilfe. Du kannst sie dazu bringen, sich auch an die Dinge zu erin-nern, die sie nicht bewusst wahrgenommen hat.«

Mit knappen Worten erzählte er von den Ereignissen des Tages. Die Alte hörte wortlos zu und fragte dann gemeinsam mit Chris-tian das Mädchen über jedes winzige Detail aus, das ihr aufgefallen war, als sie das Gift in Hedwigs Becher erahnt hatte.

Marthe schloss die müden Augen und rief sich noch einmal das Bild ins Gedächtnis: Neben dem Markgrafen hatte der Hagere mit dem verschlagenen Blick gestanden, im Hinter-grund die Wachen, linker Hand der Schreiber am Pult. Da war noch etwas. Allmählich nahm es in ihrer Erinnerung Kontur an …

Sie konzentrierte ihre Gedanken auf die vage Gestalt in einer nur wenig beleuchteten Ecke. Der Kahlkopf im schwarzen Gewand … Er saß dort, ohne sich zu rühren, und ließ kein Auge von Hedwig, aber aus seiner Haltung sprach große An-spannung.

Christian und Josefa deuteten Marthes Gesichtsausdruck so-fort richtig.

»Sag schon«, ermunterte sie die Alte.

»Der Kahle mit dem merkwürdigen Ziegenbart ... er starrte auf Hedwig ... wie auf der Lauer, bereit, aufzuspringen, als sie trank. Aber er tat es nicht.«

»Aloisius. Der Astrologe«, sagte Christian mit harter Stimme. »Ein Betrüger, aber einer von der gefährlichen Sorte. Ich weiß nicht, warum Otto ihm traut. Er hasst Hedwig, weil sie ihn durchschaut.«

Josefa kratzte sich gedankenverloren an der Schläfe. »Vielleicht war er der Giftmischer. Vielleicht hat er aber auch von dem Anschlag gewusst und wollte selbst Hedwig retten, um besser dazustehen. Und das Mädchen ist ihm zuvorgekommen.«

Christian ließ die Hand hart auf den grob gezimmerten Tisch fallen. »Möglich, dass er sich sogar die ganze Sache selbst ausgedacht hat, um im letzten Moment als Retter aufzutreten. Otto hätte ihn reich belohnt, und Hedwig wäre ihm zu Dank verpflichtet. Außerdem hätte das seinen angeschlagenen Ruf als Hellseher wiederhergestellt.«

Ächzend stand Josefa auf und holte noch etwas Wasser aus dem Bottich, der neben dem Herd stand. »Nur werden wir von all dem nichts beweisen können«, meinte sie.

»Und es erklärt auch noch nicht, wer Marthe angegriffen hat«, fügte Christian hinzu. »Ich muss zurück. Vielleicht konnte Raimund inzwischen noch etwas herausfinden. Sobald ich kann, hole ich dich ab«, sagte er freundlich zu Marthe, ging hinaus und schloss leise die Tür.

Die Alte räumte einen Platz frei. In der kleinen dunklen Kate war es viel wärmer als in den riesigen Sälen der Burg. Marthe glaubte, nach all der Aufregung nicht schlafen zu können, aber schon nach wenigen Momenten fielen ihr die Augen zu.

So lautlos, wie er gekommen war, verschwand Christian wieder in der Schwärze der Nacht.

Auf das verabredete Zeichen hin ließen ihn die Wachen zurück in die Burg. Bei den Stallungen wartete Raimund.

»Hier hat noch niemand etwas herausfinden können«, flüsterte Christians Freund, der inzwischen mit Ottos Einverständnis über den vereitelten Giftanschlag informiert worden war und bei der Suche nach dem Schuldigen helfen sollte. »Obwohl sich der Markgraf den Diener und den Küchenmeister persönlich vorgenommen hat.«

Christian berichtete von Marthes und Josefas Verdacht.

»Aber niemand in der Küche will etwas Auffälliges beobachtet haben. Irgendwie muss er an den Becher herangekommen sein – oder einen Helfer gehabt haben«, wandte Raimund ein. »Solange Otto ihm traut, können wir kaum mehr tun, als ihn sorgfältig im Auge zu behalten.«

»Doch. Komm mit.«

Mit raschen Schritten ging Christian voraus zu dem Kellergewölbe, in dem der Alchimist und Sterndeuter seine Experimente trieb, von denen sich die anderen Burgbewohner aus Furcht vor bösem Zauber und auch wegen des Gestanks tunlichst fern hielten. Heute war dunkler Mond. In dieser Nacht würde Aloisius bestimmt wieder geheimnisvolle Tränke brauen.

Christian lauschte kurz an der Tür. Tatsächlich hörte er dahinter Gemurmel, dann ein Scheppern und einen deftigen Fluch. Er hieß Raimund draußen warten, riss die Tür auf und trat mit großen Schritten ein.

Erschrocken schaute der Schwarzgewandete auf, der in dem beißenden Qualm kaum zu sehen war.

»Was fällt Euch ein? Eure Gegenwart verdirbt meine kostbaren Elixiere«, giftete Aloisius, der sich schnell wieder gefasst hatte.

»Ich werde Euch noch viel mehr verderben«, erwiderte Christian, drückte den Kahlkopf gegen das Mauerwerk und setzte ihm einen Dolch an die Kehle.

»Ich kenne Euer finsterstes Geheimnis«, sagte er mit leiser Stimme, während er dem anderen bedrohlich in die Augen sah. »Und ich weiß, welche Schandtat Ihr geplant habt.«

Das letzte bisschen Farbe verschwand aus dem Gesicht des Astrologen. Er öffnete ein paar Mal den Mund, doch er brachte keinen Ton heraus.

»Von nun an seid Euch bewusst, dass jeder Eurer Schritte überwacht wird«, fuhr Christian fort und drückte den Dolch noch etwas fester an die Kehle seines Gegenübers. »Also unternehmt nichts Unüberlegtes!«

Zitternd und stumm nickte der Schwarzgewandete. So überraschend, wie Christian gekommen war, war er auch schon wieder verschwunden.

»Ob das klug war? Jetzt hast du dir noch einen Feind mehr gemacht – und er ist gewarnt«, murmelte Raimund, als sie den Keller verlassen hatten.

»Aber so wird er vorerst keinen weiteren Angriff auf Hedwig planen. Nimm dir die anderen dazu und behaltet ihn im Auge, während ich weg bin. Vielleicht wird er unruhig und macht aus Angst einen Fehler, der ihn verrät.«

»Verstehe.« Raimund nickte und ging dann zu seiner Schlafstatt, während sich Christian darauf einrichtete, den Astrologen zu beobachten, wenn der sein Labor verließ.

Als Marthe erwachte, drang Tageslicht durch eine offene Tür in der Rückwand der Kate, die in einen kleinen Garten führte. Das Mädchen brauchte einen Moment, um sich zu erinnern, was geschehen war und wie sie hierher gekommen war.

Sie stand auf und ging in den Garten.

Dort war die Alte schon dabei, kräftig gewachsene Kräuter zu schneiden. Mit Staunen erkannte Marthe, dass dieser Garten fast ebenso angelegt war wie Fines und hier die gleichen Heilpflanzen wuchsen.

Die Alte sah kurz auf. »Lass uns reingehen. Du wirst hungrig sein.«

Sie erhob sich ächzend, reichte Marthe den Korb, in den die geernteten Blätter und Blüten sorgfältig nebeneinander geschichtet waren, und ging mit ihr ins Haus. Dort holte sie aus einem Tontopf das Brot.

»Nimm dir Bier, es steht dort drüben«, meinte sie, brach ein großes Stück Brot ab und gab es dem Mädchen.

»Gestern hatte ich gute Geschäfte und bin reichlich entlohnt worden.« Sie hob ein gebratenes Huhn hoch und lächelte breit, wodurch sich in ihrem runzligen Gesicht die vielen Fältchen um die Augen vertieften.

Marthe ließ sie sich nicht lange bitten und aß.

»Die Leute nennen mich nur die alte Muhme. Oder heimlich die alte Hexe. Du hast also auch die Gabe. Aber noch nicht lange, stimmt's? Musst erst lernen, mit der Bürde umzugehen?«

Das Mädchen verschluckte sich beinahe vor Schreck. Bis eben noch war ihr Josefa als ein altes Kräuterweib erschienen, wie es in fast jedem Dorf eines gab. Das hatten ihr der Garten, die getrockneten Pflanzenbündel an den Dachbalken und die vielen Tonkrüglein auf einem Brett an der Wand verraten.

Doch war da noch mehr an dieser weißhaarigen Frau?

Sie hat einen Blick, der einem das Gefühl gibt, sie könnte bis tief in mein Innerstes schauen, dachte Marthe, ohne zu ahnen, dass andere Menschen in ihrer Gegenwart das Gleiche empfanden.

Sie fürchtete sich nicht vor Josefa. Aber vielleicht war sie zu arglos? Und was sollte das Gerede von der Gabe?

Josefa schien ihre Gedanken erraten zu haben.

»Ich bin eine Heilkundige wie du«, sagte sie und legte ihre Hand auf Marthes. »Aber eben nicht nur das. Weil wir mehr sehen als andere und manchmal mit unseren Ahnungen in die Zukunft blicken, fürchten sich die meisten vor Frauen wie uns, auch wenn sie gelegentlich unseren Rat suchen.«

Josefa sah ihr noch einmal lange in die Augen und nahm dann einen Schluck aus ihrem hölzernen Becher.

Auf einmal konnte Marthe ihre Ängste nicht länger zurückhalten. »Ich verstehe das alles nicht! Ich bin ein Niemand aus einem winzigen Dorf weit weg von hier und will nichts weiter als Leute heilen. Stattdessen habe ich plötzlich diese Dinge im Kopf und stecke inmitten von Verschwörern und Mördern.«

Josefa schob ihr noch etwas von dem Brot hinüber. »Iss, Kind.« Sie seufzte und sprach dann geduldig weiter. »Für einen einzigen Tag auf der Burg hast du es wirklich geschafft, dir eine Menge Schwierigkeiten aufzuhalsen. Ich sage ja, du musst erst lernen, mit der Gabe umzugehen. Die wenigsten haben sie von Geburt an. Unversehens muss man auf einmal damit klarkommen. Deshalb sage ich auch, es ist eine Bürde.«

»Ich will sie nicht haben«, erwiderte Marthe trotzig.

»Das liegt nicht in deiner Hand. Sie ist dir von Gott auferlegt, und du darfst sie nicht zurückweisen. Du hast die Pflicht, sie zum Besten deiner Mitmenschen einzusetzen. Ich werde dir beibringen, damit umzugehen, wenn du es willst.«

»Das alles wäre nie passiert, wenn ich nicht aus meinem Dorf weggelaufen wäre.«

»Dann wärst du jetzt tot. Wenn Gott deine Schritte hierher gelenkt hat, hat er einen Grund dafür. Vielleicht war es deine Aufgabe, Hedwig zu retten. Vielleicht aber ist dir noch mehr bestimmt …«

Josefa senkte die Stimme und wackelte sorgenvoll mit dem

Kopf. »Du hast dir gestern Feinde gemacht. Nicht nur, weil du Hedwig gerettet hast. Du hast dich auch mit dem Medicus angelegt. Hast seine Anweisungen widerrufen und etwas ganz anderes angeordnet. Was wird aus ihm, wenn du Erfolg hast?«

Marthe blickte erstaunt auf.

»Ja, jetzt verstehst du wohl«, sagte Josefa bedächtig. »Die gelehrten Herren nehmen teures Geld für ihre Kunst und schauen verächtlich auf uns herab. Aber meistens haben wir mehr Erfolg. Mag sein, dass die Doktoren andernorts weiser sind. Von den jüdischen Gelehrten erzählt man sich wahre Wunderdinge. Aber hier gibt es nur ein paar elende Stümper, die nichts weiter tun, als zur Ader lassen und zerstoßenes Metall zu verabreichen. Glaub mir, die haben mehr Menschen unter die Erde gebracht als alle Mörder, die in dieser Stadt je gehenkt worden sind.«

Die Alte stand auf und kramte aus ihren Vorräten ein paar Wurzeln und Bündel getrockneter Blüten hervor.

»Du weißt, was geschieht, wenn eine Frau die hier zusammen einnimmt? Oder das hier?«

Marthe nickte. Gab man drei dieser Pflanzen einer Frau in den frühen Wochen ihrer Schwangerschaft, stieß sie das Kind ab; zwei andere konnten verhindern, dass eine Frau überhaupt schwanger wurde.

»Dann hat deine Lehrmeisterin dir wohl auch gesagt, dass du mehr als alles andere auf der Welt dieses Geheimnis hüten musst. Denn das ist es, was die Männer fürchten: Dass wir Frauen Macht über ihre ungeborenen Söhne haben könnten!«

Josefa beugte sich vor. »Auch ich sehe manches voraus«, sagte sie mit eindringlicher Stimme. »Irgendwann werden die Männer nicht mehr dulden, dass sich die weisen Frauen in ihr einträgliches Handwerk einmischen – die Doktoren nicht und

auch die Baderchirurgen nicht. Ich sehe schon die Scheiter-
haufen lodern. Sie werden uns vernichten. Dann stirbt das uralte Wissen aus, das wir bewahren. Selbst wer den Bütteln entgeht, wird nicht mehr wagen, es weiterzugeben.«
Die Alte atmete tief durch und lehnte sich zurück. »Noch ist
es nicht so weit. Noch müssen sie Beweise vorlegen, und das
kann auf den Ankläger zurückfallen. Wenn wir Glück haben,
werden wir das alles nicht erleben. Aber wir müssen vorsichtig
sein.«

Josefa räumte die Reste des Huhns weg und bat Marthe, ihr
bei der Arbeit zu helfen. Bald füllte sich der Raum mit vielerlei
Düften. Während sie gemeinsam Sude kochten, Mixturen in
kleine Krüge füllten, getrocknete Pflanzen zerstießen und
Säfte mit Schmalz zu Salbe verrührten, stellten sie fest, dass sie
beinahe mit den gleichen Rezepturen arbeiteten.
»Du hattest eine gute Lehrmeisterin«, lobte Josefa.
Marthe erzählte von Fine. Es tat ihr gut, und in Josefa fand sie
eine aufmerksame Zuhörerin. Wie sich herausstellte, hatte
Marthe der alten Frau sogar auf einem Gebiet etwas voraus:
Josefa war nicht so geschickt im Behandeln von Knochenbrü-
chen, denn bei solchen Fällen gingen die Leute in der Stadt
zum Bader. Dafür verriet sie Marthe ein Mittel zur Zahnpfle-
ge, eine Mischung aus Wein und der Asche abgeschnittener
Weinreben. Josefa hatte im Gegensatz zu den meisten Leuten
ihres Alters noch auffallend viele Zähne.
Nach einer Weile hörten sie jemanden draußen nach Josefa
rufen.
»Versteck dich im Garten«, sagte die Alte, schob Marthe nach
hinten und ließ dann eine Frau ein, die mit schriller Stimme
um Hilfe bat, weil sie sich beim Kochen verbrüht hatte. Marthe
hörte durch die nur angelehnte Tür, wie Josefa die Frau beru-

higte, ihr kühlende Tücher auflegte und sie dann aufforderte, am nächsten Tag wiederzukommen.

»Die Ärmste ist am Herd ein wahrer Pechvogel. Entweder sie verbrennt sich selbst oder das Essen – oder beides«, meinte Josefa, nachdem die Frau gegangen war und sie sich wieder den vor sich hin köchelnden Kräutersuden widmeten. »Dabei ist sie so geschickt am Webstuhl. Die Familie könnte besser leben, wenn ihr Mann sie den ganzen Tag weben lassen und ein Mädchen zum Kochen holen würde. Doch davon will der Dummkopf nichts wissen.«

Josefa beobachtete Marthe eine Weile. Schließlich meinte sie: »Na, frag schon!«

Marthe schaute überrascht hoch.

»Frag ruhig«, wiederholte Josefa. »Das, was dich die ganze Zeit schon beschäftigt!«

Marthe beschloss, das Angebot anzunehmen, denn für diese Frage konnte sie sich wirklich keine Antwort vorstellen.

»Woher kennst du Christian?«

Die Alte grinste breit. »Wirklich sonderbar, nicht wahr? Ein junger, kühner Ritter vom Burgberg und eine alte Hexe aus dem letzten Winkel der Stadt.«

Sie machte eine bedeutungsschwere Pause.

»Ich habe ihn großgezogen.«

Marthe riss die Augen auf. »Du bist seine Mutter?«

»Nein. Die ist gestorben, als Christian noch klein war. Aber ich kannte sie gut, sie war wie eine Tochter für mich. Sie lebte hier nebenan. Ich habe sie auch entbunden. Was glaubst du, was für ein süßer kleiner Schreihals dein Ritter war.«

»Aber was ist mit seinem Vater? Wie kann ein Kind aus dieser Straße Ritter werden? Oder stimmt es, was die Leute munkeln – dass er ein unehelicher Sohn des alten Markgrafen ist?«

Josefa lachte. »Ich sehe schon, ein einziger Tag auf der Burg hat gereicht, um dich über den Klatsch ins Bild zu setzen. Nein, Christian ist kein Bastard von Otto oder Konrad. Sein Vater war Spielmann.«

»Spielmann?« Nichts hätte Marthe mehr verblüffen können. Spielleute galten als unehrlich geboren. Undenkbar, dass einer von ihnen Ritter wurde.

»Ja, sogar ein sehr guter. Und nebenbei der beste Spion für Markgraf Konrad. Schau nicht so überrascht! Er war beileibe nicht der Einzige in seinem Gewerbe, der das tat. Spielleute kommen herum, sind unverdächtig und können auf den Burgen ein und aus gehen. Christians Vater war oft unterwegs und hat viele geheime Nachrichten ausgekundschaftet und überbracht. Doch er wurde bei einem gefährlichen Auftrag verraten und bei lebendigem Leib aufs Rad geflochten.«

Marthe schauderte. Meistens waren die Büttel so gnädig, den Verurteilten zu erwürgen, bevor sie ihm alle Knochen brachen und die zertrümmerten Gliedmaßen durch die Speichen eines Rades zogen. Christians Vater musste unvorstellbare Qualen erlitten haben, bis ihn endlich der Tod erlöste.

»Hat ihm denn niemand helfen können?«

»Nein. Er hat seinen Herrn nicht preisgegeben. Als Konrad schließlich davon erfuhr, war es schon zu spät. Er wollte wenigstens den Leichnam entführen lassen, um ihn in geweihter Erde zu begraben, aber nicht einmal das war mehr möglich. Sie hatten den Körper verbrannt und die Asche in alle Winde verstreut. Christians Mutter brach es das Herz. Sie starb wenig später. Markgraf Konrad sorgte dafür, dass der Junge auf den Burgberg kam, zum Knappen und dann zum Ritter ausgebildet wurde. Er hatte seinem Vater versprochen, für den Jungen zu sorgen, falls ihm etwas zustoßen würde. Deshalb hält er auch seine Herkunft geheim. Würde sich herumsprechen, dass seine Mutter ein armes Mädchen und sein Vater gar ein Spielmann war, würde das Christians Leben noch schwerer machen. Er lebt so schon nicht ungefährlich.«

Josefa machte ein grimmiges Gesicht. »Er ist ein aufrechter Mann, ein begnadeter Reiter und ein mutiger Kämpfer. Das alles würde nicht mehr zählen.«

»Hat Otto ihm deshalb den Zweikampf mit Randolf verboten?«, wollte Marthe wissen. Die Erinnerung an den Hünen jagte ihr wieder einen Schauer über den Rücken.

Josefa lachte bitter auf. »Randolf? Gegen Randolf ist Christian machtlos. Ich kann mir keine Untat vorstellen, die Otto ihm nicht nachsehen würde. Und kein Unrecht, das Randolf nicht begehen würde, ganz einfach, weil er es kann. Der Markgraf braucht ihn, weil niemand sonst ihm so viele Berittene für seine Feldzüge stellen kann. Christian könnte ihn auf dem Turnierplatz besiegen, aber nun darf er ihn nicht einmal herausfordern, wenn er nicht im Kerker enden will. Die Ohnmacht, nichts gegen einen Mann tun zu können, der so oft gegen die Ehrenregeln des Ritterstandes verstößt, ist für ihn fast noch schlimmer als die Trauer um Luitgard.«

Die Alte strich sich mit beiden Händen übers Gesicht und versank für einen Moment in Erinnerungen.

»Christians Eltern haben sich sehr geliebt. Er ist verwegen wie sein Vater – nur verschlossener, manchmal fast düster. Nach dem Tod der Mutter habe ich ihn zu mir genommen, bis der alte Markgraf heimlich nach dem Jungen forschen und ihn holen ließ. Wenn Christian kann, besucht er mich und sorgt für mich. Er wollte mich sogar schon in einem besseren Haus unterbringen. Aber ich will hier nicht weg. Hier habe ich meinen Kräutergarten und meine Kundschaft. Ich bin zu alt für große Veränderungen.«

Ein magerer, ungefähr sechsjähriger Junge riss plötzlich die Tür auf und stürmte zu Josefa, während er Marthe nur mit einem kurzen, neugierigen Blick streifte.

»Gott zum Gruße, Muhme«, sagte er brav und sprudelte dann heraus: »Ich habe eine Nachricht für dich. Krieg ich was Süßes als Botenlohn?«

Josefa lachte und strich ihm übers Haar. »Ich wette, du hast deinen Botenlohn längst in der Tasche.«

Der Junge grinste ohne eine Spur von Verlegenheit.

Die Alte seufzte übertrieben, drehte sich um und griff nach einem Töpfchen, auf das der Junge schon seinen Blick gerichtet hatte. »Na, komm her. Aber erst die Botschaft!«

Der Junge warf wieder einen Blick auf Marthe, zupfte an Josefas Kleid, damit sie sich zu ihm beugte, und flüsterte ihr etwas ins Ohr. Josefa nickte und bestrich dann einen großen Kanten Brot mit Honig.

Der Kleine strahlte, schnappte sich das Brot und verschwand.

Josefa wandte sich zu Marthe um. »Nachricht von Christian. Du sollst dich morgen früh bereit halten. Ihr reitet zurück in euer Dorf. Lukas wird dich vom Markt abholen. Wir gehen zusammen hin, dann wird dir nichts geschehen.«

Marthe war erleichtert.

Er würde sie holen, wenn er kann, hatte Christian gesagt, aber das hätte auch viel später sein können. Sie fühlte sich wohl bei Josefa und überraschend heimisch. Doch sie fürchtete sich davor, wieder auf die Burg gerufen zu werden. Was dort geschehen war, flößte ihr Angst ein. Zwar hatte sie ein schlechtes Gewissen dabei, Dietrich im Stich zu lassen, aber dem Jungen ging es schon besser und Susanne wusste, was zu tun war.

Sie wollte zurück ins Dorf. Sie vermisste Johanna und Marie, machte sich Sorgen um Bertha, deren Schwangerschaft schwierig zu werden drohte, um Karl, dessen gebrochenes Bein nach den Anstrengungen der letzten Tage wieder geschwollen war, und um Grete, deren vorsichtige Bewegungen ihr verraten hatten, dass ihr Reißen in den Gliedern schlimmer geworden war.

Am nächsten Morgen machten sich Josefa und Marthe auf den Weg zum Markt. Die Muhme hatte Marthe noch einige von ihren Pflanzen ausgegraben und die Wurzeln in ein feuchtes Tuch geschlagen.

»Als Grundstock für deinen Kräutergarten«, hatte sie gemeint und Marthe das Bündel gereicht. Das Mädchen umarmte sie dankbar.

Auf dem Markt herrschte bereits ein so unbeschreibliches Gewimmel, dass Marthe beinahe vergaß, nach Lukas Ausschau zu halten.

Josefa schob sie an einem Stand vorbei, an dem eine dicke Frau lebende Hühner und Tauben feilbot. Marthe zuckte zusammen, als direkt neben ihr ein prachtvoller Hahn ein lautes Geschrei anstimmte, weil ihn die Bauersfrau an den Füßen gepackt hatte, das Tier hochhielt und einer Frau mit einem riesigen Kropf seine Vorzüge anpries.

Ein paar Schritte weiter waren die Fleischbänke, an denen Fleischhauer nach den Wünschen der Käufer Schweinehälften in Stücke zerteilten. Sie ging zur Seite, um nicht in die Blutlachen zu treten, die sich unter den Ständen gebildet hatten und an denen sich Ratten gütlich taten.

Von hinten stieß sie ein säuerlich riechender Mann so grob beiseite, dass sie beinahe stürzte. Josefa, die sie am Arm packte und davor bewahrte, in den Schmutz und Abfall zu fallen, polterte den Mann ungeachtet seiner Größe an: »Hast du keine Augen im Kopf, du Tölpel?«

Der Mann fuhr herum, erstarrte, als er Josefa sah, schlug ein Kreuz und hastete davon.

Sie schlenderten weiter. An einem Brotstand ein paar Schritte weiter begrüßte Josefa eine rothaarige Frau mit mehlbestäubter Schürze. »Gott zum Gruße, Mechthild. Ich habe dir den Trank gegen den Husten mitgebracht.« Sie holte ein Krüglein aus den Falten ihres Kleides. Die Bäckersfrau forderte sie auf, sich dafür etwas aus ihrem Angebot auszusuchen.

Josefa stupste Marthe an, die mit sehnsüchtigen Augen auf das verführerisch duftende Backwerk direkt vor ihr sah. »Na, nimm schon!«

Marthe blickte sie fragend an und nahm sich ein Stück Honigkuchen. Die Frau packte Josefa noch zwei Brote in den Korb. Marthe bot Josefa die Hälfte ihres Kuchens an, doch als die dankend ablehnte, verspeiste sie genüsslich das ganze Stück und leckte sich die Honigreste von den Fingern.

Währenddessen hatte die Muhme Lukas entdeckt, der schwer beladen über den Markt ging. Sie gab Marthe einen Wink und steuerte auf den Knappen zu.

Kurz bevor sie ihn erreicht hatten, drehte sie sich noch einmal zu Marthe um. »Mach's gut, Kleine! Komm wieder, wenn du bereit dafür bist. Und vergiss nie: Du hast dich ins Geschäft der großen Herren eingemischt. Das ist gefährlich. Also sei achtsam!«

Sie umarmte Marthe kurz und war im nächsten Augenblick zwischen den Menschen verschwunden.

Beklommen ging Marthe auf Lukas zu, der ihr mit einem Blick bedeutete, sich unauffällig an seiner Seite zu halten und den Markt zu verlassen. Der Knappe führte sie in den Hof eines kleinen, aber gut besuchten Wirtshauses. Sie gingen in den Stall, wo Lukas' Brauner und Christians Packpferd standen und sie freudig schnaubend begrüßten. Lukas verstaute die Säcke und Kisten auf dem Packpferd und nahm Marthe zu sich auf den Brauen.

In betont gemächlichem Tempo ritt er durch die Straßen der Stadt. Doch Marthe spürte seine Anspannung. So besorgt hatte sie den Knappen noch nie erlebt.

»Ich kann im Moment niemanden sehen, der uns folgt. Aber halte auch selbst Ausschau, ob du etwas entdeckst«, raunte Lukas ihr zu.

Sie blickte aufmerksam um sich. Doch von den Menschen, die geschäftig um sie herumschwirrten, schien sich niemand für sie zu interessieren, außer einem Bettler, dem Lukas eine Münze zuwarf.

Ohne Zwischenfälle verließen sie die Stadt. Nachdem sie außer Sichtweite waren, wechselte der Knappe plötzlich die Richtung und gab seinem Pferd die Sporen.

Wenig später hielt er an einer Weggabelung. Noch bevor Marthe etwas fragen konnte, hörte sie Hufgetrappel. Für einen Moment erschrak sie, aber schon kamen Christian und Raimund in Sichtweite.

»Geht es dir gut?«, fragte Christian Marthe besorgt. Sie nickte.

Christian und Raimund saßen ab, Marthe und Lukas folgten ihrem Beispiel. Der Ritter besprach sich kurz leise mit seinem Freund und verabschiedete sich dann mit einer Umarmung von ihm. Ohne weitere Verzögerung brachen sie Richtung Dunkelwald auf.

Ausgeliefert

Als Christian, Lukas und Marthe ihr im Entstehen begriffenes Dorf erreichten, fanden sie dort geschäftiges Treiben vor. Der Geruch von Rauch hing über der Lichtung, die ihr Aussehen schon verändert hatte. An mehreren Stellen war das Buschwerk niedergebrannt, damit die Siedler so schnell wie möglich säen konnten. Sie hatten ausgemacht, drei Tage lang mit Axt und Feuer an den geeignetsten Stellen Platz für die erste Aussaat zu schaffen. So würden sie – wenn auch nur in geringer Menge und spät – noch diesen Sommer etwas Hafer und Gerste ernten können. Waren das erste Korn, die Erbsen und Bohnen erst einmal im Boden, würden sie gemeinsam den dichter bewachsenen Flächen zu Leibe rücken, um bis zur Herbstaussaat größere Felder zu gewinnen. Falls das Wetter es zuließ, wollten sie erst danach mit dem Bau der Häuser beginnen.

Nahe am Bach stand schon eine behelfsmäßige Unterkunft aus mit Lehm beworfenem Flechtwerk.

Die Kinder rannten den Reitern entgegen. Auch die Männer und Frauen legten für einen Moment die Werkzeuge beiseite, um die Ankömmlinge zu begrüßen und in Augenschein zu nehmen, was sie mitgebracht hatten.

Unter dem Jubel der Siedler lud Lukas ab: einen Block Eisen für Jonas, zwei Säcke mit Erbsen, die Griseldis sofort in Verwahrung nahm, ein paar Äxte, starke Seile und drei Ferkel, die während der Reise mächtig spektakelt hatten. »Zwei für die Zucht, das dritte wird unser Weihnachtsbraten«, kündigte Christian an und erntete dafür begeisterte Rufe.

Otto hatte sich großzügiger als erwartet gezeigt, um den leidgeprüften Siedlern den Neubeginn zu erleichtern. Christian war sicher, dass dabei Marthes Einsatz bei Hedwigs Rettung eine nicht unbeträchtliche Rolle gespielt hatte.

Bald hallten wieder kräftige Axtschläge durch die Landschaft. Dazwischen mischte sich das helle Klingen, mit dem Jonas Eisen bearbeitete.

Marthe hatte sich von Hildebrand einen Platz für ihren Kräutergarten zuweisen lassen und pflanzte sorgfältig ein, was Josefa ihr mitgegeben hatte. Während sie Wasser holte, um die Pflanzen zu gießen, betrachtete sie das emsige Treiben um sich herum.

Sogar Christian, Lukas und Vater Bartholomäus hatten sich Äxte geholt und rückten den Bäumen zu Leibe. Die Frauen und größeren Kinder entasteten die Stämme und rollten sie beiseite. Die längsten Baumstämme wurden auf einem gesonderten Platz gestapelt. Sie sollten zum Bau der Kirche dienen.

Guntram führte eine Gruppe an, die die dicken Wurzeln erst mit hölzernen Schaufeln freilegte, so tief es ging, und dann mit Seilen und Hebeln herauszerrte. Die gerodeten Wurzeln würden als Brennholz dienen.

Karl saß auf einem Baumstumpf, hielt das geschiente Bein von sich gestreckt und bediente den Blasebalg für Jonas' Schmiede unter freiem Himmel. Die kleineren Kinder sammelten Holzreste ein, Marie trieb die Ferkel zur Mast in den Wald.

Bertha und Emma kochten währenddessen für alle. Bertha trug nun schwer an ihrer Schwangerschaft, und inzwischen sah auch jede erfahrene Frau, dass Emma ebenfalls ein Kind erwartete.

Über allem lag der betörende Duft von frisch geschlagenem Holz.

Nach der Abendmahlzeit saßen die Siedler erschöpft am Feuer und genossen ein paar Momente der Ruhe.

In die Stille hinein sagte plötzlich Griseldis: »Wir sollten Marthe mit Wiprecht verheiraten. Sie braucht einen Mann, der sie ernährt und beaufsichtigt. Und er braucht jemanden, der ihm den Haushalt führt und sich um die Mädchen kümmert.«

Marthe war wie vom Blitz getroffen.

Wiprecht war fast dreimal so alt wie sie, sein Haar schütter und grau und sein Mund fast zahnlos. Seit dem Tod seiner Frau schien er die Umgebung kaum noch wahrzunehmen, so gleichgültig war er geworden.

»Ja, das sollten wir«, meinte Kaspar. »Aber sie hat keine Mitgift. Würdest du sie denn trotzdem nehmen, Wiprecht?«

Der Angesprochene nickte täppisch und sandte Marthe einen verlegenen Blick zu. Er schien wenig überrascht.

Entsetzen stieg in Marthe auf. Ob die Sache schon abgesprochen war? War das der Preis, den sie für ihre Rettung vor Wulfhart zu zahlen hatte?

Karl war aufgesprungen. »Das kann nicht euer Ernst sein«, brüllte er und humpelte auf Marthe zu. »Soll ich dann etwa Mutter zu dir sagen?«, schrie er entrüstet.

»Dich hat hier keiner gefragt«, wies ihn Hildebrand scharf zurecht. »Setz dich gefälligst wieder hin. Natürlich wirst du Mutter zu ihr sagen, wenn dein Vater sie zur Frau nimmt.«

Der Junge stieß einen wütenden Schrei aus und ließ sich fallen.

Will mir denn keiner zu Hilfe kommen?, dachte Marthe verzweifelt und sah um sich. Emma wirkte selbst überrascht und betroffen.

»Wir sollten sie lieber mit einem der Jüngeren verheiraten, damit sie viele Kinder zeugen«, warf Grete ein.

»Du willst sie nur für deinen Sohn«, giftete Griseldis zurück.

»Warum nicht?«, konterte die Alte. »Wiprecht hat noch keinen Haushalt. Und wenn er einen hat, kann Johanna die Arbeit übernehmen. Sie ist kein Kind mehr, sie wird bald sieben.«

»Ich will sie haben«, ging Martin laut dazwischen. »Ich habe ihr mehr zu bieten als der Graukopf.«

»Aber kein Land«, fauchte Griseldis.

»Der Herr des Dorfes soll entscheiden«, verkündete Hildebrand.

Christian und Lukas hatten nach den Pferden gesehen und

näherten sich nun dem Feuer, durch den Streit aufmerksam geworden.

»Was gibt es?«, wollte der Ritter wissen.

Hildebrand erklärte es ihm.

»Das könnt Ihr nie und nimmer erlauben«, rief Lukas entsetzt.

Christian sah ihn streng an. »Und warum nicht, deiner Meinung nach?«

Lukas rang nach Worten. Das Alter des Bräutigams, dass die beiden überhaupt nicht zusammenpassten – all das galt hier nichts. Bei nüchterner Betrachtung war Wiprecht für Marthe sogar eine gute Partie. Aber er konnte das nicht nüchtern betrachten.

Lukas holte tief Luft. Er wusste, sein Verhalten war mehr als ungebührlich. Wenn er jetzt aussprach, was er sagen musste, würde ihn sein Herr vielleicht für immer wegschicken.

»Weil … weil Ihr sehr gut wissen solltet, welches Unglück daraus entstehen kann, wenn ein Mädchen dem falschen Mann gegeben wird.«

Trotz der Dunkelheit konnte er sehen, dass sich Christians Augen verengten. »Du kümmerst dich jetzt besser um die Pferde«, sagte der Ritter leise zu dem Knappen, der den Befehl umgehend befolgte.

Christian drehte sich zu Marthe um. Alles in ihm sträubte sich dagegen, dieses Mädchen dem alten, unbeholfenen Witwer zu geben. Dafür mochte er sie viel zu sehr, gestand er sich widerstrebend ein. Aber er hatte kein Anrecht auf sie, denn es war undenkbar, dass er selbst sie heiratete.

Bei ihrer ersten Begegnung hatte er versprochen, sie zu beschützen. Ihr schreckensstarrer Blick sagte ihm genug.

Dennoch: Vielleicht zog sie die Sicherheit, die ihr eine Ehe gab, der Ungewissheit vor?

Mit Mühe rang er sich zu der Frage durch, die er stellen musste. »Willst du ihn heiraten?«

Marthe schöpfte Hoffnung. Um weder Wiprecht zu beleidigen noch die anderen vor den Kopf zu stoßen, sagte sie wahrheitsgemäß: »Ich möchte jetzt überhaupt noch nicht heiraten.«

»Dann sehe ich keinen Grund zur Eile«, entschied Christian, ohne sich etwas von seinem inneren Aufruhr anmerken zu lassen. »Ohnehin wird die Markgräfin bald ihre Dienste beanspruchen.«

Wenn die Häuser errichtet waren, könnte er sie in seinen Haushalt aufnehmen. Dann wäre für sie gesorgt. Sie würde mit Grete in einem gesonderten Raum schlafen, damit es kein Gerede gäbe. Nur war ihm nicht entgangen, dass Gretes Ältester ihr nachstellte. Würde er dem Burschen so noch zusätzliche Gelegenheiten einräumen? Das hatte er nun wirklich nicht vor.

Marthe atmete auf. Die Gefahr war gebannt. Wenigstens vorerst. Dafür waren die Gefahren in Meißen wieder näher gerückt. Aber die kamen ihr im Moment weniger bedrohlich vor als die Vorstellung, dass Wiprecht bei ihr eheliche Rechte einfordern könnte.

Sie stand auf und ging Richtung Waldrand. Für einen Moment musste sie jetzt allein sein.

Doch schnell merkte sie, dass Martin ihr folgte.

»Sie werden es tun. Sie werden dich wirklich mit diesem Alten verkuppeln, wenn wir nichts dagegen unternehmen«, sagte Gretes Sohn fassungslos und wütend zugleich und griff nach ihrer Hand.

Marthe schwieg. Was sollte sie auch sagen. Es war ohnehin schwierig genug.

»Griseldis wird keine Ruhe geben«, meinte sie schließlich niedergeschlagen.

Martin trat näher und presste sie an sich. »Dann komm zu mir«, keuchte er. »Wenn ich dich gleich hier nehme, müssen sie dich mir geben!«

Wieder küsste er sie heftig, seine Hände fuhren über ihre Brüste. Marthe, die sich an die widerliche Begegnung mit dem Burggrafen erinnert fühlte, begann sich zu wehren.

Das machte Martin wütend. »Stell dich nicht so an«, schrie er. »Willst du deine Unschuld für diesen alten Bock aufbewahren?«

Er drückte sie zu Boden, warf sich auf sie und begann ihren Rock hochzuschieben. Marthe wehrte sich heftig, aber gegen die Kräfte des jungen Mannes, der mehr als einen Kopf größer war als sie, kam sie nicht an.

Plötzlich erstarrte Martin mitten in der Bewegung. Lukas, der aus dem Nichts aufgetaucht schien, hielt ihm ein Messer an die Kehle.

»Lass sie in Ruhe – oder du wirst es bitter bereuen«, knurrte der Knappe. Auf Christians Zeichen hin war er Martin sofort gefolgt, als dieser Marthe nachgegangen war.

Martin blickte erschrocken hoch, nahm die Hände von dem Mädchen und stand unbeholfen auf. »Ich will nur ihr Bestes«, rief er aus sicherer Entfernung.

»Unsere Meinungen gehen auseinander, was ihr Bestes ist«, gab Lukas grimmig zurück, während er Marthe aufhalf.

Er nahm ihren Arm. »Alles gut?«

Sie nickte stumm. »Danke«, sagte sie schließlich. Dann begann sie zu weinen.

Als der Mond nur noch eine schmale Sichel bildete, brachen Christian und Lukas erneut nach Meißen auf. Diesmal begleitete Bartholomäus sie, der dem Kloster einen Besuch abstatten wollte, das auf halbem Weg nach Meißen im Entstehen war.

Kommt gesund wieder, dachte Marthe, die wusste, dass Christian und Lukas mit Otto in den Kampf ziehen würden.

Ratsch! Das Geräusch, mit dem ihr Rock zerriss, der sich an einem sperrigen Ast verfangen hatte, holte sie aus ihren Tagträumen.

Marthe besah seufzend den Schaden. Lange würde sie bei diesem Kleid nicht mehr Flicken auf Flicken setzen können.

Sie beschloss, den Riss jetzt nicht zu stopfen. Bald würde die Dämmerung hereinbrechen, und bis dahin wollte sie noch am Waldrand nach Pflanzen suchen, die sie ausgraben und in ihren Kräutergarten versetzen konnte. Kurzerhand streifte sie das neue Kleid über, das Hedwig ihr geschenkt hatte.

Marthe hatte den Wald kaum betreten, als ein alarmierendes Gefühl sie zurückblicken ließ.

Ihre Ahnung hatte sie nicht getäuscht. Vier bewaffnete Reiter preschten in das entstehende Dorf. An ihrer Spitze ritt ein Hüne mit auffallend weißblondem Haar.

Marthe erstarrte für einen Moment und verbarg sich schnell hinter einer dicken Eiche. Vorsichtig lugte sie hinter dem Stamm hervor. Der Hüne hatte vor Hildebrand Halt gemacht und redete auf ihn ein. Hildebrand machte eine zittrige Verbeugung und wies mit einer Hand in die Richtung, in die Marthe gerade gegangen war.

»O nein!«, flüsterte sie. »Warum tust du das? Warum stehst du mir nicht bei?«

Die Reiter wendeten und hielten geradewegs auf sie zu. Das Mädchen presste sich an den Baumstamm und richtete die Augen zu Boden, als könnte sie davon unsichtbar werden. Sie spürte den Windzug von den vorbeireitenden mächtigen Pferden und verharrte stumm, während ihr Herz so laut pochte, dass sie meinte, es wäre bis ins Dorf zu hören.

Die Reiter brachten ihre Pferde zum Stehen. »Sie kann nicht weit sein«, hörte sie eine Stimme, die sie sofort wiedererkannte.

Ein Pferd wieherte, der Hufschlag kam erneut näher.

Ohne aufzublicken wusste Marthe, dass sie entdeckt worden war.

»Wenn das keine Überraschung ist«, höhnte die bekannte Stimme triumphierend.

Blitzschnell rannte Marthe los, aber Randolf lachte, setzte ihr nach und hatte sie im nächsten Moment gepackt und vor sich über den Sattel geworfen. Mit hartem Griff drückte er sie nieder.

»Ein Schrei – und ich schneide dir die Kehle durch!«

Er ritt nur ein kurzes Stück bis zu einer Lichtung, dann hielt der Hüne an und warf sie zu Boden. Die vier Männer saßen ab, einer band die Pferde fest, die anderen kamen auf Marthe zu. Panisch versuchte sie, beiseite zu kriechen. Randolf gab einem seiner Kumpane einen Wink, der zerrte Marthe hoch und hielt mit eisernem Griff ihre Arme auf dem Rücken fest.

Randolf zog seinen Dolch und trat auf sie zu.

Marthe schloss die Augen und betete stumm: Herr im Himmel, vergib mir meine Sünden und nimm mich gnädig auf!

Dann blickte sie auf, direkt in die stechend blauen Augen ihres Gegenübers.

Der ließ die Messerspitze über ihren Hals wandern. Plötzlich holte er aus und durchschnitt mit einer jähen Bewegung Kleid und Unterhemd bis zum Bauch.

»Nein, umbringen wollen wir dich nicht, meine Schöne. Das wäre zu einfach«, sagte er mit gedehnter Stimme nach einem genüsslichen Blick auf ihr entsetztes Gesicht.

»Und es würde vielleicht irgendwann auffallen, wenn auf dem Burgberg jemand nach dir fragt. Aber warnen wollen wir dich: Wenn du dich dort noch einmal in die Geschäfte anderer Leute einmischst, wird dir Schlimmeres geschehen, als dass dir ein paar stattliche Kerle ihre Aufmerksamkeit schenken.«

Er ließ seinen Blick über ihre Brüste wandern, die aus dem zerschnittenen Stoff klafften, und befahl: »Auf den Boden mit der Bauernschlampe!«

Der Ritter, der die sich nun verzweifelt windende Marthe festhielt, trat ihr in die Kniekehlen und ließ sie im gleichen Moment los, so dass sie heftig zu Boden schlug. Jemand zerrte ihr die Arme über den Kopf und fesselte ihre Hände an einen Baum.

Randolf betrachtete sie mit eiskaltem Blick. Dann löste er seinen Schwertgurt und ließ ihn fallen, hob sein Obergewand und nestelte an seiner Bruche.

Entsetzt sah Marthe sein mächtiges Glied auf sich gerichtet.

Der Ritter ließ sich auf die Knie fallen und zerriss mit einem Ruck den Rest ihrer Kleidung. Ein böses, triumphierendes Lachen stand in seinem Gesicht und unverhüllte Gier.

»Eine Jungfrau, will ich doch hoffen«, sagte er. Seine Spießgesellen lachten.

Roh riss er ihre Schenkel auseinander. Marthe wollte sich wehren, doch Randolf presste ihre Beine mit hartem Griff auf den Boden und betrachtete genüsslich ihren Körper.

Todesangst durchflutete Marthe und überdeckte noch die unsägliche Scham darüber, nackt den Blicken der Männer ausgesetzt zu sein. Er würde sie schänden. Er konnte sie töten. Nichts würde sie davor bewahren.

Dennoch unternahm sie mit zittriger Stimme einen letzten Versuch: »Bitte, Herr, habt Erbarmen!«

Statt einer Antwort grub Randolf seine Finger zwischen ihre Beine und stieß sie tief in ihren Leib.

Marthe schrie vor Schmerz gellend auf.

Dann warf sich Randolf auf sie und drang brutal in sie ein.

Sie fühlte sich wie gepfählt und glaubte, sie würde zerreißen, schrie und wimmerte, während er immer wieder zu harten Stößen ausholte. Als er sich endlich stöhnend von ihr wälzte, schluchzte und schlotterte das Mädchen vor Schmerz und Entsetzen.

Randolf betrachtete sie gleichgültig und zog seine Bruche wieder hoch.

»Jetzt könnt ihr sie haben.« Er winkte seine Begleiter heran, die ihn die ganze Zeit über mit Rufen angefeuert hatten.

Ein Feister mit rotem, verschwitztem Gesicht drängte sich vor.

»Lasst mich zuerst, ich bin schon ganz wild auf die Kleine!«

Die anderen lachten, während der Dicke ihre Brüste knetete und seine Zunge in ihren Mund zwängte. Vor Ekel glaubte sie, sich übergeben zu müssen, doch unter dem Gewicht des Fremden bekam sie kaum noch Luft.

Weil Marthe immer apathischer wurde, schlug ihr der Nächste hart ins Gesicht, damit sie nicht in Ohnmacht fiel.

Als die Peiniger endlich abließen, war Marthe unfähig, sich zu rühren.

»Du darfst dich geehrt fühlen, das Interesse edler Herren gefunden zu haben. Aber vergiss nicht: Noch einmal kommst du nicht so davon!«

Mit einem Schnitt durchtrennte Randolf den Strick, der Marthe an den Baum fesselte.

»Bevor ich es vergesse: Erzähl ruhig deinem Ritter von unserem Besuch. Ich würde mich freuen, ihn im Zweikampf zu töten – falls ihn nicht vorher der Markgraf in Ketten legen lässt.«

Lachend ritten die vier davon.

Lichter bewegten sich durch den Wald. Marthe hörte von fern Stimmen, die ihren Namen riefen, aber sie brachte es nicht über sich, sich zu erkennen zu geben.

Jonas und Emma waren es schließlich, die sie fanden.

Zusammengekauert, mit geschwollenem und blutig geschlagenem Gesicht, das zerfetzte Kleid krampfhaft über der Brust zusammenklammernd, lehnte Marthe an einem Baum, bis Jonas sie im Schein seines Binsenlichtes entdeckte.

Er und Emma erfassten mit einem Blick, was geschehen war.

Emma lief auf sie zu und schloss sie vorsichtig in ihre Arme. Marthe bewegte sich hölzern und stumm, aber Emma strich ihr immer wieder tröstend über das Haar, bis Marthe zu schluchzen begann.

»Weine nur, Kleines, weine.«

Jonas räusperte sich. »Wir haben nach dir gesucht, als du zur Dämmerung noch nicht wieder da warst. Als Hildebrand dann erzählte, dass die Ritter nach dir gefragt hatten, bekamen wir es mit der Angst zu tun. Jeder griff sich ein Licht und suchte in einem anderen Stück Wald.«

»Hast du diese Männer schon einmal gesehen? Was haben sie mit dir zu schaffen?«, wollte Emma wissen.

Mit starrem Blick sah Marthe hoch. »Niemand darf davon erfahren. Zu keinem ein Wort! Und schon gar nicht zu Christian, auf gar keinen Fall.«

Emma sah sie an. »Bist du sicher?«

»Ja!«

»Wir werden ihm nicht verschweigen können, dass Ritter ins Dorf gekommen sind und nach dir gefragt haben«, wandte Jonas ein.

»Er wird erst einmal lange fort sein.«

»Hm. Denkst du, dass wir jetzt ins Dorf gehen können?«

Marthe wischte sich mit Moos das Blut von den Schenkeln, fuhr sich mit dem Ärmel übers Gesicht und nickte.

Emma half ihr auf und stützte sie. Jede Faser von Marthes geschundenem Körper schmerzte.

Jonas wickelte Marthe in seinen Umhang, nahm sie behutsam auf seine Arme und rief laut: »Wir haben sie gefunden!« Erleichterte Stimmen waren zu hören.

Als die anderen sie schließlich kommen sahen, schauten sie verwundert auf das geschwollene Gesicht des Mädchens.

»Ich kümmere mich um sie«, meinte Emma und schob Jonas, der Marthe immer noch trug, in die Unterkunft. Jonas bettete sie auf den Boden, Emma tauchte ein Tuch in kühles Wasser, wrang es aus und drückte es vorsichtig auf Marthes Gesicht.

Griseldis war ihnen gefolgt. Ein Blick auf Marthes zerfetztes Kleid, das nun unter dem weggerutschten Umhang sichtbar wurde, bestätigte ihren Verdacht.

»Ich habe schon immer geahnt, dass es mit ihr so ein Ende nehmen wird«, keifte die Frau des Ältesten.

»Lass sie in Ruhe! Denkst du, sie hat das gewollt?«, gab Emma harsch zurück.

»Wenn es Notzucht war, warum verkündet sie es nicht sofort und erhebt Klage – so wie das Gesetz es vorschreibt: mit zerrissenem Gewand und gerungenen Händen und weinenden Augen und zerzaustem Haar?«

»Weil es ein Leichtes für die Übeltäter wäre, Leumundszeugen aufzutreiben, die bekunden, dass sie dergleichen niemals tun würden. Weil unser Wort gegen das der Herren nichts gilt. Und weil wir dann sofort gemeinsam losziehen müssten, bis wir einen Richter finden«, giftete Emma. »Willst du, dass wir allesamt tagelang durch den Wald laufen, alles stehen und liegen lassen, um dann doch kein Recht zu kriegen?«

Griseldis schien auf einmal wenig begeistert von dieser Aussicht.

»Sagt Christian nichts davon«, drängte Marthe noch einmal leise. »Er gerät in größte Gefahr, wenn er davon erfährt – und wir alle mit ihm.«

Sie sah Griseldis eindringlich an. »In größte Gefahr. Vor allem darf er nie erfahren, wer die vier Männer waren! Das könnte sein Ende sein und unser aller Untergang. Erzähl den anderen, ich hätte mich auf der Flucht vor einem Wildschwein verirrt und sei gestürzt.«

Griseldis überlegte lange. Dann nickte sie zögernd und ging nach draußen.

»Ich will mich waschen«, sagte Marthe. Nachdem Jonas einen Eimer Wasser vom Bach geholt hatte und wieder gegangen war, zerrte sie sich das zerrissene Kleid vom Leib und fing an, ihren ganzen Körper wie besessen abzuschrubben, wieder und wieder.

Dann zog sie das alte Kleid an, das ihr Emma gebracht hatte. Hedwigs Kleid schob sie zu Emma hinüber.

»Verbrenne das!«

Die legte es beiseite und brachte Marthe einen Becher.

»Hier, trink.«

Das kühle Wasser tat gut.

Wieder umarmte Emma sie und strich ihr übers Haar.

»Das ist wohl das Los, dem wir nicht entrinnen können. Sie sind die Herren, und wir müssen gehorchen und büßen für Evas Sünde. Nur kann ich manchmal nicht glauben, dass Gott so etwas mitansehen kann.«

Marthe schwieg.

»Alle denken, ich sei davongekommen.« Emma lachte bitter. »Glaubst du wirklich, dass Wulfhart mich übersehen hätte?«

Überrascht sah Marthe auf.

»Dich hätte er auch bald geholt. Er hat mich zu sich befohlen und gedroht, Jonas in den Kerker zu werfen, wenn ich ihm nicht zu Willen sei. Es war furchtbar, es tat weh, ich habe mich so geschämt. Und Pater Johannes hat mir die Schuld an allem gegeben, weil alle Weiber durch und durch verderbt sind seit Evas Zeiten. Also denk ja nicht daran, die Sache zu beichten.«

Emma warf krachend den Holzbecher zu Boden und kauerte sich neben Marthe.

»Manchmal glaube ich, dass ich an der Erinnerung ersticken muss, wenn Jonas mich ansieht. Er hat mich nie danach gefragt. Aber glaubst du, er hätte das Dorf freiwillig verlassen, wenn er nicht etwas geahnt hätte? Jetzt kann ich nur hoffen, dass mein Kind erst nach Weihnachten zur Welt kommt. Dann bin ich wenigstens sicher, dass es von Jonas ist.«

Stück für Stück wurde Marthe von einer riesengroßen, stummen Wut ergriffen.

So weit waren sie in menschenleeres Gebiet gezogen, hatten so viele Mühen und Gefahren auf sich genommen, um dem Hunger und der Gewalt zu entfliehen – und dann trafen sie wieder auf Hunger und Gewalt.

War dies das Ende der Hoffnung auf eine glückliche neue Welt?

Riskantes Bündnis

Angespannt beobachtete Christian den schwer bewaffneten Trupp, der sich formiert hatte, um mit Otto nach Magdeburg zu reiten. Sie mussten damit rechnen, unterwegs auf Gefolgsleute des Löwen zu treffen. Doch dieser Gedanke bereitete ihm noch die geringsten Sorgen.

Schlimme Nachrichten waren seit der Einnahme Bremens nach Meißen gelangt. Heinrich hatte seinen Truppen erlaubt, die Stadt einen Tag und eine Nacht lang zu plündern, und über alle Bürger die Acht verhängt, die aus der Stadt in die Sümpfe geflüchtet waren. Erst nach Eingreifen des Bremer Erzbischofs erlaubte er ihnen die Rückkehr gegen Zahlung einer unglaublich hohen Geldbuße. Dann eroberte der Löwe Oldenburg. Christian von Oldenburg, gerade noch gefeierter Held und militärisch erfolgreichster Verbündeter von Markgraf Otto, bezahlte die Niederlage mit seinem Leben.

Dass Heinrich auch die Bedingungen des Waffenstillstands nicht einhielt, hatte das Maß voll gemacht. Nachdem der Kölner Erzbischof und langjährige Reichskanzler Rainald von Dassel von Italien aus alles vorbereitet hatte, luden nun in seinem Namen hohe Gesandte der Kölner Kirche die Gegner Heinrichs nach Magdeburg ein, um dort ein Trutz- und Schutzbündnis zu schließen.

Doch wenn die Pläne Ottos und seiner Mitstreiter scheiterten – was würde dann aus den Siedlern? Er hatte sie schutzlos zurücklassen müssen und konnte nur beten, dass ihr Dorf zu abgelegen war, um von feindlichen Horden überfallen zu werden.

Seine Gedanken wanderten öfter als gut war zu den Menschen, die sich ihm anvertraut hatten.

Jonas und Guntram würden noch mit bloßen Fäusten die Ihren verteidigen. Doch welche Chance hatten sie gegen einen Trupp bewaffneter Reiter?

Da waren Grete und Griseldis, die unerbittlich über die Vorräte wachten und zusammentrugen, was Wald und Bach hergaben, damit alle über den Winter kamen. Wie weit würden sie gehen, um Saat und Speicher vor Angreifern zu verteidigen?

Und Marthe. Sein Herz zog sich zusammen, wenn er nur an sie dachte. Wieso überfiel ihn das dumpfe Gefühl, dass ihr Unheil drohte?

Drago, der die Unruhe seines Herrn spürte, schnaubte und stampfte. Christian zog die Zügel straff und redete auf den Hengst ein.

»Wo sind eigentlich Randolf und sein treuer Haufen?«, fragte er, an Raimund gewandt, der an seine Seite geritten kam, nachdem Christian den Grauschimmel unter Kontrolle gebracht hatte.

»Keine Ahnung«, meinte der. »Sie sind schon gestern früh aufgebrochen. Irgendein besonderer Auftrag, heißt es. Sie sollen unterwegs zu uns stoßen.«

Noch während Christian überlegte, was das bedeuten mochte, kam Elisabeth, die junge Frau seines Freundes, zu ihnen gerannt.

»Wartet«, rief sie außer Atem.

Bekümmert, aber liebevoll beugte sich Raimund zu ihr hinab. »Was ist denn, mein Herz?«

Mühsam kämpfte Elisabeth mit den Tränen. »Versprich mir, dass du auf dich aufpasst!«

Hinter ihnen ließen ein paar der Männer johlende Rufe ertönen, ein bissiges »unerhörtes Benehmen!« war deutlich zu vernehmen.

Raimund lächelte. »Natürlich. Nun geh schon, sorg nicht für noch mehr Aufsehen.«

Elisabeth öffnete den Mund, um noch etwas zu sagen, aber dann senkte sie den Kopf und trat langsam zurück, ohne ihren Mann aus den Augen zu lassen.

Schließlich richtete sie ihren Blick auf Christian: »Bring ihn mir heil zurück, hörst du.«

Der sah sie ernst an. »Ich werde an seiner Seite sein, wenn es zum Kampf kommt. Das weißt du.«

Momente später setzte sich der Zug in Bewegung. Drago war kaum noch zu bändigen. Der Hengst wollte keinen anderen vor sich dulden und drängte an die Spitze. Mit Mühe brachte ihn Christian zur Ruhe und lenkte den Grauschimmel in Hedwigs Nähe. Raimund folgte ihm dichtauf, wie sie es am Abend zuvor abgesprochen hatten.

Gleich nachdem Christian und Lukas am Vortag in Meißen eingetroffen waren, hatte Otto den Ritter zu sich befohlen. »Ich vertraue darauf, dass Ihr etwas vom Talent Eures Vaters geerbt habt – und damit meine ich nicht den Gesang«, hatte der Markgraf geknurrt, nachdem er sämtliche Anwesenden aus dem Raum geschickt hatte. »Hört und seht Euch um in der Residenz des Erzbischofs. Viele Männer von Rang werden nach Magdeburg kommen – und mindestens genauso viele Spione.«
Von dem vorsichtig formulierten Verdacht gegen den Astrologen hatte der Markgraf nichts wissen wollen. Doch er stimmte zu, dass Christian und seine Freunde unterwegs den persönlichen Schutz Hedwigs übernehmen würden.
Danach hatten Christian, Raimund und die Brüder Richard und Gero einen großen Krug Bier kommen lassen und sich in eine verschwiegene Ecke zurückgezogen. Die vier waren schon während der harten Waffenübungen in ihrer Knappenzeit am Meißner Hof Freunde geworden und galten als das verwegenste Quartett unter Ottos Gefolgsleuten.
Dabei waren sie von Herkunft grundverschieden. Raimund hatte das Land seines Vaters geerbt, das ihm durch eine Schafzucht und vor allem durch ein kleines, aber erfolgreiches Gestüt beträchtlichen Reichtum einbrachte. Richard und Gero waren als uneheliche Söhne eines Ritters darauf angewiesen, sich in Ottos Diensten einen Namen und das Geld für ihre

Ausrüstung zu verdienen. Und Christian war völlig mittellos gewesen, bevor ihm der Markgraf ein Dorf als Lehen verliehen hatte. Doch ihr Geschick im Umgang mit Pferden und ihr strikter Einsatz für die ritterlichen Tugenden hatten sie zu Freunden gemacht – und zu erklärten Gegnern jener anmaßenden Söhne mächtiger Ritter, die sich wie Randolf ohne Rücksicht auf den Ehrenkodex der Ritterschaft nahmen, was sie wollten.

Und während Raimund nur noch Augen für seine junge Frau hatte und Christian nach wie vor um Luitgard trauerte, ließen sich die Brüder Richard und Gero kein Liebesabenteuer entgehen, auch wenn sie die Namen ihrer zahllosen Eroberungen stets diskret verschwiegen.

Jeder von ihnen würde bedingungslos sein Leben den anderen anvertrauen. Bei Christians letztem Aufenthalt in Meißen hatten sich die Ereignisse überstürzt, doch nun war endlich Zeit für ein ausgiebiges Gespräch. Sie vereinbarten, sich während der Reise aufzuteilen. Die einen würden Hedwig nicht von der Seite weichen, die anderen den Astrologen im Auge behalten, der mitsamt seinem Gehilfen und diversen Apparaturen mit dem Tross reiste. Während der Zeit, die Christian in seinem Dorf verbracht hatte, waren seine Freunde dem Schwarzgewandeten unübersehbar auf den Fersen geblieben. Doch einen Anhaltspunkt, wer Marthe in der Burg überfallen haben könnte, hatten sie nicht gefunden.

»Er wird unruhig«, berichtete Raimund. Das hatte auch Christian mit Genugtuung zur Kenntnis genommen, als er kurz nach seinem Eintreffen dem Alchimisten begegnet und jener deutlich erschrocken davongeeilt war.

»Übrigens, dein Dorf wird bald Gesellschaft bekommen«, erzählte Raimund dann. »Konrad und Berthold sind mit Siedlerzügen unterwegs zu Flecken, die ganz in der Nähe liegen.«

Christian verzog kaum merklich das Gesicht. Auch diese beiden kannte er seit der gemeinsamen Knappenzeit, aber sie hatten sich nachdrücklich bemüht, in Randolfs Gefolge aufgenommen zu werden, und dazu gehörte, dass sie ihm feindselig begegneten. Das verhieß wenig Aussicht auf gute Nachbarschaft. Doch das war den anderen ebenso klar wie ihm.

»So spät noch? Dann werden sie dieses Jahr nicht mehr ernten können«, meinte er deshalb nur verwundert.

»Wie ich gehört habe, holen sie zunächst nur Männer, die roden, Häuser bauen und etwas Wintersaat ausbringen. Die Familien sollen erst im nächsten Jahr nachkommen.«

»Hört sich vorausschauend an«, entgegnete Christian, streckte die langen Beine aus und lehnte sich zurück. »Aber glaubt mir: Wenn es für mich auf dem Weg von Franken hierher eine Überraschung gab, dann die: Ohne die Frauen wären wir nie so schnell vorangekommen. Sie waren es, die immer wieder gedrängt haben, damit wir noch säen konnten. Sie haben um ihre Kinder gekämpft wie die Wölfinnen und tun es immer noch.«

Je mehr sie sich Magdeburg näherten, umso schlimmer wurden die Spuren der Kämpfe, die hier getobt hatten: niedergebrannte Felder, Menschen, die beim Anblick der Reiter panisch davonrannten oder resigniert zwischen den verkohlten Resten ihrer Häuser hockten und den Männern mit bittender Geste die leeren Hände entgegenhielten.

Sie kamen durch ein Dorf, über dem ein furchtbarer Verwesungsgeruch hing und von dem nichts übrig geblieben war als ein paar verbrannte Balken und ein Stapel entsetzlich entstellter Leichen, die niemand begraben hatte: Männer mit aufgeschlitzten Körpern, halbnackte Frauen und Mädchen jeden Alters mit verrenkten Gliedern, aufgespießte Kinder.

Die Männer bekreuzigten sich schaudernd. Otto ließ seinen

Trupp halten und befahl einigen seiner Soldaten, die Toten auf dem Kirchhof zu begraben und erst dann nachzufolgen.

Gott bewahre uns vor Krieg, dachte Christian einmal mehr, der an der Seite der erblassten Markgräfin ritt. Die Ritter ziehen in die Schlacht, um Ruhm zu ernten und Beute zu machen, aber die einfachen Leute trifft es immer am schlimmsten.

Ottos Bruder Dedo von Groitzsch war mit seinem Gefolge bereits vor ihnen in Magdeburg eingetroffen und begrüßte den Zug lautstark, als sie die Residenz des Erzbischofs erreichten. In der prunkvoll ausgestatteten Halle hieß Erzbischof Wichmann Hedwig und Otto willkommen, danach begrüßte Hedwig respektvoll ihren Vater und ihren ältesten Bruder Otto von Brandenburg.

»Ein großer Tag für uns«, meinte Albrecht der Bär mit seiner kraftvollen Stimme, die ein Fremder dem fast Siebzigjährigen kaum zugetraut hätte.

Er ist einer der Mächtigsten des Reiches, aber die schon Jahrzehnte während Fehde mit dem Löwen hat ihn bitter gemacht, dachte Hedwig. Doch nun schien ihr Vater noch einmal die Last der Jahre abzustreifen. Heute kam er seinem größten Traum so nah wie nie zuvor. Fast alle bedeutenden Fürsten, Bischöfe und Erzbischöfe des Reiches waren versammelt, um ein Bündnis zu schließen. Sollte einer von ihnen angegriffen werden, würden die anderen ihm Beistand leisten. Gegen diese Macht würde sich Heinrich nicht auf Dauer behaupten können.

»Bitte, edle Dame!« Ein Page legte Hedwig ein besticktes Kissen auf die steinerne Sitzbank in der Fensternische. Doch Hedwig blieb lieber stehen, um mit ansehen zu können, wie die Bündnispartner einander Treue schworen.

Sie war die einzige Frau im Saal. Der Tochter Albrechts des Bären würde niemand nahe legen, den Saal zu verlassen. Für die mitgereisten Damen von Stand waren in einem anderen Raum Spielleute aufgeboten. Sie würden über die jüngsten Hochzeiten und Schwangerschaften schwatzen und sich gegenseitig mit Lobgesängen auf ihre Söhne überbieten.

Nicht nur, dass Hedwig liebend gern dem ermüdenden Geplapper fern blieb – um keinen Preis wollte sie diesen Moment hier verpassen.

Otto war ganz von der Zeremonie beansprucht. Doch sie konnte ohne aufzufallen jede Einzelheit genau beobachten, als seine Vertraute und Spionin. Er verließ sich darauf, dass sie mit ihren feinen Sinnen manches auffing, das anderen verborgen blieb.

Aufmerksam musterte sie die Runde um Erzbischof Wichmann: die Kölner Gesandten, ihren Vater und ihre Brüder, den Landgrafen Ludwig von Thüringen und seinen Sohn, den Pfalzgrafen Adalbert von Sachsen und die anderen hohen Adligen und Geistlichen von Rhein und Elbe.

Fast geräuschlos trat Christian neben sie.

»Wer ist das rechts vom Grafen von Arnsberg?«, fragte er leise.

»Hartwig, der Erzbischof von Bremen«, gab sie flüsternd zurück.

»Der Wankelmütige? Hat er sich doch entschlossen, zu unserem Lager überzuwechseln?«

»Vielleicht ist ihm die Plünderung Bremens auf den Magen geschlagen – oder auf sein christliches Gewissen. Aber ich würde mich nicht darauf verlassen, dass das anhält«, meinte Hedwig verächtlich.

Wir haben einiges zu gewinnen, doch viel zu verlieren, wenn das Bündnis nicht hält, dachte sie besorgt. Sie war immer noch von dem überzeugt, was sie im Frühjahr zu ihrem Mann gesagt hatte: Wenn der Kaiser in Italien scheitert, wird sein Zorn wie das Strafgericht Gottes über uns hereinbrechen.

Das Bündnis war aus Sicht des Kaisers eine Revolte gegen seinen mächtigsten Gefolgsmann. Denn als solchen betrachtete der Staufer den Löwen nach wie vor. Noch konnten sie hinter dem breiten Rücken Rainald von Dassels Sicherheit finden. Doch für wie lange? Ihren Vater oder die Erzbischöfe würde der Kaiser wohl kaum antasten. Aber die kleineren Fürsten würde sein Zorn voll treffen.

Waffengeklirr und Verschwörergehabe!, dachte Hedwig grimmig angesichts der kämpferisch gestimmten Runde in der Mitte der Halle. Doch wer seine Macht nicht mit Klauen und Zähnen verteidigte, über den würden die Rivalen wie hungrige Wölfe herfallen. Und es kämpften nicht nur die Männer, sondern oft auch die Frauen, nur eben mit Gift und Intrigen statt mit dem Schwert.

Ein ungutes Gefühl zog ihren Magen zusammen.

Sie war froh, wenigstens Christian neben sich zu haben, der fest und gelassen an ihrer Seite stand und ihr ein beruhigendes Lächeln schenkte.

Sofort nach dem Ende der Zeremonie verließ Christian die Halle. Er rechnete damit, dass es in den Stallungen bald interessant werden könnte.

Seine Freunde hatten sich über das Gelände verteilt. Raimund sollte unauffällig den Hof im Auge behalten, Richard und Gero wachten bei den Koppeln, auf denen die Pferde der anderen Gesandtschaften untergebracht waren. Christian hingegen legte sich in dem Stall auf die Lauer, in dem Ottos Trupp die Pferde eingestellt hatte.

Der Lärm aus der Halle kündete vom Fortgang des Festmahls.

Die Wachen, denen man Bier und etwas essen hatte zukommen lassen, lehnten träge am Tor, der Hof war leer, nur ab und an eilten Diener mit großen Platten oder schweren Krügen vorbei.

Christian musste nicht lange warten. Auf Anhieb erkannte er die gekrümmte Gestalt, die den Stall betrat und sich ein Pferd geben ließ: der Gehilfe des Astrologen.

Er wartete, bis der Junge aufgesessen war und Richtung Tor ritt, dann holte er seinen Grauschimmel, den er vorausschauend bereits gesattelt hatte.

»Die Straße nach Norden«, rief ihm Raimund am Tor zu. Christian hob zur Bestätigung eine Hand und preschte los.

Er hielt so großen Abstand, dass der andere von seinem Verfolger nichts zu bemerken schien.

Nach etlichen Meilen näherten sie sich einem Hügel, auf dem viele Feuer brannten. Hier lagerten Truppen des Braunschweigers, wusste Christian nach dem, was er im Bischofspalast gehört hatte.

Der Gehilfe, den Christian in der Dunkelheit kaum noch erkennen konnte, brachte sein Pferd zum Stehen. Nach einigem Zögern saß er ab, führte sein Pferd abseits des Weges, band es an einem Baum fest und verschwand.

Christian gab Drago das Zeichen zum scharfen Galopp. Ein Stück entfernt von der Mähre des Jungen hielt er an, sprang ab und machte sich geräuschlos auf die Suche. Er hatte richtig vermutet. Gleich am Wegrand stand der Gehilfe mit hochgeschlagenem Kittel vor einem Strauch.

»Wohl eine Vorsichtsmaßnahme, damit du dir nicht in die Hosen machst, wenn du uns an den Feind verrätst?«, sagte Christian mit ruhiger Stimme, während er sein Schwert zog.

Der Junge fuhr erschrocken herum. Als er im Mondlicht erkannte, wer vor ihm stand, sank er in sich zusammen.

»Gnade, Herr, bitte! Ich kann nichts dafür ...«

»Sei still, du Ratte! Du wirst noch genug Gelegenheit zum Reden haben«, wies ihn Christian scharf zurecht. Er verspürte keine Lust, mit seinem Gefangenen von feindlichen Wachen entdeckt zu werden. So band er dem Jungen die Hände, befahl ihm aufzusteigen, übernahm die Zügel des fremden Pferdes und lenkte beide Tiere zurück Richtung Magdeburg.

Zunächst schwieg der Gefangene und schien zu überlegen, welche Strafe ihn erwartete. Doch bald verlegte er sich aufs Jammern.

»Habt Erbarmen, Herr, ich bin unschuldig! Mein Meister hat mich unter seinen Bann gebracht. Er ist ein großer Magier! Er wird an Euch furchtbare Rache nehmen – oder Euch reich belohnen, wenn Ihr uns nicht verratet.«

Angewidert brachte Christian die Pferde zum Stehen. Er zog den Gehilfen vom Sattel, drückte ihn gegen einen Baum und setzte ihm die Dolchspitze an den Hals.

»Der Einzige, der dich jetzt retten oder verdammen kann, bin ich«, fuhr er den schlotternden Jungen an. »Wenn du etwas für deinen Hals tun willst, dann erzähle mir von den Plänen deines tückischen Meisters, bevor ich dich dem Markgrafen übergebe.«

Christian fühlte sich beinahe schlecht dabei, einen so armseligen Wurm mit dem Messer zu bedrohen. Wie tief war Aloisius gesunken, wenn er sein Schicksal solch einem Tölpel anvertraute?

Doch er musste dieses Spiel zu Ende spielen. Er drückte etwas fester zu und erreichte sofort die erwünschte Wirkung.

Wie ein Sturzbach flossen die Worte aus dem Jungen, der zwischendurch kaum Luft zu holen wagte.

Im Großen und Ganzen bestätigte Junge Christians Verdacht. Aloisius habe den Giftanschlag auf Hedwig vorbereitet, um im letzten Moment einzuschreiten und als ihr Retter belohnt zu werden, gestand er mit sich überschlagender Stimme. »Doch dann hat dieses fremde Mädchen alles verdorben.« Nach Christians Drohung habe Aloisius Angst um seine Stellung in Meißen bekommen und wolle sich bei dem mächtigen Herzog von Sachsen mit einem geheimen Bericht von dem Treffen in Magdeburg andienen.

»Wo ist der Brief?«

Der Junge gab wimmernde Geräusche von sich. »In ... in meinem Hemd ...«

Christian zog das Pergament mit der Linken hervor, während er mit der Rechten weiter zudrückte.

»Und das Mädchen? Hast du sie in der Nacht nach dem Giftanschlag überfallen? Solltest du sie töten?«

»Nein! Nein!«, jaulte der Gehilfe auf. »Wirklich nicht, Herr!«

»Wer dann?«, herrschte er den sich windenden Jungen an.

»Ich weiß es nicht. Aber an diesem Tag waren zwei Fremde gekommen, die nach ihr suchten ...«

»Wie sahen sie aus?«

»Reisige. Einer hatte eine Narbe im Gesicht. Aber ob die es waren, weiß ich auch nicht. Am nächsten Tag waren sie wieder verschwunden.«

Christian verbarg seine Beunruhigung. Er ließ den Jungen schwören, alles wortgetreu vor dem Markgrafen zu wiederholen, und stieß ihn dann in den Rücken. »Aufs Pferd mit dir!«

In scharfem Tempo ritten sie weiter. Am Stadttor von Magdeburg wurden sie dank des Losungswortes trotz der nächtlichen Stunde eingelassen.

Raimund empfing ihn auf dem Hof.

»Willst du den Markgrafen wecken lassen?«, fragte er, nachdem ihn Christian mit knappen Worten ins Bild gesetzt hatte.

»Nein, wir werden ihm diese Ratte zum Frühstück servieren«, entgegnete der grimmig.

»Schwerter! Zieht eure Schwerter!«

Für niemanden in Ottos Zug kam dieser Alarmruf der Vorhut überraschend. Zwei Wochen waren sie schon auf der Rückreise nach Meißen unterwegs und hatten längst mit einem Angriff gerechnet.

Die Bewaffneten reagierten sofort. Christian, Raimund, Richard und Gero umringten Hedwig mit gezückten Waffen, bereit, sie vor Angreifern zu beschützen. Während die Frauen aus ihrem Gefolge kreischend davongestürzt waren und sich in den Wagen verkrochen hatten, blieb die Markgräfin scheinbar gelassen in hoheitsvoller Haltung auf ihrem Pferd.

Dass sich die Gegner nicht auf dem Schlachtfeld stellten, sondern ihnen wie Wegelagerer auflauerten, kündete von der Rücksichtslosigkeit, mit der dieser unerklärte Krieg geführt wurde.

»Ehrloses Gesindel«, stieß Raimund wütend hervor, während er einen Angreifer niederstreckte.

Eine Hand voll Berittener hatte sich durch die Reihen der Verteidiger gekämpft und hielt geradewegs auf sie zu. Christian sah sich mit einem Mal von zwei Reitern bedrängt und hatte zu tun, sie sich mit schnellen Hieben vom Leib zu halten. Eine Schwertspitze streifte seine Hand, doch plötzlich ertönte ein lautes Kommando, und die Angreifer zogen sich blitzartig zurück.

Zufrieden steckten Ottos Leute die Schwerter wieder in die Scheiden.

Christian vergewisserte sich mit einem kurzen Blick, dass

Hedwig unbehelligt war, und rief dann zu Raimund: »Warum sind sie so plötzlich weg?«

Doch sein Freund brachte nur ein Stöhnen heraus. Erschrocken sah Christian, dass Raimund aus einer klaffenden Wunde am linken Bein blutete.

Er sprang vom Pferd, riss seinen Ärmel ab und stoppte den Blutfluss so gut es ging mit dem Stoffstreifen.

»Ich hole den Feldscher.«

Bevor er ging, wandte er sich an Hedwig. »Seid Ihr wirklich unversehrt, Herrin?«

»Ja, dank Euch und Euren Freunden. Aber Ihr seid verletzt!« Hedwig griff nach Christians Hand, von der Blut tropfte.

»Nur ein Kratzer. Raimund hat es schlimmer erwischt. Wenn Ihr erlaubt, gehe ich den Wundarzt suchen.«

»Wartet noch einen Moment.« Vorsichtig band Hedwig ein seidenes Tuch um seine Hand, während Christian ungeduldig nach dem Feldscher Ausschau hielt. Dabei sah er, dass der Markgraf Randolf auf die Schulter klopfte, der mit seinem Gefolge an Ottos Seite gekämpft hatte, und etwas sagte, worüber beide Männer lauthals lachten. Dann traf Ottos suchender Blick auf Hedwig. Christian bemerkte, dass Randolf Otto etwas zuraunte, der für einen Moment erstarrte und dann wütend in ihre Richtung sah.

Er entzog Hedwig seine Hand, verneigte sich und ging auf die Suche nach dem Wundarzt.

Während er sich den Weg zwischen lärmenden Rittern und Knechten hindurchbahnte, sah er, dass der Wagen leer war, in dem Aloisius in Ketten mitgeführt wurde, damit Otto in Meißen über ihn Gericht halten konnte. Neben dem Wagen lag einer der Wachleute mit durchgeschnittener Kehle, der zweite war verschwunden – und mit ihm der Sterndeuter.

Nach zwei Tagen fing Raimund an zu fiebern, sein verletztes Bein war erschreckend angeschwollen. Wenn doch Marthe hier wäre, dachte Christian immer wieder.

»Das muss ab, sonst werdet Ihr sterben«, meinte der Feldscher nach einer kurzen Untersuchung, als sie sich für die Nacht ein Lager errichtet hatten.

Christian, der neben Raimund kniete, fuhr zusammen. Er kannte nicht viele Fälle, in denen jemand die Amputation eines Beines überlebt hatte. Und selbst wenn: Ein Mann konnte notfalls noch mit einem Arm kämpfen und den Knappen das Waffenhandwerk beibringen. Aber ohne linken Fuß kam er nicht mehr auf ein Pferd. Ihm blieb nur ein Leben als nutzloser Krüppel.

Lässig wischte der Feldscher über seinen blutverschmierten Kittel. »Ich werde saubere Arbeit leisten, Ihr werdet staunen, wie schnell das geht. Ich hole nur mein Werkzeug«, meinte er und zog los.

Raimund schauderte. Für einen Moment senkte sich Klarheit über seinen fieberglänzenden Blick.

»Lass das nicht zu! Ich flehe dich an um unserer Freundschaft willen«, sagte er zu Christian und drückte dessen Hand so heftig, dass der nur mit Mühe die Fassung wahren konnte.

Gero und Richard wollten auf ihn einreden, aber Raimund brachte die Brüder mit einer Handbewegung zum Schweigen.

»Und Elisabeth? Ich habe ihr versprochen, dass ich dich gesund wieder zurückbringe!«, erinnerte sich Christian beklommen.

»Sie soll nicht mit einem Krüppel leben müssen. Ich könnte sie nicht einmal mehr ernähren. Kümmere dich um sie. Das ist alles, worum ich dich noch bitte – und dass du mir diesen Fleischhauer vom Leibe hältst!«

»Du bist dir wirklich sicher?«, fragte Christian leise.

»Ja.«

Christian überlegte. Sie waren nicht mehr allzu weit von seinem Dorf entfernt. Mit Raimund auf einer Trage zwischen zwei Pferden konnten sie die Strecke vielleicht in drei Tagesritten bewältigen. Aber es würde eine schreckliche Qual für seinen Freund werden. Und keiner konnte wissen, ob ihm überhaupt noch drei Tage blieben, wenn das Fieber weiter stieg und das Bein brandig wurde.

Nach dem, was er von Marthes Heilkunst gesehen hatte, besaß er fast grenzenloses Vertrauen in das Können des Mädchens. Aber würde sie Raimund retten können, falls sein Freund das Dorf lebend erreichte? Und was war, wenn auch sie keinen anderen Weg sah, als das Bein abzunehmen?

So etwas würde sie doch nicht tun?

Für einen Moment tauchte ein Bild vor ihm auf: Marthe mit blutiger Schürze und Knochensäge über dem Bein seines Freundes. Mit einem Kopfschütteln verscheuchte er das Phantasiegespinst. Sie war eine Kräuterkundige, kein Baderchirurg. Andererseits erinnerte er sich noch gut, wie entschlossen sie Karls gebrochenes Bein wieder eingerichtet hatte. Dieses Mädchen war zäher, als sie aussah.

»Du bist fest entschlossen?«, fragte er noch einmal.

Raimund nickte.

»Gut. Wenn du für eine geringe Hoffnung bereit bist, noch mehr Schmerz zu ertragen, höre mich an.«

Nachdem der Schwerkranke seinem Plan zugestimmt hatte, ging Christian zu Otto, um die Erlaubnis einzuholen, mit Lukas und Raimund die Truppe zu verlassen. Währenddessen sollten Gero und Richard bei Raimund bleiben und den Feldscher davonscheuchen, wenn der mit seinen Sägen und Aderpressen kam.

Die Hochzeit

Als Marthes Monatsblut zum ersten Mal floss, war ihre Entscheidung getroffen. Lange genug hatte sie nachgegrübelt.

Sie wartete, bis Griseldis einmal allein war, nahm allen Mut zusammen und ging zu ihr. »Wenn Wiprecht mich noch haben will – ich bin mit der Hochzeit einverstanden.«

Griseldis blickte überrascht auf. Dann zog unverhüllte Häme über ihr Gesicht.

»Sieh an. Jetzt ist er also gut genug für dich? Brütest am Ende schon einen Bastard aus?«

Marthe schluckte mühsam ihren Zorn hinunter. »Nein. Aber ich habe nun verstanden, dass ein junges Mädchen einen Herrn und Beschützer braucht«, sagte sie so ruhig sie konnte.

Diese Antwort schien Griseldis sehr zufrieden zu stellen. Doch leicht wollte sie es Marthe nicht machen.

»Darüber müssen Hildebrand und Wiprecht entscheiden«, sagte sie mit verkniffenem Gesicht. »Du wirst gestehen müssen, dass du nicht mehr rein bist. Und ich will deine blutigen Tücher sehen, um mit gutem Gewissen sagen zu können, dass du Wiprecht kein Kuckucksei ins Nest legst.«

»Wenn er mich nicht will, kann ich ja zu den Männern ins Nachbardorf gehen«, antwortete Marthe heftiger, als sie wollte. »Die sind bestimmt nicht so wählerisch.«

Vor ein paar Tagen waren Martin, Kuno und Bertram auf einem ihrer Streifzüge in der Nähe einem frisch eingetroffenen Siedlertrupp begegnet, der nur als Männern bestand. Doch da deren Anführer darauf bestanden hatte, dass seine Leute nichts mit denen aus Christiansdorf zu tun haben sollten, gab es keine weitere Verbindung zu den Neuankömmlingen. Nur Pater Bartholomäus ließ sich nicht davon abhalten, die neuen Nachbarn aufzusuchen und sich um ihr Seelenheil zu kümmern.

Griseldis schnaubte abfällig. »So weit kommt es noch, dass wir dich denen überlassen!«

Damit wusste Marthe, dass die Sache bereits entschieden war. Der Frau des Ältesten hätte es bestimmt wenig ausgemacht, ein geschändetes Mädchen wegzugeben. Doch auf eine Heilkundige im Dorf wollte und konnte sie nicht verzichten.

»Ich rede mit Hildebrand und Wiprecht.« Griseldis drückte Marthe den Löffel in die Hand, damit sie den Brei im Kessel an ihrer Stelle umrührte, und hastete mit gewichtiger Miene davon.

Während die Neuigkeit von der bevorstehenden Hochzeit die Runde machte, verkroch sich Marthe im Wald, um den Glückwünschen und den zu erwartenden Ausbrüchen von Martin und Karl zu entgehen.

Doch Emma stöberte sie in ihrem Versteck auf.

»Warum tust du das?«, murmelte sie und zog ihre Freundin an sich. »Du wirst todunglücklich sein.«

Genau vor diesem Gespräch hatte sich Marthe gefürchtet und deshalb Emma nicht in ihre Nöte eingeweiht, als sie nächtelang gegrübelt hatte.

»Man heiratet nicht, um glücklich zu sein«, sagte sie unwirsch.

»Was Jonas und du füreinander empfindet, ist eine Ausnahme. Pater Johannes hielt es sogar für Sünde, wenn Eheleute sich so sehr lieben.«

Sie riss sich aus Emmas Umarmung und trat einen Schritt zurück. »Die Welt ist nicht so eingerichtet, dass ein Mädchen ohne Aufsicht eines Vaters oder Ehemanns bleiben darf – und schon gar nicht jemand wie ich. Es gibt keinen anderen Weg.«

232

»Aber hättest du dir nicht wenigstens einen der jungen Burschen aussuchen können?«, rief Emma. »Einen, in den du dich noch verlieben könntest? Sieh nur, wie verrückt Karl oder Martin nach dir sind.«

Marthe dachte an Martins heftige Küsse, seine drängende Härte, und die Bilder wurden sofort von der Erinnerung an die Brutalität Randolfs und seiner Kumpane überlagert. Ihr Leib schmerzte immer noch von den Verletzungen, die ihr die Männer zugefügt hatten. Ohne etwas dagegen tun zu können, begann sie am ganzen Körper zu zittern.

»Ich könnte es nicht ertragen«, sagte sie schließlich leise.

Emma verstand. Sie zog sie wieder an sich.

»Auch Wiprecht wird seine Rechte einfordern«, meinte sie ebenso leise.

Ja, nur nicht so oft und nicht so heftig, dachte Marthe.

»Ich habe Wilhelma bei ihren letzten Atemzügen versprochen, dass ich mich um ihre Töchter kümmere«, sagte sie schließlich matt.

Den letzten Grund aber verschwieg sie, weil ihr der Gedanke daran die Kehle zuschnürte. Als Ehefrau würde sie sicher nicht mehr nach Meißen reisen und Randolf begegnen müssen. Christian durfte nichts von dem Überfall erfahren. Niemals.

Da niemand genau wusste, wann Christian zurückkommen würde, setzten Hildebrand und Vater Bartholomäus die Hochzeit auf den Tag der heiligen Margarethe fest, deren Beistand als Patronin der Feldfrüchte die Siedler besonders erhofften.

Der Tag der reuigen Sünderin Maria Magdalena zwei Tage später wäre wohl passender, dachte Marthe bitter.

Doch sie war erleichtert, dass die Hochzeit in Christians Abwesenheit stattfinden sollte. Die Vorstellung, ihm und Lukas als Braut unter die Augen zu treten, vielleicht noch wie Emma von Christian an den künftigen Ehemann übergeben zu werden, drückte ihr das Herz ab.

Griseldis ließ nun keine Gelegenheit aus, um ihr klarzumachen, wie großzügig es von Wiprecht sei, sie zu nehmen, obwohl sie nicht mehr unberührt war und nichts mit in die Ehe brachte. Marthe biss sich bei diesen Gelegenheiten auf die Lippe und schwieg.

Damit sie nicht in ihrem zerlumpten Kleid heiraten musste, richtete Bertha, die inzwischen kurz vor der Niederkunft stand, das waidblaue Kleid wieder her, das Hedwig Marthe geschenkt hatte. Mit einem ungefärbten Wollfaden besserte sie den großen Riss, den Randolfs Messer hinterlassen hatte, so aus, dass daraus eine bescheidene Stickerei wurde.

Marthe versuchte, den Gedanken beiseite zu drängen, was geschehen war, als sie dieses Kleid zum letzten Mal getragen hatte.

Diesmal kann ich es ertragen, redete sie sich zu. Diesmal ist es selbst gewählt. Und Wiprecht ist zwar alt, aber kein böser Mensch, sondern ein verzweifelter Witwer, der immer noch um Wilhelma trauert und nicht weiß, wie er seine kleinen Töchter durchbringen soll.

In der Nacht vor der Hochzeit hatte sie einen verstörenden Traum. Sie sah sich ein karges Stück Land umgraben, und Ludmillus stand da und sah ihr zu. Mit einem Mal erfüllte sie das unsäglich traurige Gefühl, dass sie nie die Liebe kennen lernen und nie glücklich sein würde. Sie begann im Traum zu weinen und begriff, dass sie ihr eigenes Grab schaufelte, das schon eine Elle tief war. Doch dann begann Ludmillus auf seiner Laute eine zarte, einschmeichelnde Melodie zu spielen.

Seltsam getröstet erwachte sie am Morgen, obwohl sie heiraten sollte.

Bleich und stumm saß Marthe mit einem Kranz aus Wiesenblumen auf dem kastanienbraunen Haar an der langen Tafel, die die Siedler auf der Wiese am Bach errichtet hatten.

Für die erste Hochzeitsfeier im neuen Dorf hatten Griseldis und Grete aufgeboten, was möglich war. Die Dorfbewohner schmausten und trieben die derben Späße, die Brautpaare über sich ergehen lassen mussten.

Der Augenblick rückte immer näher, an dem Wiprecht sich erheben und Marthe bedeuten würde, ihm zu folgen. Doch ihr Ehemann schien es nicht eilig zu haben. Er wirkte kaum weniger verstört als die Braut. Zuweilen musterte er sie verstohlen von der Seite und goss sich dann mit fahrigen Bewegungen den Becher wieder voll.

Wiprecht hatte dem Bier schon reichlich zugesprochen, während Marthe kaum etwas getrunken und nur ein paar Bissen zu sich genommen hatte.

Wie sehr sich meine Hochzeit doch von Emmas unterscheidet, dachte sie bitter. Aber es war meine Entscheidung.

Schließlich stand Wiprecht leicht wankend auf, stammelte ein paar Dankesworte an Vater Bartholomäus und zog Marthe von der grob aus Baumstämmen gezimmerten Bank hoch. Als sie kurz zurückschaute, sah sie, dass Karl ihnen fassungslos nachstarrte.

Der Pater ging voran, um das Lager für das Brautpaar mit geweihtem Wasser zu besprenkeln. Nach einem Segensspruch zogen er und die übrige Hochzeitsgesellschaft wieder nach draußen, um weiterzufeiern.

Wiprecht räusperte sich verlegen.

»Zieh dein Kleid aus und leg dich hin«, sagte er schließlich und nestelte an seinen Beinlingen. Marthe gehorchte.

Starr lag sie in ihrem Unterkleid auf dem Stroh und versuchte, die Erinnerung an Randolf zu verdrängen. Der Betäubungstrank, den sie heimlich eingenommen hatte, schien seine Wirkung zu verfehlen.

Unbeholfen legte sich ihr Ehemann zu ihr, drückte ihr die Beine auseinander und strich mit zittrigen Händen über ihre Brüste und Schenkel. Dann fuhren seine Finger in ihren Körper.

Mit dem jähen Schmerz war die grauenvolle Erinnerung an die Brutalität der vier Ritter so gegenwärtig, dass sie zusammenzuckte. Sie durchbohrte Wiprecht mit einem so hasserfüllten Blick, dass er sofort von ihr abließ.

»Du Hure! Wag es ja nicht, mich zu behexen«, brüllte er nach dem ersten Schreckensmoment und schlug ihr ins Gesicht.

Er war außer sich vor Angst, packte sie an den Armen und schüttelte sie. »Ich will nicht bei einer Hexe liegen! Ich will nicht bei einer Hexe liegen! Sag sofort drei Vaterunser auf, los! Ich will sehen, ob du das kannst.«

Marthe war von dem Schlag benommen. Blut tropfte von ihrer Lippe aufs Unterhemd. Erst dieser Anblick brachte sie wieder zu sich. Sie wischte sich mit dem Handrücken über den Mund, während die Angst in ihr hochkroch – nicht vor Wiprechts Zorn oder seiner Lust, sondern davor, dass er sich weigern würde, die Ehe zu vollziehen. Dann wäre alles umsonst gewesen.

»Drei Vaterunser!«, forderte Wiprecht, der ihr Zeigefinger und kleinen Finger der rechten Hand als Zeichen gegen das Böse entgegenstreckte.

Langsam sagte Marthe die drei Vaterunser auf, sorgfältig darauf bedacht, sich nicht zu versprechen. Dass sie es schaffte, schien Wiprecht einigermaßen zu beruhigen.

»Nun halt gefälligst still und mach die Augen zu«, brummte er und drückte Marthe zurück ins Stroh. Sie biss sich auf die Lippe und nahm alle Kraft zusammen, um sich in das Unvermeidliche zu fügen.

Stumm und schwitzend machte sich Wiprecht an ihr zu schaffen. Es dauerte lange, bis sein Glied endlich hart genug war, damit er in sie eindringen konnte.

Nach ein paar Stößen war es vorbei. Ächzend rollte er von ihr herunter.

»Wird schon werden«, brummte er zu ihr, zog ein Schaffell über sich und begann wenig später zu schnarchen.

Am nächsten Morgen musterten die anderen Marthe mit vielsagenden Blicken. Ihr linkes Auge war von Wiprechts Schlag fast zugeschwollen, vermutlich war ihr Gesicht inzwischen grün und blau angelaufen.

»Nun wirst du endlich Gehorsam lernen«, giftete Griseldis mit unverhohlener Genugtuung.

Als Karl sie so sah, stürzte er sich mit Wutgeheul auf seinen Vater. »Du Hurensohn! Du verdammter Hurensohn! Was hast du mit ihr gemacht!?«

Drei Männer mussten ihn festhalten, um zu verhindern, dass Karl auf seinen Vater eindrosch. So tobte und schrie er, bis ihm Hildebrand eine kräftige Ohrfeige versetzte.

»Du wirst deinem Vater gefälligst Respekt erweisen«, fauchte er den Jungen an. »Über die Strafe für dieses Verhalten reden wir noch.«

Marthe hielt sich von allen fern. Sie wollte mit niemandem sprechen. Wortlos gab sie Johanna und Marie etwas zu essen, die ihre neue Mutter ängstlich betrachteten, und ging zum Bach, um die geschwollene Gesichtshälfte zu kühlen.

Weder an diesem noch an den nächsten Abenden näherte sich Wiprecht ihr. Tagsüber beobachtete er sie mit einer Mischung aus Scheu und Reue, nachts ließ er sie in Ruhe.

Hildebrand trug Karl zur Strafe die härtesten und unbeliebtesten Arbeiten auf. Mürrisch führte er sie aus, während er seinen

Vater nicht aus den Augen ließ, wenn der sich Marthe auch nur auf zehn Schritte näherte.

Aber in einem hatte sie sich geirrt. Obwohl sie nun verheiratet war, stellte Martin ihr weiterhin nach. Die Hochzeit war kaum zwei Tage her, da lauerte er ihr erneut an der Stelle im Wald auf, wo sie oft nach Beeren und seltenen Wurzeln suchte.

Sie hatte ihn erst gar nicht bemerkt, doch mit einem Mal fühlte sie sich beobachtet. Als sie sich umdrehte, sah sie ihn mit verschränkten Armen an einen Baum gelehnt stehen.

Betont langsam schlenderte er auf sie zu. »Na, du treuliebend Weib, wie gefällt dir das Eheleben?«, fragte er lässig.

»Das geht dich überhaupt nichts an. Lass mich in Ruhe, ich habe zu tun!«

»Immer noch spröde wie eine Jungfrau – und dabei bist du doch gar keine mehr!«

Mit schnellen Schritten war Martin bei ihr und griff nach ihrem Arm. »Stell dich nicht so an! Keiner wird es je erfahren. Ich zeige dir, wozu ein kräftiger junger Kerl taugt.«

Er riss sie an sich und versuchte sie zu küssen. Marthe trat ihm kräftig gegen das Knie, so dass sich sein Griff für einen Augenblick lockerte.

»Das wäre eine schreckliche Sünde«, schrie sie ihn an.

»Pah, Sünde. Ich beichte und muss drei Ave Maria aufsagen. Aber du wirst verdammt, denn die Weiber sind's, von denen alle Schuld und alles Unheil ausgeht seit Eva. Und nun komm endlich …«

Doch bevor er Marthe wieder an sich ziehen konnte, reckte sie ihm ihr kleines Kräutermesser entgegen.

»Komm mir ja nicht näher!«

Martin lachte. »Und wenn doch? Was wirst du tun?« Er streckte den Arm aus, um ihr das Messer aus der Hand zu winden, während sie noch einen Schritt zurückwich.

Im nächsten Moment krachte etwas auf Martins Schädel.

»Dir werd ich's zeigen, schamloser Lümmel!«

Grete stand da mit einem Knüppel in der Hand und überhäufte ihren Ältesten mit Beschimpfungen.

»Hab ich dich dafür großgezogen, dass du mir solche Schande bereitest?«, keifte sie und stellte sich auf die Zehenspitzen, um ihm eine Kopfnuss zu verpassen. »Lass dich noch einmal von mir erwischen, und ich jage dich aus dem Haus!«

Kleinlaut zog Martin den Kopf ein. »Ja, Mutter.«

»Entschuldige dich bei ihr.«

»Tut mir Leid …«

»Und nun ab mit dir, du Tagedieb, das Vieh muss versorgt werden. Da kannst du deine überzähligen Kräfte loswerden!«

Während Martin mit gesenktem Kopf von dannen zog, hob Grete Marthes Korb auf. »Komm, Kleine, wir gehen zurück ins Dorf.«

Unglückliche Heimkehr

Christian atmete erleichtert auf, als sein Dorf in Sichtweite kam. Doch dann hörte er genau aus dieser Richtung den markerschütternden Schrei einer Frau.

Er warf Lukas die Zügel der beiden Pferde zu, zwischen denen die Trage mit dem bewusstlosen Raimund befestigt war, und rief ihm zu, hier mit dem Kranken zu warten. Dann stürmte er auf Drago los.

Den Dorfbewohnern stand vor Schreck der Mund offen, als sie ihren Herrn mit gezogenem Schwert ins Dorf galoppieren sahen.

Christian brauchte einen Moment, bis er die Trugbilder von allem möglichen Unheil, das sich hier ereignet haben könnte, abschütteln konnte. Im Dorf war es ruhig. Nur vor der gemeinsamen Unterkunft hatte sich eine kleine Gruppe versammelt, die nun niederkniete und ihn freudestrahlend begrüßte.

»Was war das für ein Schrei?«, fragte Christian immer noch beunruhigt.

»Das ist Bertha«, erklärte Hildebrand mit peinlich berührter Miene. »Das Kind kommt.«

Christian atmete tief durch. Die Sorgen der letzten Tage um Raimunds zunehmend schlechteren Zustand hatten seinen Vorrat an Zuversicht aufgezehrt.

Doch hier schien alles gut verlaufen zu sein. Er ließ die Blicke schweifen und sah zu seinem Erstaunen, dass die Dorfbewohner begonnen hatten, auf seinem Stück Land, das zwei Hufen in der Mitte des Ortes umfasste, das erste Haus zu bauen. Die Saat war aufgegangen, zwei Kälber staksten über die Weide, und auf dem Hügel waren lange Stämme für den Bau der Kirche gestapelt.

Jonas folgte seinem Blick; sein Lächeln wurde breiter.

»Wir dachten, wenn Ihr zurückkommt vom Feldzug, sollt Ihr es etwas bequemer haben«, meinte er. »Wir sind mit der Arbeit so gut vorangekommen, dass wir beschlossen haben, Euer Haus als Erstes zu bauen. Wir hoffen, es gefällt Euch.«

Christian war für einen Moment verblüfft und gerührt.

»Ich danke euch von Herzen!«

Er rieb sich über das müde Gesicht, das durch Bartstoppeln und tiefe Schatten unter den Augen erschreckend gealtert schien. »Und es kommt doppelt gelegen. Ich habe einen Schwerverletzten bei mir.«

Der Schmied erschrak. »Doch nicht etwa Euer Knappe? Ist dem jungen Herrn etwas zugestoßen?«

»Nein, ihm geht es gut. Ein Ritter aus Ottos Gefolge und guter Freund von mir ist im Kampf verwundet worden und braucht Marthes Hilfe. Er und Lukas sind nicht weit von hier, ich hole sie gleich.«

Christian wendete sein Pferd, doch in diesem Augenblick drang wieder ein Schrei aus der Behausung. Er hielt noch einmal kurz an und runzelte die Stirn. »Wie geht es Bertha? Wird sie es überstehen?«

»Das weiß Gott allein. Marthe ist bei ihr. Die Frauen sagen, es ist bald so weit.«

Als Christian mit Lukas und Raimund ins Dorf zurückkehrte, legten sie den Bewusstlosen behutsam vor das neue Haus, das die doppelte Größe einer Bauernkate hatte.

Lukas ließ die Pferde vorerst in der Nähe grasen und blieb bei dem Todkranken. Christian ging zurück zu der gemeinsamen Unterkunft, vor der immer noch Guntram mit einigen Frauen wartete, und legte dem werdenden Vater die Hand auf die Schulter. »Wie steht es?«

Guntram war grau im Gesicht und hob nur hilflos die Arme.

Von drinnen war erneut ein herzzerreißender Schrei zu hören, dann ein leises Wimmern. Griseldis hastete hinein und kam wenig später freudestrahlend heraus. »Ein Junge!«

Unter den Wartenden brach Jubel aus. »Gott sei es gedankt! Der Segen des Herrn ruht auf unserer neuen Heimat«, sagte jemand.

»Und Bertha?«, fragte Guntram bang.

Griseldis nickte ihm beruhigend zu. »Es geht ihr gut. Warte noch einen Augenblick, bald kannst du rein!«

Guntram schlug die Hände vors Gesicht, um die Tränen der Erleichterung zu verbergen. Die Frauen gratulierten zur Geburt eines gesunden Sohnes, die herbeigeeilten Männer klopften dem frisch gebackenen Vater auf die Schulter.

Wenig später kam Marthe heraus, ein winziges, krähendes, in Tücher gehülltes Bündel auf dem Arm. »Das erste Kind von Christiansdorf – gesund und munter. Ich dachte, ihr wollt es alle sehen«, rief sie noch in der Tür erschöpft und freudig zugleich.

Dann entdeckte sie Christian. Einen Augenblick glaubte sie, ihr Herz müsse stehen bleiben. Doch sie fasste sich schnell und ging mit dem Neugeborenen auf ihn zu.

»Werdet Ihr ihm Euren Segen geben, Herr?«

Christian hatte Mühe, den Blick von den verblassten, aber noch deutlich erkennbaren Spuren von Schlägen auf ihrem Gesicht abzuwenden. Das würde er später klären.

»Natürlich. Grete soll ein Fass Bier aufmachen.« Er gab Guntram eine Münze, die er in Magdeburg beim Würfelspiel gewonnen hatte. »Hier, als Taufgeschenk für deinen Sohn.«

»Danke, Herr! Dürfen wir ihn nach Euch nennen? Immerhin ist er der Erste, der in Eurem Dorf geboren wurde.«

Christian gab gern sein Einverständnis.

Dann rief er Marthe zurück, die mit dem Neugeborenen wieder zu Bertha gehen wollte. »Kannst du Bertha schon allein lassen? Ich brauche dich dringend. Ich habe einen Todkranken mitgebracht.«

Sie erschrak, und auf ihrem Gesicht las er die gleiche Frage, die auch Jonas gestellt hatte.

»Es ist Raimund.«

»Ich komme sofort, Herr. Um Bertha können sich nun die anderen Frauen kümmern.«

Das Mädchen ging mit dem Neugeborenen wieder in die Hütte; Christian lief mit eiligen Schritten voraus, um nach Raimund zu sehen.

Auf dem Weg sprach Wiprecht ihn an. »Auch ich bitte um Euren Segen, Herr.«

»Den hast du. Warum fragst du?«

»Er hat geheiratet«, rief Griseldis dazwischen.

»Meinen Glückwunsch«, meinte Christian überrascht. »Wer ist die Glückliche?«

»Marthe.«

Christian blieb abrupt stehen und starrte ihn ungläubig an. Herr, bitte mach, dass es nicht wahr ist, war alles, was er denken konnte. Doch Wiprechts verlegene und zugleich stolze Miene sagte ihm, dass es kein Scherz war.

Eiseskälte stieg in seinem Inneren hoch.

Mit Mühe nur hielt er den Zorn zurück, der in ihm zu brodeln begann. »Hatte ich nicht entschieden, dass es mit der Hochzeit Zeit hat?«, rief er so schroff, dass Wiprecht sich krümmte. In solch einer Stimmung hatten die Dorfbewohner ihn noch nie erlebt.

»Das habt Ihr, Herr. Aber dann hat sie es sich doch anders überlegt und konnte es schließlich gar nicht mehr erwarten«, gab Griseldis an Wiprechts Stelle Auskunft. »So ein junges Ding braucht einen Mann, der sie beaufsichtigt und ihr gebührliches Benehmen beibringt.«

Ja, dachte Christian zornig. Darum ging es dir. Du hast keine Ruhe gegeben, bis sie endlich unter ständiger Kontrolle war. Sie ist dir unheimlich, dir und den anderen.

Ich hätte es wissen müssen, warf er sich vor. Die Welt duldet keine junge Frau, die eigene Gedanken hat und sie auch noch äußert, statt zu schweigen, wie es verlangt wird. Nicht einmal Hedwig kann sich das gefahrlos erlauben – eine mittellose Waise von niederer Geburt schon gar nicht.

Er packte Wiprecht grob am Arm. »Du wirst sie anständig behandeln, ist das klar? Denke nicht, ich hätte die Spuren in ihrem Gesicht nicht gesehen. Krümm ihr von heute an auch nur ein Haar, und du wirst dir wünschen, du wärst nie geboren!«

Während Wiprecht ihm verwirrt und ängstlich nachstarrte, stürmte Christian auf die Stelle zu, an der Raimund lag.

Stumm kniete er nieder, strich dem Fiebernden das schweißfeuchte Haar aus dem Gesicht und fragte sich, ob er binnen eines Tages die zwei Menschen verlieren sollte, die ihm unter allen Lebenden am meisten bedeuteten.

Marthe hatte sich am Bach mit eiskaltem Wasser Gesicht und Arme abgespült und lief dann zu Christians Haus, vor dem der Ritter und sein Knappe neben einer am Boden liegenden Gestalt hockten.

Sie trat heran und erschrak über Raimunds Aussehen. Der junge Ritter war kaum wiederzuerkennen. Sein Gesicht war eingefallen, er glühte vor Fieber.

Noch ehe sie etwas fragen konnte, schlug Christian wortlos die Decke zurück und entblößte das angeschwollene Bein mit der Wunde, um die sich schwarze Ränder gebildet hatten.

Sein verzweifelter Blick richtete sich auf Marthe, um auf ihrem Gesicht abzulesen, wie die Chancen für seinen Freund standen.

Marthe hatte Not, die Fassung zu bewahren. Wie sehr wünschte sie sich jetzt Fine oder Josefa an ihrer Seite!

Sie holte tief Luft, setzte zum Sprechen an und stockte.

»Er soll hier draußen bleiben, solange noch Tageslicht herrscht«, sagte sie schließlich und ließ sich berichten, was geschehen war.

»Wenn er es nicht will, werde ich sein Bein nicht abnehmen«, meinte sie dann nachdenklich.

Der Ritter sah überrascht auf. »Hast du so etwas schon einmal getan?«

»Noch nicht, Herr. Ich habe zweimal einen Finger amputiert und zugesehen, wie eine Hand abgenommen wurde«, antwor-

244

tete sie. »Aber ich hätte es gewagt, wenn es die einzige Möglichkeit wäre, ihn zu retten. Ich weiß nicht, ob mir das so gelingt. Ich werde Hilfe brauchen.«

»Was wir auch tun können, wir werden es tun«, sagte Christian sofort.

Zögernd trat Grete näher. »Wollt ihr ihn nicht ins Haus bringen? Ihr habt drinnen auch Feuer, Herr. Vater Bartholomäus hat sogar die Herdstelle schon gesegnet.«

Marthe antwortete: »Ich brauche so viel Licht wie möglich. Aber du kannst Wasser heiß machen.«

Grete nickte und verschwand im Haus.

Marthe fühlte die glühend heiße Stirn des Kranken und suchte nach dem Puls. Sein Herz raste. Dann beugte sie sich über die Wunde, roch daran und tastete vorsichtig die Stellen ab, an deren schorfigen Kanten Eiter austrat.

Sie atmete wieder tief durch und sah zu Christian. Die Verzweiflung und Beklommenheit bei seinem Anblick drängte sie für den Moment beiseite. Jetzt brauchte sie alle Kraft für den Kranken.

»Ich muss das Fieber senken, die Wunde ausschneiden und reinigen, vielleicht ausbrennen. Dabei muss ihn jemand halten.«

Sie sah auf und fügte leise hinzu: »Und für alle Fälle ... wenn er zu sich kommt ... solltet Ihr Vater Bartholomäus holen.«

Lukas stand auf. »Was brauchst du zuerst? Wasser oder den Pater?«

»Wasser. Viel klares Wasser vom Bach.«

Während Lukas nach einem ledernen Eimer suchte, bat sie Christian: »Nehmt seine Hand, Herr! Auch wenn er ohne Bewusstsein ist, haltet sie, sprecht mit ihm.« Sie zögerte. »Ich habe das Gefühl, seine Seele will sich davonstehlen. Ihr müsst sie hier festhalten.«

Als die Dämmerung einsetzte, hielt Marthe erschöpft inne und streckte ihren schmerzenden Rücken.

Sie hatte dem Kranken immer wieder nasse Tücher auf Stirn, Unterarme und das gesunde Bein gelegt, um das Fieber zu senken. Mit heißen Eisenkraut-Umschlägen hatte sie die eitrigen Geschwüre zum Aufbrechen gebracht, danach die Wunde gesäubert und seine Lippen wieder und wieder mit Wasser beträufelt.

Währenddessen war Bartholomäus gekommen. Der Pater stellte die Utensilien für die Sterbesakramente ab und musterte das Bein sorgfältig.

Marthe sah zu ihm auf. »Was hätten die heilkundigen Mönche in Eurem Kloster sonst noch getan?«, fragte sie und wischte sich eine schweißnasse Haarsträhne aus dem Gesicht, die unter dem Kopftuch hervorgerutscht war, das sie als verheiratete Frau zu tragen hatte.

»Gebetet, natürlich.«

Der Pater hockte sich neben sie und untersuchte den Kranken kurz.

»Das Fieber muss gebrochen, die Wunde gereinigt werden. Das hast du schon getan. Alles andere liegt bei Gott. Aber ...«

Nachdenklich kratzte sich Bartholomäus an der Schläfe und wies auf die schwarzen Wundränder. »Das hier wirst du schneiden und ausbrennen müssen. Sonst überlebt er nicht.«

Marthe nickte bekümmert. »Dass er überhaupt nicht zu sich kommt, macht mir Sorgen, Pater. Er muss trinken. Aber so kann ich ihm nichts geben.«

Sie stand auf und wandte sich an Christian und Lukas. »Tragen wir ihn ins Haus?«

Der Ritter und sein Knappe hoben den Kranken vorsichtig hoch und betteten ihn drinnen nahe der Herdstelle vorsichtig auf ein Fell.

»Ich habe etwas zu essen gemacht«, meinte Grete, die die ganze Zeit drinnen herumgewirtschaftet hatte. Ein verführerischer Duft nach kräftig mit Zwiebel und Majoran gewürzter Suppe erfüllte das Haus. Ohne zu fragen, füllte sie Holzschüsseln und stellte sie auf den roh gezimmerten Tisch.

»Können wir ihn so liegen lassen?«, fragte Christian Marthe. Die nickte. »Für einen Moment, ja.« Plötzlich spürte auch sie, wie hungrig sie war. Und für den nächsten Schritt würde sie viel Kraft brauchen.

Bartholomäus sprach ein Gebet für Raimunds Genesung. Dann löffelten sie hastig die Suppe und aßen von dem Brot, das Grete ihnen reichte.

Christian sah sich um und schien zum ersten Mal seine Umgebung wahrzunehmen.

»Ihr habt euch wirklich viel Mühe gegeben mit dem Haus«, meinte er zu Grete. »Die Überraschung ist euch gelungen.«

Sie strahlte. »Nicht wahr? Guntram hat Euch sogar eine Bettstatt gebaut. Schließlich ziemt es sich nicht, dass Ihr noch länger auf dem Boden schlaft wie wir. Und bevor Ihr einmal eine Braut heimführt, wird er in die Balken Muster schnitzen. Holz für Schindeln hat er auch schon geschlagen, aber das muss noch trocknen. So haben wir erst einmal Grassoden genommen.«

Die Alte holte tief Luft, dann sprach sie leiser weiter.

»Irgendwann bekamen wir Angst, Ihr könntet nicht wiederkommen. So wie Eurem armen Freund hier hätte es auch Euch ergehen können. Oder noch schlimmer. Da dachten wir: Wenn wir Euch ein Haus bauen, dann müsst Ihr einfach zurückkommen.«

Grete verschwieg lieber, dass Hildebrand den Vorschlag wohl auch deshalb sofort aufgegriffen hatte, um sein Gewissen zu beruhigen, denn zu Marthes Vermählung hätte er die Erlaubnis des Ritters einholen sollen, auch wenn sie keine Hörige war. Sie hatte so eine Ahnung, dass diese Hochzeit noch für

Ärger sorgen würde – und das nicht nur, weil sie das Mädchen selbst gern als Schwiegertochter gehabt hätte, wenngleich sie über Martins Verhalten immer noch erbost war.

Auch Marthes Gedanken kreisten um ihre unglückliche Heirat. Unter gesenkten Lidern warf sie einen kurzen Blick auf Christian. Wie viel hatte er schon erfahren? Wusste er von der Hochzeit? Und von Randolfs Überfall?

Sie schluckte den letzten Bissen hinunter und stand auf.

»Werdet Ihr mir beim Ausbrennen helfen, Pater?«, fragte sie Bartholomäus, der ihr zunickte.

»Ich bin gleich zurück. Ich muss zur Schmiede und schaue auch kurz nach Bertha.«

Sie bat Jonas, ihr kleines Messer so gut wie möglich zu schärfen und auszuglühen.

Bertha und dem Neugeborenen ging es gut. Beide schlummerten ruhig, es gab keine Anzeichen für Fieber oder plötzliche Blutungen.

»Wenn etwas nicht in Ordnung ist, komm gleich zu mir«, bat sie Johanna. Die nickte ernst.

»Was ist mit dem fremden Ritter, Mutter Marthe?«, wollte die kleine Marie wissen. »Wirst du ihn gesund machen?«

Sie strich dem Mädchen übers Haar. »Ich weiß es nicht. Er ist sehr krank. Sag deinem Vater, dass ich dort noch lange zu tun haben werde. Und nun schlaft schön – du und Johanna.«

»Und Karl!«, fügte die Kleine mit gewichtiger Miene hinzu.

»Und Karl.«

Bartholomäus hatte inzwischen die Ärmel seiner Kutte ein Stück nach oben gerollt, wie Marthe erleichtert sah. Sie hockten sich neben den Kranken und verständigten sich kurz. »Ich schneide, Ihr brennt?«

Bartholomäus nickte. »Mönche schneiden normalerweise nicht ins Fleisch und sollen das Blut meiden. Aber wir müssen seinen Körper gegen die Attacken des Bösen kräftigen. Ich habe so etwas oft genug tun müssen, bevor ich mich entschloss, ins Kloster zu gehen.«

Bei welcher Gelegenheit mochte das geschehen sein?, überlegte Marthe. Pater Johannes hätte nie dergleichen getan. Der sah seine heiligste Pflicht darin, den Menschen Furcht vor ewiger Verdammnis einzuflößen. Nie und nimmer hätte er Fine dabei geholfen, jemanden zu heilen. Er hatte die weise Frau immer nur mit äußerstem Misstrauen beäugt.

Sie baten Christian und Lukas zu sich. »Setzt Euch auf ihn und haltet ihn fest. Es kann sein, er kommt durch den Schmerz zu sich«, erklärte Marthe.

Bartholomäus hatte eine der kostbaren Wachskerzen geopfert, damit Grete die Wunde gut ausleuchten konnte.

Marthes Messer war noch warm vom Schmiedefeuer und lag sicher in ihrer Hand. Gemeinsam mit Bartholomäus sprach sie ein Gebet, dann hielt sie die Luft an und entfernte mit tiefen raschen Schnitten das faule Fleisch. Sofort legte der Pater ein glühend heißes Messer auf die blutenden Wunden. Ein lautes Zischen, und der durchdringende Geruch von verbranntem Fleisch zog durch den Raum. Der Kranke stöhnte leise, seine Lider flackerten, aber er wachte nicht auf.

Das bereitete Marthe große Sorgen. Vorsichtig legte sie die vorbereiteten Leinsamenumschläge auf die Wunden und richtete sich dann auf.

»Ich danke Euch«, sagte sie zu Vater Bartholomäus, der ebenfalls besorgt wirkte. »Jetzt können wir nur warten und beten, dass das Fieber in der Nacht bricht. Ich werde bei ihm wachen.«

»Wird dein Mann dich nicht erwarten?«, fragte Christian.

Lukas fuhr herum und starrte erst den Ritter, dann Marthe mit offenem Mund an.

Er weiß es also, dachte Marthe und senkte den Kopf, um zu verbergen, dass ihr Tränen in die Augen schossen.

»Ich habe ihm ausgerichtet, dass ich hier bei dem Kranken wachen muss, Herr«, sagte sie, griff nach einem leeren Eimer und flüchtete nach draußen.

Aus dem Haus drang Lukas' aufgebrachte Stimme, dann hörte sie eilige Schritte hinter sich. Sie wandte sich nicht um.

Kurz vor dem Bach fing Lukas sie ab und drehte sie zu sich.

»Warum hast du das getan?«, fragte er fassungslos.

Was war er nur für ein Narr, für ein hoffnungsloser Träumer! Da hatte er sich wochenlang ausgemalt, wie Otto und Hedwig das Mädchen so großzügig belohnen würden, dass er sie selbst einmal heimführen konnte, und dabei war sie längst die Frau dieses täppischen Alten!

Von der Vorstellung, wie Wiprecht mit seinen rauen, gichtigen Händen zitternd vor Gier seine Wollust an ihrem mädchenhaften Körper stillte, wurde ihm übel.

»Ein Mädchen braucht Schutz, junger Herr. Und eines ohne Vater und ohne Brüder besonders«, sagte Marthe mit gesenktem Kopf.

»Aber Christian und ich, wir beschützen dich doch!«, rief der Knappe.

Wo Ihr über Monate weg seid? Was versteht Ihr schon davon!, wollte Marthe schreien. Doch solch ein Verhalten stand ihr nicht zu. Sie biss sich auf die Lippe und blinzelte, um die Tränen zurückzudrängen. Doch die wollten sich nicht zurückdrängen lassen.

»Verzeiht, junger Herr, ich muss Wasser holen«, murmelte sie und lief zum Bach.

Christian hatte es abgelehnt, sich schlafen zu legen, da er abwechselnd mit Marthe bei seinem Freund wachen wollte. Immer wieder träufelten sie Wasser auf Raimunds vom Fieber rissig gewordenen Lippen, kühlten seine geröteten Lider und die glühende Stirn.

Tief in der Nacht wich die Fieberhitze, der Körper des Kranken wurde eiskalt. Marthe häufte Decken über ihn, erhitzte einen Stein und legte ihn an Raimunds Füße. Dann fiel sie selbst in einen kurzen Schlaf, restlos erschöpft von der Pflege des Kranken und der Entbindung in der Nacht zuvor.

Mit einem grässlichen Stöhnen fuhr sie aus einem Albtraum und blickte verwirrt um sich.

Christian griff nach ihrer Hand und betrachtete sie voller Mitgefühl. Sanft strich er über ihren Handrücken und flüsterte beruhigende Worte. »Du hast nur schlecht geträumt.«

Die zarte Berührung erfüllte sie mit einem irritierenden Gefühl. Doch jäh kam sie zu sich und zog erschrocken ihre Hand zurück.

Christian ging zum Wasserbottich, um sein Gesicht zu verbergen. Als er ihr einen Becher voll Wasser reichte, hatte er sich wieder unter Kontrolle. »Gut, dass du wach bist. Ich glaube, er fiebert wieder.«

Sie wiederholten die kalten Güsse und Wickel.

Im Morgengrauen endlich wurde der Atem des Kranken ruhiger, wenn auch sein Puls immer noch schwach und unregelmäßig war. Die Wunde sah gut aus, es gab keine Anzeichen einer drohenden Entzündung. Aber nichts deutete darauf hin, dass Raimund zu Bewusstsein kommen würde. Trotz der Decken und der Nähe des Feuers hatte seine Haut inzwischen eine gefährliche Kühle und Blässe angenommen.

Nachdenklich betrachtete Marthe den Kranken, der kaum noch etwas gemeinsam hatte mit dem fröhlichen Lockenkopf, der beim Mahl in Ottos Halle seine junge Frau umarmt hatte.

»Er und seine Gemahlin – wie stehen sie zueinander?«, fragte sie Christian und nagte an der Unterlippe.

Der sah irritiert hoch.

»Ich meine: Bedeutet sie ihm etwas? Und er ihr? Würde sie seinetwegen hierher kommen?« Sie breitete die Arme aus, als wolle sie den entlegenen Weiler umfassen, der nichts von dem zu bieten hatte, was eine junge Edelfrau gewohnt sein mochte.

Christian verstand.

»Ja. Sie sind einander sehr zugetan.«

»Dann holt sie her. Vielleicht kann sie seine Seele zurückrufen. Ich habe getan, was ich konnte.«

Christian weckte Lukas. »Reite so schnell du kannst und bring Elisabeth her!«

Der Knappe ließ sich von Grete etwas zu essen geben und machte sich sofort auf den Weg.

»Sprecht mit ihm«, ermunterte Marthe Christian erneut und wies auf seinen Freund. »Sagt ihm, dass seine Liebste auf dem Weg hierher ist. Er soll ja nicht wagen, sich davonzustehlen.« Sie fühlte sich kläglich und ging nach draußen. Dort blieb sie einen Moment stehen, um die klare, kühle Morgenluft einzuatmen.

Christian trat neben sie. »Du glaubst, die Liebe könnte ihn ins Leben zurückrufen?«

»Ja.«

Christian erstarrte. Bemüht, alle Bitterkeit aus seiner Stimme herauszuhalten, sagte er schließlich: »Und willst du selbst ohne Liebe leben?«

Die Antwort kam schnell. Zu schnell. »Die Mädchen brauchten eine Mutter. Und Wiprecht ist ein guter Mann.«

»So. Ist er das? Und woher stammt das?« Seine Stimme klang auf einmal hart, doch die Berührung, mit der er über den Bluterguss um ihr linkes Auge strich, war zart.

»Ich bin gestürzt«, murmelte Marthe, während ihr Blick starr auf den Boden gerichtet blieb. Bei Gott, jetzt rede ich schon wie Irmhild, dachte sie beklommen.

»Wirklich?«

Christians Fürsorge weckte in ihr für einen Moment den Wunsch, sich ihm anzuvertrauen. Doch das durfte nicht sein.

»Es ist gut, Herr«, sagte sie, so fest sie konnte, und sah an ihm vorbei.

Christian zögerte. Durfte er weiter in sie dringen? Vater Bartholomäus hätte nie eine Ehe geschlossen ohne das Einverständnis der Brautleute.

»Dann meinen Glückwunsch«, antwortete er schließlich und ging wieder ins Haus.

Bei Einbruch der Nacht kehrte Lukas zurück, von Elisabeth und Amalia, einer älteren Witwe, begleitet.

Sofort stürzte die junge Frau auf Christian zu. »Wo ist er? Wie geht es ihm?«

Christian begleitete sie ins Haus. »Er lebt. Das ist alles, was ich sagen kann. Jetzt braucht er dich.«

Er reichte ihr etwas zu trinken und stellte ihr Marthe vor.

»Legt Euch zu ihm, wärmt ihn, sagt ihm, dass Ihr da seid!«, riet die junge Kräuterfrau.

Lukas und Christian hoben Raimund vorsichtig hoch und legten ihn auf die Bettstatt, die Guntram gezimmert hatte.

Mit Tränen in den Augen folgte ihnen Elisabeth.

»Liebster«, flüsterte sie. »Hast du mir nicht versprochen, auf dich aufzupassen?«

Vorsichtig strich sie über Raimunds Gesicht.

Marthe drehte sich zu Christian um. »Wir lassen sie besser allein, Herr. Ruft mich, wenn sich etwas tut«, sagte sie dann zu

Elisabeth. »Grete wird sich um Euch kümmern und mir Bescheid geben, wenn Ihr oder Euer Gemahl mich braucht.«

Dann ging sie mit schleppenden Schritten, müde und in der Seele ganz wund, zu der Unterkunft, wo Wiprecht schon auf sie wartete.

Christian sah ihr nach und versuchte zu verdrängen, was ihn quälte.

Noch war etwas zu erledigen.

Lukas hatte gleich bei der Ankunft signalisiert, dass er wichtige Neuigkeiten aus Meißen brachte.

Der Knappe war dabei, die Pferde zu tränken und zu füttern.

»Gut gemacht!«, lobte Christian und legte ihm die Hand auf die Schulter. »Du musst geritten sein wie der Leibhaftige.«

»Wie der Leibhaftige mit zwei Damen auf braven Stuten im Schlepptau«, meinte der Knappe grinsend. »Ich muss sagen, ich habe noch nie eine Frau so schnell packen sehen wie Elisabeth.«

»Du konntest trotzdem mit Gero und Richard sprechen?«

»Ja. Die beiden haben sich umgehört nach den Reisigen, die nach Marthe gesucht hatten«, berichtete Lukas. »Zwei Fremde, auf die ungefähr die Beschreibung passt, wollten sich beim Hauptmann der Wache in Dienst nehmen lassen. Doch der hat sie zur Burgwartei Mochau geschickt. Ob sie dort noch sind, wissen wir nicht.«

»Jedenfalls sind sie vorerst aus dem Weg. Aber wir halten besser die Augen offen.«

»Es gab schlechte Nachrichten für Hedwig und Otto«, fuhr Lukas fort. »Rabenschwarze. Der Kaiser ist vor Rom gescheitert, eine gewaltige Epidemie hat fast das ganze Heer vernichtet. Das Sumpffieber hat 2000 Mann weggerafft – unter ihnen auch Rainald von Dassel.«

Christian erstarrte für einen Moment.

»Wie hat der Kaiser reagiert?«, fragte er schließlich.

Lukas senkte die Stimme. »Bestürzt und zornig. Er soll gewütet haben, ohne den Aufstand der Fürsten hätte Herzog Heinrichs Heerbann ihn begleitet und die Niederlage wäre ihm erspart geblieben. Das einzig Gute: Er wird ein paar Monate zu tun haben, bis er sich aus Italien zurückziehen kann und wieder hier eintrifft. Vielleicht ist sein Zorn bis dahin verraucht.«

»Was sagt Otto?«

»Schweigt. Aber Hedwig ist kreidebleich geworden, als der Bote Rainalds Tod vermeldete, meint Gero. Zumal es heißt, dass die Kölner Bischöfe ohne Rainald die Rebellion nicht weiter unterstützen wollen.«

Christian dankte seinem Knappen für die Neuigkeiten. Doch der wollte sich noch nicht wegschicken lassen. »Was meint Ihr? Bekommen wir Ärger mit dem Kaiser?«

»Den haben wir schon. Bisher hat Friedrich immer versucht, zwischen den gegnerischen Lagern zu vermitteln, wenn auch immer nur mit vorübergehendem Erfolg. Aber wenn sich sein Unglück in Italien fortsetzt, dann steh Gott uns allen bei!«

Nachdem Lukas die Pferde versorgt hatte, ging er Marthe suchen. Seine Wut über ihre Hochzeit war längst nicht vergangen, aber er hatte ein schlechtes Gewissen wegen seines schroffen Verhaltens. Ganz und gar unritterlich. Außerdem hatte er etwas für sie mitgebracht. Allerdings hätte er nie gedacht, dass er es ihr als Hochzeitsgeschenk überreichen würde.

Ihm war nicht entgangen, wie traurig sie war. Als wäre ein Stück von ihr gestorben. Was mag sie nur getrieben haben, dieser Heirat zuzustimmen?, rätselte er. Er beschloss, sich später unter den Burschen umzuhören.

Schnell fand er Marthe am Bach, wo sie schon wieder Wasser schöpfte.

»Sieh mal, ich hab dir was mitgebracht«, sagte er und hielt ihr ein zappelndes Bündel entgegen.

»Ein Kätzchen!« Gerührt drückte sie das grau gestreifte kleine Wesen an ihre Wange. Sogleich fing das Katzenjunge an zu schnurren.

»Sie mag dich.« Lukas freute sich.

»Danke, junger Herr!«, sagte Marthe mit kläglichem Lächeln. Lukas wollte etwas erwidern. Doch dann stapfte er wortlos davon.

Vertrauliche Gespräche

Raimund öffnete am nächsten Nachmittag zum ersten Mal wieder die Augen. Zum Sprechen waren seine Kehle und sein Mund zu ausgedörrt, er gab nur ein leichtes Stöhnen von sich und bewegte sich unter den Decken. Elisabeth begann erleichtert zu weinen und streichelte sein Gesicht.

Die alte Grete rief Marthe herbei und verbreitete bei der Gelegenheit im ganzen Dorf die Neuigkeit, was Erleichterung und Freude hervorrief. Was wäre gewesen, wenn der fremde Ritter bei ihnen zu Tode gekommen wäre? Vielleicht hätte sein mächtiger Lehnsherr nicht nur Marthe, sondern sie alle bestraft?

Unter Marthes pflegenden Händen machte der Kranke schnell Fortschritte. Zwar war er furchtbar abgemagert, aber er fieberte nicht mehr. Geduldig steigerte sie langsam die Wasserrationen, die sie und Elisabeth abwechselnd Raimund einflößten. Bald konnte Marthe Grete eine kräftigende Brühe und Haferbrei für den Kranken kochen lassen.

Nach ein paar Tagen hielt es Raimund nicht mehr länger auf dem Lager, und er unternahm erste humpelnde Schritte. Marthe ließ ihn gewähren, obwohl sie gemeinsam mit Elisabeth darauf achtete, dass er sich nicht überanstrengte. Die Wunde an seinem linken Bein war tief und schmerzte, aber sie heilte gut. Ob er mit dieser Verletzung je wieder würde richtig laufen können, hing auch davon ab, ob er die Sehnen und Muskeln wieder kräftigen konnte.

Nach drei Wochen war Raimund so weit wiederhergestellt, dass Christian ihm anbot, nach Meißen zu reiten und ein Fuhrwerk herzubringen, das ihn und die Frauen abholen könnte.

Doch Raimund lehnte ab.

»Zu Pferd werde ich nach Meißen zurückkehren und nicht anders«, erklärte sein Freund fest entschlossen. »Du hältst es hier doch noch ein paar Tage aus, mein Herz?«, fragte er Elisabeth, die sich an ihn schmiegte.

»Ich will, dass du gesund wirst. Das ist alles, was zählt.«

Nur Witwe Amalia, die Elisabeth als Gesellschafterin begleitet hatte, um über ihren Ruf zu wachen, rümpfte die Nase, was Christian nicht entging, ihm aber gleichgültig war.

Die junge Frau seines Freundes hatte sich derweil die Kleidung der beiden Ritter vorgenommen, um sie mit feinen Stichen auszubessern, und begann dann ein Altartuch für die künftige Christiansdorfer Kirche zu sticken. Christian und Lukas sorgten inzwischen mit Übungskämpfen dafür, dass Raimund wieder zu Kräften kam. Wenn sie abends gegeneinander antraten, gab es jedes Mal einen wahren Auflauf. Die Schnelligkeit und das Geschick Christians im Umgang mit dem Schwert übertraf alles, was die Dorfbewohner in dieser

Beziehung je zu sehen bekommen hatten. Und Lukas erwies sich als gelehriger Schüler.

Es waren ungeheuer viele Arbeiten auf einmal zu bewältigen. Noch mehr Anbaufläche musste dem Wald abgerungen, die erste Ernte eingebracht und die Herbstsaat vorbereitet werden.

Obwohl die Männer und Frauen abends bis zum Umfallen erschöpft waren, konnten sie nun auch den Bau der Häuser nicht länger aufschieben, denn das schlechte Wetter würde nicht mehr lange auf sich warten lassen.

Feierlich losten sie unter Christians Aufsicht aus, welche Familie welche der abgesteckten Hufen bekommen sollte, und begannen die Standorte für die Katen zu wählen.

Guntram mit seinem Geschick im Umgang mit Holz und zwei der jungen Burschen wurden zum Bauen abgestellt. Sie legten für jedes Haus eine Grube von gut einer Elle Tiefe an, wuchteten Feldsteine in die Ecken und errichteten Gevierte aus dicken Stämmen. Die Zwischenräume füllten sie mit Flechtwerk und verschmierten die Ritzen mit Lehm, den sie in der Nähe des Baches gefunden hatten. In den Hütten würde im Winter auch das Vieh Platz finden.

Eines Nachmittags traf ein unerwarteter Besucher im Dorf ein. Ein fremder Bauer mit vernarbtem Gesicht fragte nach der weisen Frau. Wie sich herausstellte, war er der Dorfälteste des Nachbardorfes, das bisher den Kontakt zu den Christiansdorfern gemieden hatte.

Er ließ sich zu Marthe führen und erklärte ihr mit wirren Worten seine Notlage. Sein Bruder hatte sich bei der Arbeit den Fuß verletzt, die Wunde wollte nicht heilen, sondern wurde immer schlimmer. Bald wahnsinnig vor Schmerz, tobte der Verletzte und war drauf und dran, sich den Fuß mit der Axt abzuhacken.

»Unter uns ist niemand, der sich mit so etwas auskennt. Aber wir haben von dir gehört. Hilf ihm, und du wirst es nicht bereuen«, brummte der Bauer, der sich als Wilhelm vorgestellt hatte.

Marthe wunderte sich insgeheim, woher die Leute im Nachbardorf wohl von ihr gehört haben könnten. Doch wichtiger war jetzt der Kranke. »Was habt ihr mit ihm gemacht?«

Der Älteste zuckte die Schultern. »Mit dem Knüppel eins übergezogen, damit er still hält, und ihn dann auf einen Balken gebunden. Da liegt er jetzt und schreit schon wieder.«

Wenigstens ist er nicht an seinem Erbrochenen erstickt, nachdem er wieder zu sich kam, dachte Marthe erleichtert.

»Ich muss meinen Herrn fragen.«

Mit dem Fremden ging sie hinüber zu Christians Haus. Der ließ sich berichten und musterte den Bauern aufmerksam.

»Wir sind zu guter Nachbarschaft bereit. Aber hat euch nicht euer Herr verboten, mit uns zu sprechen?«

Ein verschlagener Zug huschte über Wilhelms Gesicht. »Wir sollen Euch in nichts helfen. Aber er hat nicht gesagt, dass wir uns in einem Notfall nicht an Euch wenden dürfen. Im Moment ist er auch gar nicht da, also können wir ihn nicht um sein Einverständnis fragen. Er wäre bestimmt sehr unzufrieden, wenn wir einen kräftigen Mann verlieren, weil wir nichts unternommen haben.«

Christian blickte zu Marthe. »Wärst du bereit zu helfen?«

»Wenn Ihr es erlaubt, Herr.«

»Du garantierst für ihre sichere Rückkehr?«, fragte er den Bauern.

»Aber ja doch, Herr«, beeilte sich dieser zu versichern.

Christian hatte seine Entscheidung getroffen. »Sie wird kommen. Aber ich werde sie begleiten.«

Damit hatte Wilhelm wohl nicht gerechnet. In seinem Gesicht

war deutlich abzulesen, wie sich die Erleichterung über die zugesagte Hilfe mit der Angst mischte, Berthold könnte erfahren, dass Christian persönlich das Dorf betreten hatte. Aber er konnte das Ansinnen des Ritters schlecht ablehnen, wenn er Hilfe wollte.

Sie brachen unverzüglich auf. Christian nahm Marthe wieder zu sich auf seinen Hengst, nachdem Drago sie freudig wiehernd begrüßt hatte. So erreichten sie schnell das Nachbardorf.

Der Verletzte lag immer noch am Boden, fest verschnürt auf ein Brett gebunden, und gab keinen Ton von sich.

Die Dorfbewohner näherten sich respektvoll den Neuankömmlingen, verneigten sich vor Christian, stießen sich an und flüsterten miteinander.

Es sind wirklich alles Männer – wie Kuno und Bertram berichtet hatten, wunderte sich Marthe. Sie ignorierte die Blicke, mit denen sie gemustert wurde, und ging zu dem Verletzten. Der war nicht bewusstlos, sondern stöhnte auf und drehte seinen Kopf zu ihr.

Missmutig warf sie einen Kuhfladen beiseite, den jemand auf die Wunde gelegt hatte.

Der Fuß war rot und voll Hitze, so dass sie darauf verzichtete, heiße Umschläge aufzulegen. Die Wunde war so stark vereitert, dass sie ohnehin bald aufgebrochen wäre, hätte Wilhelms Bruder sich bewegen können. Sie ritzte die Wunde mit ihrem Messer an, drückte den Eiter sorgfältig heraus und entfernte den Holzsplitter, der das Unheil verursacht hatte. Marthe war froh, dass ihr Patient immer noch festgebunden war, denn während der Behandlung brüllte er wie am Spieß.

Aus den Augenwinkeln sah sie, dass ein paar der Männer mit finsterem Gesichtsausdruck auf sie zukamen. Christian, der neben ihr stand, legte lässig die Hand ans Schwert, und sofort zerstreute sich die Gruppe.

Jetzt verstand Marthe, warum der Ritter mitgekommen war.

Sie wusch die Wunde sorgfältig aus, packte heilende Kräuter darauf, verband sie und gab dem Ältesten Anweisungen, wie sein Bruder weiter zu pflegen war.

Dann ritt Christian mit ihr ins Dorf zurück.

Wenig später brachten die Siedler die erste Ernte ein. Es war nicht viel an Hafer und Gerste. Die Gesichter der Frauen wurden immer nachdenklicher, als sie überschlugen, ob sie damit über den Winter kommen würden.

»Das wird nicht reichen«, jammerte Griseldis, doch Grete fuhr dazwischen.

»Dann schick deinen Bertram fischen und Eicheln sammeln! Kuno soll gleich mit, die beiden haben ohnehin viel zu viel Unfug im Kopf.«

Auch wenn die Ernte mager ausfiel, so war es doch die erste im neuen Dorf. Also ließ Christian ein Fass Bier holen, damit sie das feiern konnten.

Am nächsten Tag wollten Raimund, Elisabeth und die Witwe Amalia nach Meißen zurückkehren.

»Lass uns ein Stück reiten«, schlug Raimund Christian an seinem letzten Abend im Dorf vor.

Sie sattelten die Pferde und galoppierten in die einsetzende Dämmerung.

An einer Lichtung hielt Christian an. Sie setzten sich und entzündeten ein kleines Feuer.

»Ich hätte nie gedacht, dass ich noch einmal auf ein Pferd steigen kann«, sagte Raimund schließlich.

»Und ich nicht, noch einmal so mit dir sitzen und reden zu

können«, erwiderte Christian. Er schloss für einen Moment die Augen. »Es war einer der schwersten Momente in meinem Leben, als du mir diesen Schwur abgenommen hast, den Feldscher wegzuschicken. Von da an hatten dich alle aufgegeben.«

»Alle außer Marthe. Und damit wären wir beim Thema.«

Christian hörte auf, im Feuer herumzustochern, und sah hoch. »Inwiefern?«

»Komm, ich bin dein Freund. Ich kenne dich seit so vielen Jahren. Was ist zwischen dir und der Kleinen?«

»Sie kümmert sich um meine Leute und ist eine ausgezeichnete Heilerin.«

Raimund musterte seinen Freund scharf. »Ich habe dich beobachtet, während ich krank in deinem Bett lag und sie mich versorgte. In ihrer Gegenwart hast du einen Gesichtsausdruck, der mich sehr an die Zeit erinnert, als du Luitgard verloren hast.«

»Dann muss ich an meinem Gesichtsausdruck arbeiten.«

Raimund griff nach Christians Schulter. »Mach mir nichts vor und mach dir nichts vor. Sie bedeutet dir etwas. Und ich gebe zu, sie ist ein außergewöhnliches Mädchen. Hübsch obendrein.«

»Sie ist kein Mädchen, sondern eine verheiratete Frau.«

»Sie ist die Frau eines deiner Bauern.«

Raimund ließ einen Augenblick verstreichen, ehe er vorsichtig weitersprach. »Es gibt genug Lehnsherren, die sich keinen Deut darum scheren würden.«

Als Christian schwieg, fuhr er fort: »Aber natürlich wird dein Ehrgefühl nicht zulassen, dass du sie dir einfach nimmst.«

»Genau!«, fuhr Christian auf. »Diese Leute sind aus ihrer Heimat fortgegangen, um einem Burgherrn zu entkommen, der sich rücksichtslos geholt hat, was er wollte – ob das Korn oder eine Frau. Soll ich jetzt auch solche Sitten einführen? Sie suchen hier Gerechtigkeit und Frieden. Darum sind wir hierher gezogen!«

Raimund seufzte. »Du hast Recht und auch wieder nicht. Natürlich bist du nicht vom Schlag dieses Wulfhart. Aber die Frage ist: Vielleicht will sie dich ja auch?«

»Das ist nicht die Frage«, entgegnete Christian heftig. »Wenn wir Ritter uns nicht an die Regeln unsres Standes halten, wenn wir uns einfach nehmen, was wir wollen, nur weil wir es dank unserer Stellung und unserer Waffen können – wer soll die Welt dann noch im Zaum halten? Wer soll uns im Zaum halten? Dann herrschen nur noch Willkür und Gewalt.«

Er stand auf und trat das Feuer aus. »Lass uns zurückreiten, ehe es ganz dunkel ist. Morgen wird ein anstrengender Tag für dich.«

Bevor sie aufsaßen, hielt Raimund seinen Freund zurück.

»Sie ist todunglücklich. Als ich sie zum ersten Mal auf dem Burgberg sah, da hatte sie so ein Leuchten in den Augen … Davon ist nichts mehr zu erkennen.«

»Ich weiß«, antwortete Christian. »Und es bricht mir das Herz, sie so zu sehen. Aber vor Gott und den Menschen ist sie jetzt auf alle Zeit die Frau eines anderen.«

Bevor er anritt, drehte er sich noch einmal zu Raimund um. »Trotzdem – ich danke dir!«

Zum Martinstag konnten endlich auch Marthe und Wiprecht mit den Mädchen und Karl eine eigene Kate beziehen. Schweren Herzens räumte Marthe ihr bisschen Habe aus der ersten Unterkunft, in der sie alle mehrere Monate gemeinsam gelebt hatten.

Schlimmer denn je fühlte sie sich nun in ihrer Ehe gefangen.

Sie magerte ab und ging die meiste Zeit umher wie ein Geist. Alle heimlichen Sehnsüchte hatte sie aus ihrem Denken verbannt und widmete sich vollständig der Arbeit. Lediglich die Zärtlichkeit, mit der Johanna und Marie an ihr hingen, bot ihr Trost.

Karl gab sich alle Mühe, ihr das Leben zu erleichtern. Mit seinem Vater wechselte er kaum ein Wort.

Einen Tag nach Martini, gerade noch rechtzeitig, bevor das Dorf ganz eingeschneit wurde und in Einsamkeit versank, brachen Christian und Lukas nach Meißen auf. Ein Bote hatte eine Nachricht des Markgrafen überbracht, mit der Otto und Hedwig den Ritter einluden, die Festtage auf dem Burgberg zu verbringen und den Winter über aus ihrem Sohn Dietrich und ihrem Neffen Konrad tüchtige Reiter zu machen.

Regungslos und stumm sah Marthe den beiden nach, während ein kalter Wind durch ihre Kleider fuhr und winzige Schneeflocken auf sie herabwirbelten. Das Wetter machte ihr nichts aus. Die einzige Kälte, die sie spürte, kam von innen.

Johanna trat neben sie und beobachtete sie still. Dann griff sie nach Marthes Hand und sagte entschlossen: »Komm ins Haus! Sonst wirst du noch krank und stirbst.«

Teilnahmslos ließ Marthe geschehen, dass das Mädchen sie zum Schlafplatz führte. Marie häufte Decken über ihre Stiefmutter und streichelte mit ihren kleinen Händen ihr Gesicht, während Johanna ächzend die roh gezimmerte Bank durch die Kate zerrte, um draufzuklettern und an die Bündel getrockneter Kräuter zu gelangen, die von den Deckenbalken herabhingen. »Was war das gegen Husten? Thymian und Salbei? Ist es das hier?«

Ohne es zu merken, ahmte das Mädchen Marthes Tonfall nach. »Ich mach dir einen Sud davon, und bald wirst du wieder gesund.«

Marie und Johanna ahnten nicht, dass sie mit ihren schwachen Händen Marthes erlöschenden Lebenswillen noch einmal zum Glimmen brachten.

Sie brauchen mich, sie lieben mich, dachte Marthe.

Also würde sie weiterleben. Vorerst.

DRITTER TEIL

Entdeckungen

Mai 1168

Marthe war so vertieft in ihre Arbeit im Gemüsegarten, dass sie Johanna erst bemerkte, als das Mädchen, atemlos vom Laufen, neben ihr stand. »Es kommt Besuch! Sieh nur«, sprudelte die sonst eher ruhige Johanna hervor und zeigte aufgeregt zum Wald, der den Ort Richtung Westen begrenzte.

Marthe stand auf und schirmte mit einer Hand die Augen gegen das Sonnenlicht ab, um erkennen zu können, wer sich dem Dorf näherte.

Die kleineren Kinder waren dem Fuhrwerk schon entgegengerannt und begleiteten es jubelnd.

»Hans und Friedrich«, erriet sie und lächelte ihrer Ziehtochter zu. Die beiden Salzkärrner hatten das Dorf vor ein paar Wochen schon einmal besucht, um Marthes Können in Anspruch zu nehmen. Dabei hatten Marie und Johanna an den redseligen Brüdern geradezu einen Narren gefressen – und umgekehrt.

Marthe wischte sich die Erde von den Händen und ging den Fuhrleuten entgegen.

»Seid willkommen! Kommt ins Haus, da habe ich Bier und frisch gebackenes Brot für Euch.«

Ächzend stiegen die beiden vom Wagen und baten Karl, abzuspannen und die Pferde zu versorgen.

»Du bist ein wahrer Schatz, Mädchen«, strahlte Friedrich sie an. »Obwohl – inzwischen bist du ja eine ehrbare Ehefrau. Aber Gedanken erraten kannst du immer noch.«

»Dass Ihr durstig und hungrig seid, dürfte nicht schwer zu erraten sein«, scherzte Marthe und erkannte sich selbst kaum wieder. Die mitreißende Fröhlichkeit der weit gereisten Brüder machte sie jedes Mal seltsam unbeschwert.

»Lasst mich weiter raten, Friedrich: der Rücken wieder steif? Und Hans plagt das Reißen in den Händen?«

»Getroffen, Kleine«, tönte Friedrich. Dann aber tat er geheimnisvoll. »Diesmal gibt es noch einen anderen Grund. Ist Ritter Christian da? Wir haben eine wichtige Nachricht für ihn.«

»Außerordentlich wichtig«, bekräftigte Hans.

»Er kann nicht weit weg sein, wollte nur nach dem Köhler schauen«, sagte Marthe. Sie schob die Katze beiseite, die ihr Lukas geschenkt und die sich inzwischen zu einem respektablen Mäusejäger entwickelt hatte, und beugte sich zu Marie hinab: »Lauf und such den Herrn! Bitte ihn her und sag, er hat Gäste mit einer dringenden Botschaft.«

»Ist gut.« Schon war die Kleine losgerannt.

Marthe reichte den Besuchern einen Willkommenstrunk und schlug ihnen dann vor, den Dorfältesten zu begrüßen. Sie hatte bemerkt, dass Griseldis schon vors Haus getreten war, um Ausschau nach den Neuankömmlingen zu halten, und wollte ihr keinen Anlass zu Eifersüchteleien geben.

Mit langen Zügen stürzte Friedrich das Bier hinunter. »Ah! Eine Wohltat für Leib und Seele.« Verschwörerisch neigte er sich zu Marthes Ohr. »Jetzt bin ich gewappnet, um dem alten Drachen gegenüberzutreten.«

Marthe musste gegen ihren Willen lächeln. Sie nahm den Brüdern die hölzernen Becher ab, begleitete sie zu Hildebrand und Griseldis und ging dann wieder an ihre Arbeit. Hans und

Friedrich würden sich schon bei ihr einfinden, wenn alle Höflichkeiten ausgetauscht waren.

Wenig später sah sie Christian aus dem Wald treten. Marie folgte ihm, stolz darauf, ihren Auftrag so schnell erfüllt zu haben.

Mit langen Schritten ging der Ritter auf die Fuhrleute zu. »Seid willkommen! Ihr findet anscheinend Gefallen an unserem kleinen Dorf mitten im Dunklen Wald?«

»Wenn Ihr mich fragt – es wird immer schöner und stattlicher«, meinte Friedrich und wies über den Landstrich. Mittlerweile stand parallel zum Bach eine Reihe Häuser, hinter denen sich die ersten Felder bis zum Waldrand erstreckten. Den Mittelpunkt des Ortes bildete Christians Haus mit der Dorflinde davor, und auf einem Hügel stand die schlichte hölzerne Kirche, zu deren Weihe kurz vor Ostern sogar Bischof Gerung aus Meißen gekommen war.

»Hat sich schon wieder verändert und rausgeputzt seit unserem letzten Besuch. Ihr habt fleißige Leute hier, Ritter Christian.«

»Das habe ich. Was führt Euch diesmal hierher? Wieder die Geschicklichkeit unserer Marthe?«

»Ja, das auch. Aber wir haben Euch etwas mitzuteilen.«

»Wenn Ihr erlaubt – unter sechs Augen«, fügte Hans hinzu.

Christian ließ sich seine Verblüffung nicht anmerken. Mit einer Geste bat er die Fuhrleute in sein Haus und ließ Grete Bier und heiße Suppe auftischen.

Während die beiden zulangten, überlegte Christian, welche Nachricht sie wohl bringen würden. Es schienen keine schlechten Neuigkeiten zu sein, das glaubte er an ihren Mienen ablesen zu können. Doch es wäre unhöflich, sie jetzt schon mit Fragen zu löchern. Also wartete er geduldig, bis beide die Schüssel leer gelöffelt hatten.

»Köstlich«, ächzte Friedrich und hielt sich den Bauch. »Mütterchen Grete, du bist am Herd eine Könnerin.«

»Wenn so ein Nimmersatt wie Ihr das sagt, kann ich wohl stolz darauf sein«, gab die Alte grinsend zurück und nahm die Schüssel, um sie am Bach mit Sand auszuscheuern.

Als Grete zur Tür hinausgegangen war, sah Christian aufmunternd zu Friedrich. »Also, was gibt es?«

Der Salzkärrner strich sich über die Halbglatze und blickte ihn verschwörerisch an. »Ihr erinnert Euch an den Gesteinsbrocken, den wir bei unserem vorigen Besuch am Flussbett gefunden und mitgenommen hatten?«

»Den ich gefunden hatte, Bruder«, ging Hans gutmütig dazwischen.

Natürlich erinnerte sich Christian. Diese Angelegenheit hatte für allerlei Verwunderung und freundlichen Spott unter den Siedlern gesorgt. Als das Fuhrwerk auf dem regendurchweichten Weg stecken geblieben war und mit Hilfe der Männer wieder in Bewegung gesetzt werden musste, hatte sich Hans gebückt und einen schwarzen Stein aufgelesen, den ein Rad freigelegt hatte und der an einer Bruchstelle metallisch glänzte. Er hatte ihn seinem Bruder unter die Nase gehalten und den Fund schließlich auf den Wagen gepackt. »Wenn Ihr Lesesteine sammeln wollt, kommt gern wieder – aber wenn Ihr pro Fuhre nur einen mitnehmt, wird es dauern, bis die Äcker frei sind«, hatte Guntram damals gespottet.

»Nun, wir ahnten gleich, dass es mit diesem Stein eine besondere Bewandtnis haben könnte, denn ähnliche haben wir bei den Bergwerken nahe Goslar gesehen«, fuhr Friedrich fort. »Also ließen wir ihn von den Bergleuten dort untersuchen. Und die haben nicht schlecht gestaunt.«

Er sah Christian bedeutungsschwer in die Augen.

»Das war kein normaler Stein, sondern Bleierz. Und zwar so

reich an Silber, wie es selbst in den Gruben um Goslar noch keines gab. Hier liegen Unmengen davon. Kurz und gut: Euer Dorf steht auf purem Silber.«

Während Hans und Friedrich Marthe aufsuchten, um ihre Schmerzen lindern zu lassen, blieb Christian nachdenklich am Tisch sitzen.

Eines war ihm sofort klar geworden: Die überraschende Eröffnung der Fuhrleute würde das ganze Leben im Dorf auf den Kopf stellen. Auch wenn bisher nur er und die Salzkärrner davon wussten, die Sache war nicht mehr geheim zu halten.

Wie Friedrich erzählt hatte, waren die Probierer aus Goslar, die den Stein untersucht hatten, drauf und dran gewesen, sofort ihr Werkzeug zusammenzupacken und mit ihnen hierher zu ziehen, weil sie hofften, schnell zu Reichtum zu kommen. Die paar Eingeweihten, die im Harzgebirge davon wussten, würden zwar schweigen, um keine Rivalen auf die Spur zu locken, aber einmal ausgesprochen, waren die Dinge schon in Bewegung geraten.

Fremde würden kommen und den Boden durchwühlen. Aber wenn sie Silber fanden, käme das auch den Siedlern zupass, die hier hart wie nie zuvor in ihrem ohnehin schweren Leben arbeiteten und doch nur das Nötigste hatten, um zu überleben. Bergleute brauchten Essen und Bier, Leder und Seile, die Arbeit des Schmiedes und jede Menge Holz und Holzkohle. Sie würden mit klingender Münze dafür bezahlen, wenn sie hier wirklich Silber fanden.

Seiler und Gerber würden folgen und viele andere Handwerker. Aber auch Abenteurer und Diebesgesindel. Mit der Ruhe und Abgeschiedenheit des Dorfes war es dann vorbei.

Doch welche unverhofften Möglichkeiten eröffnete das allen! Er erhob sich, um nach draußen zu gehen, wo die Frauen zu

Ehren der Gäste ein gemeinsames Abendessen für das ganze Dorf vorbereiteten.

Die Entscheidung, ob in seinem Dorf nach Silber gegraben würde, konnte nur der Markgraf oder der Kaiser treffen. Er musste umgehend Otto von der Entdeckung informieren.

Aus Wiprechts Kate drang ein herzzerreißendes Stöhnen.

»Ist es erlaubt, einzutreten?«, rief Christian in das Dunkel.

»Ich bin gleich fertig, Herr«, rief ihm Marthe zu. »Lasst Euch von diesem Leidenden nicht täuschen. Er jammert zwar ganz erbärmlich, aber eigentlich müsste es ihm schon wieder viel besser gehen.«

Als sich Christians Augen an das schwache Licht gewöhnt hatten, erkannte er, dass sich Friedrich gerade erhob und vorsichtig Schultern und Rücken bewegte.

»Tatsächlich! Diese Kleine hat es wieder mal geschafft«, rief er freudestrahlend.

Marthe reichte ihm ein tönernes Krüglein. »Rotöl mit etwas Wacholder. Reibt es Euch beim nächsten Mal über die schmerzenden Stellen, das wird Euch Linderung verschaffen. Und das hier ist für Euch, wenn das Reißen zu schlimm wird.« Sie drückte Hans ein Töpfchen mit Salbe in die Hand.

Dann stemmte sie die Arme in die Seiten. »Lasst uns nach draußen gehen und schauen, ob das Essen fertig ist.«

Christian sog das Bild in sich auf: Die sonst so in sich gekehrte und oft bedrückte Marthe lächelnd und zufrieden, gute Arbeit geleistet zu haben. Ihm wurde warm ums Herz. Sie war stets wie verwandelt, wenn sie Leute behandelte – entschlossen und ihrer Sache sicher. Doch es war lange her gewesen, dass er sie hatte lächeln sehen.

Während die Fuhrleute schwatzend nach draußen gingen, hielt er Marthe und Wiprecht, der gerade ins Haus trat, zurück.

»Auf ein Wort.«

Erstaunt sahen ihn die beiden an. Sie nebeneinander stehen zu sehen, erfüllte ihn erneut mit Bitterkeit.

»Ich muss morgen nach Meißen reiten. Die Markgräfin wünschte, dass ich bei der nächsten Gelegenheit Marthe mitbringen soll, damit sie nach ihrem jüngeren Sohn sieht.«

Er wandte sich an Wiprecht. »Wie lange wir fortbleiben werden, hängt davon ab, ob der Markgraf auf dem Burgberg oder unterwegs ist. Wenn wir ihm nachreisen müssen, kann es ein paar Wochen dauern, bis ich« – er stockte, denn er brachte es nicht über sich, ›deine Frau‹ zu sagen – »Marthe zurückbringen kann.«

Wiprecht nickte eilfertig. »Wie Ihr wünscht, Herr.«

»Ich werde Grete bitten, dass sie deinen Haushalt mitbesorgt.«

Die Ankündigung ließ ein bauernschlaues Grinsen über Wiprechts Gesichtszüge huschen.

Dann wandte sich Christian an Marthe, die stumm geblieben war. »Packst du zusammen, was du brauchst? Ich möchte morgen zeitig aufbrechen.«

Tausend Dinge schwirrten Marthe durch den Kopf. Die Erinnerung an den ersten Ritt nach Meißen, auf dem sie so glücklich gewesen war, an die verwirrende fremde Welt am Hof, an Hedwig und den Giftbecher, den nächtlichen Messerangriff. Und Randolf.

Würde sich jetzt alles wiederholen?

Der Ritter erkannte den Anflug von Angst auf ihrem Gesicht.

Beruhigend legte er eine Hand auf ihre Schulter, auch wenn

er das Gefühl hatte, sie würde dort auf glühenden Kohlen liegen.

»Sei unbesorgt. Der Giftanschlag ist aufgeklärt. Der Astrologe ist geflohen und wird sich nicht noch einmal in Ottos Nähe blicken lassen. Wir wissen jetzt auch, wer dich in der Nacht überfallen hat: die zwei Reisigen von Wulfhart, die immer noch nach dir suchten. Aber auch die sind weit weg. Es wird dir nichts geschehen.«

Marthes Herz hämmerte. Gerade hatte sie angefangen, sich mit ihrem Los abzufinden. Nun sollte ein neuerlicher Strudel sie wegreißen und wieder an den Ort bringen, wo sie nur Ärger und Gefahr auf sich und Christian gezogen hatte.

Andererseits: Sie könnte Josefa besuchen, denn sie war bereit, alles von der weisen Frau zu lernen, was diese an Geheimnissen wusste. Sie musste lernen, sich mit diesem Wissen zu wehren.

Und sie würde Wiprecht für eine Zeit entkommen.

Seit der Hochzeitsnacht hatte er sie nie wieder geschlagen, sondern sie mit einer Mischung aus Vorsicht und Misstrauen behandelt. Doch vor einiger Zeit hatte er einen Vogelbeerzweig gegen Hexenzauber unters Dach gehängt und pochte nachts wieder auf seine Rechte, obwohl er meistens Schwierigkeiten hatte, den Akt zu vollziehen. Wahrscheinlich trieben ihn die Sticheleien im Dorf an, dass die junge Ehefrau immer noch kein Kind trug.

Marthe wusste als Hebamme und Kräuterkundige genug, um zu verhindern, dass sie schwanger wurde. Doch Wiprechts plumpe Besitznahme konnte sie immer noch kaum ertragen.

Aber letztlich würde niemand sie fragen, ob sie nach Meißen wollte oder nicht. Das hatten bereits andere entschieden.

Also atmete sie tief durch und sagte nur: »Wie Ihr wünscht, Herr.«

Während sie scheinbar ruhig ihren Medikamentenkorb füllte, überlegte sie, wie sie sich diesmal Ärger vom Leib halten konnte. Manchmal muss man sich unsichtbar machen, hatte Susanne gesagt. Das Tuch, das ihr Haar verbarg und sie unscheinbar machte, würde helfen.

Was hatte sie sich damals nur gedacht, mit dem offenen Haar einer Jungfrau diese fremde, gefährliche Welt zu betreten? Das musste ja Blicke und Ärger auf sie ziehen.

Sie würde das waidblaue Kleid tragen müssen, um Hedwig nicht zu verärgern, aber Emmas schmückenden Wollfaden vorher dunkel nachfärben, damit er nicht mehr auffiel. Bauersfrauen und Mägde trugen keine Stickereien.

Und sie würde bei Dietrichs Behandlung so vorsichtig vorgehen, dass sich der Medicus diesmal nicht beleidigt fühlen konnte.

Doch trotz aller guten Vorsätze quälte sie in dieser Nacht ein wiederkehrender Traum. Darin schritt sie durch eine Horde wilder Tiere, die sie kaum wahrzunehmen schienen. Aber sie wusste genau, wenn sie sich auch nur ein winziges bisschen ihrer Furcht anmerken ließe oder eine einzige unbedachte Bewegung machte, würde sich die blutrünstige Meute sofort auf sie stürzen und sie zerreißen.

Zurück auf dem Burgberg

Fast ein Jahr nach ihrer ersten Reise zu Ottos Burg ritt Marthe nun wieder mit Christian und Lukas nach Meißen. Wieder schien die Sonne, doch sie selbst war voller unruhiger Gedan-

ken und spürte, dass auch von Christian eine verborgene Anspannung ausging.

Schon näherten sie sich dem Weiler, an dem der Ritter vor fast
einem Jahr der Bauersfrau einen noch ofenwarmen Laib Brot
abgekauft hatte.

Doch als sie den Ort erreichten, erschrak sie. Er war zur
Wüstung geworden. Kein Mensch, kein Hund oder Huhn war
zu sehen, die Felder waren nicht bestellt.

»Was ist geschehen, Herr?«, fragte sie Christian.

»Sie haben ihr Dorf aufgegeben, als sie merkten, dass sie wieder
nicht genug geerntet hatten, um über den Winter zu kommen. Im
tiefsten Schnee sind sie losgezogen. Wer Meißen erreicht hat, versuchte, sich dort zu verdingen oder lebt nun als Bettler.«

Marthe schauderte. Auch in Christiansdorf war der Winter
eine harte Zeit gewesen und die Rationen immer kärglich bemessen. Doch verhungert war niemand – dank dem, was
Christian herbeigeschafft hatte und dank der Unerbittlichkeit,
mit der Grete und Griseldis die Vorräte überwachten und ein-
teilten. Sogar die Säuglinge hatten überlebt, der Sohn von
Guntram und Bertha und das Töchterchen, von dem Marthe
Emma am Lichtmesstag entbunden hatte.

Jetzt war sie froh darüber, dass sie keine Rast in der Nähe des
verlassenen Weilers einlegten. Die Gegend kam ihr auf einmal
verwunschen vor.

Sie hielten erst ein ganzes Stück später an. Lukas band die Pferde
fest und packte den Proviant aus, den Grete ihnen mitgegeben
hatte. Auch Marthe kramte in ihrem Beutel und stieß dabei auf
etwas Überraschendes. Verwundert wickelte sie das kleine Päck-
chen aus, stutzte einen Moment und schniefte dann gerührt.

Jetzt wusste sie, warum sich Johanna und Marie heimlich an
ihrem Bündel zu schaffen gemacht hatten. Die Mädchen hatten ihr, während sie sich unbeobachtet glaubten, als Abschieds-

gruß ein paar von den Honigkügelchen zugesteckt, die Marthe als Nascherei für die Kinder machte.

Diesmal erreichten sie Meißen nicht bei strahlendem Sonnenschein, sondern bei eiskaltem Nieselregen.

Als sie am Richtplatz vorbeiritten, ließ ein grausiger Anblick Marthe zusammenzucken. Auf einem Dornenbett lagen zwei Leichname übereinander, durch die ein Pfahl getrieben worden war. Sie waren halb verwest, Vögel hatten die Augen ausgehackt. Doch die Überreste der Kleidung ließen noch erkennen, dass hier ein Mann und eine Frau in einer grausamen Verhöhnung auf den Liebesakt zu Tode gebracht worden waren.

Die leeren Augenhöhlen der Frau waren auf Marthe gerichtet. Sie glaubte mit einem Mal, den Nachhall der Todesschreie und der johlenden Rufe der Zuschauer hören zu können.

Christian war ihrem Blick gefolgt. »Eine Ehebrecherin und ihr Liebhaber«, sagte er.

Ein eisiger Schauer lief Marthe den Rücken hinunter. Wer seine Ehefrau mit einem fremden Mann ertappte, durfte selbst über ihre Bestrafung bestimmen. Doch wie grausam musste ein Mann sein, um sich solch einen Tod auszudenken und mit ansehen zu können?

Auf dem Burgberg herrschte diesmal deutlich weniger Geschäftigkeit als bei Marthes letztem Aufenthalt. Der Hof wirkte fast verlassen.

Christians Miene verdüsterte sich. »Otto wird nicht da sein«, sagte er.

Die Nachfrage beim Haushofmeister bestätigte seine Vermutung. »Der Markgraf ist zu Albrecht dem Bären gereist«, meinte der.

»Ist seine Gemahlin mit ihm gezogen?«, erkundigte sich Christian höflich.

»Nein. Ihr werdet sie in der Kemenate finden«, antwortete der Haushofmeister, der noch genauso hochmütig wirkte, wie ihn Marthe in Erinnerung hatte.

Christian gab Lukas ein paar kurze Anweisungen und hieß Marthe, ihm zu folgen.

Mit großen Schritten eilte er die Treppe hinauf, ließ sich bei Hedwig melden, trat ein und sank vor ihr auf ein Knie.

Hedwig trug diesmal ein rotes Kleid mit dunkelblauem Besatz und zarten Stickereien an den weiten Ärmeln. Bei seinem Anblick wirkte sie erleichtert. Rasch ging sie auf ihn zu und bedeutete ihm, sich zu erheben.

»Christian, Euch und Marthe schickt der Himmel! Dietrich ist krank, ich musste schon nach dem Medicus schicken. Würdest du nach ihm sehen?«, wandte sie sich an Marthe. »Christian, bitte bringt sie hin, ich komme gleich nach.«

Was Marthe in Dietrichs Kammer zu sehen bekam, ließ sie umgehend alle guten Vorsätze vergessen.

Der Medicus stand im Gelehrtengewand über den totenbleichen Jungen gebeugt, hinter dessen Ohren dicht an dicht Blutegel angesetzt waren. Der Arzt sah kaum hoch, als sie die Kammer betraten, sondern fuhr geschäftig fort, weitere Egel an Dietrichs Schläfen anzubringen.

»Was tut Ihr da – Ihr bringt ihn um!«, schrie Marthe entsetzt.

Der Medicus schnaubte verächtlich. »Weg mit dir, dummes Ding! Jeder gebildete Mann weiß, dass Blutegel das sicherste Mittel gegen Fallsucht sind, abgesehen vom Blut eines Gehenkten – und das wird heute noch geliefert.«

Er winkte einen der Diener heran. »Schaff sie hinaus! Dieses Bauernbalg hat hier nichts zu suchen.«

Marthe drehte sich verzweifelt zu Christian um. »Herr, das wird den Jungen töten!«

Der überlegte nicht lange, sondern zog sein Schwert und trat auf den Medicus zu. »Ihr werdet sofort von dem Jungen ablassen und Euch aus diesem Raum entfernen!«

Der Medicus wollte aufbrausen, doch Christian zielte mit dem Schwert auf seine Brust. »Wollt Ihr es darauf ankommen lassen?«

Der Gelehrte blickte sich kurz um. Als er erkannte, dass er von der verängstigten Dienerschaft keine Hilfe zu erwarten hatte, richtete er sich auf. »Das wird Euch noch Leid tun! Ihr habt keine Ahnung, mit wem Ihr Euch da anlegt!«

Mit hasserfülltem Blick eilte er davon.

Marthe stürzte zu Dietrich und griff nach seiner Hand. »Schnell, schnell, bringt Salz«, rief sie den Kammerfrauen zu, die sich immer noch nicht rührten.

»Habt ihr nicht gehört, was sie gesagt hat? Lauft«, rief Christian. »Oder wollt ihr euch den Tod des Jungen auf die Seele laden?«

Ängstlich huschten zwei der Frauen davon.

Marthe suchte nach dem Puls des Jungen und sah gequält auf. »Sei tapfer, Kleiner«, flüsterte sie und streichelte seinen Arm. Vorsichtig zupfte sie an den Egeln, aber keiner war schon so vollgesogen, dass er sich leicht entfernen ließ.

Als endlich eine der Mägde Salz brachte, streute sie reichlich davon auf die Egel, bis sie sich krümmten und schließlich von Dietrichs Kopfhaut abfielen.

Sie nahm den Kopf des Jungen an ihre Brust und strich ihm übers Haar. »Halte durch!«

Der Kranke schien nichts davon zu bemerken, er war weiß wie das Laken und eiskalt. Marthe begann abwechselnd seine Arme und Beine zu reiben, um den Blutfluss anzuregen..

»Was geschieht hier?« Hedwigs energische Stimme weckte die Dienerschaft aus der Erstarrung. »Gerade läuft mir wutschnaubend der Medicus entgegen und beschwert sich, dass er mit Waffengewalt an der Ausübung seiner Heilkunst gehindert worden sei.«

Christian trat einen Schritt vor. »Mit Verlaub, Herrin, das war ich.«

Die Markgräfin starrte ihn verwundert an.

Schnell wies Marthe auf die zwei Dutzend sich immer noch krümmenden Egel zu ihren Füßen. »Der Medicus wollte Eurem Sohn das ganze Blut aus dem Kopf ziehen! Ich weiß nicht, ob er bleibenden Schaden angerichtet hat.«

Blass geworden trat Hedwig heran und schob angewidert die Egel mit der Fußspitze beiseite.

»Räumt diesen Dreck hier weg«, herrschte sie die Mägde an, die sich sofort daranmachten, die Tiere einzusammeln.

»Was kannst du tun?«, fragte die Markgräfin besorgt.

»Ich brauche etwas zur Stärkung für ihn, sein Blut muss besser zum Fließen gebracht werden. Bitte, lasst Susanne kommen. Sie soll Rosmarintinktur bringen. Wenn keine da ist, den stärksten Wein, den der Küchenmeister im Keller hat. Und ich brauche mehr Decken und einen Wärmstein.«

Voller Sorge sah sie zu Hedwig hoch.

»Ich hoffe, ich bin noch rechtzeitig gekommen.«

»Wenn mein Gemahl wieder hier ist, werde ich den Arzt davonjagen lassen«, kündigte Hedwig wütend an. Sie blickte sich zu den Frauen um. »Ihr werdet alles tun, was sie euch sagt, und alles holen, was sie braucht, um meinen Sohn zu heilen. Habt ihr verstanden?«

Eilfertig nickten die Bediensteten.

»Du wirst dich gut um ihn kümmern«, sagte die Markgräfin zu Marthe und drehte sich dann zu Christian um.

»Verzeiht mir, vor lauter Sorge vergesse ich die Gebote der Gastfreundschaft. Ich habe Euch noch nicht einmal einen

Willkommenstrunk angeboten, geschweige denn gefragt, welche dringenden Nachrichten Euch in dieser Eile hierher führten. Bitte, kommt mit mir.«

Christian warf Marthe noch einen aufmunternden Blick zu und folgte dann der Fürstin.

In der Halle nahm Christian aus Hedwigs Hand einen Becher Wein entgegen.

»Was führt Euch nach Meißen?«, fragte die Markgräfin mit einem Lächeln, das die Müdigkeit und Besorgnis in ihrem Gesicht nicht vollständig verbergen konnte.

»Ich bringe wichtige und dringliche Nachrichten für den Markgrafen. Wo kann ich Euren Gemahl finden?«

»Es lohnt nicht, ihm nachzureiten. Wir erwarten seine Rückkehr noch heute.«

Hedwig senkte die Stimme. »Ihr wisst, der Kaiser ist von seinem verhängnisvollen Italienzug zurückgekehrt und hat die sächsischen Edlen zum Reichstag nach Würzburg beordert. Dort wird uns wenig Gutes erwarten. Friedrich steht weiterhin unvermindert auf der Seite des Löwen und bezeichnet uns als Friedensbrecher. Schon zweimal haben die Beteiligten an den Kämpfen gegen Herzog Heinrich der Ladung nicht Folge geleistet. Jetzt hat uns der Kaiser die dritte Aufforderung geschickt, zum Hoftag zu erscheinen. Diesmal müssen wir kommen, um nicht in Acht und Bann zu fallen. Otto ist zu meinem Vater gereist, um mit ihm das weitere Vorgehen zu besprechen. Außerdem hat er Albrecht mitgenommen, damit der am Hof meines Vaters zum Pagen ausgebildet wird.«

Sie strich sich müde über die Augen. »Ich hoffe, die strenge Hand meines Vaters und seiner Ritter machen aus dem Jungen einen besseren und vor allem beherrschteren Mann. Aber noch mehr Sorgen bereitet mir der Kaiser. Wenn nicht ein Wunder geschieht, wird der Charakter meines Sohnes unwesentlich für die Zukunft der Mark Meißen sein, denn dann wird er nie darüber herrschen dürfen. Wir könnten dem Kaiser nicht einmal eine Geldbuße zahlen. Jeder weiß, dass mein Gemahl alles in die Besiedlung und in die Feldzüge gesteckt hat.«

»Dann wird Euch meine Nachricht doppelt willkommen sein. Aber sie verdient Vertraulichkeit.«

Hedwig gab den Anwesenden einen Wink, sich an den Rand der Halle zurückzuziehen und bat Christian, näher zu treten.

Während er ihr leise von der Entdeckung der Fuhrleute berichtete, ging ein Strahlen über ihr Gesicht. Bewegt griff sie nach seiner Hand. »Euch schickt der Himmel! Was für wunderbare Möglichkeiten.«

»Es könnte Markgraf Otto zu einem der reichsten Fürsten im Kaiserreich machen.«

»Christian, Ihr seid die Antwort auf meine Gebete. Sobald mein Gemahl eintrifft, werde ich dafür sorgen, dass er Euch umgehend empfängt.«

Sie ließ seine Hand los und bedeutete ihm aufzustehen.

»Ich möchte noch einmal nach Dietrich sehen. Begleitet Ihr mich?«

Christian verneigte sich und folgte ihr unter den argwöhnischen Blicken der Dienerschaft.

Dank Marthes Bemühungen war Dietrich inzwischen wieder zu Bewusstsein gekommen. Blass lehnte er an seinen Kissen, aber er ließ sich schon von Susanne mit Leckereien füttern und von Marthe Geschichten erzählen.

Als seine Mutter und Christian den Raum betraten, richtete er sich auf und behauptete: »Mir geht es schon viel besser. Kann ich morgen wieder mit Euch ausreiten, Christian?«

Der lächelte erleichtert. »Ich glaube, wir sollten Eure Frau Mutter und Eure Heilerin um Erlaubnis fragen, ob Ihr schon kräftig genug dafür seid.«

Hedwig sah fragend zu Marthe, die nur kurz überlegte. »Lasst uns morgen sehen, ob Ihr Euch schon auf den Beinen haltet. Erst einmal müsst Ihr wieder gut zu Fuß sein, ehe Ihr Euch auf ein Pferd wagen könnt.«

Dietrich verzog das Gesicht. Doch bevor er etwas sagen konnte, ertönten vom Hof laute Signale.

Eine der Kammerfrauen stürzte zum Fenster. »Der Markgraf und sein Gefolge kommen zurück«, vermeldete sie.

Hedwig wandte sich zur Tür. »Ich bin froh, dass es dir wieder besser geht, Dietrich.«

Dann ging sie, um den Markgrafen der Sitte gemäß am Burgtor mit einem Willkommenstrunk zu empfangen.

Otto wirkte angespannt und mürrisch.

»Wenn Ihr hier alles geregelt habt, lasst uns ein Mahl in der Kemenate einnehmen, vielleicht kann ich Eure Sorgenfalten glätten, mein Gemahl«, meinte sie.

»Das wird noch dauern«, knurrte Otto, während er von seinem Pferd stieg. Hedwig nickte und ließ nach dem Küchenmeister schicken, um ihm Anweisungen zu geben.

Unter Verdacht

Voller Gedanken saß Hedwig in der Kemenate. Der Tisch war mit Ottos Lieblingsspeisen gedeckt. Plötzlich wurde die Tür so heftig aufgerissen, dass sie zusammenzuckte.

»Hinaus«, schrie der Markgraf die Frauen an, die erschrocken flüchteten.

Mit wenigen Schritten war Otto bei Hedwig, packte sie bei den Armen und schüttelte sie. »Hure! Verräterisches Weib!«

Hedwig öffnete fassungslos den Mund, doch Otto ließ ihr keine Zeit für eine Entgegnung.

»Schweig! Sonst lasse ich dich vor aller Augen auf dem Hof auspeitschen.«

Er riss eine Schnur von den Bettvorhängen und fesselte ihre Hände mit raschen Griffen an einen der Bettpfosten.

»Du kannst heute Nacht darüber nachdenken, wem du Treue schuldest«, keuchte er. »Und ich überlege mir, welche Strafe gut genug für dich ist.«

Otto stürmte hinaus und schlug die Tür hinter sich zu. Hedwig hörte noch, wie er die Bediensteten anwies, dass niemand das Zimmer betreten sollte, der den nächsten Morgen erleben wollte.

Von sich überschlagenden Gedanken zerrissen, blieb sie zurück. Was war vorgefallen? Welchen Einflüsterungen war Otto erlegen? Und wer würde mit ihr in den Abgrund gezogen?

Klar war nur eines: Dies würde eine lange, schlimme Nacht werden. Und wahrscheinlich nicht nur für sie.

Christian saß mit Raimund, Gero und Richard bei einem Krug Wein, als zwei Wachen zu ihnen kamen. »Euer Schwert, Christian«, forderte einer der Männer. »Ihr seid im Auftrag des Markgrafen verhaftet!«

Raimund zog seinen Dolch, doch Christian fiel ihm in den Arm. »Es kann sich nur um ein Missverständnis handeln. Was wirft man mir vor?«

»Das werdet Ihr früh genug erfahren.«

Wortlos stand Christian auf und händigte sein Schwert aus. Als die Wachen darauf bestanden, ihm die Hände zu binden, fuhren seine Freunde auf.

»Bleibt ruhig, es wird sich alles aufklären«, sagte Christian, obwohl er selbst nicht überzeugt von seinen Worten wirkte.

Die Wachen stießen ihn mit einem derben Hieb in den Rücken vorwärts. An der Tür drehte er sich noch einmal um und rief Raimund beschwörend zu: »Denk an dein verletztes Bein.«

»Was meint er damit?«, fragte Gero verwirrt.

Raimund griff nach seinem Schwertgurt. »Marthe! Er meint, wir sollen das Mädchen in Sicherheit bringen.«

Schon war er auf dem Weg zur Tür. »Ich suche sie. Versucht ihr inzwischen zu erfahren, was man ihm vorwirft und was wir unternehmen können. Und treibt auch Lukas auf. Ich glaube zwar nicht, dass sie es auch auf seinen Knappen abgesehen haben, aber sicher ist sicher.«

Raimund traf Marthe wie erhofft bei Dietrich an, der inzwischen eingeschlafen war. »Komm mit«, sagte er nur und zog sie eilig nach draußen.

Als sie einen unbeobachteten Winkel erreicht hatten, drehte er sie zu sich um. »Gerade ist Christian verhaftet worden. Weißt du etwas darüber?«

Marthe wurde weiß vor Schreck. »Das ist meine Schuld.« Schluchzend berichtete sie von der Auseinandersetzung mit dem Medicus. »Ich wollte ihm nicht schaden. Ich mache immer nur Ärger ... Was wird jetzt aus ihm werden?«

»Du denkst, Hedwig glaubt dem Medicus und meint, Christian habe die Genesung ihres Sohnes verhindern wollen?«

»Nein, nein, nicht Hedwig«, stieß Marthe hervor. »Sie kann gar nichts tun. Es gab einen schrecklichen Streit zwischen ihr und dem Markgrafen, darüber redet schon die gesamte Dienerschaft im Palas. Er wirft ihr Untreue vor und hat sie in ihrer Kemenate eingesperrt.«

Raimund stöhnte auf. »Wenn irgendwer eine solche Anklage gegen Christian und Hedwig zusammengezimmert hat, dann sei Gott uns gnädig. Jemand will ihn aus dem Weg haben und Hedwig dazu. Du bist vielleicht auch in Gefahr. Komm! Als sie ihn verhafteten, war es Christians ausdrücklicher Wunsch, dass wir dich in Sicherheit bringen.«

Er begleitete sie rasch zu Elisabeths Kammer und schickte seinen Knappen nach Gero, damit der über Marthe wachte. »Versteck dich vorerst hier. Ich komme gleich wieder und schaffe dich vom Burgberg weg.«

Nach einigem Zureden und vor allem mit barer Münze schaffte es Raimund, dass ihn die Wachen kurz zu Christian in die Gefangenengewölbe ließen. Er erschrak doppelt, als er den Freund nicht bei den Wachen fand, sondern im tiefsten Verlies und in Ketten gelegt.

»Du steckst in ernsthaften Schwierigkeiten«, sagte er.

Christian lachte trocken und machte eine ausladende Bewegung mit dem Arm, so weit es die Ketten erlaubten. »Ja, ich würde das hier auch so nennen.«

»Hör zu, das ist nicht der Augenblick für dumme Späße. Weißt du, warum du verhaftet bist?«

»Wenn du meinst, was genau man mir vorwirft – ich habe nicht die geringste Ahnung. Vielleicht den Rauswurf des Medicus?«

»Das wäre noch die harmloseste Erklärung! Aber während du verhaftet wurdest, hat Otto Hedwig des Ehebruchs bezichtigt. Das sieht nicht nach Zufall aus. Könnte jemand behaupten, du hättest dich ihr ungebührlich genähert?«

»Bei Gott!« Christian stöhnte auf, seine Ketten klirrten.

»Ich habe vorhin mit ihr gesprochen – vor vielen anderen in der Halle, aber niemand durfte hören, worüber wir redeten.« Der Gefangene holte tief Luft. »Weißt du, was aus Hedwig geworden ist? Und aus Marthe? Ist sie in Sicherheit?«

»Sie ist bei Elisabeth. Gero wacht bei ihr. Und was Hedwig betrifft: Otto hat sie in ihrer Kammer eingesperrt. Niemand weiß, was er vorhat.«

Raimund sah Christian mit schmerzlichem Gesichtsausdruck an. »Wir werden alles tun, um dich hier rauszuholen. Und ich bringe Marthe vom Burgberg weg, ehe jemand ihr auch noch Übles zufügt. Das ist doch in deinem Sinn?«

»Ja. Schaff sie schnell an einen sicheren Ort. Ins untere Viertel, sie weiß dann schon weiter. Das hat Vorrang vor allem anderen.«

Elisabeth hatte Marthe in ihre Kammer gezogen und wirkte kaum weniger bekümmert. »Die Männer sind außer sich vor Sorge um Christian. Wir wissen noch nicht, wer ihm das angetan hat.«

Sie schob Marthe gebratenes Fleisch und Wein zu, doch die ließ die Köstlichkeiten unberührt. Sie würde jetzt keinen Bissen hinunterbekommen.

Ein grausiges Bild stand vor ihren Augen, das sie einfach nicht vertreiben konnte: zwei gepfählte Leichen auf dem Richtplatz, die diesmal die Gesichter von Christian und Hedwig trugen.

Sie konnte einfach nicht mehr aufhören zu weinen, so sehr schüttelte sie das Entsetzen.

Gero und Lukas traten ein und starrten auf die schluchzende Marthe. Lukas unterdrückte nur mit Mühe den Wunsch, sie an sich zu ziehen und zu trösten.

»Du bist also die berühmte weise Frau, die Raimunds Bein und Leben gerettet hat«, versuchte Gero die Situation aufzulockern. »Ich hatte mir dich ganz anders vorgestellt, älter und nicht so hübsch. Und vor allem nicht so aufgelöst ...«

Elisabeth fiel ihm ins Wort. »Gero, dafür ist jetzt keine Zeit! Habt ihr etwas erfahren können?«

In diesem Moment kam Raimund zurück und sagte: »Es steht schlecht.«

Er berichtete, was er erfahren hatte, dann ritt er mit Marthe ins untere Viertel, wie Christian es wollte. Hedwig würde vorerst sowieso keine Verwendung mehr für sie haben.

»Er sagte, von hier aus wüsstest du allein weiter.«

Marthe nickte, glitt vom Pferd und bedankte sich. Doch Angst und Sorge schnürten ihr das Herz ab.

»Werdet Ihr ihn retten können, Herr?«, fragte sie.

»Sorge dich nicht«, versuchte Raimund sie und sich selbst zu beruhigen. »Christian ist nicht das erste Mal in Schwierigkeiten, und er ist bisher immer wieder rausgekommen. Wir lassen ihn nicht im Stich.«

Bangen Herzens sah Marthe Raimund nach, bis der im Gewimmel der Gassen verschwunden war. Dann ging sie zu Josefas Haus.

Die Alte schien wenig überrascht, als sie eintrat. Aufmerksam musterte sie Marthes Gesicht und sagte dann nur: »Ich sehe, jetzt bist du bereit.«

Der Morgen graute schon, als Markgraf Otto endlich zu Hedwig zurückkehrte. Ohne Anstalten zu machen, sie aus ihrer demütigenden Lage zu befreien, blieb er zwei Schritte vor ihr stehen und verschränkte die Arme. »Nun, was hast du mir zu sagen?«

Bleich vor Müdigkeit und Wut straffte sich Hedwig in der unbequemen Haltung, in der sie die Nacht hatte verbringen müssen.

»Otto von Wettin! Was fällt dir ein, mir das hier anzutun und mich dermaßen zu beschuldigen! Noch nie hat mich jemand so beleidigt. Dabei weiß ich nicht einmal, was du mir überhaupt vorwirfst.«

»So«, höhnte Otto. »Du bist also ein treues, ergebenes Eheweib? Und was für heimliche Treffen hast du mit Christian?«

Hedwig schnappte nach Luft. »Dieser Vorwurf ist so absurd, dass du selbst erkennen solltest, dass hier jemand Ränke schmiedet. Du hattest nie Grund und Anlass, an mir zu zweifeln. Und auch nicht an Christian. Er ist einer deiner treuesten Gefolgsleute. Er hat mir das Leben gerettet – und heute auch deinem Sohn!«

In Ottos Gesicht waren für einen Moment Zweifel und Überraschung zu sehen. Doch dann hielt er ihr mit neu aufflammender Wut ein Pergament vors Gesicht.

»Erst flüsterst du mit ihm in meiner Halle und machst ihm schöne Augen vor der gesamten Dienerschaft. Und dann das hier – wie willst du das erklären?«

Hedwig warf nur einen kurzen Blick auf das Schreiben.

»Ich werde nicht antworten, bevor du mich aus dieser unwürdigen Lage befreit hast.«

Otto überlegte und band sie schließlich los.

Hedwig unterdrückte mühsam den Wunsch, mit den Fingernägeln auf ihn loszugehen.

»Hältst du mich wirklich für so dumm, dass ich mir einen Liebhaber nehme und auch noch eine schriftliche Verabredung als Beweis hinterlasse? Ich weiß nicht einmal, ob Christian lesen kann. Kaum einer deiner Ritter kann es. Und was er mir vor aller Augen zugeflüstert hat, war eine vertrauliche, aber außerordentlich viel versprechende Neuigkeit, mit der wir *dich* erfreuen wollten.«

Otto wedelte mit dem Pergament. »Es wurde unter Christians Sachen gefunden.«

»Jeder könnte es dorthin gelegt haben. Christian hat genug Feinde hier – und ich auch. Nur konnte ich mich bis heute Nacht darauf verlassen, dass mein Gemahl mich vor ihnen beschützt statt auf sie zu hören und mich ihnen zum Fraß vorzuwerfen.«

Sie atmete tief durch, um ruhiger zu werden. »Dass du solchen Anschuldigungen Glauben schenkst, kränkt mich zutiefst. Wenn dir niemand von den Schriftkundigen hier einfällt, der mir und Christian übel will, dann lass dir von dem Zusammenstoß erzählen, der sich heute zwischen ihm und dem Medicus zugetragen hat. Nur dank Christian konnte diese junge Kräuterfrau, die damals den Giftanschlag auf mich enthüllt hat, Dietrich das Leben retten.«

Otto fühlte sich plötzlich überrollt von den Dingen, über die er noch nichts erfahren hatte. Sein Stolz und die Heftigkeit seines Streits mit Hedwig verboten ihm, sofort in allem nachzugeben. Aber immerhin fühlte er sich verpflichtet, einzulenken. Er würde der Sache nachgehen müssen.

»Ich lasse dir Essen bringen. Aber du wirst diesen Raum nicht verlassen und mit keinem Menschen reden.«

»Gut«, gab Hedwig zurück, obwohl er von ihr keine Antwort erwartet hatte. »Und du wirst die Angelegenheit inzwischen restlos aufklären und dir eine Entschuldigung überlegen, mein Gemahl.«

Die letzten beiden Worte schleuderte sie ihm so voller Hass entgegen, dass Otto sich bei dem Gedanken, er könnte sich geirrt haben, noch schlechter fühlte als zuvor.

Zu seiner Beschämung hatte Otto das Komplott binnen kürzester Zeit aufklären können. In Gedanken verfluchte er Randolf, der ihn seit Monaten immer wieder aufmerksam gemacht hatte, wenn Christian und Hedwig miteinander rede-

ten, und der so den Boden dafür vorbereitet hatte, dass er de...
Einflüsterungen erlag, die ihm nach seiner Ankunft zugetragen worden waren.

Langsam geschürte und dann jäh aufflammende Eifersucht hatte ihn geblendet.

Tief in seinem Innersten hatte er immer befürchtet, seine schöne Frau könnte sich in einen jüngeren Mann verlieben. Und unübersehbar war sie schon immer Christian gewogen und seine Fürsprecherin bei vielen Gelegenheiten gewesen. Doch wenn er alles abwog: Er hatte bislang wirklich nie Grund gehabt, an ihrer Treue zu zweifeln. Selbst wenn sie so kaltblütig oder leichtsinnig wäre, ihn zu betrügen, würde sie nie irgendwelche Schriftstücke als Beweis hinterlassen.

Auf dem Weg zur Kinderfrau, von der er sich Einzelheiten über den Zwischenfall mit dem Medicus berichten ließ, war ihm dann noch Raimund entgegengekommen, der vor ihm auf ein Knie sank, das Haupt beugte und ihn bat, einen Diener anzuhören, der eine verhüllte Gestalt aus der Kammer hatte huschen sehen, die Christian als Unterkunft zugewiesen worden war.

Also machte sich Otto zähneknirschend auf den Weg zurück zu Hedwig und überlegte, wie er seine Frau beschwichtigen könnte.

Er hatte ihr Unrecht getan. Die Ehre gebot, das in Ordnung zu bringen. Doch wie? Mit Kleidern oder Schmuck hätte er andere Frauen versöhnen können, aber nicht Hedwig. Sie würde ihm die Geschenke vor die Füße werfen.

Selten hatte er sich so unwohl und unentschlossen gefühlt wie in dem Moment, als er wieder das Gemach betrat.

Hedwig erwartete ihn in einen pelzverbrämten Umhang gehüllt. Nichts wies darauf hin, dass sie geschlafen hatte. Dennoch wirkte sie hellwach.

erknirscht stand Otto vor ihr.

Sie sah ihn mit verschlossener Miene an und sagte kein Wort. Still seufzte er in sich hinein. Hedwig war eine stolze Frau. Er hatte nicht damit gerechnet, dass sie ihm die Sache erleichtern würde.

Langsam ging er auf sie zu und zog sie an sich. Sie versteifte sich.

»Verzeih mir, meine Liebe, ich habe dir Unrecht getan. Die Eifersucht hat mich rasend gemacht«, sagte er.

Für einen kurzen Moment gab Hedwig seiner Umarmung nach, doch dann löste sie sich und trat einen Schritt zurück.

»Weißt du, was das Schlimmste daran für mich ist?«, fragte sie mit kühler Stimme. »Nicht die Nacht in Stricken, nicht das Gerede der gesamten Dienerschaft. Sondern dass du mir nicht mehr vertraust. Ich bin immer deine erste und wichtigste Verbündete gewesen. Und ausgerechnet jetzt, wo uns der Hoftag beim Kaiser bevorsteht, den wir nur überstehen können, wenn wir klug vorgehen, wirfst du das alles beiseite und hörst auf den ersten besten Verleumder.«

Die Order des Kaisers zum Hoftag! Die hatte Otto über alldem ganz vergessen.

Um nicht erleben zu müssen, dass Hedwig ihn wegstieß, unterdrückte er die Regung, sie wieder an sich zu ziehen, und griff nur nach ihren Händen.

»Hedwig! Vor dir steht ein Mann, den die Liebe blind gemacht hat. Selbst wenn du mir jetzt noch nicht verzeihen kannst … tu es um der Mark Meißen willen! Ich brauche dich an meiner Seite, dich und deinen klugen Rat.«

Hedwig zögerte. Sie konnte und wollte es ihm nicht zu leicht machen. Dafür war sie viel zu gekränkt. Aber sie durfte ihn auch nicht erneut in den Jähzorn treiben.

Zumal Ottos Anschuldigung zwar haltlos war, aber ganz tief

in ihrem Innersten verbarg sie Gedanken, von denen er nie erfahren durfte. Von allen Männern, die sie kannte, fühlte sie sich zu Christian am meisten hingezogen. Obwohl oder gerade weil sich Christian nach Luitgards Vermählung mit Randolf um keine der jungen Damen auf dem Burgberg ernsthaft bemüht hatte, sondern allen gegenüber nur distanzierte Höflichkeit zeigte, war der gut aussehende und verwegene Ritter Anlass vieler Gespräche und heimlicher Seufzer unter den Frauen und schmachtender Blicke der Jungfrauen. Auch Hedwig träumte gelegentlich davon, wie es wohl sein würde, in seinen Armen zu liegen.

Zum Glück war nie etwas zwischen ihnen geschehen, das über das Verhältnis einer Lehnsherrin zu ihrem treu ergebenen Ritter hinausging. Sie hatte immer gewusst, dass sie Ottos Gunst und Schutz bei Strafe des Untergangs nicht verlieren durfte. Von ihren heimlichen Träumen konnte er nichts wissen. Also musste sie sein schlechtes Gewissen ausnutzen, um unbeschadet und vielleicht sogar gestärkt aus dem Streit hervorzugehen.

»Du solltest damit beginnen, das Unrecht wieder gutzumachen, das du begangen hast«, sagte sie scharf. »Vergiss nicht, dass auf deinen Befehl noch ein Unschuldiger im Verlies sitzt.«

Otto atmete innerlich auf. »Das werde ich sofort bereinigen und ihn großzügig entschädigen.«

Irgendetwas hielt Otto ab, den Namen Christians auszusprechen. Stattdessen sagte er im Gehen: »Was meinst du? Wir sollten ein Fest geben, damit jedermann sieht, dass du die Dame meines Herzens bist, und damit das Gerede ein Ende findet.«

Hedwig unterdrückte einen Seufzer. Auf nichts hatte sie weniger Lust. Aber es war der beste Weg, alle Lästermäuler zum Schweigen zu bringen und vor allem jene in die Schranken zu weisen, die gehofft hatten, sie würde in Ungnade fallen.

Als sie zustimmte, jubelte Otto stumm. Wenn er ihr für das Fest ein neues Kleid und Schmuck schenkte, konnte sie das nicht ablehnen. Vielleicht würden seine Geschenke die Versöhnung doch beschleunigen.

Schnelle Entscheidungen

Zu aller Erstaunen ließ Otto Christian nicht einfach zu sich bringen, sondern stieg selbst zu ihm hinunter ins Verlies. Er wies die Wache an, Christian die Ketten abzunehmen, eine Fackel in die Halterung zu stecken und dann nach draußen zu verschwinden. Für dieses Gespräch konnte er keine Zeugen gebrauchen.

Aufmerksam musterte er Christian, der überrascht vor seinem Lehnsherrn niedergekniet war, als er erkannte, wer da vor ihm stand, und in das Licht blinzelte.

Christian hatte die ganze Nacht über gegrübelt, welcher Intrige er seine Verhaftung verdankte, wie es Marthe und Hedwig ergangen war und ob er je das Tageslicht wiedersehen würde. Was konnte es bedeuten, dass nun der Markgraf persönlich zu ihm kam?

Otto räusperte sich und erlaubte ihm mit einer Handbewegung, aufzustehen. In aufrechter Haltung strich sich Christian die Haare aus der Stirn und das Stroh von den Kleidern.

»Es gab schwer wiegende Anschuldigungen gegen Euch, doch

die scheinen nun widerlegt. Ihr seid ein freier Mann. Als Entschädigung für die Unbill gebe ich Euch die Tochter des Haushofmeisters zur Frau.«

Christian war ebenso verblüfft wie angewidert. Edelgard war eine der schönsten jungen Frauen auf dem Burgberg, aber ihr Geplapper war ihm unerträglich. Inzwischen hatte er auch munkeln hören, dass ihr Ruf nicht mehr makellos war.

»Ich danke Euch für dieses ehrenvolle Angebot, Herr«, sagte er mit einem Gesichtsausdruck, als hätte er Essig statt Wein getrunken. Dann rutschte ihm eine Bemerkung heraus, für die er sich im nächsten Moment am liebsten auf die Zunge gebissen hätte.

»Habe ich die Wahl zwischen dem hier« – er wies auf Stroh und Ketten – »und ihr?«

Otto sah für einen Moment aus, als stünde sein nächster Wutausbruch unmittelbar bevor. Dann jedoch begann er schallend zu lachen.

»Ich habe noch nicht erlebt, dass jemand in einer solchen Lage anfängt, mit mir zu feilschen«, rief er, nachdem er sich beruhigt hatte.

Dann trat er näher, legte Christian die Hand auf die Schulter und blickte ihm ernst in die Augen.

»Was habt Ihr gegen Edelgard? Sie ist schön, aus gutem Hause und bekommt von mir eine stattliche Draufgabe zur Mitgift. Mehr kann ein Mann sich nicht wünschen von einer Frau.«

O doch, dachte Christian grimmig, und das weißt du genau. Wer kluge Frauen wie Hedwig oder Marthe schätzen gelernt hatte, der mochte sich nicht mehr mit Mädchen abfinden, die nur über Männer, Schwangerschaften und das Sticken schwätzten.

Doch die unterschwellige Drohung in Ottos Stimme bestätigte ihm, was Elisabeth einmal in seinem Beisein gemutmaßt hatte: Dass sich Edelgard Ottos »besonderer Gunst« erfreut hatte und er sie nun loswerden wollte.

»Warum sollte sie einen mittellosen Ministerialen nehmen und mit mir in ein entlegenes Dorf ziehen?«, warf er ein.

»Das hat Euch nicht zu kümmern«, antwortete Otto barsch und ging zur Tür. Dort drehte er sich noch einmal um.

»Das ist kein Angebot, sondern ein Befehl. Ihr werdet sie noch diesen Monat zur Frau nehmen. Und nun lasst Euch rasieren und bereitet Euch auf die Brautwerbung vor!«

Christian beherrschte nur mit Mühe seinen Zorn. Er hatte derzeit nicht die Absicht zu heiraten – und schon gar nicht dieses unerträglich dumme Mädchen. Von einer misslichen Lage war er in die nächste geraten. Und diesmal schien es keinen Ausweg zu geben.

Otto hingegen stapfte zufrieden nach oben. Mit einem Schlag hatte er gleich zwei Probleme gelöst.

Hedwig schäumte vor Wut. »Als Wiedergutmachung für dein Misstrauen und die Nacht im Kerker soll Christian diese Gans heiraten, die *deinen* Bastard unterm Herzen trägt?«, schrie sie ihn an.

Otto zuckte zusammen. Er hatte gehofft, Hedwig habe nichts von seiner Affäre erfahren, aber er hatte sie wieder einmal unterschätzt.

Doch seine Frau war noch lange nicht fertig. »Es ist mir gleich, was du mit ihr machst, wenn du sie satt hast. Aber du musst nicht noch einen deiner getreuesten Gefolgsleute beleidigen, indem du ihm gegen seinen Willen dein abgelegtes Liebchen samt Bastard aufhalst!«

»Er kommt durch sie an eine reichere Mitgift heran, als er je erhoffen könnte. Ist das etwa nichts?«, gab Otto zurück.

»Ich glaube nicht, dass er viel Wert darauf legt. Du kannst sie an einen deiner Günstlinge verschachern. Es kriechen genug um dich herum, die sie mit Freuden nehmen würden, selbst wenn das Kind schon nächste Woche käme.«

Otto witterte eine Chance. »Du setzt dich sehr dafür ein, dass Christian unbeweibt bleibt«, sagte er mit gefährlichem Unterton. »Ist am Ende die Anschuldigung doch wahr?«

»Das sagst ausgerechnet du, der gerade alle Hände voll zu tun hat, zu verbergen, dass er eine Jungfrau in Schwierigkeiten gebracht hat«, tobte Hedwig.

»Schweig! Das ist etwas anderes.«

»Ja, natürlich!«

Wütend stand sie auf und spielte beinahe nebenher ihren letzten Trumpf aus. »Außerdem dürfte Christian gar keine Zeit für Brautwerbung und Hochzeit haben, wenn du Gewinn aus der Neuigkeit ziehen willst, die er dir überbringen wollte, bevor du ihn einfach so hast in den Kerker werfen lassen.«

Sie stemmte die Arme in die Seiten und beugte sich vor.

»Hast du ihn eigentlich schon danach gefragt? Oder hast du ihn nur beschimpft und seine Ehre infrage gestellt?«

»Bei allen Heiligen – was für eine Neuigkeit?«

Hedwigs Augen wurden zu gefährlich kleinen Schlitzen.

»Das solltest du ihn besser selbst fragen.«

Christian war nur kurz in sein Quartier gegangen, hatte einen Eimer Wasser über sich gegossen und frische Kleidung angezogen. Am liebsten wäre er mit Drago ausgeritten, querfeldein durch menschenleere Gegenden, um den Kopf freizubekommen von den Gedanken, die ihn quälten.

Doch seine Freunde hatten sich Sorgen um ihn gemacht und sich für ihn eingesetzt; sie verdienten es, sofort von seiner Freilassung zu erfahren.

Vielleicht konnte er mit Edelgard eine Vereinbarung treffen, dass sie nach der Eheschließung auf dem Burgberg blieb, während er wieder in sein Dorf ging. Doch schon der Gedanke, sie ins Brautbett zu führen, erfüllte ihn mit Widerwillen. Und eine Hochzeit würde ihn bis zum Tod an sie binden und ihm die Hoffnung nehmen, einmal eine Frau wählen zu können, die ihm etwas bedeutete.

Lukas kam ihm als Erster entgegen. Der Knappe beteuerte eifrig, keinen Augenblick daran gezweifelt zu haben, dass sich alles aufklären würde. Dennoch wirkte er sichtlich erleichtert. Nachdem Christian ihn zurück zu den Waffenübungen geschickt hatte, traf er auch auf Raimund, Gero und Richard, die ihn froh umarmten.

Christian erzählte von dem Befehl des Markgrafen.

»Wenn ich ein freier Mann wäre, könnte ich Otto bitten, mich aus seinen Diensten zu entlassen, um dieser Heirat zu entgehen«, sagte er bitter.

»Aber was sollte dann aus den Leuten in deinem Dorf werden?«, warf Raimund ein.

»Vielleicht wird es gar nicht so schlimm«, versuchte Gero ihn zu trösten. »Für so eine Mitgift haben andere Männer schon viel hässlichere Mädchen geheiratet.«

Christian funkelte ihn wütend an. »Sprich mit Otto. Du kannst sie gerne haben.«

»Streitet nicht! Möglicherweise gibt es einen Ausweg«, mischte sich Elisabeth zur Überraschung aller ein.

»Könnt ihr euch noch erinnern, wie sich die Witwe Amalia aufgeregt hat über die barbarischen Verhältnisse in deinem Dorf, als wir dort waren? Vielleicht sollte ich sie zu Edelgard schicken, damit sie ihr davon erzählt. Das würde sie sicher mit Inbrunst und in den schwärzesten Farben tun.«

Nachdenklich zog Elisabeth die Stirn kraus. »Otto ist ihrer überdrüssig und muss sie jetzt auch schnell loswerden, weil er an Hedwig etwas wieder gutzumachen hat. Aber bestimmt ist sie ihm nicht so verhasst, dass er ungerührt bleibt, wenn sie ihm vorheult, dass sie nicht in solch eine Einöde will.«

Raimund musterte seine junge Frau überrascht.

»Ich wusste gar nicht, dass du auch Ränke schmieden kannst, Liebste.«

Elisabeth lachte ihm offen ins Gesicht. »Das ist das Erste, was man hier lernt, wenn man nicht untergehen will – und sei es nur wie in diesem Fall, um Unglück zu verhindern.«

Doch bevor jemand etwas erwidern konnte, betrat ein Page die Kammer. Er verbeugte sich und sagte dann ausgesucht höflich: »Ritter Christian, der Markgraf und seine Gemahlin bitten Euch in ihre Gemächer.«

Betont langsam erhob sich Christian und machte sich auf den Weg.

»Und sie sagen, in Eurem Dorf ließen sich Unmengen Silber finden?« Otto hatte sich in seinem Stuhl weit vorgebeugt und ließ Christian nicht aus den Augen.

»Zumindest vermuten das die Probierer aus Goslar«, erwiderte Christian.

Diesmal hatte er schon nach seinen ersten Worten die volle Aufmerksamkeit des Markgrafen gehabt. Otto begriff sofort die Tragweite der Nachricht und witterte seine Chance. In Gedanken schien er schon Pläne zu schmieden. Gerade hellte sich seine angespannte Miene auf. »Ich müsste erfahrene Bergleute holen ...«

»Die Salzkärrner sagen, sie kennen im Harz viele, die sofort aufbrechen würden, wenn sie die Erlaubnis bekommen, hier zu schürfen. Sie stöhnen unter der Abgabenlast und unter dem Krieg. Es gibt einen Bergmeister auf dem Zellerschen Feld, dem so großes Unrecht widerfahren ist, dass er wahrscheinlich nur bei der vagen Aussicht auf gutes Erz kommen würde. Und es heißt, das hiesige Erz sei viel reichhaltiger als das Goslarer.«

Otto überlegte. »Angenommen … wenn ich ein Gesetz erlasse, dass hier jedermann an jeder beliebigen Stelle frei schürfen darf, der mir ein Drittel seines Ertrages zahlt … Würden sie dann kommen? Und wie viel Mark Silber würde mir das im Jahr bringen?«

»Mein Gemahl, Ihr braucht die Erlaubnis des Kaisers, wenn Ihr hier ein Bergwerk in Gang setzen wollt«, mischte sich Hedwig ein.

Otto stieß ein abfälliges Brummen aus. »Dieser Hoftag scheint mir keine besonders günstige Gelegenheit, den Kaiser um etwas zu bitten, außer um Nachsicht.«

Er trommelte mit den Fingern auf der Lehne seines Sessels.

»Ist nicht genau genommen das Bergregal des Kaisers römisches Gesetz? Hier in deutschen Landen lässt sich das doch sicher auch anders auslegen … Ich muss einen meiner Advokaten darauf ansetzen. Und ich brauche erfahrene Bergleute. Christian, Ihr müsst sie gewinnen, hierher zu kommen und zu schürfen.«

»Vielleicht sollten wir erst die Ergiebigkeit der Fundstelle bestätigen lassen«, wandte Christian ein. »Bisher haben wir nur die Untersuchung eines einzigen Steins. Ich sollte besser zunächst nur die Probierer und eine erste kleine Gruppe zuverlässiger Bergleute holen und dafür sorgen, dass sich die Sache nicht gleich herumspricht. Sonst locken wir nur Diebesgesindel an.«

Otto lehnte sich zurück und blickte Christian anerkennend an. »Ihr habt Recht. Halten wir die Sache vorerst geheim. Alles hängt sowieso davon ab, was der Kaiser beim Hoftag verfügt. Danach können wir entscheiden, ob wir ihn um Genehmigung fragen oder was wir sonst unternehmen. Es soll uns schließlich niemand zuvorkommen können.«

»Aber habt Ihr Christiansdorf und die Nachbardörfer nicht Bischof Gerung für das Marienkloster versprochen, das für Eure Grablege gebaut wird?«, warf Hedwig ein. »Dann würde die Ausbeute an die Mönche und nicht an Euch gehen.«

Otto fuhr auf. »Das hätte ich beinahe vergessen! Ein Grund mehr, schnell und unauffällig zu klären, was an der Sache dran ist.« Dankbar sah er zu Hedwig, griff nach ihrer Hand und küsste sie. »Es ist immer wieder ein Gewinn, mit Euch Pläne zu machen.«

Während Hedwig ihm einen merkwürdigen Blick zuwarf, wandte sich Otto beiläufig an Christian.

»Euch ist doch nicht übermäßig an dieser Hochzeit gelegen?«

»Durchaus nicht, Herr«, antwortete Christian wachsam, den der plötzliche Themenwechsel stutzig machte.

»Das trifft sich gut«, sagte Otto gönnerhaft. »Dann werde ich Euch nicht weiter drängen. Geben wir Edelgard einem, der nicht lieber stattdessen ins Verlies gehen würde.«

Der Markgraf lachte kurz auf. »Ich habe neue Order für Euch. Ihr begleitet mich zum Hoftag des Kaisers nach Würzburg. Je nachdem, wie die Dinge dort laufen, könnt Ihr von da aus gleich in den Harz reisen, um Bergleute anzuwerben.«

Christian verneigte sich erleichtert. »Wie Ihr wünscht, Herr.«

Doch als Otto ihn in glänzender Laune entlassen wollte, hielt Hedwig ihn noch einen Moment zurück.

»Wisst Ihr, wo Marthe steckt? Ich kann sie nicht finden.«

»Mit Verlaub, Herrin, bei meiner Verhaftung fürchtete ich einen weiteren Angriff auf sie und ließ sie in Sicherheit bringen«, gestand Christian. »Ich hoffe, Ihr verzeiht mir meine Eigenmächtigkeit. Wenn Ihr wünscht, werde ich sie unverzüglich holen.«

»Tut das, Christian – und danke für Eure beschämende Voraussicht«, sagte sie mit einem scharfen Seitenblick zu Otto. »Es geht meinem Sohn wieder gut, aber ich möchte ihn jetzt nicht allein hier lassen, sondern bei mir und in guter Betreuung wissen. Können wir Marthe und Dietrich mit nach Würzburg nehmen?«

»Wie Ihr wünscht, Herrin«, meinte Christian und entfernte sich mit raschen Schritten, nachdem ihm Otto die Erlaubnis dazu erteilt hatte.

Als Christian Josefas Hütte betrat, stieß Marthe einen hellen Schrei aus und schlug die Hände vors Gesicht. Wieder kamen ihr Tränen, doch diesmal vor Erleichterung.

Josefa ging auf ihn zu und umarmte ihn, obwohl sie kaum bis an seine Schultern reichte und sich auf die Zehenspitzen stellen musste. »Wir haben uns Sorgen um dich gemacht, Junge.«

Mit kurzen Worten erzählte Christian, was geschehen war. Von der ursprünglich angesetzten Hochzeit erwähnte er nichts. Der Anblick von Marthe, die ihn kaum aus den Augen ließ und vor Freude strahlte, hatte ihn das schon wieder vergessen lassen und wärmte sein Herz.

»Marthe, sei so gut, lauf zur Garküche und hol uns ein paar gute Sachen. Das muss gefeiert werden«, sagte Josefa. Sie kramte unter ihren Salbentöpfchen ein größeres hervor. »Gib das der Wirtin, damit kannst du bezahlen.«

»Für das Mahl komme ich auf.« Christian drückte Marthe eine Münze in die Hand und stellte Josefas Töpfchen wieder auf das Brett zurück.

Als Marthe hinausgehuscht war, setzte sich Josefa neben Christian und legte ihre abgearbeitete Hand auf seinen Arm.

»Ich bin froh, dass du wieder da bist«, sagte sie. »Und dass du das Mädchen zu mir geschickt hast.«

Sie sah Christian durchdringend an. »So etwas wie sie habe ich noch nicht erlebt. Sie weiß nicht nur alles, was ich ihr über Kräuter und Salben hätte beibringen können. Sie hat wirklich heilende Hände. Eine außerordentliche Begabung. Jetzt lernt sie, damit umzugehen. Du wirst staunen, sie dabei zu erleben. Aber sie wird nun noch mehr Aufmerksamkeit auf sich ziehen, selbst wenn sie sich vorsieht. Du musst sie beschützen.«

»Das werde ich.«

»Sie hat Schlimmes durchgemacht. Und euch stehen noch schwere Zeiten bevor. Aber glaube mir, alles wird ein gutes Ende nehmen.«

Josefa sah, wie sich Christians Gesicht verschloss. Aber sie ignorierte das und griff nach seiner Hand. »Du wirfst ihr vor, dass sie diesen Alten geheiratet hat. Aber sie hat es nicht ohne Not getan. Vielleicht rettet ihr das vorerst das Leben. Als ehrbare Ehefrau ist sie unauffälliger. Du bist nicht immer da, um auf sie aufzupassen.«

Josefa schwieg eine Weile und sagte dann: »Sie hat sich die Augen ausgeweint deinetwegen. Verschließ dein Herz nicht gegen sie!«

Es dauerte eine Weile, bis Christian antwortete.

»Das werde ich nicht. Das habe ich nie getan.«

Unterwegs zum Kaiser

Nun sollte sie sogar zum Kaiser reisen! Von all den Wendungen, die Marthes Leben seit dem letzten Frühjahr genommen hatte, schien ihr das die unglaublichste. Als sie damals noch in ihrem Heimatdorf in Fines Kate lebte, hatte sie geglaubt, sie würde bis ans Ende ihrer Tage dort bleiben und sich um die Krankheiten und Schwangerschaften der Leute im Umkreis von einem Tagesmarsch kümmern.

Doch von Wulfharts blutrünstiger Drohung getrieben, war sie unverhofft auf eine wochenlange Reise gegangen, hatte mit Wegelagerern kämpfen müssen, einer Markgräfin das Leben gerettet, war verheiratet worden und reiste nun in einem gut gepolsterten Karren zusammen mit dem jüngsten Sohn des Markgrafen in eine riesige fremde Stadt zum Hoftag des Kaisers.

Eine Woche war sie schon mit einem langen Zug unterwegs, der von schwer bewaffneten Reitern geschützt wurde. Ein gewaltiges Gefolge reiste mit Otto und Hedwig nach Würzburg: Ritter, Reisige, Diener, Mägde und auch der hagere Küchenmeister, der die schwierige Aufgabe zu bewältigen hatte, so viele Leute unterwegs standesgemäß zu verpflegen, sofern sie nicht bei einem Gefolgsmann Ottos übernachteten. Der Meißner Bischof Gerung hatte sich dem Zug mit seiner eigenen Gesandtschaft angeschlossen. Am Morgen dieses Tages war noch einmal ein Dutzend Bewaffnete aus einer entfernten Burgwartei zu ihnen gestoßen.

Marthe verbrachte die meiste Zeit bei Dietrich, dem die Markgräfin nicht erlauben wollte, die Reise auf seinem braven kleinen Pferd zurückzulegen, bevor er besser bei Kräften war.

Der Junge besaß nahezu grenzenloses Vertrauen in ihre Heilkünste, und sie hatte ihn wegen seiner Neugier und Aufgeschlossenheit lieb gewonnen. Doch sie spürte auch, dass Dietrich die Vorstellung bedrückte, zum Hoftag könnte mit dem Gefolge seines Großvaters auch sein Bruder Albrecht kommen und ihm erneut das Leben schwer machen.

Bis zur letzten Rast hatte sie dem Jungen mit Geschichten die

Langeweile vertrieben. Doch dann war ein Geistlicher mit mürrischem Gesichtsausdruck in den Wagen gekommen, hatte ihr bedeutet, zu verschwinden und begonnen, Dietrich die nächste Lektion in Latein zu erteilen.

Marthe war von dem rumpelnden Gefährt heruntergeklettert, um das nächste Stück Wegstrecke gemeinsam mit Susanne zu Fuß zurückzulegen.

Susanne sollte nach der Rückkehr vom Hoftag mit dem Gehilfen des Hufschmieds verheiratet werden. »Er wird mich nehmen, auch wenn man dann schon etwas sieht«, hatte sie versichert und die Hände über ihren Bauch gelegt. »Dafür hat die Markgräfin gesorgt. Gott schütze sie.«

Susanne erzählte Marthe von ihrem Unglück. Trotz aller Vorsicht hatte sie einem der Ritter nicht ausweichen können und musste bald feststellen, dass sie schwanger war. Hedwig war sehr erbost darüber gewesen, was einem ihrer Mädchen angetan worden war, hatte umgehend die Hochzeit mit dem Schmiedgehilfen arrangiert und ihm eine großzügige Mitgift in Aussicht gestellt. Das würde Susanne davor bewahren, in eines der billigen Hurenhäuser vor dem Burgtor ziehen zu müssen, die hauptsächlich von den Wachen aufgesucht wurden.

»Was meinst du – wird er nett zu mir sein, auch wenn mein Kind nicht von ihm ist?«, fragte sie bang und nicht zum ersten Mal. »Kannst du mir nicht ein Zaubermittel geben, damit er mich mag?«

Marthe seufzte. »Du weißt doch, dass ich so etwas nicht habe und auch nicht zubereiten kann. Ich kenne mich nur mit Heilpflanzen aus, nicht mit Zauberei.«

»Das kannst du den anderen weismachen! Ich bin deine Freundin. Sei nicht so eingebildet, sondern hilf mir.«

»Beim Hoftag gibt es bestimmt fahrende Händler, die Amulette oder Liebestränke verkaufen. Vielleicht findest du dort etwas.«

Susanne schwieg beleidigt.

Seit sich herumgesprochen hatte, dass Marthe heilkundig war und Hedwig sie sogar dem Medicus vorzog, bekam sie regen Zulauf von den Mitreisenden. Manche kamen am helllichten Tag und baten sie um ein Mittel gegen Zahnreißen, Gicht oder Husten. Andere hingegen – vornehmlich Frauen – suchten sie im Schutz der Dämmerung auf und fragten nach Liebestränken oder Mitteln, mit denen sie sich ihre Männer vom Leib halten wollten. So höflich wie nur möglich schickte sie diese wieder weg.

Die Bitten abzulehnen war nicht weniger gefährlich, als solche Dinge auszuhändigen, selbst wenn sie welche gehabt hätte.

Wenn sie diese mögliche Kundschaft heimlich beobachtete, war das eine gute Gelegenheit, einen Teil des Wissens anzuwenden, das ihr Josefa beigebracht hatte.

Marthe hatte während der Tage in Meißen jeden freien Augenblick genutzt, um von der weisen Frau zu lernen. Und so kurz die Zeit auch gewesen war, wurden es die vielleicht bisher wichtigsten Tage ihres Lebens.

Bei Josefa hatte sie gelernt, die heilenden Kräfte ihrer Hände zu verstehen. Jetzt konnte sie das ungute Gefühl deuten, das sie befiel, wenn sie die Hände auf eine kranke Stelle legte, und die wärmende Kraft gezielt nutzen, die durch sie floss.

Mit dem, was die weise Frau ihr beibrachte, bekam sie plötzlich auch den Schlüssel für viele unerklärliche Dinge in die Hand, die sie erlebt hatte, die Antwort auf viele Fragen.

»Sieh nicht nur mit den Augen, sieh mit dem Herzen«, hatte die Alte gesagt. »Lass deine Sinne spielen, ohne dass jemand es merkt, und du wirst spüren, wer dir wohlgesonnen ist, wer lügt und wer dir schaden will.«

Nun verstand sie endlich die Ereignisse aus dem zurückliegenden Jahr, die ihr bisher rätselhaft geblieben waren. Sie konnte besser als die meisten anderen Menschen verborgene Gefühle wahrnehmen und nutzte seitdem jede Gelegenheit, auf diese Art ihre Sinne zu schärfen. Susannes unerschöpfliches Wissen um den Hofklatsch der letzten Jahre bestätigte ihre geheimen Ahnungen dabei oft auf unerwartete Weise.

»Sie hat eine Liebschaft mit dem Kämmerer«, wisperte sie ihr über eine Dame zu, die um einen Trank gebeten hatte, der einem Ehemann seine Kraft rauben könnte und die bei ihr das Gefühl geweckt hatte, dass sie ängstlich ein Geheimnis hütete.

»Es heißt, der treibt schwarze Magie«, raunte Susanne über einen Mann, in dessen Nähe Marthe ein Schauer über den Rücken lief.

Vor allem aber war ihr die neu erlernte Fähigkeit nützlich, um Randolf aus dem Weg zu gehen.

Der gefürchtete Hüne hielt sich zumeist in unmittelbarer Nähe Ottos auf. Als sie ihn zum ersten Mal wiedersah, kam das nicht unerwartet, dennoch traf sie der Anblick bis ins Mark. Die Welt um sie schien plötzlich zu erstarren, sie hörte nichts mehr von dem, was Dietrich neben ihr erzählte. Mit stechendem Blick hatte Randolf sie gemustert, bevor er sich eiskalt lächelnd abwandte. Sie hatte Mühe, sich vor den anderen nichts von ihrem Entsetzen anmerken zu lassen.

Die Mägde zitterten alle vor ihm und seinen Freunden, erfuhr sie bald.

Wann immer sie nun das dumpfe Gefühl überkam, Randolf oder seine Kumpane könnten in ihre Nähe kommen, hielt Marthe Ausschau, um sich rechtzeitig zu verkriechen. Die bedrohliche Nähe ihrer Peiniger rief immer wieder die Erinnerung an jenen furchtbaren Tag vor einem Jahr wach. Und fast noch mehr als den grausamen Hünen hasste sie diejenigen, die zugesehen hatten, wie er über sie hergefallen war, die über ihre Not gelacht und es ihm dann nachgemacht hatten: der feiste Giselbert, Elmar mit seinem stets sorgfältig gelockten rötlichen Haar und Ekkehart, der sie nun gelegentlich mit Blicken musterte, die ihr einen Schauer über den Rücken jagten. Ewig würde sie sich nicht vor ihnen verstecken können, dessen war sie sich bewusst. Aber sie wollte so weit wie möglich den schrecklichen Moment hinauszögern, an dem sie ihnen wieder ausgeliefert sein würde. In ihr lebte nach wie vor die Hoffnung, geheim halten zu können, dass Randolf sie geschändet und bedroht hatte. Vor allem Christian durfte nie davon erfahren – um ihretwillen, um seinetwillen und um des Dorfes willen.

Noch eine Sorge beschäftigte Marthe während der Reise. Josefa hatte sie ermahnt, die Eingebungen ernst zu nehmen, die ihr manchmal wie aus heiterem Himmel durch den Kopf schossen, obwohl sich alles in ihr dagegen sträubte. War sie nicht viel zu unbedeutend für so etwas? Doch sie musste nun oft an die Mahnung denken, als sie vor Wulfhart geflohen war und die sie am Lager der Siedler kurz vor ihrer Bewusstlosigkeit zu hören glaubte: »Drei werden sterben, und einer wird uns ganz furchtbar verraten.«
Drei von den Menschen, die gemeinsam losgezogen waren, hatten den Weg in die neue Heimat nicht überlebt und lagen in fremder Erde begraben. Würde wirklich jemand aus der Dorfgemeinschaft die anderen verraten? Bei welcher Gelegenheit? Welches Unheil würde daraus entstehen? Und vor allem: Wer?

Susanne riss sie aus ihren Grübeleien. »Als mich dieser Ritter einfach so aufs Stroh geworfen und genommen hat, da hat er noch gelacht über meinen Kummer. Wenn nur mein künftiger Mann etwas sanfter wäre.«

»Hast du etwa schon bei ihm gelegen?«

»Natürlich! Schließlich soll er wenigstens hoffen können, dass das Balg von ihm ist, auch wenn's ein Siebenmonatskind wird.« Sie seufzte. »Er strotzt nur so vor Kraft, aber am Amboss ist er geschickter als im Bett. Und dein Mann?«

Marthe stieß beim Laufen missmutig einen Stein mit dem Fuß beiseite. Sie wollte nicht über Wiprecht reden. Sie war froh, ihn für eine Weile nicht mehr zu sehen. Zwar wusste sie, dass es Frauen gab, die Lust im Ehebett empfanden, aber um nichts in der Welt konnte sie sich vorstellen, dass ihr das so ergehen mochte. Zu tief saß das Entsetzen über den Tag, als Randolf und seine Spießgesellen ihr Gewalt angetan hatten. Und Wiprecht tat nichts, um ihren Abscheu zu mildern.

»Er ist schon älter«, murmelte sie nur als Antwort.

»Oh, dann hast du dein Glück gemacht.« Susanne strahlte sie an. »Wenn du nicht vorher im Kindbett stirbst, wirst du vielleicht bald Witwe und erbst den Hof. Dann kannst du dir einen jungen, hübschen Mann aussuchen. Und der muss gut zu dir sein, damit er an dein Wittum herankommt.«

Die besten Momente auf der langen Reise waren für Marthe, wenn Christian oder Lukas zu ihrem Wagen kamen. Christian, der zum Geleitschutz des Zuges gehörte, hatte den Auftrag, sich während der Rast und abends um Dietrich zu kümmern. Sobald es Ottos Sohn besser ging, holte er ihn und Ottos Neffen Konrad zu Reitstunden oder Übungen mit dem Schwert ab. Dabei fand er auch jedes Mal einen freundlichen Blick und ein gutes Wort für Marthe.

Lukas, der sich mit den anderen Knappen um den Tross zu

kümmern hatte, ritt sooft er konnte neben ihnen und unterhielt sie mit Späßen und Geschichten.

»Er ist verliebt in dich«, raunte ihr Susanne bei einer dieser Gelegenheiten zu. »Ist er schon immer so zu dir gewesen oder erst, seitdem ihn Rosalind nicht mehr in ihr Bett lässt?«

Marthe schaute sie verständnislos und leicht verärgert an.

»Rosalind, die Küchenmagd«, erklärte Susanne ungeduldig. »Sie war seine Liebste, aber nun hat sie einen Stallburschen geheiratet, der sie nicht aus den Augen lässt.«

»Er war schon immer freundlich zu mir – und mehr nicht«, sagte Marthe energisch.

»Tu doch nicht so unschuldig. Also schon länger. Hat er wirklich nie versucht, dich zu küssen? Die Mädchen hier schwärmen fast alle von ihm. Er sieht gut aus und ist ein fröhlicher Bursche.«

»Nein, hat er nicht.« Nun war Marthe sehr verlegen. Warum sollte sich ein junger Herr wie Lukas für sie interessieren?

»Dann hat es unseren Bruder Leichtfuß wohl ernstlich erwischt«, mutmaßte Susanne und stieß sie in die Seite. »Denk darüber nach, ob du dir hier nicht ein bisschen Spaß gönnen willst. Er ist bestimmt netter zu dir als dein Grauschopf von Ehemann. Aber wenn du weiter von Ritter Christian träumst – den schlag dir aus dem Kopf.«

Entsetzt fuhr Marthe auf.

»Sag nichts«, meinte Susanne leichthin. »Ich sehe doch, mit welchen Blicken du ihm nachschaust. Natürlich, wenn er es von dir verlangt, musst du gehorchen. Aber ich würde nicht glauben, dass Christian eine Frau in sein Bett zwingt. Also erspar dir den Ärger. Er ist dein Lehnsherr! Wenn er dich satt hat, lässt er dich fallen und macht dir das Leben schwer. So sind sie alle. Und eher gefriert die Hölle, als dass ein Ritter eine Niedriggeborene heiratet.«

Marthes Gedanken kreisten noch um Susannes Worte, als sie müde von der »Heimlichkeit« zurückschlenderte, die am Rande des Nachtlagers getrennt für die Notdurft der Männer und Frauen eingerichtet worden war.

Urplötzlich spürte sie Gefahr. Sie fuhr herum, doch zu spät. Ein Stein traf sie hart an der Schläfe. Bewusstlos fiel sie zu Boden.

Als Marthe wieder zu sich kam, war sie von Schwärze umgeben, und die Welt war in schaukelnder Bewegung. Erst allmählich klärten sich ihre Sinne wieder, und nach und nach wurde ihr der Grund für die Finsternis bewusst. Ihre Augen waren verbunden, ihr Mund geknebelt, die Hände gefesselt. Ihr Kopf hing vornüber und pochte von gestautem Blut, während etwas Raues auf ihrem Gesicht kratzte. Da erst begriff Marthe, dass sie quer über einem Pferderücken lag und ihr jemand einen Sack über den Kopf gezogen hatte.

Wellen des Entsetzens durchfluteten sie. O nein, nicht noch einmal! Verzweifelt bäumte sie sich auf.

»Halt still, du Hexe«, tönte es hinter ihr. Eine schwere Hand drückte sie so hart nieder, dass sie kaum noch Luft bekam.

Die Stimme kam Marthe vage bekannt vor. Aber sie gehörte nicht Randolf und auch keinem von dessen Kumpanen, wie sie eben noch befürchtet hatte. Deren Stimmen würde sie bis an ihr Lebensende sofort erkennen. Immer noch benommen suchte sie in ihren Erinnerungen.

Die Ausdünstungen des Fremden nach Schweiß, Bier und Zwiebeln schließlich brachten ihr die Lösung: Oswald, das Narbengesicht! Aber wie konnte das sein?

Wie zur Bestätigung ertönte von der Seite Ludolfs schleppende Stimme: »Stich sie ab, wenn sie Schwierigkeiten macht!«

»Nein, so leicht soll sie es nicht haben. Ich will Rache«, gab Oswald hasserfüllt zurück. »Büßen soll sie dafür, dass wir uns davonjagen lassen mussten wie räudige Hunde. Ich will sehen, wie sie vor mir kriecht und um ihr Leben wimmert.«

Marthe verharrte regungslos. Stück für Stück kam ihr wieder jede Einzelheit des Morgens ins Gedächtnis, als die alte Serafine im Sterben lag und die beiden sie auf Wulfharts Burg geholt hatten. Oswald hatte nach ihrer Brust getastet, erinnerte sie sich voller Grimm. Aber Ludolf hatte sich davor gefürchtet, dass Fine einen Fluch über ihn legen könnte. Vielleicht konnte sie sich diese Angst zunutze machen.

Sie zwang sich, ruhig zu atmen, um gegen die Übelkeit anzukämpfen, die der Knebel und das Blut in ihrem Kopf verursachten. Wenn die zwei sie töten wollten, konnte sie sie nicht daran hindern. Aber diesmal würde sie sich nicht angstschlotternd und weinend auf dem Boden winden wie vor Randolf.

Oswald zügelte sein Pferd, saß ab und lud sich die gefesselte Marthe auf die Schulter. Sie wurde ein Stück getragen, hörte eine Tür knarren und wurde kurz darauf zu Boden geworfen.

»Mach den Knebel ab. Ich will sie schreien hören, wenn ich sie mir vornehme«, wies Oswald seinen Kumpan an.

Marthe wurde hochgezerrt, so dass sie auf die Knie kam. Jemand zog ihr den rauen Stoff vom Kopf und zerrte den würgenden Fetzen aus ihrem Mund. Ihre Augen blieben verbunden.

Sie atmete tief durch. »Oswald und Ludolf«, sagte sie so kraftvoll sie konnte. »Wenn ihr mich anrührt, lege ich einen Fluch über euch!«

»Hörst du ... sie ist doch eine Hexe«, stammelte Ludolf. »Und sie hat uns erkannt, ohne uns gesehen zu haben. Was sollen wir jetzt tun?«

»Macht nichts«, antwortete Oswald. Seine Stimme war jetzt ganz nahe. »Da du schon weißt, mit wem du es zu tun hast, will ich die Angst in deinen Augen sehen.«

Im nächsten Moment wurde Marthe die Binde von den Augen gerissen und mit ihr das Tuch, das ihr Haar bedeckte.

Im Dämmerlicht erkannte sie, dass sie sich in einer halb verfallenen Hütte befanden, vielleicht die frühere Unterkunft eines Waldhüters oder Köhlers.

Oswald kam mit einer Axt in der Hand auf sie zu.

»Wulfhart hat eine Strafe über dich verhängt. Denk nicht, dass du noch länger davonrennen kannst.«

Er hielt ihr die Axt vors Gesicht, holte weit aus und hieb sie dann mit aller Wucht ins Gebälk.

Marthe zuckte zusammen und unterdrückte mit Mühe einen Schrei.

»Aber vorher haben wir noch eine eigene Rechnung zu begleichen«, zischte das Narbengesicht hasserfüllt. Er zerrte sie an den Armen hoch und band ihre Hände so an einem der Balken fest, dass Marthe auf den Zehenspitzen stehen musste, um noch den Boden zu berühren. Dann zog er die schwere Peitsche aus dem Gürtel.

Für einen furchtbaren Moment stand der Anblick des Bauern am Schandpfahl auf Wulfharts Burg wieder vor Marthes Augen, dessen Rücken Oswald in eine blutige Masse verwandelt hatte. Doch sie versuchte, das Schreckensbild abzuschütteln, und blickte Ludolf fest in die Augen.

»Verflucht sollt ihr sein! Geschlagen mit Pestilenz und Aussatz! Die Glieder sollen euch am lebendigen Leib verfaulen, wenn ihr die Hand gegen mich erhebt!«

»Hör auf«, kreischte Ludolf. »Verbind ihr wieder die Augen und stopf ihr den Mund.«

Oswald schlug ihr so heftig ins Gesicht, dass ihr Kopf gegen den Balken krachte und ihr vor Schmerz übel wurde. Betont langsam ging er um sie herum. Mit einer fast zärtlichen Bewegung legte er ihren kastanienbraunen Zopf nach vorne.

Dann zerriss er mit einem Ruck das Kleid und entblößte ihren Rücken.

Trotz ihrer Angst spürte Marthe deutlich, wie jener kranke Rausch Oswald überkam, den die Bewohner von Wulfharts Dörfern mehr als alles andere zu fürchten gelernt hatten. Die Männer würden die Axt nicht brauchen. Sie würde unter Oswalds Peitsche sterben.

Das Narbengesicht trat zurück und holte zum Schlag aus.

Marthe biss die Zähne zusammen, betete stumm um Kraft und machte sich auf den ersten Hieb gefasst.

Doch bevor der kam, wurde die Tür mit lautem Krachen aufgestoßen.

Oswald hielt mitten in der Bewegung inne, drehte sich um und sah zwei Ritter mit gezogenen Schwertern in die Hütte stürmen.

Schon hatte Christian dem überraschten Narbengesicht die Schwertspitze an die Kehle gesetzt und ihm das Messer aus dem Gürtel gezogen.

Genauso schnell hatte Raimund Ludolf überrumpelt, der viel ängstlicher auf Marthe als auf sein Gegenüber starrte.

Christian stieß einen kurzen Pfiff aus. Lukas kam in die Hütte. Der Knappe stockte für einen Moment und sah fassungslos auf die gefesselte, halb entblößte Marthe. Dann trat er auf Raimunds Zeichen zu Oswald, um ihm die Hände zu binden.

Inzwischen war Christian zu Marthe gestürzt, durchschnitt ihre Fesseln und fing sie auf, als sie zusammensackte.

»Haben sie dir etwas angetan?«, fragte er mit gepresster Stimme.

Sie schüttelte stumm den Kopf. Doch dann war es mit ihrer Fassung vorbei und sie begann am ganzen Leib zu zittern.

Christian rief Raimund und Lukas zu: »Schafft die beiden hier raus!«

Er legte seine Arme um die bebende Marthe und zog sie an sich.

»Es ist vorbei. Sie können dir nichts mehr tun«, sprach er beruhigend auf sie ein. Sie sackte erneut auf die Knie.

Christian kniete ebenfalls nieder und nahm vorsichtig ihr Gesicht in die Hände. »Hab keine Angst mehr«, sagte er leise. Sanft strich er ihre Tränen weg.

Während er sie hielt, wurde ihm mit überwältigender Klarheit bewusst, was er sich nie hatte eingestehen wollen: Er liebte und begehrte diese junge Frau. Selbst die Erinnerung an Luitgard verblasste neben ihr.

Er konnte seine Gefühle nicht länger leugnen. Vorsichtig berührten seine Lippen ihre, fühlten, wie sie kurz erstarrte und dann kaum merklich seinen Kuss erwiderte.

In all den Jahren seit seiner Ausbildung zum Ritter hatte Christian Beherrschung als eines der Ideale seines Standes verinnerlicht. Doch jetzt war das vergessen. Sein Kuss wurde leidenschaftlich, seine Hände fuhren durch ihr seidiges Haar, das er nun zum ersten Mal seit langem wieder unbedeckt sah, glitten sanft ihren Hals entlang und auf ihre bloße Schulter.

Sie zuckte zusammen.

Sofort ließ er von ihr ab.

Wie konnte er nur ihre Verwirrung ausnutzen! Würde sie glauben, er wollte so eine Dankesschuld eintreiben, die zu zahlen sie sich verpflichtet fühlte?

»Verzeih mir«, flüsterte er schließlich heiser. »Die Sorge um dich hat mich kopflos gemacht.«

Er hüllte sie in seinen Umhang und trug sie wortlos nach draußen.

Marthe hielt die Lider gesenkt und wagte kaum zu atmen. Behutsam lehnte Christian sie an einen Baum.

Marthe schloss die Augen und haderte mit sich. Eben noch hatte sie den Tod vor Augen gesehen – und sich dann aufgeführt wie eine läufige Hündin!

Was hatte sie sich dabei gedacht, als sie seinen Kuss erwiderte? Nichts. In diesem Augenblick war in ihr einfach kein Platz für Gedanken gewesen. Seine zärtliche Berührung hatte sie mit einem Gefühl erfüllt, das sie noch nie zuvor erlebt hatte. Dieser Moment hätte ewig andauern können. Doch dann hatte der Schreck über die Männerhände auf ihrer bloßen Haut sie wieder zu sich gebracht.

Er war ihr Herr. Sie hätte sich ihm nicht verweigern können, hätte er sie gleich in der Hütte nehmen wollen. Und ein Teil von ihr hatte es sich sogar gewünscht. Das war ihr unbegreiflich. Alles, was sie bisher mit dem erlebt hatte, was Männer von einer Frau wollten, erfüllte sie mit Abscheu und Angst.

Doch er hatte sofort von ihr abgelassen, als sie zurückgeschreckt war. Sie glaubte zu wissen, dass sein Begriff von Ehre ihm verbot, eine Frau zu nehmen, die nicht seine war oder die ihn nicht wollte. Aber was würde er jetzt von ihr denken? Und wie sollte sie ihm jemals wieder gegenübertreten?

Während Lukas Oswald grob vor sich her stieß, konnte er das Bild nicht aus seinem Gedächtnis verbannen, das ihn in der Hütte erwartet hatte: Marthe, mit entblößtem Rücken hilflos an einen Balken gefesselt und hinter ihr dieser Dreckskerl mit der Peitsche in der Hand.

Du Bastard wolltest ihr Schmerz zufügen, ihre weiße Haut zerfetzen, die ich nicht zu berühren gewagt habe, dachte er mit rasender Wut. Er hätte selbst nicht genau sagen können, ob ihn diese Gedanken abgelenkt und dadurch Oswald Gelegenheit zur Flucht verschafft hatten oder ob er tief in seinem Inneren schon den weiteren Ablauf geplant hatte.

Oswald stürmte los, doch er kam nicht weit. Blitzschnell hatte Lukas nach dem Messer an seinem Gürtel gegriffen und es mit aller Kraft geworfen. Die spitze Klinge fuhr mit Wucht in Oswalds Nacken. Er stürzte zu Boden, gab ein kurzes Röcheln von sich und verstummte.

Für einen Augenblick war Lukas äußerst zufrieden mit sich. Er holte sein Messer zurück, stieß es in den Boden, um es zu reinigen, und steckte es wieder an seinen Platz.

Christian musterte seinen Knappen mit durchdringendem Blick.

Er weiß es, dachte Lukas beklommen. Er weiß es, dass ich ihn töten wollte. Und er weiß auch, warum. Weil ich Marthe rächen musste. Weil ich Marthe liebe.

Doch Christian blieb stumm.

Raimund war es schließlich, der das Schweigen brach. Er wies auf Ludolf: »Was machen wir mit dem hier?«

Christian sah auf den sich windenden Gefangenen. »Tu mir den Gefallen und flieh«, forderte er den Verängstigten mit eisiger Stimme auf.

»Nein, Herr, ich ergebe mich. Ich werde Euch keine Schwierigkeiten machen«, wimmerte der.

»Das ist wirklich schade. So kann ich dich nicht sofort töten, sondern muss andere über dich richten lassen«, fuhr Christian ohne jede Spur von Gnade in seiner Stimme fort.

»Verschnür ihn gut, wir werden ihn dem Waffenmeister übergeben«, rief er Raimund zu.

Bevor sie aufbrachen, trat Christian an Ludolf heran und fixierte ihn mit hartem Blick. Ludolf zuckte zusammen.

»Du meinst, das Mädchen ist eine Hexe«, sagte Christian scharf. »Aber beweisen kannst du es nicht. Also überlege gut, ob du diesen Vorwurf laut aussprichst! Wenn sie keine Hexe ist, erwartet dich die Strafe, die für sie vorgesehen war. Wenn sie eine ist, wird ihr Fluch dir bis ins Grab folgen!«

Er ließ den wimmernden Ludolf heilige Eide schwören, kein schlechtes Wort über Marthe zu verlieren und sie für alle Zeit unbehelligt zu lassen.

Dann wandte sich Christian endlich seinem Knappen zu. »Du hast getötet. Gleich nachher wirst du zur Beichte gehen. Ich begleite dich.«

»Natürlich, Herr.«

»Und jetzt sorg für das Mädchen.«

»Wie Ihr wünscht.«

Nichts lieber als das, dachte Lukas und wunderte sich, dass Christian ihm diese Aufgabe überließ. Bisher hatte sich sein Herr immer persönlich um alles gekümmert, was Marthe betraf. Mit schnellen Schritten war er bei dem Baum, an den sie sich immer noch lehnte, kreidebleich und mit merkwürdigem Gesichtsausdruck.

»Kannst du aufstehen?«, fragte Lukas besorgt. »Soll ich dich tragen?«

»Es geht schon, junger Herr«, meinte Marthe. Er half ihr auf, sorgfältig darauf bedacht, dass Christians Umhang nicht von ihren Schultern rutschte, obwohl die Erinnerung an ihre nackte Haut seinen Mund trocken werden ließ.

Lukas zog ein buntes Tuch aus seinem Beutel. »Hier, wenn du dein Haar bedecken willst.«

»Danke!« Hastig griff sie danach und band es um. Mit Bedauern sah er ihren Zopf wieder unter dem Stoff verschwinden.

»Wir hatten die beiden schon heute Mittag in dem Trupp entdeckt, der aus der Burgwartei Mochau zu uns gestoßen war, und sie im Auge behalten. Aber dass sie dir dort auflauern, hätten wir nicht gedacht. Beinahe wären wir zu spät gekommen ... Tut mir Leid.«

Sie schauderte und sah ihn dann mit einem Blick an, für den er die Sterne vom Himmel geholt hätte. »Ohne Euch wäre ich jetzt tot.«

Susanne warf nur einen Blick auf Marthes neues, schönes Kopftuch und meinte dann mit verkniffener Miene: »Du Heuchlerin! Ich hätte nicht gedacht, dass du meinen Rat mit Lukas so schnell befolgst.«
Dann erkannte sie Christians Umhang um Marthes Schultern und riss die Augen auf.
»Du denkst falsch«, sagte Marthe scharf. »Ich bin überfallen worden, aber Christian und Raimund haben mich gerettet. Mir ist nichts geschehen. Ich muss nur das hier flicken.«
Sie nahm den Umhang ab und raffte mit einer Hand die zerrissenen Hälften des Kleides zusammen.
Susanne erschrak, fasste sich aber schnell. »Lass mich das machen. Du kannst doch nicht hier vor aller Augen dein Kleid ausziehen.«
Sie merkte, dass mit ihrer Freundin etwas nicht in Ordnung war, verschob aber alle Fragen auf später.
Als der Riss geflickt war, suchte sich Marthe einen Platz zum Schlafen, rollte sich zusammen und starrte ins Leere.

Juni 1168, Hoftag in Würzburg

Dicht gedrängt standen geistliche Würdenträger und hohe Adlige in kostbaren Gewändern im Empfangssaal der kaiserlichen Residenz in Würzburg. Lautenspieler ließen sanfte Melodien erklingen, es duftete nach dem Bienenwachs der vielen Kerzen und nach kostbaren Essenzen aus dem Orient. Durch die Fensteröffnungen drang Sonnenlicht, das teuren Schmuck und zarte Goldstickereien zum Funkeln brachte.

Doch Hedwigs Augen waren wie gebannt auf den Kaiser gerichtet, den mächtigsten Mann der Christenheit. Sie hatte ihn zuletzt gesehen, als sie noch als Kind am Hof ihres Vaters lebte, und besaß nur noch eine vage Erinnerung an die kurze Begegnung.

Seit ihrer Heirat hatte Otto den Kaiser nur einmal aufgesucht, und das war vor sechs Jahren gewesen. Damals hatte der Markgraf die weite Reise nach Italien auf sich genommen, um von Friedrich die Erlaubnis zu erwirken, achthundert Hufen von dem Land, das er als Reichslehen hielt, einem Kloster zu schenken, das im Dunklen Wald errichtet werden sollte. Sie hatte ihn damals wegen der nahenden Geburt Dietrichs nicht nach Lodi begleiten können und war insgeheim froh darüber gewesen. Denn Otto war dem Kaiser gegenüber nicht ganz aufrichtig gewesen, und das bereitete ihr Unbehagen. Er hatte Friedrich gegenüber von einer Schenkung für ein Benediktinerkloster gesprochen. Dabei plante ihr Gemahl von Anfang an, Zisterzienser anzusiedeln, die für ihre Rodungstätigkeit bekannt waren. Allerdings war der Kaiser auf die Zisterzienser nicht gut zu sprechen, weil sie einen anderen Papst anerkannten als den durch Rainald von Dassel ins Amt lancierten.

Friedrich hatte in all den Jahren nichts von seiner enormen Ausstrahlung eingebüßt. Der Staufer war nun Mitte vierzig, sein Haar hatte immer noch jenen rotgoldenen Schimmer, der die Italiener zu dem Namen »Barbarossa« veranlasst hatte, seine Gesichtszüge waren ebenmäßig, seine Haltung stolz, sein Blick wach.

Selbst Otto, der in Meißen aus sicherer Distanz öfter eine knurrige Bemerkung über den Rotbart fallen ließ, schien sich nun Friedrichs Anziehungskraft nicht entziehen zu können. Denn Furcht vor dem Ausgang des Hoftags konnte es nicht sein, die ihn so gebannt auf den Kaiser blicken ließ. Es gab nur wenige Dinge, vor denen ihr Gemahl sich fürchtete. Bei all seinen Unternehmungen – die Teilnahme an der Rebellion der sächsischen Fürsten eingeschlossen – verließ ihn nie die Überzeugung, mit Tatkraft alles zum Guten wenden zu können.

Nun waren sie an der Reihe, den Kaiser zu begrüßen. Hedwig und Otto traten aus der Menge der prachtvoll gekleideten Fürsten vor den Thronsessel und knieten nieder.

»Otto, liebster Fürst von Meißen. Wir haben Euch lange nicht an Unserem Hof gesehen, aber die treuen Dienste nicht vergessen, die Ihr Uns erwiesen habt. Auch wissen Wir das Rodungswerk zu schätzen, das Ihr betreibt. Das mag Euch wohl abgehalten haben, Unsere Hoftage zu besuchen. Das und andere … Angelegenheiten.«

Der Gesichtsausdruck des Kaisers war unverändert freundlich. Nichts ließ erkennen, wie verärgert er über die Revolte gegen Heinrich den Löwen war.

»Erhebt Euch! Ihr auch, schöne Dame! Wir haben gehört, Ihr habt Euren jüngsten Sohn mit zum Hoftag gebracht. Stellt ihn Uns vor!«

Hedwig schenkte Friedrich ein strahlendes Lächeln, verneigte sich und bedeutete Marthe, die am Rand des Audienzsaales mit Dietrich wartete, den Jungen nach vorne zu schicken.

Dietrich erfüllte seine Aufgabe hervorragend. Aufrecht marschierte er unter den Augen der vielen edlen Gäste durch die große Halle und verbeugte sich formvollendet.

»Wie ist dein Name, junger Mann?«, fragte der Kaiser mit wohlwollender Stimme.

»Dietrich, Eure Majestät.« Der Junge sprach klar und hell, ohne zu zögern oder zu stottern.

»Nach deinem Onkel, dem wackeren Markgrafen von der Ostmark? Ein tüchtiger Ritter, der Uns wertvolle Dienste leistet. Nimm ihn dir zum Vorbild, dann kannst du in ein oder zwei Jahren als Page an Unseren Hof kommen, wenn deine Eltern keine anderen Pläne mit dir haben.«

Während der überraschte Otto dem Kaiser dankte, betrachtete Marthe stolz ihren Schützling. Wie gut er seinen Auftritt gemeistert hatte!

Sie konnte immer noch nicht fassen, dass sie hier im Audienzsaal des Kaisers zwischen all den edlen Herren und Damen stand. Doch es war Hedwigs ausdrücklicher Wunsch gewesen, dass Marthe Dietrich begleitete für den Fall, dass der Kaiser ihn sehen wollte. Als Marthe erklärte, der junge Herr sei vollkommen genesen, war ihr die Markgräfin ins Wort gefallen.

»Ich brauche dich nicht als Heilerin.«

Hedwig hatte ihr Kinn umfasst und ihr in die Augen geblickt.

»Seit unserer ersten Begegnung weiß ich, dass du Dinge siehst und fühlst, die anderen verborgen bleiben. Auch wenn du das gut verbirgst, was klug ist. Ich will, dass du heute alles in dir aufnimmst, was geschehen wird, und mir danach deine Eindrücke schilderst.«

Eigens dafür hatte Hedwig sie mit einem feinen Kleid und einer passenden Haube ausgestattet, in denen sich Marthe völlig fremd vorkam. Sie hatte sich die Haube tief ins Gesicht gezogen, um so viel wie möglich von sich zu verbergen, und konnte es kaum erwarten, die fremden Sachen zurückzugeben und wieder in ihre unscheinbaren Kleider zu schlüpfen.

Schon die Größe der Stadt Würzburg mit ihren prachtvollen Kirchen und Wohnhäusern hatte sie sprachlos gemacht. Der Prunk der kaiserlichen Residenz gleich hinter dem gewaltigen Dom und die vielen kostbar gekleideten Menschen verwirrten sie. Die Farbenpracht, die Musik, die zahllosen Lichter, ja selbst die Düfte überfluteten und betäubten ihre Sinne.

Dicht neben ihr stand Christian, der seit dem Zwischenfall nach ihrer Rettung vor Oswald und Ludolf kaum ein Wort mit ihr gewechselt hatte, was Marthe noch mehr einschüchterte. Auch er schaute nun stolz Dietrich entgegen, der wieder auf sie zukam.

»Gut gemacht«, bedeutete er dem Jungen, der über das ganze Gesicht strahlte. Nicht jeder Sechsjährige trat so wacker dem Kaiser gegenüber. Und noch weniger Sechsjährigen wurde die Ehre zuteil, Page am Hof des Kaisers werden zu dürfen.

Dietrichs Augen leuchteten. »Die Kaiserin ist noch schöner als meine Mutter«, schwärmte er. Dann besann er sich auf höfisches Benehmen und korrigierte sich: »Die Kaiserin ist so schön wie meine Mutter. Aber sie hat ein schöneres Kleid.«

Marthe lächelte ihm zu. Dann sammelte sie ihre Sinne und konzentrierte sich auf das Geschehen im Saal, wo der Kaiser fortfuhr, die Großen seines Reiches zu begrüßen.

Hedwigs Blicke wanderten zu Beatrix von Burgund, die neben dem Kaiser thronte. In Gedanken rechnete sie nach: Vor gut zehn Jahren hatte die bildhübsche, sprachgewandte und gebildete Beatrix als Dreizehnjährige genau in diesem Saal Hochzeit mit Friedrich gefeiert. Wenig später heiratete die blutjunge Hedwig den ebenfalls zwanzig Jahre älteren Otto von Wettin.

Beatrix hatte trotz ihrer Jugend nicht nur den gesamten Hof verändert, Troubadoure ins Kaiserreich geholt und dem höfischen Leben Glanz verliehen. Es hieß auch, der Kaiser sei ihr vom ersten Tag an verfallen und höre in vielen Dingen auf ihren Rat. Und sie besaß Mut. Wie man sich erzählte, hatte Beatrix zu Jahresbeginn in der italienischen Stadt Susa ausgeharrt, die Friedrich nicht mehr aus ihren Toren herauslassen wollte, damit der Kaiser unerkannt in den Kleidern eines Dieners fliehen konnte.

Hedwig spürte, dass Beatrix ihren Blick erwiderte und ihr ein kaum erkennbares verstehendes Lächeln sandte. Fast unmerklich lächelte die Markgräfin zurück. Ja, sie waren insgeheim Schwestern. Junge Frauen, die sich nicht damit zufrieden gaben, ihren Männern Söhne zu gebären und schmückendes Beiwerk zu sein, wie es von ihnen erwartet wurde. Sie setzten ihren Verstand und ihre Schönheit dazu ein, auf die Mächtigen an ihrer Seite und deren Politik einzuwirken.

Es war ein gefährliches Spiel unter den argwöhnischen Augen der Kleriker und Adligen, die darauf beharrten, dass das Weib zu schweigen habe und ohnehin zu dumm sei, um größere Zusammenhänge zu verstehen. Sie mussten klug vorgehen, um den offenen und heimlichen Anfeindungen zu entgehen.

Hedwig ließ den Blick weiterwandern zu dem Paar, das unmittelbar neben dem Kaiser und der Kaiserin stand und nach jenen die meisten Blicke auf sich zog: Heinrich der Löwe und seine Kindfrau Mathilde. Erst zu Jahresbeginn hatte der Herzog mit großem Prunk die Tochter des englischen Königs Heinrich Plantagenet und seiner Gemahlin Eleonore von Aquitanien geheiratet. Ein genialer Schachzug, musste Hedwig eingestehen. Nun hatte der Löwe den englischen König zum Schwiegervater, was seinen Anspruch auf eine Krone weiter untermauerte.

Aufmerksam betrachtete Hedwig die englische Königstochter, die kaum mehr als elf Jahre zählte. Wenn Mathilde das Temperament ihrer Eltern geerbt hatte, würde der Löwe bald statt eines Kindes eine leidenschaftliche und stolze Frau an seiner Seite haben, die seine Stammburg Dankwarderode mit Sängern, Dichtern, Architekten, Buchmalern und Goldschmieden füllen und an seinen Entscheidungen teilhaben würde. An allen europäischen Höfen erzählte man sich Geschichten darüber, wie sich Heinrich von England und seine Gemahlin Eleonore schlugen und vertrugen und sich dabei nichts, aber auch gar nichts schenkten.

Es schien, als würde die ganze Pracht um sie herum und selbst die Nähe des Kaisers Mathilde weit weniger beeindrucken als die Gegenwart ihres Gemahls, der breitschultrig mit dichtem schwarzem Haar neben ihr stand und finster in den Saal starrte.

Ob auch die Engländerin das Zeug dazu hat, ihren Mann um den Finger zu wickeln, wird sich erst zeigen, wenn das Brautlager vollzogen ist, dachte Hedwig. Die Frage war: Würde sie eine heimliche Verbündete werden wie Beatrix oder eine gefährliche Feindin?

Das Defilee der Fürsten war beendet.

Schlagartig erfüllte knisternde Spannung den Saal.

Jedermann wartete darauf, wie der Kaiser nun über die sächsischen Edlen entscheiden würde, die die Dreistigkeit besessen hatten, seinem Befehl erst beim dritten Aufruf Folge zu leisten.

Marthe hielt den Atem an. Sie hatte durch den Klatsch unterwegs einiges über die Streitigkeiten gehört, die nun verhandelt werden sollten. Von Ottos Zukunft hing auch die ihres Dorfes ab. Würde der Kaiser die Mark Meißen dem gnadenlosen Herzog von Sachsen zusprechen? Oder würde Krieg auch ihre neue Heimat verwüsten?

Sie suchte nach Hedwig, doch deren Gesicht ließ keine Regung erkennen. Neben ihr stand der Markgraf mit einer Miene, die kein bisschen Reue zeigte, sondern stattdessen kaum verhohlenen Trotz.

Der Kaiser ließ einen Moment der Stille verstreichen, ehe seine kräftige Stimme den Saal füllte.

»Meine getreuen Untertanen. Es erfüllt Uns mit großer Freude, Euch in solch großer Zahl bei Unserem Hoftag zu sehen. Insbesondere freuen Wir Uns, dass nun endlich auch die Fürsten und Bischöfe den weiten Weg aus sächsischen Landen zu ihrem Kaiser gefunden haben, die Uns im vergangenen Jahr durch den schon Jahre währenden Streit mit Unserem treuesten Freund und Vetter, dem Herzog von Sachsen und Bayern, in Bedrängnis gebracht haben.«

Hedwig bewahrte nur mit Mühe Fassung. Schon dass Herzog Heinrich demonstrativ neben dem Kaiser stand und nicht bei den anderen Fürsten, wies darauf hin, dass Friedrich ihn nach wie vor als Vertrauten betrachtete. Jetzt hatte er das auch noch unmissverständlich ausgesprochen. Der Kaiser war bekannt dafür, dass er seine Feinde mit unerbittlicher Härte strafte. Selbst wenn er Dietrich als Pagen aufnahm, musste das noch lange nicht bedeuten, dass er dessen Vater in Gnaden beließ.

Während ihr das Blut in den Schläfen klopfte, wartete die Markgräfin auf die Worte, vor denen sie sich seit einem Jahr fürchtete.

Der Kaiser hatte bisher freundlich mit leicht ironischem Unterton gesprochen. Doch nun verlieh er seiner Stimme Schärfe.

»Wir werden nicht übersehen, dass Ihr Gründe für Euer Vorgehen gehabt haben mögt und bereits mehrfach Beschwerde gegen Herzog Heinrich vorbrachtet. Doch obgleich Wir diese abgewiesen haben, gabt Ihr Euch mit Unserem Urteil nicht zufrieden, sondern habt die Waffen gegen ihn erhoben, der Unser getreuester Gefolgsmann ist.«

Friedrich blickte unerbittlich in die Runde.

»Die an der Rebellion beteiligten Fürsten mögen vortreten.«

Aufrecht schritt Hedwigs Vater Albrecht der Bär vor den Kaiser, sank auf ein Knie und beugte sein graues Haupt. Ihm folgten seine Söhne und Landgraf Ludwig der Eiserne von

Thüringen. Aus dem unmittelbaren Gefolge des Kaisers trat Ottos Bruder Dietrich, Markgraf der Ostmark, hervor und kniete neben ihnen nieder. Fast zugleich mit ihm ging Otto mit festem Schritt nach vorn, gefolgt von seinen Brüdern Dedo von Groitzsch und Heinrich von Wettin. Immer mehr Fürsten drängten sich durch die Reihen, bis schließlich mehr als drei Dutzend Edle stumm vor dem Kaiser knieten, um seinen Urteilsspruch entgegenzunehmen.

Marthe riss die Augen auf.

Was auch geschehen war – der Kaiser, so schien ihr, war in einer schwierigen Lage. Wenn so viele seiner Fürsten Krieg gegen seinen mächtigsten Vasallen führten, konnte er das nicht hinnehmen, wenn er den Löwen weiter stützen wollte. Aber eine Revolte solchen Umfangs vermochte das ganze Reich zu erschüttern. Wenn sich die Hälfte seiner Fürsten gegen den Löwen erhoben hatte, würde der Kaiser kaum über ihre Beweggründe hinweggehen können.

Ob den Kaiser ähnliche Gedanken bewegten?

Streng sah Friedrich auf die vor ihm Knienden.

»Gemeinsam mit einer ganzen Reihe von Geistlichen, die sich vor Gott dafür zu verantworten haben« – der Staufer warf einen finsteren Blick in die Richtung, wo Bischöfe und Erzbischöfe zusammenstanden –, »habt Ihr nicht nur die Ländereien des Herzogs von Sachsen und Bayern angegriffen, sondern auch verhindert, dass er Uns mit seinem Heerbann nach Italien folgte. Wir haben seine starken Truppen schmerzlich vermisst. So habt Ihr Uns, den durch göttliche Gnade erhabenen Kaiser, in Gefahr gebracht und tragt die Schuld an den Verlusten, die Wir in Italien erleiden mussten.«

Im Audienzsaal war es so still, dass man eine Nadel zu Boden hätte fallen hören können.

»Doch wie Ihr wisst, ist Uns in besonderem Maße daran gelegen, dass Friede in Unseren Landen herrscht und die Ehre des Reiches gewahrt wird.«

Erneut legte der Kaiser eine Pause ein, um dann sein Urteil zu verkünden. »Vernehmt Unseren Willen! Wir werden von einer Bestrafung absehen, unter der Bedingung, dass alle Beteiligten einen Waffenstillstand abschließen. Wir gewähren Euch eine Woche, um miteinander die Bedingungen auszuhandeln. Danach möge dieser leidige Streit für alle Zeit aus der Welt geschafft sein, wenn Ihr weiter Unserer Gnade teilhaftig werden wollt.«

Der Kaiser forderte die vor ihm knienden Fürsten auf, sich zu erheben. »Ihr seid entlassen. Wir wünschen, dass Ihr umgehend mit den Verhandlungen beginnt.«

Mit einer eleganten Handbewegung bedeutete er auch dem überraschten Herzog Heinrich, den anderen zu folgen und sich in einen Raum für die Gespräche führen zu lassen. Gefolgt von seinen ranghöchsten Gefolgsleuten, stapfte der Löwe hinter seinen Kontrahenten her.

Was soll ich Hedwig nur berichten, dachte Marthe besorgt. Dass von denen hier niemand zum Einlenken bereit ist, dürfte der Markgräfin längst klar sein.

Feine Fäden

Hedwig war erleichtert und besorgt zugleich. Der Kaiser sah von einer Bestrafung ab, aber die Mienen ihres Vaters und auch ihres Mannes ließen wenig Bereitschaft zu einer Einigung mit dem Löwen erkennen.

Da sie sich den Männern nicht anschließen durfte, sondern warten musste, bis der Kaiser die Audienz beendete und sie gemeinsam mit den anderen Anwesenden entließ, hatte sie keine Möglichkeit, beschwichtigend auf ihren Gemahl einzuwirken.

Während sie scheinbar aufmerksam dem weiteren Geschehen folgte, bei dem Themen abgehandelt wurden, die sie wenig interessierten, kreisten ihre Gedanken um das, was im Verhandlungsraum vor sich gehen mochte: gegenseitige Anschuldigungen, Vorwürfe und wilde Drohungen.

Ihr Vater hatte vor Jahren erzählt, dass der Löwe als noch junger Mann einmal sogar bei Verhandlungen zu den Waffen gegriffen hatte und den Erzbischof und den Dompropst von Bremen verhaften ließ.

Als Kaiser und Kaiserin sich endlich erhoben und den Saal verließen, wartete Hedwig, bis sich das Gedränge etwas lichtete, um dann nach Dietrich zu suchen.

Doch sie kam nicht weit. Ein vornehm gekleideter Page von ungefähr zehn Jahren verneigte sich höflich vor ihr. »Hedwig von Meißen? Die Kaiserin bittet Euch zu sich.«

Überrascht folgte Hedwig dem Jungen, der sie durch die Residenz zu einer reich beschlagenen Tür führte, anklopfte, sie hineinleitete, sich verbeugte und lautlos wieder verschwand.

Beatrix winkte eine der vielen Kammerfrauen heran, die ihr und Hedwig roten Wein in kunstvoll gearbeitete goldene Becher goss.

Sie bedeutete ihrem Gast, auf einem der Stühle nahe dem Feuer Platz zu nehmen.

»Ihr könnt stolz auf Euren jüngsten Sohn sein, Markgräfin«, sagte Beatrix mit feinem Lächeln. »Wird Euer Gemahl ihn zum Ritter erziehen lassen, oder hat er eine geistliche Laufbahn für ihn vorgesehen?«

Hedwig neigte den Kopf. »Der Kaiser hat dem Jungen heute eine große Gnade erwiesen, für die ich auch Euch danken möchte. Dietrich träumt davon, ein Ritter zu werden. Deshalb hält mein Gemahl es nicht für richtig, ihn in ein Kloster zu schicken, wenn ihm die Berufung dafür fehlt.«

Nun maß sie jedes Wort vorsichtig ab.

»Dietrich soll einmal über die Gebiete um Weißenfels herrschen, ... wenn unser Erstgeborener Albrecht die Mark Meißen erbt.«

Unhörbar schwebten dahinter die Worte: *Falls er die Mark Meißen erbt.*

Die Kaiserin zeigte mit keiner Regung, ob sie die heimliche Frage verstanden hatte. Aber auch sie wählte ihre Worte sorgfältig.

»Wer weiß, was die Zukunft bringt? Zum Glück haben Frauen einen mäßigenden Einfluss auf das oft überschäumende Temperament der Herren.«

Bringt Euren hitzköpfigen Gemahl dazu, dass er sich mit dem Waffenstillstand einverstanden erklärt, und ihm wird nichts geschehen.

Hedwig verstand. Vorsichtig fuhr sie fort: »Majestät, ich bedaure zutiefst, dass mein Gemahl den Unwillen des Kaisers hervorgerufen hat. Aber seine Absichten waren ehrenhaft und stets auf das Wohlergehen des Reiches gerichtet. Er hegt ... gewisse Zweifel an den Verhältnissen, die sich entwickeln könnten, während der Kaiser in Italien weilt.«

Heinrich hat so viel Macht angehäuft, dass es nicht mehr lange dauern kann, bis er dem Kaiser in den Rücken fällt.

»Ich verstehe. Und ich weiß Eure Besorgnis zu schätzen.«

Aber in dieser Frage will Friedrich mir nicht glauben. Er vertraut der Ehrenhaftigkeit des Löwen – im Gegensatz zu mir.

Das geheime Spiel, das sie vor aller Augen spielten, erinnerte

Hedwig an die Vorstellung eines Gauklers, der in atemberaubender Höhe über ein Seil balanciert und jeden Moment abstürzen konnte. Keines der Worte, die hier ausgesprochen wurden, durften bei den Zuhörern den Eindruck erwecken, Beatrix und sie mischten sich in die Politik des Kaisers ein. Würde Friedrich eine Entscheidung nur nach den Vorschlägen seiner Gemahlin treffen, könnte ihm das als Schwäche ausgelegt werden, und das durfte nicht geschehen.

Beatrix signalisierte das Ende des Gesprächs, was Hedwig überraschte. Sie war überzeugt gewesen, dass die Kaiserin sie zu sich gerufen hatte, um ihr etwas Wichtiges mitzuteilen. War damit allein der Appell gemeint, Otto zum Einlenken zu bringen? Oder hatte sie etwas überhört?

Hedwig erhob und verneigte sich.

Doch bevor sie sich entfernen konnte, bemerkte Beatrix fast beiläufig: »Wir würden Uns freuen, Euch und Euren Gemahl künftig öfter bei den Hoftagen anzutreffen. Der Nächste wird möglicherweise in Goslar stattfinden, das nun wieder direkt unter die Herrschaft des Kaisers fällt.«

Das war sie, die geheime Botschaft! Mit Mühe verbarg Hedwig ihre Verblüffung und verneigte sich. »Ich danke Euch für die Gnade, Hoheit!«

Ich habe verstanden und werde tun, was ich kann.

Hedwigs Gedanken wirbelten durcheinander, während sie den Saal verließ. Der Löwe würde nicht ungeschoren davonkommen. Zum Ausgleich dafür, dass ihm der Kaiser beigestanden hatte, nahm Friedrich dem Herzog die Stadt Goslar wieder ab, deren reiche Erzgruben seine Kassen gefüllt hatten. Das also sollte sie Otto und seinen Verbündeten mitteilen und mit diesem Argument der Genugtuung dafür sorgen, dass sie dem Friedensschluss zustimmen.

Sie musste so schnell wie möglich mit Otto und ihrem Vater sprechen. Von einem Diener ließ sie sich den Saal zeigen, in dem die gegnerischen Parteien ihre Verhandlungen begonnen hatten, und wartete in der Nähe. Es wäre ungebührlich, jemanden mit einer Botschaft hineinzuschicken, zumal sich wohl auch niemand hineinwagen würde. Noch durch die dicken Wände war zu hören, dass drinnen eine heftige Auseinandersetzung zugange war. Aber irgendwann würde jemand aus dem Saal kommen. Sie betete, dass dies ihr Vater oder ihr Mann sein würde.

Doch es war Dietrich, Ottos temperamentvoller jüngerer Bruder, der als Erster auftauchte. Als er die Tür aufriss, drangen laute, erregte Stimmen nach draußen. Dietrich stürmte mit heftigen Schritten in ihre Richtung, erkannte sie, beherrschte sich mühsam und verlangsamte seine Schritte.

»Irgendwann werde ich diesen Bastard zum Zweikampf fordern«, knurrte der Markgraf der Ostmark immer noch voller Zorn, zwang sich dann aber zu einem Lächeln.

»Ihr werdet doch nicht etwa lauschen, Schwester? Wie ich meinen Bruder kenne, wird er Euch ohnehin alles berichten, was hier vorfällt.«

Hedwig griff nach seinem Arm und zog ihn ein paar Schritte beiseite, damit niemand sie hören konnte. Von allen Brüdern Ottos schätzte sie Dietrich am meisten. Er war scharfsinnig und hatte durch seinen häufigen Aufenthalt am Hof des Kaisers vollendete Umgangsformen. Im Gegensatz zu Otto beherrschte er normalerweise sein überschäumendes Temperament. Seine jetzige Erregung sagte alles über den bisherigen Verlauf der Verhandlungen. Hedwig pries sich glücklich, zuerst Dietrich getroffen zu haben. Sein messerscharfer Verstand würde ihr helfen.

»Unterbrecht die Gespräche für einen Moment! Ich bin soeben in den Besitz einer wichtigen Information gekommen.« Dietrich sah sie verwundert an. »Wie stellt Ihr Euch das vor? Soll ich mit bloßen Händen zwei Rudel Wölfe trennen, die sich gegenseitig an die Kehle gehen?«

Hedwig lächelte ihm zu. »Ihr werdet das schon schaffen. Lasst Euch etwas einfallen. Schlagt eine kleine Zwischenmahlzeit vor, um die Gemüter zu beruhigen, oder sagt, dass alle lieber eine Nacht darüber beten oder schlafen sollten, weil sich in dieser Hitzigkeit sowieso keine Einigung erzielen lässt. Ich muss dringend meinen Vater und meinen Gemahl sprechen! Kommt mit ihnen, wenn Ihr es ermöglichen könnt.«

»Ich werde sehen, was ich tun kann«, sagte ihr Schwager nach einem tiefen Atemzug. »Aber ich hoffe, Ihr wisst, was Ihr da tut, und ich hoffe, dass Eure Nachricht wirklich wichtig ist.«

Nachdem Marthe den kleinen Dietrich wieder zur Kinderfrau gebracht hatte, die sie mit giftigem Blick dafür bedachte, dass sie an ihrer Stelle den Kaiser sehen durfte, ging Marthe in ihre Unterkunft, um die fremden Sachen auszuziehen und wieder in ihr einfaches Kleid zu schlüpfen. Sie hatte Hedwig nicht finden können, so nutzte sie die Ruhe, um über die Ereignisse im Audienzsaal nachzudenken.

Es dauerte nicht lange, bis Susanne hereinkam. »Komm, wir werden gerade nicht benötigt. Lass uns zu den Ständen der Händler gehen und schauen, ob wir etwas Schönes entdecken! Ich habe gesagt, dass du neue Arzneien brauchst, und die Erlaubnis erhalten.«

Sie wartete erst gar nicht Marthes Antwort ab, sondern zog sie mit sich nach draußen, wo rund um die Residenz und die Zelte der zum Hoftag angereisten Gäste unzählige Händler ihre Stände aufgebaut hatten.

Diesmal war Marthe froh über die Abwechslung, denn inzwischen machte sie sich große Sorgen darüber, was sie Hedwig berichten sollte. Die äußeren Eindrücke waren zu übermächtig. Und Christians abweisendes Verhalten ängstigte sie so sehr, dass ihre Gedanken ständig darum kreisten statt um Hedwigs Auftrag.

Außerdem besaß sie zum ersten Mal in ihrem Leben ein wenig Geld. Der Waffenmeister und eine der Hofdamen hatten sie unterwegs mit kleinen Münzen bezahlt. Marthe hatte die Kammerfrau von einem üblen Ausschlag im Gesicht befreit; der Waffenmeister hatte sie auf dem Weg nach Würzburg eines Abends gebeten, nach einer Wunde zu sehen, die nicht verheilen wollte. Bei der Gelegenheit hatte sie ihm auch angeboten, die Schmerzen in seinen von der Gicht gekrümmten Händen zu lindern. Nach einigem Knurren hatte Arnulf eingewilligt und bald vor Behagen aufgestöhnt, als sie seine gewaltigen, knotigen Pranken sanft massierte und mit wohltuendem Öl einrieb.

Vielleicht konnte sie nun von dem Geld ein paar Sämereien für ihren Kräutergarten und eine Kleinigkeit für Johanna und Marie erstehen.

Arm in Arm mit Susanne drängte sie sich durch die lärmenden Menschenmassen. Dabei gingen ihr die Sinne über angesichts all dessen, was die Händler lauthals feilboten.

Der Stand eines Bäckers verströmte einen so betörenden Duft, dass sie am liebsten eines der Kuchenstücke gekauft hätte. Aber sie beherrschte sich. Sie wusste nicht, wie viel sie für ihr Geld bekommen konnte, und wollte es so gut wie möglich anlegen.

»Schau mal – ein Spielmann!«, rief Susanne und lief schon in die Richtung, in der das Gedränge besonders dicht war. Als sie nahe genug waren, um in all dem Lärm etwas von dem Gesang zu verstehen, kam Marthe das Lied bekannt vor. Sie stellte sich auf die Zehenspitzen und wurde ganz aufgeregt. »Das ist Ludmillus! Wir haben ihn auf dem Weg zum Dunklen Wald kennen gelernt«, rief sie Susanne zu.

»Ludmillus? Wirklich? Der Spielmann, von dem die Leute sagen, dass er Lachende zum Weinen und Weinende zum Lachen bringen kann?«, fragte ihre Freundin staunend.

Die beiden jungen Frauen drängelten sich entschlossen nach vorne und missachteten die wütenden Rufe derjenigen, die sie beiseite schubsten. »Mach selber Platz, Fettsack«, rief Susanne einem feisten alten Mann zu, der sie mit einer wüsten Beschimpfung bedacht hatte.

Ludmillus beendete gerade sein Lied, verbeugte sich schwungvoll vor dem Publikum und ließ seine junge rothaarige Frau mit einer Kappe umhergehen, in die mehrere Leute Geld warfen. Sie stutzte kurz bei Marthes Anblick, dann erkannte sie sie und zwinkerte ihr freundlich zu.

Fast im gleichen Moment hatte auch Ludmillus sie entdeckt und ging auf sie zu.

»Meine Sonne! Was führt ausgerechnet dich an den Hoftag des Kaisers?«, fragte er überrascht und küsste ihr einmal mehr mit übertriebener Höflichkeit die Hand.

»Das Schicksal treibt uns manchmal an die sonderbarsten Orte«, entgegnete Marthe lächelnd. »Wie geht es euch? Und eurer kleinen Tochter? Wo ist Hilarius?«

»Alles zu seiner Zeit, meine Schöne! Ich darf das Publikum nicht warten lassen. Solange die Sonne noch scheint, ist dieser Platz voller freigebiger Zuhörer mit prallen Geldbörsen. Wenn du willst, komm uns nachher im Schwarzen Eber besuchen.«

»Ich muss fragen, ob ich dazu die Erlaubnis bekomme«, antwortete Marthe, der nun nicht nur wegen des Wiedersehens leichter ums Herz war. Sie wusste, dass Hedwig liebend gern einen guten Spielmann auf dem Burgberg hätte. Vielleicht konnte sie vermitteln.

Gemeinsam mit Susanne, die sie angesichts solcher Bekanntschaften neidvoll ansah, lauschte sie Ludmillus' Liedern. Als der Spielmann schließlich seine Vorstellung beendete, zogen sie weiter zu den vielen dicht umringten Ständen voller verlockender Dinge.

Fasziniert betrachtete Marthe feine Gewebe und blitzende Kupferringe, bunte Bänder in leuchtenden Farben und beinerne Kämme mit schön geschnitzten Mustern.

In ihrem Beutel tastete sie nach dem Kamm, den ihr Karl geschenkt hatte, nachdem er sich bei dem Kampf mit den Wegelagerern das Bein gebrochen hatte. Das schien ihr eine Ewigkeit her. Marthe hatte lange nicht wahrhaben wollen, dass sich Karl in sie verliebt hatte. Jetzt war sie seine Stiefmutter, und das machte das Verhältnis zwischen ihnen nicht gerade einfach. Sie redeten wenig miteinander. Aber er versuchte, ihr das Leben bei Wiprecht zu erleichtern und nahm ihr wortlos die schwersten Arbeiten ab.

Manchmal überlegte sie, was wohl geworden wäre, wenn sie Karl und nicht seinen Vater geheiratet hätte. Aber der Gedanke war müßig. Niemand hätte dem zugestimmt, denn Karl war zu jung, um einen eigenen Hausstand gründen zu können.

Sie zog Susanne ein Stück beiseite und zeigte ihr versteckt vor den Blicken anderer ihre Münzen. »Was kann ich dafür kaufen?«

»Was willst du denn haben?«, fragte Susanne unternehmungslustig.

Marthe zeigte auf den Stand vor ihnen. »Ein Messer für meinen Stiefsohn, Haarschleifen für meine Stieftöchter und ein paar Kräuter oder Samen.«

Susanne zog die Nase kraus, wie sie es oft tat, wenn sie nachdachte.

»Mal sehen. Am besten, du lässt mich machen und sagst kein Wort. Diese gewieften Krämer hier erkennen sofort, dass du dich nicht auskennst, und verlangen von dir den doppelten Preis. Aber du hilfst mir dafür, einen guten Liebestrank zu finden!«

Sie zog Marthe mit sich zu dem Stand eines Scherenschleifers, der auch mit Messern handelte. Der erkannte sofort, dass er zum Kauf entschlossene Kundschaft vor sich hatte.

»Ihr findet bei mir die beste Ware, meine Schönen. Und alles zu günstigsten Preisen«, rief er ihnen mit laut tönender Stimme entgegen und wies auf die breiten und schmalen Klingen.

Susanne rümpfte die Nase. »Das müssen wir erst noch sehen. Sind die auch wirklich scharf? Das hier, das setzt doch schon Rost an ...«

Beleidigt und wortreich wies der Händler die Vorwürfe zurück und begann mit Susanne zu feilschen. Marthe erkannte, dass die beiden ein viel geübtes Spiel miteinander spielten. Nachdem Susanne sich schon abgewandt hatte, ging der Händler wie erwartet auf den Preis ein, den sie zuletzt geboten hatte. So war Marthe eine Münze los und hatte dafür ein gut in der Hand liegendes Messer für Karl erworben.

Mit ähnlicher Gewandtheit feilschte Susanne um ein rotes und ein blaues Haarband für Johanna und Marie. Mit dem Geld, das ihr der Händler herausgab, wollte Marthe nun Ausschau nach Sämereien halten, die sie im Garten heranziehen konnte, um Heiltränke zu brauen.

Aber zuvor zog Susanne sie zu einem Zelt am Rande des Marktes, wo eine hutzlige Alte mit durchtriebenem Gesichtsausdruck sie aufmerksam musterte.

»Ihr wollt einen Liebestrank?«, fragte sie dann und reichte Susanne ein winziges Tonkrüglein. »Schütte ihm das heimlich ins Essen oder ins Bier, und er wird dich lieben und begehren, auch wenn du ihm keinen Sohn gebärst, sondern nur eine Tochter.«

Susanne griff nach dem Krüglein und gab es Marthe. Die zog das winzige Knäuel heraus, das die Öffnung verschloss, und roch an dem Inhalt.

»Schafpisse, vermischt mit Baldrian«, flüsterte sie Susanne ins Ohr. »Willst du das deinem künftigen Mann wirklich ins Bier schütten? Dafür wird er dich eher verprügeln als begehren!«

Susanne zog ein beleidigtes Gesicht. »Hast du noch etwas anderes?«, fragte sie die Alte.

»Oh, es wirkt stärker, wenn du heimlich seine Bruche auskochst und von dem Wasser etwas hinzutust. Dann wird er auf ewig kein anderes Weib ansehen, ich schwöre es beim Augenlicht meiner Mutter.«

»Wahrscheinlich ist ihre Mutter blind oder längst tot. Komm weg von hier«, zischte Marthe in Susannes Ohr und zerrte sie aus dem Zelt.

»Ich bin gleich zurück«, rief Susanne der Alten zu. Draußen schmollte sie. »Du weißt doch, wofür ich den Trank brauche!«

»Lass uns weitersuchen«, meinte Marthe. »Die Alte ist eine Betrügerin. Hier gibt es ganz bestimmt Besseres.«

Sie wollte weitergehen, aber mit einem Mal stockte sie und fuhr herum.

»Was ist?«, fragte Susanne, doch Marthe hob nur leicht die Hand und sah sich aufmerksam um. Für einen Moment hatte sie etwas gespürt, das sie an jemanden erinnerte. Aus den Augenwinkeln sah sie einen schwarzen Schatten davonhuschen. War es wirklich Ottos früherer Astrologe? Konnte das überhaupt sein? Und wenn ja – hatte er sie entdeckt?

Nachdenklich drehte sie sich zu ihrer Freundin um. »Ich dachte nur, ich hätte jemanden erkannt.«

Susanne gab nicht eher Ruhe, bis Marthe ihr von ihrem Verdacht erzählte. Dann hielten sie gemeinsam Ausschau.

»Es heißt, er wollte Ottos Pläne an Herzog Heinrich verraten«, berichtete Susanne. »Kurz nachdem Christian das herausgefunden hatte und Otto den Astrologen einsperren ließ, verschwand der nach einem Überfall auf geheimnisvolle Art. Manche sagen, die Angreifer hätten ihn befreit. Aber vielleicht hat er sich auch durch geheime Zauberkünste in Nichts aufgelöst.«

Sie griff nach Marthes Arm. »Schon möglich, dass er nun zum Gefolge des Löwen gehört. Aber wie können wir das herausfinden? Da dürfen wir uns nicht blicken lassen – und du schon gar nicht …«

In Marthe blitzte ein Gedanke auf. »Ludmillus! Er kann vor Heinrichs Leuten singen und sich dabei umschauen. Komm!«

So schnell es ging, zog sie Susanne durch das Gedränge zurück zu dem Platz, wo sie den Spielmann getroffen hatten.

Getrennte Wege

Ungeduldig wartete Hedwig auf ihren Gemahl. Ihre Stickerei hatte sie nach einigen fahrigen Versuchen beiseite gelegt, die angebotenen Naschereien abgelehnt, und zum Lesen im Psalter brachte sie diesmal nicht die gebotene Ruhe auf. Sie schlug das kostbare Buch zu und begann auf und ab zu gehen. Noch immer stritten Otto und die anderen Fürsten mit dem Braunschweiger um die Bedingungen für den Waffenstillstand, den der Kaiser gefordert hatte.

Sie hasste es, zu warten, während anderswo Entscheidungen getroffen wurden. Aber diesmal blieb ihr nichts anderes übrig. Ihr Schwager Dietrich hatte wie versprochen dafür gesorgt, dass sie Otto und ihrem Vater von dem Gespräch mit der Kaiserin berichten konnte. Natürlich hatte diese Neuigkeit für Aufsehen gesorgt. Wenn ihre Verbündeten erfahren würden, dass auch der Löwe für seinen Anteil an dem Streit empfindlich bestraft wurde, konnte die Genugtuung über dieses geheime Wissen ihre Bereitschaft zu einem Kompromiss fördern.

»Holt mir Marthe«, befahl sie schließlich. Wenig später führte eine Kammerfrau die Gesuchte herein.

Marthe kniete nieder, aber Hedwig befahl ihr mit einer schnellen Handbewegung näher zu treten.

»Ich danke dir, dass du diesen Spielmann zu mir geführt hast. Er ist wirklich außergewöhnlich gut. Ich werde meinen Gemahl bitten, ihn auf den Burgberg einzuladen und in unsere Dienste zu nehmen.«

Marthe lächelte. Sie wusste, dass Ludmillus längst im geheimen Auftrag Hedwigs auf der Suche nach Aloisius war. Wenn sie an die Geschichte von Christians Vater dachte, die Josefa ihr erzählt hatte, so schien die Arbeit als Spion wirklich ein verbreiteter Nebenverdienst der Spielleute zu sein.

Hedwig beugte sich leicht vor. »Wie ich gehört habe, war es notwendig, dass du heute Vormittag meinen jüngeren Sohn behandelt hast, weil er verprügelt worden ist – und zwar weder von der Kinderfrau noch von seinem Lehrer. Wer war es?«

Verlegen trat Marthe von einem Bein aufs andere.

»Verzeiht, Herrin. Dietrich hat mir das Versprechen abgerungen, das nicht zu verraten.«

»Hat er das?« Die Markgräfin zog eine Augenbraue hoch, starrte sie finster an und wartete auf eine Antwort.

»Ihr würdet es auch nicht gern hören …«, murmelte Marthe.

»Also war es Albrecht«, schlussfolgerte Hedwig stirnrunzelnd.

Marthe seufzte. »Da Ihr es schon wisst …«

Ottos ältester Sohn hatte schnell erfahren, dass seinem jüngeren Bruder die Ehre zuteil werden sollte, als Page am Hof des Kaisers ausgebildet zu werden. Voller Wut und Neid hatte er sich aus dem Gefolge seines Großvaters weggeschlichen, Dietrich aufgelauert und ihn so jämmerlich verprügelt, dass Marthe dessen Brust bandagieren musste, weil zwei Rippen angebrochen waren, und Eisenkrautumschläge auf sein zugeschwollenes linkes Auge gepackt hatte. Gesicht und Körper des Jungen waren voller schorfiger Schrammen und blauer Flecken.

Immerhin war Albrecht aus dem ungleichen Kampf auch nicht ungeschoren hervorgegangen. Wie Dietrich stolz berichtete, hatte er es geschafft, dem Älteren ein paar kräftige Fausthiebe und Tritte zu verpassen.

Noch bevor Hedwig etwas dazu sagen konnte, stieß Otto schwungvoll die Tür auf und ging mit großen Schritten auf Hedwig zu.

Er wirkte zufriedener als erwartet und voller Tatendrang, aber darunter spürte Marthe auch Beunruhigung.

»Lass sofort Christian kommen«, befahl er einem der Pagen, der sich umgehend auf den Weg machte.

»Schaut nicht so besorgt, meine Teure. Wir werden schon zu einer Einigung mit dem Löwen kommen«, dröhnte Otto, während er Hedwigs Rechte nahm und seine Lippen daraufdrückte. Er wirkte belustigt, als er den Kopf wieder hob und ergänzte: »Zumindest bis zum nächsten Hoftag.«

Mit einer Handbewegung scheuchte er die Dienerschaft und die Frauen von Hedwigs Gefolge aus dem Raum.

Als Marthe die Treppe hinuntergehen wollte, kam ihr Christian entgegen. Sie senkte die Augen und drückte sich an die Wand, um ihn vorbeizulassen, während ihr Herz so laut klopfte, dass sie befürchtete, er würde es hören.

»Du weißt, was die Entscheidung des Kaisers für unsere Pläne bedeutet?«, fragte Hedwig leise.

Otto dachte nicht daran, die Stimme zu senken. »Natürlich. Wenn er Heinrich die Goslarer Gruben wegnimmt, wird er nicht uns welche zusprechen. Das heißt, wir können nur eines tun – Tatsachen schaffen und das Bergwerk schleunigst in Gang setzen. Danach sehen wir weiter.«

»Ich wünschte, du würdest das alles etwas vorsichtiger beginnen. Das Bergregal liegt beim Kaiser! Ihm gehört alles, was tiefer in der Erde steckt, als ein Pflug gräbt. Du brauchst seine Erlaubnis, um Erz zu fördern!«

»Die würden wir jetzt nie und nimmer bekommen. Der Kaiser würde sich die Vorkommen in Christiansdorf ebenso sichern wie die in Goslar, wenn die sich als ergiebig erweisen. Lass uns erst einmal herausfinden, ob an der Sache überhaupt etwas dran ist, und uns die Gewohnheitsrechte sichern. Und sagte Christian nicht, das Zeug liegt auf den Wegen? Dann sollen sie es nur auflesen. Irgendwann braucht der Kaiser unser Entgegenkommen, damit sein Sohn zum König gewählt wird. Dann ist der Moment gekommen, ihn um das Schürfrecht zu bitten – und nicht eher.«

Mit einem zynischen Lächeln sah Otto seine Frau an. »Hat es nicht seinen eigenen Reiz, dass wir genau in dem Moment, wo Heinrich auf seine Goslarer Gruben verzichten muss, eigene eröffnen, die womöglich noch reichhaltiger sind?«

Hedwig musste lächeln. »Das schon. Mein Großvater trug einst den Namen Otto der Reiche – vielleicht gelingt dir das auch einmal. Aber wir sollten die Jagdbeute nicht schon verteilen, bevor das Wild erlegt ist.«

Ein Diener meldete Christians Ankunft.

»Ihr kommt genau im richtigen Moment«, begrüßte Otto den Ritter, während der ein Knie beugte und auf Befehle wartete. »Reitet in den Harz und holt jenen Bergmeister, von dem Ihr mir erzählt habt. Ihn und so viele Leute, wie er braucht, um zu prüfen, ob Euer Dorf tatsächlich auf Silber steht. Aber alles soll in großer Stille geschehen. Sollte sich die Vermutung bestätigen, lassen wir im nächsten Jahr mehr Bergleute kommen. Doch vorerst nur diese wenigen. Wenn der Bergmeister sich wirklich mit seinem Herrn überworfen hat, werden er und seine Familie ohnehin kein Aufsehen machen wegen ihres Weggangs.«

Christian verneigte sich. »Wie Ihr befehlt, Herr.«

»Ihr reitet noch heute. Bringt sie so schnell wie möglich in Euer Dorf, damit sie mit der Arbeit beginnen können. Die Weiber mit Sack und Pack sollen nachkommen, wenn sie ihre Karren beladen haben. Nehmt meinetwegen noch Eure Freunde mit, die den zweiten Zug führen. Und ein paar Reisige als Geleitschutz. Ich will nicht, dass Ihr dort welche anmieten müsst. Zweck und Ziel der Reise sollen geheim bleiben. Der Kämmerer wird Euch dafür Geld geben.«

Christian nickte und stand auf, um den Raum zu verlassen. Noch im Gehen rief ihm Otto hinterher: »Und wenn sie etwas herausgefunden haben, gebt mir unverzüglich Bescheid!«

Christian überschlug bereits in Gedanken, wann er mit den Bergleuten in seinem Dorf eintreffen könnte, wenn alles gut ging, wo er sie unterbringen konnte, und wie er die zusätzlichen Bewohner verpflegen konnte, wenn sie erst im beginnenden Herbst eintrafen.

Zunächst aber hatte er hier noch etwas zu regeln.

Er ging zu Gero und Richard und bat sie, ihn Richtung Goslar zu begleiten. Lukas wies er an, die Pferde zu satteln und alles für die Abreise vorzubereiten.

»Und ich? Willst du mich nicht dabeihaben?«, fragte Raimund.

Christian legte ihm die Hand auf die Schulter. »Mir wäre es lieber, du würdest dafür sorgen, dass Marthe nach dem Hoftag sicher wieder in ihr Dorf gelangt.«

»Natürlich. Du kannst dich auf mich verlassen.«

Dann suchte Christian nach Marthe. Er fand sie zu seiner Verblüffung beim Waffenmeister, dem sie eine wohlriechende Salbe in die gichtigen Hände einmassierte, während dieser vor Wohlbehagen aufstöhnte. Arnulf machte eine Bemerkung, über die Marthe lächeln musste. Christian staunte wieder einmal über ihre Fähigkeit, selbst die knorrigsten Kerle mit ihrer Arbeit zum Dahinschmelzen zu bringen und über ihr selten gewordenes Lächeln. Dann entdeckte sie ihn und erstarrte.

»Was ist los?«, fragte Arnulf, der die Augen geschlossen hatte. Träge blinzelnd erkannte er Christian, der Marthe mit ernstem Blick betrachtete.

»Was gibt es, Junge? Du warst der Beste von allen, denen ich je den Umgang mit dem Schwert beigebracht habe. Aber das gibt dir noch lange nicht das Recht, mir die kleine Heilerin abspenstig zu machen«, protestierte der alte Waffenmeister.

»Nachdem sie sich um meine Pranken gekümmert hat, bin ich jedes Mal wie neu und spüre das Gewicht des Schwertes gar nicht mehr.«

»Gott behüte«, entgegnete Christian.

Er setzte sich auf einen Schemel und sagte: »Ich warte, bis ihr fertig seid.«

Marthe fiel es schwer, sich unter Christians Augen auf die Arbeit zu konzentrieren. Schließlich wischte sie sich die Hände an einem Tuch ab und packte ihr Bündel zusammen.

»Ich komme morgen wieder. Lasst mich rufen, wenn es Euch recht ist«, sagte sie zu Arnulf und ging mit steifen Schritten zu Christian, der sie stumm beobachtete.

Er erhob sich. »Der Markgraf schickt mich mit einem besonderen Auftrag weg. Lukas und ich werden mehr als einen Monat unterwegs sein. Raimund wird dich nach Hause bringen, wenn Otto mit seinem Gefolge vom Hoftag aufbricht.«

Marthe erblasste und sah stumm zu Boden.

Es war ihm unmöglich, ihre Gedanken zu erraten, auch wenn er alles dafür gegeben hätte. Nachdem er auf so unverzeihliche Weise ihr gegenüber die Beherrschung verloren hatte, würde er wohl nie wieder unbeschwert mit ihr reden können.

Am nächsten Morgen gleich nach der Andacht machte sich Marthe auf den Weg zum Schwarzen Eber, um Ludmillus zu treffen. Weil sie allein kein Wirtshaus aufsuchen durfte, ohne in Verruf zu geraten, und weil sie sich nach Christians Abreise mehr denn je vor Randolf fürchten musste, ging sie zu Arnulf und bat ihn, ihr eine Begleitung zuzuteilen, um einen Auftrag Hedwigs auszuführen.

»Du sollst einen Spielmann einladen?«, fragte der Waffenmeister gut gelaunt. »Ich komme selbst mit. Auf diesen Ludmillus bin ich gespannt. Man erzählt sich großartige Geschichten über ihn.«

Der alte Kämpfer schnallte sein Schwert um und bahnte für sich und Marthe einen Weg durch die Gassen, in denen es vor Menschen nur so wimmelte.

Der Schwarze Eber war trotz der frühen Stunde schon dicht gefüllt.

»Die Spielleute? Die sind zur Frühmesse gegangen«, gab der

Wirt leutselig Auskunft, ein Mann mit spärlichem Haar, wulstigen Lippen und einer vor Schmutz starrenden Schürze. »Hätte nie gedacht, dass das fahrende Volk so gottesfürchtig ist. Ihr könnt hier warten, sie werden sicher bald wieder auftauchen.«

Er wies mit dem Kopf in die Ecke, wo auf einer Bank noch Platz war, wenn die anderen Gäste etwas zusammenrückten.

Arnulf schob sich und Marthe durch das Gedränge und warf dem Wirt eine Münze hin, der sogleich zwei Krüge Bier, Brot und Käse brachte.

»Iss nur, Kleine, kannst es gebrauchen«, meinte Arnulf aufmunternd und langte selbst kräftig zu.

Doch sie hatten kaum das Brot zerteilt, als die Tür aufgestoßen wurde und Ludmillus den Schankraum betrat. Marthe machte den Waffenmeister auf ihn aufmerksam. Arnulf erhob sich und ging auf den Spielmann zu.

»Du bist Ludmillus?«, fragte er den Neuankömmling. Der warf einen Blick auf den schwer Bewaffneten und erbleichte. Er sah kurz zu Hilarius, woraufhin dieser sofort die junge Frau und ihre Tochter am Arm nahm, um mit ihnen aus dem Raum zu verschwinden.

»Nein, nein, Ihr habt nichts zu befürchten«, sagte der Waffenmeister schnell, dem die Reaktion nicht entgangen war. Er zog Marthe neben sich, die ihm gefolgt war. »Wir sollen Euch im Auftrag des Markgrafen von Meißen und seiner Gemahlinfragen, ob Ihr wohl heute Abend vor ihnen singen und spielen würdet.«

Ludmillus atmete auf. Sofort fasste er sich wieder, nahm das Gebaren eines Gauklers an und verbeugte sich schwungvoll.

»Mit Vergnügen, edler Recke! Aber gestattet mir, zuvor noch ein paar Worte mit dieser Schönen zu wechseln.«

Arnulf tauschte einen Blick mit Marthe, die ihm beruhigend

zunickte. Der Spielmann zog sie in den Hof der Gastwirtschaft, wo sie zu sehen, aber nicht zu belauschen waren.

Er senkte die Stimme. »Hier können wir unauffälliger reden als in der Residenz. Gestern Abend habe ich vor Herzog Heinrich gesungen und mich anschließend erkundigt, ob es dort einen Gelehrten gibt, von dem ich mir die beste Sternenkonstellation für eine Hochzeit berechnen lassen kann. Der Kerl, zu dem sie mich geschickt haben und der mich übrigens nicht mal über die Schwelle seiner Kammer gelassen hat, sieht genauso aus, wie du ihn mir beschrieben hast.«

»Das muss ich der Markgräfin berichten.«

Ludmillus griff nach Marthes Hand. »Sei vorsichtig! Dies ist ein gefährliches Spiel. Vielleicht ist es besser, du behältst die Sache für dich und siehst zu, dass du nie seinen Weg kreuzt, solange ihr in Würzburg seid.«

Nun nahm er auch ihre zweite Hand. »Halte dich da raus. Sieh dich nur an – was ist aus dem fröhlichen Mädchen geworden, das ich unterwegs kennen gelernt habe? Der Kummer frisst dich auf.«

Marthes Augen begannen zu brennen.

»Du darfst dich nicht aufgeben«, sagte Ludmillus beschwörend. »Du gehörst nicht zu den Menschen, die ohne Liebe leben können.«

Er begann, leise ein Liebeslied zu singen. Marthe schlug die Hände vors Gesicht.

Im nächsten Augenblick war Arnulf an ihrer Seite und packte den Spielmann grob am Arm. »He, was hast du mit ihr gemacht?«

Marthe wischte sich schnell übers Gesicht. »Lasst nur, Arnulf, er hat mir nichts getan, er hat es gut gemeint.«

Misstrauisch musterte der Waffenmeister den Sänger.

»Ihr vergesst – ich bin der Spielmann, der die Weinenden zum

Lachen und die Lachenden zum Weinen bringt«, deklamierte Ludmillus.

»Dann sorg dafür, dass sie wieder lacht!«, knurrte Arnulf.

»Ein anderes Mal. Manchmal müssen von all den ungeweinten Tränen auch ein paar vergossen werden«, erwiderte der Spielmann sanft und ging seine Laute holen.

Christian war noch keinen Tag fort, als ein älterer Knappe zu Marthe kam. »Einer der Ritter fragt nach dir. Du sollst deine Salben und Öle mitbringen.«

Der Gesichtsausdruck des Jungen gefiel ihr nicht. Ihr Gefühl sagte ihr ganz deutlich, dass sie lieber wegrennen als ihm folgen sollte. Aber wenn einer der Herren sie zu sich beorderte, durfte sie sich nicht weigern. Also griff sie nach dem Korb und folgte ihm zu den Quartieren der Ritter.

»Hier ist es«, sagte er, klopfte an und trat einen Schritt zurück.

Marthe zögerte. Am liebsten wäre sie sofort umgekehrt. Im nächsten Moment wurde die Tür von innen aufgerissen, der Knappe stieß sie hinein und ließ die Tür krachend hinter ihr zufallen.

Als sie kehrtmachte und wegrennen wollte, legte einer der Männer einen schweren Riegel vor und grinste sie an.

Es war Giselbert, der Feiste von Randolfs Freunden.

Randolf selbst stand mit verschränkten Armen gegenüber der Tür und starrte sie mit einem Lächeln an, das ihr das Blut gefrieren ließ.

»Hallo, mein Liebchen«, sagte der Hüne mit ruhiger und umso bedrohlicher wirkender Stimme. »Ich habe gemerkt, du kannst schweigen. Du hast doch Christian nichts von unserem Besuch bei dir erzählt, nicht wahr?«

Gemächlich trat er zwei Schritte auf sie zu. »Ich hatte dich gewarnt. Also schweig noch ein bisschen länger!«

Er zerrte sie an den Haaren zu sich und bog ihren Kopf nach hinten. Marthes Korb fiel zu Boden, einer der kleinen Tonkrüge zerbrach und verbreitete den kräftigen Duft von Minze.

»Was soll ich eine teure Hure in Würzburg bezahlen, wenn ich die hier umsonst haben kann«, rief Randolf seinen Freunden zu, die prompt in Gelächter ausbrachen.

»Ich weiß nicht, eine Jungfrau zu nehmen, die schreit und wild um sich schlägt, macht irgendwie mehr Spaß«, meinte Giselbert.

»Du wirst schon auf deine Kosten kommen«, entgegnete Randolf. »Sonst prügle sie, bis sie dir den Gefallen tut.«

Er sah Marthe drohend an, die unter seinem unerbittlichen Griff erstarrt war. »Wenn du denkst, du kannst dich hinter Christian oder Ottos Weib verkriechen, dann täuschst du dich. Niemand wird dir glauben. Niemand wird dir helfen. Ich kann dich jeden Tag holen lassen, und du kannst nichts dagegen tun. Hast du das verstanden?«

Marthe blieb stumm.

Vor diesem Moment hatte sie sich die ganze Zeit gefürchtet. Die einfachen Leute waren den Launen der Mächtigen ausgeliefert, daran würde sich nie etwas ändern. Sie konnte ihnen nur das Vergnügen nehmen, sich an ihrer Angst zu weiden.

Randolf drehte ihren Arm so derb auf den Rücken, dass sie sich vornüberkrümmte. Dann warf er sie mit dem Gesicht nach unten aufs Lager und schlug ihren Rock hoch. Sein Gewicht presste ihr die Luft aus den Lungen, während er immer wieder voller Wucht in sie stieß.

Marthe zerbiss sich die Lippen vor Qual, aber sie gab keinen Ton von sich und wehrte sich nicht. Es hätte nichts bewirkt, außer dass sie blaue Flecken, Würgemale oder einen ausgeschlagenen Zahn würde erklären müssen. Tränen liefen ihr aus den Augenwinkeln, während der Schmerz durch ihren Körper brandete.

»Giselbert hat Recht. Wenn du schreist, gefällst du mir besser. Aber das wird schon noch«, sagte Randolf, während er seine Kleider ordnete. Dann winkte er den Nächsten heran.

Bertholds Dorf

Schon vier Wochen waren verstrichen, seit Raimund Marthe ins Dorf zurückgebracht hatte, aber von Christian und Lukas war noch nichts zu sehen und zu hören. Obwohl die Siedler von Marthe erfahren hatten, dass der Ritter im Auftrag des Markgrafen auf eine längere Reise geschickt worden war, wurden mit der Zeit ihre Mutmaßungen immer ausgefallener, was wohl ihren Herrn in die Ferne geführt haben mochte und wann er zurückkehren würde. Auch die Anweisungen, die Raimund von Christian überbracht hatte, warfen Fragen auf.

Dass Grete so viel Bier wie möglich brauen sollte, hatte noch Freudenrufe ausgelöst. Auch dass die erste Unterkunft, in der sie anfangs gemeinsam genächtigt hatten und die nun für einen Teil des Viehs und als Scheune genutzt wurde, ausgebessert werden sollte, mochte angehen, obwohl sie mitten in der Erntezeit eigentlich Wichtigeres zu tun hatten. Aber warum sollte der Köhler ausgerechnet jetzt, wo jede Hand gebraucht wurde, zwei zusätzliche Meiler errichten? Niemand im Dorf außer dem Schmied brauchte Holzkohle!

Doch der Herr mochte seine Gründe haben, also taten sie gut daran, seine Anweisungen zu befolgen.

Wenn Marthe abends todmüde und erschöpft etwas Ruhe

suchte, bettelten Johanna und Marie oft: »Erzähl uns vom Kaiser!«

Sie wollte nicht über diese Reise sprechen. Zu viel war geschehen, das sie lieber vergessen würde.

Aber die Kinder und auch die Älteren konnten gar nicht genug hören über die riesige Stadt Würzburg und die Pracht beim Hoftag. Wiprecht betrachtete seine weit gereiste Frau misstrauischer denn je. Sie schien ihm noch unheimlicher geworden zu sein nach all den Erlebnissen in einer Welt, die er nie gesehen hatte und nie zu sehen bekommen würde. Er hielt seit ihrer Rückkehr auffallend Abstand zu ihr – auch nachts.

Vielleicht spürte er sogar, dass etwas vorgefallen war, das ihre Abneigung gegen jegliche Berührung noch gesteigert hatte. Sie selbst erstarrte zu Eis, wenn er sich ihr auch nur auf drei Schritt näherte, weil sofort die Erinnerung an die neuerlichen Gewalttaten von Randolf und seinen Kumpanen in ihr aufbrandete.

Christians Ausbleiben bereitete ihr mittlerweile genauso viele Sorgen wie die Vorstellung von seiner bevorstehenden Wiederkehr.

Wenn ihm oder Lukas etwas zugestoßen wäre, hätte sie das gefühlt, dessen war sie sich sicher. Einerseits wünschte sie sich die beiden herbei, andererseits stieg jedes Mal Verwirrung in ihr auf, wenn sie an seinen Kuss dachte. Seitdem hatte sich Christian ihr gegenüber kühl statt wie bisher fürsorglich verhalten. Für immer? Die Vorstellung bedrückte sie.

Susannes Worte tönten immer wieder durch ihren Kopf: Wenn er dich satt hat, lässt er dich fallen und macht dir das Leben schwer.

Als ob ihr Leben nicht schon schwer genug war!

Abends fand sie kaum Schlaf, während Wiprecht neben ihr schnarchte und die Mädchen manchmal Unverständliches murmelten. In Wachträumen durchlebte sie wieder und wieder, wie Christians Lippen ihre berührten, wie seine Hände sanft und doch begehrend durch ihr Haar und dann auf ihre Schulter glitten. Ihr Körper zog sich zusammen, während sie immer noch seine Berührung zu spüren glaubte.

Fiel sie dann endlich in Schlaf, so suchten Albträume sie heim, bis sie schreiend auffuhr. Manchmal stapften darin weißhaarige Ungeheuer auf sie zu. Zumeist aber träumte sie, dass eine gewaltige Last ihren Körper zusammendrückte und sie sich vor Schmerz weder rühren noch bemerkbar machen konnte. Statt ihr zu helfen, gingen die Menschen um sie herum völlig ungerührt ihrer Arbeit nach. Niemand schien etwas zu bemerken, niemand kam, um sie von ihrer Qual zu befreien.

Wie zerschlagen, mit dunklen Schatten unter den Augen, taumelte sie dann durch den nächsten Tag – unter den argwöhnischen Blicken von Griseldis.

Als sich endlich jemand dem Dorf näherte, war es nicht Christian. Das Geschrei eines Maultiers kündigte den Besuch an. Wilhelm, der Älteste des benachbarten Bertholdsdorfs, hatte es offenkundig eilig, zu Marthe zu kommen.

»Bei uns hat eine Frau Schwierigkeiten, ihr Kind zu bekommen. Kannst du ihr helfen?«, fragte er.

»Ich muss meinen Mann und unseren Ältesten um Erlaubnis fragen«, antwortete sie, legte die Sichel beiseite, klopfte sich die Hände ab und ging zu Hildebrand. Wilhelm folgte ihr.

»Ihr könnt unsere Wehmutter in Anspruch nehmen, aber dafür bezahlt ihr uns«, schlug Hildebrand vor. »Was bietet ihr?«

Die beiden Männer begannen zu feilschen, während Marthe sich im Bach gründlich die Hände wusch und dann in der Kate die Sachen in ihren Korb packte, die sie für eine Entbindung brauchen würde.

Als sie wieder heraustrat, schienen sich die Männer einig geworden zu sein. Hildebrand nickte ihr zu. »Du kannst gehen.«

Unterwegs befragte sie Wilhelm genauer nach den Schwierigkeiten, die es bei der Niederkunft gab. Doch viel konnte der auch nicht sagen. Die Frau hatte schon einige Kinder geboren, so dass es zunächst keiner für nötig gehalten hatte, eine Hebamme zu holen. Doch nachdem die Wehen schon den zweiten Tag anhielten, hatten sie ihren Herrn um Erlaubnis gefragt, aus Christiansdorf Hilfe zu holen.

Als sie das Nachbardorf erreichten, sah Marthe, dass auch schon hier kräftig gebaut und gerodet worden war. Stapel behauener Stämme verbreiteten den gleichen Duft von frischem Holz, der auch über ihrem neuen Heimatort lag.

Einige Häuser waren bereits aufgebaut. Die Familien der Männer, die voriges Jahr allein mit dem Roden begonnen hatten, waren inzwischen eingetroffen. Überall sah sie Frauen auf winzigen Bohnenfeldern und Kinder, die Holz schleppten oder Krähen verscheuchten.

Wilhelm führte sie zuerst zu dem Ritter, dem das Dorf gehörte. Berthold war etwa so alt wie Christian, aber nicht so groß und eher stämmig. Er musterte sie wortlos und entließ sie mit einem knappen Nicken. Spürbar erleichtert brachte der Älteste sie dann auf kürzestem Weg zum Haus der Gebärenden, in dem es verdächtig still war.

Marthe trat ein und sah mehrere Frauen um ein Strohlager versammelt.

»Bist du die Wehmutter?«, fragte eine Frau verzweifelt. »Wir wissen uns nicht mehr zu helfen. Das Kind ist schon da, eine Totgeburt, aber sie hört nicht auf zu bluten!«

Marthe hockte sich neben die totenblasse Frau, die in einer

Lache aus Blut lag, und griff nach ihrer Hand. Hier kam jede Hilfe zu spät.

Die Frauen um sie herum verstanden ihren Blick sofort.

»Ich frage, ob wir Pater Bartholomäus holen dürfen«, sagte eine und ging hinaus.

Eine andere folgte ihr und kam wenig später mit einem hageren Mann und drei kleinen Mädchen wieder. »Nehmt Abschied von eurer Mutter«, sagte sie zu den Kindern, die in Tränen ausbrachen.

»Es tut mir Leid«, sagte Marthe und trat beiseite.

Eine der Frauen winkte sie zu sich. »Komm mit, ich gebe dir zu essen. Vielleicht kannst du etwas gegen meine Leibkrämpfe tun.«

Während sie der Frau, die sich als Anna vorgestellt hatte, einen Trank aus Hirtentäschel und Frauenmantel braute, erzählte ihr diese vom Weg der Frauen und Kinder hierher und ihrer Ankunft vor einigen Wochen.

Doch bald kam ein Junge ins Haus gerannt. »Die fremde Wehmutter soll zum Herrn kommen!«

Marthe stand auf, nickte Anna freundlich zu und ließ sich von dem Jungen zu Berthold führen.

Der sah sie mit kalten Augen an. »Wie ich höre, ist durch deine Nachlässigkeit eine der Frauen aus meinem Dorf zu Tode gekommen.«

Marthe bemühte sich, ruhig zu antworten. »Verzeiht, Herr, das ist nicht meine Schuld. Es war kaum noch Leben in ihr, als ich kam.«

Berthold unterbrach sie mit einer schroffen Handbewegung. »Ich dulde keine Widerrede! Sei froh, wenn ich dich nicht auspeitschen lasse. Du wirst mir den Verlust ersetzen, indem du an ihrer Stelle hier bleibst.«

Er winkte Wilhelm heran. »Sie wird für mich arbeiten. Sorg dafür, dass sie nicht wegläuft.«

Wilhelm sah Marthe verlegen von der Seite an und verbeugte sich dann ungelenk vor Berthold. »Wie Ihr wünscht, Herr. Wohin soll ich sie bringen?«

»Teil sie zur Arbeit auf meinen Feldern ein. Aber vorher soll sie nach denjenigen sehen, denen etwas fehlt. Dann bringst du sie wieder in mein Haus.«

Marthe war verblüfft über die Dreistigkeit, mit der Berthold sie einfach behalten wollte. Aber sie war sicher, dass man sie zu Hause bald vermissen und ihre Herausgabe fordern würde. Also folgte sie Wilhelm widerspruchslos. Sie hatte schon beim Betreten des Ortes gesehen, dass hier eine Heilkundige dringend gebraucht wurde, und wollte bleiben, bis sie zumindest die schlimmsten Fälle versorgt hatte.

Um sie im Auge behalten zu können, hatte Berthold angewiesen, dass sie sich mitten auf dem Dorfplatz um die Kranken kümmern sollte. So konnte sie sich nur den Beschwerden zuwenden, für die niemand mehr ausziehen musste als schicklich war. Bis zum Einbruch der Nacht behandelte sie eitrige Verletzungen an Händen und Füßen, räudige Haut, sich lockernde Zähne und schlimme Hustenattacken. Dabei suchte sie unauffällig nach einer Möglichkeit, in der Dunkelheit wegzulaufen. Aber ein kräftiger Mann mit finsterer Miene blieb stets in ihrer Nähe und ließ sie nicht aus den Augen.

Sie wurde unruhig, als Wilhelm sie am Abend erneut in Bertholds Haus brachte.

Der Ritter schickte die anderen hinaus und musterte sie mit merkwürdigem Gesichtsausdruck. Als er sie schließlich ansprach, klang seine Stimme sonderbar.

»Du bist also die Hexe, die den Astrologen und den Medicus von Ottos Hof vertrieben hat? Der zuliebe Christians Knappe seinen ersten Mann getötet hat und deretwegen ein tumber Reisiger aus Franken immer noch vor Angst schlottert?«

Marthe fragte sich verwundert, woher Berthold das alles wusste, entgegnete aber nichts.

Zögernd hob Berthold eine Hand an ihre Wange. Doch er berührte sie nicht, sondern ließ die Hand wieder sinken. Bin ich ihm unheimlich?, dachte Marthe.

Dann drehte er sich um und holte einen derben Strick. »Lass dir ja nicht einfallen, hier irgendwelchen Hexenzauber auszuprobieren oder wegzulaufen!«

Er knotete ihr den Strick eng um die Taille, warf das Ende über einen der Dachbalken und befestigte ihn so weit oben, dass sie ihn nicht erreichen konnte.

»Iss das und schlaf dann!« Er warf ihr ein Stück Brot zu und ging. Marthe hörte noch, wie er draußen befahl, das Haus zu bewachen. Eine alte Frau kam herein, musterte sie mit verkniffenem Gesicht und machte sich dann wortlos am Herdfeuer zu schaffen.

Marthe aß das Brot, dann rollte sie sich zusammen und überlegte. Entbindungen dauerten oft länger. Vor dem nächsten Tag würde sich in ihrem Dorf niemand wundern, wenn sie nicht zurückkam. Jeder würde davon ausgehen, dass sie sich noch um ein paar Kranke kümmerte.

Warum hat sich Hildebrand nicht wie damals Christian zusichern lassen, dass ich unbeschadet wieder zurückkommen darf?, dachte sie missgelaunt. Andererseits – gegen Bertholds Befehle würde Wilhelms Wort kaum gelten. Wahrscheinlich hatte Berthold von Anfang an geplant, sie zumindest eine Zeit lang hier zu behalten, weil sich in seinem Dorf niemand richtig auf Krankheiten und ihre Heilung verstand.

Spät in der Nacht kam der Ritter zurück und schlurfte zu ihrem kargen Lager. Sie erstarrte und stellte sich schlafend.

Berthold roch stark nach Bier. Aber er verharrte nur einen Moment, ging dann zum Tisch und ließ sich von der alten Frau noch mehr Bier bringen.

Wie ein Stück Vieh an einen Strick gebunden und frierend, aber unbehelligt, verbrachte Marthe die Nacht.

Als Berthold ihr am nächsten Morgen den Strick abnahm, schlug sie ihm vor, jetzt gleich und nicht erst in der Dämmerung mit der Behandlung der Kranken zu beginnen.

»Ich kann weder dich noch die anderen auf den Feldern entbehren«, sagte der mürrisch.

»Aber wenn es ihnen schnell besser geht, werden sie auch schnell besser für Euch arbeiten können. Und bei Tageslicht kann ich leichter erkennen, was ihnen fehlt«, versuchte Marthe, ihn zu überzeugen.

»Meinetwegen. Aber halt dich nicht zu lange damit auf! Sag ihr, was du brauchst.« Mürrisch wies er auf die alte Frau, die seinen Haushalt besorgte.

Marthe bat die Alte um heißes Wasser und saubere Tücher und stellte einen Schemel in die Dorfmitte, um Kranke und Leidende zu empfangen.

Wieder ließ der bärbeißige Wächter sie nicht aus den Augen.

Doch am Nachmittag bekam sie auf einmal das intensive Gefühl, noch aus einer anderen Richtung beobachtet zu werden.

Sie bat ihren Bewacher um Erlaubnis, in einem nahe gelegenen Gebüsch die Notdurft verrichten zu dürfen. Auffallend langsam und gut sichtbar schlenderte sie dorthin und wartete.

Nach einer kurzen Weile flüsterte sie: »Kommt raus!«

Es raschelte kurz, dann steckte Bertram seinen struppigen Kopf durch die Zweige. Gleich darauf tauchte neben ihm Kunos von Sommersprossen übersätes Gesicht auf.

»Jonas und noch ein paar von uns sind gekommen, weil wir

uns Sorgen um dich gemacht haben«, flüsterte er. »Wir zwei sollten erst einmal die Lage erkunden, bevor sie sich offen zeigen.«

Marthe berichtete kurz von Bertholds willkürlicher Entscheidung und ihrem Beschluss, sich um die kranken Dorfbewohner zu kümmern, bevor sie die Flucht vorbereitete.

Während Bertram entrüstet die Backen aufblies, meinte Kuno mit leuchtenden Augen: »Wir sagen den Männern Bescheid. Falls sie dich nicht freiwillig rausgeben, warte bis zum Einbruch der Dämmerung. Dann starten wir etwas zur Ablenkung. Das wird ein Spaß! Wenn alle zum Bach rennen, lauf schnell zu dem Gebüsch dort drüben. Da warten wir auf dich.«

Marthe lobte die Jungen für ihren Mut und schlenderte dann mit dem harmlosesten Gesichtsausdruck, zu dem sie in der Lage war, zurück an ihren Platz.

Wenig später erstarrten die Dorfbewohner und fingen an zu wispern, als sich Jonas und Wiprecht offen näherten.

»Wir kommen aus Christiansdorf und wollen unsere Wehmutter zurückholen, die ihr um Hilfe gebeten hattet«, rief Jonas laut. »Ich bin Jonas, der Schmied, und das ist Wiprecht, ihr Mann.«

Niemand regte sich, bis Berthold aus seinem Haus kam und sich breitbeinig aufstellte, die Hand unübersehbar am Heft seines Schwertes. Währenddessen zerrte Marthes Bewacher sie ins nächste Haus. Vorsichtig lugte sie durch die kleine Fensteröffnung und lauschte, was geschah. Der Wind trug nur einzelne Wortfetzen zu ihr herüber, aber offensichtlich lehnte Berthold das Ansinnen ab. Nach einer Weile entfernten sich die beiden Christiansdorfer.

Mit einem Knurren bedeutete ihr Bewacher, dass sie mit der Arbeit fortfahren solle. Marthe widmete sich erneut der verhärmten Frau, die über stechende Schmerzen am linken Auge klagte.

Was würde das für ein Ablenkungsmanöver sein?, überlegte sie.

Und warum war Hildebrand nicht dabei?

Ein Schmied konnte darauf bestehen, als geachteter Mann behandelt zu werden. Und Wiprecht sollte als ihr Ehemann Ansprüche geltend machen. Aber hätte nicht der Dorfälteste zuerst sprechen müssen? Vielleicht tat sie ihm Unrecht, und er hatte im Plan der anderen eine wichtige Rolle inne. Doch für wahrscheinlicher hielt sie, dass sich Hildebrand vor der Auseinandersetzung gedrückt hatte. Er würde keinen Streit mit einem Höhergestellten riskieren – und schon gar nicht ihretwegen.

Marthe verbarg ihre Anspannung, so gut es ging und überlegte, wie sie im richtigen Moment ihrem Bewacher am besten entkommen konnte.

Als sei das nötig für eine Mixtur, zerrieb sie scharfe Minze zu feinem Pulver. Wenn sie ihm diesen Staub ins Gesicht blies, würde ihn das für einen Moment blind machen.

Plötzlich richteten sich mehrere Dorfbewohner auf und blickten misstrauisch um sich. Sie machte sich innerlich zur Flucht bereit. Wenig später schrie jemand gellend: »Rauch! Es riecht nach Rauch! Irgendwo brennt es!«

Im nächsten Moment sah sie lodernde Flammen hinter einem Holzstapel am Bach. Die Dorfbewohner rannten zur Brandstelle, wo im nächsten Moment heilloses Durcheinander herrschte.

Marthe lief los, aber schon nach dem ersten Schritt hatte Berthold sie an der Schulter gepackt. »Hiergeblieben! Ich lasse mich nicht so leicht täuschen.«

Blitzschnell warf ihm Marthe das Pulver in die Augen, das sie in ihrer rechten Hand verborgen hatte. Bertholds Griff lockerte sich, als er sich hastig mit der anderen Hand übers Gesicht rieb. Dann plötzlich schrie er auf, stolperte und ließ sie los. Aus dem Augenwinkel sah Marthe, dass Kuno sich herangeschlichen und ihm einen Knüppel vor die Beine gehauen hatte.

Während Berthold sich halb blind wieder aufrappelte, rannten Marthe und Kuno, so schnell sie konnten, zu dem Versteck, wo bereits Jonas, Guntram, Wiprecht und Bertram auf sie warteten. Wenig später stießen noch Martin und ein paar der anderen Burschen dazu. Lachend und mit ihren Taten prahlend, machten sie sich auf den Heimweg.

»Wo ist Hildebrand?«, fragte Marthe leise Jonas, nachdem sie allen überschwänglich gedankt hatte.

»Oh, dem macht seine alte Verletzung so zu schaffen, dass er nicht mitkommen konnte«, knurrte der Schmied mit viel sagendem Gesichtsausdruck.

Marthes abenteuerliche Befreiung sorgte im Dorf für Gesprächsstoff und viel Gelächter. Guntram und Jonas organisierten für die Nacht Wachgänge, um vor einem möglichen Rachefeldzug der Bertholdsdorfer sicher zu sein. Aber alles blieb ruhig. Berthold schien auf eine Entgegnung zu verzichten. Immerhin hatte Marthe ohne Lohn fast sein halbes Dorf kuriert.

Zukunftspläne

Am nächsten Morgen erwachte Marthe mit dem sicheren Gefühl, dass Christian und Lukas nicht mehr weit sein konnten. Unruhig und fahrig arbeitete sie in den Beeten, während ihr die Katze um die Beine strich. Immer wieder wandte sie den Blick suchend in die Richtung, aus der die beiden kommen mussten.

Als die Sonne den höchsten Stand überschritten hatte, richtete sich Marthe jäh auf und starrte auf den schmalen Pfad, der von Westen her ins Dorf führte. Lange stand sie so da, zur Verwunderung der Dorfbewohner. Grete trat bedächtig an ihre Seite.

»Siehst du etwas?«, wollte die Alte wissen.

Noch ehe Marthe antworten konnte, hörte sie ein Pferd wiehern. Aber es war nicht Drago, dessen war sie sich sicher. Was konnte das bedeuten? Sie wechselte einen raschen Blick mit Grete. Inzwischen näherten sich ihnen noch mehr Dorfbewohner.

Im nächsten Moment preschte Lukas auf seinem Braunen ins Dorf.

Marthe zuckte zusammen. Wo war Christian? War ihm etwas zugestoßen? Aber Lukas wirkte munter wie immer, hielt vor der Gruppe um Hildebrand und sprang vom Pferd.

»Mein Herr hat mich vorgeschickt. Er wird noch heute eintreffen«, verkündete er, während die Bauern Dankgebete ausstießen. Auch Marthe war erleichtert – bis sie Lukas' Blick auffing. Rasch senkte sie die Lider und verschloss ihr Gesicht, denn sie befürchtete, dass der Knappe dort schon zu viel gelesen haben könnte.

Lukas wirkte für einen Moment irritiert. Doch dann wandte er sich wieder an Hildebrand und Griseldis.

»Der Herr bringt zwölf neue Leute mit«, eröffnete er dem überraschten Dorfältesten. »Ihr sollt schon alles für die Ankunft vorbereiten: einen großen Kessel Essen kochen und in der Scheune für sie Platz schaffen.«

»Zwölf Leute? Aber wo sollen die hin und was sind das überhaupt für welche, junger Herr?«, rief Griseldis schrill, bis ihr Mann sie in die Rippen stieß.

»Schsch ..., Weib! Schweig still, der Herr wird sich schon etwas dabei überlegt haben. Du hast es gehört, also kümmere dich.«

»Christian wird es euch selbst erklären«, entgegnete Lukas. »Er wird bald eintreffen.« Lächelnd wandte er sich an Grete: »Was denn nun, gibt es nicht einmal einen Krug Bier für einen weit gereisten Mann?«

Während die Frauen darangingen, eine Mahlzeit für die Neuankömmlinge vorzubereiten und in der Scheune Platz zu schaffen, hielten die Jungen Ausschau nach Christian und seiner rätselhaften Begleitung. Es war schon kurz vor Einbruch der Dämmerung, als Kuno wild mit den Armen schlenkernd durchs Dorf stürmte. »Sie kommen, sie kommen!«

Erleichtert und beklommen zugleich sah Marthe von ihrer Arbeit auf. Wie die anderen lief sie den Ankömmlingen entgegen, um den Herrn des Dorfes gebührend zu begrüßen.

Unter gesenkten Lidern musterte sie den Ritter und die Leute, die er mitgebracht hatte. Es waren zehn Männer und zwei Frauen, eine davon hochschwanger. Ihr Anführer war in gutes Tuch gekleidet und trug sogar ein Schwert an seiner Linken. Er musste also von höherem Rang sein. Was mochte ihn hierher geführt haben? Der Fremde ließ seinen Blick so intensiv über den Boden wandern, dass sie den Eindruck hatte, er suche etwas und würde am liebsten das Erdreich danach durchwühlen.

Christian stellte ihn den Siedlern als Bergmeister Hermann vor. Während Grete zuerst Christian, danach dem Bergmeister und dann seiner Begleitung Bier zur Erfrischung reichte, und sich die Ansammlung der Dorfbewohner langsam zu zerstreuen begann, huschte Marthe unauffällig davon.

»Was gibt es Neues?«, erkundigte sich Christian, nachdem er Grete gedankt und durstig einen großen Schluck getrunken hatte.

Natürlich war das Abenteuer vom Vortag das Erste, wovon er erfuhr. Die jungen Männer konnten es gar nicht erwarten, von ihrem siegreichen Streifzug ins Nachbardorf zu berichten.

Doch während sie prahlten, verfinsterten sich Christians Gesichtszüge zusehends.

Suchend blickte er um sich. Als er Marthe in ihrem Kräutergarten hantieren sah, bat er die Erzähler, einen Moment innezuhalten, und ging rasch zu ihr.

Marthe sah von weitem, dass Christian mit großen, hastigen Schritten in ihre Richtung kam. Er war zornig. Auf sie? Susannes Mahnung schrillte wieder durch ihren Kopf.

Sie ließ nicht erkennen, dass sie ihn bemerkt hatte, und arbeitete, den Rücken ihm zugewandt, weiter. Dabei hatte sie zu kämpfen, dass ihre Hände nicht zitterten.

Christian zog sie mühelos hoch und drehte sie ungeduldig zu sich.

»Ist Berthold dir zu nahe getreten?«, fragte er schroff.

Sie sah für einen winzigen Augenblick auf. »Nein, Herr. Er hat mir nichts angetan.«

Das unmerkliche Aufatmen in Christians immer noch zornigem Gesicht beruhigte sie ein wenig. Er ist nicht wütend auf mich, er hasst mich nicht, dachte sie erleichtert.

Weil er noch nicht überzeugt schien von ihren Worten, fügte sie hinzu: »Er wusste alles – von dem Astrologen, vom Medicus ...«

Mit undurchdringlicher Miene ging Christian zurück zu den

Männern. Er befahl Lukas und Hildebrand, sich um die Unterbringung des Bergmeisters und seiner Leute zu kümmern und ihnen das Essen auszuteilen.

»Ich werde bald zurück sein«, rief er im Gehen, schwang sich auf den Grauschimmel und ritt los in die Richtung von Bertholds Dorf.

Es dauerte nicht lange, bis Christian wiederkam. Wortlos, aber mit zufriedenem Gesichtsausdruck schnallte er sein Schwert ab und gab es Lukas zum Schärfen.

Dann ging er wieder zu Marthe und sagte kurz angebunden: »Du kannst künftig ohne Furcht Krankenbesuche in Bertholds Dorf machen, wenn du das möchtest. Sie werden dich anständig behandeln, dich bezahlen und gehen lassen, wann immer du willst.«

Währenddessen bestürmten Kuno und Bertram den Knappen. »Hat er ihn abgestochen?«, fragte Kuno mit unverhohlener Begeisterung.

Lukas musste sich ein Lächeln verkneifen. Er zog das Schwert aus der Scheide und musterte es gründlich. »Hm. Kein Blut dran. Und nur zwei Scharten. Schätze mal, es war ein recht kurzer Kampf, bis der andere auf Knien lag und unserem Herrn alles versprochen hat, was der nur hören wollte.«

»Och, dabei hätte ich gern zugeschaut«, meinte Kuno mit sehnsüchtigem Seufzen.

»Ich auch, ich auch«, gab Lukas grinsend zurück. »Es ist immer wieder ein erbaulicher Anblick.«

Als die Fremden gegessen hatten und untergebracht waren, schickte Christian nach Hildebrand und Jonas. Den Bergmeister und Vater Bartholomäus suchte er persönlich auf, um sie zu sich zu bitten.

Nachdem Grete jedem einen Krug Bier vorgesetzt hatte, kam Christian ohne Umschweife zur Sache.

»Auf Geheiß des Markgrafen werden Bergmeister Hermann und seine Leute hier in unserem Dorf nach Silber graben. Es gibt viel versprechende Anzeichen dafür, dass Gott diesen Ort mit reichen Vorkommen gesegnet hat.«

Während Jonas und Hildebrand überrascht die Augen aufrissen, begann Hermann auf Christians Zeichen hin zu sprechen.

»Morgen bei Tageslicht werden wir versuchen, die Erzgänge zu finden«, sagte er bedächtig. »Wie ergiebig sie sind, wissen wir erst nach den Schmelzproben. Aber die erste war außerordentlich – und ich sehe hier überall Bleiglanz auf dem Boden liegen. Kann sein, dass wir anfangs nicht einmal graben müssen, sondern es nur auflzulesen brauchen.«

Hildebrand konnte nicht mehr an sich halten. »Soll das heißen, all diese schweren schwarzen Steine, über die wir uns beim Pflügen so grämen, sind aus Silber? Echtem Silber?«

»Zumindest zum Teil. Sie enthalten auch Blei, vielleicht noch Kupfer«, antwortete der Bergmeister mit gedämpfter Stimme.

»Und Eisen?«, wollte Jonas wissen.

»Ungewiss.«

Hildebrand, der sonst selten viele Worte machte, war inzwischen dermaßen in Aufregung geraten, dass sich seine Stimme überschlug. »Wir hausen auf Silber! Gott hat uns gesegnet! Wir werden alle reich!«, rief er aus und prustete beim Sprechen Speicheltröpfchen in die Luft.

Energisch hob Christian die Hand. »Halt ein!«

Die Gier in den Augen des Ältesten war ihm nicht entgangen.

»Ich habe im Harz viele Bergleute gesehen. Die meisten von ihnen sind nicht reicher als du – viele sogar noch ärmer, denn du hast wenigstens ein Stück Land, auf dem du ackern kannst«, wies Christian den Ältesten streng zurecht.

Er sah hinüber zu dem Bergmeister, der zur Bestätigung nickte und selbst weitersprach.

»Die Arbeit des Bergmanns ist hart und gefährlich. Sein halbes Leben verbringt er in der Dunkelheit des Berges, bedroht von bösen Wettern, Streckenbrüchen und launischen Berggeistern. Nicht selten gräbt er Monate, bis er endlich auf eine Ader stößt, die ergiebig genug ist, damit er seine Familie ernähren kann. Und manch einer findet sie nie …«

Hildebrand schaute verständnislos zu Christian. »Aber Herr! Dann bringt Ihr uns eine Gruppe von Armen, wo wir selbst Mühe haben, über den Winter zu kommen?«

»Du solltest ihn besser kennen«, wies ihn Jonas zurecht.

»Und dir außerdem darüber klar werden, dass du dich soeben der Sünde der Habgier schuldig gemacht hast«, fügte Pater Bartholomäus energisch hinzu.

Hildebrand erbleichte und sank auf die Knie. »Verzeiht mir, Vater. Und auch Ihr, Herr.«

»Genug«, unterbrach ihn Christian. »So Gott will und sich die Hoffnung der Bergleute erfüllt, kann unser Dorf zu Wohlstand kommen. Aber nicht über Nacht. Zunächst müssen wir uns einig werden, wie wir Meister Hermanns Männer unterstützen können, ohne mit der Ernte und dem Roden in Verzug zu geraten.«

»Mein Sohn könnte ihnen bei der Arbeit helfen. Er ist flink und anstellig«, rief Hildebrand, aus dessen Gesichtszügen unverkennbar die Vorstellung sprach, durch Bertram an den erhofften Reichtum zu kommen, den die Bergleute dem Boden entreißen wollten. Das schien auch Grete bemerkt zu haben, die verächtlich schnaubte und dem Ältesten so schwungvoll nachschenkte, dass ein Teil des Biers auf seinen Kittel schwappte.

»Nein. Niemand von uns darf seine Arbeit vernachlässigen, sonst leiden wir im Winter schlimme Not«, widersprach Christian. »Silber macht dich nicht satt, wenn das Dorf eingeschneit ist und die Vorräte zu Ende gehen. Und zuerst müssen Meister Hermann und die Seinen feststellen, ob es sich überhaupt lohnt, hier ein Bergwerk in Gang zu setzen. Sie müssen Schmelzöfen bauen und aus dem Silber Münzen prägen lassen. Es dauert also, bis wir davon Korn kaufen können. Aber falls das Vorkommen ergiebig ist, werden einmal alle einen Nutzen davon haben.«

Er wandte sich an den Bergmeister. »Ihr werdet die Arbeit wie besprochen mit Euren Männern beginnen. Unser Schmied wird für Euch arbeiten. Verhandelt mit ihm über die Bezahlung – und auch mit dem Köhler wegen der Holzkohle.«

»Soll das heißen, dass allein Jonas und Gernot etwas von dem Silber abbekommen?«, rief Hildebrand.

»Mein Sohn, jetzt hast du auch noch die Sünde des Neids auf dich geladen«, ging Bartholomäus noch schärfer dazwischen, »und die des mangelnden Respekts gegenüber deinem Herrn.«

Hildebrand senkte den Kopf und schwieg beschämt.

Christian bat seine Gäste vors Haus. »Seht Ihr den Hügel hinter der Kirche, Bergmeister? An dieser Stelle könnt ihr Häuser bauen. Das Holz überlässt uns der Markgraf. Wenn nötig, sprecht mit Guntram, der hier am besten damit umzugehen weiß. Aber ich vermute, Ihr habt geschickte Zimmerer dabei.«

Der Bergmeister nickte. »Ich habe meine besten Leute mitgebracht. Danke für Eure Hilfe.«

Als die Besucher sich verabschiedeten, hielt Christian den Pater noch für einen Moment zurück. Er bat ihn nochmals ins Haus und schenkte ihm selbst ein weiteres Bier ein.

»Was liegt dir auf der Seele, Sohn?«, brummte Bartholomäus nach einem Moment des Schweigens.

Christian zögerte einen Moment. »Waren Hildebrands Worte ein Vorgeschmack auf das, was uns erwartet? Neid und Gier und Streit unter den Männern?«

»Wenn, dann sicher auch unter den Frauen – die stehen da nicht nach, soweit ich weiß«, meinte der Pater lächelnd.

Doch dann wurde sein Gesichtsausdruck ernst. »Niemand kann sagen, was geschehen wird. Aber die Menschen hier vertrauen und folgen Euch. Also vertraut Euch auch selbst.«

Am nächsten Morgen beobachteten die Bauern aufmerksam, wie die Neuankömmlinge gemeinsam mit Pater Bartholomäus in die Kirche gingen, um zu beten und das Tagwerk segnen zu lassen, das ihrer aller Zukunft verändern konnte.

Mit Neugier beäugten sie dann das wundersame Gebaren der Fremden. Suchend schritt der Bergmeister über den Boden, las da und dort etwas auf, stieß hier und da Stöcke in den Boden und wies gelegentlich ein paar seiner Leute an, größere Flächen freizuscharren.

Die Bauern schüttelten verwundert die Köpfe und gingen wieder ihrer Arbeit nach. Schließlich wollte niemand Christians Zorn auf sich ziehen.

Während fast alle durch das merkwürdige Treiben abgelenkt waren, kam die hochschwangere Fremde zu Marthe in die Kate.

Die andere Frau, die mit den Bergleuten gekommen war, sollte ihnen das Essen kochen und ihre Wäsche flicken. Diese aber war die Tochter des Bergmeisters und hieß Gertrud, wie Marthe bereits wusste.

Gertrud setzte sich unaufgefordert.

»Die Leute sagen, du bist eine weise Frau«, meinte sie befehlsgewohnt und streckte ihren geschwollenen Leib vor. »Mach mir das Ding da weg!«

Marthe war für einen Augenblick sprachlos. »Du wirst bald gebären«, sagte sie dann. »Das ist der einzige Weg, den Bauch loszuwerden.«

Die Schwangere starrte sie hasserfüllt an. »Du musst mir helfen! Mach es weg! Ich bezahle dich auch gut dafür.« Aus einem Beutel kramte sie ein paar Münzen hervor, die Marthe recht wertvoll erschienen.

»Steck das Geld wieder ein«, sagte sie freundlich zu der Fremden. »Bald wirst du dein Kindchen im Arm halten und es lieb gewinnen.«

»Niemals!«

Gertruds hochmütige Miene verschwand schlagartig und sie begann zu weinen. »Ich will es nicht! Und hier in dieser Einöde gibt es nicht einmal ein Nonnenkloster, wo ich es vor die Pforte legen könnte!«

Marthe ging auf das Mädchen zu und griff nach seiner Hand. Als sich Gertrud nicht dagegen wehrte, zog sie sie zu sich heran und strich ihr tröstend über das blonde Haar. Marthe hatte schon bei Fine gelernt, dass viele Patienten keine Medizin, sondern einfach nur Trost brauchten.

Unter heftigem Schluchzen erzählte Gertrud nach und nach ihre Geschichte. Ein eleganter junger Mann aus dem Gefolge des Herzogs von Sachsen hatte sie umschwärmt, bis sie seinem Werben nachgegeben hatte und seine Liebste geworden war. Sie hatte darauf vertraut, dass er sein Versprechen halten und sie heiraten würde. Schließlich war die Tochter eines Bergmeisters keine schlechte Partie. Doch als feststand, dass sie schwanger war, leugnete er, je mit ihr zusammen gewesen zu sein.

»Als mein Vater davon erfuhr, forderte er ihn auf, sein Wort einzulösen. Doch der Schändliche hat alles geleugnet.«

»Hat deine Mutter dich nicht gewarnt?«, fragte Marthe behutsam.

»Sie ist schon lange tot. Vater hat mich allein aufgezogen. Nachdem er diese Schande miterleben musste, hat er beim Gerichtstag Klage erhoben. Doch der Vogt hat ihn abgewiesen und gemeint, er solle froh sein, wenn ich nicht wegen Hurerei aus dem Ort geprügelt werde.«

Sie wischte sich die Nase am Ärmel ab und schniefte.

»Ich hatte gehofft, ich würde das Balg unterwegs verlieren, dann hätte hier keiner etwas von meinem Unglück erfahren. Aber nun werde ich ewig in Schande bleiben.«

Marthe schwieg. Was sollte sie auch dazu sagen? Bei allem Unglück konnte Gertrud noch froh sein, dass ihr Kind in freiwilliger Vereinigung gezeugt worden war und nicht durch Gewalt.

»Leg dich für einen Moment hin«, meinte sie schließlich und untersuchte die Schwangere sorgfältig. »Dein Kind hat sich schon gesenkt, es will bald kommen. Kann sein, sogar sehr bald – etwas zu früh. Aber hier, fühlst du das?« Sie legte Gertruds Hand auf den unförmigen Leib. »Bald hältst du es im Arm und kannst es liebkosen. Ich steh dir bei der Entbindung bei.«

Sie half ihr auf und bereitete ihr einen Trunk aus Melisse und Johanniskraut zur Beruhigung. Doch die Miene, mit der Gertrud die Kate verließ, machte Marthe deutlich, dass sie sich Sorgen um die junge Frau und das Leben ihres ungeborenen Kindes machen musste. Ich habe mir eine Feindin gemacht, begriff sie. Womöglich sogar eine gefährliche Feindin.

Christian begleitete den Bergmeister bei den Untersuchungen und ließ sich genau erklären, wonach Hermann Ausschau hielt.

»Hier legt einen Schurf an«, wies der Bergmeister zwei seiner Leute an. Sie begannen umgehend, mit Hacken und Keilhauen eine Fläche freizukratzen, die etwa drei Schritt lang und ebenso breit war. Das Erdreich war hier rötlich verfärbt, der Bewuchs karger als sonst.

»Sieht aus, als hätten wir einen ausstreichenden Gang«, meinte Meister Hermann. Auf Christians fragende Miene hin erklärte er: »Der Erzgang tritt an die Oberfläche. So wissen wir, wo wir schürfen können. Hier brauchen wir nicht einmal einen Wünschelrutengeher, der die Gänge in Gottes unterirdischem Reich aufspürt.«

Aufmerksam musterte er die freigelegte Fläche, tauschte kurze Blicke mit den Bergleuten und stieß erleichtert den Atem aus.

»Die rötliche Färbung kommt vom Eisen«, sagte er zu Christian. »Es heißt: Ein gutes Bergwerk hat einen eisernen Hut, einen silbernen Bauch und bleierne Füße. Direkt darunter könnte das Silbererz sein.«

Mit ihren Werkzeugen arbeiteten sich die Bergleute in den Boden hinein, bis sie auf schwarz glänzendes Gestein stießen. Sie wechselten bedeutungsvolle Blicke, doch niemand sagte etwas.

Dann bohrte der Bergmeister einen Stock in den Boden und drehte sich zu einer Stelle um, die bereits ähnlich markiert war.

»Denkt Euch eine verlängerte Linie von diesen beiden Stecken zum Bach. Wo genau haben die Salzkärrner ihren ersten Fund aufgelesen?«, fragte Hermann den Ritter.

Mit Erstaunen stellte Christian fest, dass jene Stelle genau auf der gedachten Linie lag. Hermann las ihm die Antwort vom Gesicht ab und lächelte verhalten.

»Wir wollen den Tag nicht vor dem Abend loben ...«

Er winkte seine Leute heran und stapfte mit ihnen gemeinsam

Richtung Bach, immer entlang der gedachten Linie. Ohne zu beachten, dass ihre Schuhe und Beinlinge nass wurden, durchquerten sie den Bach, die Blicke voller Anspannung auf die Böschung am anderen Ufer gerichtet, die an jener Stelle beinahe halbe Mannshöhe erreichte. Kraftvoll hieb einer der Männer mit seinem Werkzeug auf die Böschung ein, um sie von Pflanzenbewuchs zu befreien. Als er das Erdreich freigelegt hatte, kam an eben dieser Stelle erneut schwarzes Gestein zum Vorschein.

Die Bergleute begannen zu jubeln, manche sanken ungeachtet des Wassers auf die Knie und sprachen Dankgebete.

Bergmeister Hermann jedoch wandte sich hochzufrieden an Christian. »Diese dritte Fundstelle ist der Beweis.«

Mit einer ausgreifenden Bewegung deutete er auf die Markierungen. »Hier entlang verläuft ein gewaltiger Erzgang. Wenn er so reichhaltig ist wie mächtig, Ritter, dann wird Euer Dorf einmal berühmt und Ihr werdet ein gemachter Mann.«

Ist ein reicher Mann ein gemachter Mann?, dachte Christian bei sich. Reichtum bedeutete ihm nichts. Aber Reichtum war Macht. Wenn das Silber dem Dorf zu Wohlstand verhalf und dazu beitrug, dass er die ihm anvertrauten Menschen besser schützen konnte, sollte es ihm recht sein.

Der Bergmeister stellte in der Kirche eine dicke Kerze als Dank für Gottes Gnade auf. Als Christian davon erfuhr, musste er über Hermanns vorausschauende Zuversicht lächeln. Die Bergleute hatten nur die nötigsten Dinge auf den ersten Karren laden können – und der Meister hatte offensichtlich fest damit gerechnet, etwas zu finden, wofür er eine solch teure Kerze stiften konnte. Sonst hätte er mit seinen Leuten zu den Bergwerken in Böhmen oder Italien ziehen müssen, um sich dort zu verdingen, denn zurück in den Harz konnten sie nicht.

Bei ihrem Aufbruch hatten sie in ihren Gruben Fahrten und Haspeln zerschlagen.

Vom nächsten Tag an mischten sich die Axtschläge der Siedler mit den hämmernden Schlägen der Bergleute. Während die meisten der Neuankömmlinge den Boden umwühlten, begannen zwei unter Anleitung des Bergmeisters direkt am Bach mit dem Bau eines Schmelzofens, der aus vom Wasser rund geschliffenen Steinen und Lehm bestand. Die Stelle hatten sie gemeinsam mit Christian ausgewählt.

Die Bauern und selbst Jonas, der Schmied, staunten über die riesigen Blasebälge, die sie dazu von ihrem Karren zerrten. Für die Schmelze würde enorme Hitze benötigt, erklärte Hermann; mehr noch als zum Schmieden von Eisen.

Kamen daher die Rauchwolken, die ich im Traum über dem Dorf gesehen hatte, nachdem wir hier angekommen waren?, fragte sich Marthe.

Fünf Tage später trafen Gero und Richard mit den Frauen, Kindern und etlichen Gerätschaften ein.

Gleich am nächsten Morgen brachen die Brüder wieder auf, um den Markgrafen von der Ankunft der Bergleute zu informieren.

Die Jagd

Schon einen Tag später kam ein berittener Bote aus Meißen und fragte nach Christian.

»In zwei Tagen unternehmen der Markgraf und die Markgräfin einen Jagdausflug in Euer Dorf. Bereitet alles für den Empfang vor«, sagte er. »Euch selbst erwartet Otto über morgen früh am Falkenkopffelsen, damit Ihr an der Jagd teilnehmt.«

Sieh an, dachte Christian. Ottos Neugier auf das Ausmaß seines künftigen Silberschatzes ist größer als die Sorge, die Sache könnte sich vor der Zeit herumsprechen.

»Wie groß wird die Jagdgesellschaft sein?«

»Rechnet mit dreißig Leuten«, meinte der Bote mit herablassendem Blick auf die wenigen Katen.

Christian ließ dem Mann eine Mahlzeit und ausreichend Reiseproviant geben und ging zum Bergmeister.

»Können Eure Probierer übermorgen schon erste Ergebnisse vorlegen?«

»Ich weiß nicht, ob wir das schaffen«, meinte Hermann nach einigem Nachdenken. »Aber wir werden Euch nicht enttäuschen.«

»Gut. Wie Ihr Euch denken könnt, ist der Markgraf ein sehr ungeduldiger Mann, wenn er jetzt schon hier auftaucht.«

Hermann kramte in seinem Beutel und holte einige Silbermünzen hervor. »Wie geschickt ist Euer Schmied, wenn es nicht um Eisen geht? Vielleicht kann er daraus etwas machen, das den Markgrafen und seine schöne Dame etwas geduldiger stimmt?«

Christian verstand sofort. Gemeinsam gingen sie zu Jonas.

So viel war vorzubereiten, und Christian war mehr als erleichtert, dass der Markgraf eine Jagd als Vorwand für seinen Besuch angegeben hatte. Denn das bedeutete, er musste sich um das Fleisch für so viele Gäste keine Sorgen machen. Außerdem würden sie Jagdzelte mitbringen. Sein Haus war zu bescheiden, um einen Markgrafen und dessen Gemahlin zu beherbergen, das Dorf noch viel zu klein, um Besucher von Rang und in solch großer Zahl aufzunehmen. Sie hatten nicht einmal genug Stroh, um es für die Lager der Gäste aufzuschütten.

Dennoch ließ er das Bett, das Guntram ihm gebaut hatte, frisch herrichten. So konnte er Otto und Hedwig anbieten, unter einem festen Dach zu schlafen.

Er rief die jungen Männer zusammen, damit sie eine Koppel für die Pferde der Jagdgesellschaft bauten. Grete ließ er Brot backen, obwohl ihm bewusst war, dass Ottos Hofstaat weißes, viel feineres Brot gewohnt war als das grobe, das sie aus Gerste und Roggen machen konnte. Wahrscheinlich brachte Otto ohnehin den Küchenmeister mit. Doch schließlich mussten auch die Jagdgehilfen, Pferdeburschen und Diener verpflegt werden.

Er schickte Kaspar auf die Suche nach Honig und die Kinder in den Wald, um frische Beeren und Pilze zu sammeln.

Diese viele Arbeit mitten in der Erntezeit stellte das ganze Dorf auf den Kopf. Doch auch abgesehen davon, waren die Christiansdorfer nicht wenig besorgt angesichts der angekündigten Gäste. Solch hohe Herrschaften hatten die meisten von ihnen noch nicht zu Gesicht bekommen. Ob sie wohl die Gnade des Markgrafen finden würden?

Bevor er selbst zum angewiesenen Treff aufbrach, hatte Christian ihnen erklärt, dass Jagdhörner vom Nahen der vornehmen Reisegesellschaft künden würden. Dann konnten sich die Dorfbewohner zusammenfinden, um niederzuknien und die Gäste zu empfangen. Grete hatte bereits für den Willkommenstrunk einen zinnernen Pokal kräftig poliert, den Raimund seinem Freund geschenkt hatte.

Kuno und Bertram kletterten abwechselnd auf die höchsten Bäume, um Ausschau zu halten und den anderen sofort Bescheid geben zu können, wenn sich die Gäste näherten.

Doch dann kam alles anders. Statt einer lärmenden, ausgelassenen Jagdgesellschaft preschten zwei Reiter ins Dorf, von denen einer einen weiteren Mann vor sich im Sattel umklammert hielt.

»Wir bringen einen Verwundeten! Holt schnell eure weise Frau her«, schrie der erste Reiter.

Während Marthe losrannte, hoben die Männer vorsichtig den Verletzten vom Pferd und legten ihn ins Gras. »Ein Bär hat ihn angegriffen. Kümmere dich darum! Wehe dir, wenn er stirbt«, herrschte einer der Ritter sie an.

Doch als Marthe erkannte, wer da kreidebleich mit tiefen Wunden quer über der Brust zu ihren Füßen lag, war ihr, als griffe eine eiskalte Hand um ihr Herz. Es war Ekkehart, einer von Randolfs Freunden. Einer ihrer Peiniger.

Ohne etwas von ihrer Verstörung zu bemerken, wies Hildebrand an, den Verwundeten vorsichtig in Wiprechts Haus zu schaffen.

»Mein Weib wird sich vorzüglich um ihn kümmern, hoher Herr«, versicherte Wiprecht eifrig unter vielen Verbeugungen.

Der zweite Reiter – Giselbert, der Feiste von Randolfs Freunden – folgte ihnen.

Marthe schickte die Kinder hinaus, sobald der Verletzte im Haus war. Giselbert baute sich drohend vor ihr auf. »Wenn er stirbt, stirbst du auch!«

»Das ist mir gleichgültig«, gab sie zornig zurück. »Wenn Ihr wollt, dass Euer Freund lebt, verlasst dieses Haus.«

»Bist du von Sinnen, Weib?«, keuchte Wiprecht und warf sich vor dem reich gekleideten Ritter zu Boden.

»Verzeiht, edler Herr! Sie weiß nicht, was sie sagt, ein böser Geist muss ihren Geist verwirrt haben. Hört nicht darauf, vergesst es … Sie wird ihr Bestes tun!«

Der Ritter gab ihm einen Fußtritt und blickte weiter drohend auf Marthe.

Die griff nach einem der kleinen Krüge mit ihren Arzneien. »Ihr lasst mich jetzt besser allein.«

Giselbert packte sie grob am Arm. »Du wirst mich um deinen schnellen Tod anflehen, wenn es ihm nicht sehr bald besser geht.«

Mit dieser Drohung stapfte er aus dem Haus, während Wiprecht ihr einen finsteren Blick zuwarf, dann dem Ritter nacheilte und weitere Entschuldigungen stammelte.

Nachdenklich betrachtete Marthe den Verletzten. Der Bär hatte sein Wams zerfetzt und ihm die Krallen tief durch das Fleisch gezogen. Aus einigen Wunden sickerte noch Blut. Ekkehart schien nicht unmittelbar in Lebensgefahr, aber die Verletzungen schmerzten bestimmt sehr.

Plötzlich schlug er die Augen auf und griff nach ihrer Hand. »Hilf mir, bitte!«, stöhnte er.

Mit einem heftigen Ruck entzog sie ihm ihre Hand. »Rührt mich nicht an«, rief sie hasserfüllt.

Sie drehte sich um, träufelte etwas in einen Becher Wasser und hielt ihm das an die Lippen, während sie seinen Kopf stützte.

»Trinkt!«

Mit schmerzverzerrtem Gesicht erforschte er ihre Miene.

»Ist es Gift? Deine Rache für das, was wir dir angetan haben?«

Resigniert schloss er die Augen.

»Wirst du mir wenigstens den Pater schicken? Wenn du mir nicht vergeben kannst, vielleicht kann Gott es.«

So schwer ihm die Bewegung auch fallen musste, Ekkehart griff nach dem Becher, wobei er sorgfältig vermied, ihre Hand zu berühren, und trank. Dann ließ er sich zurücksinken.

Marthe hockte sich stumm neben ihn und wartete.

Der Trank zeigte schnell Wirkung. Es war Gift, aber nur ein schwaches. Die ihm verabreichte Menge würde nichts anderes bewirken als einen vorübergehenden tiefen Schlaf.

Sie würde ihn heilen. Aber sie würde es nicht ertragen können, dabei seine Blicke auf sich zu spüren und seine Stimme zu hören.

Im Gegensatz zu Randolfs anderen Freunden hatte er sie nicht auch noch geschlagen. Doch er hatte zugesehen, wie seine Spießgesellen ihr Gewalt antaten und sie dann ebenso gegen ihren Willen genommen. In Würzburg hatte er sie oft mit Blicken verfolgt, aus denen nicht Hohn oder kalte Drohung sprachen, sondern etwas, das sie nicht deuten konnte, das ihr aber nicht weniger Angst einflößte.

Nachdem der Schlaftrunk Wirkung zeigte, machte sie sich daran, die Wunden zu säubern. Von Tieren zugefügte Verletzungen entzündeten sich oft und heilten schwer. Weniger schonend als sonst spülte sie das verkrustete Blut ab und wusch die tiefen Krallenspuren dann mit allen reinigenden Essenzen aus, über die sie verfügte. Während sie die Wunden nähte, empfand sie grimmige Genugtuung. Er würde noch tagelang Schmerzen leiden. Recht geschah ihm!

Doch als sie fertig war, kauerte sie sich zusammen und fragte sich, ob sie nicht auch vergiftet war – von Hass.

Würde sie bei Vater Bartholomäus Gnade finden, wenn sie ihm das beichtete? Doch dann müsste sie auch alles andere erzählen, was sie ihm bisher verschwiegen hatte. So hatten sich ihre Geheimnisse angehäuft, und sie war wohl gänzlich verdammt.

Allmählich bekam sie das Gefühl, an all dem zu ersticken, was sie seit Randolfs erstem Einfall ins Dorf in ihrem Innersten verschlossen hatte.

Sie sorgte wohl besser dafür, dass Ekkehart aus ihrem Haus hinausgetragen wurde. In den Zelten der Jagdgesellschaft konnte sie gelegentlich nach seinen Wunden sehen, solange Otto und seine Begleitung hier blieben. Aber aus ihrer unmittelbaren Nähe sollte er verschwinden.

Sie warf noch einmal einen Blick auf den Verletzten, um sich zu vergewissern, dass er ruhig schlief. Dann ging sie nach draußen.

Obwohl die Jagdgesellschaft bei ihrer Ankunft im Dorf eine Menge Lärm veranstaltet hatte, hatte Marthe vor lauter Arbeit fast nichts davon mitbekommen.

Als sie nun vors Haus trat, sah sie überrascht, dass auf nahezu jeder freien Fläche farbenprächtige Zelte aufgebaut waren, vor denen Menschengruppen lagerten oder Pferde grasten. Am Bach saßen um eine Tafel mehrere Damen und Ritter und plauderten.

Der dünne Küchenmeister scheuchte ein paar Diener, die schweißüberströmt zwei Wildschweine an gewaltigen Spießen über dem Feuer rösteten und jede Menge kleineres Wild brieten.

Sie konnte weder Christian noch Otto oder Hedwig unter den vielen Menschen entdecken, doch zu ihrer Erleichterung auch nicht Giselbert.

In der Nähe ihres Hauses wartete der Ritter, der den verwundeten Ekkehart auf seinem Pferd gehabt hatte. Er erhob sich und kam auf sie zu. »Wie geht es ihm?«

»Er schläft, Herr. Ich habe seine Wunden gereinigt und verbunden. Jetzt braucht es einfach nur Zeit, damit er wieder zu Kräften kommt. Vielleicht lasst Ihr ihn in eines der Jagdzelte bringen.«

Der Fremde schien über diesen Vorschlag froh und rief gleich nach ein paar Männern, damit die sich darum kümmerten.

Kaum im Dorf eingetroffen, hatte sich Otto von Christian sofort zum Bergmeister führen lassen.

»Sagt mir, dass Ihr gute Nachrichten habt«, forderte der Markgraf Hermann auf.

Der verneigte sich tief. »Das haben wir, mein Herr. Christiansdorf steht auf einer mächtigen Silberader. Und wahrscheinlich gibt es noch mehr ganz in der Nähe.«

Der Bergmeister winkte Jonas herbei. »Aus dem ersten Silber, das wir erschmelzen konnten, hat dieser Schmied etwas gefertigt, das Ihr Eurer Gemahlin als Symbol dessen verehren könnt, was Euch hier erwartet.«

Der Schmied kniete nieder und hielt Otto eine silberne Mantelschließe entgegen, in die er mit seinem feinsten Nagel ein Blumenmuster eingehämmert hatte, das Karl für ihn entworfen hatte: in schwungvollen Linien verschlungene Rosen.

Christian verbarg seine Verwunderung über die Worte des Bergmeisters. Immerhin hatte er selbst zugesehen, wie Jonas die Münzen eingeschmolzen hatte, um das Schmuckstück anzufertigen. Er hoffte inständig, dass die Probierer inzwischen Ergebnisse vorlegen konnten. In der kurzen Zeit seit ihrer Ankunft war Otto ihm nicht von der Seite gewichen, so dass er keine Gelegenheit gehabt hatte, den Bergmeister zu fragen, was sie herausgefunden hatten.

Sichtlich erfreut nahm der Markgraf den Silberschmuck entgegen und reichte ihn Hedwig. »Hier, meine Teure, gefällt sie Euch?«

»Sie ist wunderschön«, meinte Hedwig mit einem Lächeln zu Jonas. »Vor allem, wenn sie ein Symbol dessen sein soll, was Christiansdorf uns allen bringen kann. Bergmeister, wie viel Mark Silber warten hier zu unseren Füßen darauf, ans Tageslicht gefördert zu werden?«

»Wenn Ihr erlaubt, hohe Frau und Ihr, edler Markgraf, lasst Euch das von den Schmelzern persönlich berichten.«

Das breite Lächeln, das sich dabei über Hermanns Gesicht zog, ließ Christian aufatmen. Sie hatten es also geschafft – und das Ergebnis musste gut ausgefallen sein.

Zu viert gingen sie hinüber zum Schmelzofen, wo zwei rußverschmierte Gestalten an den Blasebälgen hantierten.

»Verzeiht, Herr, wir dürfen unsere Arbeit nicht unterbrechen«, stammelte einer von beiden, nachdem er eilig auf die Knie gesunken war. »Wenn das Feuer abkühlt, war alle Arbeit umsonst.«

Hermann deutete auf ein rundes Behältnis im Ofen, das mit flüssigem Metall gefüllt war. »So reiches Erz habe ich in meinem ganzen Leben noch nicht gesehen. Es ist fast reines Silber!«

Ottos Augen begannen zu leuchten.

»Lasst uns in Euer Haus gehen, Christian«, sagte er und winkte einen der Diener herbei, die sich in der Nähe aufhielten. »Gute Nachrichten machen mich immer hungrig. Der Küchenmeister soll uns etwas bringen lassen – sofort!«

Der Diener verbeugte sich und eilte davon.

»Was braucht Ihr, um so schnell und so viel Silber wie möglich zu fördern?«, fragte Otto ohne weitere Umschweife, als er zusammen mit Hedwig, Christian und dem Bergmeister um den Tisch in Christians Haus saß.

»Mehr erfahrene Leute. Aber um diese Jahreszeit können wir keine mehr holen, der Winter ist schon zu nah«, antwortete Hermann. »Bis dahin werden wir hier weiterarbeiten, so schnell es geht.«

»Aber sie müssen auch Häuser bauen. Das können wir Christians Leuten nicht zumuten – die werden so schon kaum genug Vorräte für den Winter haben, wo jetzt noch so viele Esser zusätzlich ins Dorf gekommen sind«, wandte Hedwig ein.

Otto machte eine Handbewegung, als ob er das Problem vom Tisch wischen wollte. »Ich schicke Zimmerer, die Euch dabei zur Hand gehen werden. Einen Karren voll Stroh und Bohnen fürs ganze Dorf und was Ihr sonst noch braucht. Ich will, dass Ihr Euch mit aller Kraft um das Schürfen und Schmelzen kümmert. Und im Frühjahr entsende ich jemanden, der mehr Leute holt.«

Der Markgraf wandte sich an Christian. »Ihr seid auffallend schweigsam heute.«

Christian war erleichtert über Ottos Bereitschaft, seinem Dorf zusätzliche Lieferungen zukommen zu lassen. Aber eine Sache bereitete ihm Sorgen. »Ich bin überrascht, dass Ihr so viele Menschen mit hierher bringt. Wenn sich das herumspricht, wird das Eure Verhandlungen mit Bischof Gerung erschweren. Und es könnte Diebesgesindel hierher locken, das denkt, hier seien jetzt schon gewaltige Schätze zu holen.«

Otto biss genussvoll in eine Geflügelkeule und winkte ab.

»Das hier sind allesamt meine treuen Vasallen. Ich lasse sie schwören, dass sie schweigen. Dem Bischof werde ich ohnehin nicht verheimlichen können, warum ich das Dorf haben will. Was meint Ihr, Bergmeister, sollte ich mir die Nachbardörfer auch gleich rückübertragen lassen?«

»Das liegt bei Euch, Herr. In einigen Wochen können wir mehr sagen, sofern Ihr uns erlaubt, auch dort zu schürfen.«

Otto wischte sich die Finger ab und überlegte kurz. »Hört meinen Beschluss: Wo von heute an in diesem gesamten Gebiet ein Mann Erz suchen will, mag er das mit Recht tun. Vorausgesetzt, er zahlt ein Drittel der Ausbeute an mich.«

Der Bergmeister atmete tief durch. »Gut, Herr. Es ist Brauch, dass jeder, der eine Fundstelle aufgespürt hat, seinen Anspruch darauf zunächst beim Bergmeister anmeldet. Wollt Ihr dies beibehalten? Und wünscht Ihr, dass ich das Amt hier für Euch ausübe, das mir auch in der alten Heimat übertragen worden war?«

»Tut dies, aber im Einvernehmen mit Christian. Er ist der Herr des Dorfes.«

Während Hermann sich tief verneigte, stopfte sich Otto den letzten Leckerbissen von der Platte in den Mund und erhob sich.

»Ich will, dass es keine Pause beim Abbau gibt. Bleibt jemand seiner Grube länger als drei Tage fern, fällt sie an einen anderen Eigner!«

Bevor er ging, legte er dem Ritter die Hand auf die Schulter.

»Ihr habt uns einen großen Dienst erwiesen. Seid Euch unseres Dankes gewiss.«

Christian verneigte sich.

Hedwig erhob sich, taumelte und griff nach Ottos Arm.

»Was ist los, meine Liebe? Ist dir nicht wohl?«

»Ich bin wohl zu schnell aufgestanden«, erwiderte sie matt. »Die Aussichten können einen schon schwindlig machen.«

»Soll ich nach Marthe schicken?«, fragte Christian besorgt.

Hedwig lächelte. »Das wird nicht nötig sein. Aber lasst sie trotzdem kommen. Ich würde sie gern wiedersehen.«

»Ich gratuliere Euch, Herrin«, meinte Marthe, nachdem sie Hedwig mit kurzem, wachem Blick gemustert hatte.

»Ja, wir verdanken Christians schnellem und klugem Handeln große Möglichkeiten – ihr für euer Dorf und wir für die Mark Meißen.«

»Verzeiht, Herrin. Ich meinte Euer Befinden. Wenn Ihr möchtet, stelle ich Euch ein paar Kräuter zusammen gegen die morgendliche Übelkeit.«

Hedwig sah erstaunt auf Marthe. »Du überraschst mich immer wieder. Bisher war ich mir selbst noch nicht sicher.

Schließlich bin ich seit Dietrichs Geburt nicht mehr schwanger geworden. Aber wenn du schon so viel weißt, sag mir auch: Wird es ein Erbe oder eine Tochter?«

»Ich denke, ein Mädchen. Und ganz bestimmt so schön wie seine Mutter.«

Hedwig lächelte in sich hinein. Männer wollten immerzu Söhne. Doch sie hatte Otto schon zwei geschenkt. Unter Söhnen müsste er den Besitz aufteilen und weiter verkleinern. Und die beiden, die er schon hatte, waren bereits im Kindesalter verfeindet und würden wahrscheinlich noch viel heftiger übereinander herfallen, wenn sie erst erwachsen waren. Töchter konnte man verheiraten und damit neue Verbündete gewinnen, ohne das Land weiter aufzusplittern.

Während die Jagdgesellschaft, Christian, der Bergmeister und Vater Bartholomäus das Mahl einnahmen, feierte Marthe endlich Wiedersehen mit Susanne, die sie schon längst unter den Besuchern entdeckt hatte, die sich aber erst jetzt davonstehlen konnte. Glücklich über das Wiedersehen, umarmte sie die Freundin, deren Bauch nun schon deutlich gerundet war.

»Wie ergeht es dir mit deinem Schmiedegehilfen? Ist er gut zu dir?«, wollte Marthe als Erstes wissen.

»Oh, er frisst mir aus der Hand«, meinte Susanne lachend.

»Also hast du gar keinen Liebestrank gebraucht.«

Susanne verzog das Gesicht. »Du hast mir ja keinen besorgt. Da musste ich mir anders helfen.«

»Und wie?«

Susanne zog sie ein Stück beiseite. »Versprich mir, dass du schweigst!«

Marthe nickte.

»Ich war bei einer der Huren unterhalb der Burg, früher war

sie Milchmagd.« Susanne machte eine geheimnisvolle Pause, bevor sie leise weitersprach.

»Es gibt Dinge, die keine sittsame Ehefrau wissen sollte, geschweige denn tun würde. Aber genau damit bringst du einen Mann um den Verstand. Er wird alles tun dafür.« Sie kicherte.

Marthe hob jäh die Hand. »Sei still!«

»Tu doch nicht so scheinheilig«, entrüstete sich Susanne.

»Nein, das meine ich nicht«, sagte Marthe hastig. »Leise! Irgendetwas stimmt hier nicht.«

Während sich ihre Freundin erschrocken umsah, beugte sich Marthe vor und spürte in alle Richtungen.

An der Tafel hob ein gut gelaunter Otto seinen Becher. »Heute ist ein Tag der guten Nachrichten. Lasst uns trinken auf das Wohl meiner Gemahlin und auf den Sohn, den sie mir gebären wird!«

Hochrufe und Glückwünsche erklangen, die Hedwig lächelnd entgegennahm, ohne zu widersprechen. Jetzt war nicht der Augenblick, von einer Tochter zu reden.

Während der Lärm an der Tafel zunahm und die Gäste zusehends betrunkener wurden, fiel Christians Blick auf Marthe, die in einiger Entfernung wie erstarrt vornübergebeugt dastand und zum Wald spähte. Der Anblick alarmierte ihn.

In diesem Moment stieg Drago und schlug laut wiehernd mit den Vorderbeinen in die Luft. Die Hunde begannen zu kläffen.

»Herr, gestattet mir, die Tafel für einen Moment zu verlassen«, bat er Otto leise. »Ich fürchte, etwas ist nicht in Ordnung.«

Der Markgraf entließ ihn mit einer leutseligen Geste, während er sich wieder den lärmenden und fröhlichen Zechern zuwandte.

Aufmerksam um sich blickend, ging Christian Richtung Koppel, wo inzwischen immer mehr Pferde unruhig wurden.

Urplötzlich brach ein Bär aus dem Wald und stürzte auf die Tischgesellschaft zu.

Noch während die Gäste aufschrien, hatte sich das Untier aufgerichtet und mit einem Prankenhieb einem der Küchenburschen die Hirnschale zertrümmert. Der Unglückliche war bereits tot, noch ehe sein Körper auf dem Boden aufschlug.

Die Ritter am Tisch waren aufgesprungen, aber sie hatten alle zur Mahlzeit ihre Schwerter abgelegt – und zwischen ihnen und ihren Waffen stand mannsgroß und mit aufgerissenem Maul der Bär. Nur die lose aufgelegten Tischplatten trennten sie noch von der Bestie.

Christian konnte sich als Einziger frei bewegen. Noch im Laufen griff er nach einem der Spieße, die in der Nähe aufgestellt waren, und zerrte mit der Linken ein zur Hälfte angebranntes Scheit aus dem Kochfeuer.

Mit einem Schrei und einer heftigen Bewegung zog er die Aufmerksamkeit des Bären auf sich, der sich umgehend von der Tafel ab- und dem einzelnen Gegner zuwandte.

»Lasst die Hunde los«, schrie irgendwer.

»Nein, sonst zerfleischen die den Mann«, ertönte das Gegenkommando.

Mit einem wuchtigen Stoß trieb Christian dem Bären den Spieß in den Leib, doch der zerbrach die Waffe mit einem wütenden Schlag seiner linken Pranke. Der Schaft zersplitterte, nur noch ein paar Zoll ragten aus dem Körper des Tieres. Nichts ließ erkennen, dass ihn die Verwundung zu Fall bringen würde.

Hoch aufgereckt stand das Raubtier da, ebenso groß und um ein Vielfaches massiger als sein Gegner, brüllte wütend und hieb mit den Pranken nach Christians Kopf.

Der wich gerade noch rechtzeitig aus, und die Krallen fuhren über seine rechte Schulter. Mit dem brennenden Scheit in seiner Linken, hielt er sich die Pranken des Bären vom Leib, zog den Dolch und stieß ihn mit aller Kraft in das Herz des wilden Tieres. Dann sprang er zurück – nun völlig unbewaffnet.

Einen schier unendlichen Moment lang stand der Bär still. Dann wankte er und schlug dumpf zu Boden.

Erleichtert klatschten die Damen Beifall, die Ritter ließen anerkennende Rufe hören. Dass jemand einen wütenden Bären nur mit einem Messer erlegt hatte, hatte noch keiner von ihnen je zu sehen bekommen.

Christian winkte nach ein paar Helfern, die das tote Tier auf den Rücken wälzten, zog sein Messer heraus, säuberte es und steckte es zurück in die Scheide.

»Ihr habt Euch einmal mehr als einer meiner tapfersten Ritter erwiesen«, lobte der Markgraf mit laut tönender Stimme. »Nehmt dies als Dank!«

Er reichte ihm einen edelsteingeschmückten Pokal.

Damen umringten Christian bewundernd, mehrere Ritter klopften ihm anerkennend auf die Schulter – ein Gunstbeweis, auf den er gern verzichtet hätte, denn es kostete ihn Mühe, dabei nicht vor Schmerz zusammenzuzucken.

Hedwig bemerkte zuerst, dass er Schulter und Arm steif hielt.

»Ihr seid verletzt, Christian. Lasst Euch umgehend von Marthe behandeln. Ich bestehe darauf«, sagte sie mit besorgter Miene.

Christian verneigte sich, so gut es seine Verletzung zuließ.

»Wie Ihr wünscht, hohe Dame. Ihr erlaubt, mein Herr, dass ich mich entferne?«

»Wie kann ich meiner Gemahlin widersprechen?«, dröhnte Otto leutselig. »Geht nur, geht, und lasst Eure Schulter wieder in Ordnung bringen. Ich werde doch nicht zulassen, dass einer meiner besten Schwertkämpfer seine Beweglichkeit einbüßt.«

»Siehst du, wie die Hure schon wieder um den Hungerleider balzt?«, knurrte Giselbert zu Ekkehart. Er hatte dem Verletzten, dem die Diener nach dem Aufwachen vor dem Zelt einen bequemen Lagerplatz eingerichtet hatten, ein paar Stücke Fleisch und Wein von der Tafel gebracht. Niemand von den anderen konnte sie hören.

»Und statt etwas dagegen zu unternehmen, gibt Otto ihr auch noch Recht darin, sich überall einzumischen. Randolf würde Gift und Galle speien«, schäumte Giselbert weiter

»Nur gut für ihn, dass er weit weg ist. Otto verübelt ihm immer noch, dass er ihn gegen Hedwig misstrauisch gemacht hat«, meinte Ekkehart, während er vorsichtig versuchte, sich zu bewegen, was einen brennenden Schmerz in seiner Brust verursachte.

»Es heißt, Otto habe einige Kniefälle machen müssen, bis er wieder sein Recht im markgräflichen Bett einfordern konnte«, zischte Giselbert. »Eine Schande! Es gehört sich nicht für einen Mann, das Weib um etwas zu bitten, was ihm von Rechts wegen zusteht. Und es gehört sich nicht für ein Weib, sich in Männergeschäfte einzumischen. Das ist widernatürlich.«

»Heidnischer Weiberzauber. Irgendwie schafft sie es, ihn im Bett zu verhexen …«

»… damit er sie gewähren lässt, anstatt sie ordentlich zu verprügeln und in die Kammer zu sperren«, brachte der Feiste den Satz zu Ende.

»Jetzt, wo sie schwanger ist, wird er sie auf Händen tragen und mit Geschenken überhäufen. Also sei lieber vorsichtig«, warnte Ekkehart leise.

Ein triumphierender Ausdruck zog über Giselberts Gesicht. »Sie wird fett und unförmig werden und bald das Lager nicht mehr mit ihm teilen können. Otto ist ein feuriger Hengst – vielleicht ist das die Gelegenheit, ihm einmal eine Stute zuzuführen, die ihn länger zu fesseln vermag als letztens diese Gans.«

Er grinste böse. »Das wird Randolf gefallen. Wir sollten das sofort mit ihm bereden, wenn wir wieder auf dem Burgberg sind!«

»Lass uns gleich morgen früh abreisen«, bat Hedwig den Markgrafen.

Der griff nach ihrer Hand. »Wie du wünschst. So einer Bestie ins Auge sehen zu müssen ist wirklich nichts für eine Dame – und schon gar nicht in deinem Zustand«, meinte Otto tröstend. »Und außerdem gibt es jetzt jede Menge für mich zu tun …«

»Christiansdorf wird bald nicht mehr wiederzuerkennen sein«, meinte Hedwig und ließ ihren Blick über den noch winzigen, entlegenen Weiler schweifen.

Ottos Gesicht bekam einen träumerischen Ausdruck. »Wenn der Bergmeister Recht behält, werde ich hier vielleicht bald eine Burg bauen müssen. Wer weiß, möglicherweise entsteht sogar einmal eine Stadt daraus. Die Stadt am freien Berge … Wie würde dir das gefallen, meine Liebe?«

Hedwig lächelte ihn an. »Ich habe immer die Kühnheit bewundert, mit der du Gelegenheiten erkennst und zu nutzen weißt.«

»Damit ich auch etwas davon habe, werde ich wohl genau im Auge behalten müssen, dass ich wirklich ein Drittel von dem Silber bekomme. Ich habe vor, hier bald einen Herrenhof einrichten zu lassen.«

»Aber du kannst Christian voll und ganz vertrauen«, widersprach Hedwig verwundert. »Er würde dich nie hintergehen – und seine Leute sind ihm treu ergeben.«

»Wir werden sehen«, sagte Otto.

Hedwig spürte, dass er eine Entscheidung getroffen hatte, sie ihr aber nicht mitteilen wollte. Vielleicht, weil sie die nicht billigen würde? Das machte sie sehr misstrauisch.

»Wenn Ihr erlaubt, Herr … Ich muss den Ärmel noch ein Stück aufschneiden …«

»Nur zu.« Mit halb steifer Schulter und zusammengebissenen Zähnen hatte Christian sein ledernes Jagdwams bereits abgelegt.

Vorsichtig vergrößerte Marthe mit dem Messer den Riss, den die Krallen in Christians Ärmelansatz geschlitzt hatten, und zog den Stoff von seiner muskulösen Schulter.

Sie hatte bereits Tücher in heißem Wasser vorgewärmt, wrang sie jetzt aus und legte sie auf die verletzten Stellen. Das würde das verkrustete Blut aufweichen und seine Muskeln geschmeidiger machen.

Christian stöhnte leise.

»War das derselbe Bär, der zuvor schon jemanden verletzt hatte?« Marthe war sich bewusst, dass ihr die Frage nicht zustand. Aber sie wollte ihn ablenken – von den Schmerzen und von der Erinnerung an die Gelegenheit, bei der sie das letzte Mal so nah beieinander gesessen und sich berührt hatten. Sie hoffte inständig, er würde es vergessen haben oder zumindest in diesem Moment nicht daran denken.

»Wir hatten ihn schon am Vormittag aufgestöbert. Ein alter, schlauer Bursche, der uns zum Narren hielt. Nicht einmal die Hunde konnten ihn finden.«

Vorsichtig nahm Marthe die Tücher ab und befühlte mit geschlossenen Augen den Verlauf seiner eisenharten Muskelstränge.

»Verzeiht, Herr, ich muss Euch das Schultergelenk richten. Soll ich Euch einen Betäubungstrank geben?«, fragte sie.

»Nein, lass nur.« Mit dem Kinn wies Christian in Richtung der hohen Gäste. »Ich kann es mir jetzt nicht erlauben, zu schlafen oder benommen zu sein.«

»Der Markgraf hat doch genug Gesellschaft«, wandte sie vorsichtig ein.

»Gerade der traue ich nicht.« Nach einer winzigen Pause fragte er: »Hattest du vorhin Ärger mit Ekkehart?«

Sie senkte die Lider. »Nein, Herr.«

»Nur zu, bringen wir es hinter uns«, ermunterte Christian sie, als er merkte, dass sie zögerte.

Sie atmete tief durch und behob dann mit geschicktem Schwung den Schaden. Er verspürte sofort Erleichterung und versuchte vorsichtig, die Schulter zu kreisen.

»Wartet – und haltet lieber still.« Sie rieb sanft eine Salbe in seine Haut. Dann legte sie eine Hand auf sein Schulterblatt, die andere in gleicher Höhe auf das Brustbein.

Während sie beide bewegungslos verharrten, spürte er einen wärmenden, pulsierenden Strom zwischen ihren Händen durch seinen Körper fließen, der sein Blut prickeln und den Schmerz weichen ließ.

»Wie hast du das gemacht?«, fragte er fasziniert, als sie schließlich die Hände wegnahm.

Sie blickte zu Boden und trat von einem Bein aufs andere. »Josefa hat es mir beigebracht. Ich konnte es wohl schon vorher, aber ich hatte es nicht verstanden.«

Besorgt drehte sich Christian herum und griff nach ihren Händen. »Hat sie dir auch gesagt, dass du das nicht bei jedem machen darfst? Es ist gefährlich, wenn die falschen Leute davon erfahren.«

»Ich weiß. Ihr werdet mich nicht verraten.«

Christian atmete erleichtert auf und versuchte, den Arm zu strecken und zu drehen. »Gut gemacht. Ich kann ihn wieder bewegen.«

»Ihr solltet den rechten Arm vorerst lieber ruhig halten«, warnte Marthe. »Soll ich ihn festbinden? Das wäre am besten.«

»Nein! Ich verspreche, ihn so weit wie möglich zu schonen … und im Ernstfall das Schwert mit der Linken zu führen.«

Er lachte kurz auf. »Kann sein, dass ich die Rechte für den Dolch brauche.«

»Ihr rechnet mit Ärger?«

Weil Christian schwieg, richtete Marthe erneut ihre Sinne auf die Menschengruppe am Bachufer.

»Ja«, meinte sie dann. »Ich fühle es auch. Unheil wird gesät.«

VIERTER TEIL

Der Verrat

April 1169

Stöhnend krallte Hedwig die Hände in die Lehnen des Gebärstuhls. Die ganze Nacht schon dauerten die Wehen, doch sie hatte noch keinen einziges Schrei von sich gegeben. Noch nie hatte Marthe eine Frau so entschlossen gegen die Qualen der Geburt ankämpfen sehen.

Weil diese Schwangerschaft schwerer verlaufen war als die beiden vorangegangenen, hatte die Markgräfin nicht nur die erfahrene alte Hebamme kommen lassen, die immer zu Entbindungen auf dem Burgberg gerufen wurde, sondern einige Wochen vor der Niederkunft auch nach Marthe geschickt.

Obwohl Christian nicht da war – in Ottos Auftrag sollte er im Harz weitere Bergleute anwerben –, hatte Marthe diesmal auf dem Burgberg mehr Angst um Hedwig als um sich selbst.

Mit Susannes Hilfe hatte sie gelernt, sich trotz der Tücken und Gefahren des höfischen Lebens auf der Burg zurechtzufinden. Und Randolf schien sie diesmal gar nicht zu bemerken, sondern war mit anderen Dingen beschäftigt.

Aber die sonst so starke Markgräfin hatte nicht nur durch die Schwangerschaft einen beträchtlichen Teil ihrer Tatkraft eingebüßt. Es waren die schlechten Neuigkeiten der letzten Monate, die sie zermürbten. Auf einem Reichstag Anfang Februar in Wallhausen hatte der Kaiser einige du sächsischen Fürsten als Geiseln festsetzen lassen, um die immer noch brüchige Waffenruhe zwischen Heinrich dem Löwen und seinen Gegnern zu erzwingen. Wenngleich Otto nicht unter diesen Geiseln gewesen war, erwies sich seine Reise zum Reichstag in anderer Hinsicht als verhängnisvoll. Dort war ihm eine schwarzhaarige, hoch gewachsene Schönheit namens Oda aufgefallen, dem Vernehmen nach eine entfernte Verwandte von Randolf, die sehr schnell seine neueste Liebschaft wurde.

Oda war von anderem Format als ihre Vorgängerinnen, die Otto immer wieder recht bald gelangweilt hatten. Er behielt sie nicht nur ständig in seiner Nähe, sondern hörte auch auf ihre Einflüsterungen, während sein Verhältnis zu Hedwig unübersehbar abkühlte. Am Vortag erst war Otto von einem weiteren Reichstag in Bamberg zurückgekehrt – mit Oda an seiner Seite, während Hedwig im Kindbett um ihr Leben und das seiner Tochter kämpfte.

Etwas stimmte nicht bei dieser Geburt, das erkannte Marthe sogar von ihrem Beobachterposten aus. Doch sie durfte nicht eingreifen, obwohl sie sich nur noch mit Mühe zurückhielt. In der Kemenate führte die alte Hebamme das Kommando, die schon Albrecht und Dietrich auf die Welt geholt hatte.

»Das Kind liegt falsch. Ich muss es Euch aus dem Leib ziehen«, verkündete die Alte schließlich.

»Nein, warte«, rief Marthe. Sie hatte die andere Frau nur mit Mühe dazu bringen können, den Wehen ihren Lauf zu lassen und das Kind nicht längst herauszuzerren, wie es viele Hebammen taten. Wenn sie jetzt nicht einschritt, würde die Alte Hedwigs Leib so weit aufreißen, dass die Verletzungen vielleicht nie wieder richtig heilten – ganz abgesehen von den Schäden, die sie anrichtete, wenn sie ihre rissigen Hände so tief in den Körper bohrte.

»Vielleicht kann ich das Kind drehen«, sagte Marthe, während sie sich an das Bett der Kreißenden durchkämpfte.

»Unfug«, fauchte die Alte. »Das Kind will mit dem Arsch zuerst nach draußen – und die Herrin hat keine Kraft mehr.«

»Einen Versuch ist es wert«, beharrte Marthe.

»Bitte, Herrin, lasst es mich versuchen. Vielleicht gelingt es mir, das Kind zu holen, ohne dass Ihr dabei verletzt werdet. Ihr werdet dann auch schneller wieder genesen«, redete sie der Markgräfin zu, die kreidebleich und mit verschwitztem Haar auf dem Geburtsstuhl saß.

»Tu es. Aber mach, dass es bald ein Ende hat«, stöhnte Hedwig, die eine neue Wehe kommen spürte.

Mit wütendem Blick und abfälligem Gemurmel trat die alte Hebamme beiseite. Marthe hielt Hedwigs Hand, bis die Wehe vorüber war, und spürte den flachen Puls. In einem hatte die Alte Recht: Die Markgräfin war am Ende ihrer Kräfte. Das Kind musste so bald wie möglich heraus, sonst war Hedwig in Gefahr. Doch die Wehen wurden schwächer statt stärker.

»Könnt Ihr hinüber aufs Bett gehen?«, fragte Marthe besorgt, als die nächste Wehe vorbei war. »Ich kann die Lage des Kindes besser erfühlen, wenn Ihr liegt.«

Während die alte Hebamme verächtlich prustete, stützten zwei Kammerfrauen die Markgräfin für die paar Schritte zur Bettstatt.

Mit geschlossenen Augen tastete Marthe über Hedwigs geschwollenen Leib, erspürte Gliedmaßen und Kopf des kleinen Wesens, das ans Licht wollte und nicht konnte.

»Bringt heißen Würzwein zur Stärkung für die Herrin«, ordnete Marthe an. Dann übte sie zwischen den schnell hintereinander verlaufenden Wehen gezielt Druck aus, um die Lage des Kindes zu verändern.

Endlich ging eine gewaltige Bewegung durch Hedwigs riesigen Bauch. Marthe atmete auf.

»Nun liegt es mit dem Kopf nach unten, wie es sich gehört«, sagte sie mit frohem Lachen, nachdem sie sich vergewissert hatte. Wenn ihr Vorhaben nicht geglückt wäre, hätte sie das Kind im Leib der Schwangeren gedreht und an einem Arm herausgezogen. Aber so war es besser.

Hedwig, die immer noch nicht geschrien, doch herzzerreißend gestöhnt hatte, zeigte ein kurzes, schmerzverzerrtes Lächeln. »Gott sei gelobt«, flüsterte sie. »Ich habe keine Kraft mehr ... Weder bei Albrecht noch bei Dietrich war es so schlimm ...«

»Gleich ist es geschafft, Herrin! Ich werde Euch ein Mittel zur Stärkung geben.«

»Was tust du da in den Wein?«, mischte sich die alte Hebamme schroff ein.

»Nur etwas Mistel«, antwortete Marthe ruhig, während sie flink eine winzige Prise von jenem gefährlichen Pilz hineinrührte, der manchmal auf Roggenähren wuchs.

Es war ein verhängnisvolles Gift, das – von unachtsamen Bauern mitgeerntet – schon ganze Dörfer in den Wahnsinn und den Tod getrieben hatte. Manche Frauen stießen damit auch unerwünschte Kinder ab, selbst wenn sie dabei Gefahr liefen zu sterben. Doch in winziger Menge beschleunigte das Pulver die Wehen.

Marthe half Hedwig auf, die in hastigen Zügen trank, bevor die nächste Wehe kam. Dann kniete sie sich neben sie aufs Bett und drückte mit beiden Händen das Kind nach unten.

Die alte Hebamme hatte sich zwischen den angewinkelten Beinen der Kreißenden postiert. »Der Kopf war schon zu sehen«, rief sie aufgeregt und erleichtert zugleich, denn ein unglücklicher Ausgang einer hochherrschaftlichen Geburt konnte für eine Hebamme gefährliche Folgen haben. Das wussten beide nur zu gut.

Beim nächsten Mal drückte Marthe nur noch sanft auf den hochgewölbten Leib.

Dann verkündete die Alte: »Der Kopf ist da! Gleich ist es geschafft, Herrin.«

Hedwig nahm mit verzerrtem und schweißüberströmtem Gesicht ihre letzte Kraft zusammen, dann glitt das Kind aus ihrem Körper.

Kraftlos sank sie zurück und nahm nur noch wie durch einen Nebel die Geschäftigkeit und die besorgten Rufe um sie herum wahr.

Als sie wieder zu sich kam, fühlte sie zwei Hände über ihrem Herzen, durch die eine belebende Kraft und Wärme strömten.

Ganz nah hörte sie Marthes Stimme: »Ihr habt eine Tochter, gesund und munter.«

Während die Kammerfrauen umherhuschten und Mägde blutige Tücher wegräumten, brachte ihr die alte Hebamme das gebadete, in sauberes Linnen gewickelte Neugeborene.

Immer noch schwach, hob Hedwig die Hand, um über den dunklen Haarflaum ihrer Tochter zu streichen. Sie lächelte, dann befahl sie: »Sagt dem Markgrafen und dem Kaplan Bescheid. Wascht, kämmt und kleidet mich, damit ich meinen Gemahl angemessen empfangen kann.«

Die Frauen machten sich an die Arbeit.

Doch bald kam eine der Mägde zurück und näherte sich zögernd. »Verzeiht, Herrin. Euer Gemahl ist nicht zu finden.«

»Ist er ausgeritten?«

»Nein, er muss noch auf dem Burgberg sein. Aber niemand kann mir sagen, wo er sich aufhält.«

Hedwig schloss für einen Moment die Augen. »Geh zum

Haushofmeister, der soll sich darum kümmern«, sagte sie schroff. Sie ließ sich einige Kissen unter den Rücken schieben, um sich aufzusetzen, und wartete.

Marthe wusste wie jede der anderen Frauen im Raum: Wenn Otto nicht auffindbar war, lag er mit Sicherheit bei Oda. Sogar jetzt, während seine Frau um Leben und Tod gekämpft hatte.

Als Erster betrat der Kaplan das Zimmer, der – als der Markgraf weiterhin ausblieb – nicht länger wartete und das Neugeborene taufte. Die Gefahr war zu groß, dass Säuglinge die Geburt nur kurze Zeit überlebten, um zu riskieren, dass ihre Seelen der Verdammnis anheim fielen.

Endlich kam Otto. Er riss die Tür auf und durchquerte mit eiligen Schritten den Raum.

»Wo ist mein Sohn? Zeigt ihn mir!«

Die Amme, die den Säugling bereits angelegt hatte, zuckte ängstlich zusammen. Doch die alte Hebamme hatte Erfahrung mit heiklen Situationen wie dieser. Rasch griff sie nach dem kleinen Bündel und hielt es dem Markgrafen entgegen.

»Eure Tochter, Herr, gesund und wunderschön«, sagte sie.

Verwirrt blickte Otto auf das Neugeborene, das mit seinen Fäustchen durch die Luft ruderte und zu schreien begann.

Noch bevor er etwas sagen konnte, fuhr die Alte mit Nachdruck fort: »Ihr solltet dem Allmächtigen dafür danken – und für das Leben Eurer Gemahlin, denn diesmal hätte sie die Geburt beinahe nicht überlebt.«

Marthe musste die Alte insgeheim bewundern. Mochte sie als Hebamme auch unzulänglich sein, so zeigte sie nun großen Mut, um die Wöchnerin zu schützen. Indem sie den Unwillen des Markgrafen auf sich lenkte, brachte sie ihn dazu, das kleine Mädchen anzunehmen, statt seiner Gemahlin Vorwürfe zu machen, keinen Sohn geboren zu haben.

Schuldbewusst näherte sich Otto dem Wöchnerinnenlager

und griff nach Hedwigs Hand. »Ich danke Euch, meine Gemahlin. Wie fühlt Ihr Euch?«

Hedwig, deren Geruchssinn durch die Schwangerschaft geschärft worden war, hätte ihm am liebsten ihre Hand entzogen. Zu deutlich nahm sie an Otto den Geruch von Schweiß, Samen und einer anderen Frau wahr. Vor Zorn und Erschöpfung wäre sie am liebsten in Tränen ausgebrochen. Doch in dem Kampf, der ihr nun bevorstand, musste sie andere Waffen gebrauchen.

»Sieh sie an, sie ist schön und kräftig. Sie wird überleben. In zwei Jahren kannst du sie mit dem Sohn des Herzogs von Böhmen verloben, dann hast du Ruhe an dieser Grenze.«

»Was für ein interessanter Gedanke«, entfuhr es dem Markgrafen, der nun statt der Tochter seine Frau anerkennend musterte. Zum ersten Mal seit langem hatte sie wieder Ottos ungeteilte Aufmerksamkeit.

»Ich möchte, dass wir sie Sophia nennen, nach meiner Mutter«, erklärte Hedwig.

»Wie Ihr wünscht«, meinte Otto großzügig.

Hedwig zog ihre Hand zurück und schloss kurz die Augen. »Ich bin müde. Feiert mit Euren Gefolgsleuten die glückliche Geburt. Später würde ich Euch gern wiedersehen und aus Eurem Mund hören, was es für Neuigkeiten vom Hoftag gibt.«

Erleichtert stand Otto auf. »Selbstverständlich. Ruht eine Weile.«

Er schickte alle hinaus, die nicht über den Schlaf seiner Frau wachen sollten, und wies die alte Hebamme an, sich großzügig für ihre Dienste entlohnen zu lassen. Die Alte konnte ein zahnloses Grinsen nicht verbergen. Es hatte sich für sie gelohnt, das Risiko einzugehen und dem Markgrafen seine Tochter unter die Nase zu halten.

Marthe blieb in der Kammer mit nur wenigen Frauen, die sich stumm in den Hintergrund zurückzogen, nachdem sie Hedwig die Decken gerichtet hatten.

Lange lag die Markgräfin mit geschlossenen Augen da. Doch Marthe wusste, dass sie nicht schlief, denn sie empfing das Durcheinander der Gefühle, das Hedwig wach hielt: Erleichterung und Glück, Verzweiflung und Sorge. So etwas erlebte sie oft bei Frauen, die gerade entbunden hatten, doch selten so heftig wie jetzt.

Die Zeit verstrich in gänzlicher Stille, bis Hedwig schließlich die Augen aufschlug und leise nach Marthe rief.

Mit fragendem Blick näherte sich Marthe dem Wöchnerinnenlager.

Hedwigs Stimme war so schwach, dass die anderen im Raum sie nicht verstehen konnten. »Als du mir die Hände aufs Herz gelegt hast … Es war, als ob eine fremde Kraft in meinen Körper floss. Kannst du es noch einmal tun? Ich werde dein Geheimnis wahren.«

Marthe nickte wortlos und sprach leise ein kurzes Gebet. Heilen war ihre Berufung. Und niemand brauchte im Moment ihre Gabe nötiger als Hedwig.

Die Berührung ließ die Gefühle, die sie bereits von weitem erspürt hatte, nun um ein Vielfaches intensiver durch ihren eigenen Körper fließen. Die Tiefe von Hedwigs Verzweiflung riss sie bald mit sich, sie spürte und verstand die große Einsamkeit und Angst der geschwächten und gekränkten Markgräfin. Wenn es Hedwig nicht gelang, Otto wieder auf ihre Seite zu ziehen, wäre sie nicht nur allein, sondern auch Neidern und Feinden schutzlos ausgeliefert.

So gut sie konnte, wollte Marthe dazu beitragen, dass die Markgräfin zu ihrer früheren Kraft zurückfand und den Kampf mit der Rivalin aufnehmen konnte.

Mit ausgestrecktem Arm versperrte Randolf Oda den Weg die Treppe hinab. Die sah ihn kühl mit einem kaum spürbaren Hauch von Neugier an und wartete auf eine Erklärung.

Randolf zog sie rasch in einen schmalen Gang.

»Ich bin dir zu großem Dank verpflichtet. Diese Schuld würde ich gern gelegentlich in deinem Bett ableisten«, raunte er, während sein Blick gierig über Odas Brüste strich.

Die lachte lauthals. »Ich soll dir meine Gunst erweisen und das noch als Geschenk deinerseits betrachten? Du überschätzt dich!«

Randolf packte sie derb am Arm und zog sie an sich. »Und du vergisst, wen du vor dir hast. Ich bin gewohnt zu bekommen, was ich will.«

Oda warf ihm einen eisigen Blick zu. »Das gilt vielleicht für die Mägde, die du dir zu Willen zwingst. Vor dir steht die bevorzugte Dame des Markgrafen. Gerade habe ich dir zu einem einträglichen Geschäft verholfen und ganz nebenbei auch noch zu einer Gelegenheit, diesem Ministerialen das Leben schwer zu machen, den du so hasst. Also zeig mir deine Dankbarkeit in Schmuck und Silber und nicht in plumper Annäherung.«

Mit einem kräftigen Ruck befreite sie sich aus seinem Griff. »Sonst bringe ich Otto dazu, dass er seine Entscheidung rückgängig macht. Du kannst sicher sein, es wäre mir ein Leichtes.«

Randolf beherrschte sich mühsam und griff – diesmal sanfter – nach ihrer Hand. »Oda, Liebste … Denkst du, es ist mir leicht gefallen, dich in Ottos Bett zu schicken?«

Wieder riss er sie an sich.

»Ich kann den Gedanken nicht ertragen, dass du bei ihm liegst. Ich will dich wieder … jetzt … sofort …«

In seinen Augen flammte ein gefährliches Glitzern auf.

Oda lachte verächtlich. »Nimm mich doch – gleich hier auf den Stufen, so wie du es mit all den furchtsamen kleinen Mädchen tust, die das Pech haben, dir in die Hände zu fallen. Aber das ist es doch nicht, was du von mir willst?«

Ihre Augen wurden schmal, ihre Stimme leise und betörend: »Du wünschst dir doch nichts mehr, als dass ich dein Blut in Wallung bringe ...«

Ihre Hand fuhr sanft über seine Brust.

»Ich soll dich zu Lust treiben, wie du sie vorher nie kanntest, bis du alles vergisst und nur noch deine Männlichkeit und meinen Körper fühlst ...« Sie presste ihre Hand gegen sein Glied, das sich unter dem Gewand hart abzeichnete.

»Tu es«, krächzte er mit heiserer Stimme.

Mit eiskalter Miene zog sie plötzlich ihre Hand weg und trat zwei Schritte zurück. »Damit wäre Otto wohl kaum einverstanden.«

Randolf verlor die Beherrschung. »Als ob dich das je gekümmert hätte, mit wie vielen du es gleichzeitig treibst«, schrie er. Doch sofort wurde seine Stimme wieder flehend. »Mich soll es nicht kümmern, wenn ich nur einer davon bin ... Bitte, Oda ... Ich werde dir Gold schenken und Edelsteine. Schmuck und Pelzwerk ...«

Jetzt huschte ein Lächeln über ihr Gesicht. »Ich werde über das Angebot nachdenken, mein starker Ritter ... Wenn ich zu einer Entscheidung gekommen bin, gebe ich dir Nachricht.«

Lachend lief Oda davon.

Randolf hieb wütend mit der Faust gegen das Mauerwerk.

Nein, heute würde er nicht ins Hurenhaus gehen. Heute musste eine der Mägde dran glauben. Er wollte sie schreien und jammern hören, damit er endlich wieder das Gefühl bekam, dass er die Weiber beherrschte und nicht umgekehrt.

Normalerweise ritt er in dieser Stimmung in eines der nahe

gelegenen Dörfer, um keinen Ärger auf dem Burgberg zu provozieren. Aber dieses Mal war dafür keine Zeit.

Mathe hatte die ganze Nacht bei Hedwig gewacht, voller quälender Sorge, dass die Wöchnerin durch ihre Unruhe ins Fieber fallen könnte. Erst ein milder Schlaftrunk hatte Hedwig zur Ruhe kommen lassen. Sie schlief bis weit in den nächsten Tag hinein.
Die Erholung schien ihr gut getan zu haben. Sie wirkte gefasst, wollte ihre Tochter sehen, essen und trinken und verlangte nach ihrem Gemahl.
Diesmal kam Otto schneller als tags zuvor und wirkte besorgt.
»Wie geht es Euch, meine Teure?«
»Gut genug, um mit dir über deine letzte Reise zu plaudern«, entgegnete sie mit scheinbar gelassener Freundlichkeit. Mit einer Geste schickte sie alle Anwesenden hinaus.
Auch Marthe erhob sich, um gemeinsam mit Susanne vor der Tür zu warten, bis ihre Dienste wieder gebraucht würden.
»Wenn ich nur wüsste, wie man dem Grafen diese Oda verleiden könnte«, wisperte Susanne, während sie warteten.
Auch Marthe hatte schon oft darüber nachgedacht. Die Fremde hatte ein Herz aus Eis und verbarg viele Geheimnisse, dessen war sie sich sicher. Doch Oda war eine Meisterin der Verstellung und gab sich Otto gegenüber stets liebenswürdig.
Bald drangen aus der Kemenate erregte Stimmen. Besorgt blickten sich Marthe und Susanne an.

»Das kann nicht dein Ernst sein«, fuhr Hedwig auf.
»Wieso nicht«, antwortete Otto kühl. »Der Kaiser will, dass wir beim nächsten Hoftag seinen jüngeren Sohn zum König wählen. Das ist die beste und vorerst vielleicht einzige Gelegenheit, ihn um das Recht zum Abbau des Silbers zu bitten. Und bis dahin will ich schon einen Herrenhof in Christians-

dorf eingerichtet und einen Vogt ernannt haben. Randolf ist genau der richtige Mann dafür.«

»Christian war dir gegenüber immer treu ergeben, er hat dir mit seinem besonnenen Handeln zu künftigem Reichtum verholfen. Und du dankst es ihm, indem du ihm seinen Todfeind vor die Nase setzt und Macht über ihn verleihst? So vergiltst du als Lehnsherr jemandem seine Treue, den du zu schützen geschworen hast?«

»Die zwei sind keine zänkischen Weiber, sondern stehen gemeinsam in meinem Dienst. Sie werden schon irgendwie miteinander auskommen. Der Dunkle Wald ist groß.«

»Groß, aber nicht groß genug für diese beiden. Willst du es nicht wahrhaben? Alles wird in Unheil enden.«

Ottos Ton wurde hart. »Ich habe meine Entscheidung getroffen. Ich kann keinen einfachen Ministerialen zum Vogt über einen Ort machen, der bald eine Burg und ein paar hundert Bewohner haben wird, zum Aufseher über riesige Silbervorkommen. Randolf ist ein Mann von edler Herkunft, der mir schon viele gute Dienste geleistet hat. Das ist mein letztes Wort.«

»Viele gute Dienste ...« Im Innersten getroffen sank Hedwig zurück. »Ich verstehe. Zum Beispiel dir diese ... Dame ... zugeführt zu haben?«, sagte sie leise mit gefährlichem Unterton.

Otto stand brüsk auf. Kurz vor der Tür drehte er sich noch einmal um. »Meine Entscheidung ist gefallen«, wiederholte er barsch. »Und du solltest dich besser um deine Genesung und Gebete für unsere Tochter kümmern, statt dich schon im Wochenbett wieder in meine Geschäfte einzumischen!«

Mit selbstzufriedener Miene kam Otto aus der Kemenate gestürmt und schickte mit einer Kopfbewegung Kammerfrauen und Mägde hinein.

Hedwig saß bleich in ihren Kissen, das Gesicht wie versteinert.

Dann atmete sie tief durch und verteilte Aufträge an die Frauen, bis außer ihr nur noch Marthe im Raum war. Rasch winkte sie sie zu sich.

»Hör gut zu, uns bleibt nur wenig Zeit«, sagte die Markgräfin. »Otto will ein Herrengut in Christiansdorf einrichten lassen und Randolf als Vogt einsetzen.«

Marthe sank in sich zusammen. Randolf als Vogt in Christiansdorf!

Welches Unheil würde nun über sie und Christian, über Marie und Johanna, Emma, Bertha und all die anderen hereinbrechen?

»Ich habe hierbei keinen Einfluss mehr auf Otto. Ich kann nichts für Christian tun«, fuhr Hedwig fort. »Aber er muss davon erfahren. Lauf zu Raimund. Er soll sofort aufbrechen und seinen Freund suchen. Christian muss so schnell wie möglich zurück in sein Dorf reiten.«

Hedwig holte tief Luft. »Vielleicht setze ich ihn großer Gefahr aus. Vielleicht wäre es klüger, ihn weit weg zu wissen und die beiden nicht im Dunklen Wald aufeinander treffen zu lassen. Aber wenn Christian euer Dorf gegen Randolf behaupten will, muss er dort sein, bevor der eintrifft.«

Mit einem gequälten Lächeln nickte sie Marthe zu. »Ich werde sagen, dass ich Raimund mit der Nachricht von Sophias Geburt zu meinem Vater geschickt habe. Und nun lauf!«

Randolfs Einzug

Mit einer stattlichen Zahl bewaffneter Männer war Randolf aufgebrochen. Er plante, das Dorf mit einem eindrucksvollen

Auftritt zu überrumpeln. Niemand ahnte etwas von seinem Kommen, Christian steckte gerade irgendwo auf der Strecke vom Harz zum Dunkelwald, um eine weitere Horde zerlumpter Bergleute zu holen.

Genüsslich dachte er an seinen ersten Besuch in Christiansdorf – damals, als er sich dieses Mädchen geholt hatte, das Christian dauernd mit sich führte. Die Erinnerung daran, wie sie sich vor Todesangst und Schmerz schreiend unter ihm wand, ließ Lust in ihm aufsteigen.

Ein grimmiges Lächeln zog über sein Gesicht. Er würde das Dorf des Rivalen unter seine Herrschaft zwingen, noch ehe dieser ahnte, was vor sich ging. Wenn Christian dann auftauchte und begriff, was geschehen war, würde er ihn aus dem Weg räumen. Und dann war die Schmach getilgt, die dieser Bastard ihm bereitet hatte und die wie ein Stachel in seinem Fleisch saß.

In Gedanken sah er bereits die Dorfbewohner angstschlotternd vor sich knien. Die Frauen waren ihm ausgeliefert – ein weiterer Vorzug, der Christians Ohnmacht zeigen und seinen eigenen Sieg vollkommen machen würde.

Beim Hoftag in Würzburg hatte ihm diese kleine Hexe doch tatsächlich stummen Widerstand geleistet. Aber diese Zeiten waren vorbei. Hier, in dem entlegenen Walddorf, konnte er ganz anders mit ihr umspringen als unter den Augen des halben Hofstaates. Vor zwei Tagen hatte Hedwig sie nach Hause geschickt, dessen hatte er sich vergewissert.

Er könnte sie in Ketten legen lassen und sie sich gefügig machen, bis er ihrer überdrüssig war. Oder sie gleich bei der Ankunft vor aller Augen nehmen, damit das Bauernpack Respekt vor seinem neuen Herrn bekam.

Randolf fühlte, wie sein Glied hart wurde. So konnte er nicht weiterreiten. Er befahl eine Rast.

Sie hatten Zeit. Er würde die Vorfreude auf seinen baldigen Triumph noch etwas länger auskosten.

In voller Rüstung ritt Randolf an der Spitze seines Zuges ins Dorf ein. Kettenhemd und Helm ließen ihn noch Furcht erregender erscheinen, als er ohnehin durch seine Größe, das gewaltige Pferd und die schweren Waffen war. Dichtauf folgten ihm eine Hand voll Ritter, der künftige Verwalter, ein dicker, verlebter Mann, dessen winzige Augen unruhig hin und her wanderten, und ein Dutzend bewaffneter Knechte.

Randolf hatte die erste Kate noch nicht einmal erreicht, als er erstarrte. Sein Pferd reagierte auf die abrupte Bewegung des Reiters und wollte steigen. Nur mit Mühe brachte er es wieder unter Kontrolle.

Vor ihm stand Christian im Kettenhemd, mit gegürtetem Schwert, die Rechte locker am Heft, und versperrte ihm den Weg. An seiner Seite war ein Geistlicher, dicht hinter den beiden hatten sich Richard und Gero aufgebaut.

Wie war das möglich? Sollte Christian nicht weit weg sein?

Und einen Pfaffen durfte er nicht einfach niederreiten. Wütend brachte er sein Pferd zum Stehen und blickte sich um. Die Bauern, deren furchtsamen Kniefall er erwartet hatte, standen in einigem Abstand und starrten finster auf ihn und seine Leute, von Frauen und Kindern war nichts zu sehen. Linker Hand hatte sich eine Gruppe Bergleute um einen Mann in respektabler Kleidung geschart, der selbst ein Schwert trug, offenbar ihr Anführer.

»Was führt dich in mein Dorf, Randolf?«, fragte Christian mit lauter Stimme.

Das brachte Randolf wieder zu sich. Schnell fand er zu seiner gewohnten Machtpose zurück. Wenn Christian seinen Einzug selbst miterleben musste – umso besser! Bei näherer Betrachtung würde das seinen Sieg noch größer machen.

»Tritt beiseite und lass mich und meine Leute vorbei! Auf Geheiß des Markgrafen bin ich nun der Herr des Dorfes. Also lauf und bring uns einen Willkommenstrunk«, befahl er mit hohntriefender Stimme.

Doch der Rivale machte keinerlei Anstalten, den Weg freizugeben.

»Vielleicht wirst du als Vogt hier einmal über eine Burg herrschen. Aber es gibt noch keine Burg. Soweit ich weiß, hat der Markgraf dich beauftragt, einen Herrenhof auf der anderen Seite des Baches zu errichten«, sagte Christian so laut, dass jeder ihn hören konnte.

»Der Herr des Dorfes bin ich. Diese Leute hier sind keine Unfreien und unterstehen mir. Solange sie sich nichts zuschulden kommen lassen, haben sie mit dir nichts zu schaffen. Über die Silberabgaben der Bergleute für den Markgrafen kannst du mit dem Bergmeister verhandeln. Am besten gleich – und dann scher dich rüber.« Christian wies auf die andere, unbebaute Seite des Baches.

Wutschäumend zog Randolf sein Schwert. »Du widersetzt dich den Befehlen des Markgrafen?«

Christian verharrte regungslos. Nur einer seiner Mundwinkel zuckte spöttisch.

»Du solltest gut genug wissen, dass es hier sehr viel lebhafter zugehen würde, wenn ich mich widersetzte.«

Gero und Richard hinter ihm konnten sich ein breites Grinsen nicht verkneifen, während Randolfs Miene Gewitterstimmung verkündete.

Hörte er da von der Seite ein Kichern? Machte sich das Bauernpack über ihn lustig?

»Ich will vor aller Augen und Ohren klarstellen, was du darfst und was nicht«, fuhr Christian gelassen fort. »Da ist die Furt, wir lassen euch ungehindert auf eure Seite des Landes. Die Bergleute werden ordnungsgemäß Ottos Silberanteil bei dir oder deinem Verwalter abrechnen. Wenn du willst, könnt ihr sogar die Arbeit meines Schmiedes in Anspruch nehmen – gegen Bezahlung natürlich. Aber du wirst meine Leute nicht schinden.«

Bis dahin hatte der junge Ritter ruhig gesprochen, doch jetzt mischte sich ein Anflug von Spott in seine Stimme.

»Einen Willkommenstrunk kann ich euch leider nicht bringen lassen – ausgerechnet jetzt sind unsere Biervorräte zu Ende gegangen. Das tut mir richtig Leid, Randolf. Wenn ich sehe, wie hitzig dich die Aufregung gemacht hat, steht zu befürchten, dass dich von einem kalten Bier der Schlag trifft.«

Wütend sprang Randolf vom Pferd und stürzte mit blankem Schwert auf Christian zu. »Du Bastard!«

Im gleichen Augenblick hatte auch Christian sein Schwert gezogen und war zwei Schritte nach vorn getreten, um den Pater nicht in Gefahr zu bringen.

»Tragen wir es jetzt und hier aus – ein für allemal?«, fragte er herausfordernd mit grimmiger Miene.

Randolf erstarrte für einen Moment. Erinnerungen an die beiden Niederlagen, die ihm Christian im Zweikampf beigebracht hatte, flackerten in ihm auf. Er durfte vor diesen Leuten auf keinen Fall das Gesicht verlieren. Wenn er sich jetzt beherrschte, würden sich bald tausend Gelegenheiten bieten, Rache an Christian und seinem Gesindel zu nehmen.

»Das hättest du wohl gern, Hungerleider?«, knurrte er.

Schroff wandte er sich den Bergleuten zu. »Alle mal herhören! Ab sofort werdet ihr bei Hartwig, meinem Verwalter« – er wies auf den Dicken mit dem tückischen Blick –, »ein Drittel eurer Ausbeute abliefern, wie es der Markgraf befohlen hat.

Wer versucht zu betrügen, kann schon jetzt sein letztes Gebet sprechen!«

Marthe hatte durch eine der kleinen Fensterluken ihrer Kate das Geschehen beobachtet, die zitternden Hände ineinander verschlungen.

Marie und Johanna sahen neugierig zu ihr hinüber. Wie alle Kinder und Frauen waren auch sie auf Christians Anweisung im Schutz des Hauses geblieben. Doch die Mädchen spürten, dass sie ihre Ziehmutter jetzt besser nicht störten.

Marthe hatte allen Mut zusammennehmen müssen, um gemeinsam mit Richard und Gero ins Dorf zurückzukehren, nachdem es Hedwig wieder besser ging.

Gleich nachdem sie Raimund Hedwigs Warnung überbracht hatte, war Marthe in ihrer Ratlosigkeit zu Josefa gelaufen.

»Was soll ich nur tun? Sie werden Christian umbringen! Und ich kann nie wieder ins Dorf zurück!«, hatte sie geschluchzt.

Auch die weise Frau war über Ottos Entscheidung erschrocken. Doch sie bewahrte Ruhe. »Randolf wird nicht in eurer Einöde bleiben, solange Christian da ist und dafür sorgt, dass er sich nicht so dreist aufführen kann, wie er will«, meinte sie nach einigem Nachdenken. »Er wird einen Verwalter einsetzen und nach Meißen zurückkehren.«

Die Alte musterte Marthe mit einem durchdringenden Blick. »Du hast zusätzlichen Grund, ihn zu fürchten, nicht wahr?«, fragte sie bekümmert.

Marthe nickte kaum sichtbar, während ihre Kehle wie zugeschnürt war.

»Ich hätte es wissen müssen«, stöhnte Josefa. »Weiß Christian davon?«

Marthe schüttelte den Kopf. »Und er soll es nie erfahren.«

Die Alte dachte lange nach. »Für die paar Tage, die Randolf vorerst bleiben wird, kannst du ihm aus dem Weg gehen. Aber ihr seid alle in Gefahr. Es wird nicht lange dauern, bis Blut fließt ... Alles hängt davon ab, ob die Leute im Dorf zusammenhalten und zu Christian stehen.«

Die unheimliche Warnung schoss erneut durch Marthes Kopf: Einer wird euch alle ganz furchtbar verraten. Jetzt ergab die verhängnisvolle Prophezeiung Sinn.

Sie konnte in der verbleibenden Zeit nichts weiter tun als Josefas Ratschläge anzuhören und an dem feinen Netz mitzuwirken, das Hedwig webte, um Christian zu helfen.

Raimund ritt bereits wie von Hunden gehetzt, um seinen Freund aufzuspüren und ihm die schlechte Nachricht zu übermitteln. Dann wollte er die neue Gruppe von Bergleuten anführen, die Christian angeworben hatte, während Christian sein Pferd auf schnellstem Weg nach Hause trieb, um vor Randolf einzutreffen.

Währenddessen erkundete Hedwig mit viel Geschick, welche Vollmachten Otto an Randolf übertragen hatte, und behielt mit Susannes und Marthes Hilfe die Reisevorbereitungen des Hünen im Auge. Susanne trieb sich mit aufgesperrten Ohren herum und plauderte mit dem Proviantmeister und den Stallknechten. Marthe fühlte vorsichtig bei Arnulf vor. Doch der Waffenmeister hatte längst von Ottos Entscheidung gehört und machte kein Hehl aus seinen Sympathien für Christian. Er wollte das Seinige beitragen, ihm in den bevorstehenden schweren Zeiten zu helfen, und stellte für ihn ein paar zuverlässige Reisige ab.

Noch bevor Randolf aufbrach, schickte Hedwig Richard und Gero als Verstärkung in Christiansdorf. Marthe reiste mit ihnen, obwohl ihr vor einer neuerlichen Begegnung mit dem Hünen graute. Doch sie hätte es auch nicht ausgehalten, untätig in Meißen zu bleiben, um dann vielleicht zu erfahren, dass Christian ermordet und ihr Dorf gebrandschatzt worden war.

So waren alle im Dorf auf Randolfs Erscheinen vorbereitet.

Als sich der bewaffnete Trupp näherte, gaben Kuno und Bertram rechtzeitig ein Zeichen, damit die Frauen und Kinder in den Häusern Schutz suchen und die Männer sich versammeln konnten.

Trotz aller Anspannung war Marthe erleichtert, als sie sah, dass Randolf in voller Rüstung geritten kam. Die Kettenhaube verbarg sein auffälliges Haar; vielleicht wurde Hildebrand gar nicht bewusst, dass dieser Ritter schon einmal im Dorf gewesen war, denn dieser Besuch lag immerhin fast zwei Jahre zurück.

Und diesmal empfand sie auch keine Furcht, als Christian sein Schwert zog, während Randolf auf ihn losstürzte. Randolf hatte gegen Ottos Weisung den Streit begonnen – sollte Christian ihn doch töten.

Aber dem Verhassten schienen ähnliche Gedanken durch den Kopf zu schießen, denn er steckte das Schwert wieder in die Scheide.

Mit so hochmütiger Miene, wie es ihm unter diesen Umständen möglich war, gab er seinen Leuten ein Zeichen, abzuschwenken und durch den Fluss zu reiten. Er selbst schritt voran und führte sein Pferd durch die Furt.

»Das war knapp«, meinte Richard, als sich Christian zu ihm und Gero umgedreht hatte. Jeder von ihnen hatte ein stummes Dankgebet gesprochen, nachdem das erste Treffen ohne Blutvergießen verlaufen war.

»Gut gemacht, mein Sohn«, brummte Vater Bartholomäus zufrieden.

Lukas kam zu ihnen gelaufen und grinste übers ganze Gesicht. »Den Anblick werd ich mein Lebtag nicht vergessen.«

»Freu dich nicht zu früh«, ermahnte ihn Christian. »Das war erst der Beginn, nicht das Ende des Streits. Er wird noch oft genug Gelegenheiten suchen und finden, uns das Leben schwer zu machen.«

An alle gerichtet, mahnte er: »Ihr dürft ihnen keinen Anlass geben, euch etwas anzutun. Vor allem, wenn ich nicht da bin.«

Dann wandte sich Christian an den Bergmeister. »Wollt Ihr, dass ich Euch begleite, wenn Ihr mit diesem Hartwig verhandelt?«

»Ich gehe mit«, mischte sich Pater Bartholomäus ein. »An einem Mann Gottes werden sie sich nicht vergreifen.«

Christian sah ihn nachdenklich an. »Gut. Aber verlasst Euch nicht darauf. Wir werden noch ein paar Reisige in Dienst nehmen müssen.«

Aufgeregt kamen Karl und Wiprecht zu Marthe und den Mädchen ins Haus und berichteten haarklein von den Ereignissen. Johanna und Marie lauschten mit runden Augen ihrem Bericht, während Marthe Suppe austeilte.

Dabei schaute sie immer wieder aus der Fensterluke. Als die anderen endlich aufgegessen hatten, zerrte sie den Tisch ein Stück Richtung Fenster, um das Geschehen auf der anderen Seite des Baches im Auge behalten zu können, während sie getrocknete Kräuter zerstieß.

»Christian hat für die Nacht Wachen eingeteilt, ich werde als Erster gehen«, verkündete Karl und war schon unterwegs nach draußen.

»Ihr zwei bleibt im Haus«, ermahnte Marthe die Mädchen.

»Kommt sonst der böse Mann und schlägt uns?«, fragte Marie.

»Ritter Christian schützt uns«, verkündete Johanna voller Überzeugung. »Aber du musst brav sein und alles befolgen, was er befiehlt.«

Einmal mehr wunderte sich Marthe über die Worte ihrer älteren Stieftochter. Das Mädchen wurde ihr immer ähnlicher.

Sie strich Marie zärtlich über den Kopf und fragte Johanna: »Willst du mir helfen?«

Die kam sofort herüber. Der Umgang mit Heilpflanzen faszinierte Johanna. Sie konnte gar nicht genug darüber erfahren und wollte alles lernen, was ihre Ziehmutter wusste.

Doch diesmal war Marthe nicht richtig bei der Sache. Während Johanna mit geschickten Händen Blätter und Blüten von den Stielen zupfte, beobachtete Marthe weiterhin, was sich am anderen Ufer tat.

Randolf stolzierte dort auf und ab und gab Kommandos.

»Näher ran! Ich will das Pack immer vor Augen haben – und sie sollen mich immer vor Augen haben«, rief er so laut, dass ihn die Siedler deutlich verstehen konnten, während er den Standort des künftigen Herrenhofes markierte. Er befahl seinen Knechten, Zelte aufzubauen, Holz zu schlagen und sofort mit dem Bau des Herrenhauses zu beginnen. Dann schwang er sich auf sein Pferd und verließ den Ort seiner vorläufigen Niederlage Richtung Bertholdsdorf.

Erleichtert holte Marthe tief Luft und wollte sich ihren Mixturen zuwenden. Doch in genau diesem Augenblick sah sie Christian auf ihre Kate zukommen.

»Lasst uns für einen Moment allein«, forderte der Ritter Wiprecht und die Mädchen auf. Während die drei überrascht das Haus verließen, richtete er seinen Blick auf Marthe, die fast verängstigt wirkte. Fürchtet sie mich immer noch?, schoss es Christian durch den Kopf.

Sie musste inzwischen sechzehn Jahre alt sein. Aus dem verschreckten und zugleich entschlossenen Mädchen, das sich auf der Flucht vor einem grausamen Burgherrn seinem Siedlertreck angeschlossen hatte, war eine junge Frau geworden, die auf faszinierende Weise Zartheit und Kraft in sich vereinte.

Sie war schön, ganz gleich, ob auf Hedwigs Befehl herausgeputzt im Audienzsaal des Kaisers oder im schlichten Bauernkleid und mit grünen Fingern hier in der Kate, wo der kräftige Duft von Minze und Odermennig hing. Auch nach zwei Jahren Ehe war bei ihr noch keinerlei Anzeichen einer Schwangerschaft zu erkennen. Vielleicht rührt Wiprecht sie wirklich nicht an, hoffte er wieder einmal.

Der Anstand hätte erfordert, dass Christian vor aller Augen mit ihr sprach. Doch was soll's, dachte er, ich bin der Herr. Das hier ging Wiprecht nichts an. Und ein eindringlich warnendes Gefühl hielt ihn davon ab, sie den Blicken der fremden Männer auszusetzen, die ins Dorf eingedrungen waren.

Mit gesenktem Blick stand Marthe da, während ihre Gedanken durcheinander schwirrten. Weshalb war Christian gekommen? Zum letzten Mal hatte er die Kate vor einem Jahr betreten, als er ihr und Wiprecht mitgeteilt hatte, dass sie mit ihm nach Meißen reisen solle. Wenig später, auf dem Weg zum Kaiser, hatte er sie vor Oswald und Ludolf gerettet und geküsst.

Warum wollte er jetzt mit ihr allein sprechen, wo er seitdem ihr gegenüber so abweisend war? Ob er nun doch erfahren hatte, dass sie mehr als die anderen Grund hatte, Randolf zu fürchten und zu hassen?

Schließlich brach Christian das Schweigen. »Danke für alles, was du mit Hedwig unternommen hast, um uns zu warnen und Randolf den Tag zu verderben«, sagte er. Marthe hatte die Augen immer noch auf den Boden gerichtet. Seine Stimme klang warm, sie hörte ein Lächeln heraus.

Er wusste es also noch nicht.

Doch dann spürte sie, dass Christian schlagartig ernst wurde.

»Gibt es noch irgendetwas, was du weißt oder ahnst?«, drängte er. »Etwas, das uns helfen kann, das Dorf zu schützen?«

Nun sah sie auf, schüttelte die Verwirrung ab und überlegte. Dass der Sieg nur vorläufig war, dass sie von Randolf Racheakte und Ränke erwarten mussten, wusste Christian ebenso wie sie.

Also rang sie sich dazu durch, ihm von der schrecklichen Vorahnung zu erzählen, die sie seit dem ersten Abend nach ihrer Flucht vor Wulfhart beunruhigte.

»Und drei sind gestorben. Möglich, dass auch das andere eintritt«, schloss sie.

Christian sah sie besorgt an. »Alles, was aus unserem Dorf werden wird, hängt davon ab, dass wir zusammenhalten. Ich habe eine hohe Meinung vom Mut unserer Leute. Aber ob sie sich auf Dauer Gewalt und Drohungen einer ganzen Horde Ritter widersetzen können? Oder der Verlockung von ein paar Mark Silber?«

Er nickte ihr zu. »Ich werde deine Warnung nicht vergessen und die Augen offen halten.«

Mürrisch kam Wiprecht in die Kate zurückgestapft, nachdem Christian gegangen war.

»Was hat er von dir gewollt, Weib?«, knurrte er. »Es passt mir nicht, wenn er allein mit dir redet.«

»Er wollte wissen, ob ihm die Markgräfin noch etwas ausrichten lässt«, antwortete Marthe knapp und erreichte damit wie beabsichtigt, dass Wiprecht sich widerwillig verzog. Die Verbindungen seiner jungen Frau zu solch hohen Herrschaften waren ihm nach wie vor nicht geheuer.

In dieser Nacht fand sie kaum Schlaf. Angespannt lag sie da und lauschte auf die Geräusche, die sich in Wiprechts Schnarchen, die Atemzüge der Mädchen und das Rascheln im Stroh mischten, während der Wind um ihre Kate strich. Von der anderen Seite des Baches erklangen das Grölen der Ritter und das Stampfen ihrer Pferde. Würden die Fremden in ihrer Trunkenheit einen Überfall wagen? Oder Randolf mit Berthold zurückkehren, um Rache zu nehmen?

Erst als sie die leisen Stimmen von Christian und Karl hörte, die auf ihrer gemeinsamen Wache an ihrem Haus vorbeiliefen, konnte sie endlich einschlafen.

Randolf kehrte nicht zurück. Nach zwei Tagen brachen auch die Ritter auf, die ihn begleitet hatten. Sie hatten sich die Zeit mit Trinken und lauten Übungskämpfen vertrieben und mit grimmigen Gesichtern den Verwalter flankiert, als dieser vor Meister Hermann seine Forderungen erhob. Doch die Gegenwart von Christian und Pater Bartholomäus sorgte dafür, dass die Begegnung unblutig verlief.

Nun waren auf der anderen Seite des Baches nur noch die Knechte und Hartwig, dessen Gesichtszüge Marthe an eine fette Ratte erinnerte.

Er trieb seine Männer an und ließ sie Holz schlagen, behauen und neben dem künftigen Herrenhof eine ganze Reihe anderer Bauten errichten, deren Vielzahl die Christiansdorfer verwunderte.

Es blieb nicht aus, dass Randolfs Leute immer wieder ins Dorf kamen. Hartwig kontrollierte die Ausbeute der Schmelzöfen, was ihm niemand verwehren durfte, sie nahmen an den Messen in der kleinen Holzkirche teil, und da Christian nach wie vor als Einziger das Brau- und Backrecht für das Dorf hatte, mussten sie bei Grete Bier und Brot kaufen. Von dem Geld konnte Christian die Reisigen bezahlen, die Raimund begleiteten, als der zwei Wochen nach Randolfs unrühmlicher Abreise die nächste Gruppe Bergleute ins Dorf brachte. Es waren fünfzehn Männer mit ihren Familien, die auf Hermanns Nachricht von den reichen Anbrüchen ebenfalls die Leitern in ihren Gruben zerschlagen und so alle Brücken hinter sich abgebrochen hatten.

Ob es nun an der Entschlossenheit der Christiansdorfer lag oder an ihrer Überzahl – noch verhielten sich Hartwig und seine Leute ruhig, von gelegentlichen boshaften Bemerkungen abgesehen.

Aber jeder wusste, dass das nicht so bleiben würde.

Jeder wusste, dass etwas geschehen würde.

Und jeder wartete darauf.

Neuankömmlinge

Wieder fuhr Marthe aus dem Schlaf. In ihrem Traum hatte eine riesige schwarze Wolke das Dorf umhüllt, war in jede einzelne Hütte gedrungen und hatte die Menschen erstickt.

Sie fühlte Eiseskälte. Vorsichtig, um die anderen nicht zu wecken, stand sie auf, schlüpfte in ihr Kleid und schlang sich ein Tuch um die Schultern. Beklommen und frierend trat sie vors Haus.

Im hellen Mondlicht ließ sie ihre Blicke über die Landschaft streichen, um sich jede Einzelheit einzuprägen, als wäre es zum letzten Mal.

Der abgelegene Weiler inmitten des Dunklen Waldes, den sie vor nicht einmal zwei Jahren zu errichten begonnen hatten, war kaum wiederzuerkennen. Mehr als zwölf Dutzend Menschen lebten nun schon in Christiansdorf – Bauern, Bergleute und Reisige. Die Äcker waren größer geworden, der Wald ein ganzes Stück zurückgewichen.

Hermanns Leute hatten nahe der Kirche ihre eigene Siedlung gebaut. Am Bach standen drei Schmelzöfen, aus denen dichter Rauch quoll. Inzwischen war der Boden an vielen Stellen aufgewühlt, standen Haspeln über den engen Schächten, mit denen die Bergleute in Kübeln und Säcken aus Rinderhaut Erz oder Wasser heraufholten. Mancherorts waren kleine Holzhütten über den Anbrüchen errichtet, daneben standen Scheidebänke, auf denen Kinder und Frauen die Gesteinsbrocken zerkleinerten. Dicht aneinander gereiht wuchsen die Haufen mit taubem Gestein.

Auch die gegenüberliegende Seite des Baches war inzwischen bebaut. Um den Herrenhof standen zehn weitere Holzhäuser, über deren Verwendungszweck die Christiansdorfer nach wie vor rätselten.

Der Wind zerrte an ihrem Kleid und rüttelte an der Kate hinter ihr. Fröstelnd zog Marthe das Tuch enger um die Schultern.

Die Morgendämmerung brach an. Bald würden die Hähne das Dorf wecken, die Bergleute sich mit wuchtigen Schlägen weiter in die Tiefe vorarbeiten und die Siedler mit ihren Äxten dem Wald neues Acker- und Weideland abringen.

Sie stand immer noch regungslos und ließ ihre Sinne spielen, wie Josefa es sie gelehrt hatte. Die Katze strich ihr dabei um die Beine und mochte sich wundern, dass sie diesmal nicht beachtet wurde.

Jenseits des Baches torkelte ein Knecht aus seiner Unterkunft, um sich zu erleichtern.

Drago wieherte. Wenig später trat Christian aus dem Haus.

Marthe wusste, was nun zu tun war. Langsam ging sie zu Christian, der ihr fragend entgegenblickte.

Als sie vor ihm stand, wies sie mit dem Kopf Richtung Herrenhof. »Heute.«

Mehr sagte sie nicht.

Christian hatte auch so verstanden. »Ich werde Wachen aufstellen. Danke für die Warnung.«

Stumm ging Marthe zurück. Was immer heute geschehen mochte – das Unheil würde seinen Lauf nehmen.

Sie konnte jetzt noch nicht ins Haus zurück, sondern sie musste für eine kurze Zeit allein sein. Langsam ging sie in Richtung Kirche, kniete vor dem Altar nieder und begann inbrünstig zu beten. O Herr, verlasse uns nicht in der Bedrängnis! Schenke uns weiter deinen Schutz und gib uns die Kraft, all die Prüfungen zu bestehen, die uns erwarten!

Sie hörte Schritte, wandte sich aber nicht um.

Erst als sie aufstand und gehen wollte, trat der zweite nächtliche Besucher heran und entzündete die Altarkerzen: Pater Bartholomäus.

»Ist es frommer Eifer oder besondere Not, die dich zu dieser frühen Stunde hierher führt, meine Tochter?«, fragte er freundlich besorgt.

Zögernd suchte sie nach den richtigen Worten. Der Pater hatte ihr gegenüber bisher außerordentlich viel Verständnis gezeigt. Aber in einer Kirche von hellsichtigen Eingebungen zu sprechen schien ihr doch zu gewagt.

»Ich fürchte um den Frieden in unserem Dorf«, sagte sie schließlich.

»Ja, ich auch«, erwiderte der Pater mit einem Seufzer. »Wir können alle nur beten, dass der Kelch an uns vorübergeht.«

Die Kirchentür öffnete sich erneut. Die Bergleute kamen herein, um vor der Arbeit gemeinsam zu beten, wie sie es jeden Morgen taten.

Marthe schlüpfte hinaus.

Das Dorf war inzwischen zum Leben erwacht. Doch bevor sie in ihr Haus zurückkehrte, ging sie zum Kirchhof. Dort befand sich inzwischen das erste Grab von Christiansdorf, das von Gertruds Kind. Es war ein paar Wochen vor der Zeit auf die Welt gekommen, wie Marthe gefürchtet hatte. Achtmonats kinder hatten oft zu schwache Lungen. Sie musste immer wieder Luft in den winzigen Körper blasen, bis das kleine Wesen selbstständig atmete, doch dann war sie sicher gewesen, dass es fähig war zu überleben. Am nächsten Morgen war es tot. Marthe wurde den Verdacht nicht los, dass die Tochter des Bergmeisters das Kind, das sie nicht wollte, erstickt hatte. Doch sie ließ sich davon nichts anmerken. Neugeborene starben oft. Gertrud aber ging ihr seitdem aus dem Weg. Wenig später begann Martin um die Tochter des Bergmeisters zu werben.

Marthe besuchte oft das Grab und betete für die Seele des kleinen Wesens, das auf den Namen Anne getauft worden war.

Wer von uns folgt dir als Nächster nach, fragte sie sich diesmal, während ihr erneut der Satz durch den Kopf pulsierte: Einer wird uns ganz furchtbar verraten.

Bald war sie mit der täglichen Mühsal vollauf beschäftigt. Sie kam an diesem Vormittag nicht einmal dazu, die Arbeit zu erledigen, die sie sich vorgenommen hatte. Zwei der Bergleute brachten ihr einen Dritten, der sich verletzt hatte und vor Schmerz so laut schrie, dass ihn der Steiger unwirsch ermahnte, nicht die bösen Berggeister aufzuwecken. »Hast selbst Schuld, Dummkopf. Du hättest sehen müssen, dass das Gestein an dieser Stelle locker war«, knurrte er.

Der Verletzte, ein junger Bursche, riss sich beschämt zusammen. Wie der Steiger berichtete, war der junge Mann von einem Steinhagel getroffen worden, den er selbst durch einen unbedacht angesetzten Schlag ausgelöst hatte. Sein linkes Bein und der Fuß bluteten, aber er hatte Glück im Unglück gehabt, nichts war gebrochen. Marthe säuberte die Wunden und verband sie. Nicht nur der Köhler und der Schmied hatten durch die Ankunft der Bergleute viel mehr zu tun bekommen, sondern auch sie.

Die Hüttenleute an den Schmelzöfen verbrauchten Holzkohle und Holz in gewaltigen Mengen; Jonas und Karl hatten alle Hände voll zu tun, das Gezähe, wie die Bergleute ihr Werkzeug nannten, in Ordnung zu halten. Jeder trug zur Arbeit einen Satz verschiedener Eisen mit sich, die wie eine riesige Kette auf ein Seil gefädelt waren und auf einen hölzernen Stiel gesteckt werden konnten. Die Arbeit am Gestein machte das Werkzeug schnell stumpf, es musste immer wieder neu gehärtet und geschärft werden.

Was Marthe betraf, so hielten sie nicht nur Unfälle wie der des jungen Bergmanns beschäftigt. Die Arbeit in den Harzer Gruben hatte bei den Bergleuten Spuren hinterlassen. Der schwarze Staub war nicht nur unauslöschlich in ihre Haut eingefressen, sondern auch in ihre Lungen. Obwohl sie nun – zumindest vorerst – bei Tageslicht statt untertage arbeiten konnten, bekamen die meisten von ihnen schwer Luft und husteten trocken, manche litten an Auszehrung. Und fast alle von den Älteren hatten das Reißen in Händen und Füßen.

»Das kommt von der Arbeit im kalten Wasser«, hatte einer der Männer ihr erklärt, der sie einmal aufgesucht hatte, als die

Schmerzen so schlimm geworden waren, dass er Fäustel und Eisen nicht mehr halten konnte. Mit einem Schaudern hatte sich Marthe die Arbeit der Bergleute untertage vorgestellt: in fast völliger Finsternis beim schwachen Schein eines Unschlittlichtes, in beißendem Staub oder bis zum Knie in eiskaltem Wasser, ohne je die Sonne zu sehen, umgeben von unsichtbaren Geistern, die jeden Augenblick einen Steinhagel auslösen und die Menschen verschütten konnten, die tief in der Erde steckten.

Doch der Mann erriet ihre Gedanken und tat sie mit einem Lachen ab. »Wer sich fürchtet, hat im Berg nichts zu suchen.«

Als das Bein des Pechvogels versorgt war, richtete Marthe ihre Aufmerksamkeit auf die Umgebung. Die anderen gingen wie gewohnt ihrer Arbeit nach. Weder von Christian und seinem Grauschimmel noch von Lukas war etwas zu sehen. Auch Kuno und Bertram, die sonst durch ihre Streiche immer wieder für Durcheinander im Dorf sorgten, fehlten. Marthe vermutete, dass der Ritter und sein Knappe die nähere Umgebung beobachteten und die beiden Jungen aufgefordert hatten, von einem Versteck aus das Dorf im Auge zu behalten, insbesondere den Teil jenseits des Baches.

Sorgfältig suchte sie die Bäume am Waldrand ab. Richtig, in Schwindel erregender Höhe sah sie zwei Paar Füße baumeln. Dort hockten die beiden Anführer der halbwüchsigen Burschen, nach denen in stummem Einverständnis der Dorfbewohner diesmal niemand suchte.

Plötzlich kam Christian ins Dorf geprescht. Er sprang vom Pferd, auf einen Pfiff hin tauchte wie aus dem Nichts auch Lukas wieder auf. Nacheinander suchte der Ritter mit eiligen Schritten Pater Bartholomäus, den Bergmeister, Jonas, Hildebrand und die Reisigen auf.

Marthe wusste nicht, was Christian gesehen hatte. Doch angesichts seines Verhaltens legte sich eine spürbare Spannung über das Dorf.

Der Ritter postierte sich mit seinem wilden Grauschimmel mitten auf dem Pfad, der von Westen her ins Dorf führte. Neben ihn trat Pater Bartholomäus, ein hölzernes Kreuz in der Hand. In einigem Abstand hinter ihnen versammelten sich Arnulfs Reisige. Die anderen Männer arbeiteten zwar scheinbar ruhig weiter, aber Marthe erkannte, dass auch sie sich bereit hielten. Die Werkzeuge der Bergleute, die Äxte der Siedler und Jonas' Schmiedehammer würden im Notfall durchaus als Waffen zu gebrauchen sein.

Wie die anderen Frauen schickte sie die Kinder ins Haus.

Marthe verharrte vor der Kate. Es dauerte nicht lange, bis sie den Lärm einer großen, sich nähernden Menschengruppe vernahm.

Mit triumphierendem Lächeln trat Hartwig aus dem Herrenhof und verschränkte die Arme.

Zuerst kamen Berthold und Konrad aus dem Wald geritten, die Herren der beiden Nachbardörfer. Dichtauf folgten ihnen teils zu Pferd, überwiegend jedoch zu Fuß fast drei Dutzend Männer. Den Schluss des Zuges bildete ein schwer beladener Ochsenkarren, neben dem zwei Frauen mit halb entblößten Brüsten gingen.

»Was führt euch in mein Dorf?«, fragte Christian höflich, ohne Anstalten zu machen, den Weg freizugeben.

Doch bevor einer der Neuankömmlinge etwas sagen konnte, ertönte von der Seite Hartwigs Stimme. »Ihr werdet verzeihen, Christian, aber diese Leute sind in meinem Auftrag gekommen. Also lasst sie an geeigneter Stelle den Bach passieren.«

Mit unbewegter Miene brachte Christian seinen Hengst dazu, einige Schritte rückwärts zu gehen, und ließ Berthold, Konrad und ihre Gefolgschaft den Wasserlauf durchqueren. Während rund um den Herrenhof geschäftiges Treiben einsetzte, die Wagen abgeladen, Leute auf die Unterkünfte verteilt und die Huren sofort von Hartwigs Männern umringt wurden, wendete er sein Pferd und ritt zu seinem Haus.

Wenig später tauchte Lukas neben Marthe auf, die die Neuankömmlinge betrachtete, während sie im Garten entgegen ihrer Art achtlos vor sich hin wirtschaftete.

»Mein Herr lässt fragen, ob du ihm etwas über diese Leute da sagen kannst«, meinte er.

Marthe wischte sich die Krumen von den Händen und stand auf.

»Seht selbst! Zwei heruntergekommene Dirnen, zwei Bergleute. Ich meine die beiden, die sich dort drüben mit den Balken zu schaffen machen. Sie haben die gleiche fahle Haut wie Hermanns Männer. Und die Übrigen? Das sind keine Bauern.«

»Ich weiß, was du meinst«, fiel ihr der Knappe ins Wort. »Ein richtig wilder Haufen. Die meisten sehen aus wie Raufbolde von der schlimmsten Sorte. Scheint so, als würde es hier bald recht munter zugehen.«

»Ich kenne zwei dieser Leute«, sagte Hermann, während er mit sorgenvollem Gesicht auf Christian zuschritt. »Sie arbeiteten in einer unserer Gruben, aber wir haben sie aus dem Gewerk verstoßen, weil sie einen Kameraden in Not im Stich gelassen haben. So etwas können wir nicht dulden. Bei den Gefahren des Berges sind wir darauf angewiesen, dass sich einer auf den anderen verlassen kann.«

»Was tun die Männer dort?«, fragte Christian und wies auf

eine Gruppe von Leuten, die sich mit Werkzeug am Boden zu schaffen gemacht hatte und nun ein Gerüst aus bereitliegenden Balken darüber errichtete. »Bedeutet es das, was ich befürchte?«

»Bei Gott, Ihr habt Recht«, stöhnte der Bergmeister. »Wir werden sicher gleich Besuch bekommen.«

Wenig später durchquerten Hartwig und einer der fremden Bergleute den Bach und kamen auf Hermann zu.

»Ihr seid hier der Bergmeister?«, fragte der Fremde dreist.

»So ist es, Thietmar«, erwiderte Hermann mit abweisender Miene. »Was führt dich hierher?«

»Ich mute einen Erzfund und will Rechte auf ein Grubenfeld anmelden.«

»Wenn ich richtig informiert bin, müssen mindestens zwei vertrauenswürdige Männer bei einem solchen Akt zugegen sein«, mischte sich Hartwig mit hämischer Stimme ein. »Vielleicht sollten wir Christian hinzuziehen, damit auch alles rechtens ist. Wenn Ihr die Güte haben wollt, uns auf unsere Seite des Baches zu begleiten!«

Hermann nickte Christian stumm zu. Wortlos folgten sie den beiden. Aus der Nähe erkannte Christian nun genau, welch ausgeklügelten Plan die Männer in kürzester Zeit umgesetzt hatten und wie gut der Schlag vorbereitet gewesen war.

In genauer Verlängerung der Linie, die den Erzgang anzeigte und auf der in Christiansdorf geschürft wurde, hatten Hartwigs Leute den Boden von Bewuchs freigekratzt und über dem kahlen Gestein eine Haspel errichtet. An die Welle einer Haspel musste ein Mann treten, dem ein Grubenfeld verliehen wurde, das wusste Christian inzwischen, der die Zeremonie bereits miterlebt hatte.

Hätten wir ihnen zuvorkommen müssen?, fragte er sich in stummem Zorn. Aber es wäre mit Sicherheit zu blutigem Streit gekommen, wollten seine Leute auf der anderen Seite des Baches und in unmittelbarer Nähe des Herrenhofes schürfen. Hartwig wirkte vom Triumph beflügelt, seine winzigen Augen glitzerten angriffslustig. »Hat nicht der Markgraf gesagt: Wo ein Mann hier nach Silber graben will, soll er es mit Recht tun?«, verkündete er. »Also, Bergmeister. Dieser Mann hier hat eine Stelle gefunden, die allen Anzeichen nach den Abbau lohnt. Tut Eure Pflicht!«

Hermann musterte Thietmar für einen Augenblick mit unübersehbarer Verachtung. Dann riss er sich zusammen und sagte die Worte, die nach altem Brauch gesprochen werden mussten.

»Welcher Gang ist dein, welche Grube ist reich an Erz?«

»Diese hier«, sagte Thietmar, zeigte darauf und konnte sich vor Freude kaum halten.

»Die Stelle scheint abbauwürdig. Also tritt an die Welle der Haspel und leiste den Schwur!«

Thietmar legte zwei Finger der rechten Hand auf den Kopf und deklamierte: »Ich schwöre bei Gott und allen Heiligen und rufe sie zu Zeugen an, dass dieser Gang mein ist. Und wenn er nicht mein ist, dann ist dies nicht mein Kopf, und diese meine Hand soll künftig nicht mehr ihren Dienst tun.«

»So sei es.« Der Bergmeister begann mit einer Schnur von der Mitte der Haspelwelle aus das Feld abzumessen, das dem Besitzer der Grube zustand.

»Das Land jenseits des Baches ist schon vergeben, ich werde dir dafür Felder in nördlicher Richtung bemessen«, erklärte Hermann. »Wird an der Grube drei Tage hintereinander nicht gearbeitet, fällt sie an einen anderen Eigner. Ein Drittel des Erlöses geht an den Markgrafen.«

»Schon gut, schon gut«, sagte Thietmar, immer noch voll aufgeregter Freude.

»Na, das ging doch bestens«, meinte Hartwig gönnerhaft. »Ich danke Euch, Bergmeister. Und auch Euch, Christian!«

Als Christian und Hermann sich umdrehten und zu ihren Leuten zurückgehen wollten, sahen sie dort Lukas aufgeregt Zeichen geben.

»Kommt schnell, sonst fließt Blut«, rief der Knappe.

Am Rand von Guntrams Feld hatte sich eine Gruppe Männer versammelt, die lautstark stritten und wütend gestikulierten.

Einer von Hartwigs Leuten stand inmitten der Menschentraube auf Guntrams Acker und machte sich dort zu schaffen.

Hastig bahnte sich Christian den Weg durch die aufgebrachte Menge.

»Was ist hier los?«, verschaffte er sich mit donnernder Stimme Gehör.

»Der Kerl hier zerwühlt mein Land und zerstört meine Saat«, rief Guntram wütend. Mit kräftigem Griff hatte er einem schmächtigen blassen Mann den Arm auf den Rücken gedreht und ihn auf die Knie gezwungen. Neben dem Fremden lag eine Keilhaue, ein Stück des Bodens war bereits kahl geschlagen, herausgerissene Ähren lagen herum.

»Lass ihn los«, befahl Christian.

Guntram gehorchte widerwillig.

»Was hast du hier zu suchen?«, fuhr der Ritter den Fremden an, dessen Gesichtsausdruck schnell die Angst verlor und etwas Verschlagenes annahm.

»Silbererz natürlich, was sonst. Jedermann darf danach graben, wo er welches vermutet. Und das hier ist eine Erfolg versprechende Stelle!«

Christian wusste, dass auch dieser Ort der Linie des Erzgangs folgte. Doch Hermanns Leute hatten bisher ihre Grubenfelder so angelegt, dass sie dabei die Äcker der Bauern unbehelligt ließen. Es gab genug fündige Stellen, sie wollten keinen Streit – und die Ernte musste schließlich auch die Bergleute ernähren, die zumeist nur einen winzig kleinen Gemüsegarten hinter ihren Häusern besorgen konnten.

Inzwischen sah Christian Hartwig gemeinsam mit dem Bergmeister auf sich zukommen und wartete.

»Eure Leute haben einen meiner Männer angegriffen. Das wird Folgen haben!«, drohte der Verwalter des Herrenhofes.

»Die Sache verhält sich anders«, gab Christian zornig zurück. »Er hat sich an der Saat eines Bauern vergriffen!«

»Nicht so hitzig, junger Ritter! Wir haben das doch gerade schon einmal zu aller Zufriedenheit geregelt. Dieser Mann hier hat zwar noch keine Haspel errichtet, aber wenn ich die Lage richtig verstehe, möchte auch er einen Erzfund anmelden. Nicht wahr?«

Der Bleiche nickte eifrig.

»Bergmeister, tut Eure Pflicht«, forderte Hartwig.

»Halt«, sagte Christian. »Das Land gehört Guntram. Dieser Mann hier kann nicht einfach auf dem Acker eines anderen nach Erz schürfen!«

»Ich fürchte, Ihr irrt Euch, Christian«, meinte Hartwig genüsslich. »Wo ein Mann nach Silber graben will, soll er es mit Recht tun – so lauten die Worte des Markgrafen. Bergmeister?«

»Danach darf er hier schürfen«, meinte Hermann unwillig.

Guntram und die Männer um ihn herum schrien wütend auf.

»Dann muss er ihm Entschädigung für verloren gegangenes Land und Minderernte zahlen oder ihm einen Anteil an seiner Ausbeute bieten«, forderte Christian.

»Davon hat der Markgraf nichts gesagt«, entgegnete der Verwalter kühl.

»Weil hier ein solcher Fall bisher nicht eingetreten ist«, gab

Christian zurück. »Wir sollten den Streit dem Markgrafen vortragen und ihn um eine verbindliche Regelung bitten.«

»Ich wüsste nicht, wozu das gut sein sollte. Bergmeister, wollt Ihr nicht endlich Eure Arbeit tun? Dieser Mann hier will Rechte an einem Grubenfeld anmelden.«

Hermann antwortete erst nach einigem Nachdenken. »Ich fürchte, hier liegt tatsächlich ein besonderer Fall vor. Wir sollten den Markgrafen entscheiden lassen. Und da noch keine Haspel steht, werde ich das mögliche Grubenfeld erst prüfen und vermessen, wenn Ihr Nachricht aus Meißen gebracht habt. So lange wird hier nicht geschürft. Wie ich weiß, wolltet Ihr ohnehin in den nächsten Tagen dorthin, um das erste Silber abzuliefern, Hartwig.«

»Allerdings. Vielleicht wollt Ihr uns dabei begleiten und den Fall Markgraf Otto vortragen, Christian? Einen so tüchtigen Ritter wie Euch können wir als Geleit für die wertvolle Fracht gut gebrauchen.«

Trotz des unverkennbaren Hohnes in Hartwigs Stimme sagte Christian kühl: »Einverstanden. Wann brechen wir auf?«

»Wenn Ihr wollt, gleich morgen früh.«

»Gut. Aber sorgt dafür, dass Eure Leute keinen Streit anfangen, bis wir zurück sind.«

Während sich Hartwig und der fremde Bergmann entfernten, rief Christian Guntram beiseite. »Mach dir nicht zu viel Hoffnung. Wenn Otto eine Ladung voll Silber sieht, wird das bei ihm den Wunsch nach mehr wecken. Ich werde trotzdem dafür sprechen, dass ihr euer Land behalten könnt oder wenigstens dafür entschädigt werdet.«

»Verfluchtes Diebesgesindel! Was soll nun aus uns werden?«, meinte Guntram aufgebracht. Dann ließ er den Kopf hängen und ging zu seiner Kate.

Immer noch laut miteinander debattierend, wollten auch die anderen Männer zu ihrer Arbeit zurückkehren.

»Halt«, rief Christian und wartete, bis sich alle zu ihm umgedreht hatten. »Was auch geschieht, während ich weg bin, lasst euch zu nichts hinreißen! Ich werde mit Pater Bartholomäus sprechen. Auf seinen Schutz könnt ihr zählen.«

Nachdem die Männer gegangen waren, nahm Christian Lukas beiseite. »Diesmal wirst du mich nicht nach Meißen begleiten.«

»Aber wieso denn nicht, Herr?«, entrüstete er sich.

»Das war alles von langer Hand vorbereitet – und sicher nicht allein von Hartwig. Ich möchte, dass du beobachtest, was hier vorgeht. Dem Bericht eines Knappen aus gutem Hause wird man im Ernstfall mehr Gehör schenken als den Worten von Bauern.«

Er sah den Knappen eindringlich an. »Du wirst hier keine Heldentaten vollbringen und nicht versuchen, dich mit Hartwigs Männern zu schlagen. Verstanden?«

Immer noch enttäuscht nickte Lukas.

»Es gibt einen weiteren Grund«, fuhr der Ritter mit ruhiger Stimme fort. »Möglich, dass sie mich unterwegs aus dem Weg räumen wollen. Die Gelegenheit ist günstig. Dann müssten sie dich als Augenzeugen auch töten. Deshalb bleibst du hier.«

»Herr!«

»Das ist mein letztes Wort. Beschütze die anderen, aber lass dich nicht auf hoffnungslose Kämpfe ein. Sollte es hier zum Schlimmsten kommen, reite nach Meißen, um zu berichten. Geh sofort zu Raimund. Verstanden?«

»Ja, Herr«, sagte Lukas widerstrebend.

Christian legte ihm den Arm auf die Schulter. »Ich werde es ihnen nicht leicht machen.«

An diesem Abend herrschte in den Häusern der Christians-dorfer teils aufgebrachte, teils gedrückte Stimmung. Rund um den Herrenhof ging währenddessen ein lautstarkes Gelage vonstatten.

Triumphierend sah Hartwig auf die zechende Männerschar. Der morgige Tag würde seinen Sieg vollkommen machen. Mehr von dieser Aussicht als vom Bier berauscht, befahl er einem der Knechte: »Bring mir eine von den Huren! Die Rot-haarige – sofort! Und wenn du einen der Kerle von ihr runter-zerren musst.«

Die zwei Weibsbilder hatten ihre beste Zeit schon hinter sich. Morgen, wenn ihn Randolf für seine Dienste entlohnte, konn-te er sich eine von den besseren Dirnen in Meißen leisten oder den Abend im Badehaus verbringen und sich dort das hüb-scheste Mädchen aussuchen. Aber so lange wollte er nicht warten.

Wie befohlen kam wenig später der Knecht zurück, mit ihm die rothaarige Hure. Sie knickste tief vor Hartwig und lächelte ihn breit an, wobei sie mehrere Zahnlücken entblößte. Ihre Haut war fahl und schlaff, doch ihr üppiger Busen fast unbe-deckt.

Er bedeutete ihr mit einer Handbewegung, zu seinem Bett zu gehen, und fuhr den Knecht an: »Was ist? Was treibst du dich noch hier herum?«

»Verzeiht, Herr …«, stammelte der. »Jemand wünscht Euch zu sprechen … von der anderen Seite des Baches …«

»Wer, du Tölpel? Der Ritter oder der Bergmeister? Oder der Pfaffe?«

»Nein, einer der Bauern. Er sagt, er hätte Euch einige wichtige Dinge mitzuteilen – vertraulich …«

Sieh an, dachte Hartwig. Will da jemand um Gnade winseln, oder kommen schon die ersten Überläufer?

Das konnte unterhaltsam werden. Andererseits hatte er es jetzt auch sehr eilig, die Rothaarige zu besteigen.

»Sag ihm, ich bin gleich für ihn zu sprechen. Er soll im Stall warten, wenn er Angst hat, gesehen zu werden.«

Nach einer tiefen Verbeugung machte sich der Knecht davon. Gut gelaunt wandte sich Hartwig der Hure zu, die sich ihm bereits mit hochgeschlagenem Rock auf dem Bett entgegenrekelte. »Ich muss gleich noch einmal weg, meine Schöne. Also lass uns schnell machen – und wenn ich nachher wiederkomme, erwartest du mich hier und zeigst mir, was du noch alles kannst!«

Angewidert von der vor Schmutz starrenden Hure und dennoch erleichtert, den Druck in den Lenden losgeworden zu sein, ging Hartwig den Bauern suchen, der ihm eine geheimnisvolle Mitteilung machen wollte.

Der Knecht kam ihm aus dem Stall entgegen und deutete auf eine Gestalt, die sich vor ihm demütig verbeugte.

»Gott zum Gruße, Herr!«

»Was hast du mir mitzuteilen, Bäuerlein?«

»Dass ich Euer gehorsamer Diener bin. Und Euch sagen werde, wer unter den Aufsässigen dort drüben die Rädelsführer gegen Eure Leute sind.«

»Ich höre.«

Der andere begann hastig zu reden. Seine Stimme überschlug sich fast, während er sprach.

»Wenn Ihr die unschädlich macht, werden die anderen Euch gehorchen, sobald Christian weg ist.«

»Warum soll ich dir glauben? Vielleicht schickt Christian dich, um mich in die Irre zu führen.«

Der nächtliche Besucher krümmte sich und sank auf die Knie.

»Ihr seid der wahre Herr des Dorfes. Christians Tage sind gezählt.«

Hartwig verschränkte die Arme. »Du hast mir nichts berichtet, was ich nicht schon wusste.«

»Herr! Was Ihr noch wissen wollt, was auch zu tun ist, Ihr könnt auf mich zählen!«

»Gut. Du wirst schon bald einen Auftrag bekommen. Und nun schleich dich zurück zu deinen Leuten.«

Der Bauer ging, doch kurz vor der Tür drehte er sich um und verharrte zögernd.

Hartwig wusste, was der andere wollte, aber er ließ ihn zappeln. »Was denn noch?«

Der Bauer trat verlegen auf der Stelle. »Darf ich Euch um etwas bitten, Herr?«

Der Verwalter verzog das Gesicht. »Du willst doch nicht etwa Geld von mir für das bisschen, was du mir erzählt hast? Vielleicht sogar dreißig Silberlinge?«

»O nein, Herr, das würde nur auffallen … Aber vielleicht … wenn Ihr mir als Belohnung … einmal eine der Huren überlassen könntet?«

Jetzt lachte Hartwig lauthals. »Wenn du den Auftrag erfüllt hast, darfst du dir sogar aussuchen, welche von beiden du willst. Jemand von meinen Leuten wird dir Bescheid sagen, wann es so weit ist.«

»Verschwinde«, fauchte Hartwig die Rothaarige an, die daraufhin schmollend ihre Sachen zusammensuchte.

»Ihr habt mich für meine Dienste noch nicht bezahlt«, murrte sie an der Tür.

»Ich bin hier der Herr. Meine Wünsche wirst du ohne Bezahlung erfüllen«, verkündete er. »Und nun pack dich. Du kannst das Gesindel da draußen ausnehmen.«

Die Frau funkelte ihn wütend an, verzog sich dann aber ohne ein weiteres Wort. Es war zu erwarten, dass sie den Verwalter umsonst bedienen musste. Draußen bei den feiernden Männern konnte sie ihr Geld doppelt und dreifach verdienen.

Hartwig aber lehnte sich genüsslich zurück. Randolf würde mit ihm wirklich sehr zufrieden sein.

Voller Sorge sahen die meisten Christiansdorfer am nächsten Morgen ihren Ritter mit Hartwigs Männern Richtung Meißen aufbrechen.

Während Grete, die sonst kaum etwas zu erschüttern vermochte, wütend im Haus herumwirtschaftete, mit Töpfen schepperte und die Hühner lauthals schimpfend über den Hof jagte, ging Lukas zu Marthe, wie es ihm Christian vor seinem Aufbruch befohlen hatte. Seine Füße waren wie Blei, während er sich ausmalte, was jetzt im Dunklen Wald vor sich gehen mochte. Christian konnte es durchaus mit drei oder vier von Hartwigs Leuten gleichzeitig aufnehmen, aber nicht mit zwanzig. Und ein Pfeil in den Rücken war zwar nicht ritterlich, aber dennoch tödlich.

»Ihr macht Euch große Sorgen um den Herrn«, empfing ihn Marthe mit leiser Stimme. Auch sie wirkte bekümmert.

»Ja«, gab Lukas unumwunden zu, obwohl er das keinem anderen Menschen gegenüber eingestanden hätte. Die Ruhe, mit der Christian am Abend zuvor alle Anweisungen für den Fall seines Todes getroffen hatte, machte ihm mehr zu schaffen als die Anspannung vor einem Zweikampf, dessen Ausgang genauso ungewiss sein konnte. Und er konnte nichts tun! Er wusste nicht einmal, was gerade in diesem Augenblick geschah.

Mit einer Kopfbewegung wies er auf die Männer, die sich gegenüber lautstark betätigten. »Mein Herr sagt, ich soll dich bis zu seiner Rückkehr in sein Haus bringen. Die Mädchen kannst du mitnehmen, wenn du willst.«

»Was soll das?«, mischte sich Wiprecht ein, der sich mit argwöhnischem Blick genähert hatte. »Sie ist mein Weib und schläft in meinem Haus.«

»Kannst du sie auch schützen, wenn sich das Gesindel da drüben besäuft und beschließt, sich an den Frauen hier zu vergreifen, Alter?«, fuhr Lukas ihn an.

Er wusste, dass er sich dafür schämen sollte, doch es erfüllte ihn mit Genugtuung, Wiprecht so in die Schranken zu weisen. Wenigstens diese kleine Rache konnte Gott ihm doch gönnen, wenn der Graukopf ihm schon das Mädchen weggenommen hatte.

Wiprecht war zusammengezuckt, aber wider Erwarten gab er nicht auf. »Und wird sie dort sicher sein – vor diesem jungen Burschen?«

»Natürlich. Es ist der ausdrückliche Befehl des Herrn. Und du wirst dich nicht widersetzen. Ist das klar?«

Brummend zog Wiprecht von dannen.

»Bei den geringsten Anzeichen von Gefahr kommst du zu mir, ja?«, beharrte Lukas Marthe gegenüber. Die nickte mit einem matten, traurigen Lächeln und sah dann in die Richtung, in die Christian mit den anderen am Morgen aufgebrochen war. »Der Bergmeister und Arnulfs Reisige sind bei ihm. Das sollte es Hartwig unmöglich machen, unterwegs einen Unfall vorzutäuschen.«

Lukas zuckte zusammen. Hatte sie seine Gedanken gelesen? Woher sonst wusste sie von Christians Befürchtung?

Aber dass sich der Bergmeister entschlossen hatte, das Silber gemeinsam mit Hartwig beim Markgrafen abzuliefern, und der Verwalter am Morgen darauf gedrängt hatte, dass auch

Christians Reisige den Transport als Geleitschutz begleiteten, machte einen Anschlag auf den Ritter weniger wahrscheinlich.

Was planen Randolf und Hartwig?, grübelte Lukas erneut. Wahrscheinlich würden sie das schon sehr bald erfahren.

Das Dorf war jetzt ohne einen einzigen Bewaffneten. Aber gegen die paar Raufbolde drüben würden sie sich wohl erwehren können.

»Sicher kommt er morgen schon zurück«, fuhr Marthe leise fort. »Ich befürchte nur, dass er keine guten Neuigkeiten bringt.«

»Hauptsache, er kommt überhaupt wieder«, meinte Lukas, der ein flaues Gefühl im Magen hatte.

»Christian, Ihr vergesst Euch«, rief Markgraf Otto wütend vor versammeltem Hof. »Wäre ich nicht so glänzender Laune angesichts der Ausbeute, die mir Randolfs Verwalter heute aus Eurem Dorf gebracht hat, und müsste ich Euch gerechterweise nicht ein Verdienst daran einräumen, würde ich Euch aus dem Saal entfernen lassen.«

»Vergebt, Herr«, sagte Christian mit mühsam unterdrücktem Zorn, während er aus dem Augenwinkel einen triumphierenden Blick Randolfs auffing, der ganz in Ottos Nähe stand. »Es wird nicht nur Streit geben, sondern auch eine Hungersnot, wenn die Bauern nicht dafür entschädigt werden, dass die Bergleute ihnen die Felder wegnehmen und dort schürfen.«

Otto sprang auf. »Schweigt! Ich habe bereits entschieden. Das Silber aus dem Boden ist wichtiger als das bisschen Hafer oder Gerste, das dort wächst. Wenn sich die Bauern bei den Bergleuten verdingen, können sie sich ihr Brot mit silberner Münze kaufen! Und nun Schluss damit – oder ich lasse Euch doch noch wegen ungebührlichen Benehmens bestrafen! Ihr bemüht meine Geduld über Gebühr.«

Mit einer knappen Verbeugung trat Christian zwei Schritte zurück.

Es war aussichtslos. Es war, wie er befürchtet hatte – der Anblick des Silbers hatte Otto in den Bann geschlagen. Wenn er ihn jetzt weiter reizte, würde das seinem Dorf nur Schaden bringen.

Einen letzten Versuch wollten sie noch wagen. Auf sein Zeichen hin trat Bergmeister Hermann wie verabredet vor und verneigte sich tief.

»Edler Herr, wollt Ihr mir einige wenige Worte gestatten?«

Otto setzte sich wieder und nickte kühl. »Aber fasst Euch kurz. Ritter Christian hat meine Geduld erschöpft.«

»Wenn Ihr bestmöglichen Gewinn aus Gottes unterirdischem Reich haben wollt, braucht Ihr erfahrene Bergleute«, sagte Hermann mit Bedacht, um den Markgrafen nicht weiter zu reizen. »Unsere Ausbeute ist nicht so beständig wie die der Bauern, die jedes Jahr ihre Früchte ernten können. Nur ein erfahrener Bergmann kann erkennen, wo das Schürfen lohnt und wo die besten Metalle zu finden sind. Außerdem braucht er Hüttenleute, die aus dem Erz das Silber schmelzen können. Aber unter den Leuten, die gestern in Christiansdorf eingetroffen sind, um nach Silber zu suchen, sind nur zwei, die sich damit auskennen. Ihre Ausbeute wird nicht groß sein und vielleicht noch nicht einmal den Wert der Feldfrüchte erreichen.«

»Wenig Silber ist immer noch besser als gar keines«, gab Otto unwirsch zurück. »Eure Worte besagen nur, dass wir noch mehr Bergleute kommen lassen müssen. Christian, Ihr wisst also, was Ihr zu tun habt. Aber zunächst werdet Ihr mich auf den Hoftag nach Bamberg begleiten.«

Christian verbarg sein Erschrecken. »Ich danke Euch für die Ehre, mein Herr. Wenn Ihr gestattet, sollte ich mich besser um die Lage in meinem Dorf kümmern.«

»Unfug! Das kann Randolfs Verwalter tun, der scheint ein tüchtiger Mann zu sein. Auf dem Hoftag will ich den Kaiser um das Schürfrecht bitten – das werdet Ihr doch nicht verpassen wollen? Raimund und Eure anderen Freunde werden uns auch begleiten.«

»Ihr solltet unserem wackeren Christian wenigstens Gelegenheit geben, kurz in sein Dorf zu reiten, um den Leuten dort Eure Entscheidung bekannt zu geben und seinen tüchtigen Knappen abzuholen«, mischte sich Randolf ein. Er gab sich großzügig, der Hohn und die verborgene Drohung hinter den Worten waren für Christian nicht zu überhören.

»So soll es sein. Und nun entfernt Euch«, beendete Otto die Audienz.

Mit versteinerter Miene verließ Christian den Saal.

Es war eine Niederlage auf ganzer Linie. Randolfs Leute durften unangefochten in seinem Dorf schürfen, Guntram und wer sonst noch bald in seine Lage kam, erhielt nicht einmal eine Entschädigung – und er selbst war nun auf Wochen in der Ferne.

Dass Arnulf ihm eröffnet hatte, er müsse ihm die Reisigen auf Ottos Befehl wieder abziehen und dass auch seine Freunde mit nach Bamberg sollten, konnte kein Zufall sein.

Jemand wollte, dass er die Dorfbewohner ohne Schutz zurückließ. Es war nicht schwer zu erraten, wer dahinter steckte.

Randolf hatte schon immer großen Einfluss auf Otto gehabt. Und seit er ihm jene eiskalte Schönheit zugeführt hatte, die den Markgrafen so fesselte, dass er Hedwig kaum mehr beachtete, wurden Randolfs Wünsche Otto auch noch aus dem Mund der schwarzhaarigen Oda zugeflüstert.

Wie es aussah, konnte er im Moment nichts für die Menschen in seinem Dorf tun, sosehr er es auch wollte.

Vorzeichen

Christians unbeschadete Rückkehr aus Meißen am nächsten Abend sorgte für erleichtertes Aufatmen bei Lukas und den Siedlern. Doch als er und der Bergmeister gleich nach ihrer Ankunft von der Entscheidung des Markgrafen berichteten, rief das bei Hartwigs Leuten begeistertes Johlen hervor, bei den Bauern Fassungslosigkeit.

Anschließend gingen Christian und Hermann mit Guntram in dessen Haus und sprachen lange mit ihm und Bertha. Weil der Bergmeister nach dem nun vom Markgrafen verkündeten Recht dem Fremden beträchtliche Teile von Guntrams Ackerland zumessen musste, machte er einen Vorschlag, den er und der Ritter auf dem Rückweg von Meißen besprochen hatten. Guntram sollte fortan als Bergzimmerer für Hermanns Leute arbeiten. Angesichts der Ergiebigkeit des Erzgangs und seiner Geschicklichkeit würde er dabei wahrscheinlich mehr verdienen als zuvor.

Am nächsten Morgen setzten Christian und der Bergmeister den zweiten Teil des Planes um, den sie gemeinsam auf der Rückreise ersonnen hatten.

Gleich nach der Frühandacht meldeten acht von Hermanns Leuten Ansprüche auf Erzgruben an, die der Bergmeister akzeptierte und vor den entsetzten Augen der Dorfbewohner sofort abmaß – diesmal ohne Rücksicht auf bestellte Felder.

Anschließend rief Christian die Siedler zusammen.

»Wenn wir es nicht tun, werden es die Raufbolde von gegenüber tun – und dann verliert ihr alles«, erklärte er. »Meister Hermann braucht für die neuen Gruben Leute. Ihr werdet bei seinen Männern besser verdienen als bei Hartwigs, denn sie sind erfahren und können in der Erde das reichste Erz aufspüren. Außerdem werden sie euch gut behandeln.«

Er sah auffordernd in die Runde. »Jeder von euch, der seinen Acker nicht mehr bearbeiten kann oder will, kann als Erzschlepper, Wäscher oder an der Haspel arbeiten. Eure Söhne und Töchter können an der Scheidebank helfen. Da wir nun nach der Abrechnung beim Kämmerer des Markgrafen unseren Anteil der Ausbeute in Münzen haben, können wir Korn und Erbsen auch auf dem Markt kaufen und müssen nicht verhungern.«

Die Aufregung unter den Dorfbewohnern war gewaltig.

»Ich weiß, ihr alle habt davon geträumt, einmal eigenes Land zu bestellen«, fuhr Christian unbeeindruckt fort. »Aber, Hildebrand, wolltest du nicht gleich nach der Ankunft der Bergleute deinen Sohn zu ihnen schicken? Jetzt ist die Zeit gekommen.«

Langsames Verstehen zeichnete sich auf dem Gesicht des Dorfältesten ab, das zu unverhüllter Begeisterung wurde.

»Ja, Herr, der Bergbau macht uns alle reich!«

Christian wies Lukas an, alles für die erneute Abreise nach Meißen vorzubereiten.

Dann blickte er um sich und suchte nach Marthe.

»Ich weiß nicht, was geschehen wird, während ich weg bin. Der Markgraf besteht darauf, dass ich mit ihm zum Hoftag reise«, sagte er, als er sie auf dem Weg zu ihrem Haus eingeholt hatte. »Wenn du willst, nehme ich dich mit nach Meißen. Du kannst zu Josefa oder zu Elisabeth gehen.«

Marthe spürte seine Sorge um ihre Sicherheit. Aber diesmal wollte sie das Dorf nicht verlassen.

»Randolf kann nicht hierher kommen, er reist doch mit Otto zum Hoftag?«, entfuhr es ihr, wofür sie sich am liebsten auf die Zunge gebissen hätte.

»Ja.«

»Danke für die Fürsorge, Herr«, sagte sie mit gesenktem Blick. »Aber ich habe das Gefühl, dass ich diesmal besser bei Johanna und Marie bleiben sollte.«

»Ich mache mir Sorgen um dich«, sagte Christian und widerstand nur mit Mühe dem Verlangen, ihre Hände zu ergreifen. »Denk an deine eigenen Worte: Ein Verräter ist unter uns. Deshalb habe ich auch das heutige Vorgehen nicht gleich gestern Abend mit unseren Leuten besprochen. Sonst wäre uns das Gesindel von gegenüber zuvorgekommen. Weißt du inzwischen, wer es sein könnte?«

Sie schüttelte den Kopf. »In letzter Zeit habe ich so viel zu tun, dass ich nicht einmal mehr zum Nachdenken komme. Aber Ihr habt Recht, Herr, ich sollte mich besser darum kümmern.«

Christian ließ nicht locker. »Versuche, Hartwig aus dem Weg zu gehen. Vor den anderen können Jonas und Guntram und auch Karl dich beschützen – aber nicht vor ihm!«

Es kostete ihn Kraft, sie nicht an sich zu reißen. »Ich weiß nicht, wie lange ich weg sein werde. Pass gut auf dich auf!«

Diesmal blickte sie direkt in seine Augen. »Möge Gott Euch schützen! Ich fürchte, Ihr seid in größerer Gefahr als ich.«

Der Frieden im Dorf hielt nach Christians und Lukas' Abreise gerade einen Tag. Dann schickte Jonas mit einem gezielten Schlag einen von Hartwigs Leuten zu Boden, der Emma gegenüber handgreiflich geworden war, die ihr zweites Kind erwartete.

Wenig später schrie Marie angstvoll um Hilfe, weil zwei der fremden Raubeine den Weg versperrten und ihr lachend den Eimer wegrissen, den sie trug. Mit gewaltigen Sätzen war Karl bei seiner kleinen Schwester. Er setzte einen Angreifer außer Gefecht, indem er ihm mit einem gewaltigen Fausthieb die Nase brach, und schlug dem zweiten so kräftig in den Magen, dass der in die Knie ging. Zwei Jahre als Gehilfe des Schmieds hatten Karls Schultern stark gemacht und seine Muskeln in eisenharte Stränge verwandelt.

Marthe ließ wenig Zartgefühl walten, als sie dem Störenfried die gebrochene Nase richtete. »Lass die Mädchen in Ruhe, oder ich werde dir noch viel mehr wehtun«, verkündete sie grimmig, als er sich wimmernd auf dem Schemel wand, auf den sie ihn während der Behandlung gesetzt hatte.

Hartwig drohte, Jonas und Karl vors Dorfgericht zu bringen. Er lenkte erst ein, nachdem Pater Bartholomäus bei ihm auftauchte und ihn eindringlich ermahnte, seine Leute besser im Zaum zu halten.

Bei Einbruch der Dämmerung kam einer von Hartwigs Knechten und befahl Marthe, zu dem Verwalter zu kommen. Eingedenk Christians Warnung lief sie unter einem Vorwand zuerst in die Schmiede, um Karl und Jonas Bescheid zu geben. Dann folgte sie dem Knecht zum Herrenhof.

Es gab keinen Steg über den Bach. Christian sah keinen Anlass, für Hartwigs Leute eine bequeme Verbindung zu den Gehöften der Bauern zu schaffen. Und Hartwig war das wohl gleichgültig – er ritt zumeist durch die Furt, und wenn er zu Fuß ging, schützten ihn hohe Lederstiefel.

Während Marthe das kalte Wasser durchschritt und sich damit

abfand, dass ihr für den Rest des Tages der triefend nasse Rock um die Beine schlagen würde, richtete sie ihre Gedanken auf das, was sie erwarten mochte. Sie war noch nie im Herrenhof gewesen und auch noch nie zu Hartwig gerufen worden. Der aufgedunsene Mann mit dem Rattengesicht war Randolfs Vertrauter. Grund genug, ihn zu fürchten. Doch sie durfte sich von dieser Furcht nichts anmerken lassen.

Hartwig erwartete sie auf seinem Bett. Am liebsten wäre sie bei diesem Anblick sofort geflohen.

Sie verharrte in der Tür. »Ihr habt nach mir rufen lassen, Herr?«

Der Verwalter stützte sich lässig auf den Ellbogen und musterte sie mit seinen kleinen Augen wortlos. Marthe wartete.

»Berthold sagt, du bist eine Hexe«, sagte Hartwig schließlich.

»Verzeiht, Herr, das ist nicht wahr. Ich habe bei einer weisen Frau gelernt, Salben und Tinkturen aus Kräutern zu mischen und Kinder auf die Welt zu holen. Das ist alles.«

»Willst du damit sagen, ein Ritter lügt?«, fragte Randolfs Verwalter scharf.

»Ich will damit sagen, dass er sich irrt«, gab Marthe fest zurück.

»Nun ja, wir werden sehen. Los, tu etwas dagegen.«

Er schob seinen Ärmel hoch und streckte ihr einen Arm hin. Marthe trat näher und sah eine lange, eitrige Wunde.

»Das muss geöffnet und gesäubert werden«, sagte sie. »Ich brauche heißes Wasser und saubere Tücher.«

Sie wollte sich umdrehen und zur Feuerstelle gehen, doch Hartwig griff mit der unverletzten Hand nach ihrem Arm und hielt sie derb.

»Ist das nicht Arbeit eines Baders, was du da vorhast?«, fragte er mit gefährlichem Unterton. »Etwas, das dir gar nicht zusteht?«

»Ihr könnt gern einen Bader kommen lassen, wenn Ihr das wünscht«, widersprach Marthe. »Ich hatte nicht vor zu schneiden.«

Wenn ich es tun würde, hättest du weniger Schmerzen, dachte sie wütend. Aber wenn du mir eine Falle stellen willst, tappe ich nicht hinein. Quäl dich noch zwei Tage, bis jemand einen Bader aus Meißen geholt hat, oder nimm mit dem vorlieb, was ich ohne Messer für dich tun kann.

Hartwig ließ sie los. Sie rieb sich die Stelle, an der er sie gepackt hatte und die gerötet war, ging zum Feuer und brachte Wasser zum Kochen. Sie legte heiße Tücher auf seine Wunde und wartete, bis sie aufplatzte und sie den Eiter herausdrücken konnte. Dann wusch sie die Wunde aus und verband sie.

Während des Wartens hatte sie Zeit, ihr Gegenüber heimlich zu beobachten. Dieser Mann wurde ihr nicht durch offene Brutalität gefährlich so wie Randolf. Hinter seiner Grobheit spürte sie sogar einen Anflug von Furcht vor ihr. Aber er war voller Hinterlist. Mit Randolf hatte er sicher schon längst Pläne gegen die Christiansdorfer geschmiedet.

Die Besetzung der Grubenfelder am Morgen vor Christians Abreise war ein Schlag, der ihre Rachelust weiter angestachelt haben musste.

»Wie du siehst, habe ich hier keine Magd. Schick mir eine deiner Töchter«, erklärte Hartwig mit lauerndem Blick.

Marthe erschrak zutiefst, doch sie versuchte, sich nichts anmerken zu lassen. »Das müsst Ihr mit meinem Mann bereden, Herr.«

Ein »Gott zum Gruße!« von der Tür her unterbrach sie. Noch nie war sie so erleichtert gewesen, Pater Bartholomäus' Stimme zu hören.

»Gibt es Schwierigkeiten?«, fragte der Pater, und da er dabei sie und nicht den Verwalter ansah, begriff sie, dass Jonas und Karl ihn gebeten hatten, zu kommen, um ihr beizustehen.

»Was führt Euch zu mir, Vater?«, fragte Hartwig mühsam beherrscht und schob seinen Ärmel über den frischen Verband.

»Darf ich gehen, Herr?«, fragte Marthe und war schon an der Tür. Lieber verzichtete sie auf die Entlohnung, als noch länger zu bleiben.

So schnell sie konnte, watete sie durch den Bach zurück. Sie musste sofort mit Wiprecht sprechen. Wie konnte sie nur verhindern, dass Johanna oder Marie als Magd in das Haus dieses schrecklichen Menschen mussten?

Zu ihrem Entsetzen war Wiprecht nicht besorgt, sondern höchst erfreut über die Aussicht, dass sich eine seiner Töchter bei Hartwig verdingen sollte.

»Johanna ist acht und längst alt genug, sich ihr Brot selbst zu verdienen. Ein so hoher Herr wird sie gut entlohnen«, verkündete er, als sie von ihrer Begegnung mit Hartwig berichtete.

»Du kannst sie doch nicht allein hinüber zu all diesen groben Kerlen schicken! Und der Verwalter ist abgrundtief böse«, rief sie empört.

»Rede kein dummes Zeug, Weib. Sie geht dorthin und damit Schluss.«

So viel Entschlossenheit war sonst nicht Wiprechts Art.

Deshalb verlegte sich Marthe zunächst aufs Bitten. »Ich brauche sie hier, damit sie mir bei meiner Arbeit hilft. Ich habe immer mehr zu tun, und sie ist wirklich begabt dafür.«

»Dann schicken wir eben Marie zum Herrenhof. Eine von beiden geht.« Wiprecht hieb mit der Faust auf den Tisch. »Und jetzt bring mir das Essen!«

Marthe dachte nicht daran. Sie war außer sich. »Willst du denn nicht wahrhaben, in welche Gefahr du sie schickst?!«

Langsam erhob sich Wiprecht von seiner Bank und blickte sie drohend an. »Hör endlich auf mit deinen Grillen, närrisches Weib!«

»Närrisch? Du bist der Narr, blind gegenüber allem, was du nicht sehen willst«, schrie Marthe, die Hände in die Seiten gestemmt. »So wie damals, als dich Wilhelma gewarnt hatte, dass dein Bruder hinter den Mädchen her war!«

»Das ist eine Lüge«, brüllte Wiprecht zurück. »Verleumde nicht jemanden, den du nicht kennst.«

»Es ist wahr! Wilhelma hat ihr letztes bisschen Lebenskraft geopfert, um die Mädchen vor ihm in Sicherheit zu bringen. Und ich habe ihr auf dem Sterbelager versprochen, die zwei zu beschützen.«

Vor Wut keuchend arbeitete sich Wiprecht hinter dem Tisch hervor, griff nach dem erstbesten Holzscheit und ging auf Marthe los.

»Ja, ich habe Wilhelma verloren! Und was habe ich dafür bekommen? Eine Hexe, die meinen Schwanz verdorren lässt und nicht einmal mein Haus besorgt, weil sie sich ständig anderswo mit hohen Herren herumtreibt und ihnen als Hure dient.«

Mit zwei Schritten drängte sich Karl zwischen Marthe und seinen Vater, den er inzwischen um mehr als eine Kopflänge überragte, wand ihm das Scheit aus der Hand und beugte sich drohend über ihn.

»Bei Gott, ein Sohn soll nicht die Hand gegen seinen Vater erheben, aber ich schwöre, ich tu's, wenn du sie auch nur anrührst.«

Wiprecht wich zurück.

»Die Hure nimmst du zurück«, forderte Karl mit funkelnden Augen.

451

»Ja«, murmelte Wiprecht kleinlaut.

»Geschieht dir recht, wenn dein Schwanz verdorrt«, fuhr Karl unerbittlich fort. »Er soll dir ganz abfaulen, wenn du noch einmal wagst, so mit ihr umzugehen.«

Karl drehte sich zu Marthe um. »Komm weg hier. Wir müssen zu Jonas, seine Tochter fiebert.«

Gemeinsam verließen sie die Kate. Nach ein paar Schritten blieb Karl stehen. Marthe tat es ihm gleich und blickte ihn fragend an.

»Der Tochter von Jonas geht es gut. Aber ich musste einfach raus.«

»Er wird eines der Mädchen zu Hartwig geben«, sagte Marthe bitter.

»Ich fürchte, das wird er. Als Hausvater darf er das entscheiden. Niemand wird mich bei dieser Sache gegen ihn unterstützen. Alles, was ich tun kann, ist, sie im Auge zu behalten und mit Hartwig auszuhandeln, dass sie zum Schlafen zu uns kommt.«

Marthe wusste, dass Karl Recht hatte. Die Angst um ihre Ziehtöchter überwältigte sie so sehr, dass sie tat, was sie noch nie getan hatte: Sie lehnte sich an Karls Brust und fing an zu weinen. Unbeholfen, aber sanft strich er ihr übers Haar. Doch dann spürte sie, wie sein Körper auf sie reagierte.

Erschrocken fuhr sie zurück. Er war ihr Stiefsohn!

Karl räusperte sich und trat selbst einen Schritt zurück. Doch sein Blick war voller Zärtlichkeit.

Niemand hatte bemerkt, dass Johanna ihnen gefolgt war. Schüchtern zupfte das Mädchen Marthe am Rock. »Ich werde zu dem bösen Mann gehen. Marie ist noch zu klein«, sagte sie mit ernstem Gesicht.

Zu Karl gewandt, meinte sie dann mit tapferer Entschlossenheit: »Ich werde aufpassen, dass ich nichts falsch mache. Und wenn er mir Böses tun will, laufe ich ganz schnell zu Jonas und dir in die Schmiede, ja?«

Am nächsten Morgen band Johanna ein Tuch über ihr Haar und ging los, um ihren Dienst auf dem Herrenhof anzutreten.

Karl hatte zuvor seinen Vater begleitet, als der mit Hartwig Johannas Lohn aushandelte, um sicherzugehen, dass auch die tägliche Rückkehr seiner Schwester vereinbart wurde, und um den Verwalter aufzufordern, dafür zu sorgen, dass seine Männer das Mädchen in Ruhe ließen.

Marthe band ihr einen Vogelbeerzweig als Schutz gegen das Böse um – ein unübersehbarer Hinweis für Hartwig. Vielleicht fürchtete er doch in seinem Innersten, sich mit einer Hexe anzulegen, wenn er Marthes Stieftochter misshandelte?

Das war vorerst der einzige Schutz, den sie Johanna geben konnte.

Fortan hielt sie von ihrem Haus oder dem Garten aus immer wieder Ausschau nach dem Mädchen. Manchmal sah sie die Kleine Brennholz schleppen oder Wasser holen.

Zwei Tage später kam Johanna abends mit zugeschwollenem Auge nach Hause. »Ich hatte das Essen nicht rechtzeitig fertig«, erklärte sie. »Morgen mache ich es besser.«

Marthe war außer sich, aber sie konnte nichts tun. Säumige Mägde wurden geschlagen. Niemand außer ihr würde daran Anstoß nehmen. Sie tröstete das Mädchen und machte ihr kühlende Umschläge.

Die Anspannung im Dorf entlud sich immer wieder in kleineren Rangeleien. Doch die waren für Marthe nur Vorboten eines großen Zusammenstoßes, der unausweichlich schien.

Der ganze Ort war wie auf den Kopf gestellt. Kaum die Hälfte der Felder wurde noch bearbeitet, dafür auf etlichen neuen Flächen nach Erz gegraben. Viele der Bauern und ihre Kinder gewöhnten sich an die neue Arbeit, ob nun als Haspelknechte oder an der Scheidebank.

Doch es geschahen häufig Unfälle, um deren Opfer sich Marthe kümmern musste. In den beiden Gruben, die Hartwigs Leute betrieben, arbeiteten fast ausnahmslos Männer, die sich mit dieser Arbeit nicht auskannten und oft nicht einmal mit dem Werkzeug richtig umgehen konnten. Dazu kam, dass die Raubeine, die auf Guntrams früherem Feld arbeiteten, keine Gelegenheit ausließen, die Christiansdorfer zu reizen.

Nur die Autorität von Hermann und Pater Bartholomäus verhinderte, dass es zu blutigen Auseinandersetzungen kam.

Doch Marthe wurde immer unruhiger. In ihrer rechten Schläfe setzte wieder der pochende Schmerz ein, der bisher immer von drohender Gefahr gekündet hatte und der nun nicht mehr weichen wollte, ganz gleich, mit welchen Mitteln sie ihm beizukommen versuchte.

Sie rechnete hin und her, wann Christian zurückkommen konnte. Vor vier Wochen waren er und Lukas losgeritten. Es würde also mindestens noch zwei Wochen dauern, bis sie wieder hier waren.

Von Lukas wusste sie, dass der Markgraf Christian nach dem Hoftag in den Harz schicken wollte, um noch mehr Bergleute anzuwerben. Doch dorthin hatte Hermann im Einvernehmen mit dem Ritter längst einen der Steiger geschickt, der das erledigen sollte. Vielleicht würde Christian bald zurückkehren, sofern der Hoftag nicht übermäßig lange dauerte und falls ihm nichts zugestoßen war.

Marthes Kopfschmerzen wurden immer quälender, bis sie kaum noch einen klaren Gedanken fassen konnte. Bald wurde sie bei Tag und bei Nacht von dem sicheren Gefühl einer nahenden Katastrophe beherrscht.

Blutgericht

Es war ein drückend heißer Sommertag, als Randolf in Begleitung von fünfzehn schwer bewaffneten Männern erneut ins Dorf einzog.

Der Hüne ließ seinen Blick mit eisiger Miene über die vielen neuen Gruben auf Christiansdorfer Flur schweifen und ritt geradewegs zum Herrenhof.

Marthe stockte der Atem aus Angst um Johanna. Aber wenig später kam das Mädchen aus dem Herrenhaus und ging ruhig mit einem Korb Wäsche zum Bach. Wahrscheinlich hatten die Männer sie weggeschickt, um ohne Zeugen reden zu können.

Lange rührte sich nichts im Herrenhof. Dann kam Randolf heraus, bestieg sein Pferd und ritt durch den Bach zur Schmiede.

Abschätzend sah er auf die beiden kräftigen jungen Männer, die dort in ledernen Schürzen mit schweißglänzenden nackten Oberkörpern arbeiteten.

»Wer von euch ist Jonas, der Schmied?«, fragte er.

Jonas blickte nur kurz von der Arbeit auf. »Ich, Herr.«

Er hatte sofort erkannt, wen er vor sich hatte: den Ritter, der Christian sein Dorf streitig machen wollte. Und der Marthe zuschanden gemacht hatte. Als sei es gestern gewesen, stand ihm das Bild vor Augen, wie er und Emma damals das Mädchen blutend und mit zerrissenem Kleid im Wald gefunden hatten. Er hatte mit niemandem darüber gesprochen, doch vergessen konnte er es nicht.

»Mach meinem Pferd neue Eisen«, befahl Randolf.

Jonas winkte Karl zu sich und drückte ihm die Zange mit einem rot glühenden Bergeisen in die Hand. »Mach das inzwischen fertig.«

»Gut.« Karl war Jonas mittlerweile an Geschick fast ebenbürtig.

Behutsam näherte sich Jonas dem gewaltigen Ross und hob eines der Beine, um die Größe der benötigten Hufeisen abschätzen zu können. Dann suchte er ein paar passende Eisen aus und legte sie in die glühende Holzkohle. Bald erfüllte der Geruch von verbranntem Horn die Schmiede.

Während Jonas arbeitete, sprach keiner der Männer ein Wort. Doch der Schmied wusste Randolfs berechnenden Blick auf sich gerichtet.

Die neuen Eisen passten makellos.

Als Randolf ohne ein Wort auf seinem frisch beschlagenen Pferd davonreiten wollte, trat ihm Jonas in den Weg.

»Mit Verlaub, Herr, Ihr seid mir noch den Lohn für meine Arbeit schuldig.«

Karl erstarrte mitten in der Bewegung. Mit Bedacht legte er den Hammer beiseite, steckte das glühende Eisen in einen Bottich mit kaltem Wasser und wandte keinen Blick von den beiden.

»Lohn?« Verächtlich blickte der Ritter auf den Schmied herab. »Ich bin der Herr des Dorfes und dir keinen Lohn schuldig.« Er wollte seinem Pferd die Sporen geben, doch Jonas griff nach dem Zügel und hielt das Tier fest.

»Christian heißt der Herr unseres Dorfes. Und er hat bei Eurem jüngsten Besuch ausdrücklich gesagt, dass Ihr meine Dienste gegen Bezahlung in Anspruch nehmen könnt.«

Wutentbrannt zog Randolf seinen Dolch und stach nach Jonas' Kopf. »Nimm das als Lohn!«

Der Schmied sackte in die Knie, Blut sprudelte aus einer klaffenden Wunde. Karl sprang herbei, um ihn aufzufangen, und prallte dabei gegen einen von Randolfs Leuten.

»Nehmt beide fest! Sie haben die Hand gegen ihren Herrn erhoben«, wies Randolf seine Begleiter an.

Entsetzt liefen die Dorfbewohner zusammen, als sie sahen, wie Randolfs Bewaffnete ihren Schmied und seinen Gehilfen zum Herrenhof abführten. Karl ging aufrecht, doch Jonas war bewusstlos, blutüberströmt und wurde von zwei Männern hinterhergezerrt, während seine Beine auf dem Boden schleiften.

Breitbeinig baute sich Randolf vor den Dörflern auf. Links und rechts von ihm postierten sich seine Schwerbewaffneten, dahinter Hartwigs Reisige.

»Diese Männer haben in aufrührerischer Weise die Hand gegen ihren Herrn erhoben«, verkündete er.

Er winkte den kräftigsten seiner Leute heran. »Sechzig Rutenhiebe und dann in den Stock!«

Ein Stöhnen ging durch die Menge. Jedes für sich war schon eine furchtbare Strafe, aber beides zusammen konnte selbst einen kräftigen Mann töten.

Pater Bartholomäus trat vor die Menge. »In Gottes Namen, lasst Milde walten! Eine Bestrafung sollte reichen.«

»Kommt nicht infrage«, widersprach Randolf kühl. »Wie mir zu Ohren gekommen ist, haben diese Kerle schon einmal Widerstand gegen meine Männer geleistet. Seid froh, dass ich ihnen nicht die Hand abschlagen lasse, die sie gegen mich erhoben haben.«

Randolfs Männer hatten inzwischen den Schmied und seinen Gehilfen an zwei Pfähle gefesselt, die Hartwigs Knechte einige Tage zuvor in den Boden getrieben hatten und deren Zweck sich nun erklärte. Während Karl bleich, aber aufrecht dastand, sackte der sonst vor Kraft strotzende Jonas in die Knie. Aus seiner Kopfwunde strömte immer noch Blut.

Marthe holte tief Luft und nahm allen Mut zusammen. Diesmal musste sie Randolf entgegentreten. Obwohl ihre Beine zitterten und sich einfach nicht vom Boden lösen wollten, drängte sie sich durch die Menge nach vorne.

»Der Schmied wird am Blutverlust sterben, bevor Euer Büttel zuschlagen kann, wenn Ihr mich nicht die Wunde verbinden lasst«, rief sie noch im Gehen.

Überrascht drehte sich Randolf zu ihr. »Sieh an. Dafür kommst du also aus deinem Versteck gekrochen, wo du mir doch sonst so geflissentlich aus dem Weg gehst. Wie mutig von dir!«

Er lachte ein kurzes böses Lachen und winkte sie heran. »Ich will wirklich nicht, dass euer Schmied auch nur den geringsten Teil seiner Strafe verpasst. Also bring ihn dazu, dass er sie bei vollem Bewusstsein genießen kann!«

Rasch ging Marthe auf die beiden Verurteilten zu. Weil keine Zeit war, Verbände zu holen, riss sie ein Stück von ihrem Unterkleid ab und tauchte es in den Bach. Dann begann sie, vorsichtig das Blut von Jonas' Kopf zu waschen, um die Wunde genau betrachten zu können.

»Es tut mir so Leid«, flüsterte sie dabei Karl zu. »Wenn ich dir nur helfen könnte.«

»Du kannst nichts tun«, flüsterte er leise zurück und bemühte sich, nichts von seiner Furcht zu zeigen. »Pass lieber auf dich selbst auf! Wer weiß, was sie noch alles vorhaben.«

»Die Wunde muss genäht werden, sonst verblutet er«, sagte Marthe laut zu Randolf.

»Das hier ist kein Infirmarium! Sorg dafür, dass er noch drei Tage durchhält. Mehr ist nicht nötig.«

Diesmal ertönte ein vielstimmiger Aufschrei aus der Menge. Drei Tage im Stock nach einer Auspeitschung würde in dieser Sommerglut kein Mensch überleben.

Marthe lief noch einmal zum Bach und wusch die Leinenstreifen aus.

»Er hat viel Blut verloren und muss unbedingt etwas trinken«, rief sie, während sie einen Verband fest um Jonas' Kopf knotete.

Der Schmied war wieder zu sich gekommen, wirkte aber benommen und verwirrt.

»Wer ihnen zu trinken gibt, erleidet dieselbe Strafe«, verkündete Randolf.

Marthe hörte Emma hinter sich aufschluchzen.

Das Einzige, was sie jetzt noch für Jonas tun konnte, ließ sich vor so vielen Zuschauern schwer bewerkstelligen. Während sie so tat, als ob sie noch mit dem Verband beschäftigt sei, legte sie wenigstens für einen kurzen Moment ihre Hände auf seinen verletzten Kopf.

»In der Nacht komme ich und bringe euch Wasser«, flüsterte sie. »Bis dahin werde ich für euch beten.«

»Dann bete darum, dass ich die Kraft habe, das hier durchzustehen, ohne zu schreien«, stieß Karl leise zwischen den Zähnen hervor. »Aber komm nicht hierher. Es ist zu gefährlich!«

»Das reicht!« Randolf gab einem seiner Leute einen Wink, der daraufhin Marthe von Jonas wegzerrte.

Voller Angst um die beiden ging sie zurück zu den anderen Dorfbewohnern. Dort zog sie die wimmernde Marie zu sich und drückte sie fest an sich. Johanna stand stumm in der Nähe des Herrenhofes, während ihr die Tränen übers Gesicht liefen.

Randolf wies seinen stärksten Mann an, den Schmied zuerst auszupeitschen. Schon nach wenigen Schlägen sackte Jonas wieder zusammen. Bewusstlos hing er an den Stricken, mit denen seine Handgelenke festgebunden waren.

Auf Randolfs Befehl übergoss ihn jemand mit einem Eimer Wasser. Der Schwerverletzte kam zu sich, erbrach sich und verlor erneut das Bewusstsein.

Marthe wurde mit Grauen klar, dass Randolf die Reihenfolge der Bestrafung auch deshalb so festgelegt hatte, um Karl Angst einzuflößen. Der zuckte bei jedem Schlag zusammen, der den bloßen Rücken des Schmiedes traf.

Karl schaffte es anfangs, nicht zu schreien, als er an der Reihe war. Doch bald stöhnte er qualvoll, während die biegsame Weidenrute seinen Rücken zerfetzte. Schließlich stieß er einen herzzerreißenden Schrei aus und sackte zusammen.

Die meisten Dorfbewohner waren niedergekniet und beobachteten voller Entsetzen das grausame Strafgericht. Viele beteten.

Endlich gab Randolf seinem Büttel das Zeichen aufzuhören.

Ein paar Männer hatten inzwischen zwei Blöcke herbeigeschleppt und aufgestellt. Sie schleiften Jonas dorthin, legten seinen Hals und die Hände in die halbrunden Mulden und schlossen die Bretter zusammen, zwischen denen der Schmied nun halb hing, halb kniete.

Karl wankte, als er vom Pfahl losgeschnitten wurde, aber mit letzter Kraft ging er – wenn auch mit unsicheren Schritten – selbst zum zweiten Block.

Marthe bewunderte seine Tapferkeit, doch Angst und Mitleid zerrissen ihr fast das Herz.

Aber Randolfs Strafgericht war noch nicht zu Ende. Er trat zwei Schritte an die vor Entsetzen gelähmten Dorfbewohner heran.

»In diesem Ort herrschen Aufruhr, Widersetzlichkeit und Betrug. Das kann nicht länger geduldet werden«, verkündete er laut. »Von nun an herrschen andere Sitten. Wer von euch ist Guntram, der Zimmerer?«

Verwundert trat Guntram vor. »Ich, Herr.«

Randolf winkte zwei seiner Männer heran. »Nehmt ihn fest!«

Bertha schrie auf. Guntram wollte sich wehren, aber ein kräftiger Hieb in den Magen ließ ihn zusammenklappen.

»Was wirft man mir vor?«, keuchte er, als er endlich wieder Luft bekam.

»Mir ist zu Ohren gekommen, dass dieser Mann Silber gestohlen hat, das dem Markgrafen zusteht«, erklärte Randolf ungerührt.

»Das ist eine Lüge«, schrie Guntram.

»Durchsucht sein Haus!«

Randolf schickte zwei seiner Leute aus. Entsetzt mussten Bertha und einige Dorfbewohner, die ihr gefolgt waren, mit ansehen, wie die Männer Schemel und Bänke kurz und klein schlugen und dann aus einer Truhe ein kleines Bündel zogen. Sie öffneten es und hielten triumphierend eine Hand voll Silber hoch.

»Der Beweis!«, rief Randolf.

»Das ist nicht meines. Jemand hat mir das untergeschoben!«, widersprach Guntram kreidebleich.

Randolf überhörte das. »Er ist nicht nur ein gewöhnlicher Dieb, er hat seinen Fürsten bestohlen. Hängt ihn auf!«

Bertha schrie gellend.

Energisch arbeitete sich Bergmeister Hermann durch den Menschenauflauf. »Mit Verlaub, Herr, dieser Mann arbeitet als Bergzimmerer und ist mir unterstellt. Nach altem Brauch entscheidet der Bergmeister über die Vergehen seiner Leute und legt die Strafen fest. Also übergebt den Mann mir, damit ich selbst die Sache untersuchen und ein Urteil fällen kann.«

»Kommt nicht infrage, Bergmeister. Mich hat der Markgraf mit der Erhebung seines Silberanteils beauftragt. Also werde ich selbst jene mit harter Hand bestrafen, die ihn darum prellen wollen.«

Die Bergleute, die näher getreten waren und von denen einige noch ihr Werkzeug in der Hand hielten, begannen zu murren.

»Es ist seit jeher üblich, dass die Gewerke selbst über ihre Leute richten«, rief der Obersteiger.

»Das mag in den Goslarer Gruben so sein. Hier gelten andere Gesetze.« Randolf gab seinen Leuten ein Zeichen, die daraufhin näher traten und die Schwerter zogen.

Sofort ließen die Bergleute Eisen und Kratzen sinken.

Noch einmal ging Pater Bartholomäus dazwischen.

»Ihr tut Unrecht«, sagte er dem Ritter ins Gesicht. »Bei einem so schweren Vorwurf gehört der Mann vor ein Schöppengericht. Wenn Ihr allein und ohne überzeugende Beweise ein Halsgericht verhängt, seid Ihr ein Mörder und müsst Euch vor Gott dafür verantworten.«

»Das lasst nur meine Sorge sein«, gab Randolf kühl zurück und blickte sich suchend um.

»Ihr habt ja noch nicht einmal einen Richtplatz hier ... Ich denke, wir hängen ihn an die Dorflinde. Zur Abschreckung für jedermann und als Willkommensgruß für Christian.«

Niemand wird ihn aufhalten, erkannte Marthe entsetzt. Sie blickte in alle Richtungen, ob nicht von irgendwo eine wundersame Rettung in Sicht war – umsonst. Plötzlich entdeckte sie Kuno und Bertram, die heimlich Steine aufklaubten. Hastig schob sie Marie zu Grete und drängte sich zu den Jungen durch. »Ihr könnt ihm nicht helfen mit Steinen gegen blanke Schwerter«, zischte sie den beiden Zwölfjährigen zu, während ihr Tränen in die Augen stiegen. »Randolf wartet nur auf einen

Vorwand, damit seine Leute hier ein noch größeres Blutbad anrichten können.«

Inzwischen hatten zwei Bewaffnete Guntram, der laut seine Unschuld beteuerte, zur Dorflinde gezerrt.

Ungerührt legten sie dem Zimmermann eine Schlinge um den Hals, warfen das andere Ende des Seils über einen der Äste und trieben ihn mit gezogenen Schwertern eine Leiter hoch, die ein anderer gebracht hatte.

»Dieser ruchlose Mord bringt Euch ewige Verdammnis«, donnerte Pater Bartholomäus.

»Ich denke nicht«, gab Randolf kalt zurück. »Ich bin ein frommer Christenmensch. Deshalb gestatte ich Euch auch in aller Gnade, dem Verbrecher die letzte Beichte abzunehmen.«

Erschüttert trat Bartholomäus zu dem Todgeweihten. »Es tut mir Leid, dass ich nicht mehr für dich tun kann, mein Sohn«, sagte er. »Gott weiß, dass du unschuldig sterben musst.«

Nachdem Bartholomäus ihm Absolution erteilt hatte, richtete Guntram seinen Blick auf Bertha, die tränenüberströmt vor Randolf lag und um Gnade flehte.

»Steh auf, Frau«, sagte er. »Von diesem Gottlosen hast du keine Gnade zu erwarten. Also bereite ihm nicht die Freude, dich am Boden zu sehen.« Sein Blick wurde schmerzvoll, seine Stimme sanft. »Sag unserem Sohn, dass sein Vater kein Dieb war!«

»Schluss jetzt«, befahl Randolf.

»Allmächtiger Gott, erbarme dich deines Dieners Guntram und empfange ihn in Gnade«, rief Bartholomäus.

Doch bevor Randolf das Zeichen zur Hinrichtung geben konnte, trat Grete vor. Sie warf ihm einen Knochen mit eingeritzten Zeichen vor die Füße und spuckte aus. »Verflucht sollst du sein bis in alle Ewigkeit, wenn du diesen Unschuldigen mordest! Deine Söhne sollen tot geboren werden, deine

Töchter missgestaltet – und du selbst wirst auf ewig im Höllenfeuer brennen!«

Randolf zog sein Messer und trat auf die winzige Alte zu, die keinen Schritt zurückwich. Mit einer kurzen Bewegung stieß er ihr die Waffe in die Brust. Zischend drang die Luft aus den Lungen der Witwe, Grete sank zu Boden.

Dann stieß der Büttel auf das Zeichen des Ritters Guntram von der Leiter.

Unter dem Aufschrei der Umstehenden stürzte der Zimmerer in die Tiefe. Die in der Nähe standen, hörten das Knacken, mit dem sein Genick brach. Ein letztes Zucken, dann schwang der Leichnam hin und her.

Randolf betrachtete den Toten ungerührt und ließ seinen Blick über die fassungslose Dorfgemeinde schweifen.

»Er bleibt hier hängen, bis ihn die Raben gefressen haben«, ordnete er an. »Das wird euch Gehorsam lehren.«

In das Schweigen hinein tönte Bartholomäus' Stimme.

»Dieser Unschuldige und die ermordete Frau werden ein christliches Begräbnis bekommen. Nehmt ihn ab«, befahl er zweien der Knechte und reckte ihnen das Kreuz entgegen.

Die Männer blickten ängstlich zu ihrem Befehlshaber, wagten es aber nicht, sich dem Geistlichen zu widersetzen. Während sie Guntrams Leichnam von der Linde schnitten, wandte sich Bartholomäus zu Randolf und donnerte: »Ruchloser! Ich werde den Bischof bitten, Euch für diese Bluttaten zu exkommunizieren!«

»Wegen eines Diebes und einer Hexe?« Randolf lachte kurz auf. »Ich fürchte, da werdet Ihr mehr Schwierigkeiten bekommen als ich«, meinte der Ritter mit eiskalter Stimme. Dann ließ er sich sein Pferd bringen und ritt mit seinen Leuten davon.

Marthe war zu Grete gestürzt und bettete den Kopf der Toten in ihren Schoß. Betäubt von dem Geschehen und dem Entsetzen um sie herum schwankte ihr Oberkörper hin und her.

»Warum hast du das getan?«, flüsterte sie Grete zu. Aber sie kannte die Antwort. Sie selbst hatte vortreten und Randolf verfluchen wollen, doch Grete hatte ihre Absicht erraten, sie zurückgestoßen und gezischt: »Lass mich das tun. Du musst den anderen helfen.«

Kuno hockte sich neben sie und griff nach der Hand seiner toten Ziehmutter.

»Dafür werde ich ihn töten«, stieß er hasserfüllt zwischen den Zähnen hervor.

Das weckte Marthe aus ihrer Betäubung. »Damit reißt du dich und uns alle mit in den Tod«, fuhr sie ihn an.

Mit gesenkter Stimme sprach sie weiter: »Wenn du tun willst, was sie gewollt hätte, dann hilf mir, Jonas und Karl zu retten und Christian zu warnen. Aber zuerst werden wir sie ins Haus tragen und aufbahren.«

Sie winkte Martin heran, doch der zögerte.

»Sie ist deine Mutter«, rief Marthe zornig. »Willst du, dass sie hier liegen bleibt?«

Gretes Ältester blickte sich ängstlich um. Doch niemand schien sie zu beobachten. Hartwigs Leute waren auf ihre Seite des Baches gegangen. Schließlich hob er allein den Leichnam seiner Mutter auf und trug ihn ins Haus.

Marthe übernahm die Leichenwäsche. Als sie fertig war und ein Gebet für die Tote gesprochen hatte, sagte sie leise: »Verzeih mir, Grete. Ich würde gern bei dir wachen. Aber so viel ist noch zu tun.«

Dann wischte sie sich die Tränen ab und ging hinüber zu Berthas Haus.

Auf Anweisung des Bergmeisters hatten zwei kräftige Männer Guntrams Leichnam ins Haus getragen und auf den Tisch gelegt. Er selbst hatte Bertha aufgeholfen und sie gestützt, während sie ins Haus zurückkehrten. Dort sprachen Bartholomäus und Bergmeister Hermann gemeinsam ein Gebet für Guntrams Seele.

Griseldis hielt Bertha fest, die tränenüberströmt und stumm in ihren Armen lag.

Marthe mischte einen starken Schlaftrunk und schob den Becher zu Bertha. »Trink das. Um deinen Sohn kann sich heute jemand anders kümmern.« Sie wusste, vom nächsten Tag an würde der kleine Christian das Einzige sein, das Bertha noch Halt gab, aber diese Nacht brauchte sie einen tiefen Schlaf, den ihr nur ein Heiltrank verschaffen konnte.

Der Bergmeister räusperte sich. »Ich glaube den Worten deines Mannes. Guntram war kein Dieb. Wir werden herausfinden, wer das Silber bei euch versteckt hat«, sagte er. »Die Bergbruderschaft wird dich unterstützen. Wenn du willst, kannst du ab morgen an der Scheidebank arbeiten. Dein kleiner Sohn und du, ihr müsst keinen Hunger leiden. Und wenn du willst, wird sich sicher auch bald ein Mann finden, der dich heiratet und für euch sorgt.«

Bertha schien nichts davon gehört zu haben. Sie strich sich über das verweinte Gesicht und sagte immer wieder mit tonloser Stimme: »Warum nur? Warum gerade er?«

Ja, dachte Marthe. Warum er.

Warum diese drei.

Guntram, Jonas und Karl. Mit einem Schlag hatte Randolf die drei Männer aus dem Weg geräumt, die am mutigsten waren und am treuesten zu Christian standen. Waren sie unschädlich gemacht, würde niemand mehr Widerstand leisten.

Der Bergmeister und seine Leute waren an das Bergrecht gebunden oder an das, was Randolf dazu erklärte. Und weder Hildebrand noch sonst jemand würde es wagen, sich Randolf zu widersetzen, auch nicht Martin, der nur noch Hermanns Tochter im Kopf hatte und aus Feigheit beinahe seine tote Mutter im Stich gelassen hätte.

Aber was war mit Christian und Lukas? War Christian vielleicht sogar schon tot? Nein, das hätte sie gespürt. Außerdem hatte Randolf gesagt, Guntrams Leiche solle als Willkommensgruß für Christian an der Linde hängen. Er konnte jeden Moment hier eintreffen, wenn Randolf auch schon vom Hoftag zurück war.

Aber da war noch jemand …

Ohne ein Wort lief sie hinaus in den kleinen Garten hinter Gretes Haus. Richtig, da saßen Kuno, Bertram und ihre Jungenbande mit finsteren Gesichtern zusammen.

»Schert euch an die Arbeit – sofort«, fuhr sie die Jungen an und wandte sich dann an Kuno und seinen Freund. »Ihr zwei bleibt.«

Mit mürrischen Gesichtern und hängenden Köpfen zogen die anderen von dannen.

»Was soll das?«, schnappte Kuno. »Wir haben wichtige Dinge zu bereden!«

»Genau darum geht es.« Sie erklärte den beiden, was ihr klar geworden war. »Ihr dürft jetzt nichts Unüberlegtes tun. Am besten, ihr haltet für die nächste Zeit eine halbe Meile Abstand von Hartwigs Leuten.«

»Du hast gesagt, wir könnten etwas tun«, drängelte Kuno, den es kaum auf seinem Platz hielt.

»Das könnt ihr. Haltet Ausschau nach Christian! Er wird bald kommen. Ihr müsst ihn warnen, bevor er das Dorf betritt. Ich glaube, dass auch auf ihn hier eine Falle lauert. Aber seid vorsichtig, lasst euch nicht erwischen.«

Die beiden sahen sich an und nickten. Doch als sie aufspringen wollten, hielt Marthe Bertram kurz zurück. »Zu keinem ein Wort, auch nicht zu deinem Vater.«

»Der wäre der Letzte, dem ich etwas davon sagen würde«, brachte Bertram voller Hass und Verachtung heraus. »Der Feigling! Nicht ein Wort hat er heute gesagt, um den anderen zu helfen. Er hat uns alle im Stich gelassen, der Verräter!«

Weil sie vor Einbruch der Dunkelheit nichts für Jonas und Karl unternehmen konnte, wollte Marthe zunächst zu Emma. Doch schon auf dem Weg zum Haus des Schmiedes sah sie die Schwangere zusammengekrümmt vor dem Block hocken, in den Jonas eingeschlossen war.

Entschlossen lenkte sie ihre Schritte dorthin. So konnte sie, ohne mehr als nötig aufzufallen, nach den Gemarterten sehen. Das zerfetzte Fleisch auf ihren Rücken, die qualvolle Haltung im Block und die sengende Sonne mussten ihnen unbeschreibliche Schmerzen bereiten. Keiner von ihnen würde das drei Tage überleben, selbst wenn es ihr gelang, ihnen nachts heimlich wenigstens etwas Wasser zu bringen.

Karl hielt sich tapfer und versuchte sogar, ihr zuzulächeln, als sie sich neben Emma setzte und sie umarmte. Aber das wurde eine so klägliche Grimasse, dass Marthe am liebsten zu weinen begonnen hätte.

Jonas dagegen war schon wieder oder immer noch bewusstlos und trotz der sengenden Hitze totenbleich. Durch den Verband war Blut gesickert.

»Komm mit mir, Emma, du kannst hier nichts für ihn tun«, sagte Marthe sanft. »Denk an dein Kind.«

»Aber ich kann ihn doch nicht allein lassen«, schluchzte Emma. »Du siehst doch auch, dass er stirbt. Falls er noch mal zu sich kommt, soll er mich wenigstens ein letztes Mal gesehen haben.«

Marthe zog Emma vorsichtig hoch und richtete ihren Blick auf den Mann, der die beiden Eingeschlossenen bewachte.

»Habt Erbarmen! Ihr Mann ist dem Tod näher als dem Leben. Bittet Euren Herrn, dass ich wenigstens die Wunde am Kopf neu verbinden darf.«

»Nichts da«, entgegnete die Wache grob. »Schert euch fort, ihr Weiber! Und denkt daran, was euer Gebieter Randolf gesagt hat: Wer denen da hilft, hat die gleichen Strafen zu erwarten.«

Er grinste breit und entblößte dabei schwarze Zahnstummel. »Am Pfahl ist ja wieder Platz.«

»Komm.« Marthe zog Emma mit sich. »Ich werde mit Hartwig sprechen«, redete sie leise auf sie ein. »Aber du musst dich jetzt eine Weile hinlegen, damit dein Kind keinen Schaden nimmt.«

Behutsam führte sie Emma in ihr Haus und beauftragte Marie, nach Emmas Töchterchen zu sehen. Dann atmete sie tief ein, durchquerte den Bach und bat einen der Knechte um Einlass bei Hartwig.

»Was willst du?«, knurrte der Verwalter und musterte sie mit seinen winzigen Augen.

Wie mit Engelszungen redete sie auf den Feisten ein, wenigstens Jonas' Kopfverletzung versorgen zu dürfen, aber vergeblich. Mit unübersehbarer Genugtuung erinnerte auch Hartwig sie daran, was jedem drohte, der den Männern im Stock half.

»Vielleicht lasse ich mich ja erweichen, wenn sein Weib mich heute Nacht um Nachsicht bittet«, rief er ihr nach, als sie schon an der Tür war.

Angewidert verließ Marthe das Haus.

Während sie über den Hof ging, hielt sie Ausschau nach Jonanna. Sie entdeckte sie auf einem Holzklotz sitzend, vor sich mehrere tote Hühner, die gerupft werden mussten. Entschlossen lenkte sie ihre Schritte dorthin, setzte sich neben sie und begann, eines der Hühner zu rupfen. Die Szene sah unverdächtig aus, denn niemand konnte ihr verwehren, dem Mädchen bei der Arbeit zu helfen.

»Heute Nacht gehe ich und bringe Karl und Jonas Wasser«, verkündete Johanna entschlossen.

Marthe erschrak. »Das darfst du nicht, das ist viel zu gefährlich.«

Die Achtjährige reckte das Kinn vor. »Sie werden sonst sterben. Und mich beachtet keiner, weil ich so klein bin.«

Marthe strich ihr zärtlich über den Kopf. »Das ist sehr mutig. Aber du darfst es trotzdem nicht. Ich werde es tun!«

Während Johanna noch überlegte, sprach Marthe leise weiter. »Du kannst mir dabei helfen. Aber du musst sehr vorsichtig sein.«

»Was soll ich tun?«

»Geh heimlich zu der Frau mit den roten Haaren. Sie ist mir einen Gefallen schuldig. Frag sie, ob sie heute Abend, wenn es dunkel ist, die Wachen ablenkt. Dafür werde ich sie künftig immer umsonst behandeln.«

Die rothaarige Dirne hatte Marthe vor einigen Tagen aufgesucht, weil ein paar der Männer so grob mit ihr umgesprungen waren, dass sie vor Schmerzen kaum noch gehen konnte. Erschüttert hatte Marthe die Verletzungen gesehen.

»Sie zahlen mir manchmal ein bisschen mehr dafür, aber jetzt kann ich schon die zweite Woche nicht mehr arbeiten. Und Hartwig will meine Dienste sowieso immer umsonst«, hatte sich die Frau dafür entschuldigt, dass sie Marthe nicht entlohnen konnte.

Marthes Hoffnung, dass die Rothaarige ihr helfen und sie

nicht verraten würde, stützte sich vor allem auf deren Hass gegen Hartwig und seine Leute.

»Mach ich«, sagte Johanna fest. Dann rollten auch bei ihr die Tränen. »Karl und Jonas sollen nicht auch noch sterben. Es ist so schrecklich, was der böse Ritter heute getan hat. Dafür soll er büßen. Christian wird es ihm heimzahlen.«

Marthe schwieg betroffen. Wie sollte sie Johanna klarmachen, dass Christian angesichts von Ottos Entscheidungen zugunsten Randolfs kaum etwas unternehmen konnte und selbst in größter Gefahr schwebte? Schließlich stand sie auf. »Ich tue, was ich kann. Aber pass auf dich auf, Liebes.«

»Keine Sorge«, meinte die Kleine. »Mich beachtet keiner.«

Voller verzweifelter Hoffnung sah Emma Marthe an, als sie wiederkam. Doch die schüttelte nur den Kopf und berichtete mit wenigen Worten.

»Dann weiß ich, was ich zu tun habe«, sagte Emma entschlossen und griff trotz der Hitze nach ihrem Schultertuch.

»Warte!«

»Du kannst mich nicht davon abhalten. Lieber will ich als Ehebrecherin verdammt sein, als Jonas zu verlieren.«

Marthe griff nach ihrem Arm und sah sie voller Kummer an. »Ich meine, wenn du wirklich entschlossen bist, das zu tun, dann warte bis zum Einbruch der Dämmerung.«

»Warum?« Emma lachte bitter auf. »Machst du dir Sorgen um meinen Ruf? Ich muss schnell handeln, sonst stirbt Jonas.«

»Wenn es dunkel ist, werde ich mich zu Jonas und Karl schleichen und ihnen Wasser bringen. Ich habe schon dafür gesorgt, dass die Wachen abgelenkt werden. Halte du derweil Hartwig beschäftigt. Mit Gottes Hilfe bringe ich die beiden über die Nacht. Du musst bewirken, dass Hartwig sie spätestens morgen früh freilässt.«

Schon das anzügliche Grinsen, mit dem einer der Wachleute Emma in das Haus des Verwalters führte, hätte sie am liebsten umkehren lassen. »Komm doch hinterher noch bei mir vorbei, ich werde dich bestens bedienen«, raunte er ihr ins Ohr. Dann lachte er laut. »Falls du überhaupt noch laufen kannst, wenn unser Herr mit dir fertig ist.«

Sie würdigte den Mann keines Blickes, zog ihr Tuch noch enger um die Schultern und trat ein.

In der Tür blieb sie stumm stehen. Hartwig saß lässig mit ausgestreckten Beinen auf einer Bank und begutachtete sie wie ein Käufer eine Ware. Er hatte sie erwartet.

»Du willst also, dass ich deinem Mann gegenüber trotz seines schweren Verbrechens Gnade walten lasse?«, fragte er, obwohl er die Antwort kannte.

»Ich bitte Euch von Herzen, Herr«, sagte Emma mit zittriger Stimme.

»Ich will dein Haar sehen!«

Zögernd nahm Emma das Tuch ab und entblößte ihr rotblondes Haar, das seit ihrer Hochzeit außer Jonas niemand mehr unbedeckt gesehen hatte.

»Löse die Flechten!«

Sie gehorchte.

Hartwig stand auf und ging um sie herum, bis er dicht hinter ihr stehen blieb. Er griff nach einer der lockigen Strähnen, roch daran und gab einen grunzenden Laut von sich.

»Viel zu gut für einen rußverschmierten, schwitzenden Schmied.«

Langsam schob er seine fleischigen Hände in den Ausschnitt ihres Kleides, umfasste ihre Brüste und drückte seine Lenden gegen ihren Hintern.

Emma versteifte sich. Es kostete sie alle Kraft, nicht aufzuschreien und wegzurennen.

Hartwig ließ von ihr ab, plumpste auf sein Bett und starrte sie an.

»Worauf wartest du? Zieh dein Kleid aus!«

Emmas Gesicht brannte vor Scham, und sie zitterte heftig, aber sie tat, was er befohlen hatte.

»Was für eine Schönheit! Und so züchtig«, meinte der Fette lachend. »Willst du nicht lieber in mein Haus ziehen und mir jede Nacht zu Diensten sein? Hier könnte es dir richtig gut gehen.«

Er winkte sie heran. »Zieh mir die Stiefel aus!«

Dann zerrte er sich ungeduldig die Sachen vom Körper.

Nackt stand Emma vor dem Bett und sah auf seinen weißen, unförmigen Leib. Sie wusste nicht, ob sie erleichtert oder erschrocken darüber sein sollte, dass sein Glied immer noch schlaff und runzlig zwischen den mächtigen Schenkeln lag. Wenn sie ihn nicht zufrieden stellte, würde Jonas sterben.

Hartwig war ihrem Blick gefolgt. Seine Stimme klang gereizt.

»Steh nicht so herum! Wenn du willst, dass dein Mann lebt, dann leiste mir die gleichen Dienste wie eine Hure.«

Er begann, ihr seine Befehle zu erteilen.

Schaudernd trat sie noch einen Schritt näher, kniete vor Hartwig nieder und tat, was er von ihr verlangte.

Marthe versuchte vergeblich, die Gedanken an das Furchtbare zu verbannen, was heute geschehen war und gerade geschah. Doch jetzt musste sie den Moment abpassen, an dem sie unbemerkt zu den im Block eingeschlossenen Männern huschen konnte.

Johanna hatte ihr beim Nachhausekommen berichtet, dass die rothaarige Frau bereit war, die Wachen abzulenken. Kuno und Bertram hielten sich in ihrer Nähe versteckt und wollten sie warnen, wenn sich jemand näherte, während sie Karl und Jonas half.

Jetzt konnte sie nur noch warten.

Da! Die Rothaarige trat mit wiegenden Hüften auf die Männer zu, die lärmend und lachend um ein Feuer saßen und die Bierkrüge kreisen ließen.

»Ich bin wieder bereit für euch, meine tapferen Helden«, sagte sie mit verführerischer Stimme, was für Johlen und anzügliche Rufe sorgte.

Die Rothaarige strahlte in die Runde. »Das muss gefeiert werden. Wer von euch der Stärkste ist, darf mich heute umsonst haben.«

Diese Ankündigung löste bei den Männern lautstarken Jubel aus.

»Wie wär's, wenn die anderen dabei zusehen?«, rief einer. »Dann haben alle was davon!«

Die Hure verzog schmollend den Mund. »Nichts da! Alle anderen zahlen – ob fürs Zuschauen oder fürs Stoßen!«

Sie wusste, dass die Meute nicht mehr zu bändigen wäre, würde sie ihnen solch ein Schauspiel bieten. Und Hartwig würde bestimmt nicht einschreiten, wenn seine wild gewordene Horde über sie herfiel.

Schon traten die Ersten im Wettstreit gegeneinander an, lautstark von den anderen angefeuert. Es dauerte nicht lange, bis auch der Mann hinüberging, der eigentlich die Gefangenen bewachen sollte.

Die Hure schlenderte auf ihn zu, strich ihm übers Kinn und gurrte: »Ich hoffe, du gewinnst! Für dich hatte ich immer schon eine Schwäche.«

Die Männer waren bald vollauf beschäftigt mit ihrem Wettstreit.

Vorsichtig schlich sich Marthe zu Karl und Jonas. Beide waren bei Bewusstsein, aber in kläglichem Zustand, mit erstarrten Muskeln und vor Durst geschwollenen Zungen.

Sie flößte erst Jonas, dann Karl Wasser ein, in das sie etwas Rosmarin zur Belebung getan hatte. »Trinkt langsam, nicht zu viel auf einmal«, warnte sie und zog den Becher wieder weg. Sie tauchte Tücher in den Eimer mit kaltem Wasser, den sie mitgebracht hatte, legte den Männern Umschläge auf die Stirn und versuchte dann, durch Reiben das Blut in ihren unnatürlich verrenkten und erstarrten Gliedern zum Fließen zu bringen. Danach erneuerte sie den Verband an Jonas' Stirn und gab ihnen wieder zu trinken, zunächst kleine Mengen, dann allmählich mehr. Am liebsten hätte sie auch die blutverkrusteten Wunden gekühlt und ausgewaschen, die von den Hieben herrührten, doch das wäre bei Tageslicht aufgefallen.

Hartwigss Männer stießen ein lautes Gebrüll aus.

Hastig blickte Marthe sich um. Wie es aussah, stand der Gewinner des Wettkampfes fest. Mit breitem Lächeln ging die Rothaarige auf ihn zu, strich über seine muskelbepackten Arme, sagte etwas, das die anderen zum Lachen brachte, und führte ihn zu ihrem Zelt.

Marthe blieb nur noch ein winziger Moment. Sie legte ihre Hände erst Jonas, dann Karl auf den Kopf, um mit ihrer heilenden Kraft den beiden Gemarterten wenigstens etwas Linderung zu schenken. Dann sammelte sie hastig ihre Sachen zusammen.

»Ich versuche, vor dem Morgengrauen noch einmal zu kommen«, flüsterte sie, ehe sie verschwand. »Vielleicht müsst ihr nur noch bis morgen früh durchhalten.«

»Gott segne dich«, wollte Karl sagen, aber mehr als ein Krächzen brachte er nicht heraus.

Als sich Hartwig mit wohligem Grunzen zur Seite rollte, wollte Emma aufstehen, ihre Kleider aufklauben und gehen. Aber mit überraschender Schnelligkeit griff er nach ihr und hielt sie fest. »Hier geblieben, meine Schöne! Du gehst erst, wenn ich es erlaube. Wir sind noch nicht fertig miteinander.«

Vor lauter Abscheu und Hass hätte Emma dem Rattengesicht am liebsten ein Messer in die Brust gestoßen. Aber das würde Jonas' Tod bedeuten und ein noch furchtbareres Strafgericht über das Dorf bringen.

Hartwig schlief bis in den nächsten Tag hinein.

Als er endlich wach wurde, sah er Emma starr neben sich liegen, die Augen weit geöffnet und voller Tränen. Der Anblick weckte seine Begierde. Was war schon das falsche Lächeln einer Hure gegen den ehrlichen Abscheu auf dem Gesicht einer ehrbaren Frau, die ihm trotz ihres Widerwillens zu Diensten sein musste?

Genüsslich zog er die Decke von ihrem nackten Körper. Die Erinnerung an all das, wozu er sie in der Nacht gezwungen hatte, bewirkte, dass er diesmal keine Schwierigkeiten mit seiner Manneskraft hatte. Er ließ seine Pranken auf ihre Brüste fallen, die durch die noch kaum erkennbare Schwangerschaft angeschwollen waren, und kniff in ihre Brustwarzen, bis sie vor Schmerz aufschrie. Dann drehte er sie um und wälzte seinen massigen Körper auf sie.

Gefangen

Die ganze Nacht über waren in der Kirche Gebete für das Seelenheil der beiden Toten und für Jonas und Karl gesprochen worden.

Marthes heimliche Hilfe hatte die geschundenen Männer die Nacht überstehen lassen, doch nun waren sie wieder der sengenden Hitze ausgesetzt. Lange würden sie nicht mehr durchhalten.

Wo blieben nur Hartwig und Emma?, fragte sich Marthe voller Unruhe. Warum ließ Hartwig Karl und Jonas nicht frei?

Pater Bartholomäus war gleich am Morgen nach Meißen geritten, um beim Bischof Beistand gegen Randolf und Hartwig zu bewirken. Der Bergmeister hatte ihm sein Pferd gegeben, damit der Pater schnell zurück sein konnte, sofern ihn der Bischof gleich empfing.

Im Herrenhof herrschte immer noch Stille. Johanna hatte nur einen Blick hineingeworfen, als sie im Morgengrauen ihren Dienst antrat, und seitdem draußen ihre Arbeit verrichtet.

Im Dorf ging das Tagewerk auf den ersten Blick wie gewohnt vonstatten, doch seine Bewohner waren immer noch vor Entsetzen, Verzweiflung und Angst gelähmt.

Die meisten von Hartwigs Männern hingegen hatten mit den Folgen ihrer nächtlichen Feier zu kämpfen. Lustlos und müde trotteten ein paar von ihnen über den Hof, während die anderen noch zu schlafen schienen.

Obwohl Marthe immer unruhiger wurde, blieb ihr nichts weiter übrig, als zu warten.

Würde Christian heute kommen und in eine Falle laufen? Die Angst davor füllte sie ganz und gar aus.

Es ging schon auf Mittag zu, als Hartwig endlich von Emma abließ und ihr erlaubte, sich anzuziehen.

»Werdet Ihr meinen Mann und seinen Gehilfen jetzt freilassen?«, fragte sie ängstlich. Ein Blick aus der Fensterluke sagte ihr, dass die Sonne seit Stunden schon mit mörderischer Kraft schien.

»Wir werden jetzt gemeinsam deinem Mann einen Besuch abstatten«, erklärte Hartwig zu Emmas Entsetzen. »Sollte er ehrliche Reue zeigen, werde ich erlauben, dass er etwas Wasser bekommt.«

Weinend sank Emma auf die Knie. »Aber Herr, ich dachte, Ihr lasst die beiden frei. Ich war Euch doch ganz nach Euren Wünschen zu Willen.«

Grob stieß er sie beiseite. »Von Freilassen war nie die Rede. Setz meine Großzügigkeit nicht aufs Spiel, Weib!«

Voll innerer Unruhe näherten sich Christian und Lukas dem Dorf. Seit ihrer Abreise zum Hoftag hatten sie darüber grübeln müssen, welches Unheil Hartwigs Leute inzwischen angerichtet haben mochten.

Der Verlauf des Hoftags, bei dem Otto vom Kaiser das Recht zum Abbau des Silbers erhalten hatte – im Gegenzug für Ottos Stimme bei der Wahl des vierjährigen Kaisersohnes Heinrich zum König –, trug nicht gerade dazu bei, ihre Sorgen zu mildern. Randolf und Oda waren ständig an Ottos Seite, nur ihre Worte und Wünsche wurden vom Markgrafen erhört. Was immer Randolf mit Christiansdorf vorhatte, Otto würde es billigen oder zumindest stillschweigend dulden.

Christian hielt es auch nicht für Zufall, dass Raimund, Gero und Richard vom Markgrafen mit einem Auftrag weggeschickt worden waren. Seine Gegner wussten, dass er jetzt allein mit seinem Knappen ins Dorf ritt. Er rechnete mit einem Hinterhalt. Aber noch mehr Sorgen machte er sich darüber, was inzwischen den Dorfbewohnern zugestoßen sein mochte. Wenn nur Marthe mit ihm nach Meißen gereist wäre! Bei Josefa wäre sie in Sicherheit.

Je näher sie der Siedlung kamen, umso aufmerksamer betrachtete er die Umgebung. Mit einem Mal fühlte er sich beobachtet und gab Lukas ein Zeichen. Im gleichen Moment ertönte ein wohl bekannter Pfiff. Die Männer zügelten die Pferde, ohne nach den Waffen zu greifen. Nur Augenblicke später standen Kuno und Bertram vor ihnen und berichteten, sich gegenseitig ins Wort fallend, was am Vortag im Dorf geschehen war und was ihnen Marthe aufgetragen hatte.

Christian hörte mit immer düsterer werdender Miene zu.

Ohne Zögern fasste er seinen Entschluss. Wenn Randolf so offen gegen alles Recht und Gesetz wütete, musste er sich seiner Sache absolut sicher sein.

»Du wartest hier«, wies er Lukas an. »Wenn ich im Dorf bin, ziehst du einen Bauernkittel über und folgst mir unbemerkt und unerkannt.«

»Aber Herr! Soll ich Euch allein lassen und mich dann wie ein Dieb einschleichen? Das ist ehrlos!«

»Zwischen Ehrlosigkeit und Vorsicht gibt es einen großen Unterschied – wie auch zwischen Mut und Leichtsinn«, wies ihn der Ritter zurecht. »Ich bin vor Gott und deinem Vater für dein Leben verantwortlich. Knappen ziehen nicht in den Kampf. Du wirst beobachten, was geschieht, aber nicht eingreifen. Dann reitest du nach Meißen und berichtest. Geh zu Arnulf. Und nimm Marthe mit.«

Christian ließ seinen Knappen beim heiligen Georg schwören, die Befehle zu befolgen, was der nur widerstrebend tat.

Dann beugte sich der Ritter zu Kuno und Bertram und legte jedem eine Hand auf die Schulter. »Ihr habt viel Mut und Treue bewiesen«, lobte er sie. »Seid ihr bereit, noch zwei letzte Aufträge zu übernehmen?«

Die beiden nickten sofort, aber Lukas zuckte zusammen. Zwei letzte Aufträge?

»Wir brauchen einen Bauernkittel für Lukas und jemanden, der vorerst sein Pferd und mein Packpferd im Wald verbirgt«, erklärte Christian den Jungen. »Ich reite allein ins Dorf. Wenn der Braune auftaucht, werden sie sofort nach Lukas suchen.« Kuno lief los und kam bald mit einem vielfach geflickten Kleidungsstück zurück. »Ist ein Bergmannskittel – noch besser, der hat eine Kapuze. So erkennt niemand sein Gesicht«, pries Kuno sein Beutestück.

Christian holte das sorgfältig in Leder gehüllte Kettenhemd und den Rest seiner Ausrüstung vom Packpferd und verstaute alles in einem dichten Gebüsch. Dann verteilte er sämtlichen Proviant, den er mit sich führte. Er würde ihn nicht mehr brauchen. Begeistert machten sich Kuno und Bertram darüber her, voller Zuversicht, dass mit der Rückkehr Christians wieder Gerechtigkeit im Dorf einziehen würde.

Lukas aber betrachtete aufmerksam das umschattete Gesicht seines Ritters und machte sich seine eigenen Gedanken.

Nachdem die Jungen losgezogen waren, um die Pferde zu einer nahe gelegenen, aber schwer zu findenden kleinen Schlucht zu führen, trat Christian auf Lukas zu und schloss ihn in die Arme. »Gott und der heilige Georg mögen dich schützen«, sagte der Ritter mit warmer Stimme. »Du warst ein guter Knappe und wirst ein noch besserer Ritter sein. Falls mir etwas zustößt, bitte Raimund, dich in seine Dienste zu nehmen.«

Tausend Gedanken wirbelten durch Lukas' Kopf, aber er war unfähig, auch nur einen davon in Worten auszudrücken. Fassungslos starrte er seinem Herrn ins Gesicht und fand darin die Bestätigung. Christian rechnete nicht damit, den Tag zu überleben.

Sollte er wirklich seinen Ritter im Stich lassen? Aber er hatte es geschworen!

»Gott steh Euch bei«, krächzte er schließlich und drehte sich brüsk zur Seite, um seine Gesichtszüge zu verbergen.

Marthe war nicht die Einzige, die den Herrenhof aufmerksam im Auge behalten hatte. Kaum ließ Hartwig sich draußen blicken, ging der Bergmeister entschlossen auf ihn zu.

»Was wollt Ihr?«, knurrte der Verwalter.

»Ich möchte Euch in aller Bescheidenheit bitten, die zwei Bergschmiede freizulassen«, sagte Hermann, ohne übermäßig bescheiden zu klingen. »Was sie auch getan haben sollten, sie sind hart bestraft worden. Wenn die Schmiede noch länger leer steht, hat keiner der Bergleute Werkzeug für seine Arbeit. Der Markgraf wird nicht zufrieden mit Euch sein, wenn deshalb die Erzförderung stockt.«

Hartwig zeigte sich wenig beeindruckt.

»Ich bin kein leichtgläubiges Weib, das Ihr beschwatzen könnt, Bergmeister«, sagte er schroff. »Lasst Euch etwas anderes einfallen, damit Eure Leute arbeiten können.«

Er ließ den aufgebrachten Hermann einfach stehen und lenkte seine Schritte zu den Männern im Block.

Doch noch bevor er dort ankam, ertönte Geschrei vom Waldrand. Im nächsten Augenblick traten ein paar der bewaffneten Knechte aus dem Wald, die Hartwig ausgeschickt hatte. Zwei von ihnen zerrten Kuno und Bertram mit sich, ein anderer führte zwei Pferde.

»Was ist da los?«, brüllte Hartwig hinüber.

»Wir haben im Wald diese Pferdediebe erwischt«, rief einer der Reisigen stolz.

Hartwig bedeutete, die Gefangenen zu ihm zu bringen.

Zufrieden lächelnd betrachtete er die Jungen. »So, so. Pferdediebe. Wir werden dieses Nest an Widersetzlichkeit und Verbrechen schon noch ausräuchern.«

»Wir haben die Pferde nicht gestohlen, Herr«, rief Kuno.

»Aber sie gehören doch nicht dir«, meinte der Verwalter mit lauernder Stimme. »Wem also dann?«

»Sie liefen im Wald herrenlos herum. Deshalb haben wir sie eingefangen und wollten sie geradewegs zu Euch bringen«, log Kuno, ohne zu zögern.

»Glaubt ihnen nicht«, rief einer der Reisigen. »Sie haben sich im Wald herumgetrieben und wollten die Pferde verstecken.« Hartwig ließ seinen Blick über die Umherstehenden gleiten. »Ihr kennt die Strafe für Pferdediebstahl. Morgen früh werden beide gehängt. Bis dahin bindet sie an den Pfahl! Und für die Lügen bekommt jeder dreißig Hiebe.«

Da die beiden Halbwüchsigen für seinen Geschmack nicht genug Furcht zeigten, fügte er grimmig hinzu: »Ihr werdet lange zappeln am Strick. Denn ihr seid zu leicht, um euch beim Fall so kurz und schmerzlos den Hals zu brechen wie der Dieb gestern.«

Schreiend rannte Griseldis durch den Bach und warf sich dem Verwalter zu Füßen. »Habt Erbarmen mit meinem Sohn. Er ist ein guter Junge, das alles ist ein Irrtum.«

Hartwig schritt ungerührt über sie hinweg. »Der Gesetzlosigkeit, die hier mit Christians Duldung eingerissen ist, muss ein Ende bereitet werden. Ein für allemal!«

Vor Angst geschüttelt, lief Marthe zum Bach. Hatte sie Kuno und Bertram ins Verderben geschickt? Sie erkannte die Pferde. Christian und Lukas mussten ganz in der Nähe sein. Was würde als Nächstes geschehen? Etwas in Hartwigs Gesicht sagte ihr, dass auch er wusste, wessen Pferde das waren.

Äußerst zufrieden mit sich und dem Zufall, der ihm soeben in die Hände gespielt hatte, wandte sich Hartwig den beiden Männern zu, die auf seinen Befehl immer noch im Block eingeschlossen waren. Von der Sonne verbrannt und vor Durst ausgedörrt, hingen sie in qualvoller Haltung vor ihm. Doch statt geröchelten Flehens sah er nur hasserfüllte Blicke.

Er war enttäuscht, dass er die zwei immer noch nicht hatte brechen können. Aber dann entdeckte er etwas, das ihn jubeln ließ. Jetzt konnte er auch die letzten Widerstandsnester in diesem Dorf ausräuchern – und das noch vor Christians Rückkehr! Besser hätte es gar nicht kommen können.

Er trat näher zu Jonas und deutete auf dessen Kopf. »Der Verband ist verändert worden. Jemand hat gegen meinen Befehl diesen Verbrechern geholfen.«

Mit triumphierendem Blick sah er um sich. »Und ich denke auch, ich weiß, wer das war.«

Er winkte zwei seiner Bewaffneten zu sich. »Ergreift die Kräuterhexe!«

Marthe unterdrückte mühsam den Impuls zu fliehen. Hartwig würde sich an Johanna schadlos halten, die mit schreckensweiten Augen in der Nähe stand.

Die Männer stürzten auf sie zu, einer riss ihre Arme nach hinten und stieß sie durch den Bach. Als sie vor dem Verwalter stand, drehte er ihren rechten Arm so brutal hoch, dass sie in die Knie ging und ihre Stirn fast den Boden berührte.

Mit einer Stiefelspitze drückte Hartwig ihr Kinn nach oben und blickte in ihr Gesicht. »Wer hat dir geholfen?«

»Niemand. Ich hab es allein getan«, sagte sie mit erstickter Stimme.

»Du warst gewarnt. Rute und Block!«

Angst ließ Marthe zu Eis gefrieren. Hinter sich hörte sie Karl aufstöhnen.

Hartwig blickte höhnisch um sich. »Leider werden die Pfähle langsam knapp bei so viel Aufsässigkeit in diesem Dorf. Macht nichts, hier stehen genug Bäume.«

Dann brüllte er: »Aber vorher will ich hören, wer dir geholfen hat!«

»Niemand!«, schrie Marthe voller Verzweiflung und auch vor

Schmerz, denn der Mann hinter ihr hatte ihren Arm noch weiter nach oben gebogen.

»Ich glaube dir kein Wort, Hexe«, sagte Hartwig kühl. »Bringt mir das Weib des Schmieds. Und die kleine Kröte, die mir den Haushalt besorgt.«

Entsetzt musste Marthe mit ansehen, wie einer der Knechte Emma packte und zu Hartwig zerrte, ein anderer Johanna unter seinen Arm klemmte. Der schrie im nächsten Moment auf, weil ihn das Mädchen in die Hand gebissen hatte. Er setzte sie vor dem Verwalter ab, schlug ihr mit aller Wucht ins Gesicht und umklammerte sie fest.

Hartwig zog seinen Dolch und hielt ihn Johanna dicht vors Gesicht. Dann lächelte er Marthe eiskalt an. »Gestehe – oder ich stech ihr ein Auge aus.«

»Nein!« Marthes grauenvoller Schrei hallte durch das Dorf.

Als Christian den Schrei hörte, vergaß er alle Vorsicht. Das war diesmal keine Frau in den Wehen. Das war Marthe in Not. Er trieb Drago zu vollem Galopp und stürmte ins Dorf.

Am Ufer des Baches brachte er den Hengst zum Stehen. Was er auf der anderen Seite sah, war schlimmer als ein Albtraum: Jonas und Lukas halb tot in einem Block, Kuno und Bertram an den Pfahl gefesselt, Emma und die kleine Johanna in der Gewalt schwer bewaffneter Männer, Hartwigs Messerspitze drohend auf das Auge des vor Angst erstarrten Mädchens gerichtet. Und in der Mitte der Schreckensszene Marthe, vom unerbittlichen Griff eines Mannes zu Boden gezwungen.

»Lasst diese Leute sofort frei«, forderte Christian.

»Mischt Euch nicht in Dinge ein, die Euch nichts angehen, Ritter«, gab Hartwig gelassen zurück und richtete seinen Blick wieder auf Marthe, die sich zu seinen Füßen krümmte. »Diese

Leute haben sich meinen Befehlen widersetzt und schwere Verbrechen begangen.«

»Ich habe über diese Menschen Gericht zu halten, wenn sie sich etwas zuschulden kommen lassen. Was werft Ihr ihnen vor?«

»Die zwei Burschen da sind Pferdediebe und werden morgen gehängt«, begann Hartwig aufzuzählen. »Die im Block haben die Hand gegen Randolf erhoben und müssen noch den Rest ihrer Strafe abbüßen. Und die Weiber haben ihnen heimlich geholfen. Das kann ich nicht dulden.«

»Die Pferde gehören mir. Lasst die Leute frei – alle«, forderte Christian erneut.

»Oder was?«, höhnte der Verwalter.

»Oder ich befreie sie mit dem Schwert«, entgegnete der Ritter und zog die Klinge aus der Scheide.

»Ihr Narr!« Hartwig lachte. »Noch ehe Ihr durch den Bach seid, habe ich den Weibern die Kehle durchgeschnitten! Und bevor Ihr den Block öffnen könnt, haben meine Männer Euch längst überwältigt.«

»Sicher. Aber zuvor töte ich mindestens fünf von euch. Und Ihr, Hartwig, seid der Erste.«

Christian ließ seine Blicke über die Männer auf der anderen Seite des Baches wandern. »Jeder von euch kann überlegen, ob er als Nächster dran sein möchte.«

Hartwigs Männer tauschten missmutige Blicke. Sie kannten Christians Ruf als bester Schwertkämpfer der Markgrafschaft. Und da war auch noch sein wildes, besessenes Pferd, von dem es hieß, dass es schon Dutzende Leute zu Tode gestampft hatte.

»Ich schlage Euch einen Handel vor«, wandte sich Christian wieder an den Verwalter. »Ihr lasst meine Leute frei und schwört, sie künftig in Ruhe zu lassen. Dafür begebe ich mich in Euren Gewahrsam.«

»Nein«, schrie Marthe erneut auf und wurde dafür mit einem Fußtritt zu Boden gedrückt, der ihr die Luft aus den Lungen presste. Karl ließ ein entsetztes Krächzen hören.

»Warum sollte ich das tun?«, fragte Hartwig, ohne dem Zwischenruf Beachtung zu schenken.

»Weil Randolf es auf mich abgesehen hat und nicht auf meine Bauern«, antwortete Christian ruhig.

Marthe drehte ihren Kopf, und es war ihr gleichgültig, dass Steine ihre Wange zerschrammten. Sie musste ihn noch einmal sehen, das Bild in sich aufnehmen: ein stolzer Reiter mit gezogenem Schwert, aufrecht, beherrscht, bereit, für sie und die anderen in den Tod zu gehen. Denn sie würden ihn töten.

Es gab keine Hoffnung mehr.

»Ihr kommt ohne Waffen und ohne diesen verrückten Gaul?«, vergewisserte sich Hartwig mit unruhigem Blinzeln.

»Zu Fuß und unbewaffnet. Aber zuerst schwört Ihr bei Gott und allem, was heilig ist, dass Ihr und Eure Bewaffneten meine Leute in Ruhe lassen werde.«

Hartwig leistete den Schwur. Dann gab er ein Zeichen, die Frauen gehen zu lassen, Kuno und Bertram loszubinden und Karl und Jonas aus dem Block zu schließen.

Emma rannte zu Jonas, Marthe griff nach Johanna und brachte sie schnell auf die andere Seite des Baches. Dabei richtete sie es so ein, dass sie dicht an Christian vorbeilief.

»Herr, Ihr lauft in eine Falle«, warnte sie ihn, unfähig, ihre Gefühle zu verbergen.

Er blickte ihr ruhig in die Augen. »Lukas wird dir helfen. Und nun geh, bring dich in Sicherheit!«

Er weiß es, dachte Marthe unter Tränen.

Christian wandte sich von ihr ab, um genau zu beobachten, was auf der anderen Seite des Baches geschah.

Kuno und Bertram kamen als Nächste.

»Sorgt dafür, dass Lukas mein Schwert bekommt«, trug Christian ihnen leise auf.

Jonas und Karl stürzten zu Boden, als sie aus dem Block gezogen wurden. Keiner von ihnen war fähig, aufzustehen, geschweige denn zu laufen, so verkrampft waren ihre Muskeln. Je zwei der Reisigen packten sie auf Hartwigs Befehl an Armen und Beinen, trugen sie durch den Bach und ließen sie unsanft in das Gras nahe dem Ufer fallen. Karl stöhnte auf, als er auf seinen blutigen Rücken stürzte. Jonas wurde erneut bewusstlos.

»Du musst dich um sie kümmern«, sagte Christian ruhig zu Marthe. Ein letztes Mal sah er in ihre Augen – ein stummer Abschied. Sie biss sich auf die Lippen, um nicht aufzuschreien.

Er drehte sich zu seinem Grauschimmel um und sattelte ihn ab.

Sattel, Zaumzeug und Schwert legte er ins Gras, dann klopfte er Drago auf den Hals. »Geh, mein Freund.«

Vielleicht würde der Hengst allein in seinen Stall laufen oder sich irgendwann von Lukas dazu bewegen lassen. Vielleicht würde ihn Lukas eines Tages sogar reiten können; er hatte das Zeug dazu.

Wenn nicht, sollte der Grauschimmel frei sein. Hartwigs Leute sollten ihn nicht einfangen können, um ihn abzuschlachten, wenn sie seinen Willen nicht brechen konnten.

Christian schritt durch den Bach, ohne sich noch einmal umzuschauen. Es hatte eine Zeit gegeben, da war ihm der Tod gleichgültig gewesen, doch das schien lange her zu sein. Jetzt wollte er leben, um die Menschen zu schützen, die sich ihm anvertraut hatten. Aber wenn er sie nur durch seinen Tod schützen konnte, dann sollte es sein.

Der Verwalter hatte alle seine Männer herbeigerufen und erwartete ihn mit unverhohlenem Triumph.

»Ritter Christian, ich bezichtige Euch, die Bewohner des Dorfes zu Aufruhr und Diebstahl angestiftet zu haben. Verhaftet ihn!«

Auf Hartwigs Zeichen hin warfen sich ein halbes Dutzend Männer auf den Waffenlosen und droschen auf ihn ein.

Christian wehrte sich nach Leibeskräften, schickte drei zu Boden und brach einem Mann das Nasenbein. Doch dann wurden seine Hände nach hinten gerissen, ein paar gut gezielte Schläge in den Magen ließen ihn zusammensacken.

Die Männer fesselten ihn und schleiften ihn zu Hartwig.

Mühsam richtete Christian sich auf.

»Darüber hinaus werdet Ihr beschuldigt, dem Markgrafen Silber gestohlen zu haben«, fuhr Hartwig fort. »Durchsucht sein Haus!«

Fünf Männer schwärmten aus, während die anderen mit gezogenen Schwertern Christian umringten und dabei die Dorfbewohner drohend im Blick behielten.

Niemand unter den Bauern und Bergleuten wagte sich zu rühren.

Wenig später kamen die Männer mit einem hölzernen Kasten zurück.

»Das haben wir im Stall gefunden, dort, wo er sonst seinen dämonischen Hengst stehen hat«, grölte einer und klappte die Kiste auf. »Silber, alles noch ungemünzt.«

Die Dorfbewohner schrien auf. Guntrams Hinrichtung aufgrund der gleichen Anschuldigung war noch keinen Tag her.

Würde Hartwig auch Christian hängen lassen?

Marthe sank in die Knie. Ihre Augen brannten.

»Ihr seid ein Dieb und ein Verräter an Eurem Lehnsherrn,

dem Markgrafen«, rief der Verwalter laut und gab sich keine Mühe, die Freude in seiner Stimme zu verbergen.

»Das ist eine Lüge. Ihr habt das Silber dort verstecken lassen«, widersprach Christian ruhig.

»Die Beweise sind eindeutig. Ihr seid ein Ritter, deshalb kann ich Euch nicht am erstbesten Baum aufknüpfen lassen, auch wenn ich es gern täte. Morgen werdet Ihr nach Meißen gebracht, damit Ihr Euch vor dem Markgrafen verantwortet.«

Marthes Gedanken überschlugen sich auf der Suche nach einem Ausweg. Konnte sie mit Lukas nach Meißen fliehen, Hedwig um Hilfe bitten und Christians Freunde alarmieren? Aber Hartwigs Leute hatten die Pferde behalten, die Kuno und Bertram bei sich führten. Und wo steckte Lukas überhaupt? Außerdem – wenn sie nicht sofort etwas für Jonas und Karl tat, würde keiner von ihnen den Tag überleben. Verzweifelt blickte sie um sich, als würde von irgendwoher Rettung kommen.

Hartwig war unterdessen bis an den Bach getreten und stellte sich dort breitbeinig auf. »Ich musste schwören, euch in Ruhe zu lassen. Aber das gilt nur so lange, wie ihr euch ruhig verhaltet«, rief er den Dorfbewohnern zu. »Sollte auch nur einer von euch Bauernpack die Hand gegen meine Leute erheben oder dem Verräter zu Hilfe kommen, ist er des Todes – und noch vor ihm wird euer geliebter Christian sterben. Ist das klar?«

Dann befahl er den Reisigen: »Brennt das Haus des Verräters nieder!«

Ein paar Männer machten sich sofort begeistert ans Werk. In der glühenden Sommerhitze fraßen sich die Flammen schnell an den Balken entlang. Zitternd verfolgten die Dorfbewohner die auflodernde Feuersbrunst. Würden die Flammen auch auf ihre Häuser übergreifen, die Felder vernichten?

Mit aller Kraft stemmte sich Christian hoch und richtete einen beschwörenden Blick auf die Dorfbewohner. Sie durften sich nicht hinreißen lassen und ein Blutbad provozieren. Doch seine Sorge war umsonst. Niemand wagte sich zu rühren.

Dann traf ihn ein heftiger Hieb in den Nacken und streckte ihn nieder.

Marthe stieß einen fast unmenschlich klingenden Schrei aus und sank ohnmächtig zu Boden.

Als Marthe durch einen Schwall kalten Wassers wieder zu sich kam, sah sie vor sich das Gesicht des Bergmeisters. »Du musst dich um die Schmiede kümmern, sonst sterben sie«, beschwor Hermann sie. »Sie glühen vor Fieber.«

Verwirrt blickte sie sich um, dann wurde ihr schlagartig bewusst, was geschehen war. Aus den verkohlten Resten von Christians Haus quoll immer noch beißender Rauch. Aber Hartwig musste wohl erlaubt haben, dass die Dörfler ein Übergreifen der Flammen verhinderten. Sonst wäre das halbe Dorf vernichtet worden.

Marthe begann am ganzen Leib zu zittern. Dennoch richtete sie sich mühsam auf. »Wo sind Jonas und Karl?«

»In Jonas' Haus. Emma und deine Johanna sind bei ihnen«, sagte Hermann.

Marthe stemmte sich hoch. »Ich gehe schon.« Dann fragte sie: »Und der Herr?«

»Sie halten ihn schwer bewacht in Ketten und wollen ihn morgen früh nach Meißen schaffen«, gab Hermann bekümmert Auskunft.

Marthe schleppte sich zu ihrem Haus, um zu holen, was sie für die Misshandelten brauchte. Das Letzte, womit sie dort gerechnet hatte, war ein wütender Wiprecht.

»Musst du immer nur Unruhe stiften, du gottverdammtes

Weibsbild!«, fuhr er sie an. »Um diesen zwei Widersetzlichen zu helfen, hast du meine Tochter der Gefahr ausgesetzt!«

Das brachte Marthe wieder zu sich. »Einer von diesen Widersetzlichen ist dein Sohn. Hast du das vergessen?«

»Er ist nicht mehr mein Sohn. Er ist genau wie du – undankbar und aufsässig! Verdammt sollt ihr sein, weil euretwegen beinahe mein kleines Mädchen verstümmelt worden wäre.«

»Du selbst hast Johanna in Gefahr gebracht, indem du sie zu diesem grausamen Menschen geschickt hast«, schrie Marthe außer sich vor Wut. »Wenn du sie schützen willst, dann sorge dafür, dass sie nicht mehr zu ihm muss. Verstehst du denn nicht, dass das alles ein heimtückischer Plan war, um Christian gefangen zu nehmen? Jetzt werden sie ihn töten!«

Tränenüberströmt packte Marthe ihren Korb und ging zur Schmiede, ohne sich noch einmal umzudrehen.

Nachdenklich blickte Wiprecht ihr nach.

Auf dem Weg nahm Marthe das letzte bisschen Kraft zusammen, um ihre Gesichtszüge unter Kontrolle zu bekommen. In Jonas' Haus erwartete sie genug Elend, da konnte sie nicht auch noch heulend auftauchen, auch wenn sie von Verzweiflung erfüllt war. Immer noch suchten ihre Gedanken nach einem Weg, Christian zu helfen.

Der Bergmeister und Griseldis saßen in Emmas Haus und betrachteten sorgenvoll die beiden Verwundeten, die auf den Boden gebettet waren. Kuno und Bertram hockten in einer Ecke und sahen sie erwartungsvoll an, Emma und Johanna waren dabei, die blutigen Wunden zu kühlen und auszuwaschen, die von den Hieben mit der dünnen Rute rührten.

»Sie haben beide schlimmes Fieber«, berichtete Johanna bekümmert. »Ich habe schon kalte Umschläge gemacht. Und wir haben ihnen zu trinken gegeben, aber keiner hat es bei sich behalten.«

Bestimmt haben sie zu viel auf einmal getrunken, überlegte Marthe. Jetzt musste sie schnell handeln. Sie kühlte Unterarme und Stirn, legte Schafgarbe auf die blutverkrusteten Rücken, versuchte, das Blut in den erstarrten Gliedern wieder zum Fließen zu bringen und den beiden Todkranken Tropfen für Tropfen Wasser und fiebersenkende Tinkturen einzuflößen. Dann wandte sie sich der Kopfwunde von Jonas zu, die sich entzündet und zu eitern begonnen hatte.

Johanna und Emma gingen ihr zur Hand. Aber sie bemerkte, dass Emma sich zusammenkrümmte, wenn sie sich unbeobachtet glaubte, und sich scheute, Jonas zu berühren.

Es muss bei Hartwig für sie noch schlimmer gewesen sein als befürchtet, erkannte Marthe. Doch um die Seelenqual ihrer Freundin konnte sie sich erst später kümmern.

Mit höflichen Worten schlug sie dem Bergmeister und der Frau des Ältesten vor, nach Hause zu gehen. »Die Nacht ist bald vorbei. Ihr könnt hier nichts weiter für sie tun. Nutzt die Zeit bis zum Morgengrauen noch für etwas Schlaf. Wer weiß, was uns morgen erwartet.«

Teils erleichtert, teils besorgt standen Hermann und Griseldis auf. »Aber gib mir Bescheid, wenn sich etwas tut«, bat der Bergmeister. »Was glaubst du – wann können sie wieder arbeiten?«

»Vor dem dritten Tag werden sie nicht einmal aufstehen können, selbst wenn das Fieber sinkt. Und da ist auch noch die Kopfwunde ...«

Nachdem Hermann und Hildebrands Frau gegangen waren, drehte sich Marthe hastig zu Kuno und Bertram um. »Wo ist Lukas?«

Doch im gleichen Moment kam zu ihrem Erschrecken ein

Fremder in den Raum gehuscht, der sich anscheinend die ganze Zeit nebenan im Stall verborgen und sie belauscht hatte.

Einen Augenblick später atmete Marthe erleichtert auf. Im Bergmannskittel, mit zusammengebundenem Haar und staubbedecktem Gesicht war Lukas zumindest auf den ersten Blick kaum zu erkennen.

»Da bin ich. Die Verkleidung war Christians Idee«, sagte er mit gequältem Lächeln. »Kannst du die Kranken für einen Moment allein lassen?«

Marthe erklärte Emma und Johanna, was zu tun war. Dann stand sie auf, drückte den schmerzenden Rücken durch und folgte Lukas in den hinteren Teil des Hauses, der als Stall für die Hühner und zwei Ziegen diente.

Als sich der Knappe und die junge Hebamme gegenüberstanden, sahen sie sich an und wussten, dass sie den gleichen Schmerz empfanden.

»Wisst Ihr, ob Christian noch am Leben ist?«, fragte Marthe schließlich. »Und was wir tun können, um ihn zu retten?«

»Auf diesen Tag muss sich das Gesindel wirklich schon lange gefreut haben«, meinte Lukas grimmig. »Sie haben ihn übel zusammengeschlagen, dann in Ketten in ein Grubenloch gesteckt und Balken darüber gelegt. Jetzt hocken zwanzig dieser Halunken dort und feiern ihren Sieg. Das heißt, heute Nacht können wir überhaupt nichts unternehmen, wenn wir nicht riskieren wollen, dass sie ihn erschlagen.«

Lukas wirkte immer bedrückter. »Bevor er ging, hat er mir sein Schwert hinterlassen. Er hat gewusst, was ihn erwartet.«

»Aber wir müssen doch etwas tun«, rief Marthe, die erneut den Tränen nah war. »Nach Meißen reiten, Hilfe holen!«

Lukas schüttelte den Kopf und hob resigniert die Arme. »Hedwig hat keinen Einfluss mehr, Christians Freunde sind fortgeschickt worden – und keiner weiß, wohin. Das war alles bis in jede Einzelheit vorbereitet. Ich habe nicht einmal ein Pferd, denn meinen Braunen hat nun Hartwig. Mit dem einzigen anderen Pferd, dem vom Bergmeister, ist Pater Bartholomäus unterwegs. Und zu Fuß schaffe ich es nicht rechtzeitig bis nach Meißen, um etwas zu unternehmen, bevor sie ihn umbringen.«

Beide standen wortlos und entmutigt da.

»Mein Herr hat mir verboten, etwas zu tun«, stieß Lukas trotzig hervor. »Ich soll nur beobachten und berichten, wenn ich jemanden finde, der mir zuhört. Aber das ist mir gleich. Ich werde nicht zusehen, wie sie ihn morden.«

»Was werdet Ihr tun? Was kann ich tun?«, fragte Marthe atemlos.

Lukas brachte mit Mühe ein leichtes Lächeln auf. »Ich habe noch nie ein Mädchen getroffen, das so mutig ist wie du«, sagte er. »Eine junge Frau«, korrigierte er sich gleich, während sich sein Gesicht verdüsterte.

»Ich bin nicht mutig. Ich habe furchtbare Angst ...«, widersprach Marthe.

»Christian sagt, Mut bedeutet nicht, keine Angst zu haben, sondern seine Angst zu überwinden«, meinte Lukas und wischte ihr sanft die Tränen von den Wangen. Dann sah er ihr ernst in die Augen. »Mein Herr hat mir befohlen, dich umgehend in Sicherheit zu bringen. Aber wenn du es wagst, hier noch zwei Tage auszuharren, gibt es vielleicht eine Möglichkeit.«

»Was soll ich tun?«, fragte Marthe, ohne zu zögern.

»Du musst herausfinden, wer das Silber in Dragos Stall versteckt hat. Ich werde morgen Hartwigs Leuten nachschleichen, wenn sie Christian von hier wegbringen. Die schaffen ihn ganz sicher nicht nach Meißen. Also werde ich beobachten, wohin sie ihn verschleppen.«

»Aber Ihr könnt ihnen nicht zu Fuß folgen!«

»Doch, ich denke schon. Sie werden Christian selbst in Fesseln nicht erlauben, auf ein Pferd zu steigen. Wer weiß« – wieder wurde sein Gesicht finster –, »ob er überhaupt noch in so einem Zustand ist, dass er reiten kann. Sie werden ihn auf einem Karren wegschaffen und auch Fußvolk als Wache dabeihaben.«

»Wollt Ihr Kuno und Bertram mitnehmen, damit sie uns Nachricht bringen?«

Er schüttelte den Kopf. »Zu gefährlich. Sie sind schon einmal erwischt worden – und diesmal ist niemand mehr da, der ihnen aus der Not hilft.«

Ein schmerzhaftes Lächeln zog über Lukas' Gesicht. »Erinnerst du dich noch an die Reise hierher, an den Überfall der Wegelagerer?«

»Damals habt Ihr gesagt: Möge Gott uns davor bewahren, schon Zehnjährige in den Kampf schicken zu müssen ... Doch jetzt ist es fast so weit.«

Wider Erwarten musste Lukas lächeln. »Das weißt du noch?« Er griff nach ihren Händen und sah ihr in die Augen.

»Marthe ... Ich komme wieder, sobald ich kann. Warte hier auf mich. Und versprich mir, dass du auf dich aufpasst! Sie haben es auch auf dich abgesehen. Wenn du in Gefahr gerätst, lauf weg und versteck dich in der Höhle im Wald bei den Bienenstöcken. Der Pater oder der Bergmeister können deine Mädchen als Mägde in ihr Haus nehmen, da dürften sie sicher sein.«

Sie nickte stumm.

»Christian würde mich noch aus dem Himmel mit einem Donnerstrahl niederstrecken, wenn dir etwas zustößt, weil ich dich nicht beschützt habe. Pass auf dich auf – um seinetwillen und um deinetwillen!«

Er zog sie an sich und umarmte sie vorsichtig. Sie entzog sich ihm nicht. Der Kummer einte sie.

»Gott schütze dich«, murmelte Lukas und küsste ihre Stirn so sanft, dass sie es kaum spürte.

»Gott schütze Euch und Christian«, sagte sie leise.

Aber da war Lukas schon in der Dunkelheit verschwunden.

Todesbotschaften

Ein Dorfbewohner nach dem anderen legte am nächsten Morgen seine Gerätschaften beiseite und näherte sich stumm dem Bach, als Hartwigs Männer begannen, Christian aus dem Grubenloch zu hieven. Während sie Hände und Füße des Gefangenen an einen Leiterwagen ketteten, versammelte sich fast das ganze Dorf.

Gut so, dachte Hartwig zufrieden. Es wird ihnen eine Lehre sein, zu sehen, dass ich ihren Anführer wie einen gewöhnlichen Verbrecher auf dem Weg zum Galgen transportieren lasse.

Er gab Befehl, Christian die Augen zu verbinden. Kam nicht infrage, dass der sich an den Sympathiebekundungen seines Gesindels erfreute!

Christian richtete sich auf, obwohl sein ganzer Körper schmerzte und die Muskeln nach der Nacht in Fesseln hart und verkrampft waren. Breitbeinig stand er in der Mitte des Karrens, eine Hand an die linke Seite gekettet, die andere an die rechte, und wandte sein Gesicht in die Richtung, in der er die Dorfbewohner vermutete.

»Gott schütze Euch, Ritter Christian«, ertönte eine zittrige Frauenstimme.

Das war Hiltrud, erkannte er. Sein Eingreifen hatte sie vor Kaspars Schlägen bewahrt – bis heute.

»Gott schütze Euch!« Emmas Stimme klang tränenerstickt. Ob Jonas noch lebte?

»Gott sei mit Euch!« Das musste die kleine Johanna sein.

Obwohl er Marthes Stimme nicht hören konnte, war er sicher, dass sie bei dem Mädchen stand und ihn ansah. Er wandte sein Gesicht dorthin, woher der letzte Ruf gekommen war. Auch mit verbundenen Augen sah er das Bild genau vor sich: Marthe mit ihren beiden Stieftöchtern zwischen all den anderen, die ihm nachstarrten.

Wie gern hätte er sie noch einmal gesehen, wie gern ein letztes Mal den Blick über das Dorf schweifen lassen, in dem sie sich eine neue, bessere Welt aufbauen wollten.

Schroff gab Hartwig das Zeichen, damit sich die Reiter an der Spitze in Bewegung setzten. Als der Gefangenenwagen ruckelnd anfuhr, wankte Christian hin und her, aber die straff gespannten Ketten an Händen und Füßen hielten ihn in der Mitte des Karrens. Er richtete seine ganze Kraft darauf, aufrecht stehen zu bleiben.

»Gott schütze Euch, Herr«, klang ihm ein vielstimmiger Chor nach, bis der Zug im Wald verschwunden war.

Unter den drohenden Blicken der paar Bewaffneten, die auf dem Herrenhof verblieben waren, zerstreute sich die Ansammlung.

Nur Marthe blieb reglos am Bach stehen und starrte ins Leere.

Schließlich wandte sie sich zu Kuno und Bertram, die mit tränenverschmierten Gesichtern in der Nähe standen. Sie hatten soeben etwas für sie Unfassbares erlebt: Christian, ihr grenzenlos bewunderter Held, der bisher aus jeder noch so schlimmen Lage als Sieger hervorgegangen war, war wehrlos seinen Feinden ausgeliefert …

»Kommt«, sagte Marthe zu den beiden, obwohl ihr selbst die Verzweiflung die Kehle zuschnürte. »Er würde nicht wollen, dass ihr alle Hoffnung aufgebt.«

Den ganzen Tag über konnte Marthe das Bild nicht vertreiben, das ihr vor Augen stand: Christian auf dem Gefangenenkarren, in Ketten, von Schlägen gezeichnet und mit verbundenen Augen, aber aufrecht und das Gesicht genau in ihre Richtung gewandt – als wollte er ihr noch etwas sagen.

Wo mochte Lukas jetzt sein? Konnte er der Kolonne unauffällig folgen, oder hatte er ihre Spur verloren? War er am Ende selbst gefangen genommen worden?

In ihrer inneren Zerrissenheit war sie sogar unfähig, sich um Emmas Seelenqual zu kümmern. Was hätte sie ihr auch sagen können? Sie umarmte die Freundin, aber sie spürte, dass sie nicht darüber sprechen wollte, was in Hartwigs Haus geschehen war. Würde Emma je mit ihrem Mann darüber reden können, reden müssen?

Jonas und Karl waren dem Tod immer noch näher als dem Leben, auch wenn es für sie dank Marthes Fürsorge nun Hoffnung gab. Im Verlauf des Tages sank das Fieber, die Entzündung von Jonas' Kopfwunde schien abzuklingen.

»Ich werde dieses fette Schwein töten«, keuchte Karl, nachdem ihm Marthe leise berichtet hatte, was inzwischen geschehen war.

»Ich weiß genau, dass du etwas planst, um Christian zu helfen. Nimm mich mit. Ich will dabei sein – und du kannst es nicht allein tun.«

»Karl!« Traurig und gerührt zugleich sah Marthe ihn an. Er war längst nicht mehr der schüchterne Junge, als den sie ihn kennen gelernt hatte. Die vergangenen zwei Jahre hatten einen Mann aus ihm gemacht. Doch jetzt konnte er ihr nicht helfen.

»Du kannst noch nicht einmal aufstehen!«

Karl gab keine Antwort, sondern starrte wütend vor sich hin.

»Ich weiß nicht, was geschehen wird und was ich tun kann«, sagte Marthe leise. »Und wenn ich weggehe, weiß ich nicht, ob ich wiederkomme. Du musst hier bleiben und deine Schwestern beschützen. Versprich mir das.«

Am nächsten Tag kurz vor Einbruch der Dämmerung kehrte Hartwig mit seinen lärmenden Männern ins Dorf zurück.

»Kommt her, ihr Pack, und hört zu«, rief der Verwalter die Bewohner zusammen, die sich mit misstrauischen und ängstlichen Gesichtern näherten.

»Ab sofort untersteht das gesamte Dorf mir. Euer geliebter Ritter Christian, der Dieb und Verräter an seinem Lehnsherrn, ist tot.«

Zufrieden sog Hartwig die entsetzten Schreie und Wehklagen auf, ehe er weitersprach. »Der Verbrecher wollte sich seiner gerechten Strafe durch Flucht entziehen. Dabei wurde er von meinen Leuten erlegt.«

»Er lügt! Christian lebt!«

Verblüfft starrte die Menge auf Marthe, die vorgetreten war und eine ruhige, unerschütterliche Gewissheit ausstrahlte.

»Sei still und bringe nicht noch mehr Unheil über uns«, fuhr Hildebrand sie an, als er endlich seine Sprache wiedergefunden hatte. »Lass deine wirren Träumereien und finde dich ab mit dem, was geschehen ist. Unser neuer Herr ist Hartwig.«

Hastig verbeugte sich der Dorfälteste in Richtung des Verwalters, der das Geschehen mit lauerndem Blick beobachtete, und rief: »Vergebt ihr, Herr, sie ist nicht bei Trost. Wir werden Euch gehorchen.«

Einer wird uns alle ganz furchtbar verraten, dachte Marthe. War es Hildebrand, der nicht ein einziges Mal das Wort erhoben hatte, um die Dorfbewohner vor Randolf oder Hartwig zu schützen, aber nun sofort dem grausamen Verwalter Gehorsam zusicherte?

»Christian ist unschuldig. Und er lebt«, wiederholte sie laut.

»Halt deinen Mund«, geiferte zum Erstaunen aller Kaspar, der sich sonst fast immer im Hintergrund hielt. Sein hasserfüllter Blick flackerte von einem zum anderen. »Woher will sie das wissen? Sie ist besessen.«

Mit aller Kraft blickte Marthe in seine Augen und erkannte nun endlich, was sie längst hätte sehen müssen. Sie trat einen Schritt auf ihn zu. »Du warst es. Du hast das Silber bei Christian und Guntram versteckt. Du hast sie an Randolf verraten und ausgeliefert.«

Kaspar zuckte zusammen. Doch dann wies er mit dem Finger auf Marthe. »Sie lügt. Sie ist eine Hexe.«

»Ja, sie ist eine Hexe«, rief Gertrud. »Sie hat mein Neugeborenes behext, dass es gestorben ist.«

»Erlöst uns von dem dämonischen Weib! Schlagt die Hexe tot!«, schrie Kaspar zu Hartwigs Leuten hinüber, griff nach einer Axt und schritt auf Marthe zu.

»Habt ihr nicht gehört? Schlagt sie tot«, befahl Hartwig seinen Männern, die sich sofort in Bewegung setzten.

Die Menschen um Marthe herum wichen zurück. Nur Wiprecht sah sie an, gab sich einen Ruck und stapfte entschlossen in ihre Richtung.

Wollte auch er sie töten? Diesmal zögerte Marthe nicht und rannte los. Die Dorfbewohner bildeten eine Gasse und schlossen sie wieder, um ihr einen kleinen Vorsprung vor den Verfolgern zu verschaffen.

Das Letzte, was sie sah, war zu ihrem Erstaunen und Entsetzen Wiprecht, der sich zwischen sie und die Bewaffneten stellte.

»Lauf«, schrie er ihr zu, ehe er von einem Schwertstreich niedergestreckt wurde.

Marthe rannte wie noch nie in ihrem Leben. Sie lief auf den Wald zu und schlug dann im Schutz der Bäume viele Haken, um die Verfolger in die Irre zu führen. Als die Männer umkehrten und die Hunde holten, watete sie durch einen Bach, damit die Meute ihre Spur nicht aufnehmen konnte.

Endlich, nachdem sie eine beträchtliche Strecke hinter sich gebracht hatte, kehrte sie um und näherte sich in großem Bogen dem Versteck, das ihr Lukas genannt hatte.

Es war schon so dunkel, dass sie kaum noch die Hand vor Augen erkennen konnte. Ohne Fackeln würden Hartwigs Leute in der Nacht nicht nach ihr suchen können, falls sie die Hunde wirklich in die Irre geführt hatte. Sie selbst kannte sich in diesem Wald aus wie kein anderer. Oft genug hatte sie hier schon nach seltenen Pflanzen und Wurzeln gesucht.

Immer wieder hielt sie inne, aber in der Dunkelheit waren weder Geräusche von anderen Menschen zu hören, noch spürte sie etwas, das ihr die Nackenhaare aufrichtete.

Im Licht des schmalen Mondes näherte sie sich langsam der Höhle, verharrte kurz und kroch dann hinein. Ihre Hände trafen auf etwas Stachliges – ein Igel, der sich im Laub verkrochen hatte, statt im Dunkeln auf die Jagd zu gehen. Behutsam schob sie ihn hinaus, kauerte sich zusammen und begann nachzudenken, während sie wartete.

Kaspar war der Verräter. Sie war sich ganz sicher. Sein Verhalten nach ihrer Anklage war die letzte Bestätigung dafür. Niemand hatte ihn je groß beachtet, aber seit Christian ihm verboten hatte, seine Frau zu schlagen, musste es heimlich in ihm gebrodelt haben. Nun endlich hatte er Gelegenheit gefunden, sich zu rächen.

Ob Wiprecht noch lebte? Niemals hätte sie gedacht, dass er sein Leben geben würde, um ihres zu retten. Sie hatten alles andere als eine gute Ehe geführt. Mit Misstrauen, Angst und manchmal sogar Hass war Wiprecht ihr seit der Hochzeitsnacht begegnet. Doch an diesem Morgen hatte er Johanna nicht mehr auf den Herrenhof geschickt, sondern mit dem Bergmeister abgesprochen, dass der das Mädchen in seine Dienste nahm.

Als er ihr zurief, dass sie wegrennen sollte, hatte sie in seinem letzten Blick so etwas wie die Bitte um Vergebung gesehen.

Und Christian?

Sie konnte nicht erklären, woher sie wusste, dass er noch lebte.

Noch war Hoffnung.

Trotz der verbundenen Augen wusste Christian, dass der Trupp nicht nach Meißen unterwegs war. Sein Richtungssinn sagte ihm, dass sie auf halber Strecke nach Nordwesten abgebogen waren.

Es hatte ihn verwundert, dass ihn Hartwigs Männer nicht gleich nach der ersten Biegung hinter dem Dorf erschlagen hatten. Wollten sie sichergehen und ihn so weit entfernt verscharren, damit niemand eine Spur finden würde?

Denn eines schien klar: Randolf und Hartwig konnten nicht wagen, ihn nach Meißen zu schaffen und dort öffentlich Anklage gegen ihn zu erheben. Dafür waren die Beweise zu fragwürdig, ihre eigenen Missetaten zu ungeheuerlich. Oder stand Otto inzwischen so sehr unter Randolfs Einfluss, dass er auch das hinnehmen würde?

Als die Kolonne auf Hartwigs Befehl hin hielt, machte sich Christian auf das Ende gefasst. Er hatte vor der Rückkehr in sein Dorf gebeichtet und seitdem kaum Gelegenheit gehabt, eine Sünde zu begehen.

Nur eines bereue ich, dachte er wohl zum hundertsten Mal ...

Sich nähernde Schritte unterbrachen seine Gedanken.

Erneut straffte Christian seinen Körper und verwünschte die Augenbinde. Er wollte dem Mann in die Augen sehen, der ihn tötete. Zwei, nein drei sprangen auf den Karren.

»Wollen wir nicht dafür sorgen, dass es unser tapferer Ritter Christian etwas bequemer hat?«, grölte einer und erntete dafür Gelächter von seinen Kumpanen.

Christian versuchte, sich zu ihm umzudrehen, doch die Ketten ließen kaum eine Bewegung zu. Dann streckte ihn ein heftiger Schlag auf den Kopf nieder. Das Letzte, was er zu hören glaubte, war der Schrei eines Eichelhähers, bevor alles um ihn in Dunkelheit versank.

Als Christian erwachte, war seine Umgebung so vollkommen schwarz, dass er im ersten Augenblick befürchtete, blind geworden zu sein.

Immerhin – er lebte. Aber er hatte keine Vorstellung, wo er sich befand und wie lange er bewusstlos gewesen war.

Er versuchte, sich zu bewegen, und bereute das sofort. Sein Kopf dröhnte, jede Faser seines Körpers schmerzte, er hatte wahnsinnigen Durst und das Gefühl, sich gleich erbrechen zu müssen – wohl die Nachwirkungen des harten Schlages auf seinen Kopf.

Seine nächsten Bewegungen waren vorsichtig und auch nur kurz. Bald wusste er zumindest so viel: Er lag auf nacktem Lehmboden, die Hände auf den Rücken gefesselt. An seinen Füßen klirrten Ketten, die in einer Wand befestigt waren.

So gut es ging, versuchte er sich zu strecken und Kraft zu sammeln für das, was ihm bevorstand. Randolf würde ihn weder vergessen, noch ihm ein schnelles Ende gönnen. Doch bald ließ ihn die Anstrengung wieder in einen Dämmerzustand sinken.

Unmöglich, zu sagen, wie viel Zeit vergangen war, als ihn ein Geräusch weckte, das schmerzhaft durch seinen Kopf fuhr. Eine Tür knarzte und schabte über den Boden, das Licht von zwei Fackeln blendete ihn.

Christian blinzelte angestrengt gegen die gleißende Helligkeit, aber er konnte die Männer nicht erkennen.

»Bei Gott, wie ist der denn zugerichtet«, sagte einer mit auffallend heiserer Stimme und steckte seine Fackel in die Halterung.

»Mit dem hatten wohl mehrere eine Rechnung zu begleichen«, meinte der andere. »Scheint aber noch zu leben. Muss er auch, sonst kriegen wir Ärger. Unser Herr hat noch einiges mit ihm vor.«

Allmählich gewöhnten sich Christians Augen an das Licht. Er konnte die Konturen seines Kerkers und der beiden Männer erkennen, die sich ihm vorsichtig näherten.

Mühsam setzte er sich auf und räusperte sich. »Ich muss pinkeln. Kannst du mir für einen Moment die Stricke abnehmen?«, fragte er den Heiseren.

Der grinste. »Von mir aus kannst du pinkeln, wohin du willst. Wir sollen dich sowieso bereitmachen. Kriegst gleich hohen Besuch.«

Er nahm die Handfesseln ab, während der andere dem Gefangenen einen langen Dolch an die Kehle drückte. »Eine falsche Bewegung, und du bist tot.«

Christian überlegte nur kurz. Flucht war im Augenblick undenkbar. Er konnte sich kaum auf den Beinen halten, die Welt um ihn wankte und zerfloss immer wieder vor seinen Augen, und seine Füße waren in Ketten. Sollte er besser das Angebot eines schnellen Todes annehmen? Oder auf eine Gelegenheit zur Flucht hoffen?

Aber zuallererst musste er wirklich Wasser lassen. So gut es ging zielte er in eine Ecke.

Als er fertig war, packten die Wachen ihn an den Armen, schlossen die Fußfesseln auf und zerrten ihn in die Mitte des Verlieses. Jetzt erst sah Christian, dass ein rostiger Ring in das Deckengewölbe eingelassen war, an dem eine Kette mit zwei Handfesseln hing. Die Männer schlossen die schartigen Schellen um seine Gelenke und zogen ihn hoch, bis Christian an seinen Armen hing, ohne den Boden zu berühren.

Das Ende der Kette befestigte der Heisere an einem Haken in der Wand. Dann verriegelten sie den Kerker wieder und ließen den Gefangenen im Dunkeln zurück.

Bald glaubte Christian, das Gewicht seines Körpers würde ihm die Arme aus den Gelenken reißen. Sein Atem wurde flacher, er bekam kaum noch Luft. Er musste daran denken, dass den Delinquenten bei dieser Foltermethode oft noch schwere Steine an die Füße gebunden wurden. Wie lange hielt ein Mann das aus?

Jetzt konnte er nur noch den heiligen Leonhard, den Schutzpatron der Gefangenen, um Kraft für das bitten, was ihm bevorstand.

Den nächsten Besucher erkannte er an der Stimme, noch ehe sich seine Augen erneut an das Licht der Fackeln gewöhnt hatten.

»Seht an«, höhnte Randolf, »der tapfere Ritter Christian. Der Stolz der Bauern und Bergleute. Ich weiß nicht, was das Pack an dir findet, wenn ich dich so sehe.«

Die drei Männer, die ihn begleiteten, lachten.

Christian schwieg.

»Immer noch stolz? Oder hat es dir vor Furcht die Sprache verschlagen?«

Christian konnte kaum noch atmen. Dennoch stieß er hervor: »Dafür hast du endlich deinen Mut wiedergefunden ... Mich in Ketten vor dir zu haben ... ist auch viel leichter ... als mit einem Schwert.«

Die Antwort brachte Christian einen Fausthieb in den Magen ein, dass er Sterne vor den Augen sah.

Ungerührt wartete Randolf, bis der Gefangene die Benommenheit halbwegs abgeschüttelt hatte.

»Das Schöne an euch ehrbaren Rittern ist, dass ihr so berechenbar seid«, fuhr der Hüne mit zynischem Grinsen fort. »Ich hab gewusst, dass du dich auslieferst, wenn Hartwig mit deinem Bauernpack ein bisschen härter umspringt. So viel Edelmut – und was hast du nun davon? Deine Freunde denken, du bist längst tot, die Welt hält dich für einen Dieb, und dein ach so ehrbarer Ruf ist schon dahin, noch bevor deine Knochen in meinem Verlies verrotten.«

»Dafür sterbe ich als ehrlicher Mann – im Gegensatz zu dir«, keuchte Christian und fing sich den nächsten Schlag ein.

»Niederes Pack wie du hat im Ritterstand nichts zu suchen!«, zischte Randolf hasserfüllt. »Jetzt tilge ich dich von der Erde, und dein Bauerngesindel lernt zu gehorchen.«

Christians Stimme war nur noch ein Krächzen.

»Wer Schande über den Ritterstand bringt, das sind Leute wie du, die diejenigen quälen und ermorden, die sie schützen sollen.«

Randolf trat noch einen Schritt näher, zerrte den Kopf seines Gefangenen an den Haaren nach hinten und blickte ihn an.

»Wenn du immer noch den Mut für freche Antworten hast, werde ich wohl etwas härter vorgehen müssen«, verkündete er. »Doch bevor dich meine Leute so bearbeiten, dass du bald nicht einmal mehr deinen Namen weißt, will ich dir noch eines erzählen.«

Er ließ Christian los, trat einen Schritt zurück und starrte ihn mit kaltem Lächeln an. »Mit deiner Angebeteten Luitgard hatte ich wenig Freude im Bett. Temperamentloses Weib. Schwach und ängstlich. Aber weißt du, mit wem ich richtig Spaß hatte? Mit deiner kleinen Hure, diesem Kräuterweib.«

Die winzige Verzögerung, mit der Christians gequälter Aufschrei ertönte, ließ Randolf böse lachen.

»Sie hat es dir nie gesagt, nicht wahr? Dann erfahr's von mir: Ich hab sie als Erster genommen! Und wie hat sie geschrien und gewinselt! Wann immer sich Gelegenheit bot, hab ich sie mir geholt. Und ich konnte sie den halben Tag lang stoßen, wenn ich mir nur vorgestellt habe, dass du mir dabei zusiehst.«

Er legte eine winzige Pause ein.

»Da kommt mir doch ein Gedanke. Ich lasse sie holen und besteige sie hier vor deinen Augen. Und dann übergebe ich sie meinen Wachen als Zeitvertreib.«

Die jäh aufbrandende Welle von Wut weckte ungeahnte Kräfte in Christian. Mit einem unmenschlich klingenden Schrei zog er die Beine an und trat mit Wucht gegen Randolf, der taumelte und sich nur mit Not auf den Füßen hielt.

Durch die heftige Bewegung riss der Ring aus der Verankerung, an dem Christians Ketten hingen. Der Gefesselte schlug zu Boden. Sofort stürzten sich Randolf und die Wachen auf ihn und traten in hemmungsloser Wut auf ihn ein, bis er bewusstlos in seinem Blut schwamm.

Mühsam zügelte der Hüne seinen Wutausbruch.

»Genug«, wies er die Wachen an. »Ich wollte ihn eigentlich nicht gleich am ersten Tag erschlagen, sondern ihm noch für eine Weile das Leben zur Hölle machen.«

Schlecht gelaunt stapfte er nach oben. Warum eigentlich hatte dieser Tölpel Hartwig nicht auch gleich noch das Kräuterweib mitgebracht? Er würde einen Boten mit neuen Befehlen ins Dorf schicken müssen.

Wo nur Lukas blieb?

Zusammengekauert, fröstelnd und auf die Geräusche des nächtlichen Waldes hörend, schlief Marthe schließlich ein.

Ihr eigener Angstschrei riss sie aus einem Albtraum.

Christian!

Obwohl es noch tief in der Nacht war, konnte Marthe nicht wieder einschlafen. Ihr Traum war so furchtbar gewesen, das Bild von einem blutüberströmten Christian auf dem Boden eines Kerkers so übermächtig, dass sie am ganzen Leib zitternd in der Höhle kauerte und sich nicht rühren konnte. Der pochende Schmerz in ihrer rechten Schläfe fraß sich allmählich durch den ganzen Kopf.

Als die Morgendämmerung einsetzte, hörte sie ein Pferd schnauben. Sie griff nach ihrem kleinen Messer und rutschte noch tiefer in ihr Versteck. Doch der Schrei des Eichelhähers, der gleich danach ertönte, ließ sie aufatmen.

Im nächsten Augenblick tauchte Lukas in der Höhle auf. Mit einem Blick erkannte er Marthes Zustand. Er legte ihr seinen Umhang um die Schultern und sagte nur: »Ich weiß, wo Christian ist.«

Während er ihr Brot und eine Kanne Bier reichte, berichtete er, wie er Hartwigs Männern gefolgt war, ohne entdeckt zu werden. »Sie haben ihn in Randolfs Burg gebracht. Da hinein konnte ich nicht, also bin ich ins Dorf zurück und habe mir mein Pferd wiedergeholt.«

»In dieser Nacht muss etwas Schreckliches mit ihm geschehen sein, ich weiß es«, brachte Marthe hervor, die immer noch zitterte. »Ich sah ihn im Traum – reglos am Boden liegend und voller Blut.«

Lukas nickte gequält. »Randolfs Rache. Wir müssen uns beeilen.« Er zog sie hoch und führte sie nach draußen. Jetzt erst wurde Marthe bewusst, dass Lukas nicht nur die Bergmannskleider wieder gegen seine eigenen eingetauscht, sondern auch Christians Schwert umgeschnallt hatte.

»Was habt Ihr vor?«, fragte Marthe, während Lukas die Hände verschränkte, um ihr auf sein Pferd zu helfen.

»Nach Meißen reiten«, entgegnete der knapp, saß hinter ihr auf und gab dem Braunen die Sporen.

Beide schwiegen, in düstere Gedanken versunken.

Marthe war so müde und erschöpft, dass sie bald gegen seine Brust sank. Das würde sie in wachem Zustand nie und nimmer tun, dachte Lukas, scheu wie sie ist.

Noch nie war er ihr so nah gewesen. Während er die Weichheit ihres Körpers genoss, drapierte er vorsichtig seinen Umhang so, dass er sie gegen die Kälte des Morgens schützte. Als tüchtiger Schüler Christians war er begabt genug im Umgang mit Pferden, dass er seinen Braunen lenken und sie trotzdem behutsam mit den Armen halten konnte. Sie konnte nicht viel geschlafen haben in den letzten drei Nächten, rechnete er zurück. Erst die heimliche Hilfe für Jonas und Karl, dann die Pflege der beiden Todkranken und jetzt die halb durchwachte Nacht in der Höhle voller Angst und Sorge um Christian.

Ein kräftiger Donnerschlag und fast gleichzeitig einsetzender, prasselnder Regen brachten Marthe jäh zu sich. Erschrocken rückte sie von Lukas ab und setzte sich gerade hin.

Im nächsten Wald brachte Lukas sein Pferd zum Stehen. Sie mussten eine Rast einlegen; weniger für sich selbst als für den Braunen, der zwei Menschen zu tragen hatte, auch wenn Marthe nicht viel wog.

Nachdem er den Hengst getränkt und ihm den Hafersack umgebunden hatte, suchte er für sich und Marthe einen halbwegs trockenen Platz unter den Bäumen. Nicht, dass es etwas geholfen hätte, denn ihre Kleider waren bereits völlig durchnässt. Und Feuer wollte er nicht machen. Der Qualm würde weithin sichtbar sein und etwaige Verfolger auf ihre Spur bringen. Außerdem mussten sie sich beeilen.

Er rief sich zur Ordnung, als er bemerkte, dass seine Augen immer wieder zu den Rundungen ihres Körpers wanderten, die sich unter dem triefend nassen Kleid abzeichneten.

So erzählte er, was er erfahren hatte, als er sich nach seiner Rückkehr heimlich in das Haus des Schmieds geschlichen hatte.

»Jonas und Karl sind inzwischen außer Lebensgefahr«, begann er und riss sie aus ihrer Betäubung. »Aber Bertram hatte seinem Vater Hildebrand vor aller Augen Feigheit vorgeworfen und ist dafür von ihm furchtbar verprügelt worden.«

»Wisst Ihr, ob Johanna und Marie in Sicherheit sind?«, wollte Marthe wissen.

»Bergmeister Hermann hat sie bei sich aufgenommen.«

»Hermann«, rief Marthe erschrocken. »Aber dann wird Gertrud sie auch der Hexerei anklagen!«

»Nein, beruhige dich«, meinte Lukas. »Im Haus des Bergmeisters gab es großen Ärger. Hermann war so zornig darüber, dass seine Tochter dich als Hexe verleumdet hat, dass er sie gezwungen hat, in Sack und Asche die Nacht kniend vor dem Haus zu verbringen. Er spricht kein Wort mehr mit ihr. Und Kaspar hat noch am gleichen Abend Besuch bekommen – von ein paar Bergzimmerern und Karl.«

Erneut stand Entsetzen in Marthes Gesicht. »Karl? Der kann doch noch gar nicht aufstehen.«

»Er ist auch mehr gewankt als gelaufen, die halb verheilten

Striemen auf seinem Rücken sind wieder aufgeplatzt und bluten. Doch er sagt, das sei's ihm wert gewesen. So wütend ist er auf die Ratte, die Christian und Guntram an den Galgen geliefert hat und dich totschlagen lassen wollte. Und nicht nur er. Die Männer sind zu Kaspar ins Haus gegangen und haben ihm eindringlich nahe gelegt, bei Pater Bartholomäus um Kirchenasyl zu bitten.«

»Ich dachte, sie würden ihn verprügeln«, wunderte sich Marthe.

»Haben sie ja auch – zuerst. Aber sein Geständnis wird gebraucht, um Christians Unschuld zu beweisen. Also haben sie ihm vorgerechnet, wenn nicht der Schmied oder die Bergzimmerer ihn eines Nachts erschlagen, würden es Hartwigs Leute tun, denn die können keinen Zeugen gebrauchen.«

»Und? Ist er in die Kirche gegangen?«

»Gegangen ist vielleicht nicht das richtige Wort.« Jonas grinste. »Die Zimmerer haben ihn sich ganz schön vorgenommen. Aber Vater Bartholomäus gewährt ihm vierzig Tage Kirchenasyl und hat ihn auf die Bibel schwören lassen, dass er öffentlich zugibt, in Hartwigs Auftrag das Silber versteckt zu haben.«

»Hat der Pater bewirken können, dass Randolf exkommuniziert wird?«

»Nein«, meinte Lukas bekümmert. »Von Bischof Gerung haben wir keine Hilfe zu erwarten. Er hatte schon aus Randolfs Mund von den Geschehnissen gehört. So erklärte er nur, er sei nicht bereit, zugunsten eines Diebes und einer Hexe einzugreifen. Er hat Bartholomäus sogar mit dem Entzug der Pfarre gedroht. Aber der Pater hat trotzdem angewiesen, auf dem Friedhof und nicht außerhalb der Mauern Gräber für Guntram und Grete zu schaufeln, damit sie auf geweihtem Boden begraben werden können.«

Lukas stockte, weil er nicht wusste, wie er ihr die nächste Nachricht beibringen sollte. Doch er konnte es nicht ewig vor sich herschieben. »Auch dein Mann ist tot. Hartwigs Leute haben ihn erschlagen.«

»Ich weiß«, sagte Marthe leise und senkte den Kopf. »Er hat sich ihnen in den Weg gestellt, damit ich fliehen konnte.«

Lukas betrachtete sie aufmerksam. Konnte es wirklich sein, dass sie um den Alten trauerte? Nie und nimmer war er ihr ein guter Mann gewesen. Nur zu genau erinnerte er sich an die Blutergüsse und ihr geschwollenes Auge gleich nach der Hochzeit, an die Traurigkeit, die sie seit der Heirat niederdrückte.

Ohne sie aus den Augen zu lassen, sagte er vorsichtig: »Er hat dich nicht besonders gut behandelt.«

»Das hat er nicht. Aber er hat sich geopfert, um mich zu retten … Wie vorher schon Grete und dann auch Ritter Christian … Ich bringe den Menschen um mich herum nur Verderben. Am besten, ich wäre tot.«

»Nein!« Lukas griff nach ihrem Kinn und zwang sie, ihm in die Augen zu sehen. »Das darfst du nicht glauben. Wiprecht wollte etwas wieder gutmachen. Grete hat ihr Leben gegeben, weil sie nicht wollte, dass all die Untaten unwidersprochen bleiben. Und Christian hat bei seiner Schwertleite geschworen, die Wehrlosen zu schützen, selbst wenn es ihn das Leben kostet. Er würde es jederzeit wieder tun. Du selbst hast mehr als einmal dein Leben für andere riskiert. Also Schluss mit den Tränen.«

Sanft strich er ihr über die Wangen. Am liebsten hätte er sie an sich gezogen, die Tränen in ihrem Gesicht und die Regenspuren auf ihrem Körper weggeküsst. Er begehrte sie so sehr! Aber jetzt war nicht die Zeit für zärtliche Stunden.

»Komm!« Wieder verschränkte er die Hände, um ihr aufs Pferd zu helfen. »Wir müssen weiter.«

»Was habt Ihr vor?«

»Das besprechen wir unterwegs.«

Auf der Suche

Als Lukas und Marthe Meißen in der Hitze des Nachmittags erreichten, lenkte der junge Reiter seinen Braunen nicht zum Burgberg, sondern durch das Gewirr sich windender Gassen nahe des Elbufers zu einer Gastwirtschaft. Marthe erinnerte sich: Hier hatte er schon bei ihrer erster Reise nach Meißen und ihrer überstürzten Flucht vom Burgberg die Pferde eingestellt, bevor er sie zurück nach Christiansdorf brachte.

»So können wir uns erst einmal umhören, ehe wir uns auf der Burg blicken lassen«, erklärte er Marthe. »Wir müssen herausfinden, ob Randolf dem Markgrafen schon von dem angeblichen Silberdiebstahl und dem Fluchtversuch erzählt hat. Dann wäre mein Herr noch als Toter geächtet und wir sollten vorerst lieber im Verborgenen bleiben.«

Lukas vermutete allerdings, dass Randolf erst vor Otto Anklage gegen Christian erheben würde, wenn der tatsächlich tot war. Doch das sagte er lieber nicht. Wahrscheinlich war das Marthe ohnehin klar. »Außerdem kann ich mich als Knappe auf dem Burgberg nicht mit dem Schwert meines Herrn zeigen.«

»Könnte Euch jemand anklagen, das Pferd gestohlen zu haben?«, fragte Marthe besorgt.

»Das dürfte schwer fallen«, erwiderte Lukas. »Jeder Stallknecht auf dem Burgberg würde es als meines erkennen.«

Sein Plan war schlicht, wenn auch schwierig auszuführen: Sie mussten Raimund, Richard und Gero finden und Christian so schnell wie möglich aus dem Kerker befreien.

Er war sicher, dass Randolf ein langes Martyrium für seinen Rivalen wollte. Doch angesichts der Grausamkeit, für die der mächtige Ritter bekannt war, wusste niemand, wie lange Christian den Kerker überlebte. Falls er überhaupt noch lebte.

Sich an Otto zu wenden schien zwecklos. Nicht nur, weil kein Knappe mit Aussicht auf Erfolg Klage gegen einen Ritter erheben konnte, der der engste Vertraute des Markgrafen war. Randolf würde Christian sofort töten lassen, wenn die ganze Sache ruchbar wurde. Nie und nimmer würde er seinen Todfeind lebend aus dem Kerker entlassen – nicht einmal auf einen Befehl Ottos hin. Offiziell war Christian ja bereits tot.

Nachdem Lukas einen Knecht angewiesen hatte, das Pferd zu versorgen, betrat er mit Marthe die Gaststube. Christians Schwert behielt er umgeschnallt.

Der Wirt, der einen gewaltigen Bauch hatte, begrüßte die beiden Neuankömmlinge wortreich und mit abschätzendem Blick. Unaufgefordert brachte er Bier und eine Schüssel dampfender Suppe mit einem Kanten Brot.

»Was gibt es Neues in Meißen?«, erkundigte sich Lukas im Tonfall eines Reisenden, der nur an Unterhaltung interessiert war.

Wie er Marthe erzählt hatte, war dieser Mann der geschwätzigste und in der Regel auch der am besten informierte Wirt in der ganzen Stadt. Er schenkte nur Bier und seine bekanntermaßen gute Suppe aus, alles zu billigen Preisen, was ihm viel Zulauf einbrachte. Doch diesmal war die verqualmte Gaststube fast leer – sehr zum Bedauern des redseligen Wirtes und zur Erleichterung von Lukas, denn von den wenigen Gästen schien ihn niemand zu kennen.

»Die Stadt ist wie ausgestorben, seit der Markgraf mit seinem gesamten Gefolge unterwegs ist«, erzählte der Wirt, während er Lukas den nächsten Krug Bier so schwungvoll auf den Tisch stellte, dass er überschwappte. »Jetzt hält nur noch der Burggraf mit seinen Leuten die Stellung.«

Marthe lief ein Schauer über den Rücken, als sie sich an die Begegnung mit dem Burggrafen erinnerte, der sie gleich an ihrem ersten Tag in Meißen in sein Bett zwingen wollte, wäre nicht Christian dazwischengegangen.

»Beim Burggrafen lassen wir uns lieber nicht blicken«, flüsterte sie Lukas zu.

Er sah sie erstaunt an. »Wie kommst du darauf?«

Zögernd berichtete sie von dem Zwischenfall. »Und er hat Christian gedroht, dass er ihm das heimzahlen würde.«

»Der alte Bock!«, schnaubte Lukas wütend. »Aber wer ihn sich einmal zum Feind gemacht hat, muss bis ans Lebensende auf seinen Rücken achten.«

Der Wirt hatte sich inzwischen am Feuer zu schaffen gemacht und kam nun schwitzend und mit hochrotem Gesicht wieder zu ihrem Tisch, um sich auf die Bank sinken zu lassen. Er war unverkennbar zum Schwatzen aufgelegt, was Lukas sehr gelegen kam.

»Wisst Ihr, wohin der Markgraf und die Dame Hedwig gereist sind?«, erkundigte er sich.

»Oh, sie sind nicht zusammen unterwegs«, meinte der Wirt und wischte mit seiner schweren Hand ein paar Brotkrümel vom Tisch. »Markgraf Otto ist vor einer Woche mit seinen Rittern abgereist, um in seinen Ländereien nach dem Rechten zu sehen. Aber seine Dame, so heißt es, hat er weit weggeschickt.«

Der Dicke beugte sich vor und senkte die Stimme. »Es wird gemunkelt, sie hatten gewaltigen Streit. Wegen Ottos schöner Gespielin und wegen dieses Dorfes, in dem das Silber entdeckt wurde. Dort soll jemand den Markgrafen bestohlen haben.«

Lukas und Marthe warfen sich einen sorgenvollen Blick zu, während der Wirt weitersprach. »Er hat sie mit ihrer kleinen Tochter zu einem seiner Brüder eskortieren und unter strenge Aufsicht stellen lassen.«

Der Dicke bekreuzigte sich. »Es führt zu nichts Gutem, wenn sich das Weibervolk ins Regieren einmischt.«

»Und bei welchem von Ottos Brüdern ist die Markgräfin?«, erkundigte sich Lukas beiläufig.

»Keine Ahnung. Warum wollt Ihr das wissen?«, fragte der Wirt misstrauisch.

»Um das Ende deiner Geschichte zu hören. Es ist doch weithin bekannt, dass keiner so gut erzählen kann wie du«, schmeichelte ihm der Knappe, und schon schwatzte der Wirt bereitwillig weiter.

»Neulich hatten wir hier zwei sehr schöne Hinrichtungen. Sie haben einen Dieb gehängt, der hat endlos am Galgen gezappelt, bis ihm endlich die Luft ausging. Ihr könnt ihn noch baumeln sehen. Dann haben sie einen Sodomiten bestraft – an den Füßen aufgehängt und der Länge nach auseinander gesägt. War ein Riesenauflauf, kann ich Euch sagen, die Leute reden immer noch davon. Und wenn Ihr heute etwas erleben wollt: Ein Spielmann ist in der Stadt; einer mit einem merkwürdigen Namen, aber er soll richtig gut sein, sagen die Leute.«

Er hob bedauernd die fleischigen Hände. »Ich komme ja kaum mal weg hier.«

»Ludmillus?«, fragte Marthe angespannt.

»Kann sein. Ja, ich glaube, so haben es die Gäste erzählt. Wenn ihr Glück habt, erwischt ihr ihn noch. Seit Otto nicht mehr hier ist, singt er öfter auf dem Marktplatz.«

»O bitte, das würde ich mir gern ansehen«, rief Marthe und sah Lukas an. Der verstand sofort. Vielleicht wusste Ludmillus mehr.

»Tut Eurer Schönen nur den Gefallen, junger Herr«, ermutigte ihn der Wirt mit einem Augenzwinkern, der sich seinen eigenen Reim auf das Paar gemacht hatte. »Soll ich Euch derweil eine Kammer vorbereiten?«

Marthe lief rot an, während Lukas mit einiger Mühe gelassen blieb und nur meinte: »Wir wissen noch nicht, ob wir über Nacht bleiben. Aber wir kommen auf jeden Fall wieder.«

»Ein süßes Ding! Ihr müsst ja nicht bis zur Nacht warten«, raunte ihm der Wirt mit verschwörerischem Grinsen zu, während er die Münze in seinen schmutzigen Kittel steckte, die ihm der Knappe zugeworfen hatte.

Rasch griff Lukas nach Marthes Hand und zog sie aus der Gaststube – in der Hoffnung, dass sie die letzte Bemerkung des Dicken nicht gehört hatte. Aber ihr immer noch hochrotes Gesicht deutete auf das Gegenteil.

Sie hasteten Richtung Marktplatz. Doch um Ludmillus zu treffen, kamen sie zu spät. Auf dem Platz verlief sich gerade eine lachende und vergnügt schwatzende Menschenmenge. Lukas sprach eine ältere Frau an, die einen Korb Eier trug.

»Sag, gute Frau, hat hier ein Spielmann gesungen? Und weißt du, wohin er gegangen ist?«

»Aber ja, junger Herr. Schade, dass Ihr ihn verpasst habt. Bis eben war er noch hier.« Sie warf einen schelmischen Blick auf Marthe. »Wenn Ihr ihn für ein Liebeslied haben wollt – er wohnt im Krummen Hund. Das ist dort entlang.« Sie wies auf eine schmale Gasse.

Schon rannte Lukas weiter, Marthe mit sich ziehend. Atemlos

erreichten sie die Gasse, doch unter den wenigen Menschen hier war niemand, der Ludmillus auch nur entfernt ähnelte. Lukas erntete verwunderte Blicke, als er nach dem Krummen Hund fragte.

»Das ist keine Gegend für einen jungen Herrn wie Euch«, meinte ein Mann mit struppigem Bart, beschrieb dann aber doch den Weg.

Die Gassen wurden immer schmaler und verwinkelter, die Katen immer winziger und baufälliger. Ein Buckliger huschte herbei und bot ihnen mit vielen Verbeugungen ein paar Dinge zum Kauf an, die sicher gestohlen waren, einige zerlumpte Männer, die an die schiefen Häuser gelehnt saßen, beäugten sie misstrauisch, andere verschwanden lautlos bei ihrem Erscheinen. Marthes Nackenhaare sträubten sich, Lukas' Rechte umschloss fest das Heft seines Schwertes.

Sie sahen die schmale Gestalt des Spielmanns um die Ecke biegen, als aus einer Gasse drei Männer kamen und ihm folgten.

»Ein Hinterhalt«, rief Marthe, während Lukas schon mit gezogenem Schwert losrannte. Hinter der Biegung fanden sie Ludmillus mit dem Rücken zur Wand, ihm gegenüber drei Männer mit gezückten Messern. Mit lautem Schrei stürzte sich Lukas auf die Angreifer und schlug dem ersten mit einem mächtigen Hieb die Hand ab, die das Messer hielt. Der schrie auf und starrte den Stumpf an, aus dem das Blut sprudelte.

Die anderen drehten sich zu dem neuen Gegner um, einer warf sein Messer nach dem Knappen, doch der wich mit einer schnellen Bewegung aus und hieb dann mit dem Schwert auf ihn ein.

Auch Marthe erkannte, das waren keine einfachen Diebe, sondern Männer, die auf Mord aus waren. Als die Angreifer durch Lukas' Schwert immer mehr in Bedrängnis gerieten, schrie der Ältere von ihnen: »Los, weg hier!«

518

Dem Verletzten, der nun wimmernd am Boden lag und versuchte, den Blutfluss zu stoppen, schnitt er mit einem raschen Hieb die Kehle durch, dann rannte er mit seinem Spießgesellen auf und davon.

Lukas verzichtete darauf, ihnen zu folgen, denn dazu hätte er Marthe in dieser üblen Gegend allein lassen müssen.

Er wandte sich dem Spielmann zu. »Bist du unverletzt?«

»Der Herr sei gepriesen! Dank Euch bin ich mit dem Schrecken davongekommen«, sagte der immer noch kreidebleich. »Die Schurken haben mich schon eine ganze Wegstrecke verfolgt und in diese Gasse getrieben, wo ich nicht ausweichen konnte.«

»Was wollten sie von dir?«, fragte Marthe, die erschrocken und erleichtert zugleich war – nicht nur über Ludmillus' Rettung. Denn selbst mit einem Schwert in der Hand war für einen Knappen der Ausgang eines Kampfes gegen drei mordlustige Männer mit Dolchen keineswegs sicher. Aber an der Art, wie Lukas die Waffe führte, erkannte sie seinen Lehrmeister wieder.

Der Spielmann warf unruhige Blicke um sich. »Ich fürchte, das waren gedungene Attentäter. Wenn Ihr so gut sein wollt, mich zu meiner Unterkunft zu begleiten, erzähle ich Euch mehr.«

»Hast du dich wieder einmal über einen mächtigen Herrn lustig gemacht?«, fragte Lukas, während er das Schwert am Kittel des toten Mordgesellen abwischte und wieder in die Scheide steckte.

»Lasst uns erst einmal schleunigst verschwinden«, drängte Ludmillus kreidebleich.

Im Krummen Hund ließ er Marthe und Lukas keine Zeit für eine Wiedersehensszene mit Hilarius und der rothaarigen jungen Frau. »Packt zusammen, wir müssen sofort aus der Stadt verschwinden«, sagte er zu seinen Mitreisenden leise, die sich ohne weitere Fragen ans Werk machten. Offensichtlich waren sie überhastete Aufbrüche gewohnt.

Dann schob er Lukas und Marthe in die Ecke des fast leeren Stalls, der zu der Schenke gehörte.

»Was wollten die von dir?«, fragte Lukas noch einmal. »Und wer hat sie bezahlt?«

»Vor der Abreise des Markgrafen habe ich in seinem Palas gesungen«, begann Ludmillus leise und hastig zu erzählen. »Und dabei habe ich jemanden gesehen, der nie dort hätte sein dürfen. Sie hat mich auch erkannt – und ich bin sicher, sie weiß, dass ich mich an sie erinnert habe. Deshalb hat sie die Mörder auf mich angesetzt. Und deshalb haben die ihren Kumpan abgestochen, damit er nicht erzählen kann, wer sie dafür bezahlt hat, mich aus dem Weg zu räumen.«

»Sie? Wer? Sag schon«, bedrängte Lukas den Spielmann.

»Oda! Ottos Geliebte! Zum ersten Mal habe ich sie gesehen, als ich beim Hoftag in Würzburg vor dem Herzog von Sachsen aufgetreten bin. Sie ist eine enge Vertraute des Löwen! Damit das hier niemand erfährt, hat sie mir diese Mordgesellen hinterher gehetzt.«

Lukas erkannte sofort die Wichtigkeit dieser Entdeckung. »Wenn Oda eine Spionin Heinrichs ist, haben wir endlich auch etwas gegen Randolf in der Hand. Es heißt doch, sie sei eine entfernte Verwandte Randolfs und der habe sie zu Otto geführt.«

»Wir brauchen Beweise«, wandte Marthe ein.

»Meine Aussage würde nichts gelten«, meinte Ludmillus und hob bedauernd die Arme. »Spielleute sind keine ehrlich Geborenen. Und jetzt will ich nur noch eines: raus aus der Stadt, bevor die Kerle noch einmal angreifen. Wenn wir uns beeilen, schaffen wir es, bevor die Tore geschlossen werden.«

»Wo können wir euch finden?«, wollte Marthe wissen.

»Ich weiß es noch nicht … Jedenfalls weit weg von der Mark Meißen. Ich muss meine Frau und meine Tochter schützen. Aber glaubt mir: Ich sah Oda in allernächster Nähe und Vertrautheit mit Herzog Heinrich und auch im Gespräch mit dem Sterndeuter, nach dem ich Ausschau halten sollte.«

Hilarius steckte seinen Kopf in den Stall. »Fertig zur Abreise!«

»Gut.« Hastig verabschiedete sich der Spielmann von Marthe und Lukas.

»Ich schulde Euch mein Leben. Für den Fall, dass meine Aussage etwas nutzen könnte – fragt auf der Wartburg nach dem Spielmann Reinhardt. Unter dem Namen werde ich versuchen, beim Landgrafen von Thüringen unterzukommen. Es heißt, dass er gute Sänger um sich versammelt. Lebt wohl und passt auf euch auf! Diese Frau ist gefährlich.«

»Nun müssen wir doch zu Hedwig«, sagte Lukas, nachdem der Spielmann aufgebrochen war und sie sich wieder auf den Weg zur Schenke des dicken Wirtes machten. »Wenn wir Oda entlarven, muss Otto Hedwig wieder ihren Platz an seiner Seite einräumen, und sie kann uns helfen. Aber wie erfahren wir, wo sie ist? Wir haben keine Zeit zum Suchen. Ich muss zuallererst Raimund und die anderen finden.«

Wütend hieb er mit der Faust gegen eine Wand, so dass sich ein paar Leute misstrauisch nach ihnen umdrehten und ein dürrer Köter heftig zu kläffen begann.

»Ich weiß, wer uns vielleicht helfen könnte«, sagte Marthe nachdenklich und führte den überraschten Knappen durch enge Gassen zu Josefas Haus.

Die alte Muhme zog die Besucher rasch in ihre Kate und musterte sie stumm. »Christians Knappe, nicht wahr? Und

Christian ist in großer Not – stimmt's? Ich habe schon seit dieser Nacht ein ganz furchtbares Gefühl, was ihn betrifft.«

»Ihr könnt ihr vertrauen«, beruhigte Marthe den verblüfften und beunruhigten Lukas. Sie würde ihm nicht erzählen, in welcher Beziehung sein Ritter und die weise Frau standen, sondern das Geheimnis von Christians Herkunft wahren. Aber sie war sicher, dass Josefa Rat wusste.

Die Alte lud sie ein, sich an den wackligen Tisch zu setzen. Während sie sich alles berichten ließ, gruben sich die vielen Falten in ihrem Gesicht immer tiefer ein.

»Raimund und die anderen sind mit Otto unterwegs, ihrer Spur ist leicht zu folgen«, sagte sie schließlich zu Lukas. »Aber ihr werdet schnell sein müssen.«

»Weißt du, wo Hedwig ist?«, fragte Marthe.

»Ja. Otto hat sie zu seinem Bruder Dietrich bringen lassen, dem Markgrafen der Ostmark. Es heißt, sie darf dort weder Besucher noch Briefe empfangen, geschweige denn die Burg verlassen.«

»Wo hält er sie fest?«

»Auf Dietrichs Burg Landsberg. Das ist zwei Tagesritte nordwestlich von hier.«

Mit mehr Schwung, als einer so alten und gebrechlich wirkenden Frau zuzutrauen war, erhob sich Josefa und packte rasch ein Dutzend Tiegel und Säckchen in einen Korb. »Ihr dürft euch nicht auf der Burg blicken lassen. Ich gehe hin und versuche, noch etwas mehr herauszubekommen. Wartet hier. Ich bin bald zurück.«

Schon war sie zur Tür hinaus.

»Sie ist eine weise Frau, nicht wahr?«, meinte Lukas. »Hier also hat dich damals Christian nach dem Giftanschlag auf Hedwig versteckt.«

Marthe nickte. Eine Weile saßen sie sich stumm gegenüber, jeder in seine eigenen düsteren Gedanken verstrickt.

Schließlich blickte ihm Marthe direkt ins Gesicht. »Wir müssen uns trennen. Während Ihr nach Ritter Raimund und seinen Freunden sucht, werde ich versuchen, zu Hedwig zu gelangen«, sagte sie entschlossen.

Lukas sprang auf und packte sie quer über den Tisch bei den Armen. »Das kommt überhaupt nicht infrage. Du bleibst hier! Es war Christians letzter Befehl, dich in Sicherheit zu bringen. Zu Hedwig reite ich mit Raimund, nachdem wir Christian befreit haben.«

Zum ersten Mal sah Marthe Lukas mit aller Kraft in die Augen. Er starrte zurück und ließ dann langsam ihre Arme los. Ob es die Intensität ihres Blickes oder die merkwürdige, von der Persönlichkeit der Alten geprägte Umgebung war – ihm lief ein Schauer über den Rücken. Wortlos ließ er sich wieder auf die Bank fallen, während Marthe aufstand, zur Feuerstelle ging und sich dann erst wieder zu ihm umdrehte.

»Wir haben die Wahl«, sagte sie ruhig. »Wir können Christians Befehle befolgen, dann bleibt uns am Ende nichts weiter, als seinen Tod zu betrauern, selbst wenn wir irgendwann seine Ehre wiederherstellen können. Oder aber wir wagen alles, so wie er immer wieder für uns sein Leben gewagt hat.«

Sie schlang sich die Arme um den Körper. »Ihr könnt nicht mit drei Rittern Randolfs Burg berennen. Und wenn Ihr sie mit größeren Truppen angreift, wird Christian tot sein, bevor der Erste von Euch das Burgtor erreicht hat. Wir brauchen eine List. Und wir brauchen Hedwig. Sie muss erfahren, was Randolf getan hat und noch tun will. Vielleicht hilft ihr das endlich, seinen und Odas Einfluss zurückzudrängen.«

»Keine Frau kann allein reisen. Auch wenn der Kaiser das gern glauben möchte – so sicher sind die Straßen nicht!« Allmählich fand Lukas seine Fassung wieder, doch nur bis zu Marthes nächsten Worten.

»Dann verkleide ich mich als Mann.«

Er starrte sie entsetzt an. »Wenn dich jemand erkennt, wirst du mit dem Tod bestraft.«

»Das ist mir gleich.« Nun konnte Marthe nicht mehr an sich halten. »Mir droht doch sowieso der Tod, wohin ich auch gehe. Aus meinem Heimatdorf musste ich fliehen, weil der Burgherr mir Hände und Füße abschlagen lassen wollte. Und jetzt fliehe ich schon wieder, weil Hartwig mich zur Hexe erklärt hat und töten will. Wohin soll ich denn noch?«

Bevor Lukas etwas entgegnen konnte, fuhr sie leise fort: »Und was wird aus den Menschen in unserem Dorf? Sollen wir uns immer wieder vertreiben lassen, weil es keinen Ort auf Erden gibt, an dem wir in Frieden leben können? Sollen Randolf und Hartwig weiter so wüten können, ohne dass jemand sie aufhält?«

»Die Menschen im Dorf wollten dich erschlagen«, schnaubte Lukas.

»Hartwigs Leute. Die anderen haben mir geholfen zu fliehen.«

Mitten in den Streit platzte Josefa herein, die einen Beutel auf den Tisch warf, in dem Münzen klirrten.

»Das schickt euch Elisabeth.«

»Sie ist noch auf der Burg?«, rief Marthe überrascht.

»Ja. Sie bricht morgen auf, weil ihre Niederkunft bevorsteht und sie ihr Kind auf Raimunds Anwesen zur Welt bringen will. Damit ihr Geld für die Reise habt, hat sie einen ihrer Ringe eingetauscht. Ihr braucht vielleicht da und dort Bestechungsgelder für die Wachen und ein Reittier für Marthe.«

»Wir brauchen kein Reittier. Ich habe mein Pferd und Marthe bleibt hier, bis die Gefahr vorbei ist«, knurrte Lukas.

»Nein. Ich werde versuchen, zu Hedwig zu gelangen«, sagte

Marthe entschlossen. »Josefa, ich muss mich verkleiden. Borgst du mir dafür die Sachen, die du mir einmal gezeigt hast? Du weißt schon ...«

Die Alte nickte bedächtig und begann dann, in einem Korb zu kramen, bis sie aus dessen Tiefen ein gut verschnürtes Bündel holte. Sie wickelte es aus und reichte es Marthe: Spielmannskleidung, eine bunte Kappe und eine Flöte. Das waren die einzigen Dinge, die Josefa noch von Christians Vater besaß. Er hatte sie bei ihr gelassen, weil er für seinen letzten und tödlichen Auftrag an einem großen Hof die Laute und prunkvollere Kleidung mitgenommen hatte.

»So habe ich am ehesten Gelegenheit, zu Hedwig zu gelangen«, erklärte Marthe. »Vielleicht kann sie sogar Markgraf Dietrich überzeugen, dass er uns hilft. Er hasst den Löwen.«

Lukas hatte ihr erzählt, dass es zwischen Dietrich und Herzog Heinrich, die eine tiefe Feindschaft verband, nicht nur immer wieder Grenzstreitigkeiten gab, sondern dass Heinrich auch die Slawen zu Überfällen auf Dietrichs östliche Gebiete aufgewiegelt hatte.

»Kommt überhaupt nicht infrage«, beharrte der Knappe.

Josefa sah ihn mit einem unergründlichen Blick an. »Ihr tut besser daran, auf sie zu hören, wenn sie sich etwas in den Kopf gesetzt hat ...«, brummte sie.

»Auf keinen Fall!«

»Dann hört auf das, was eine alte Frau zu sagen hat, mein Junge. Die Zeit wird knapp für Christian. Also nehmt jetzt das Geld von Elisabeth und besorgt ein Maultier für Marthe.«

Langsam erhob sich Lukas, während sich auf seinem Gesicht widerstreitende Gefühle spiegelten.

Josefa ging mit ihm zur Tür, legte ihm dort die Hand auf die Schulter und sah ihn ernst an. »Ich weiß genau, was Ihr fühlt.

Aber vertraut mir und vertraut ihr. Wenn ihr zwei jetzt nicht alles wagt, ist nicht nur Christian verloren.«

Lukas nickte und machte sich auf den Weg.

Als er wiederkam, hatte Marthe bereits die Spielmannskleidung angelegt. Die Sachen waren ihr viel zu groß und schlotterten um ihre Glieder, die Kappe lag noch auf dem Tisch.

Während Josefa das Maultier durch die Kate in den Garten führte und ihm dort etwas zu Fressen gab, löste Marthe zögernd das Tuch von ihrem Kopf und entflocht ihren Zopf. Fasziniert starrte Lukas auf ihr hüftlanges kastanienbraunes Haar, bis er begriff, was sie vorhatte.

»Ihr müsst mir das Haar abschneiden«, sagte sie leise und reichte ihm ihr schmales Messer.

»Das kann ich nicht.« Er keuchte entsetzt auf.

»Es geht nicht anders. Sie wachsen wieder nach.«

Sanft ließ er die weichen Strähnen durch seine Finger gleiten. Wie oft hatte er geträumt, das zu tun! Und jetzt sollte er diese Pracht zerstören. Aber anders wäre ihre Verkleidung nicht glaubhaft. Würde er sie retten oder vernichten, wenn er ihr half, sich als Jüngling auszugeben?

Er gab sich einen Ruck und zog sein eigenes Messer. So ebenmäßig es ging, kürzte er ihre Haare auf Kinnlänge. Dann hob er die abgeschnittenen Strähnen auf, band sie zusammen und steckte sie in seinen Beutel.

Marthe setzte sich die Narrenkappe auf. »Wirkt das überzeugend?«, fragte sie Josefa.

»Bis zum Schlafengehen zeige ich dir noch ein paar Tricks«, verkündete die Alte zu Marthes Erleichterung. Zum Singen und für derbe Späße besaß sie wirklich kein Talent. Aber es gab ja auch nur wenige Spielleute, die so gut waren wie Ludmillus.

Dann winkte die Alte Lukas zu sich. »Von Elisabeth habe ich die geplante Reiseroute des Markgrafen erfahren. Ihr könnt ihm leicht folgen. Raimund soll versuchen, wegen der Niederkunft seiner Frau ein paar Tage Urlaub zu bekommen. Seine Ländereien grenzen direkt an die Randolfs. Von dort aus könnt ihr vorgehen – und bis dahin wird Marthe wissen, ob Hedwig helfen kann oder nicht. Das könnte den Ausschlag für das Gelingen geben.«

Sie berieten noch lange die Einzelheiten ihres Vorhabens. Dann verabschiedete sich Lukas schweren Herzens, um sein Nachtquartier bei dem Wirt aufzusuchen. Er machte sich wenig Hoffnung, dass es dort nicht allzu viele Wanzen gab und der Dicke ihm anzügliche Bemerkungen ersparen würde, wenn er ohne Begleitung wiederkam.

Am Morgen würde jeder für sich allein aufbrechen.

Vor dem Heimweg lenkte Lukas seine Schritte in eine Kirche und stiftete die teuerste Kerze, die er sich leisten konnte. Die halbe Nacht kniete er dort und betete, dass Christian noch am Leben war und dass Marthe ihr Wagnis unbeschadet überstand.

Auch Marthe fand in dieser Nacht kaum Schlaf. Sie konnte den Ausdruck in Lukas' Augen nicht aus der Erinnerung verbannen, als er sich verabschiedet hatte. Sie wusste, dass er fürchtete, sie nie wiederzusehen. Und ihr war bange, wenn sie sich ausmalte, was ihr alles auf dem Weg nach Landsberg passieren konnte.

Doch am größten war ihre Angst um Christian. Würde er lange genug in Randolfs Kerker überleben? Lebte er überhaupt noch? Es geschah nichts mehr, wenn sie ihre Sinne und Empfindungen auf ihn ausrichtete. Es war nur noch Schwärze.

»He, komm endlich zu dir, du Bastard!« Harte Tritte gegen seinen gequälten Körper weckten Christian aus der Bewusstlosigkeit. Benommen blinzelte er gegen das grelle Licht der Fackel.

»Na endlich, wird ja auch Zeit«, brummte der Heisere. »Hast ganze zwei Tage hier herumgelegen.«

Er setzte den Gefangenen unsanft auf, was Christian maßlose Schmerzen bereitete.

»Hier, iss und trink das!« Der Wachmann drückte ihm einen harten Kanten Brot und einen Krug faulig riechenden Wassers in die Hände, die immer noch in Ketten waren.

»Am besten gleich, ehe es die Ratten wegfressen«, fügte er hinzu, bevor er den Kerker verließ und die Tür verriegelte.

Erst als Christian wieder in vollkommener Dunkelheit war, kamen die Erinnerungen Stück für Stück zurück.

Marthe!

Er hatte keinen Zweifel an dem, was ihm Randolf voll bösartiger Genugtuung gesagt hatte. Warum nur hatte er das nicht geahnt? Warum hatte sie nichts gesagt? Jetzt erst verstand er, weshalb sie den alten Witwer geheiratet hatte, weshalb sie so ängstlich zurückgezuckt war, als er ihre Schulter berührt hatte.

Er fühlte Mitleid, Entsetzen, Verzweiflung. Und Schuld, sie nicht gut genug geschützt zu haben. Doch bald wuchs daraus ein alles andere überwucherndes Gefühl. Er wollte Rache.

Christian vertraute darauf, dass Lukas seinem Befehl gefolgt war und Marthe in Sicherheit gebracht hatte, bevor Randolf sie finden konnte.

Jetzt musste er seine ganze Kraft darauf richten, aus dem Kerker zu entkommen.

Obwohl ihm jede Bewegung Höllenqualen verursachte,

setzte er sich mit aller Willenskraft auf. Danach stand ihm der Schweiß auf der Stirn, er bekam kaum noch Luft, ihm war schwindlig und speiübel.

Er atmete langsam und vorsichtig, bis die Benommenheit allmählich nachließ. Trotz seines Durstes trank er das Wasser nur in kleinen Schlucken. Dann zwang er sich, das Brot zu essen, obwohl er kaum kauen und schlucken konnte. Wenn er überleben und fliehen wollte, musste er essen.

Die Anstrengung hatte ihn so sehr erschöpft, dass er sich schweißüberströmt an die kalte, feuchte Kerkerwand lehnte und wieder in einen Dämmerzustand fiel.

Später quälte er sich unter Aufbietung aller Kräfte hoch. Mühsam lief er die zwei Schritte hin und her, die ihm die Fußfesseln erlaubten, und versuchte, wieder Herr seines Körpers zu werden, bis er kraftlos zu Boden sackte.

Dass über seinen verzweifelten Versuchen ein ganzer Tag vergangen sein musste, merkte er erst, als der Wächter zum nächsten Mal Brot und Wasser brachte.

Wenn Randolf nicht bald zurückkommt, kann ich es schaffen, dachte Christian.

Doch Randolf ließ sich die Gelegenheit nicht entgehen. Kurz nach dem erneuten Auftauchen des Heiseren kamen zwei Männer und ketteten nun auch noch seine Hände an die Wand, so dass er fast völlig bewegungsunfähig war.

Wenig später tauchte der Hüne auf, in seiner Begleitung ein paar Wachen und ein Mann, der ein Becken mit glühenden Kohlen und mehreren Eisen trug.

Durch die geöffnete Kerkertür hörte Christian von fern den gellenden Schrei einer Frau.

Randolf betrachtete ihn mit unheilvollem Glitzern in den Augen. »Erkennst du die Stimme? Seit dein Liebchen in den starken Händen meiner Wachleute ist, finde ich sie zu unansehnlich für mich. Lassen wir sie den Wachen, die sollen auch ein wenig Vergnügen haben.«

Christian fühlte sich wie zerrissen. Das ist nicht Marthe, versuchte er sich zu beruhigen. Randolf hätte sich den Triumph nicht entgehen lassen, ihm das vor die Füße zu werfen, was von ihr noch übrig war, hätte er sie wirklich aufspüren können. Aber wenn sie ihm doch in die Hände gefallen war?

Als Randolf bei Christian keine Reaktion entdeckte, winkte er den Mann mit dem Kohlenbecken heran.

»Ich werde dich schon noch das Fürchten lehren, bis du wimmernd vor mir auf dem Boden liegst und um dein Leben bettelst«, drohte er. »Jeden Knochen werde ich dir brechen, jedes Glied einzeln abhacken. Aber lass uns langsam vorgehen.«

Er ließ sich eines der glühenden Eisen geben.

»Was meinst du? Mit welcher Stelle fangen wir an?«

Er kam mit dem rot glühenden Metall so nah an Christians Gesicht, dass der nicht nur die Hitze spürte, sondern auch den Geruch versengter Haare roch.

Herr im Himmel, schenk mir Kraft und lass mich das überstehen! Oder noch besser – tu etwas, damit dies nicht geschieht, betete er stumm.

Doch sein Gebet wurde nicht erhört. Randolf riss ihm das Hemd herunter und drückte ihm das glühende Eisen auf die Brust, genau über dem Herzen.

Spätestens zwei Tage später musste sich Christian eingestehen, dass jeder Gedanke an Flucht hinfällig war. Er war mit kurzen Ketten an die Wand geschmiedet, die an seinen Händen und Füßen blutige, eitrige Wunden hervorgerufen hatten. Den Rest besorgten Randolfs abendliche Vergnügungen, bei denen er seinen Gefangenen erbarmungslos folterte.

Es war nur eine Frage der Zeit. Jeden Moment konnte die Tür aufgehen und sein Mörder die Kerkerzelle betreten.

Niemand wusste, dass er hier war. Niemand würde nach ihm suchen. Wahrscheinlich hielten ihn alle schon längst für tot. Christian schloss mit seinem Leben ab.

Er hatte getan, was er konnte, um ein gottgefälliges Leben zu führen, den Schwur der Ritter zu erfüllen und die Menschen zu schützen, die sich ihm anvertraut hatten.

Nur eines bereute er: geglaubt zu haben, ohne Marthe und ihre Liebe leben zu können. Ganz gleich, welcher Herkunft sie war, sie war die Frau, mit der er sein Leben hätte teilen wollen. Dass er ihr dies nie mehr würde sagen können, war das, was ihn angesichts des Todes am meisten schmerzte.

Burg Landsberg bei Leipzig

»He, du da! Was hast du hier zu suchen?«

Marthe zuckte zusammen und verwünschte in Gedanken ihre eigene Unvorsichtigkeit und Markgraf Dietrichs Wachen, die sie so nah an Hedwigs Quartier doch noch entdeckt hatten.

Den ganzen Weg hierher hatte sie unbeschadet überstanden, wenn man davon absah, dass ihr von dem Ritt auf dem störrischen Maultier jeder Muskel schmerzte und sie kurz vor dem Ziel noch ein paar Dieben entfliehen musste, die ihr das Reittier stehlen wollten.

Sie hatte mühelos Einlass in die Burg gefunden, hatte die Mägde mit den kleinen Gaukeleien unterhalten, die ihr Josefa vor dem Aufbruch beigebracht hatte, und herausgefunden, wo

Hedwig untergebracht war. Und jetzt, nur noch wenige Schritte vom Ziel entfernt, kamen ihr diese beiden Kerle in die Quere!

Langsam drehte sie sich um, versuchte, so harmlos wie möglich zu blicken, und ließ ihre Stimme tiefer klingen.

»Hab' mich wohl verlaufen. Wollte zur Heimlichkeit. Auf so einer feinen Burg kann ich ja schließlich nicht gegen die Palisaden pinkeln …«

Der Ältere der beiden Wachen, ein pockennarbiger Kerl mit struppigem rötlichem Bart, musterte sie mit deutlichem Misstrauen. Man kann förmlich sehen, wie sein Hirn arbeitet, dachte Marthe bang. Würde er ihr die Ausrede abnehmen?

»Und die suchst du hier, ausgerechnet vor der Kammer der Dame Hedwig? Was seid ihr Spielleute doch für ein verlogenes, lüsternes Pack!« Der Pockennarbige trat auf sie zu und winkte seinen Begleiter heran.

»Los, binde ihm die Hände – und dann ab zum Hauptmann mit dem Kerl. Der wird sich wundern, was wir hier aufgelesen haben. Hatte der Bruder unseres Herrn doch Recht, seine Dame hier festzusetzen.«

Der andere zog ihre Arme auf den Rücken und band die Handgelenke zusammen. »Jetzt kriegst du gewaltigen Ärger – und die schöne Hedwig auch«, knurrte er.

»Wartet«, rief Marthe, als einer der Männer sie vorwärts stieß. »Ich will doch nur zu einer ihrer Mägde! Sie heißt Susanne …«

Der Pockennarbige hieß den anderen kurz warten und stapfte zur Tür am Ende des Ganges. Doch schon bald kam er wütend wieder.

»Der Kerl hält uns zum Narren! Ab ins Verlies mit ihm! Diese Susanne kreischt mich doch an, sie wäre eine sittsame Ehefrau und würde sich nicht heimlich mit solchem Lumpengesindel treffen.«

»Das ist ein Missverständnis. Sagt ihr, ich bringe eine Nachricht von Marthe«, rief sie laut, in der Hoffnung, dass Susanne sie hörte. Doch die Tür blieb verschlossen.

Die Wachen stießen sie vorwärts, die Treppe hinab über den Hof zum steinernen Wartturm. Ihr Befehlshaber kam ihnen auf halbem Weg entgegen. Stolz präsentierten ihm die beiden ihre Beute. »Trieb sich um die Gemächer von Markgräfin Hedwig herum. Zum Glück haben wir ihn erwischt, bevor er hineinschleichen und Unehre über die Dame bringen konnte.«

»Schafft ihn noch nicht nach unten, sondern in meine Wachstube«, ordnete der Hauptmann an, nachdem er Marthe mit so durchdringendem Blick betrachtet hatte, dass ihr ein kalter Schauer über den Rücken lief.

»Ich will ihn nachher selbst verhören. Aber bewacht ihn gut. Und niemand rührt ihn an. Um seine Kleider könnt ihr später würfeln.«

Seine letzten Worte ließen Marthe erstarren. So weit hatte sie nicht gedacht! Die Vorstellung von dem, was passieren würde, wenn die Wachen herausfanden, dass sie eine Frau war, ließ ihre Beine zittern.

Einer der Männer gab ihr einen kräftigen Stoß in den Rücken. »Los, vorwärts. Fällt dir nicht ein passendes Lied dazu ein?«, höhnte er.

Die Männer brachten sie in eine kleine Kammer im ersten Stock des Wartturmes. Der Raum hatte nur winzige Luken, durch die kaum etwas Tageslicht drang. Am Eingang postierte sich der Pockennarbige und ließ sie nicht aus den Augen.

Marthe setzte sich und lehnte sich kraftlos an das kalte Mauerwerk. Dunkle Gedanken krochen in ihren Kopf, bis sie schließlich ganz von Hoffnungslosigkeit erfüllt war.

Es war vorbei.

Nachdem die Wachleute ihre Lust an ihr gestillt hatten, würde sie in den Verliesen vermodern, ohne dass Hedwig auch nur von ihrer Anwesenheit ahnte.

Raimund und Lukas würden umsonst auf sie warten. Und was auch Christians Freunde zu seiner Befreiung anstellten – sie würden zu spät kommen.

Marthe konnte nicht mehr glauben, dass der Ritter noch lebte. Christian war tot, und über sein Dorf würde Randolf herrschen.

Warum sollte sie dann noch leben.

Müde schloss sie die Augen. Vielleicht konnte sie einen Angriff auf den Hauptmann oder einen Fluchtversuch vortäuschen, damit sie wenigstens ein schnelles Ende fand.

Es dauerte eine ganze Weile, bis der Hauptmann der Wache kam.

Er schickte den Posten weg, schloss die Tür hinter sich und ging auf Marthe zu. Sie erhob sich langsam. Was nun kam, wollte sie aufrecht hinter sich bringen – solange sie noch stehen konnte.

»Willst du mir nicht sagen, wer oder was du wirklich bist?«, fragte der Mann mit befehlsgewohnter Stimme.

»Ich bin Hilarius, ein fahrender Sänger«, antwortete Marthe.

Der Hauptmann sah sie mit einem schiefen Lächeln an. »Ich weiß nur eines: Ein Fahrensmann bist du nicht.«

Noch ehe Marthe reagieren konnte, hob er ihren bunten Kittel an und wies auf die mit Leinentüchern straff umwickelte Brust. »Eher eine Fahrensfrau, stimmt's?«

Kopfschüttelnd ließ er sich auf einen Schemel nieder und musterte seine erschrockene Gefangene.

»Mädchen, was hast du dir nur dabei gedacht?«, sagte er beinahe väterlich. »Bist du ausgerissen, um deinen Liebsten zu treffen?«

Sein Blick wurde streng. »Du weißt, welche Strafe darauf steht. Und was glaubst du, was passiert, wenn die Wachen merken, wen sie da vor sich haben? Niemanden kümmert es, was unten in den Verliesen geschieht. Also rück mit der Wahrheit heraus. Dann werde ich entscheiden.«

Marthe ließ den Gedanken fallen, sich auf den Hauptmann zu stürzen, damit er sie tötete. Stattdessen überlegte sie fieberhaft, was sie antworten sollte. Sie musste dringend zu Hedwig. Er würde sich nicht mit halbherzigen Erklärungen abspeisen lassen. Also atmete sie tief durch. »Ich habe eine wichtige Nachricht für Euren Herrn und für Markgräfin Hedwig. Die Ehre von Markgraf Otto und das Leben eines tapferen Ritters hängen davon ab.«

Verblüfft sah der Hauptmann sie an. »Du bist ein Bote? Bei Gott, wer soll das glauben? Seit wann übernehmen Weiber solche Arbeit?«

»Ich sage die Wahrheit«, flehte Marthe.

Die Tür wurde aufgerissen. Der Wachsoldat, der Marthe gefesselt hatte, trat heran und flüsterte dem Hauptmann etwas ins Ohr. Der sah sie noch einmal kurz an und stapfte dann hinaus. »Der Gefangene bleibt hier, niemand darf zu ihm«, wies er beim Gehen an.

Hin und her gerissen zwischen Verzweiflung und Hoffnung blieb Marthe zurück.

Wenig später kniete Marthe in Spielmannskleidung und mit gefesselten Händen vor Dietrich von Landsberg, dem Markgrafen der Ostmark. Der Hauptmann war bald zurückgekommen und hatte sie ohne ein Wort in den Palas geführt. Dort hatte der Markgraf alle anderen bis auf den Anführer der Wache hinausgeschickt und sah nun streng auf sie herab.

Ihr Herz pochte, verstohlen musterte sie den Mann, in dessen Hand nun ihr und vielleicht auch Christians Leben lag.

Sie hatte Ottos Bruder bereits auf dem Hoftag zu Würzburg gesehen, als er gemeinsam mit den anderen Gegnern des Herzogs von Sachsen vor den Kaiser getreten war. Er mochte zehn Jahre jünger sein als Otto, wirkte schlanker und in seinen Bewegungen geschmeidiger. Dies, seine gleichmäßigen Gesichtszüge und sein dunkles, schulterlanges Haar erinnerten sie auf vage Art an Christian. Sie wusste von Susanne, dass Dietrich von der Ostmark viel Zeit am Hof des Kaisers verbracht und ihn auf mehreren Italienfeldzügen begleitet hatte. Er beherrschte das höfische Verhalten mit vollendeter Eleganz, doch hinter den undurchdringlichen Gesichtszügen spürte sie wie bei Christian verborgene Leidenschaft. Sie konnte nur hoffen, dass sein Zorn nicht ihr galt.

»Du behauptest, wichtige Nachrichten für mich zu haben«, sagte er streng. »Doch für wichtige Nachrichten werden nicht junge Weiber in Männerkleidern ausgeschickt. Du weißt, was das Gesetz für solch eine Anmaßung vorsieht.«

Marthe sank noch ein bisschen zusammen.

»Ja, Herr. Bitte, vergebt mir!«

Dann sah sie ihm direkt in die Augen.

»Diese Botschaft ist wichtiger als mein Leben. Ich sah keinen anderen Weg, um sie Euch und der Herrin Hedwig zukommen zu lassen. Wäre ich allein in Frauenkleidern von Meißen hierher gereist, hätte ich Eure Burg wahrscheinlich nie erreicht.«

»Du hast dich allein von Meißen hierher durchgeschlagen?«, fragte der Markgraf erstaunt. »Gab es denn keinen Mann, der mir diese Nachricht hätte überbringen können, wenn sie so wichtig ist?«

»Wichtig und vertraulich«, ergänzte Marthe. Wieder einmal musste sie alles darauf setzen, dass sie ihrem Gegenüber die ganze Geschichte erzählen konnte. Sie hoffte einfach darauf, dass sie ihrem Gefühl vertrauen konnte.

»Ich bin Marthe aus Christiansdorf, eine Wehmutter«, begann sie, doch weiter kam sie gar nicht.

»Marthe?«, fuhr Dietrich dazwischen und beugte sich vor, um sie eingehender zu betrachten. »Die Marthe, die meine Schwägerin vor einem Giftanschlag und meinen Patensohn vor dem Fiebertod bewahrt hat?«

Verwundert, dass er davon wusste, und zugleich erleichtert, atmete sie tief aus. »Ja, Herr.«

»Die Gesichte hat?«

Marthe zögerte zu antworten. Es war erst drei Tage her, dass sie deshalb als Hexe erschlagen werden sollte.

Doch Dietrich wartete ihre Antwort gar nicht erst ab. »Das verleiht der Sache wohl etwas mehr Gewicht.«

Er wandte sich an den Hauptmann. »Lass die Dame Hedwig eilig hierher bitten – allein. Aber bevor du gehst, befreie das junge Ding da von den Fesseln. Es war richtig von dir, sie zu mir zu bringen.«

Der Mann verneigte sich kurz und tat wie befohlen.

Während sich Marthe verstohlen die Handgelenke rieb, in denen sich das Blut gestaut hatte, musterte Dietrich sie schweigend. Marthe senkte den Blick, doch sie wusste, dass sie einer eingehenden Prüfung unterzogen wurde.

Hedwig kam schnell, begrüßte ihren Schwager höflich und warf einen erstaunten Blick auf den Spielmann, der vor ihm kniete. Dann erkannte sie Marthe. »Bei Gott«, entfuhr ihr, doch sie verstummte sofort.

»Kennt Ihr dieses Mädchen, Schwester?«, fragte Dietrich.

Damit wusste Hedwig, dass Marthe in Schwierigkeiten war.

»Ja, und was sie auch getan haben mag – ich bitte Euch, Gnade walten zu lassen. Ich stehe in ihrer Schuld. Sie hat mir und Eurem Patenkind Dietrich mehrfach das Leben gerettet.«

Der Markgraf nickte zufrieden.

»Nehmt an meiner Seite Platz und lasst uns hören, was sie zu berichten hat«, bat er Hedwig.

Auf seinen Befehl hin schilderte Marthe die blutigen Vorkommnisse in Christiansdorf. »Wir haben Beweise, dass Christian unschuldig ist und nicht floh, sondern heimlich auf Randolfs Burg gefangen gehalten wird«, sagte sie. Ihre Zweifel, ob Christian überhaupt noch lebte, behielt sie für sich.

Hedwig und Dietrich reagierten mit düsteren Mienen auf ihre Worte. Doch als sie auf Oda zu sprechen kam, fehlte nicht viel, und Dietrich wäre vor Überraschung aufgesprungen.

»Gibt es Beweise dafür, dass diese Oda eine Spionin des Löwen ist?«, drängte er.

»Bisher nur das Wort des Spielmanns. Aber solche Beweise lassen sich bestimmt finden. Warum sonst hätte jemand Mörder auf ihn ansetzen sollen?«, erwiderte Marthe vorsichtig.

Dietrich bedeutete ihr aufzustehen.

»Dieser Christian, ist das nicht der junge Ritter mit dem wilden Grauschimmel, der aus meinem Patenkind und aus meinem Sohn so ausgezeichnete Reiter gemacht hat? Vertraut ihr ihm?«, wandte sich Dietrich an Hedwig.

»Völlig. Er ist uns treu ergeben und ein Ritter von vollkommener Ehre. Nie würde er seinen Lehnsherrn bestehlen. Er hat mein Leben beschützt, als uns Heinrichs Truppen angriffen. Und seinem klugen und besonnenen Vorgehen verdankt mein Gemahl, in den Genuss der Silberfunde gekommen zu sein.«

Hedwig zögerte einen Moment.

»Zwischen Randolf und Christian herrscht seit Jahren erbitterte Feindschaft. Das war letztlich auch der Grund, weshalb mich mein Gemahl zu Euch geschickt hat.«

Sie vermied bewusst das Wort »verbannt«, um ihren Schwager nicht zu kränken. Aber sie konnte die Bitterkeit aus ihrer Stimme nicht heraushalten, als sie fortfuhr: »Ich habe Eurem Bruder wiederholt prophezeit, dass Blut fließen wird, wenn er Randolf Macht über seinen Rivalen verleiht, und ihm gesagt, dass es eine schändliche Art ist, einem treuen Lehnsmann wie Christian so seine Verdienste zu lohnen. Nun ist das Unheil eingetreten.«

Sie stockte noch einmal und blickte dann geradezu flehentlich auf Dietrich, dessen Miene keinerlei Regung erkennen ließ. »Otto glaubt mir nicht mehr. Er ist von Randolf und dieser Oda völlig eingenommen, die – wie wir nun befürchten müssen – seine Schritte und Gedanken nach den Wünschen des Löwen lenkt. Das dürft Ihr nicht zulassen!«

Schweigend und verzweifelt warteten die beiden Frauen, wie der Markgraf von der Ostmark entscheiden würde.

Kein Betrachter konnte ahnen, was in Dietrich vorging. Auch wenn er kaum weniger Temperament besaß als sein älterer Bruder, so hatte er in all den Jahren am Hofe des Kaisers nichts gründlicher gelernt, als seine Gedanken zu verbergen.

Otto ist ein Narr! Das war es, was ihm seit dem Tag immer wieder durch den Kopf ging, an dem sein Bruder Hedwig samt ihrer kleinen Tochter zu ihm abgeschoben hatte. Schon immer hatte er den Älteren um diese Frau beneidet, die nicht nur schön, sondern auch klug und ihrem Mann zugetan war, obwohl Otto das nun kaum noch verdiente.

Seine eigene Frau, die polnische Königstochter Dobronega, hatte ihm nie auch nur einen Bruchteil der Zuneigung und Loyalität zuteil werden lassen, die Hedwig Otto in all den

Jahren bewies. Herzenskalt verbrachte sie die Tage mit Fasten und Beten, nachdem sie ihm pflichtschuldigst einen Sohn und eine Tochter geboren hatte. Die Hochzeit war eine politische Notwendigkeit gewesen, um die Ostgrenzen seiner Mark zu schützen. Die ewig vorwurfsvolle Miene und Frömmelei der ansonsten leidenschaftslosen Dobronega konnte er schon lange nicht mehr ertragen.

Auch er hatte Affären und einen unehelichen Sohn, den er anerkannt und dem er eine geistliche Laufbahn ermöglicht hatte. Aber mit einer Frau wie Hedwig an seiner Seite würde er sich nie so zum liebestollen Narren machen wie sein Bruder jetzt mit dieser Oda.

Dietrich zweifelte nicht an Marthes Worten. Er hatte Christian bei mehreren Gelegenheiten erlebt und hielt ihn für einen Mann von Ehre. Er kannte seinen Ruf als begnadeter Reiter und Schwertkämpfer und war froh, dass er seinen Sohn Konrad schon während dessen Pagenzeit an Ottos Hof viel gelehrt hatte. Das konnte dem Jungen später einmal im Kampf das Leben retten. Und er wusste auch, dass sich Christian bis unmittelbar an die Lager des Feindes gewagt hatte, um den Wahrsager seines Bruders als Spion zu entlarven, den dann die tölpelhaften Wachen Ottos wieder entkommen ließen. Es war unausweichlich, dass sich solch ein Mann Feinde machte.

Aber er musste es wert sein, dass diese junge Frau, die nun vor ihm stand und so verzweifelt um Rettung für ihren Herrn bat, all die Gefahren auf sich genommen hatte.

Wenn er das Leuchten in ihren Augen sah, dann wünschte er sich, einmal so geliebt zu werden wie dieser Christian.

Die Stille im Palas war zu einem Dröhnen geworden, als Dietrich endlich seine Entscheidung bekannt gab.

»Ich kann mich nicht in die Angelegenheiten meines Bruders einmischen, was Christian und sein Dorf betrifft. Aber wenn Gefahr besteht, dass Oda eine Spionin des Löwen ist, muss sie entlarvt werden. Ich werde einen meiner Spione in Braunschweig darauf ansetzen. Und vielleicht« – er wandte sich mit einem leichten Lächeln an Hedwig – »können einige Eurer treuen Ritter auch in Ottos Nähe die Augen und Ohren offen halten.«

Hedwig nickte, während Marthe nicht wusste, ob sie erleichtert oder bestürzt sein sollte. Der Markgraf glaubte ihr, aber er hatte noch nicht gesagt, ob er sie wieder ins Verlies schicken würde.

Vor allem wollte er nichts unternehmen, um Christian zu retten!

Bevor die Markgräfin etwas sagen konnte, ließ Dietrich seinen Haushofmeister rufen, der so schnell erschien, dass er hinter der Tür gewartet haben musste.

»Ich werde morgen in aller Frühe einen Jagdausflug unternehmen, nur mit kleiner Gesellschaft. Bereitet alles vor!«

Der so Beauftragte verneigte sich und entfernte sich ebenso schnell wieder, wie er gekommen war.

Hedwig zog eine Braue hoch. »Ihr wollt jetzt zur Jagd?«

Dietrichs Gesichtszüge waren vollkommen beherrscht, aber sowohl Marthe als auch Hedwig konnten ein winziges Lächeln darin erkennen.

»Ja, Richtung Süden. Und es könnte sein, dass ich auf der Durchreise in den Ländereien dieses Randolf einen stattlichen Hirsch entdecke und den Burgherrn und sein Gefolge auffordere, mich zu begleiten.«

Nun sah er Marthe an. »Das dürfte Christians Freunden fast einen ganzen Tag lang Gelegenheit bieten, deinen Herrn im Handstreich aus dem Verlies zu holen.«

Marthe sank auf die Knie und wollte Dankesworte sprechen. Doch der Markgraf hielt sie mit einer Handbewegung zurück.

Er trat auf sie zu, nahm ihr Flöte und Narrenkappe ab und warf sie ins Feuer.

»Zuvor wollen wir diese unsittlichen Zustände beenden«, sagte er streng. »Lass dich kleiden, wie es sich geziemt und tritt mir erst dann wieder unter die Augen. Den Rest von dem Mummenschanz übergebt ebenfalls dem Feuer. Von dem gefangenen Spielmann darf auf dieser Burg keine Spur bleiben.«

Mit schlechtem Gewissen sah Marthe die Sachen in den Flammen aufgehen. Würde Christian ihr böse sein, wenn die letzten Erinnerungen an seinen Vater ihretwegen zerstört wurden? Doch dann wurde ihr bewusst, dass sie neue Hoffnung hatte, den Ritter lebend wiederzusehen. Verwirrt folgte sie Hedwig, die sie in einer Kammer warten hieß.

Wenig später öffnete sich die Tür. Fassungslos starrte Susanne auf Marthes Kostümierung und ihr nur noch kinnlanges Haar. »Du bist der Spielmann?!«

Dann ließ sie die Sachen zu Boden fallen, die sie über dem Arm trug, und umarmte sie heftig. »Bei Gott – wenn ich das geahnt hätte! Ich habe dich in Schwierigkeiten gebracht, nicht wahr? Es tut mir so Leid!«

Marthe erwiderte die Umarmung froh. »Es ist alles gut gegangen, mach dir keine Gedanken.«

Dann zog sie den viel zu großen Spielmannskittel aus, streifte Beinlinge und Bruche ab und schlüpfte in das Kleid, das Susanne gebracht hatte. Die Freundin half ihr, das Haar so unter ein Tuch zu stecken, dass niemand bemerkte, dass es kurz geschnitten war. Dann führte sie sie zurück in den Palas, wo Dietrich und Hedwig schon warteten.

Sie brachen am nächsten Morgen gleich nach der Andacht und noch vor dem Frühstück auf. Die Zeit drängte. Als Begleitung hatte Markgraf Dietrich vier seiner treuesten und verschwiegensten Ritter und die schnellsten und kräftigsten Pferde ausgewählt. Dazu kamen zwei Knappen, die leicht genug waren, um Marthe abwechselnd zu sich aufs Pferd nehmen zu können, ohne dass die Tiere zu schnell ermüdeten und sie die Gruppe aufhielten.

Der Markgraf beabsichtigte, den Weg zu Raimunds Gütern in einem zweitägigen Gewaltritt zurückzulegen. Von Marthe wusste er, dass sich Lukas und Raimund dort treffen wollten und allein zu Randolfs Burg aufbrechen würden, wenn Marthe nicht binnen eines halben Tages nach ihnen auftauchte.

Mit höflichen Worten entschuldigte sich Dietrich vor der Abreise bei Hedwig dafür, dass er sie allein auf Burg Landsberg zurücklassen musste. Auch wenn er ihr deutlich mehr Freiheiten zugestanden hatte, als Ottos Order vorsah, in einem waren die Befehle seines Bruders eindeutig: Hedwig durfte die Burg nicht verlassen.

»So Gott will, bringen wir auch Euch bald die Freiheit«, sagte er mit einem warmen Lächeln, nachdem sie ihm ihren Segen für das Vorhaben gegeben hatte. Hedwig lächelte in schweigendem Einverständnis zurück. Mit zwei Reisigen als Geleit würde Susanne heute nach Meißen reisen – offiziell, weil sie aus Hedwigs Diensten entlassen worden war. Doch in Wirklichkeit sollte sich Susanne auf dem Burgberg umhören und Oda im Auge behalten, wenn sie und Otto zurückkehrten. Als Frau des Schmiedgehilfen würde sie sich dort problemlos neu verdingen können – vielleicht sogar bei Oda selbst.

Rasch bewegten sich die Reiter südwärts. Nur dem Knappen, der Marthe vor sich im Sattel hatte, fiel es schwer, das schwere Ross zu beherrschen. Wehmütig dachte Marthe an Lukas und sein Geschick im Umgang mit Pferden, das er zu einem beträchtlichen Teil Christian verdankte.

Wo mochte er jetzt stecken? Ob er Ottos Gefolge gefunden

hatte? Und ob Raimund die Erlaubnis bekam, mit Gero und Richard nach Hause zu reiten?

Inbrünstig betete sie um Christians Leben und darum, dass bei seiner Befreiung niemand von seinen Freunden verletzt wurde.

In der Nacht hatte sie erneut ein verstörender Albtraum geweckt, in dem sie den Ritter qualvoll zusammengekrümmt in einer Kerkerzelle liegen sah. In ihrer rechten Schläfe pochte seitdem unablässig wieder der dumpfe Schmerz.

Der Markgraf war wie Christian der geborene Reiter. Er zeigte keine Spur von Müdigkeit, in seinen Augen blitzte Abenteuerlust. Aber dahinter erkannte Marthe den dringenden Wunsch, eine üble Intrige zu enthüllen. Wenn Markgraf Dietrich so auf die ritterlichen Tugenden hielt, wie es hieß, musste ihm Randolfs Verhalten zutiefst zuwider sein. Und um die Familienehre zu wahren, brauchte er Beweise für Odas Verbindungen nach Braunschweig, damit er seinen Bruder dem Einfluss des Löwen entziehen konnte.

Sie erreichten Raimunds Gehöft kurz nach Einbruch der Dämmerung. Erstaunt und froh zugleich, begrüßte die hochschwangere Elisabeth die unerwarteten Gäste. Sie ließ einen Willkommenstrunk bringen, den sie persönlich an Dietrich reichte, wies die Stallburschen an, sich um die Pferde der Gäste zu kümmern, und die Küchenmägde, so schnell wie möglich ein Mahl zuzubereiten.

»Mein Gemahl ist leider noch nicht zurück. Aber ich rechne spätestens morgen mit ihm, wenn ihn Euer Bruder für ein paar Tage beurlaubt«, erklärte sie dem Markgrafen.

Der gab den Willkommenspokal an seine Begleiter weiter, nachdem er einen kräftigen Schluck getrunken hatte.

»Danke für den warmen Empfang, schöne Dame«, erwiderte

er. »Wenn Ihr erlaubt, werden wir hier auf Euren Ritter und seine Freunde warten. Wir wollen ihm bei seinem nächsten Vorhaben ein bisschen Unterstützung gewähren«, erklärte er, während er mit Elisabeth ins Haus trat.

Die schaute überrascht auf, bemerkte das schelmische Aufblitzen in den Augen des hohen Gastes und wartete, ob er zu weiteren Erklärungen bereit war.

Doch Dietrich machte es sich am Tisch bequem und streckte seine langen Beine aus, während Elisabeth einer Magd befahl, den Gästen umgehend vom besten Wein einzuschenken.

Unter dem Vorwand, der Köchin einige Anweisungen erteilen zu müssen, eilte sie hinaus zu Marthe.

»Deine Ratschläge haben geholfen«, meinte die junge Frau freudestrahlend und legte die Hände auf ihren geschwollenen Leib. »Doch erzähle – was ist passiert? Weshalb kommt Markgraf Dietrich hierher?«

Marthe berichtete in aller Kürze. Aber dabei plagte sie ein schlimmer Gedanke: Was war, wenn Raimund bei der geplanten Befreiungsaktion zu Schaden kam? Sie erinnerte sich noch genau an seinen Wunsch, lieber zu sterben, denn als Krüppel seiner Frau zur Last zu fallen. Würde Elisabeth als Witwe mit dem Ungeborenen zurückbleiben?

Sie zwang sich, diese Vorstellung beiseite zu schieben. Raimund war ein erfahrener Kämpfer und hatte als Ritter in Ottos Diensten schon viele Male sein Leben aufs Spiel gesetzt.

Um innerlich zur Ruhe zu kommen und ihren von dem langen Ritt verkrampften Beinen etwas Bewegung zu gönnen, schlenderte sie über das Gehöft.

Raimund schien im Vergleich zu Christian wohlhabend. Sein Haus war groß und aus Stein und von vielen Nebengebäuden umgeben. Schnell erkannte sie die Quelle seines Reichtums: Das Gelände hinter dem Herrensitz war bedeckt mit Ställen und Koppeln, auf denen gut gebaute Pferde und etliche Fohlen grasten.

»Du da!« Eine helle Jungenstimme riss sie aus ihren Gedanken.

Sie drehte sich um und sah einen etwa Zehnjährigen mit einem Gesicht voller Sommersprossen, der ihr zurief: »Ja, du. Du sollst zu den Herrschaften kommen. Beeil dich!«

Sie strich das waidblaue Kleid glatt, das ihr Hedwig hatte bringen lassen – das zweite nun schon –, und steckte eine lose Haarsträhne unter das Tuch. Dann lief sie zum Herrenhaus und verharrte im Eingang des Raumes, in dem es sich die Gäste um einen großen Tisch bequem gemacht hatten.

»Ihr habt mich rufen lassen?«

»Setz dich zu uns. Du musst hungrig und durstig sein – und vielleicht kannst du uns noch etwas verraten, das uns helfen kann«, lud Markgraf Dietrich sie ein.

Beklommen trat Marthe näher. Es verstieß gegen alle Sitten, dass jemand wie sie an einem Tisch mit einer Dame, einem Fürsten und seinen Rittern Platz nahm.

Der Markgraf wies ihr einen Platz genau ihm gegenüber zu. Die Ritter rutschten beiseite, damit sie sich setzen konnte. Sie fühlte Dietrichs Augen auf sich gerichtet und senkte die Lider.

Das Interesse, mit dem er sie ansah, war diesmal nicht von Neugier bestimmt, das spürte sie deutlich. Würde er heute Nacht einen Preis von ihr einfordern dafür, dass er sie freigelassen hatte und bei Christians Befreiung mithalf?

Tatsächlich spielte Markgraf Dietrich mit dem Gedanken, Marthe für die Nacht zu sich zu bitten. Ein hübsches Ding, wie geschaffen für die Liebe, dachte er bei sich; eine junge Witwe, die offensichtlich nicht übermäßig um ihren Mann trauerte, sondern sich vor allem Sorgen um den Herrn ihres Dorfes machte. Was sie für ihn gewagt hatte, kündete von Mut und verborgener Leidenschaft. Er malte sich aus, wie sie sich unter seinen Händen bog und lustvoll stöhnte, während er ihren zarten Körper liebkoste.

Doch dann bemerkte er das Unbehagen, mit dem sie die Lider gesenkt hielt und sich auf ihrem Sitz wand, und schalt sich einen ehrlosen Narren. Sie war hellsichtig. Konnte sie vielleicht seine Gedanken erkennen?

Diese junge Frau hatte in den letzten Tagen die Hölle durchlitten und die größten Strapazen auf sich genommen, um Christian und der Markgräfin zu helfen. Sie war sichtlich am Ende ihrer Kräfte – und er hatte nichts anderes im Sinn, als sie in sein Bett zu bekommen!

Mit Bedauern verbannte er jeden Gedanken an die Nacht und schob ihr freundlich lächelnd die Platte mit dem gebratenen Fleisch hinüber. »Iss«, forderte er sie auf. »Du hast ein paar schwere Tage hinter dir.«

»Ihr seid sehr gütig, Herr«, dankte sie leise, ohne ihn anzublicken.

Doch noch bevor sie zugreifen konnte, fuhr ein so schrecklicher Schmerz durch ihren Körper, dass sie gequält aufschrie und zusammensackte. Nur die schnelle Reaktion des Ritters zu ihrer Linken verhinderte, dass sie zu Boden schlug.

Als Marthe wieder zu sich kam, blickte sie wie durch einen Nebel in das bekümmerte Gesicht von Elisabeth.

»Was ist passiert?«, ertönte gedämpft von der Seite eine befehlsgewohnte Männerstimme. Vorsichtig drehte sie den Kopf in diese Richtung und erkannte Markgraf Dietrich, der sie besorgt und mit einem Anflug von Schuldgefühl ansah.

Marthe fand in die Wirklichkeit zurück, fühlte noch einmal die Welle des Entsetzens durch ihren Körper rasen und versuchte, sich aufzurichten. »Christian«, flüsterte sie mit aufgerissenen Augen und sank zurück in die Kissen, auf die jemand sie gebettet hatte.

Elisabeth richtete sie vorsichtig auf und hielt ihr einen Becher an die Lippen. »Trink das, das wird dich stärken!«

Marthe schmeckte kühlen, starken Wein, wie sie noch nie welchen gekostet hatte. Einfache Leute tranken in der Regel nur dünnes Bier. Sie nahm ein paar kleine Schlucke, rieb sich die pochende Schläfe und blickte abwechselnd zu Elisabeth und Markgraf Dietrich.

»Mein Herr Christian … er litt furchtbare Schmerzen … und jetzt kann ich nichts mehr von ihm spüren …«

»Zur Hölle«, entfuhr es Dietrich, der sich sofort bei der Dame des Hauses entschuldigte.

Er verließ sich auf seine Menschenkenntnis, als er zu Elisabeth sagte: »Ich nehme an, Ihr seid über Ritter Christians Lage und das Vorhaben Eures Mannes im Bilde?«

Die junge Frau nickte. »Christian ist ein Freund unseres Hauses, seine Ehre über jeden Zweifel erhaben. Wir müssen ihn aus Randolfs Klauen befreien.«

»Gut«, gab Dietrich zurück. »Aber ich kann nicht so einfach in die Burg des mächtigsten Vasallen meines Bruders reiten und von ihm die Freilassung eines Geächteten fordern, der außerdem als tot gilt. Zumal, wie Dame Hedwig und unsere junge Heilerin hier sagen, er sicher Befehl gegeben hat, in einem solchen Fall Euren Freund sofort zu töten, bevor ihn jemand zu Gesicht bekommt. Und mein Bruder ist aus bekannten Gründen derzeit nicht ansprechbar, was diese Angelegenheit betrifft.«

Der Markgraf verzog für einen Moment das Gesicht.

Dann wandte er sich an Marthe. »Zeigen dir diese Traumbilder die Zukunft oder die Gegenwart?«

»Es ist, als ob ich seinen Schmerz miterlebte ...«

»Dann ist Christian jetzt entweder tot oder bewusstlos«, schlussfolgerte Dietrich ohne Rücksicht auf die Reaktionen der beiden jungen Frauen. »Wahrscheinlich vertreibt sich dieser Randolf die Abende damit, ihn zu foltern. Wenn Euer Freund noch am Leben ist, lässt er ihn sicher über Nacht in Ruhe, damit er wieder zu sich kommt.«

Der Markgraf fasste seinen Entschluss. »Wenn Euer Gemahl und seine Freunde bis morgen Vormittag nicht hier eingetroffen sind, breche ich auf«, sagte er zu Elisabeth. »Irgendetwas wird mir schon einfallen, um Randolf auf den Zahn zu fühlen, selbst wenn mir das Ärger mit meinem Bruder einbringt. Aber nun kümmert Euch bitte um diesen flügellahmen Engel hier. Sie wird ihre Kraft noch brauchen!«

Zu aller Erleichterung trafen Raimund, Gero und Richard mit Lukas am nächsten Tag schon bald nach dem Frühmahl ein. Ihre Pferde waren verschwitzt, sie selbst wirkten übernächtigt und waren von oben bis unten mit Staub bedeckt.

Raimund hatte schon von weitem gesehen, dass er Besuch hatte. Doch als ihm aus dem Haus Markgraf Dietrich entgegentrat, sank er verwundert vor ihm auf ein Knie.

»Edler Herr, willkommen in meinem Haus«, begrüßte er den hohen Gast.

Dietrich bedeutete ihm aufzustehen. »Lasst uns die Zeit nicht mit Höflichkeiten vergeuden! Nach dem, was wir wissen, läuft die Zeit für Ritter Christian ab. Wir müssen uns also beeilen.«

Raimund sah seine Freunde verblüfft an. Wenn Marthe solch

einen mächtigen Verbündeten gewonnen hatte, musste sie wahre Wunder bewirkt haben. Was für ein Glück!

Der Markgraf erklärte seinen Plan. »Ich werde Randolf auffordern, mich mit seinem Gefolge zur Jagd zu begleiten. Ihr müsst dann unauffällig in die Burg gelangen und Christian aus den Verliesen holen. Über das Jagen in seinen Wäldern werde ich mich mit meinem Bruder schon einigen.«

Raimund und seine Freunde stimmten zu, erfreut über die unerwartete Hilfe.

»Ich erwarte dafür eine Gegenleistung«, bekundete der Markgraf.

»Was Ihr wünscht, Herr«, versicherte Raimund und verneigte sich knapp.

»Wenn Ihr Euren Freund befreit habt, geht zurück an den Hof meines Bruders und tut alles, um die Spionin des Löwen zu entlarven!«

»Das hatten wir ohnehin vor – schon aus Ergebenheit Markgraf Otto gegenüber.«

»Gut«, erwiderte Dietrich. »Auch deshalb sorge ich für das Ablenkungsmanöver. Randolf und seine Leute dürfen Euch nicht sehen oder erkennen. Ihr müsst davon ausgehen, dass er Euch sofort verdächtigen wird, wenn die Befreiung gelingt. Er kann zwar kein großes Geschrei deswegen erheben, denn offiziell ist Christian schon tot. Aber er wird ihn zuallererst bei Euch suchen.«

»Keine Sorge. Wir haben ein gutes Versteck.«

»Dann lasst uns keine Zeit mehr verlieren.«

Doch als die Männer nach einer kurzen Erfrischung und einem schnellen Mahl aufbrechen wollten, brach eine hitzige Kontroverse aus. Lukas bestand hartnäckig darauf, sich an der Rettungsaktion zu beteiligen.

»Du hast deinen Anteil geleistet und dabei Großes erreicht. Aber selbst wenn wir uns heimlich in die Burg schleichen, müssen wir damit rechnen, dass es zum Blutvergießen kommt. Knappen haben dabei nichts zu suchen«, erklärte Raimund kategorisch.

Doch Lukas ließ sich davon nicht beeindrucken. »Ich habe das Waffenhandwerk bei Christian gelernt, dem besten Schwertkämpfer der ganzen Mark. Und er hat mir sein Schwert anvertraut. Also werde ich es auch benutzen, um ihn dort rauszuholen.«

Grimmig starrte er die drei Ritter an und überlegte, ob sie ihn wohl für seine Dreistigkeit bestrafen würden.

Währenddessen war Markgraf Dietrich zu ihnen getreten. »Wenn er für seinen Ritter so viel gewagt und erreicht hat wie diese Marthe, dann solltet Ihr ihn vielleicht wirklich mitnehmen«, mischte er sich in den Streit. »Wann soll deine Schwertleite sein?«, fragte er den Knappen.

»Pfingsten nächsten Jahres, Herr.«

Der Markgraf zog sein Schwert. »Komm und zeig, was du gelernt hast!«

Aufgeregtes Gemurmel ertönte unter den Leuten um sie herum.

Lukas schluckte und verwünschte für einen Moment seine Frechheit. Er sollte gegen einen so hohen Herrn antreten?

Dietrich stand in dem Ruf, ein hervorragender Schwertkämpfer zu sein, der sich nicht scheute, auch gegen einen überlegenen Gegner in den Kampf zu ziehen.

Doch dann nahm Lukas allen Mut zusammen. Schließlich hatte er den Ruf seines Herrn zu verteidigen – und dessen Leben, wenn er mit den anderen ziehen durfte.

»Wie Ihr wünscht, Herr. Es ist mir eine Ehre.« Er verneigte sich tief, trat näher und zog Christians Schwert.

Sofort sammelte sich eine Menge Schaulustiger. Niemand sagte diesmal etwas dagegen, dass auch das Gesinde die Arbeit liegen ließ. Ein Knappe trat mit dem Schwert gegen einen Markgrafen an – wann hatte jemand so etwas schon einmal gesehen?

Lukas warf einen letzten Blick auf Marthe, die zu ihm herübersah und ihm ein schwaches, aufmunterndes Lächeln sandte.

Dann verbannte er jeden anderen Gedanken aus seinem Kopf und konzentrierte sich auf sein Schwert und das seines Gegners, wie es ihn Christian gelehrt hatte.

Der Markgraf überließ ihm den ersten Hieb und parierte mit aller Wucht. Lukas bekam schnell zu spüren, dass Dietrich ein schneller und starker Kämpfer war. Doch noch konnte er jedem Hieb begegnen oder rechtzeitig ausweichen.

Bald brach ihm der Schweiß aus, und er begann zu keuchen. Sein Gegner hatte ihm viele Jahre Kampferfahrung und Körperkraft voraus. Tapfer hielt Lukas dagegen, parierte, hieb zu, wich aus, drehte sich, geriet plötzlich in eine fast ausweglose Situation und tauchte in letzter Minute unter dem Schwertarm seines Kontrahenten hindurch.

Zufrieden lächelnd beendete Dietrich den Kampf. »Gut gemacht, Knappe«, rief er und steckte sein Schwert in die Scheide. »Ich kenne viele Ritter, die mir nicht einmal halb so lange widerstanden hätten.«

Die Umherstehenden klatschten begeistert Beifall, während Lukas, der immer noch nach Luft japste, ein Stein vom Herzen fiel.

»Nehmt ihn mit«, rief Dietrich zu Raimund. »Er ist so weit.«

»Einverstanden«, entgegnete der und fixierte dann den Knappen scharf. »Aber keine eigenmächtigen Heldentaten, hörst du. Du wirst dich genau an meine Anweisungen halten.«

»Selbstverständlich«, entgegnete Lukas, erfüllt von grimmiger Freude, Randolf seine Grausamkeiten heimzahlen zu können.

Die Männer brachen getrennt auf. Während Markgraf Dietrich und seine Begleiter Randolf zur Jagd abholen würden, wollten sich Raimund und seine Freunde heimlich mit einem Boot der Burg nähern. Sie befürchteten nach Marthes Schreckensbildern, dass Christian – falls er überhaupt noch am Leben war – nicht mehr laufen, geschweige denn reiten konnte. Außerdem würde eine Flucht über Wasser keine Spuren hinterlassen.

»Gott stehe Euch und Christian bei«, gab ihnen Elisabeth zum Abschied mit auf den Weg.

Der Markgraf sah sich noch einmal nach Marthe um und entdeckte sie mit schneeweißem Gesicht auf den Platz starrend, auf dem er eben noch mit Lukas den Schwertkampf ausgetragen hatte. Nachdenklich drückte er einem Stallburschen die Zügel seines Rappen in die Hand, obwohl er schon im Begriff war, aufzusitzen, und ging zu ihr.

»Gibt es noch etwas, was du mir sagen willst?«, fragte er leise.

Marthe sah ihn an und doch durch ihn hindurch, als wären ihre Gedanken noch in einer Traumwelt. Während des Kampfes hatte sich ihr ein Bild aufgedrängt: ein junger Mann mit den Gesichtszügen des Markgrafen blutüberströmt und regungslos auf einer Turnierwiese.

Was hatte das zu bedeuten? Dietrichs Sohn, der seit einiger Zeit an Ottos Hof zum Pagen ausgebildet wurde, hatte noch lange nicht das Alter erreicht, in dem er an Turnieren teilnehmen konnte.

»Ich muss erst darüber nachdenken«, meinte sie schließlich.

»Möge Gott Euch und die anderen schützen!«

Befreit

»Bedaure, dass deine erste Bewährungsprobe unter Rittern so wenig Ritterliches hat«, sagte Raimund mit prüfendem Blick auf Lukas, während sie zu Randolfs Burg unterwegs waren. »Wir reiten nicht, sondern fahren mit dem Boot, wir fordern nicht zum offenen Kampf, sondern schleichen uns heimlich in die Burg des Gegners.«

»Das stört mich in dem Fall wenig«, entgegnete Lukas nach kurzem Seitenblick auf Marthe.

Sie wusste, dass Lukas in Wirklichkeit bereit war, fast jede Regel zu brechen, um Christian aus dem Kerker zu retten, auch wenn er lieber hoch zu Ross losgeprescht wäre, um jeden Gegner mit einem Siegesruf niederzustrecken.

Was hatte Christian die Einhaltung der ritterlichen Regeln gebracht? Er hatte sich waffenlos seinem schlimmsten Feind ausliefern müssen, galt als tot und geächtet. Vielleicht war er sogar schon tot. Randolf verdiente es nicht, nach den Regeln der Ritterlichkeit behandelt zu werden.

Die Sommersonne stand hoch und ließ den von Weiden gesäumten Fluss glitzern und funkeln. Doch Marthe konnte die Ruhe und Schönheit der Umgebung nicht genießen. Sie verging fast vor Sorge, während Lukas und Raimund die Mulde flussaufwärts zu einem Versteck in der Nähe von Randolfs Burg ruderten.

Endlich lenkten die Männer das Boot an das Ufer und verbargen es in einem Gebüsch. Gero und Richard, die vorausgeritten waren, um die Burg zu beobachten, erwarteten sie schon am vereinbarten Treffpunkt. Wie sie berichteten, waren Randolf und etliche seiner Leute gerade mit Markgraf Dietrich aufgebrochen.

»Soll ich in die Burg gehen und mich dort umschauen?«, bot Marthe an, obwohl ihr der Gedanke Angst einflößte. »Ich könnte sagen, dass ich mich als Magd verdingen will. Vielleicht finde ich heraus, wo Christian gefangen gehalten wird.«

»Kommt nicht infrage«, entgegnete Raimund mit aller Entschiedenheit. »Jemand könnte dich erkennen, der dich beim Hoftag gesehen hat …«

Ihr habt keine Ahnung, wie gut die mich kennen, dachte Marthe bitter. Doch sie war bereit, es zu wagen. »Wie wollt Ihr unerkannt hineingelangen? Auf eine Frau achtet keiner.«

Die Helden aus den alten Legenden, die sie kannte, hatten sich bei solchen Rettungsaktionen zumeist als fahrende Händler oder Mönche verkleidet, um in das Lager des Gegners zu gelangen. Doch Raimund und seine Freunde führten nichts anderes mit sich als ihre Schwerter und eine fest gewebte Stoffbahn für eine Trage.

Raimund legte beide Hände auf ihre Schulter, drehte sie zu sich und blickte sie ernst an. »Du bleibst hier. Das ist mein letztes Wort. Es ist zu gefährlich. Besser, du sammelst jetzt deine Kräfte, wenn du deinem Herrn nachher helfen willst.«

Marthe senkte den Kopf und trat einen winzigen Schritt zurück. Das Gefühl versagt zu haben überkam sie. Auch wenn es schwer fiel, musste sie sich eingestehen, dass Raimund Recht hatte. In ihrer derzeitigen Verfassung wäre sie wahrscheinlich wirklich nur ein Hindernis und keine Hilfe. Die Tage und Nächte seit Randolfs Blutgericht im Dorf hatten fast all ihre Kraft aufgezehrt. Deshalb war sie in Landsberg den Wachen in die Hände gelaufen. Und auch in der letzten Nacht hatte sie vor Anspannung und Sorge kaum schlafen können.

Doch Raimund hob ihr Kinn mit einer sanften Bewegung an. »Was du an Mut bewiesen hast, hätte mancher Mann nicht gewagt. Wenn Christian überlebt, dann verdankt er das vor allem dir und Lukas.«

Er lächelte ihr zu, doch dann wurde seine Stimme wieder hart. »Aber jetzt führen wir einen Kampf Schwert gegen Schwert. Das ist Sache der Männer.«

»Wie wollt Ihr Euch zu viert zu den Verliesen durchkämpfen, selbst wenn die meisten Bewaffneten fort sind?«, fragte sie besorgt.

Raimund lächelte. »Es gibt einen Geheimgang, von dem niemand etwas weiß, vielleicht nicht einmal Randolf.«

Als er die fragenden Gesichter von Marthe und Lukas sah, entschied er, dass die beiden eine Erklärung verdient hatten. »Mein Vater hat mir vor seinem Tod davon erzählt. Er und Randolfs Vater waren gute Freunde. Doch Randolfs Vater starb so früh, dass ich nicht einmal weiß, ob er seinem Sohn überhaupt davon erzählt hat. Mit ihm starb auch die Freundschaft zwischen unseren Häusern. Randolf war schon als Kind eine hinterlistige kleine Kröte, von seiner Mutter verhätschelt und ohne das Vorbild eines Mannes von Ehre erzogen.«

Er wies Marthe ein Versteck in den Weiden zu. »Warte hier und zeig dich erst auf unser Zeichen.«

Dann brachen die Männer auf und ließen Marthe zurück.

Das Warten war unerträglich. Zunächst hatte Marthe wieder und wieder die Vorräte an Heilkräutern, Salben und Verbänden überprüft, die sie mit Elisabeths Hilfe aus deren Vorräten und denen einer heilkundigen Frau im Dorf zusammengetragen hatte.

Dann stand sie auf und lief ziellos ein paar Schritte hin und her.

Sie wagte es nicht, sich zu setzen. Das Rauschen des Flusses, das Rascheln der Blätter über ihr wirkten einschläfernd auf ihren müden Körper. Sie musste wach bleiben.

Immer wieder spähte sie in die Richtung, in die die Männer aufgebrochen waren. Doch keine Bewegung war zu entdecken. Um etwas aus der Ferne spüren zu können, war sie zu müde. Inzwischen hatte sie gelernt, dass Erschöpfung ihre Wahrnehmung einschränkte, sie dafür aber anfälliger für Traumbilder machte.

In ihrer Unruhe begann sie sich auszumalen, was alles schief gegangen sein konnte. Vielleicht hatte Raimund den Geheimgang nicht gefunden. Vielleicht war der Gang verschüttet und nicht passierbar. Vielleicht war Christian nicht in den Verliesen, sondern an einem ganz anderen Ort oder schon tot. Vielleicht würden die Männer nie wiederkommen, weil alle bei dem Befreiungsversuch getötet worden waren …

An diesem Punkt befahl sie sich ein energisches Halt!

Raimund und seine Begleiter sind erfahrene Kämpfer, redete sie sich Mut zu. Sie werden es schaffen, die Wachen zu überwältigen. Wenn Randolf auf einem Jagdausflug war, würde sich der Rest der Wachmannschaft die Zeit bestimmt bei Bier und Würfelspiel vertreiben und nachlässiger sein als sonst.

Sie schaute sich wieder um, ob jemand in der Nähe war, dann lief sie ein paar Schritte zum Fluss, schöpfte Wasser und trank. Obwohl ihr Magen wie zugeknotet war, aß sie auch von dem Brot, das ihr Elisabeth mitgegeben hatte. Falls die Männer Christian wirklich befreien konnten und ihre Schreckensbilder zutrafen, dann würde sie bald alle Hände voll zu tun haben.

Wieder rief sie sich Christians Bild ins Gedächtnis, seine scharf geschnittenen Gesichtszüge, seine dunklen Augen, und betete stumm.

Der Schrei eines Eichelhähers riss sie aus ihren Gedanken.

Sie spähte durch das Gebüsch und sah die Erwarteten kommen. Zwischen zwei Pferden war eine Trage befestigt. Christian! Also lebte er? Einen Leichnam hätten die Männer bestimmt einfach über den Pferderücken gelegt.

Erleichtert trat sie aus ihrem Versteck und winkte den Ankömmlingen zum Zeichen, dass alles in Ordnung war.

Die Männer hatten Blutspuren auf ihrer Kleidung, aber niemand schien ernsthaft verwundet.

Doch als sie Christian sah, zog sich ihr Herz zusammen und Tränen stiegen ihr in die Augen. Er lag in tiefer Bewusstlosigkeit und glühte im Fieber. Seine Wangen waren eingefallen, blutverschmiert und von Bartstoppeln bedeckt, eine große Platzwunde klaffte über der rechten Augenbraue. Unter der zerrissenen Kleidung waren die Spuren grausamer Folterung zu erkennen: Blutergüsse in allen Farbschattierungen, Peitschenstriemen, Brandmale. Und als ihr Blick auf die von Ketten wund gescheuerten, eitrigen Handgelenke fiel, sah sie, dass ihm jemand mehrere Fingernägel herausgerissen hatte.

Behutsam hoben die Männer den leblosen Körper in das schwankende Boot. Gero und Richard preschten auf den Pferden davon, während Raimund und Lukas das Boot vom Ufer abstießen. Die Strömung ließ sie schnell flussabwärts gleiten.

Marthe, die hinter Christians Kopf kniete, vergaß alles um sich und konzentrierte sich auf ihre Arbeit. Eine genaue Bestandsaufnahme der Verletzungen war erst möglich, wenn sie eine sichere Zuflucht erreicht hatten. Aber eines konnte sie jetzt schon tun.

Nach einem stummen Gebet legte sie vorsichtig ihre Hände auf Christians Schläfen. Wieder spürte sie das Prickeln in den Handflächen, das von der Lebenskraft kündete, die von ihrem Körper in seinen floss. Doch dann fühlte sie immer stärker den Nachhall seiner Schmerzen durch ihre Hände strömen. Ihr war, als würde sie von einem Sog in ein schwarzes Loch gerissen, ohne dass sie etwas dagegen tun konnte.

Raimunds Stimme brachte sie wieder zu sich. Der Ritter hatte hastig sein Ruder beiseite gelegt und ihre Hände von Christians Kopf gelöst.

Sie blinzelte benommen.

»Du bist totenblass geworden und wärst beinahe umgefallen«, meinte Raimund besorgt.

Er hatte selbst die heilende Kraft ihrer Hände kennen gelernt, auch wenn sie damals noch nicht so stark war, und ahnte, was geschehen war. »Lass es vorerst gut sein. Keinem ist geholfen, wenn du hier auch noch das Bewusstsein verlierst.«

Sie tauchte die Hand ins Wasser. Doch als sie Christians Stirn mit einem nassen Tuch kühlte, bemerkte sie etwas, das ihr wie ein Wunder vorkam: Ob nun durch ihre ersten Bemühungen oder das heftige Schaukeln des Bootes nach Raimunds Bewegungen – seine Augenlider begannen zu flattern.

»Gott sei gepriesen«, stieß sie aus.

Ein schwacher, trockener Husten schüttelte Christians Körper, dann schlug er die Augen auf und blickte mit fiebrigem, verwirrtem Blick in den Himmel über sich.

»Keine Angst, mein Freund, du bist nicht gestorben«, beeilte sich Raimund zu erklären. »Wir haben dich aus dem Loch herausgeholt und bringen dich in Sicherheit.«

Er sprach hastig vor lauter Sorge, dass Christians Geist wieder abdriften könnte. Während Marthe vorsichtig das verkrustete Blut aus dem Gesicht des Verletzten wusch, berichtete Raimund von der Befreiungsaktion: wie sie den Geheimgang zum Bergfried gefunden, die Wachen überwältigt und die Verliese durchsucht hatten.

»Du hattest die zweifelhafte Ehre, der einzige Insasse zu sein«, erzählte er im Plauderton, um sich von seiner Angst um den Freund nichts anmerken zu lassen, obwohl er nicht sicher war, dass Christian ihn überhaupt hörte und verstand.

»Wie es scheint, macht Randolf sonst keine Gefangenen. Aber den Trost kann ich dir spenden: Von deinen Peinigern ist außer ihm keiner mehr am Leben. Im Kerker und im Wachraum liegen jetzt nur noch Leichen, die nichts verraten und niemanden mehr quälen können. Randolf wird sich mächtig wundern, wenn er heimkommt. Und mit Markgraf Dietrich als Gast kann er seiner Wut nicht einmal freien Lauf lassen. Das sollte dich etwas aufmuntern.«

Christian verzog mühevoll das Gesicht.

»Lukas hat heute seinen ersten Kampf glanzvoll bestanden«, fuhr Raimund fort. »Zwei Angreifer auf einmal zu erledigen – das muss ihm erst einmal jemand nachmachen! Und wenn genug Gras über die Sache gewachsen ist und du auf mein Gut kommen kannst, wird noch eine andere Geschichte inzwischen zur Legende gereift sein. Dein Knappe hat sich im Zweikampf mit Markgraf Dietrich bewährt!«

Endlich ruderten die Männer aufs Ufer zu und hoben behutsam den Verwundeten aus dem Boot. »Wir bringen dich in ein Versteck«, sagte Raimund. »Marthe wird dich heilen, Lukas wird euch schützen. Niemand wird euch dort suchen. Der Ort gilt als verwunschen und wird streng gemieden. Ihr könnt sogar Feuer machen. Dann wird es nur heißen, der Wilde Mann geht wieder um …«

»Warte«, krächzte Christian und wollte nach Raimunds Arm greifen, doch ein anhaltender trockener Husten schüttelte ihn, was seinem geschundenen Körper sichtlich Schmerzen bereitete.

»Was ist?«, fragte sein Freund besorgt.

»Lasst mich erst in den Fluss ... Ich muss den Kerkerdreck abspülen ...«

»Bei diesem Husten und dem Fieber?«, rief Raimund entsetzt.

Zweifelnd sah er zu Marthe, doch die nickte zustimmend.

»Wenn er es will, ist es gut so. Es wird seine Lebenskraft wecken und das Fieber mildern. Um den Husten kümmere ich mich später«, sagte sie so ruhig sie konnte.

Ohne darauf zu achten, dass ihre eigene Kleidung nass wurde, tauchten Raimund und Lukas vorsichtig den glühenden Körper des Kranken in die klaren Fluten.

Christian stöhnte auf, durch seinen Leib lief ein Zittern. Erschrocken sah Lukas erst auf ihn, dann auf Marthe, doch die wirkte nicht besorgter als bereits zuvor.

Schließlich trugen die Männer Christian zu einer einsam gelegenen, mit Moos bewachsenen Hütte.

»Seit Menschengedenken wagt sich keiner hierher«, versicherte Raimund und versuchte einen müden Scherz. »Wie ich dich kenne, Marthe, nimmst du es auch mit dem Wilden Mann auf?«

Sie sah fragend hoch, doch er beruhigte sie schnell. »Ich selbst habe vor Jahren das Gerücht in die Welt gesetzt, dass er hier umgeht. Ab und zu braucht man ein Versteck – für Gelegenheiten wie diese.«

Noch einmal griff Christian nach dem Arm seines Freundes und umklammerte ihn mit verzweifelter Kraft. »Tragt mich nicht hinein ... Lasst mich die Sonne sehen, wenn ich sterbe ...!«

Doch diesmal widersprach Marthe, ohne sich darum zu kümmern, ob ihr das zustand.

»Ihr werdet noch genug Sonne sehen, Herr. Aber allein mit Lukas kann ich Euch nicht in die Hütte tragen.«

Jetzt erst schien Christian sie wahrzunehmen. Er drehte den

Kopf in ihre Richtung und starrte sie mit fieberglänzenden Augen an, als sei sie ein Geist.

Seine Stimme berührte sie bis ins Innerste, als er ihren Namen sagte. »Marthe ...! Du bist hier ...?«

Sie nahm alle Kraft zusammen, um seinem gequälten Blick zu begegnen, ohne zu weinen. »Natürlich, Herr. Hättet Ihr geglaubt, wir würden Euch im Stich lassen?«, antwortete sie leise.

»Du bist hier ... Sie haben dich nicht gefunden ...«

Dann verlor er erneut das Bewusstsein.

»Ich komme bald wieder«, versicherte Raimund. »Aber erst einmal muss ich nach Hause zurück und den Ahnungslosen spielen, wenn Randolf wutschnaubend zu mir geritten kommt.« Er lachte kurz auf und ging zum Boot.

Die Männer hatten den Bewusstlosen in der Hütte auf eine breite hölzerne Bank gelegt, die Marthe so zurechtgerückt hatte, dass Christian beim Erwachen auf eine der Fensteröffnungen blicken konnte. Wenn schon keine Sonne, so sollte er wenigstens etwas Tageslicht und das Grün des Waldes sehen.

Lukas packte ein Bündel aus, das die vorausschauende Elisabeth ihnen mitgegeben hatte: Kleidung für Christian, Wein zur Stärkung und ein gerupftes Huhn, aus dem Marthe eine kräftigende Suppe kochen konnte.

»Helft Ihr mir, ihm die nassen Sachen auszuziehen?«, bat sie den Knappen.

Der sah sie entsetzt an. »Ich soll ihn auskleiden – vor dir?«

Marthe verdrehte ungeduldig die Augen. »Entweder wir achten auf Anstand und Sitte und lassen ihn sterben – oder wir kümmern uns nicht darum und versuchen, ihn zu heilen. Habt Ihr nicht heute auch schon ein paar Regeln gebrochen?«

Als Lukas nichts sagte, fuhr sie eindringlicher fort: »Seht ihn Euch an, Herr! Er muss aus den nassen Sachen heraus. Und ich muss sehen, was sie ihm noch alles angetan haben und ob Knochen gebrochen sind.«

»Gut. Aber dreh dich um, bis ich dich rufe«, entschied Lukas.

Marthe griff nach einem Krug, der auf dem Boden der Hütte lag, und ging zum Fluss, um Wasser zu holen. Im Gehen hörte sie Lukas vor sich hin murmeln: »Ich habe wirklich noch nie jemanden kennen gelernt wie sie.«

Als sie mit dem Wasser zurückkam, fragte sie von draußen sicherheitshalber: »Darf ich hereinkommen?«

Von drinnen kam ein knappes »Hm«.

Sie trat ein und schnappte nach Luft, als sie erkannte, was Lukas so wortkarg gemacht hatte. Selbst im Dämmerlicht der Hütte sah Christians Körper erschreckend aus. Er hatte noch alle Gliedmaßen; dafür mussten sie dankbar sein. Aber über den gesamten Oberkörper waren Brandmale verteilt, von denen die meisten nässten. Viele Wunden eiterten. Dunkle Blutergüsse auf dem Brustkorb deuteten darauf hin, dass eine oder mehrere Rippen gebrochen sein konnten, sein rechtes Knie war fast auf den doppelten Umfang angeschwollen.

»Dieses Ungeheuer«, flüsterte sie mit Tränen in den Augen.

»Dafür soll Randolf im Höllenfeuer schmoren«, sagte Lukas hasserfüllt.

Marthe riss sich zusammen. Mitleid würde Christian nicht helfen. Vorsichtig begann sie, die Wunden auszuwaschen.

Lukas blickte sich in der Hütte um. Es gab keine Herdstelle, aber in der Mitte einen Kreis aus Steinen auf dem nackten Boden. Er suchte ein paar trockene Zweige zusammen, die in einer Ecke herumlagen, schichtete sie übereinander und entzündete sie.

Am dritten Abend sagte Marthe: »Wenn heute Nacht das Fieber fällt, überlebt er.«

Sie versuchte, jede Verzweiflung aus ihrer Stimme herauszuhalten. Doch Lukas konnte sie nichts vormachen.

Sie hatte zwei gebrochene Finger gerichtet und die Wunde auf der Stirn genäht. Das Knie schwoll ab, die meisten Brandwunden begannen sauber zu verschorfen, statt weiter zu nässen und zu eitern. Weil sie keine hustenlindernden Salben auf die offene Haut seiner Brust auftragen konnte, hatte sie ein mit Thymiansud getränktes Tuch über das Krankenlager gehängt. Der kräftige Geruch füllte die ganze Hütte.

Doch das Fieber fiel und stieg. In den vergangenen Tagen hatte Christian nur gelegentlich für kurze Zeit das Bewusstsein wiedererlangt – immerhin lange genug, um ihm Wasser einzuflößen, in das sie fiebersenkende Tinkturen gemischt hatte.

Sie hoffte auf die heilende Wirkung des Schlafes. Am Morgen war Christian zum ersten Mal für längere Zeit zu sich gekommen, hatte von ihr etwas Fleischbrühe bekommen und auch bei sich behalten. Doch am Nachmittag war das Fieber mit verzehrender Wucht zurückgekehrt.

»Es könnte eine Heilkrise sein«, versuchte sie Lukas zu beruhigen, während sie ein Tuch auswrang, um die Umschläge zu erneuern. »Das letzte Aufbäumen der Krankheit, bevor sie sich zurückzieht.«

»Vielleicht«, gab er mit finsterer Miene zurück.

Dann stand er auf, zog sie mit beiden Armen vom Krankenlager weg und schob sie zu ihrer eigenen Schlafstatt. »Du bist völlig erschöpft. Wenn diese Nacht so schlimm werden sollte, wie du befürchtest, musst du ausgeruht sein. Also schlaf jetzt ein bisschen. Ich kümmere mich um ihn.«

Marthe widersprach nicht. »Weckt mich, wenn etwas ist«,

murmelte sie. Dann rollte sie sich in einer Ecke am Boden zusammen und fiel fast sofort in tiefen Schlaf.

Sie hatte das Gefühl, nur wenige Augenblicke geschlafen zu haben, als Lukas sie an der Schulter rüttelte. Erschrocken fuhr sie hoch.

»Er ruft dauernd im Schlaf nach dir«, flüsterte Lukas beklommen.

Rasch stand sie auf. Sie musste sich kurz an einem Balken abstützen, weil ihr schwindlig wurde.

Sie legte eine Hand auf Christians Stirn, die im Fieber glühte, und ließ die Schultern hängen. Allmählich war sie am Ende ihrer Fähigkeiten angekommen.

Christian war stark, bisher hatte er noch nie aufgegeben. So grausam die Spuren der Folter auch waren – sein kräftiger Körper sollte damit fertig werden. Was hielt ihn davon ab, ins Leben zurückzukehren? Es waren nicht die sichtbaren Verletzungen, dessen war sie sich sicher.

»Kämpft«, beschwor sie ihn leise. »Ihr habt doch immer gekämpft – warum kämpft Ihr nicht um Euer Leben? Wir brauchen Euch!«

Sie wandte sich ab, um kühles Wasser für neue Umschläge zu holen. Doch bevor sie einen Schritt tun konnte, umklammerte eine fieberheiße Hand ihren Arm.

»Bleib«, hörte sie Christian mit heiserer Stimme sagen. Sie drehte sich um und fühlte sich von seinem Blick getroffen wie am Tag ihrer ersten Begegnung.

»Bitte, bleib«, wiederholte er leise. Sie nickte und blieb stehen.

»Setz dich zu mir«, bat er, ohne sie loszulassen.

Vorsichtig setzte sie sich auf die Kante seiner Bettstatt.

Er löste seinen Griff und nahm ihre Hand in seine. »Geh nicht weg von mir!«

Still und nachdenklich blieb sie sitzen, während Christian mit einem gelösten Ausdruck auf dem Gesicht wieder einschlief.

Marthe verbrachte die ganze Nacht an Christians Lager. Manchmal schlief sie trotz der unbequemen Haltung für ein paar Augenblicke ein und schreckte dann wieder hoch. Das Feuer war längst erloschen, während Lukas tief und fest schlief. In der Hütte war es stockfinster, doch sie konnte spüren, dass Christians Atem und sein Puls ruhiger wurden. Als die Morgendämmerung durch die schmalen Fensteröffnungen drang, nahm ihre Umgebung allmählich wieder Konturen an. Weil sie sich unbeobachtet fühlte, richtete Marthe ihren Blick auf Christians Gesicht, über das nach den Qualen des Schmerzes und der Fieberhitze nun eine große Ruhe gekommen zu sein schien.

Es war nicht die Ruhe des nahenden Todes, sondern die der Genesung.

Plötzlich schlug Christian die Augen auf und sah sie an.

»Wie fühlt Ihr Euch, Herr?«, fragte sie leise.

»Gut – dank dir«, entgegnete er mit einem schwachen Lächeln. »Abgesehen davon, dass ich hungrig und durstig bin.«

»Das ist eine gute Nachricht«, rief sie und drehte sich glücklich zu Lukas um. »Junger Herr! Kommt schnell!«

Sofort fuhr der Knappe aus dem Schlaf hoch und zog seinen Dolch.

Doch als er Marthes freudige Miene sah und dann seinen Herrn, der aus eigener Kraft versuchte, sich aufzusetzen, atmete er erleichtert auf. »Das wurde aber Zeit!«

Marthe reichte Christian einen Becher mit verdünntem Wein. »Trinkt langsam«, ermahnte sie. Dann stand sie auf und brach ein kleines Stück von dem weißen Brot ab, das Elisabeth ihnen mitgegeben hatte.

»Versucht das. Aber besser wäre eine Fleischbrühe zur Stärkung. Euer Körper muss sich erst wieder an feste Nahrung gewöhnen.«

»Ich gehe gleich los und fange ein paar Wachteln«, rief Lukas und war schon verschwunden.

Nachdenklich trank Christian und aß ein paar kleine Bissen. Dabei ließ er Marthe nicht aus den Augen, die sich immer beklommener fühlte, bis sie schließlich aufstand, um das Feuer wieder in Gang zu bringen.

Sie stellte den eisernen Kessel auf die Flammen, den ihr Elisabeth mitgegeben hatte, und wärmte den Rest Hühnerbrühe.

Dann füllte sie etwas davon in eine hölzerne Schale und trug sie zu Christian.

Der legte seine Hände über ihre und stellte die Schale ab, ohne ihre Hände loszulassen.

»Ich muss mit dir reden«, sagte er.

»Ihr solltet zuerst etwas davon trinken, Herr«, sagte sie verlegen.

»Das hat Zeit.«

Er löste ihre Hände von der Schüssel, hielt sie fest und sah sie an. »Ich hatte im Kerker viel Zeit, nachzudenken. Zeit, zu bereuen und meinen Frieden zu machen mit Gott und der Welt. Ich hab Schlechtes getan, wofür ich den Schöpfer um Vergebung bitte, und vielleicht auch manches Gute.«

Er machte eine Pause.

»Aber eines bereue ich mehr als alles andere: Nicht schon viel eher erkannt zu haben, dass du es bist, die ich für den Rest meines Lebens an meiner Seite haben möchte. Ich liebe dich!«

Marthe fuhr zusammen. »Herr, Ihr sprecht im Fieber!«

»Das Fieber hast du geheilt. Und ich bin kein Herr mehr. Ich bin ein Vogelfreier. Ich besitze nichts als das, was ich am Leib trage, und darf mich in meinem Dorf und vor meinem Lehnsherrn nicht mehr blicken lassen.« Er lachte bitter. »Wenn dich das nicht stört?«

Dann wurde er wieder ernst. »Wenn du ähnlich empfindest … und das glaube und hoffe ich … sag es!«

Marthe senkte stumm den Kopf, während ihr Herz raste.

Zärtlich nahm Christian ihren Kopf in seine Hände und hob ihn an, so dass er in ihre Augen blicken konnte. Was er darin sah, war für ihn Antwort genug.

Sanft küsste er Marthes Lippen. Er fühlte, dass sie seinen Kuss erwiderte, und wurde leidenschaftlicher. Als er endlich von ihr ablassen konnte, griff er erneut nach ihren Händen.

»Marthe … Du bist meine Liebe, mein Leben! Wenn du es willst, rede ich mit deinem Mann. Vielleicht lässt er dich gehen, weil du ihm keine Kinder geboren hast.«

Wenn sie sich gerade noch in einem Traum geglaubt hatte, so holten diese Worte sie in die Wirklichkeit zurück.

»Wiprecht ist tot. Er starb, als er mir zur Flucht aus dem Dorf verhalf.«

»Gott sei seiner Seele gnädig«, meinte Christian und bekreuzigte sich. Hatte Josefa das gemeint, als sie sagte, die Heirat mit Wiprecht würde Marthe einmal das Leben retten?

Er schob die Frage beiseite, was noch alles in seinem Dorf an Schrecklichem geschehen sein mochte, und hatte nur noch einen Gedanken: Sie war jetzt Witwe. Sie war frei!

Fast schämte er sich für seine Freude.

»Also dann – willst du meine Frau werden?«

Verzweifelt schlug sie die Hände vors Gesicht. »Ich kann Euch nicht heiraten. Ich bin unehrlich geboren, meine Eltern waren Schäfer.«

»Und mein Vater Spielmann; außerdem bin ich jetzt geächtet

– also bist du eigentlich die bessere Partie«, versuchte er lächelnd ihre Bedenken zu zerstreuen. »Willst du mich heiraten? Bitte!«

Sie senkte den Kopf und sprach so leise, dass er ihre Worte mehr ahnte als hörte. »Ich bin nicht mehr rein ... Ich bin geschändet worden ...«

Sein Blick wurde hart. »Ich weiß.«

Entsetzt blickte Marthe hoch.

»Er hat es mir gesagt. Im Kerker. Hat damit geprahlt, als ich in Ketten lag und es ihm nicht .... heimzahlen konnte. Von allen schlimmen Momenten war das der schrecklichste.«

Er nahm wieder ihre Hände und küsste die Handflächen, die vom Feuer schmutzig geworden waren. »Lass mich dich vergessen machen, was er dir angetan hat.« Zärtlich wischte er ihre Tränen weg. »Ich schwöre, ich werde dir niemals wehtun!«

»Ich weiß«, antwortete sie leise.

Christian schob Marthes Tuch herab und wollte über ihre Haare streichen. Seine Hand verharrte mitten in der Bewegung, als er die kurzen Strähnen sah.

»Was ist passiert?«, fragte er erschrocken.

»Es musste sein ...«, begann Marthe, doch im gleichen Moment drang von draußen erneut der Ruf des Eichelhähers. Sie schrak zusammen, sprang auf und versuchte hastig, ihr Haar wieder zu verbergen.

Mit zwei toten Wachteln in der Hand tauchte Lukas in der Tür auf. »Ich dachte, ich kündige mich lieber an, bevor Ihr einen Eindringling vermutet und mich mit dem Schwert empfangt, wo Ihr jetzt zu den Lebenden zurückgekehrt seid«, versuchte er zu scherzen.

Dann bemerkte er Marthes merkwürdigen Gesichtsausdruck und eine wieder aufgeplatzte Wunde auf Christians Brust, aus der eine schmale Blutspur rann.

»Ihr hättet doch lieber liegen bleiben sollen«, meinte er besorgt.

Während Lukas die Jagdbeute auf einen wackligen Schemel legte, holte Marthe einige Kräuter und Leinenstreifen aus ihren Vorräten und verband die Wunde.

»Lukas hat Recht. Ihr dürft Euch noch nicht so heftig bewegen und braucht viel Schlaf«, sagte sie scheu mit gesenktem, hochrotem Kopf.

»Lasst uns ein Abkommen treffen«, meinte Christian. »Ich werde alles tun, was du sagst, um wieder zu Kräften zu kommen. Aber wenn ich aufstehen kann, wirst du mir helfen müssen, wieder in Kampfform zu kommen, Lukas!«

Der Knappe nickte. Er wusste, was Christian als Nächstes sagen würde.

»Ich habe vor, meine Ehre, meinen Titel und mein Dorf zurückzuerobern.«

Marthe wurde kreidebleich und stürzte hinaus.

Verblüfft blickte Christian ihr nach.

Dann winkte er Lukas heran. »Sei so gut und nimm mir die Bartstoppeln ab. Und ich glaube, dann ist es an der Zeit, dass du mir erzählst, was sich während meiner Gefangenschaft zugetragen hat. Alles!«

Von Lukas' Bericht darüber, was Marthe gewagt hatte, war Christian tief erschüttert. Doch er ließ sich nichts anmerken, denn er spürte, dass sie zumindest im Beisein des Knappen darüber nicht reden wollte, ebenso wenig wie über sein Liebeswerben.

Was hat sie so verstört?, grübelte er, während er sich nach nichts mehr sehnte, als sie wieder zu berühren und zu küssen. Widerspruchslos schluckte er die Heiltränke, die sie ihm braute, aß ihre mit Wildkräutern gewürzten Suppen und schlief so viel er konnte. Nach zwei Tagen fühlte er sich so weit gekräftigt, dass er vorsichtig versuchte, aufzustehen und ein paar Schritte zu gehen. Mit dem rechten Bein konnte er noch nicht richtig auftreten. Aber er war froh, aus eigener Kraft zum Fluss humpeln und dort das Wasser und die Sonne auf seiner Haut spüren zu können.

Als Christian zurück in die Hütte kam, bat er Lukas, Raimund zu holen. »Es wird Zeit, dass wir Pläne machen«, meinte er.

Zufrieden zog der Knappe los.

Christian strich sich müde übers Gesicht. Der kurze Fußmarsch zum Fluss hatte ihn angestrengt. Aber was er jetzt vorhatte, wollte er keinen Augenblick länger aufschieben. Trotz der Schmerzen trat er vor die Tür, um nach Marthe Ausschau zu halten. Er fand sie anscheinend völlig in Gedanken versunken auf einer nahen Lichtung sitzend, die Hände um die angezogenen Knie geschlungen, das Gesicht in die Sonne gereckt, die an dieser Stelle durch das Blätterdach schien.

Sie rührte sich nicht, als er sich näherte, obwohl sie seine Gegenwart spüren musste. Der Wald war zu gefährlich, um Schritte von Unbekannten zu ignorieren.

Langsam trat er um sie herum und wartete, bis sie für einen winzigen Moment die Augen öffnete.

»Du hast meine Frage noch nicht beantwortet«, sagte er.

Sie stand auf, wie es die Höflichkeit gebot, und schwieg mit gesenkten Lidern.

»Marthe. Willst du meine Frau werden?«, wiederholte er, ohne sich seine Anspannung anmerken zu lassen.

»Ein Ritter kann keine Niedriggeborene heiraten. Das ist gegen Gottes Ordnung«, sagte sie schließlich.

»Das ist mir gleich«, erwiderte Christian heftiger, als er wollte.

Er griff nach ihren Schultern und zwang sie, ihn anzusehen.

»Marthe – unser erster Kuss vor einem Jahr und der hier ... Das hast du doch nicht nur aus Gehorsam getan? Du hast doch nicht geglaubt, ich würde etwas von dir verlangen, was du mir nicht freiwillig schenken willst?«

»Nein«, sagte sie nach einigem Zögern leise.

Er trat einen Schritt zurück, lehnte sich gegen einen großen Findling und ergriff ihre Hände.

»Wenn du es willst, verzichte ich auf Titel und Land und ziehe mit dir irgendwohin, wo uns keiner kennt. Ich könnte als Lohnkämpfer bei Turnieren unser Brot verdienen.«

Sie schwieg immer noch, deshalb sprach er weiter.

»Aber dann würden wir die Menschen in unserem Dorf für alle Zeit Randolfs Willkür ausliefern – Jonas und Emma, Karl und deine Ziehtöchter und die anderen. Das wirst du doch nicht wollen nach alldem, was du für sie und für mich getan hast!«

Marthe schwieg weiter und blickte auf ihre nackten Füße.

»Ich verdanke dir die Freiheit und das Leben. Aber es ist nicht Dankesschuld, wenn ich sage, dass es mir gleichgültig ist, ob unsere Hochzeit standesgemäß wäre oder nicht, falls ich meine Ehre wiedererlangen sollte. Ich will nicht länger ohne Liebe leben! Ich will nicht länger ohne dich leben!«

Ihr hartnäckiges Schweigen ließ ihn fast verzweifeln. »Bin ich dir denn so zuwider? Kannst du dir gar nicht vorstellen, mich auch nur ein bisschen zu lieben?«

Endlich sah Marthe ihn an. »Ihr seid mir nicht zuwider ... Meine ganze Liebe gehört Euch ... schon lange, auch wenn ich es mir nicht eingestehen wollte«, flüsterte sie scheu. »Ich würde alles für Euch tun, auch ohne Hochzeit. Aber Ihr könnt mich unmöglich heiraten, wenn Ihr Euer Dorf zurückgewinnen wollt.«

Vor Glück und Erleichterung musste Christian lachen. »Das soll deine geringste Sorge sein!«

Er zog sie an sich und strich mit seinen Händen zärtlich über ihren Hals. Ein köstlicher Schauer lief durch ihren Körper, wie sie ihn noch nie erlebt hatte. Sanft bedeckte er ihr Gesicht mit Küssen.

»Ich will dich nicht als meine Gespielin, ich will dich als meine Ehefrau vor Gott und der Welt«, flüsterte er ihr ins Ohr.

Seine Lippen glitten an ihrem Hals entlang zu ihren Schultern. Vorsichtig streifte er den Ausschnitt ihres Kleides zwei Finger breit beiseite, um sie auch dort zu küssen. Als er spürte, dass sie für einen winzigen Moment erstarrte, schob er den blauen Leinenstoff zurück an seinen Platz.

Sie hatten Zeit.

Er musste erst wieder zu Kräften kommen, und sie musste die Erinnerung an das überwinden, was andere Männer ihr angetan hatten. Er würde sie behutsam erobern müssen. Aber er würde um sie kämpfen, wie sie um ihn gekämpft hatte.

»Hab keine Angst! Ich will, dass du glücklich bist.«

»Das bin ich«, antwortete sie leise und wünschte sich, von ihm wieder so leidenschaftlich geküsst zu werden wie vor zwei Tagen. Christian schien ihre Gedanken zu lesen, und diesmal erwiderte sie seinen Kuss.

Und während ihre Hände durch sein dunkles Haar fuhren, stieg ein so süßes Gefühl in ihr auf, dass sie zum ersten Mal etwas von jenen Freuden der Liebe zu ahnen begann, von denen ihr Emma so Unglaubliches erzählt hatte.

Die Nacht

»Du bist wieder auf den Beinen! Gott sei gepriesen!«

Raimund, der gemeinsam mit Lukas zur Hütte des Wilden

Mannes gekommen war, sprang erleichtert vom Pferd. »Ich geb's ungern zu, aber wir haben uns ernsthaft Sorgen um dich gemacht.«

Er reichte Marthe ein paar Bündel. »Das schickt euch Elisabeth.«

»Wie geht es ihr?«, erkundigte sich Marthe.

»Es kann jeden Tag so weit sein, meint die alte Hebamme aus dem Nachbardorf. Aber ehrlich gesagt wäre ich ruhiger, wenn du bei ihr sein könntest, falls Christian dich schon entbehren kann. Es ist ihr erstes Kind, und ich mache mir Sorgen.«

Marthe sah fragend zu Christian.

»Kümmere dich um Elisabeth. Jetzt brauche ich eher Lukas' Hilfe.«

Sie setzten sich vor die Hütte und packten die Köstlichkeiten aus, die Elisabeth ihnen geschickt hatte.

»Ist Randolf bei dir aufgetaucht?«, wollte Christian wissen.

»Natürlich – und wütend wieder abgezogen, als ich ihn rausgeworfen habe. So weit kommt es noch, dass einer mit gezogenem Schwert meine Halle betritt und meinen Verwalter bedroht.«

Doch dann wirkte Raimund bedrückt. »Ich musste Gero und Richard wieder nach Meißen schicken. Markgraf Dietrich und Hedwig werden dich unterstützen, wenn du vor Otto Gerechtigkeit forderst, aber dafür mussten wir ihnen versprechen, einen Beweis zu finden, dass Oda für den Löwen spioniert. Mich selbst erwartet Otto zurück, sobald das Kind geboren ist. Ich kann also nicht bei dir sein, wenn du dein Dorf zurückeroberst.«

In ungewohnter Heftigkeit sagte Raimund: »Ich hasse mich dafür, dich ausgerechnet jetzt im Stich zu lassen. Aber ich werde dir ein paar zuverlässige Leute mitgeben, die Besten, die ich habe.«

»Nein«, lehnte Christian sofort ab. »Wenn du dich, ohne eine Fehde erklärt zu haben, an dem Kampf gegen Randolf beteiligst, läufst du selbst Gefahr, geächtet zu werden. Das kann ich nicht zulassen.«

»Aber was willst du dann tun? Ganz abgesehen davon, dass du nicht in der Verfassung bist, allein gegen ein Dutzend Bewaffnete anzutreten und die Sache zu überleben. Selbst wenn du Beweise findest für Hartwigs Betrug – du kannst nicht einfach in Ottos Halle spazieren! Schon am Tor würden dich die Wachen erschlagen. Du bist vogelfrei!«

Christian schien das wenig zu bekümmern.

»Ich gelte als tot. Das sollte mir ein gewisses Überraschungsmoment sichern. Und ich werde mir wohl doch einen Bart stehen lassen, zumindest für die nächste Zeit. Wann ist das nächste Landding am Collmberg?«

Verblüfft sah Raimund auf. »Immerhin – es wäre eine Möglichkeit ...«

Zum Landding trafen sich einmal im Vierteljahr die Edlen der Markgrafschaft, um unter freiem Himmel von Otto Rechtsstreitigkeiten schlichten zu lassen.

»In zwei Wochen.« Raimund fuhr fort. »Ich gebe dir meinen normannischen Helm. Mit Nasenschutz, Kettenhaube und Bart dürfte dich niemand auf Anhieb erkennen, weil keiner mit dir rechnet – außer Randolf. Wir müssen nur dafür sorgen, dass Otto einen Unbekannten vor sich treten lässt. Vielleicht hilft dir Markgraf Dietrich dabei.«

»Gibt es Nachricht aus meinem Dorf?«

Raimund nickte. »Ich habe gestern einen meiner Leute hingeschickt, der sich umhören sollte. Er war in der Schmiede, unter dem Vorwand, bei seinem Pferd habe sich unterwegs ein Eisen gelockert. Randolf rechnet natürlich mit deinem Auftauchen. Er hat Hartwig ein paar gut bewaffnete Leute zusätzlich geschickt, doch der macht sich vor Angst bald in die Hosen. Mit jedem Tag, der verstreicht, wächst ihre Hoffnung, du wärst doch noch an den Verletzungen oder am Fieber gestorben.«

»Wie geht es den Leuten im Dorf?«, wollte Christian wissen.

»Sie haben Angst. Der Schmied hat sich natürlich nur sehr vorsichtig geäußert. Wer will es ihm verdenken – sein ganzer Rücken ist verschorft und vernarbt. Aber die Leute flüstern sich heimlich Geschichten von deinen Taten zu. Und dann ist da noch die Sache mit dem Geisterpferd …«

»Drago?«, riet Christian lächelnd.

»Ja. Du hast ihn freigelassen, nicht wahr? Jetzt taucht er immer wieder im Dorf oder am Waldrand auf, nie nahe genug, dass ihn jemand fangen könnte. Er steigt und schlägt aus und verschwindet dann wieder. Und irgendwer legt ihm immer wieder eine Portion Hafer zurecht, jeden Tag an einer anderen Stelle.«

»Kuno und Bertram«, entfuhr es Marthe.

»Die Leute im Dorf sagen, das Pferd wäre verwunschen und würde immer wieder auftauchen, bis dein Tod gerächt ist oder du zurückkehrst«, erzählte Raimund weiter. »Jedenfalls hast du Anhänger im Dorf, die immer noch zu dir stehen, selbst wenn sie dich tot glauben.«

»Ich muss zuerst dorthin und Beweise holen, mit denen ich vor Otto treten kann«, erklärte Christian. »Nimm Lukas mit, wenn du zurückreitest.«

»Aber Herr, natürlich begleite ich Euch«, rief Lukas dazwischen.

»Auf keinen Fall. Vergiss nicht, ich bin geächtet. Willst du auch verfemt werden? Raimund soll dich in sein Gefolge aufnehmen und sich um deine Ausbildung kümmern, bis ich es wieder kann.«

»Man hat Euch fälschlich beschuldigt und nie Gelegenheit gegeben, Euch vor einem Gericht zu verteidigen. Otto muss Euch anhören und freisprechen und Randolf und Hartwig bestrafen«, widersprach Lukas hitzig.

»Er ist der Herr der Mark und muss gar nichts«, entgegnete Christian scharf. »Und ob er wirklich über seinen mächtigsten Vasallen ein strenges Urteil verhängt, darauf würde ich nicht wetten.«

»Randolf hat Euch himmelschreiendes Unrecht angetan«, redete sich Lukas in Rage. »Außerdem habe ich eine persönliche Rechnung mit ihm zu begleichen. Ihr habt mich die Regeln des Rittertums gelehrt. Ich musste mit ansehen, wie er sie mit Füßen getreten hat. Jetzt will ich erleben, wie die Gerechtigkeit wiederhergestellt wird. Außerdem braucht Ihr bis zum Aufbruch jemanden zum Üben mit dem Schwert.«

Zu Christians Überraschung ergriff Raimund Partei für Lukas.

»Überdenke deine Entscheidung. Ihn hat noch niemand vermisst. Und die letzten Tage haben gezeigt, dass Lukas besser ist als mancher Ritter.«

»Ich überlege es mir bis zur Abreise«, lenkte Christian ein.

»So lange bleib und sei mein Übungspartner mit dem Schwert.«

Während Lukas zufrieden aufatmete, überlegte Marthe, was Christian für sie geplant hatte. *Wird er mich bei Elisabeth lassen, so dass ich voller Ungewissheit auf Nachricht warten muss, ob sie ihn wieder fangen und diesmal wirklich töten? Das halte ich nicht aus. Und was will er allein mit Lukas ausrichten?*

Aber Christian schien bereits einen Plan zu haben. »Kannst du uns zwei gute Pferde borgen?«, fragte er Raimund. »Drago ist zu auffällig, selbst wenn ich ihn mir wieder einfange.«

»Ich such dir selbst geeignete aus«, versprach Raimund. »Aber wirst du das schaffen? In einer Woche musst du kampfbereit sein, wenn du zuerst in dein Dorf willst und dann zum Landding.«
Seine Zweifel waren nicht zu überhören.

Raimund nahm Marthe mit in sein Dorf. Sie kamen keinen Moment zu früh. Bei Elisabeth hatten die Wehen eingesetzt, und die alte Wehmutter war froh, dass Marthe sich um die Entbindung kümmern würde. Sie wies ihre knotigen, geschwollenen Hände vor. »Sie schmerzen und zittern. Meine Tage sind gezählt«, meinte die Alte. »Ich helfe dir, wenn ich soll, aber die Herrin sagt, du kennst dich aus. Dann überlasse ich dir gern den Vortritt.«
Marthe nickte und schickte die Frau nach Hause, nicht ohne ihr eine lindernde Salbe in die Hände einmassiert zu haben.
Elisabeth stand in der Halle und sah ihr mit einem gequälten Lächeln entgegen. Sie hatte die Arme in den Rücken gestützt und wanderte auf und ab, bis die nächste Wehe sie zum Stehen zwang.
»Das geht schon einen halben Tag so. Aber ich habe mir nichts anmerken lassen«, sagte sie. »Raimund wäre sonst nicht aus dem Haus gegangen. Die Frauen sagen sowieso, beim ersten Kind dauert es mindestens einen Tag.«
Elisabeth täuschte Munterkeit vor, aber schon kam die nächste Wehe.
Marthe half ihr nach oben in die Kemenate und tastete zwischen den nun schnell hintereinander ablaufenden Wehen den Leib der Gebärenden ab.
»Es wird nicht mehr lange dauern«, versicherte sie. Fast im gleichen Moment ging mit einem Schwall das Fruchtwasser ab.

»Oh!« Elisabeth war sichtlich verlegen, aber Marthe beschwichtigte sie.

Raimund saß derweil in der Halle und wusste vor lauter Unruhe nichts mit sich anzufangen. Elisabeth war trotz ihrer Zierlichkeit nicht so beschaffen, dass sie bei jedem Anlass jammerte. Sie nun vor Schmerz bis in die Halle schreien zu hören, raubte ihm den Verstand. Zweimal schon war er aufgesprungen, zu ihrer Kammer gerannt und hatte Einlass gefordert, aber ein paar Frauen hatten ihm energisch den Zugang verwehrt. Der Raum für eine Niederkunft sei eindeutig kein Ort für Männer, erklärten sie unerbittlich.
So lief er auf und ab wie die gefangene Raubkatze im Käfig.
Nahm denn das kein Ende? Sie war so zart, konnte sie überhaupt eine Geburt überleben? Allmählich begann er sich zu verfluchen, sie durch seine Zügellosigkeit in Gefahr gebracht zu haben. Wenn sie starb, würde er sich das nie verzeihen können.
Schließlich ging er in die Kirche, um zu beten.

Noch vor Mitternacht entband Marthe Elisabeth von einem wunderschönen Jungen mit dichtem schwarzem Haar. Im Gegensatz zu den meisten Neugeborenen sah er nicht rot und zerknittert aus, sondern hatte rosige glatte Haut.
Nachdem die Mägde Elisabeth gewaschen und gekämmt hatten, drückte sie ihr das Neugeborene in den Arm. Glücklich sah die junge Frau auf ihren winzigen Sohn und küsste seine weiche Wange. Sie musste nichts sagen; Marthe machte sich umgehend auf den Weg, um den frisch gebackenen Vater zu suchen.
Werdende Väter verbrachten die Wartezeit meistens bei Bier oder Wein. Doch sie fand Raimund weder in der Halle noch

im Gestüt. Ein Stalljunge sagte ihr schließlich, dass er den Herrn in die Kapelle hatte gehen sehen.

Marthe entdeckte ihn vor dem Altar kniend.

Langsam drehte er sich um. Sein Gesicht sagte ihr, dass er mit einer schlechten Nachricht rechnete. Doch sie lächelte ihm zu.

»Ihr habt einen Sohn! Und seine überglückliche Mutter würde ihn Euch gern vorstellen!«

Es dauerte eine Weile, bis die Nachricht zu Raimunds Verstand durchgedrungen war. Dann stürzte er los und rannte mit riesigen Schritten die Treppe hinauf ins Zimmer der jungen Wöchnerin.

Raimund war so verzückt von dem winzigen Wesen, das sein Sohn war, dass er sich kaum von dem Anblick lösen konnte. Doch noch mehr war er darüber erleichtert, dass Elisabeth die Geburt gut überstanden hatte.

Zwei Tage später brach er schweren Herzens nach Meißen auf, nicht ohne inbrünstig für das Wohlergehen seines Sohnes, seiner Frau und das Gelingen von Christians Vorhaben gebetet zu haben.

Zuvor wollte er einen Abstecher zur Hütte des Wilden Mannes machen, um von den Familienneuigkeiten zu berichten und sich zu vergewissern, dass Christian schnell genug Fortschritte machte, damit er in wenigen Tagen zu einem Kampf auf Leben und Tod aufbrechen konnte.

Marthe sollte vorerst bei Elisabeth und ihrem kleinen Sohn bleiben, der prächtig gedieh. Aber auf ihr Drängen hatte Raimund ihr versprochen, Christian zu überzeugen, dass er sie mitnehmen würde, wenn er in sein Dorf zurückkehrte.

So half sie Elisabeth, sich von der Niederkunft zu erholen, und nutzte die Zeit, um endlich selbst wieder zu Kräften und mit ihren Gedanken ins Reine zu kommen. Nach all dem Grauen, das sie in den letzten Wochen erlebt hatte, tat es ihr gut, glückliche Gesichter zu sehen.

Oft malte sie sich aus, wie sich Christian und Lukas schweiß-überströmt harte Schwertkämpfe lieferten und Schlachtpläne schmiedeten.

Und in verzehrenden Tagträumen rief sie sich Christians Küsse in Erinnerung, seine zärtlichen Berührungen und sein beharrliches Werben. Sie liebte ihn so sehr, sie sehnte sich so heftig nach ihm. Aber gab es eine Zukunft für sie? Würden sie überhaupt die nächsten Tage überleben? Die Wahrscheinlichkeit war nicht sehr groß angesichts der Übermacht, die sie erwartete.

Fünf Tage nach Elisabeths Niederkunft kam Lukas bei Einbruch der Dämmerung ins Gehöft. »Morgen früh brechen wir auf«, sagte er zu Marthe. »Ich soll dich fragen, ob du wirklich bereit bist, mitzukommen.«

Er blickte sich kurz um. »Sicherer aufgehoben wärst du hier. Vergiss nicht, es ist eine gefährliche Sache. Abgesehen davon wirst du wahrscheinlich immer noch als Hexe gesucht.«

In Marthes Stimme lag kein Zweifeln und kein Zögern. »Ich komme mit. Wenn Christian siegt, wird niemand mehr diesen Vorwurf aussprechen.«

Dann fragte sie fast schüchtern: »Wie geht es dem Herrn?«

»Oh, besser als mir«, grinste der Knappe. »Die Wunden heilen, er humpelt kaum noch, schwingt das Schwert wie in besten Tagen und hat mich heute damit bis zum Umfallen vor sich hergescheucht. Ich werde Not haben, überhaupt noch auf einen Gaul zu kommen, so erledigt bin ich.«

Der Stallmeister brachte ihnen zwei gut gebaute und bereits gesattelte Hengste. Während Lukas Marthe half, vor ihm aufzusitzen, brachte ihnen Elisabeth einen reichlich gefüllten Korb und wünschte ihnen Gottes Segen für ihr Vorhaben.

Dann brachen sie auf, ritten der Ungewissheit entgegen, jeder in Gedanken darüber versunken, was der nächste Tag bringen würde.

Als Marthe zum ersten Mal wieder Christian gegenüberstand, überschlugen sich ihre Gedanken. Er wirkte gut bei Kräften, wenngleich er ein Bein noch etwas nachzog. Der Bart veränderte sein Aussehen, aber ein kurzer Blick in seine Augen sagte ihr, dass seine Gefühle für sie geblieben waren und er in ihrem Gesicht eine Antwort suchte.

Sie bot ihm an, dem Knie mit einem straffen Verband Halt zu geben, und unter die Leinenstreifen strich sie Veilchensalbe.

Als Christian den Inhalt von Elisabeths Korb untersuchte, konnte er sich ein Lächeln nicht verkneifen.

»Es geht doch nichts über eine vorausschauende Hausfrau«, meinte er und hielt drei scharf geschliffene Dolche sowie ein Bündel Stricke hoch, gut geeignet, um ein Dutzend Männer zu fesseln.

Er gab Marthe und Lukas je einen der Dolche.

»Ich bin nach wie vor bereit, die Sache allein auszufechten«, sagte er dann ernst mit Blick auf die beiden. »Ich will nicht, dass ihr euch meinetwegen in Gefahr begebt.«

»Es ist nicht nur Euretwegen«, widersprach Marthe leise. »Es ist für uns alle, für unser Dorf. Ihr werdet es nicht allein ausfechten müssen. Es werden sich Leute finden, die Euch zur Seite stehen.«

»Wir werden sehen«, meinte Christian, ohne eine Gefühlsregung preiszugeben. »Wir sollten zeitig schlafen, um morgen ausgeruht zu sein.«

Sie löschten das Feuer. Jeder richtete es sich auf seinem Schlafplatz so bequem wie möglich ein.

Marthe konnte nicht einschlafen, so sehr wirbelten ihre Gedanken durcheinander. Doch alle ihre Überlegungen führten zu einem einzigen Ergebnis.

Als sie sicher war, dass Lukas fest schlief, stand sie auf und ging leise hinüber zu Christians Lager. Noch ehe sie sich an seine Seite setzen konnte, hatte er einen Dolch gezogen, sie gepackt und ihr die Waffe an die Kehle gesetzt.

»Ich bin's doch nur«, flüsterte sie entsetzt.

Sofort ließ Christian sie los und steckte den Dolch weg. »Verzeih mir«, flüsterte er. »Ich dachte, es wäre ein Feind.«

Zwischen ihnen herrschte einen Moment betretenes Schweigen.

»Niemand weiß, ob wir morgen Abend noch leben«, sagte Marthe schließlich leise. Weil sie die nächsten Worte nicht aussprechen konnte, beugte sie sich über ihn und küsste ihn.

Nach einem winzigen Moment der Überraschung erwiderte er ihren Kuss innig. Dann löste er sich von ihr, stand auf, griff nach seinem Umhang und zog sie mit sich aus der Hütte.

Draußen legte er seinen Arm um ihre schmale Taille und führte sie zu der winzigen Lichtung, auf der er vor ein paar Tagen um ihre Hand angehalten hatte. Er ließ seinen Umhang auf das weiche Waldgras fallen und sah sie an.

Im Mondlicht konnte Marthe den glücklichen Ausdruck auf seinem Gesicht erkennen. Dann schloss sie die Augen und genoss seinen Kuss, der bald fordernder wurde. Sie schmiegte sich an ihn, öffnete ihren Mund, als seine Zunge vorsichtig gegen ihre Zähne stieß, und begegnete ihr.

Begehrlich strichen seine Hände über ihren Körper. Aber er hatte ihre Ängste nicht vergessen.

»Bist du sicher, dass du das willst?«, fragte er schwer atmend.

»Ja.«

Bei Gott, sie überrascht mich immer wieder, dachte er, obwohl er inzwischen kaum noch wusste, wie er das schmerzhaft aufsteigende Verlangen hätte zügeln können, wenn sie »Nein« gesagt hätte. Zu lange hatte er enthaltsam gelebt, zu lange hatte er sich nach dieser Frau gesehnt.

Beim heiligen Georg, wie sollte er jetzt noch behutsam sein, wo sein ganzer Körper danach drängte, sie mit Haut und Haar zu besitzen, und vor Verlangen fast zerbarst?!

Mit dem letzten bisschen klaren Denkens, das ihm noch blieb, begriff er, dass dies das Mutigste war, was sie je getan hatte. Nach dem, was er wusste und ahnte, mussten ihre bisherigen Erfahrungen mit Männern grausam gewesen sein.

Er küsste ihren Hals, ihre Schulter, seine Hände streichelten ihre Brüste, erst sanft, dann fester.

Sie hob bereitwillig die Arme, damit er ihr das Überkleid abstreifen konnte. Vorsichtig zog er den dünnen Stoff ihres Unterkleides beiseite und ließ seine Zunge um ihre Brustwarzen kreisen. Er spürte, wie sie sich aufrichteten, und hörte Marthe leise stöhnen.

Dann sank er vor ihr auf die Knie, schob ihr Unterkleid hoch und glitt mit seinen Lippen über das weiche Fleisch ihres Bauches, während er sie fest umklammerte, als wollte er sie nie wieder loslassen.

Marthe hätte die Gefühle nicht beschreiben können, die ihren ganzen Körper erfassten. So etwas hatte sie noch nie erlebt. Und sie wollte mehr davon! Ihre Hände strichen durch sein Haar, umklammerten seinen Nacken und pressten seinen Kopf gegen ihren Bauch. Dann zog sie das Unterkleid aus, warf es achtlos beiseite und sank ebenfalls auf die Knie.

Das Mondlicht ließ ihren Körper silbrig schimmern. Wortlos betrachtete er sie, bis er schließlich herausbrachte: »Du bist wunderschön.«

Er bettete sie auf seinen Umhang und zerrte sich mit ihrer Hilfe die Kleider vom Leib.

Während er ihre Brüste und dann wieder ihren Mund küsste, glitten seine Hände über die sanften Linien ihrer Hüften, liebkosten ihre Schenkel, fühlten, dass sie bereit für ihn war.

Inzwischen zitterte auch Marthe vor Begierde. Scheu zog sie ihn über sich. Sein Glied war aufgerichtet und erschien ihr riesig.

Doch dann erlebte sie, was sie zuvor nie für möglich gehalten hatte: Ein Mann drang in sie ein, ohne ihr Schmerzen zu bereiten. Diesmal war sie nicht trocken und verängstigt oder angewidert, sondern feucht und voller Lust. Sie wollte ihn.

Wieder stöhnte sie auf. Christian zog sich kurz aus ihr zurück, doch nur, um noch tiefer in sie einzudringen. Dann konnte er sich nicht länger zügeln – und ihr genussvolles Stöhnen sagte ihm, das er es auch nicht musste. Immer schneller und tiefer wurden seine Stöße, bis er sich in sie ergoss und mit einem Seufzer fast über ihr zusammenbrach.

Lange lagen sie stumm nebeneinander, die Hände ineinander verschränkt, jeder erfüllt von dem Erlebnis.

Als Christian die zarten Linien ihres Gesichts nachzeichnen wollte, sah er Tränen auf ihren Wangen und erschrak.

»Habe ich dir wehgetan? Verzeih mir, Liebste«, flüsterte er betroffen.

»Nein. Es ist … ich bin so glücklich!«

Er küsste ihre Tränen weg und schmeckte das Salz, streichelte ihr Haar, glitt mit seinen Lippen über ihren Hals und ihre Schultern, während sie seinen Körper liebkoste.

Und dann liebte er sie noch einmal, diesmal langsam und voller Zärtlichkeit. Er kreiste in ihr, hob ihre Hüften an und bemerkte voller Freude, dass sie sich ihm entgegenwölbte, als könnte sie nicht genug von ihm bekommen. Ihre Hände umklammerten seine Schultern, fuhren dann wieder über seinen Körper, bis sie sich in immer schneller werdendem Rhythmus mit ihm bewegte und ihre Lustschreie über die Lichtung hallten.

Schweißüberströmt lagen sie danach aneinander geschmiegt, erschöpft, doch glücklich. Mit letzter Kraft schlug Christian seinen Umhang um Marthes Körper, damit sie nicht fror.

»Willst du mich nun heiraten?«, flüsterte er dann.

Sie lachte leise. »Wenn Ihr darauf besteht!«

Dann wurde sie unversehens ernst. »Wir sollten darüber reden, wenn alles überstanden ist.«

Er strich über ihre Wange. »Warum weichst du mir aus? Es ist mir ernst. Oder hast du Angst, das Leben einer Ausgestoßenen führen zu müssen? Ich werde dich schützen und verteidigen – bis zum letzten Blutstropfen.«

»Das weiß ich. Aber macht es Euer Vorhaben nicht noch schwieriger, wenn Ihr mit einer Niedriggeborenen als Ehefrau vor Otto tretet?«

»Ich sage doch, das ist mir gleichgültig! Ich will nicht mehr ohne dich leben. Und solange ich verfemt bin und kein Amt mehr bekleide, muss ich ihn nicht fragen, wen ich heirate.«

Er fuhr mit seinen Fingern sanft durch ihr Haar. »Und bitte, nenn mich bei meinem Namen.«

»Unmöglich!«

»Versuch es!«

»Christian … Glaubt Ihr …« Sie stockte, als er scherzhaft seinen Finger hob. »Glaubst … du, dass der Markgraf dir das Dorf zurückgibt?«

»Willst du die Wahrheit hören? Ich kann mir nicht vorstellen, dass er Randolf fallen lässt.«

»Aber du wirst trotzdem gegen Hartwig ziehen, nicht wahr?« Es war mehr eine Feststellung als eine Frage.

»Ich muss es versuchen. Das bin ich Guntram schuldig und

Grete, Bertha und Jonas und allen, die Schlimmes erdulden mussten oder noch erdulden.« Er machte eine kurze Pause.

»Fürchtest du dich? Willst du, dass wir den Gang der Dinge Raimund und Markgraf Dietrich überlassen und weit weggehen?«

Sie legte einen Finger auf seinen Mund, als wollte sie ihn am Sprechen hindern. »Ich habe nur eine Angst – dich zu verlieren! Aber du könntest nicht damit leben, die anderen im Stich gelassen zu haben. Du wärst nicht mehr der Mann, den ich liebe. Und mich würdest du auch hassen, weil ich dich dazu gebracht habe.«

Christian schwieg so lange, dass sie schon glaubte, er wäre eingeschlafen. Doch dann schlug er die Augen auf und sah sie an. »Verrätst du mir, warum du zu mir gekommen bist?«

Sie bereute nichts, aber sie konnte ihm unmöglich sagen, wie viele Ängste sie dafür überwinden musste. Also schlug sie einen scherzhaften Ton an.

»Ich hatte gehofft, dass du so morgen mindestens einen Grund hast, dein Leben nicht allzu leichtfertig aufs Spiel zu setzen!«

Christian ahnte, was in ihr vorging. Er küsste sie wieder und antwortete leichthin: »Keine Sorge, ich pass schon auf mich auf. Und auf dich.«

Im ersten Morgengrauen erhob sich Christian vorsichtig, um Marthe nicht zu wecken. Hingerissen betrachtete er ihre zarte Gestalt und zog seinen Umhang über ihre Schulter.

Doch dann drängte sich ihm die Vorstellung auf, wie Randolf sich auf sie warf und ihr Gewalt antat. Erneut brandete Hass in ihm auf. Herr, die Rache ist Dein, dachte er, aber vergib mir, denn ihm kann ich nicht vergeben. Ich muss ihn töten.

Er ging zum Rand der Lichtung und stieß sein Schwert in den Boden, so dass es als Kreuz vor ihm stand. Er kniete davor nieder, richtete alle seine Gedanken auf den Kampf, der vor ihm lag, und betete stumm.

Allmächtiger, solltest Du beschließen, mich zu Dir zu nehmen, dann bitte ich Dich, halte Deine schützende Hand über meine Kameraden, mein Dorf und ganz besonders über Deine Tochter Marthe.

Lange Zeit verharrte er so.

Dann ging er zurück. Marthe schlief noch, in seinen Mantel gehüllt, der weich die Konturen ihres Körpers nachzeichnete. Sie steckt voller Geheimnisse, dachte Christian. Aber das größte Geheimnis ist, woher sie immer wieder den Mut und die Kraft nimmt, mehr zu wagen als jeder andere in ihrer Lage.

Als Lukas erwachte, fand er die Hütte leer vor. Erschrocken sprang er auf. Hatte er verschlafen? Das würde Ärger geben! Oder war Christian doch in aller Stille ohne ihn aufgebrochen?

Rasch streifte er seine Kleider über und stürzte nach draußen. Beruhigt atmete er auf. Christian und Marthe standen bei den Pferden.

Doch dann machte ihn etwas stutzig, die Art, wie sie sich ansahen, die Nähe und Vertrautheit, die plötzlich unverkennbar zwischen ihnen herrschte. Er spürte einen schmerzhaften Stich in seinem Inneren.

Hatte er deshalb gewartet, dass sie ihm wieder ein anderer wegschnappte? Den alten Wiprecht hatte er dafür hassen können und trotzdem die Hoffnung nicht aufgegeben, eines Tages Marthe für sich zu gewinnen. Aber wie sollte er Christian hassen, seinen Herrn und Ritter?

Der hatte ihn inzwischen bemerkt. »Bereit zum Aufbruch?«

Lukas war unfähig, etwas zu sagen, er nickte nur.

Natürlich ließ sich keiner der beiden vor ihm etwas anmerken. Doch das Leuchten in Marthes Augen war unübersehbar, ebenso die verstohlene Zärtlichkeit, mit der Christians Blick sie immer wieder für einen winzigen Moment streifte. Sie strahlten vor Glück.

Wohin sollte das führen? Und das ausgerechnet jetzt, wo sie Klarheit im Kopf brauchten, weil sie in einen äußerst ungleichen Kampf zogen!

Schroff lehnte er das Brot ab, das ihm Marthe anbot, trank nur einen Schluck Bier, suchte seine Sachen zusammen und saß auf.

Von quälenden Gedanken erfüllt, folgte er ihnen Richtung Christiansdorf. Es war fast ein Glück, dass der junge Hengst, den Raimund für ihn ausgesucht hatte, bald seine ganze Aufmerksamkeit in Anspruch nahm.

Wieder einmal saß Marthe vor Christian auf seinem Pferd und hatte fast einen ganzen Tagesritt vor sich, um in ihr Dorf zu gelangen. Doch diesmal war alles ganz anders. Selbst wenn sie noch vor Ablauf des Tages sterben würde, dieses Mal genoss sie es, sich an ihn zu lehnen und von seinen starken Armen gehalten zu werden.

Ihr Körper zog sich zusammen bei der Erinnerung an jede Einzelheit der vergangenen Nacht. Am liebsten hätte sie ihn geküsst, ihm Liebesworte zugeflüstert und ihn wieder und wieder in sich aufgenommen. So eng und vertraut an ihn gelehnt zu sein und ihn nicht liebkosen zu können, bereitete ihr beinahe Qualen.

Sie wusste, dass Christian ähnlich empfand. Die Liebe, die beim Aufwachen aus seinen Augen sprach, das kraftvolle und zugleich zärtliche Begehren, mit dem er sie am Morgen auf der Lichtung noch einmal genommen hatte, die Innigkeit seiner Berührungen …

Doch nun ritten sie in einen Kampf. Wenn sie überleben wollten, mussten sie ihre ganze Aufmerksamkeit darauf richten.

Marthe war sicher, dass Christian sein Vorgehen schon geplant hatte. Aber sie wollte ihn jetzt nicht danach fragen. Er würde schon sprechen, wenn es so weit war. Bis dahin wollte sie das schweigende Einvernehmen zwischen ihnen genießen und in köstlichen Erinnerungen an die Nacht und den Morgen schwelgen.

Abrechnung

Je mehr sich Christian, Marthe und Lukas ihrem Dorf näherten, umso vorsichtiger wurden sie. Kurz vor Einbruch der Dämmerung hielt der Ritter auf die Höhle zu, in der Marthe auf Lukas gewartet hatte, nachdem sie aus dem Dorf hatte fliehen müssen.

Sie hofften, dass nach wie vor niemand außer ihnen, Kuno und Bertram von dem geheimen Ort wusste. Lukas hatte den Jungen eindringlich eingeschärft, keinem davon zu erzählen.

Aufmerksam musterten sie die Umgebung. Aber es waren keine Anzeichen dafür zu erkennen, dass hier in letzter Zeit ein Mensch gewesen war. Nahe der Höhle fanden sie auch das Versteck unberührt, in dem Christian vor seiner Gefangennahme Kettenhemd, Kettenhaube, Helm und Gambeson verborgen hatte. Da alles sorgfältig in Leder gehüllt war, musste die Rüstung nur an einigen Stellen vom Rost befreit werden.

Christian wies ihn und Marthe an, sich verborgen zu halten und auf keinen Fall ins Dorf zu kommen, bevor er nicht jemanden nach ihnen schickte. Er wollte zuerst allein unerkannt ins Dorf gehen, um in Erfahrung zu bringen, mit wie vielen Gegnern er es zu tun hatte und auf wen er noch zählen konnte.

Er holte den zerlumpten Kittel aus dem Versteck, mit dem sich Lukas beim letzten Mal ins Dorf geschlichen hatte, und zog ihn über. Seinen Dolch verbarg er darunter, schlüpfte noch in ein paar alte Beinlinge, die Raimund von einem seiner Bauern eingetauscht hatte, und rieb sich Schmutz ins bärtige Gesicht.

Dann setzte er die Kapuze des Bergkittels auf, nahm die mitgebrachte Spitzhacke in die Hand und lief ein paar Schritte mit gekrümmtem Rücken, was zugleich seine Größe verbarg. Die Verwandlung war perfekt.

»Keiner wird Euch erkennen, der nicht einen Schritt vor Euch steht«, versicherte Lukas verblüfft.

»Gut. Und denkt daran – ihr bewegt euch nicht von der Stelle, bevor ihr von mir Nachricht bekommt!«

Er warf Lukas einen strengen Blick zu, der sich stumm verneigte, und sah dann zu Marthe. In ihren Augen sah er Liebe und Abschiedsschmerz.

»Es wird gelingen«, sagte sie fest.

Schnell wandte er sich ab, um der Versuchung zu widerstehen, sie an sich zu reißen, und machte sich auf den Weg.

Christian schlich an eine Stelle, von der aus er unbemerkt die Schmiede beobachten konnte. Als er sicher war, dass sich dort niemand außer Jonas und Karl aufhielt, ging er, den erschöpften Gang eines Bergmanns nach einem harten Arbeitstag nachahmend, darauf zu und trat ein.

Jonas hieb gerade beidhändig mit einem gewaltigen Hammer auf ein rot glühendes Stück ein, das Karl in gleichmäßigem Rhythmus drehte. Er sah nur flüchtig auf und meinte: »Leg dein Gezähe auf die Bank, ich kümmere mich nachher darum.«

»Ich warte lieber hier, bis du Zeit für mich hast«, sagte Christian gelassen und streifte sich die Kapuze vom Kopf.

Jonas ließ den Hammer sinken, Karl erstarrte mitten in der Bewegung und sah ihn wie einen Geist an. Doch bevor sie in einen Freudenschrei ausbrechen konnten, legte Christian den Finger auf den Mund und bedeutete ihnen, leise zu sein.

»Ihr lebt, Herr! Gott sei gepriesen«, stieß Jonas erleichtert hervor. Zu seiner Überraschung sah Christian, dass der kräftige Schmied tief gerührt war.

»Marthe hatte Recht!«, flüsterte Karl froh. »Sie hat gesagt, dass Ihr nicht tot seid.« Dann verdüsterte sich sein Gesicht. »Sie haben sie verjagt. Wir haben sie gesucht, aber nie wieder etwas von ihr gehört. Es tut mir Leid, Herr.« Der junge Schmied schien auf einmal vor Kummer um Jahre gealtert.

»Sie ist wohlauf und wartet ganz in der Nähe«, erklärte Christian.

»Gott segne Euch«, stieß Karl glücklich hervor.

Christian wusste, was die beiden Männer durchlitten hatten und dass sie nur dank Marthes Wagemut noch lebten. Und er wusste auch, dass Karl Marthe liebte. Aber das machte ihm nichts mehr aus. Sie war nun sein auf alle Zeit.

»Ihr solltet weiterarbeiten, die Stille fällt sonst auf«, ermahnte er.

Jonas wuchtete das glühende Metallstück in ein Fass voll Wasser, wo es mit gewaltigem Zischen und Qualmen versank. Dann grinste er Karl an und warf ihm einen kleinen Hammer zu. »Los, lass uns ein bisschen Lärm veranstalten.«

Während die Schmiede auf dem Amboss herumhämmerten, ließ sich Christian berichten.

»Wie viele Leute hat Hartwig jetzt hier?«

»Ein Dutzend. Ein paar kommen jeden Abend und durchsuchen unsere Häuser nach Euch. Und vor einer Woche hat Randolf noch einen neuen Befehlshaber für seine Bewaffneten geschickt, einen riesigen Kerl namens Bodo.«

Der kräftige Schmied sah verlegen und besorgt zugleich aus. »Wir stehen zu Euch und haben all die Zeit gebetet, dass Ihr lebt und zurückkehrt, um wieder für Gerechtigkeit zu sorgen. Aber Ihr könnt hier nicht bleiben, Herr! Sie dürfen Euch nicht finden!«

»Sie kommen immer zu zweit, durchstöbern alles und stehlen, was ihnen gefällt«, ergänzte Karl mit kaum verhohlener Wut. »Wir können uns nicht dagegen wehren. Sie sind zu viele und zu schwer bewaffnet.«

»Diesmal werden wir ihnen einen passenden Empfang bereiten«, meinte Christian entschlossen. »Auf wen kann ich zählen?«

»Auf uns zwei natürlich, auch Emma und Bertha werden Euch nicht verraten. Aber dann? Es sind nicht mehr viele von uns ersten Siedlern da«, meinte Jonas beinahe beschämt. »Guntram, Grete und Wiprecht sind tot. Der Verräter Kaspar übrigens auch.«

»Hatte er nicht Asyl bei Pater Bartholomäus?«, fragte Christian.

»Er hat sich davongestohlen, und wenig später fanden wir seine Leiche. Es war niemand von uns, der ihn erstochen hat.«

»Damit haben wir keinen Beweis mehr für den Betrug. Kann ich auf den Bergmeister zählen?«

»Ich denke schon. Er hat übrigens Bertha in sein Haus genommen. Das hätte er sicher nicht getan, wenn er Guntram für schuldig halten würde.« Schnell schlug Jonas ein Kreuz für den Ermordeten. »Martin ist mit Hermanns Tochter weggegangen. Es heißt, sie leben jetzt in Bertholdsdorf. Aber vor Hildebrand müsst Ihr Euch in Acht nehmen. Der hat sich offen auf Hartwigs Seite geschlagen. Meint, man müsse den Tatsachen ins Auge blicken.«

»Ein Feigling und Verräter«, meinte Karl, während er verbissen auf den Amboss einschlug. »Dabei hat Hartwig eine himmelschreiende Ungerechtigkeit ausgebrütet. Jetzt verlangt er nicht nur von den Bergleuten, sondern auch von allen anderen ein Drittel des Ertrags. Das können wir nicht aufbringen. Sie lassen uns verhungern.«

»Wer nicht zahlen kann, dem droht er mit Peitsche und Stock«, fuhr Jonas grimmig fort. »Die Kinder darben, während er sich das Geld in die eigene Tasche steckt. Vater Bartholomäus tut, was er kann. Aber Hartwigs Leute lachen nur, wenn er ihnen mit Verdammnis droht, und meinen, dass ihnen in Meißen jederzeit großzügig Absolution erteilt wird.«

»Was ist mit Kuno und Bertram? Ich könnte jetzt gleich ihre Hilfe brauchen.«

Jonas lächelte. »Die werden überglücklich sein, dass Ihr wieder da seid und sie Euch helfen können. Soll ich sie holen?«

»Schick Emma. Aber sie dürfen sich nichts anmerken lassen.«

Jonas ging nach draußen, um seiner Frau Bescheid zu sagen, und kehrte rasch zurück.

»In welcher Reihenfolge gehen Hartwigs Leute durch eure Häuser?«, wollte Christian wissen.

»In die Schmiede kommen sie immer zuerst.«

»Sie werden euch heute zum letzten Mal belästigen«, versprach Christian. »Gibt es ein paar zuverlässige und mutige Männer unter den Bergleuten? Einer der Jungen soll sie in meinen Plan einweihen. Aber Hartwigs Leute dürfen nicht erkennen, wer sie angreift. Wenn es schief geht, schiebt alles auf mich. Ich werde alles auf mich nehmen, ich schwöre es.«

Er sah die Männer an. »Seid ihr bereit, das zu wagen? Sonst muss ich anders vorgehen, verlasse mich aber auf euer Stillschweigen.«

Hass loderte über Jonas' Gesicht. »Was wir tun können, um dieses Lumpenpack loszuwerden – wir sind dabei«, versicherte er grimmig. »Und mit diesem Fettsack Hartwig habe ich noch eine besondere Rechnung offen. Bereiten wir dem Spuk ein Ende!«

Wenig später kamen Kuno und Bertram in die Schmiede gerannt. Außer Atem, aber voller Begeisterung starrten sie ihren Ritter an.

»Jetzt zahlt Ihr diesen Schurken alles heim, nicht wahr?«, frohlockte Kuno mit leuchtenden Augen.

»Ja. Aber dazu brauche ich eure Hilfe. Kuno – lauf zur Höhle, dort sind Lukas und Marthe. Pass auf, dass dir niemand folgt. Lukas soll gleich kommen. Und borg ihm deinen Kittel.«

»Ist gut, Herr«, antwortete der Rotschopf freudestrahlend und war schon verschwunden.

Bertram wurde mit seinem Auftrag zu den Bergleuten geschickt, die Jonas als zuverlässig bezeichnet hatte.

»Sie kommen«, raunte Karl, der das Geschehen jenseits des Baches durch das Fenster beobachtet hatte.

Christian bezog neben dem Eingang Posten.

Rüde stießen zwei Bewaffnete die Tür zur Schmiede auf und betraten den Raum. »Na, ihr Lumpenpack«, pöbelte einer zu Jonas und Karl hinüber.

Der andere warf absichtlich einen Korb Holzkohle um, der am Eingang stand.

Im gleichen Moment war Christian unbemerkt von hinten an ihn herangetreten, riss ihm sein Schwert aus der Scheide und stieß es ihm in den Rücken.

»Lies das wieder auf, oder ich durchbohre dich mit deiner eigenen Klinge«, sagte er ruhig.

Der Überrumpelte war starr vor Staunen, der andere drehte sich brüsk um. »Was nimmst du dir heraus, du Tölpel? Dafür wirst du hängen!«

»Das glaube ich nicht«, antwortete Christian und streifte die Kapuze vom Kopf.

Während der Entwaffnete sich langsam umdrehte, seinen Gegner erkannte und ihn wie einen Geist anstarrte, hielt Jonas den zweiten in Schach, indem er ihm einen Eisenstab mit rot glühender Spitze vors Gesicht hielt.

»Zieht euch aus«, forderte Christian seine Gegner auf. Die sahen ihn verwirrt an.

»Wird's bald!«

Zögernd legten die Männer Lederwams und Stiefel ab und ließen sie auf den Boden fallen.

»Deine hässliche Bruche kannst du behalten – besten Dank auch!«, spottete Christian und warf Karl ein paar Stricke zu, mit denen dieser dem Mann die Hände band – Elisabeths fürsorgliche Gaben.

Dann entwaffneten, entkleideten und knebelten sie den zweiten Mann. Jonas hatte keine Bedenken, jedem mit einem derben Knüppel eins überzuziehen

»Das ist für eure freundliche Fürsorge, als ich im Stock lag«, knurrte er.

»Für den Beginn einer Laufbahn als Gesetzloser war das doch nicht schlecht?«, fragte er grinsend Christian.

»Dazu wird es nicht kommen. Hartwig und seine Leute werden sich verantworten müssen.«

Wenig später kam Kuno mit dem als Bauer verkleideten Lukas zurück. Der sommersprossige Rotschopf blickte den Ritter begeistert an, als er die zwei Bewusstlosen gefesselt auf dem Boden liegen sah. »Ich habe immer gewusst, dass Ihr uns nicht im Stich lasst und hier ordentlich aufräumen werdet«, sprudelte es aus ihm heraus.

Christian lächelte über so viel Begeisterung. »Du kannst mir helfen. Halte mit Bertram Ausschau, in welchen Häusern die anderen gerade sind.«

Er warf Lukas die Kleider eines der Reisigen zu. Beide zogen die erbeuteten Stücke an, so dass sie von weitem als Hartwigs Leute durchgehen würden. Zufrieden griff er nach seinem eigenen Schwert, das Lukas in einem Sack mitgebracht hatte.

Bertram und Kuno kamen zurück in die Schmiede gerannt und berichteten, wo gerade die Männer ihr Unwesen trieben.

In ihrer Verkleidung gingen Christian und Lukas erst in Berthas, dann in Karls Haus und überrumpelten vier weitere Männer.

Doch sie wussten, bald würde ihre Aufgabe schwieriger werden.

Die anderen Bewaffneten würden ihre Kumpane vermissen.

Niemand durfte die Gelegenheit haben, Dorfbewohner als Geiseln zu nehmen oder sich an ihnen zu rächen. Und niemand durfte entkommen und zu Randolf gelangen.

Deshalb beschlossen sie, sich als nächsten Hartwig vorzunehmen.

In der Hoffnung, dass keiner ihre Gesichtszüge genauer in Augenschein nehmen würde, näherten sie sich lässig dem Herrenhof.

Ein gelangweilter Wachmann sah träge hoch. »Was gibt's?«

Noch ehe er erkannt hatte, wer da vor ihm stand, ließ ihn ein kräftiger Hieb in den Magen zusammensacken. Augenblicke später fand er sich gefesselt und geknebelt und in eine Ecke gezerrt wieder.

Sieben von zwölf, rechnete Christian. Blieben noch fünf. Und Hartwig und dieser Bodo.

Im Vorraum des Herrenhauses drehte sich ein Knecht entrüstet zu ihnen um. Mit einiger Verzögerung erkannte er sein Gegenüber und wollte den Mund zu einem Warnschrei öffnen, doch da hatte ihn schon ein kräftiger Nackenschlag von Lukas zu Boden geschickt.

Christian nickte dem Knappen anerkennend zu. Mit erhobenem Schwert fragte er leise: »Bereit?«

»Bereit.«

Sie stürmten in den Raum, in dem Hartwig mit dreien seiner Männer am Tisch saß. Wie verabredet verwickelte Christian die Wachen sofort in einen hitzigen Kampf, während Lukas den betrügerischen Verwalter mit dem Schwert in eine Ecke drängte. Der Fette leistete keinen Widerstand, sondern starrte nur mit zitternder Unterlippe abwechselnd auf die Klinge und den blutigen Kampf vor seinen Augen. Christian hatte inzwischen den ersten Gegner niedergestreckt und holte zu einem Streich aus, der den zweiten mit tödlicher Wunde zu Boden gehen ließ.

Der Dritte war geschickter mit der Waffe. Nur eine schnelle Drehung rettete Christians Schwertarm, dennoch brachte ihm der andere eine Wunde am Unterarm bei.

Als sein Gegner fliehen und seine Kumpane warnen wollte, holte Christian mit aller Kraft aus und streckte ihn zu Boden.

Dann wandte er sich dem kreidebleichen Verwalter zu, der aussah, als würde er sich vor Angst gleich übergeben. Hartwig hatte längst erkannt, wer vor ihm stand.

Christian gab Lukas das Zeichen, sein Schwert zu senken, und ging nun mit eigener, bluttriefender Waffe auf den Verwalter zu.

Der sank auf die Knie. »Gnade, bei Gott dem Allmächtigen!«
Christian sah verächtlich auf ihn herab. Was für eine fette, widerliche Kröte, dachte er.

»Wann erwartest du Randolf zurück?«

Er sah den verschlagenen Blick, der über Hartwigs Gesicht
huschte, und zielte mit dem Schwert direkt auf dessen Kehle.
»Die Wahrheit!«

Der Verwalter sank in sich zusammen. »Vorerst nicht, er ist
vom Markgrafen in Anspruch genommen«, sagte er mit wei-
nerlicher Stimme. »Aber er will sofort Nachricht, wenn Ihr
hier auftaucht.«

»Die Nachricht wird er bekommen«, sagte Christian grimmig.
»Und nun steh auf und mach dir nicht in die Hosen, Mann!«

Zitternd kam Hartwig der Aufforderung nach – zumindest
der ersten.

»Willst du mein Dorf lebend verlassen?«, fragte Christian mit
harter Stimme.

Der Fette nickte hastig

»Befiehl deine restlichen Leute hierher zu dir. Mein Knappe
wird mit dir rausgehen, damit du nicht auf dumme Gedanken
kommst. Und täusch dich nicht in ihm – er ist genauso schnell
mit dem Schwert wie ich!«

Er wandte sich an Lukas. »Beim geringsten Verdacht stich ihn
ab – er hat es verdient.«

»Mit dem größten Vergnügen!«

Hartwig trat hinaus, dicht gefolgt von Lukas, der ihm sein
Messer in den Rücken bohrte.

Der Verwalter wollte seine verbliebenen Leute zu sich rufen,
doch die Stimme brach ihm und seine Knie zitterten. Ist das
nur Schweiß oder schon Blut, was da heiß meinen Rücken
hinunterläuft?, dachte er ängstlich. Er räusperte sich und versuchte es noch einmal: »Wachen zu mir!«

Eine Weile rührte sich nichts.

Lukas bohrte sein Messer fester in den speckigen Rücken des Fettwanstes.

»Kommt gefälligst, ihr Bastarde, wenn ich euch rufe!«, schrie Hartwig nun voller Wut.

Endlich trat ein Mann von beeindruckender Körpergröße aus Emmas Haus und stellte sich breitbeinig auf, offensichtlich der neue Anführer von Hartwigs Bewaffneten.

»Christian, du Dieb und Verbrecher, wo verkriechst du dich?«, schrie er. »Denkst du, ich merke nicht, was hier vorgeht?«

Christian trat vor das Herrenhaus.

»Hier stehe ich. Und wenn du willst, dass dein Kumpan Hartwig und der Rest von deinen Leuten überleben, du selbst eingeschlossen, dann komm her!«

»Mutig gesprochen. Aber was willst du allein gegen so viele von uns ausrichten? Und dagegen?« Bodo grinste hämisch und drehte sich um. Auf sein Zeichen traten zwei Männer aus dem Haus. Jeder von ihnen hielt in der hocherhobenen linken Hand ein kleines Kind am Bein gepackt – Emmas Tochter und den kleinen Christian, Guntrams Sohn, das erste im Dorf geborene Kind. Während die Kleinen brüllten und zappelten, zogen die Männer ihre Schwerter und holten aus, bereit, den Kindern die Köpfe abzuschlagen.

»Kannst du das mit ansehen, Christian? Wie wir die Brut deiner geliebten Bauern einfach so abstechen, weil du zu feige bist, dich zu ergeben? Du kannst dir aussuchen, wer von den süßen Kleinen zuerst dran glauben soll!«

»Das Geisterpferd«, schrie plötzlich jemand und wies auf den Waldrand, wo Drago laut wiehernd erschien.

Der Moment der Ablenkung kostete die Bewaffneten das Leben.

Voller Hass stieß Jonas, der unbemerkt herangetreten war, ein langes Messer in den Rücken des Mannes, der seine Tochter am Fuß gepackt hatte. Noch während der Mann zu Boden ging, hatte der Schmied das Mädchen aufgefangen und nahm es in die Arme.

Fast gleichzeitig entriss Marthe dem anderen den kleinen Christian, und Bertha trieb dem Bewaffneten mit aller Wucht eine Spitzhacke ins Kreuz.

Dem Anführer stand für einen Moment der Mund offen. Doch er fasste sich schnell wieder und hob sein Schwert.

Christian verschwendete keine Zeit mit dem Gedanken, wieso Marthe hier war, sondern rannte durch den Bach und stand im nächsten Augenblick vor Bodo.

»Ergib dich und rechtfertige dich vor Gericht für deine Missetaten oder kämpf mit mir auf Leben und Tod«, forderte er.

»Wollt Ihr Euch allein mit mir und zehn meiner Leute schlagen?«

»Du bist als Einziger übrig«, sagte Karl, der hinzugetreten war. »Deine Kumpane – sofern sie noch leben – sind inzwischen sicher verschnürt in Gewahrsam. Und mit dir wird Ritter Christian allemal fertig.«

»Das bricht Euch das Genick«, keuchte Bodo. »Euch und dem Gesindel, das es wagt, sich an den Gefolgsleuten eines hohen Herrn zu vergreifen.«

»Es gibt kein schlimmeres Gesindel als Bewaffnete, die sich an Kindern und Frauen vergehen«, gab Christian zornig zurück.

Mittlerweile hatte sich fast das gesamte Dorf um sie versammelt, und Christian hörte die Rufe der Dorfbewohner.

»Er lebt!«

»Unser Herr ist zurück!«

»Jetzt wird endlich Gerechtigkeit einziehen!«

Regungslos stand Christian da und wartete auf den Angriff.

Bodo führte den ersten wuchtigen Schlag. Christian spürte schnell, dass er sich hier mit einem starken Gegner maß. Nicht umsonst hatte Randolf ausgerechnet ihn für diesen Auftrag ausgewählt. Er brauchte einen Mann, der Christian gefährlich werden konnte.

Die Wunde an seinem Schwertarm machte ihm mehr zu schaffen, als er anfangs geglaubt hatte. Er musste den Kampf schnell beenden. Christian richtete alle seine Gedanken darauf, jede Bewegung seines Gegners vorherzuahnen und zu reagieren, bevor dieser zuschlug.

Diesmal erkannte auch Marthe, dass der Ausgang des Kampfes ungewiss war. Christian hatte schon mehrfach Gegner überwältigt, die ihm an Größe überlegen waren, doch nun war er verwundet und noch von der Kerkerhaft geschwächt.

Allmächtiger, stehe dem Mann bei, den ich liebe! Sonst sind wir alle verloren, betete sie stumm.

Ein Aufschrei ging durch die Menge, als der andere Mann nur um Haaresbreite Christians Kopf verfehlte. Den Schwertgriff mit beiden Händen umfassend, holte er weit aus, um mit einem einzigen wuchtigen Hieb den Körper seines Gegners zu spalten.

Genau in diesem Moment stach Christian zu und trieb Bodo sein Schwert in den Hals. Tödlich getroffen wankte der Riese. Er hatte immer noch so viel Schwung, dass sein Schwert mit einem gewaltigen Hieb herunterfuhr, doch Christian konnte schnell genug ausweichen.

Bodo stürzte zu Boden und blieb reglos liegen, während das Blut aus seiner Wunde strömte.

Jubel flammte auf. Manche der Dorfbewohner sanken vor Christian auf die Knie, andere traten mit Tränen in den Augen vor ihn, in wortloser Freude und mit unendlicher Erleichterung.

Er aber sah nur Marthes leuchtende Augen.

Dann drehte er sich zu Lukas um. »Hol den betrügerischen Verwalter.«

Mit grimmiger Freude trieb der Knappe den Feisten vor sich her durch den Bach.

»Ich nehme Euch fest wegen Betrugs, Landfriedensbruchs und Missbrauchs Eurer Befugnisse«, sagte Christian und legte Hartwig persönlich in Fesseln.

Suchend blickte er um sich.

»Gibt es hier inzwischen ein Verlies?«

»Ja, im Herrenhof«, sagte Johanna, die sich glücklich an Marthe schmiegte.

»Morgen halten wir Gerichtstag«, erklärte Christian. »Ich will alles hören, was euch von Randolf, Hartwig oder ihren Leuten an Unrecht zugefügt wurde.«

Dann wandte sich Christian an Hermann, der inzwischen herangetreten war und sehr erleichtert wirkte. »Bergmeister, könnt Ihr mir ein paar zuverlässige Leute stellen, die dafür sorgen, dass von denen hier keiner fliehen kann? Sie sollen vor ein ordentliches Schöppengericht. Aber zuerst muss ich vor dem Markgrafen Klage erheben.«

Hermann nickte. »Ihr könnt Euch auf meine Leute verlassen. Diese Kerle da haben so oft das Bergrecht gebrochen und uns um den Lohn unserer Arbeit geprellt, dass jeder von uns mit ihnen eine Rechnung offen hat. Vor dem Markgrafen könnt Ihr auf meine Unterstützung zählen.«

»Wir sprechen morgen beim Gerichtstag darüber«, entgegnete Christian. »Sucht gemeinsam mit Pater Bartholomäus in den Listen nach Beweisen dafür, dass sie nicht nur euch, sondern auch den Markgrafen geprellt haben.«

Er blickte sich unter den Dorfbewohnern um und sah abgezehrte, aber erleichterte Gesichter. »Gibt es Dinge, die sofort erledigt werden müssen?«

Lächelnd löste sich Marthe aus den Reihen. »Eine Wunde, die verbunden werden muss.«

Er sah ihr liebevolles, strahlendes Gesicht, während sie auf ihn zuging und fühlte plötzlich den Drang, sie sofort zu nehmen.

»Nun, dann habe ich etwas Unaufschiebbares. Pater, vermählt mich mit dieser Frau – sofern sie es will!«

Vor den staunenden Dorfbewohnern zog er Marthe an sich und gab ihr einen leidenschaftlichen Kuss.

Die Menschen um sie herum brachen in Hochrufe aus. Eine Hochzeit als Krönung dieses Tages, und noch dazu so eine ungewöhnliche! Wann hatte man schon jemals gehört, dass ein Ritter ein einfaches Mädchen heiratete? Wenn sie auch eine junge Witwe war, um genau zu sein.

Während die lärmende Menge mit den beiden Richtung Kirche zog, flüsterte Marthe in Christians Ohr: »Hast du dir das wirklich gut überlegt? Selbst wenn du mit allem anderen beim Markgrafen ungeschoren davonkommst – dafür gibt es bestimmt eine Menge Ärger. Und unsere Kinder werden nicht deinem, sondern meinem Stand angehören.«

»Kommt Zeit, kommt Rat.« Strahlend sah er sie an. »Also, Dame Marthe, wenn du trotz alldem wagen willst, mir dein Herz und deine Hand zu schenken, machst du mich zum glücklichsten Menschen auf Erden.«

Sie lachte froh. »Mein Herz hast du längst – also nimm meine Hand dazu!«

Pater Bartholomäus hatte geglaubt, sich über nichts auf Erden mehr wundern zu können, aber der heutige Tag sollte ihm das Gegenteil beweisen. Erst kam doch tatsächlich dieser Todgeglaubte zurück und befreite das Dorf in einem tollkühnen Handstreich von dem grausamen Lumpenpack, das hier an seiner statt geherrscht hatte. Und dann wollte er auch gleich noch vermählt werden, nicht einmal standesgemäß, sondern mit Marthe!

Aber wer war er, dass er darüber richten durfte. Und wenn er den beiden in die vor Glück strahlenden Augen sah, konnte ihm keiner einreden, es sei nicht gottgewollt, dass sie vor der Kirchentür das Ehegelübde ablegten. Auch wenn er noch nie eine Hochzeit erlebt hatte, die so kurzfristig anberaumt worden war.

Er legte ihre Hände ineinander und nahm ihnen das Eheversprechen ab.

Unter dem Jubel der Dorfbewohner küsste Christian seine junge Frau erneut und wirbelte sie herum.

Dann blickte er suchend um sich. »Ich bin ein armer Mann. Mein Haus ist niedergebrannt und mit ihm sind wohl auch die letzten Biervorräte vernichtet, die Grete noch gebraut hat.«

Für einen Moment verdüsterte sich sein Gesicht. »Gott sei ihrer Seele gnädig!« Dann sah er erneut in die Runde. »Wer hilft mir, die Feier auszurichten? Ich verspreche, alles zurückzuzahlen, sofern mich der Markgraf nicht hängen lässt.«

Die Leute lachten, nur in Marthe zog sich etwas eiskalt zusammen.

Sie und Lukas waren außer Christian die Einzigen, die wussten, dass sie heute erst den ersten Teil der Schlacht gewonnen hatten. Wenn Otto es ablehnte ihn anzuhören oder er beim Landding nicht einmal vorgelassen wurde, war Christians Leben verwirkt. Und ihres wohl auch.

Bergmeister Hermann trat vor. »Ich bitte Euch, Christian, seid mein Gast! Meine Vorratskammer steht Euch zur Verfügung. Und für die Nacht lasse ich Euch meine Kammer herrichten. Ihr habt uns allen die Hoffnung auf ein besseres Leben zurückgebracht.«

Christian bedankte sich für das großherzige Angebot. Doch ein kurzer Blick auf Marthes Gesicht sagte ihm, dass sie sich nicht wohl bei dem Gedanken fühlte. Immerhin hatte Gertrud sie als Hexe und Kindesmörderin angeklagt.

»Sag ja. Gertrud lebt nicht mehr in diesem Haus. Sie ist mit Martin zu Berthold gegangen«, flüsterte er ihr zu.

Marthe wollte an diesem Abend nicht darüber nachdenken, welches Unheil wohl noch aus diesem Ei schlüpfen konnte. Das Angebot des Bergmeisters war ihr gegenüber vielleicht auch eine Bitte um Verzeihung.

Fröhlich zog die lärmende Menge zur Wiese, wo die Frauen wieder einmal begannen, ein Mahl zu improvisieren, während Christian zu Drago ging, der seinen verloren geglaubten Herrn liebevoll begrüßte.

»Entschuldigt, aber jetzt muss ich wirklich erst die Wunde versorgen«, meinte Marthe und deutete auf Christians blutverkrusteten Arm.

Unter den vieldeutigen Bemerkungen der anderen zog sie Christian in ihre alte Hütte und kramte nach Verbandszeug.

Christian beugte sich zu Johanna und Marie herab, die ihnen gefolgt waren. »Was meint ihr – wollt ihr nicht ein paar Blumen pflücken und eurer Stiefmutter daraus einen Brautkranz flechten?«

Die Mädchen nickten schüchtern und gingen nach draußen.

Christian verschloss die Tür und zog Marthe an sich.

»Du bist meine Frau – für immer und ewig. Ich liebe dich«, flüsterte er, bis sie seinen Mund mit Küssen bedeckte und ihn so zum Schweigen brachte.

Seine Hand glitt unter ihren Rock, und er fühlte, dass sie ihn erwartete. Er setzte sie auf die Tischkante, schob ihren Rock zurück und nahm sie mit zügelloser Heftigkeit, während ihre Hände seinen Nacken umklammerten. Wellen des Begehrens durchzuckten ihren Leib, dann war alles Denken ausgeschaltet, und sie waren eins.

Heftig atmend ließ er endlich von ihr ab.

»Das«, brachte er hervor, »war noch nicht die Hochzeits-nacht!«

»Sondern?«, fragte sie ebenso atemlos.

»Ein Vorgeschmack.«

Doch Marthe wusste, es war mehr. Gerade hatte er seine Rück-kehr ins Leben gefeiert nach einem Kampf auf Leben und Tod und nach Jahren, die nur von Pflichterfüllung und Verzicht bestimmt waren.

Sie verband seine Wunde. Dann gingen sie zur Festgesellschaft zurück, die sie schon mit anzüglichen Scherzen erwartete.

Die Hochzeitsfeier war nicht prunkvoll, das Mahl nicht üppig. Doch dafür ging es überaus fröhlich zu.

Karl und Lukas fehlten. Sie hatten sich bereitwillig als Wachen für die Gefangenen gemeldet, um die Feier versäumen zu kön-nen, und leckten nun gemeinsam ihre Wunden.

Marthe bestand darauf, ihnen wenigstens ein paar Bissen von der Tafel und etwas zu trinken zu bringen.

»Ich gratuliere euch«, brachte Lukas so freundlich wie möglich hervor. Eine vor Glück strahlende Marthe dankte ihm.

»Du hast sie doch auch von Anfang an geliebt, stimmt's?«, meinte er zu Karl, nachdem die Brautleute gegangen waren.

Der sah ihn todunglücklich an und nickte. »Und jetzt heiratet sie zum zweiten Mal einen anderen.«

»Wenigstens ist es diesmal ein guter Mann ...« Lukas stockte, weil das Eingeständnis an seiner Seele fraß. »Der Beste.«

Marthe und Christian blieben nur so lange auf der Feier, wie es nötig war, ohne gegen die guten Sitten zu verstoßen. Dann baten sie Pater Bartholomäus, das Brautlager zu segnen.

Endlich verriegelte Christian die Hochzeitskammer und ent-zündete ein Binsenlicht.

Marthe trat von hinten an ihn heran und legte ihre Arme um ihn. Er drehte sich um und küsste sie. Lange, sehr lange.

Dann zogen sie sich gegenseitig aus, und diesmal ließen sie sich Zeit, um den anderen in Ruhe betrachten zu können. Christian schwelgte in den schönen Linien ihres schlanken Körpers, und sie ließ ihre Finger über die harten Muskelstränge seiner Arme und Schultern gleiten und strich sanft über die Narben, die Randolfs Misshandlungen hinterlassen hatten, als könnte sie sie auslöschen. Nach und nach erkundeten sie ihre Körper.

Er fand heraus, welche seiner Zärtlichkeiten sie am meisten genoss, dann führte er ihre Hand sanft an die Stellen, an denen ihn ihre Berührung besonders erregte.

Schließlich war beider Verlangen zu groß, um noch länger zu warten.

»Meine Liebe!«, sagte Christian, als er in sie glitt.

»Mein Leben!« Und dann im Rhythmus seiner Bewegungen: »Meine Geliebte, meine Frau, meine Gefährtin!«

Mit geschlossenen Augen ließ sich Marthe erneut in Ekstase versetzen.

Am nächsten Tag hielt Christian unter der Dorflinde Gericht. Niemand hatte vergessen, dass ausgerechnet hier das schlimmste Willkürurteil Randolfs vollstreckt worden war – die Hinrichtung Guntrams. Nur wenige Schritte weiter glaubte Marthe immer noch Gretes Blut im Boden erkennen zu können.

Ich vermisse sie, dachte sie wehmütig.

Die Liste der Missetaten, die Hartwig und seine Leute seitdem begangen hatten, war endlos. Fast jeder Dorfbewohner war Opfer ihrer Willkür geworden.

Christian ließ Bartholomäus sorgfältig auflisten, was er Randolf und Hartwig beim Landding vorwerfen konnte. Einzelne

Übertretungen gegenüber Bauern oder Bergleuten würden den Markgrafen nicht interessieren. Aber dass Hartwig sich fälschlich auf höchste Order berufen hatte, um den Dorfbewohnern ein Drittel ihrer Erträge abzunehmen, und dass er das Geld in die eigene Tasche gesteckt hatte, darüber würde Otto nicht hinweggehen. Schließlich hatte er den Siedlern zehn Jahre Abgabenfreiheit zugesichert.

Anhand der Listen konnten Bergmeister Hermann und der Pater nachweisen, dass er auch bei den Abgaben der Bergleute willkürlich Silbermengen festgelegt und einen Teil davon selbst behalten hatte.

Ob Otto allerdings auch gegen Randolf vorgehen würde, war ungewiss. Christian gab sich keiner Täuschung hin. Es blieb eine riskante Sache mit ungewissem Ausgang, wenn er beim Landding Klage erhob.

Deshalb machte er auch den Dorfbewohnern eindringlich klar, dass sie ihren berechtigten Zorn nicht an den Reisigen auslassen durften. Über das Schicksal von Randolfs gefangenen Leuten musste Otto entscheiden. Vor allem durfte keiner entkommen, sollte nicht sein ganzer Plan vereitelt werden, schärfte er ihnen ein.

Hartwig würde er in Fesseln mit zum Landding nehmen.

Vor der Abreise unternahmen Christian und Marthe einen Ausritt mit Drago. Zum Landding würde Christian auf einem von Raimunds Pferden reiten, um nicht an seinem Hengst erkannt zu werden.

Der Grauschimmel hatte seinen Herrn lange vermisst und sprühte vor Übermut. An einer Lichtung saßen sie ab und ließen ihn grasen.

»Du nimmst mich doch morgen mit?«, vergewisserte sich Marthe.

Christian sah überrascht auf. »Auf keinen Fall. Es ist zu gefährlich.«

»Soll ich hier warten, bis eine Nachricht eintrifft, dass du erschlagen oder gehängt worden bist?«, widersprach Marthe leidenschaftlich. »Kommt nicht infrage!«

»Noch keinen Tag verheiratet – und schon gibst du Widerworte«, sagte Christian halbwegs belustigt.

»Du hättest eben doch die Tochter des Haushofmeisters nehmen sollen, als Otto sie dir angeboten hat, wenn du eine folgsame Frau haben willst«, gab Marthe keck zurück. Elisabeth hatte ihr vor einigen Tagen von dieser Episode erzählt.

Sieh an, dachte Christian, aber er war nicht überrascht. Er hatte vom ersten Tag an gewusst, dass Marthe nicht wie die meisten anderen Frauen war. Deshalb liebte er sie. Doch jetzt ging es um Leben und Tod.

Streng sah er sie an. »Wir haben auch noch nicht darüber gesprochen, wieso du gestern plötzlich im Dorf aufgetaucht bist, obwohl ich dich angewiesen hatte, in der Höhle zu bleiben.«

»Es war doch gut so. Dadurch ist dem kleinen Christian nichts geschehen«, entgegnete Marthe.

Angesichts von Christians unvermindert strengen Zügen fügte sie etwas kleinlauter an: »Drago hat mich ins Dorf gelockt. Außerdem hatte ich das dringende Gefühl, dort gebraucht zu werden. Und du weißt doch, dass das bei mir immer etwas zu bedeuten hat.«

Christian war zwischen Seufzen, Lächeln und Schelten hin und her gerissen. Er hielt sie an beiden Armen fest und sah ihr ernst in die Augen. »Du willst mich mit meinen eigenen Worten schlagen. Ich habe geschworen, dich zu schützen, und werde es selbst um den Preis meines Lebens tun. Aber mach mir diese Aufgabe nicht noch schwerer, indem du dich unbedacht Gefahren aussetzt. Wenn ich in den Kampf gehe, muss ich mich darauf verlassen können, dass du in Sicherheit bist und nicht plötzlich vor der Klinge meines Gegners auftauchst.«

»Und ich habe geschworen, zu dir zu stehen. Lass mich mit dir ziehen. Ich werde zu Raimund gehen oder zu Hedwig. Vielleicht kann ich dort noch irgendetwas bewirken.«

Christian überlegte kurz, dann sagte er: »Einverstanden.«

Die Entscheidung

Der unerwartete Besuch von Markgraf Dietrich und seinem Gefolge sorgte für Wirbel auf dem Meißner Burgberg. In dem aufkommenden Durcheinander näherte sich Raimund Dietrichs Pferd und nahm es beim Zügel. »Gestattet, dass ich mich persönlich um Euren kostbaren Hengst kümmere«, sagte er. »Mir scheint, er lahmt etwas an der linken Hinterhand.«

Mit geübtem Griff hob er den Huf des Rappen an. »Das Eisen sitzt nicht richtig. Wenn Ihr das Tier behalten wollt, muss es dringend neu beschlagen werden«, sagte er, während er dem Markgrafen kaum erkennbar leicht zunickte.

»Ich habe gehört, Ihr lasst Pferde züchten und kennt Euch deshalb besonders gut damit aus«, erwiderte der Markgraf. »Wärt Ihr so gut, Euch persönlich darum zu kümmern und mir Bescheid zu geben?«

»Selbstverständlich«, antwortete Raimund und verneigte sich.

Ungehalten erkannte Otto mit einem Blick aus dem Fenster, dass sein Bruder von Hedwig begleitet wurde.

Was sollte das bedeuten? Hatte er nicht verfügt, dass seine Frau Burg Landsberg nicht ohne seine Zustimmung verlassen sollte?

Immerhin besaß er genug höfisches Benehmen, um den Schein zu wahren, als Dietrich und Hedwig die Halle betraten.

»Willkommen, Gemahlin«, begrüßte er seine Frau kühl. »Ich hoffe, Ihr und unsere Tochter seid wohlauf. Sicher wollt Ihr Euch gleich in Eure Gemächer zurückziehen, um Euch von der Reise zu erholen.«

Dietrich sah aufmunternd zu seiner Schwägerin hinüber, die sich entfernte, nachdem sie Otto mit hoheitsvollem Lächeln knapp zugenickt hatte.

»Ich warte auf eine Erklärung«, knurrte Otto seinen jüngeren Bruder an. »Ich hoffe, du hast triftige Gründe.«

»Allerdings«, gab Dietrich ernst zurück. »Bruder, ich muss mit dir reden. Allein.«

Erstaunt sah Oda auf, als jemand ohne anzuklopfen ihre Kammer betrat.

»Du?«, meinte sie kühl, als sie Randolf auf sich zukommen sah. »Weißt du nichts Besseres zu tun – jetzt, wo du Tölpel diesen Ministerialen hast entkommen lassen, nachdem du ihn schon öffentlich für tot erklärt hast?«

»Ich habe Vorkehrungen getroffen, dass sein Tod Wirklichkeit wird«, antwortete Randolf, ohne sich die Beleidigung anmerken zu lassen.

Dann schoss er seinen Pfeil ab: »Und was ist mit dir? Soviel ich weiß, stattet Otto dir immer seltener Besuche ab. Liegt es an seiner Manneskraft? Er ist nicht mehr der Jüngste. Oder sinkt dein Stern?«

Oda biss sich auf die Lippe. »Wenn mein Stern sinkt, sinkt deiner mit – vergiss das nie«, antwortete sie hart.

Randolf gab seiner Stimme etwas Verführerisches.

»Otto ist gerade sehr beschäftigt. Hast du nicht endlich wieder Lust auf einen kraftvollen Mann?«

Anstelle einer Antwort lächelte Oda matt und räkelte sich auf ihrem Bett.

Randolf nahm das als Einladung. Innerlich jubelnd zerrte er hastig an den Schnüren ihres Gewandes, verhedderte sich und unterdrückte mit Mühe einen Fluch. Dann entledigte er sich seines Bliauts und seiner Bruche und legte sich zu Oda.

Seine Hände pressten ihre Brüste, während er sie gierig küsste. Oda spreizte die Beine. In seiner Hast entging ihm ihre gelangweilte Miene.

»Gib zu, dass du dich in den Armen dieses alternden Mannes nach mir gesehnt hast«, keuchte er selbstverliebt, während seine Stöße immer schneller und kräftiger wurden.

Ihre kühle Stimme traf ihn kurz vor dem Höhepunkt wie ein eiskalter Guss. »Was weißt du über Markgraf Dietrich?«

Er schaffte es gerade noch, sich in sie zu ergießen, bevor sein Glied erschlaffte und aus ihr herausglitt.

Fassungslos starrte er sie an. »Du nimmst mich in dein Bett, um mich auszufragen?!«

Ohne zu überlegen hob er den Arm, um sie zu schlagen. Doch sie fing ihn mitten in der Bewegung auf.

»Du solltest dir auch darüber Gedanken machen, statt dein Hirn von deinem Schwanz lenken zu lassen«, hielt ihm Oda hart vor. »Glaubst du wirklich, dass der Landsberger rein zufällig ausgerechnet an dem Tag bei dir aufgetaucht ist, an dem Christian verschwand? Und nun kommt er hierher und bringt Hedwig mit, wovon Otto mit Sicherheit nichts wusste. Gibt dir das nicht zu denken?«

»Dann solltest du dir zuallererst Sorgen machen«, giftete Randolf, während er wütend seine Kleider zusammensuchte.

Oda machte keine Anstalten, ihren Körper zu bedecken. »Ich habe meine Vorkehrungen getroffen.«

Markgraf Ottos Gesichtszüge waren erstarrt. Seine Finger krallten sich so heftig um die Armlehnen des Stuhls, dass die Knöchel weiß hervortraten.

»Bist du sicher?«, ächzte er.

»Ja«, erwiderte sein Bruder ruhig. »Mein Spion an Heinrichs Hof hat mir bestätigt, dass der Löwe eine gerissene, mit allen Wassern gewaschene, schwarzhaarige Schönheit als Vertraute hat, die seit Anfang des Jahres nicht mehr in seinem Umfeld gesehen worden ist. Angeblich soll sie nach Flandern verheiratet worden sein. Es hat mich eine Menge Geld gekostet, zu erfahren, über wen sie ihre Nachrichten nach Braunschweig schickt. Dein Ritter Raimund und seine Freunde haben inzwischen herausgefunden, wo sich ihr Bote aufhält, und ihm sehr eindringlich nahe gelegt, die Seiten zu wechseln. Morgen, wenn alle zum Landding geritten sind, will er sich mit deiner Schönen treffen – die beste Gelegenheit, sie auf frischer Tat zu stellen.«

»Das darf, um Himmels willen, nicht in der Öffentlichkeit passieren«, rief Otto, dem unzählige Gedanken gleichzeitig durch den Kopf wirbelten, einer schlimmer als der andere. Was hatte er Oda erzählt, das dem Löwen nutzen konnte? Welch eine fatale Situation. Er hatte sich täuschen lassen.

»Deshalb bin ich hier«, sagte sein Bruder beruhigend. »Die Familienehre darf nicht zu Schaden kommen. Vor allem darfst du dir vor Oda nichts anmerken lassen.«

Otto überlegte immer noch fieberhaft. Die rebellischen Gegner Heinrichs hielten vorerst bis auf wenige Ausnahmen die Waffenruhe ein; Albrecht der Bär war schwer krank, und mit seinem Tod würde wohl auch die Rebellion zum Erliegen kommen. Vielleicht konnte er sogar Oda benutzen, um dem Löwen Informationen zuzuspielen, die ihm selbst Vorteile verschafften.

Doch im nächsten Augenblick war Otto am finsteren Punkt seiner Gedankenkette angelangt.

»Bei Gott – wie soll ich je wieder mit meiner Frau ins Reine kommen? Sie wird mir die Hölle heiß machen, wenn sie erfährt, dass ich so mit ihr umgesprungen bin, weil ich ausgerechnet einer Spionin meines ärgsten Feindes auf den Leim gegangen bin!«

»Sie weiß es«, entgegnete Dietrich kühl.

Mit finsterer Miene fügte er hinzu: »Du weißt, Bruder, ich habe dich immer um Hedwig beneidet. Aber jetzt möchte ich nicht in deiner Haut stecken.«

»Haltet an«, rief Marthe plötzlich zur Verwunderung der anderen, während sich ihre kleine Reisegesellschaft Richtung Collmberg bewegte. Sie ritt diesmal selbst mehr schlecht als recht auf einem braven Zelter, der einem von Hartwigs Männern gehört hatte. Christian führte das Pferd, auf dem Hartwig in Fesseln saß, und richtete seine ganze Aufmerksamkeit auf den Gefangenen. Außerdem, so hatte er ihr beim Aufbruch verkündet, würde es Zeit, dass sie als seine Frau das Reiten lernte. Er selbst hatte das ruhigste Pferd für sie ausgesucht und ihr gezeigt, wie sie mit dem Tier zurechtkommen konnte. Lukas ritt an ihrer Seite und half ihr, die Kontrolle über den Zelter zu behalten. Bergmeister Hermann und Pater Bartholomäus vervollständigten den Zug.

Christian ließ halten und wartete, bis Marthe zu ihm aufschloss. »Brauchst du eine Rast?«, fragte er besorgt, aber nicht ganz ohne Ungeduld.

»Nein«, entgegnete Marthe, obwohl sie über eine Pause heilfroh gewesen wäre. Ein Pferd selbst zu lenken war eine ganz andere Sache, als vor einem geübten Reiter im Sattel zu sitzen.

»Ich muss auf den Burgberg«, erklärte sie. Noch während sie sprach, wurden ihre Gedanken immer klarer, und sie verstand das Traumbild, das sie nach dem Zweikampf zwischen Lukas und Dietrich von der Ostmark gesehen hatte. »Der Sohn von Markgraf Dietrich ... er ist in Gefahr. Ich muss seinen Vater warnen!«

Christian überlegte nur kurz. Die Sache klang zu ernst, um sie zu ignorieren. Und in Meißen wäre Marthe vielleicht weniger gefährdet als beim Landding, wo es passieren konnte, dass sie als Frau eines Geächteten ebenfalls für vogelfrei erklärt wurde, wenn ihre Heirat bekannt wurde.

»Gut. Trennen wir uns vorerst«, meinte er schweren Herzens. Er wandte sich an Lukas. »Begleitest du sie? Sagt, ihr braucht nach meinem Tod einen neuen Herrn und sorgt dafür, dass das zu Randolf durchsickert. Marthe kann vielleicht bei Hedwig unterkommen.«

Lukas nickte zustimmend.

Doch bevor sie sich trennten, hielt Christian ihn kurz zurück.

»Du wirst gut auf sie aufpassen und sie beschützen, ja?«, sagte er leise und eindringlich.

»Habe ich das nicht immer getan?«, erwiderte Lukas.

Markgraf Dietrich übernahm es, Hedwig zu bitten, dem Mahl in der Halle fernzubleiben. Oda sollte keinen Verdacht schöpfen. Es könnte sie beunruhigen, wenn Otto plötzlich seiner Gemahlin den Platz an seiner Seite einräumen würde, den sie so lange innegehabt hatte.

»Wie hoch ist der Grad seiner Reue?«, fragte Hedwig ihren Schwager grimmig.

»Ausreichend hoch für eine Pilgerfahrt barfuß und barhäuptig durch die ganze Burg, um reuevoll vor Euch auf die Knie zu sinken«, entgegnete Dietrich mit wehmütigem Lächeln. »Ich weiß, Ihr seid eine stolze Frau und mein Bruder hat Euch übel mitgespielt. Die Frage, wie er sich wieder mit Euch versöhnen soll, macht ihm mehr als alles andere zu schaffen. Ich bitte Euch, macht es ihm nicht zu leicht, aber auch nicht zu schwer!«

Hedwig sah ihn mit ihren klugen Augen auf jene unbeschreibliche Art an, die in ihm jedes Mal den Wunsch weckte, sie in seine Arme zu reißen.

»Ich weiß selbst noch nicht, was ich tun soll«, gab sie seufzend zu. »Er hat mich furchtbar gekränkt und gedemütigt. So etwas kann man nicht vergessen. Aber er ist mein Mann, er hat sich in seiner Verblendung in eine mehr als schlimme Lage manövriert und Unrecht über andere gebracht. Schon um die Schmach auszulöschen und Leuten wie Christian zur Gerechtigkeit zu verhelfen, sollte ich wohl bald wieder meinen Platz an seiner Seite einnehmen.«

Dietrich verneigte sich tief vor Hedwig und küsste ihre Hand. »Meine Dame, schon immer habe ich neben Eurer Schönheit auch Eure Weitsicht bewundert!«

»Setz dich zu mir wie gewohnt, meine Gemahlin bleibt auf meinen Befehl in ihren Gemächern«, raunte Otto Oda lächelnd zu und winkte einen der Pagen heran, um sich und ihr Wein einschenken zu lassen.

Oda folgte seiner Aufforderung mit strahlendem Lächeln und senkte dann wie jeder in der Halle den Blick, während der Kaplan das Gebet vor dem Mahl sprach.

Doch ihr Instinkt sagte ihr, dass sie auf der Hut sein musste. Dies würde ihr letzter Abend in Meißen sein.

Markgraf Dietrichs Auftauchen war das erste Warnsignal gewesen. Der Mann war ihr schon immer gefährlich erschienen, und der Zeitpunkt seines Erscheinens war zu bedeutsam, um ein Zufall zu sein. Sie hatte einem gerissen wirkenden Straßenjungen reichlich Geld versprochen, wenn er das Wirtshaus im Auge behielt, in dem Herzog Heinrichs Bote absteigen sollte, bevor er sich mit ihr traf. So hatte sie erfahren, dass drei Ritter bei ihm aufgetaucht waren. Ihre Sachen waren bereits gepackt. Morgen früh, wenn alle zum Landding ritten, würde sie nicht in die Falle laufen und sich mit dem Boten treffen, sondern Richtung Braunschweig verschwinden.

Scheinbar ruhig und verführerisch lächelnd nahm sie an dem Mahl teil, während sie nur darauf wartete, dass der Abend ein Ende fand. Doch Otto machte keine Anstalten, die Tafel aufzuheben.

Endlich stand er auf und bot ihr seinen Arm. »Gewährt Ihr mir die Gunst, mir noch auf einen Becher Wein Gesellschaft zu leisten?«, fragte er lächelnd. Doch sie erkannte, dass aus seinen Augen diesmal kein Begehren sprach. Er wusste Bescheid.

Oda sah durch die sich schnell leerende Halle zwei Ritter auf sich zuschreiten. Blitzschnell fasste sie den Entschluss, nicht erst bis morgen früh mit dem Aufbruch zu warten. Sie riss sich von Ottos Arm los, drehte sich zu dem Pagen um, der hinter ihr stand, umklammerte seinen Hals und hielt ihn einen Eisendorn an die Schläfe.

Sie wusste, dass es Markgraf Dietrichs Sohn war, den sie als Geisel genommen hatte. Diesen Angriff hatte sie den ganzen Abend über geplant, für den Fall, dass er als letzter Ausweg nötig werden würde.

»Tretet alle zurück – oder der Junge wird sterben«, rief sie.

Der junge Konrad rührte sich nicht, seine Augen waren vor Schreck geweitet.

618

»Lasst mich frei abziehen, dann setze ich den Knaben eine Meile hinter dem Stadttor unbeschadet ab«, forderte Oda laut. »Wenn sich auch nur einer von euch rührt, steche ich zu. Die Spitze ist vergiftet, er würde den Abend nicht überleben.«

Oda war sich bewusst, dass ihre Aussichten mehr als schlecht standen, mit einer Geisel an so vielen gestandenen Kämpfern vorbei die Burg zu verlassen. Aber wenn sie unterging, wollte sie wenigstens den Sohn ihres Feindes mit in den Tod reißen.

Sie sandte einen triumphierenden Blick zu Dietrich, der nichts dagegen tun konnte, wenn sein einziger legitimer Erbe vor seinen eigenen Augen starb.

Doch genau dieser Blick wurde Oda zum Verhängnis. Von hinten umklammerte jemand mit eisernem Griff ihre Hand, die den Dorn hielt, ein Tritt in die Kniekehlen raubte ihr das Gleichgewicht, und im gleichen Moment wurde der Junge blitzschnell weggezogen.

Marthe warf Lukas einen erleichterten Blick zu. Gut gemacht!

Nach ihrer Warnung hatten sie sich in der Halle immer in unmittelbarer Nähe des jungen Konrad aufgehalten, unbemerkt in Odas Rücken, so dass sie rechtzeitig eingreifen konnten.

Noch während ein paar Wachen auf die Attentäterin zugingen, um sie festzunehmen, flog ein Messer durch den Raum und bohrte sich tief in Odas Brust.

Zufrieden ging Randolf auf den Leichnam zu und holte sich sein Wurfmesser zurück. Die schwarzhaarige Hure hatte sich geirrt. Ihn würde sie nicht mit in den Abgrund reißen.

Hastig lief Markgraf Dietrich auf seinen Sohn zu und schloss ihn in die Arme. Dann blicke er Marthe und Lukas an. »Das werde ich euch nicht vergessen!«

Otto sah abwechselnd auf den Leichnam, der nur wenige

Schritte vor ihm lag, auf Lukas und Marthe und dann auf Randolf, der die Hand aufs Herz legte und sich tief verbeugte, um seinen Gesichtsausdruck zu verbergen. »Mein Herr! Diese Frau wird niemanden mehr bedrohen. Ich hoffe, Ihr seid mit mir zufrieden.«

Während der blutige Zwischenfall die gesamte Burgbesatzung noch bis tief in die Nacht beschäftigte, saßen Otto, Dietrich und Hedwig beieinander und stritten.

Dietrich bewunderte einmal mehr die Klugheit Hedwigs, die vorerst gegenüber Otto auf jeden Vorwurf verzichtete, dass er so leichtsinnig einer Spionin erlegen war. Sein Bruder machte sich deshalb schon Vorwürfe genug, und dies nutzte Hedwig für ihre eigenen Pläne.

»Dass alles glimpflich abgelaufen ist, hast du nur einer Hand voll Leuten zu verdanken«, hielt sie ihm vor. »Marthe und Lukas, die uns gewarnt haben und deinen Neffen retteten. Und deinen Rittern Raimund, Gero und Richard, die den Beweis für Odas Verbindung zum Löwen gefunden haben. Mit Unterstützung deines Bruders natürlich.« Sie neigte den Kopf leicht in Dietrichs Richtung und lächelte ihrem Schwager kurz zu.

Dann fuhr sie unnachgiebig fort: »Fällt dir dabei nicht etwas auf? Es sind alles engste Freunde Christians, der ein Dieb und Verräter sein soll. Das fällt schwer zu glauben. Zumal einzig und allein Randolf Vorwürfe gegen ihn erhebt, sein erbittertster Feind.«

»Es gab Beweise für Christians Schuld. Und Randolf hat heute einmal mehr seine Treue zum Haus Wettin erwiesen«, widersprach Otto.

»So? Hat er das?« Hedwig zog eine Augenbraue hoch. »Wie ich gehört habe, war die Gefahr für Konrad schon gebannt, als er sein Messer warf. Könnte es nicht eher sein, dass er Oda tötete, damit sie nichts ausplaudern kann, was ihn in Bedrängnis bringt? War nicht er es, der sie dir vorgestellt hatte?«

Doch Ottos Reue ging vorerst nicht so weit, dass er bereit war, das zu diskutieren. »Randolf ist über jeden Zweifel erhaben. Seine Familie zählt zu den ältesten und treuesten Gefolgsleuten unseres Hauses.«

Dietrich warf Hedwig einen Blick zu. Wie es aussah, konnten sie heute Abend nichts für Christian tun. Er musste vor dem Landding öffentlich sein Recht einfordern. Vor so vielen Zuhörern konnte Otto das ihm zugefügte Unrecht nicht übergehen.

»Mir scheint nur, Bruder«, warf Dietrich resignierend ein, »dass du über deinen alten Getreuen deine neuen Getreuen vergisst.«

Bald würde es auch noch anfangen zu regnen.

Ermüdet und zunehmend schlecht gelaunt von den vielen Streitigkeiten unter seinen Gefolgsleuten ließ Markgraf Otto seinen Blick über die große Runde der Burggrafen, Edelfreien und Ministerialen schweifen, deren Angelegenheiten er nun schon seit dem Morgen beim Landding verhandelte. Mussten sie denn immerzu streiten? Er war darauf angewiesen, dass seine Leute miteinander statt gegeneinander kämpften. Außerdem hatte er derzeit im eigenen Haus genug Probleme.

Mit halb geschlossenen Augen suchte er hinter den Wolken nach der Sonne. Die Mitte des Tages musste längst überschritten sein. Höchste Zeit, der leidigen Sache ein Ende zu bereiten.

»Hat noch jemand etwas vorzubringen?«, fragte er in einem Tonfall, der deutlich zum Ausdruck brachte, dass er die Zusammenkunft als beendet betrachtete.

»Ich, mein Herr!«, ertönte eine Stimme aus der hintersten Reihe. Marthe blickte bang zu Lukas hinüber, der sich gemeinsam mit ihr unauffällig unter Raimunds Gefolge gemischt hatte. Die nächsten Augenblicke würden über Christians und ihr Schicksal entscheiden und über das ihres Dorfes.

Verwundert sahen die Anwesenden auf den Mann in voller Rüstung, der sich den Weg durch die Reihen bahnte. Der Helm mit Nasenschutz, die tief ins Gesicht gezogene Kettenhaube, der Bart und ein paar Verletzungen jüngeren Datums ließen von seinen Zügen so gut wie nichts erkennen.

Unter dem Gemurmel der Versammelten kniete der Unbekannte vor dem Markgrafen nieder und legte ihm sein Schwert zu Füßen.

»Mein Herr und Gebieter, hört mich an! Ich habe Beweise, dass Ihr bestohlen wurdet und in Eurem Namen falsche Befehle ausgegeben wurden, die den Eurigen widersprechen. Beweise, dass den Menschen meines Dorfes schweres Unrecht widerfahren ist und ich unter falscher Anklage verleumdet wurde. Ich bitte Euch um Gerechtigkeit und um Strafe für die Schuldigen.«

Unwirsch beugte sich Otto vor. »Du forderst Gerechtigkeit, ohne dein Antlitz zu zeigen? Enthülle dein Gesicht! Dann führe mir deine Beweise vor.«

Christian nahm den Helm ab und schob die Kettenkapuze zurück.

Überraschte Rufe erschollen von allen Seiten.

»Christian! Ich denke, er ist tot?«

Jemand rief laut: »Tötet den Dieb!«

Marthes Herz krampfte sich zusammen, als sie ein paar Wachen auf ihren Mann zugehen sah. Doch Markgraf Otto gebot ihnen mit einer Handbewegung zu warten.

»Ich bin es«, sagte der Ritter weithin hörbar. »Dass ich hier lebend vor Euch knie, ist einer der Beweise. Ich bin nicht als

Eingeständnis meiner Schuld geflohen, wie Euch fälschlich berichtet wurde. Ich wurde auf Randolfs Burg gefangen gehalten. Erlaubt mir, ihn zum Zweikampf zu fordern, und nehmt den Ausgang als Gottesurteil!«

Randolf war wutentbrannt aufgesprungen. »Ich bin ein Mann von edlem Geblüt und kämpfe nicht gegen einen einfachen Ministerialen – und schon gar nicht gegen einen Dieb, der Euch betrogen hat, mein Herr!« Ehrerbietig verneigte er sich in Ottos Richtung.

»Wieso steht dieser Mann dann lebendig vor mir, wo Ihr mir selbst doch seinen Tod vermeldet habt, Randolf?«, wollte Otto wissen.

Der weißblonde Hüne wirkte nur für einen kurzen Augenblick verunsichert.

»Anscheinend bin ich falsch informiert worden, was seinen Tod betrifft. Aber mein Verwalter hat eindeutige Beweise gefunden, dass Christian Euch um größere Mengen Silber betrogen hat«, sagte er, während seine Stimme wieder an Festigkeit gewann.

»Ein Mann hat gestanden, dass jener Verwalter das Silber bei mir verstecken ließ«, hielt Christian Randolf laut entgegen. »Mein Fürst, dieser Mann hat unter falscher Anklage einen Bergzimmerer hängen lassen und eine Frau erstochen. Sein Verwalter hat Beweise gegen mich gefälscht, in Eurem Namen ungerechte Abgaben von den Dorfbewohnern gefordert und das Geld in die eigene Tasche gesteckt!«

Auf sein Zeichen arbeiteten sich Richard und Gero durch die Menge, um den gefesselten Hartwig Otto vor die Füße zu werfen.

Der Verwalter wand sich angsterfüllt. »Gnade, Herr! Ich sollte es tun! Ich habe doch nur auf Befehl gehandelt!«

Grimmig wandte sich Otto an Randolf. »Wollt Ihr mir das erklären?!«

»Dieser Kerl hat hinter meinem Rücken gehandelt«, antwortete der Hüne. »Ich bin entsetzt und gebe reuevoll zu, den falschen Mann für die bedeutungsvolle Aufgabe gewählt zu haben. Verzeiht mir, Herr.«

Er verneigte sich demütig vor Otto und ging dann auf den wimmernden Hartwig zu, der den Mund zu einem Protest öffnen wollte. »Schweig, du Hundsfott!«

Er trat den Fetten so heftig ins Kreuz, dass der zu Boden stürzte.

Angewidert sah Otto auf die Szene. »Christian, habt Ihr sechs Eideshelfer, die beschwören können, dass Ihr die Wahrheit sprecht?«

Er winkte einen hohen Geistlichen heran, der ein mit Edelsteinen geschmücktes Kreuz trug.

Raimund, Gero und Richard traten vor. Jeder von ihnen legte zwei Finger auf das Kreuz. »Wir bürgen für den ehrbaren Charakter Ritter Christians und bezeugen, dass er auf schmähliche und verräterische Art in Randolfs Burg gefangen gehalten wurde«, sagte Raimund laut.

Vater Bartholomäus trat zu den drei Rittern und tat es ihnen gleich. »So wahr mir Gott helfe: In meiner Kirche hat ein Mann auf die Bibel geschworen, das Silber in Hartwigs Auftrag in Christians Stall und im Haus eines Zimmerers versteckt zu haben, damit Verdacht auf die beiden fällt.«

Bergmeister Hermann gesellte sich zu ihnen. »Ich bezeuge, dass es sich so verhält und dass Ritter Christian stets in Eurem Interesse gehandelt hat, Markgraf. Außerdem kann ich Euch und Eurem Kämmerer anhand der Listen nachweisen, dass Hartwig mehr Silber von uns gefordert hat, als er bei Euch ablieferte. Den beträchtlichen Restbetrag haben wir in seiner Truhe gefunden.«

Unter den Zuschauern drohte ein Tumult auszubrechen. Offensichtlich war hinter Ottos Rücken ein Komplott von gewaltigem Ausmaß vor sich gegangen. Doch noch fehlte ein sechster Eideshelfer, der neben Christian treten und schwören musste.

Marthe sah, dass der alte Arnulf sich von seinem Sitz hochstemmte. Doch bevor er zu Christian humpeln konnte, war zu aller Erstaunen schon Markgraf Dietrich aufgestanden und stellte sich an die Seite Christians.

»Ich verbürge mich für die Ehrbarkeit und Ritterlichkeit dieses Mannes. Hättet Ihr mehr davon in der Mark, wäre seinem Dorf und Euch viel Unheil erspart geblieben, Bruder«, sagte er, während ein Raunen durch die Menge ging.

Dass sich ein Markgraf für einen einfachen Ministerialen verbürgte, war mehr als ungewöhnlich.

Mit zusammengekniffenen Augen sah Otto auf die Männer vor sich und schwieg lange.

Nun sag es schon!, dachte Marthe ungeduldig. Mach das Unrecht gut!

Endlich sprach der Markgraf. »Hört meinen Urteilsspruch. Die Beweise für Christians Unschuld sind eindeutig. Ich spreche ihn von jeder Anklage frei.«

Lukas sah Marthe erleichtert an und drückte ihre Hand.

»Hartwig ist des Diebstahls überführt. Ich verurteile ihn zum Tod durch den Strang. Das Urteil wird in drei Tagen auf dem Richtplatz in Meißen vollzogen.«

Der Verwalter sank heulend in sich zusammen. Angewidert ließ Otto ihn von ein paar Wachen wegschaffen.

Marthe konnte kein Mitleid mit der rothaarigen Jammergestalt empfinden. Ein Zittern ging durch ihren Körper, als sie sich erinnerte, wie er Johanna ein Auge ausstechen lassen wollte, an Emmas Verzweiflung, an Jonas' und Karls Leiden im Block, an Christians hinterhältig geplante Gefangennahme. Und an ihre eigene Angst, als Hartwig befohlen hatte, sie auspeitschen zu lassen und danach in den Block zu schließen.

Sie schloss für einen Moment die Augen und schüttelte dann die Erinnerungen ab. Hartwig wurde für seine Grausamkeiten und seine Heimtücke bestraft. Doch wie würde Otto über Randolf entscheiden?

Der Markgraf sah mit undurchdringlicher Miene auf seinen bislang mächtigsten Vasallen, während er Hedwigs strengen Blick auf sich gerichtet wusste.

Er hob die Hand, um die Versammelten zum Schweigen zu bringen.

»Randolf! Ich werde Euch nicht in vollem Maße für die Verfehlungen Eures Verwalters haftbar machen. Ich bin gewiss, dass dies ohne Euer Wissen geschah. Doch Ihr habt fahrlässig gehandelt und selbst Schuld auf Euch geladen. Zur Sühne werdet Ihr Euch auf eine Fahrt ins Heilige Land begeben und dort vierzig Tage lang die Pilger beschützen. Ihr werdet sofort zu Euren Ländereien aufbrechen und sie bis zu Eurer Abreise nicht verlassen. Ich gewähre Euch vier Wochen Zeit, um Eure Angelegenheiten zu regeln.«

Randolfs Miene ließ keinerlei Gefühlsregung erkennen.

»Wie Ihr wünscht, mein Gebieter!«

Marthe wusste nicht, ob sie enttäuscht oder erleichtert sein sollte. Randolf musste die Mark Meißen verlassen. Vielleicht würde er im Heiligen Land sterben. Viele fanden dort den Tod. Auch wenn Hass eine Todsünde war – sie wünschte es sich. Sie würde nicht vergessen und vergeben können, was er ihr und Christian angetan hatte.

Aber vielleicht würde er wiederkommen. In zwei Jahren, in drei Jahren?

Otto richtete das Wort erneut an Christian. »Die Reisigen des Verwalters könnt Ihr in Eurem Dorf für ihre Verfehlungen nach eigenem Ermessen bestrafen.«

Christian verneigte sich stumm, stand auf und wollte wieder nach hinten gehen.

Doch Otto hielt ihn mit einer Geste zurück. Er wechselte einen kurzen Blick mit Hedwig, die wie eine lebende Mahnung mit strenger Miene neben ihm saß.

»Ich bin noch nicht fertig. Ritter Christian, tretet heran.«

Christian befolgte den Befehl und sank erneut auf ein Knie. Was kommt nun noch?, dachte er verbittert.

Er hätte zufrieden sein können, dass sein Ruf wiederhergestellt war. Doch es machte ihn zornig, dass Randolf so glimpflich davonkam. Schon allein wegen Marthe hatte er mit ihm eine tödliche Rechnung zu begleichen.

»Zur Entschädigung für erlittene Unbill und als Lohn für Eure Treue und Ergebenheit habe ich beschlossen, Euch des Ministerialenstandes zu entheben. Hiermit verleihe ich Euch auf alle Zeit die Ehre und den Titel der freien Geburt und erhebe Euch in den Stand eines Edelfreien – mit allen Rechten, Ehren und Freiheiten.«

Christian brauchte einen Moment, bevor er sich verneigte und bedankte. Er begriff, dass dies Ottos Friedensangebot war, damit er Randolf unbehelligt nach Jerusalem ziehen ließ. All die Jahre war Christian dem Hünen gegenüber immer im Nachteil gewesen, weil er kein Freigeborener war. Wie viel mehr konnte er nun für sein Dorf bewirken. Das sagte ihm sein Verstand.

Aber sein Herz schrie nach Rache für das, was Randolf Marthe angetan hatte.

»Ihr seht wenig glücklich aus, Christian«, knurrte Otto. »Seid Ihr mit meinem Urteilsspruch nicht zufrieden?«

»Wie könnte ich das, mein Herr?«

Ein weiterer Seitenblick auf Hedwig brachte Otto in großzügige Stimmung. »Darüber hinaus gewähre ich Euch einen Wunsch. Aber überlegt schnell!«

Christians Augen richteten sich sofort auf Randolf, der zusammen mit seinen treuesten Freunden gemäß dem Befehl des Markgrafen die Pferde für den sofortigen Aufbruch sattelte. Jetzt konnte er ihn auf Leben und Tod fordern! Einem Edelfreien durfte sein Kontrahent den Zweikampf nicht verweigern.

Doch dann sah er Marthes Augen auf sich gerichtet, die seinem Blick gefolgt waren, sah sie erblassen und kaum merklich, aber beschwörend den Kopf schütteln.

Mühsam zügelte er seinen Hass. Er hatte geschworen, Marthe zu schützen, und dabei würde das Schwert ihm nicht immer nützen. Niemand wusste besser als er, wie angreifbar sie durch ihre Fähigkeiten war.

Die Stunde der Vergeltung würde noch kommen.

Langsam hob er den Kopf. »Es gibt in der Tat eine weitere Gnade, um die ich Euch bitten möchte.«

»Sprecht«, meinte Otto großzügig.

»Wenn Ihr mir einen Wunsch gewähren wollt, dann seid so gütig und erhebt auch meine Ehefrau in diesen Stand.«

Verblüfft starrte Otto ihn an. »Ihr habt geheiratet?«

»Vor zwei Tagen. Auch wenn sie aus einfachen Verhältnissen stammt – ohne ihren Mut und ihre Hilfe wäre das Komplott gegen Euch nie enthüllt worden.«

»Wer ist sie? Ist sie hier?«, fragte Otto ungeduldig.

Christian sah zu Marthe und bedeutete ihr mit einer winzigen Geste, zu ihm zu kommen.

Mit zittrigen Beinen trat sie vor und kniete nieder.

Ottos Überraschung kannte keine Grenzen. »Ihr habt dieses Mädchen geheiratet?!«

»Und er hat eine gute Wahl getroffen«, rief Markgraf Dietrich. »Die Dienste, die sie unter Einsatz ihres Lebens dem Hause Wettin erwiesen hat, sind außerordentlich und jeder Ehre wert.«

Otto wechselte einen kurzen Blick mit Hedwig, die ihm auffordernd zunickte.

»So sei es. Erhebt Euch, Dame Marthe!«

Dame? Verwirrt und verlegen trat Marthe zurück. Doch bevor sie und Christian die Gratulationen ihrer Freunde entgegennehmen konnten, dröhnte Markgraf Otto: »Ich bin noch nicht fertig!«

Die Männer verstummten.

»Christians Knappe soll vortreten.«

Verwundert ging nun auch Lukas nach vorn und kniete nieder.

»Ihr habt großen Mut bewiesen, junger Mann, und Euch im Kampf wie ein Ritter geschlagen«, erklärte Otto. »Deshalb habe ich beschlossen, einen Ritter aus Euch zu machen. Verbringt die Nacht mit Fasten und Beten. Morgen werde ich persönlich auf dem Burgberg Eure Schwertleite vornehmen.«

Heimkehr

»Sie kommen! Sie kommen!«

Wieder einmal hatten Kuno und Bertram Ausschau gehalten und versetzten nun das ganze Dorf in hektische Betriebsamkeit. Seit Christians Bote vor ein paar Tagen eingetroffen war und über Hartwigs bevorstehende Hinrichtung und die anderen Neuigkeiten informiert hatte, lebten die Christiansdorfer in heller Aufregung.

Die Freude darüber, dass sie Randolfs und Hartwigs grausamer Herrschaft entronnen waren und dass der Markgraf Christian von jeglichem Verdacht freigesprochen hatte, war gewaltig. Christian würde wieder für Gerechtigkeit sorgen.

Aber mit den nächsten Neuigkeiten hatte der Fremde für ungläubiges Staunen und nicht enden wollende Gespräche gesorgt: Ritter Christian und sogar Marthe waren zu Edelleuten ernannt worden!

Hat es das je schon gegeben, dass ein einfaches Kräuterweib eine Edelfrau wurde?

Die Meinungen gingen weit auseinander, ob sie dem Boten glauben sollten. Und dann: Wie würde sich Marthe verändert haben, sollte er Recht behalten? Vor allem Griseldis wurde ungewöhnlich still und machte sich Gedanken, dass ihr nun die vielen kleinen Gehässigkeiten doppelt und dreifach heimgezahlt würden.

Die Dorfbewohner liefen herbei, um die Ankommenden selbst in Augenschein zu nehmen und gebührend zu begrüßen.

Was für eine außergewöhnliche Reisegesellschaft!

Allen voran ritt Christian in einem Umhang aus gutem Wollstoff auf seinem edlen Grauschimmel, an seiner Seite Marthe in einem so kostbaren Kleid, dass es den meisten die Sprache verschlug: grün mit Stickereien und rostbraunem Besatz, der wunderbar zur Farbe ihres Haares passte, das aufgesteckt und mit einem zarten Schleier bedeckt war. Dicht hinter ihnen ritt Lukas in prachtvoller Rüstung.

Ihnen folgten zu Pferd oder zu Fuß Bergmeister Hermann, Pater Bartholomäus, Emma und Jonas, die zu Hartwigs Hinrichtung nach Meißen gereist waren, drei Fremde mit Maurerwerkzeug, ein paar Reisige und ganz zum Schluss – was für eine Überraschung! – die Salzfuhrleute Hans und Friedrich mit ihrem schweren Gespann.

Mit weichen Knien und gesenkten Lidern traten Griseldis und Hiltrud auf Christian und Marthe zu und reichten ihnen einen Willkommenstrunk, während Hildebrand auf die Knie sank und die anderen es ihm nachtaten.

Marthe fühlte sich in dem kostbaren Kleid mehr als unwohl. Hedwig hatte es ihr geschenkt, und Christian hatte darauf bestanden, dass sie es auf der Reise trug.

»Es wird unterwegs nur staubig werden. Und was sollen die anderen von mir denken, wenn ich so aufgeputzt erscheine?«

»Genau darum geht es«, hatte Christian erwidert. »So werden sie am schnellsten begreifen, dass du nun nicht mehr das mittellose Mädchen auf der Flucht vor Wulfhart bist, das sie aus Erbarmen mitgenommen haben, sondern eine Dame und die Herrin des Dorfes. Niemand wird mehr wagen, dich herumzukommandieren.«

Eine Dame?, dachte Marthe erneut irritiert. Doch Christian hatte sie lächelnd angesehen und gesagt: »Denk nur an Griseldis!«

Nach dem Landding hatten der Markgraf und Hedwig Christian und seine junge Frau eingeladen, sie für ein paar Tage nach Meißen zu begleiten. Marthe konnte weder fassen, dass der Albtraum ein Ende hatte, noch absehen, wie ihr Leben künftig aussehen sollte. Am liebsten würde sie auch als Christians Ehefrau einfach weiter in ihrer Kate Kräuter mischen. Aber das war nun wohl kaum noch angemessen – oder?

Christian kannte sie gut genug, um zu wissen, was sie dachte, und beruhigte sie: »Wenn du es willst, wirst du auch künftig Leute heilen können. Genau genommen können wir im Dorf auf deine Fähigkeiten gar nicht verzichten. Nimm dir eine Hilfe. Hast du nicht gesagt, Johanna zeigt Geschick? Wir müssen uns ohnehin um Wilhelmas Töchter kümmern. Aber du wirst lernen müssen, einmal ein großes Haus zu führen.«

Glücklich schmiegte sich Marthe an ihren Mann, vielleicht etwas enger, als es die guten Sitten erlaubten.

Am Abend feierten sie beim Mahl in der Halle ausgelassen mit ihren Freunden. Nur Lukas fehlte. Wie jeder angehende Ritter hatte auch er vor seiner Schwertleite ein Bad genommen, war zur Beichte gegangen und verbrachte die Nacht mit Fasten und Beten.

Endlich kam der Moment, an dem sich Christian und Marthe in die Kammer zurückziehen konnten, die Otto den Jungvermählten als Quartier hatte bereitstellen lassen.

»Würdet Ihr mir die Gunst erweisen, Dame Marthe«, fragte Christian mit übertriebener Ehrerbietung und beugte sich über ihre Hand, nachdem er die Tür geschlossen hatte.

»Welche?«, gab Marthe mit schelmischem Aufleuchten in ihrem Blick zurück. Doch dann umarmte sie ihn innig und beantwortete ihre eigene Frage. »Jede!«

In dieser Nacht kam keiner von ihnen zum Schlafen. Sie liebten sich, sie redeten und schmiedeten Pläne.

Am nächsten Tag übernahm Otto persönlich die feierliche Zeremonie, mit der Lukas zum Ritter ernannt wurde. Vor seinen versammelten Gefolgsleuten und mehreren Geistlichen überreichte er ihm Helm und Kettenhemd, Lanze, Sporen und Schwert und ermahnte ihn nach den alten, seit Generationen immer wieder gesprochenen Worten, die Tugenden der Ritter einzuhalten: Treue und Zuverlässigkeit, Ausdauer und Maßhalten, Freigiebigkeit gegenüber den Armen und Schutz für die Hilfsbedürftigen.

Bleich, gefasst und ernst nahm Lukas die Waffen entgegen und schwor, nach diesen Regeln zu leben.

Dann endlich konnte auch er so viele Glückwünsche entgegennehmen wie tags zuvor Christian und Marthe.

Christian hatte zu tun, zu seinem einstigen Knappen durchzudringen.

»Gut gemacht«, sagte er und legte ihm die Hand auf die Schulter. »Wenn du keine anderen Zukunftspläne hast, würde es mich freuen, dich als Ritter in mein Gefolge aufzunehmen.«

Lukas starrte ihn fassungslos an, dann strahlte er. »Nichts lieber als das!«

»Abgemacht«, meinte Christian. »Willst du erst einmal ein paar freie Tage, um zu deinem Vater zu reiten und ihm die frohe Nachricht selbst zu überbringen?«

Lukas besann sich sofort auf die neu errungene Würde. »Ich werde ihm einen Boten schicken. Wie ich die Sache sehe, werden wir eine Menge aufzuräumen haben, wenn wir wieder in unser Dorf kommen«, meinte er bedächtig.

Doch dann zog das altbekannte freche Grinsen über sein Gesicht. »Außerdem will ich mir doch den Anblick nicht entgehen lassen, die Ratte Hartwig am Galgen zappeln zu sehen.«

Unversehens wurde er wieder ernst. »Bei Gott und allen Heiligen – er hat es verdient!«

Inzwischen hatte sich Markgraf Dietrich zwischen die Gratulanten gedrängt.

»Meinen Glückwunsch, Ritter«, sagte er, während sich Lukas in vollendeter Höflichkeit vor ihm verneigte.

»Könntet Ihr Euch vorstellen, Euch meinem Gefolge anzuschließen? Einen guten Mann kann ich immer gebrauchen – und mit meinem Bruder werde ich mich schon einigen«, meinte der Markgraf.

Verlegen sah Lukas auf. »Ich danke Euch für das ehrenvolle

Angebot. Doch gerade hat mich Christian in seine Dienste genommen.«

Dietrich lachte. »Ich sehe, er war schon wieder schneller. Ein guter Mann. Und er wird Euch dringender brauchen als ich.« Ernst sah er von Lukas zu Christian und Marthe. »Randolf seid Ihr erst einmal für eine Zeit los. Er wird es nicht wagen, einen anderen an seiner statt mit der Wallfahrt zu beauftragen. Wer weiß – schon viele Männer sind ins Heilige Land gezogen und haben dort den Tod gefunden. Aber seine Freunde werden nichts unversucht lassen, Euch das Leben schwer zu machen.«

»Randolf wird nicht fallen«, antwortete Christian. »Der nicht. Und wenn er wiederkommt, wird er als Wallfahrer noch weniger angreifbar sein als vorher.«

Der Landsberger legte ihm den Arm auf die Schulter. »Ihr als Edelfreier aber auch.«

Christian schickte nicht nur einen Boten zu Lukas' Vater, sondern einen weiteren in sein Dorf. Marthe hatte darauf gedrängt, dass Emma und Jonas von der bevorstehenden Hinrichtung Hartwigs erfahren und Gelegenheit bekommen sollten, den Mann sterben zu sehen, der ihnen so furchtbares Leid zugefügt hatte.

Die Zeit bis zur Vollstreckung des Urteils nutzten Christian und Marthe für einen Besuch bei Josefa. »Willst du nicht doch mitkommen in mein Dorf?«, hatte der Ritter ihr angeboten, nachdem die Alte sie beide umarmt und ihnen Glück gewünscht hatte. »Du könntest dir auf deine alten Tage etwas mehr Ruhe gönnen.«

»Ruhe?«, hatte Josefa mit durchtriebenem Grinsen geantwortet. »Seit wann ist es je dort ruhig gewesen, wo du auftauchst?«

Doch gleich wurde sie wieder ernst. Marthe bekam erneut das Gefühl, dass die Alte mehr ahnte oder wusste, als sie im Moment sagen wollte. »Später vielleicht, wenn es Gott gefällt, mich noch eine Weile leben zu lassen. Ich denke, es kommt eine Zeit, wo ihr mich im Dorf braucht.«

Den Rest des Tages nutzte Christian, um nach tüchtigen Handwerkern zu suchen. Er hatte beschlossen, anstelle seines niedergebrannten Hauses ein steinernes Haus bauen zu lassen. Nach einem Gespräch mit dem Zunftmeister nahm er einen Steinmetz mit seinem Gesellen und einem Lehrling unter Vertrag. Von den Einkünften, die ihm nun in seinem Dorf zustanden, würde er sich das leisten können.

Mit Arnulf einigte er sich, dass der ihm fürs Erste ein paar Reisige abkommandierte, bis er selbst welche anwerben konnte.

Kurz darauf hatten er und Marthe noch eine unverhoffte Begegnung. Auf dem Markt, wo sie einige dringend benötigte Dinge besorgen wollten, trafen sie Hans und Friedrich, die bereits den dritten Tag das Korn feilboten, das sie aus Böhmen mitgebracht hatten, nachdem sie dort eine weitere Fuhre Salz abgeliefert hatten.

»Unseren Glückwunsch, Herr Christian, und auch Euch, Dame Marthe«, begrüßte Friedrich sie und verneigte sich schwungvoll, bis ihn ein jäher Schmerz im Rücken innehalten ließ.

»Ich sehe schon, Ihr braucht wieder meine Hilfe«, entgegnete Marthe besorgt, doch Friedrich fuhr beinahe erschrocken zurück. »Das geziemt sich nun nicht mehr, wo Ihr doch eine feine Dame geworden seid. In der ganzen Stadt erzählt man sich Geschichten darüber, welche außergewöhnliche Entscheidung Otto getroffen hat.«

»Wir freuen uns mit Euch«, beeilte sich Hans zu ergänzen.

»Vielleicht kommen wir doch ins Geschäft«, meinte Christian

zum Erstaunen aller. »Dann kann ich Euch sogar regelmäßig den sachkundigen Händen meiner Frau überlassen. Was haltet Ihr davon, Euer Fuhrgeschäft in unser Dorf zu verlegen? Wenn der Ort weiter so schnell wächst, brauchen wir Fuhrleute, die Erz transportieren und heranschaffen, was wir selbst nicht anbauen oder herstellen können. So müsst Ihr Euch nicht mehr auf lange Reisen begeben.«

Die Brüder wechselten erstaunte Blicke. »Wie viel Zeit haben wir, um uns zu entscheiden?«

»Ihr zieht doch sicher morgen weiter Richtung Halle, nicht wahr? Reist gemeinsam mit uns und macht einen Umweg über das Dorf, dort werden wir Euch einen Teil des Getreides abkaufen. Ihr könnt auch schon einiges andere hinschaffen, was wir brauchen – gegen Bezahlung natürlich. Wenn Ihr Eure Geschäfte in Halle aufgebt, gibt es bereits eine ganze Liste von Dingen, die Ihr uns mitbringen könnt. Ihr habt mein Wort.«

Wieder sahen sich Hans und Friedrich an und nickten sich kaum merklich zu.

»Abgemacht«, meinte Friedrich.

An dem Tag, an dem Hartwigs Hinrichtung angesetzt war, drängten sich die Menschen schon bei Sonnenaufgang, um es nicht zu verpassen, einmal einen feinen Herrn hängen zu sehen. So etwas gab es nicht alle Tage zu erleben. Wie Friedrich erzählt hatte, kursierten in Meißen inzwischen unzählige Geschichten darüber, was in Christiansdorf geschehen war.

Geschäftstüchtige Wirte schenkten Bier aus, zwei dicke Frauen verkauften kleine gefüllte Brote und Honigküchlein und versuchten lautstark, sich gegenseitig die Kundschaft abspenstig zu machen. Ein paar Jungen prügelten sich um die besten

Plätze, selbst auf den Dächern der am nächsten stehenden Häuser hockten Schaulustige.

Christian, Marthe und Lukas hielten sich zu Pferde etwas abseits. Sie wollten nicht als Beteiligte an der Geschichte erkannt werden. Emma und Jonas waren ebenfalls gekommen und standen neben ihnen.

Ein lautes Johlen der Menge kündigte das Nahen des Verurteilten an. Hartwig wurde nicht auf dem Henkerskarren gebracht, sondern auf einem Brett mit dem Gesicht nach unten durch die Straßen geschleift.

Er war zerschunden, schmutzig und besudelt, als ihn zwei Büttel von dem Brett herabzerrten und zum Galgen schleiften. Von seinen Lippen tropfte Speichel, er konnte sich nicht auf den Beinen halten, wimmerte und heulte.

Während ein Gerichtsschreiber die Anklage verlas, bewarfen ihn ein paar Jungen mit fauligem Gemüse. »Tanz mit Seilers Tochter, Fettwanst«, schrie eine Frau, und die Umherstehenden jubelten.

Christian und Lukas sahen mit unbewegten Gesichtern auf das widerliche Schauspiel, das Hartwig bot.

Marthe wandte den Blick von dem Feisten ab, der einst so grausam über sie und ihre Freunde geherrscht hatte und nun nur noch ein wimmernder Haufen Elend war. Jeder von ihren Freunden, über den Randolf und Hartwig zu Unrecht grausame Strafen verhängt hatten, hatte sein Schicksal mit mehr Mut und Würde ertragen.

Als lauter Jubel der aufgeregten Menschenmasse den Sturz des Delinquenten verkündete, sah sie, wie Emma nach Jonas' Hand griff. Er zog sie an sich und legte eine Hand auf ihre Schulter.

Es dauerte lange, bis Hartwig endlich seinen letzten verzweifelten Atemzug tat. Während sich die von dem Spektakel begeisterte Menge allmählich zerstreute, gab Christian den Seinen das Zeichen zum Aufbruch ins Dorf.

»Wir freuen uns mit Euch!«, versicherte Hildebrand Christian, während Griseldis ängstlich Marthe im Auge behielt.

Der Ritter musterte den Ältesten kühl und rief dann den Dorfbewohnern zu: »Danke für das Willkommen. Steht auf. Wir werden nachher unter der Dorflinde beraten, was zu tun ist, um den Schaden wieder gutzumachen, den das Dorf und auch Einzelne von euch erlitten haben. Aber zuerst will ich die gefangenen Reisigen sehen. Sie sind doch noch in eurer Obhut?«

»Selbstverständlich«, meinte Karl, der vorgetreten war. »Sie sind etwas abgemagert und reißen auch das Maul nicht mehr so weit auf wie früher, aber ansonsten werdet Ihr sie noch vollzählig im Loch vorfinden.«

Er ging voran Richtung Herrenhof. Christian ritt durch den Bach, gefolgt von fast allen Dorfbewohnern.

»Holt sie!«, befahl Christian.

Waffenlos und an den Füßen aneinander gebunden, wankten die Männer heraus und sahen verunsichert auf Christian.

»Markgraf Otto hat mir erlaubt, euch nach eigenem Willen für eure Schandtaten zu strafen«, sagte Christian laut.

Während die Gefangenen beunruhigte und ängstliche Blicke wechselten, warteten die Dorfbewohner gespannt, was Christian entscheiden würde.

»Eure Waffen und Pferde haben wir schon. Euer gesamtes Geld werdet ihr Bertha geben – als Wergeld für ihren Mann, bei dessen Ermordung ihr mitgeholfen habt«, befahl Christian, ohne auf Berthas unterdrückten Schrei und das zufriedene Gemurmel zu achten, das hinter ihm erklang.

»Zieht eure Stiefel und Kleidung aus.«

Erst zögernd, dann immer schneller kamen die Männer dem Befehl nach, bis sie nur noch in Unterhosen vor den versammelten Christiansdorfern standen, die mit anfeuernden Rufen nicht sparten.

»Und jetzt verschwindet«, fuhr Christian gnadenlos fort. »Jeder von euch, den ich künftig näher als zwanzig Meilen von hier antreffe, ist des Todes. Und vergesst nicht: Die Dorfbewohner kennen eure hässlichen Gesichter gut, sie werden keinen von euch vergessen.«

Unter dem befreienden Gelächter der Christiansdorfer stürzten die Reisigen barfuß und fast nackt davon.

Zufrieden ritt Christian zurück, sattelte seinen Grauschimmel ab und brachte ihn in den alten Stall. Lukas war bereits dort und nahm Marthe gerade ihren Zelter ab.

Zu dritt standen sie beieinander und wechselten für einen Augenblick stumme Blicke. Niemand musste etwas sagen.

Jeder von ihnen dachte in diesem Moment daran, unter welchen Umständen sie zum letzten Mal hier gewesen waren, was seitdem geschehen war und was nun vor ihnen lag.

Christian brach schließlich das Schweigen.

»Beginnen wir's?«

Marthe und Lukas nickten in stummem Einverständnis. Sie setzten sich Richtung Dorflinde in Bewegung. Doch als Christian sah, dass Hiltrud mit ängstlichem Blick auf ihn zukam, bat er Lukas: »Rufst du die anderen zusammen?«

Der junge Ritter ging weiter, während Christian und Marthe warteten, bis Hiltrud vor ihnen stand.

Der Witwe des Verräters Kaspar standen Furcht und Scham ins Gesicht geschrieben. Mit zitternder Hand hielt sie Christian einige kleine Münzen entgegen. »Das ist Euer Anteil am Backen und Brauen, seit mir Hartwig das Geld nicht mehr wegnimmt«, sagte sie mit kaum hörbarer Stimme und gesenkten Lidern. Ihre ganze Gestalt war zusammengekrümmt, als erwarte sie Schläge.

Christian hatte schon erfahren, dass Hiltrud nach Gretes Tod das Backen und Brauen übernommen hatte.

»Dein Brot habe ich noch nicht gekostet, aber dein Bier ist gut«, sagte er freundlich. »Wärst du bereit, diese Arbeit und alles, was Grete sonst noch getan hat, weiter zu tun?«

Überrascht sah Hiltrud auf. Tränen standen in ihren Augen. »Das würdet Ihr erlauben? Aber mein Mann …«

»Kaspar hat die Strafe für seinen Verrat bekommen. Warum soll ich dich für etwas büßen lassen, das du nicht gewusst hast? Er hat auch dich verraten.«

Weinend sank Hiltrud auf die Knie. »Danke, Herr! Gott segne Euch!«

»Steh auf! Und jetzt komm mit zur Dorflinde. Es gibt viel zu bereden.«

Marthe hatte kaum Zeit, ihre Stieftöchter zu begrüßen, die nun scheu sie und ihr kostbares Kleid bestaunten, als die Zusammenkunft auch schon begann. Vieles war zu regeln und zu besprechen, doch sie wusste, dass alle auf einen Einwurf warteten, den noch niemand auszusprechen wagte.

Bis schließlich Karl das Wort ergriff. »Ich denke, wir sollten einen anderen Ältesten wählen. Hildebrand hat uns in der Gefahr im Stich gelassen, statt sich für uns einzusetzen, und als Erster feige die Fronten gewechselt, nachdem Ritter Christian gefangen war.«

Hildebrand sank in sich zusammen. »Was hätte ich denn tun sollen?«, jammerte er. »Wir konnten doch einfach nichts machen gegen diese Übermacht!«

»Andere haben auch etwas gewagt«, fuhr ihn Karl scharf an.

»Sogar Kuno und dein eigener Sohn haben ihr Leben riskiert. Nur du hast feige geschwiegen und zugesehen!«

Die Blicke der meisten richteten sich unversehens auf Christian, doch der verschloss seine Gesichtszüge. »Wen ihr zum Ältesten haben wollt, ist eure eigene Entscheidung«, sagte er laut. »Nur wählt diesmal gut!«

»Jonas soll es sein«, rief Bertha in die Runde und erntete dafür verwunderte Blicke, aber zustimmende Rufe.

Während Hildebrand in sich zusammenkroch und Griseldis mit beleidigter Miene den Kopf senkte, wählten die anderen einmütig den Schmied zu ihrem neuen Dorfschulzen.

Bevor die Runde auseinander lief, ergriff Christian nach einem kurzen Blick auf Marthe noch einmal das Wort.

»Morgen werden wir alle wieder an unsere Arbeit gehen und von Neuem versuchen, aus unserem Dorf das zu machen, wovon wir alle geträumt haben – einen Ort des Friedens und der Gerechtigkeit. Aber gebt euch keiner Täuschung hin. Wir werden dafür kämpfen müssen, jeder Einzelne von euch. Wir haben etwas Zeit gewonnen, um uns auf diesen Kampf vorzubereiten. Diese Zeit müssen wir nutzen für den Tag, an dem Randolf wiederkommt oder sonst jemand von seiner Art.«

Teils erschrocken, teils entschlossen blickten die Dorfbewohner auf Christian.

Ich vermisse Grete, dachte Marthe einmal mehr. Jetzt hätte sie die anderen wieder ermahnt: Ohne Wagnis kein besseres Leben!

Doch diesmal brach Jonas das Schweigen. »Wir werden bereit sein, wenn es so weit ist«, sagte er. Es klang wie ein Versprechen.

Während die Frauen aus den Vorräten, die sie mit Christians Erlaubnis aus dem Herrenhof und vom Wagen der Salzfuhrleute holten, ein Mahl für alle zubereiteten, nahm Christian Marthe beiseite, legte seinen Arm um sie und schlenderte mit ihr über sein Stück Land. Wo Hartwig sein Haus bis auf den Grund hatte niederbrennen lassen, war nun der Steinmetz mit seinen Leuten bereits dabei, den Grundriss für den Neubau abzustecken.

»Nun, Dame Marthe …«, begann Christian in scherzhaftem Ton.

»Daran werde ich mich wohl nicht gewöhnen können!«, unterbrach sie ihn lächelnd und lehnte den Kopf an seine Schulter.

Ohne ihren Einwurf zu beachten, fuhr er fort: »Hättet Ihr die Güte, mich auf eine Reise nach Köln zu begleiten?«

Erstaunt sah sie ihn an. »Nach Köln?

»Ja.« Christian holte aus dem Beutel an seinem Gürtel ein kleines Säckchen, öffnete es und ließ Marthe hineinblicken.

Sie schnappte nach Luft bei dem Anblick.

»Die Edelsteine hat mir Markgraf Dietrich als Hochzeitsgeschenk gegeben. Er will, dass ich mir dafür von den berühmten Kölner Waffenschmieden ein neues Schwert machen lasse, eines von bester Qualität«, sagte er. »Er meinte, ich werde es brauchen.«

Sie seufzte leise. »Ja, das wirst du wohl.«

Randolf würde in zwei oder drei Jahren zurückkommen. Und Gott allein wusste, wer und was sie bis dahin alles noch heimsuchen konnte.

»Wann willst du aufbrechen? Noch vor dem Winter oder erst im Frühjahr?«

»In ein paar Tagen, sobald hier alles Wichtige geregelt ist.«

»Nun, wenn das so ist, begleite ich dich gern.«

Etwas an ihrem Tonfall ließ Christian stutzen. Aufmerksam

erforschte er ihr Gesicht. Und als sein Blick unwillkürlich auf ihren noch flachen Bauch fiel, wusste sie, dass er verstanden hatte, warum sie ihn im Frühjahr nicht begleiten konnte. Überglücklich nahm er sie in seine Arme und flüsterte ihr etwas ins Ohr.

Nachbemerkung

Die Besiedlung der Gebiete östlich von Saale und Elbe war eine der gewaltigsten Bewegungen des Mittelalters in Deutschland. Nach Schätzung von Historikern brachen im 12. Jahrhundert rund zweihunderttausend Menschen von Westen her auf, um hier ihre persönliche Freiheit zu finden und mit harter Arbeit das Land urbar zu machen.

Dass dann in Christiansdorf Silber gefunden wurde, war ein besonderer Glücksfall und wurde Ausgangspunkt einer bemerkenswerten Entwicklung. Die Kunde von den überaus reichen Silbervorkommen ging bald durch die Lande und lockte Bergleute, Handwerker und Abenteurer zu Tausenden. Schon um 1300 war die so entstandene Stadt Freiberg die bevölkerungsreichste der gesamten Mark Meißen. Stolz erzählen die Freiberger heute ihren Besuchern, dass das Silbererz aus Freiberg und dem Erzgebirge den legendären Reichtum der sächsischen Fürsten begründete.

Der Meißner Markgraf Otto von Wettin, dessen Denkmal auf dem Freiberger Obermarkt steht und dessen Namen jedes Kind in der Stadt kennt, ging tatsächlich in die Geschichte als »Otto der Reiche« ein. Das von ihm verkündete »freie Bergrecht«, nach dem, wie hier beschrieben, jeder nach Erz schürfen durfte, sofern er ein Drittel – später ein Zehntel – des Erlöses dem Markgrafen zahlte, sorgte für die schnelle Entwicklung des Bergbaus in seinem Herrschaftsbereich und machte die Wettiner mächtig.

Allerdings habe ich Otto einen Bastard untergeschoben, wofür ich mich entschuldigen muss. Von Affären seinerseits ist nichts überliefert.

Sein Bruder Dietrich, der Markgraf der Ostmark, der heutigen Niederlausitz, hatte neben seiner glücklosen Ehe mit der polnischen Königstochter wirklich einen unehelichen Sohn mit der Witwe eines Ministerialen, den er anerkannt und für den er gesorgt hatte.

Hedwig hingegen kommt in älteren Berichten ziemlich schlecht weg und wird häufig als »zänkisches Weib« beschrieben. Doch die Chronisten früherer Zeit waren durchweg Männer und verübelten ihr mit Sicherheit, dass sie sich in Ottos Geschäfte eingemischt hatte. Ich bin überzeugt, ein machtbewusster Mensch wie Otto hätte nicht auf seine Frau gehört, würde er ihre Meinung nicht teilen. Und der spätere Verlauf der Geschichte sollte zeigen, dass Hedwig mit ihren Einwendungen Recht hatte.

Vom Gründer Christiansdorfs kennen wir nur den Namen und können vermuten, dass er wie die meisten Lokatoren Ministerialer war. Sein Schicksal ist frei erfunden.

Auch sonst sind nur wenig Quellen aus jener Zeit erhalten. Dass Salzfuhrleute aus Halle das erste Christiansdorfer Silber entdeckt haben sollen, ist eine Geschichte, die schon bei Agricola beschrieben wird, aber heute von vielen

Historikern angezweifelt wird. Doch weil die Legende so populär ist, habe ich sie verwendet und einen Grund ersonnen, der die Salzkärrner weg von ihrer Reiseroute in das abgelegene Christiansdorf im Dunklen Wald führte.

Die Besiedlung von Christiansdorf und den umliegenden Dörfern wird zumeist für die Zeit ab 1150 angesetzt. Heute wird dieses Ereignis jedes Jahr mit einem »Historischen Besiedlungszug« nachvollzogen, einem Spektakel, bei dem Mittelalterfans und Heimatverbundene als Hommage an ihre Vorfahren eine Woche lang mit Planwagen und zu Fuß durch Mittelsachsen wandern.

Ich folge jedoch der These von Dr. André Thieme vom Institut für Sächsische Geschichte und Volkskunde Dresden, der die Ansicht vertritt, dass der für 1168 datierte erste Silberfund schon bald nach Ankunft der ersten Siedler entdeckt wurde. Er ist auch der Meinung, dass das Verhältnis zwischen Markgraf Otto und dem Kaiser nicht so ungetrübt war, wie es die wenigen erhaltenen Urkunden glauben machen.

Ich danke Dr. Thieme für seine Unterstützung, ebenso den Freiberger Historikern Dr. Ulrich Thiel, Uwe Richter, Dr. Rainer Sennewald, den Bergbauexperten Dr. Manfred Jäkel und Jens Kugler sowie Dieter Schräber vom Erzgebirgsverein. Besonderer Dank gilt Sabine van Dedem für die Ermutigung sowie Gabriele Meißner und Angela Kießling, die mir in unzähligen Fragen sachkundig Auskunft gaben und sich geduldig durch halb fertige Manuskriptfassungen lasen, Ilse Wagner für ihr sorgfältiges Lektorat und dem Knaur Verlag für sein Vertrauen in Marthe und Christian.

An den genannten Hoftagen und der Allianz gegen Heinrich den Löwen haben die aufgeführten Adligen und Geistlichen tatsächlich teilgenommen; der äußere Ablauf orientiert sich an den wenigen Quellen und ist von mir frei ausgestaltet worden.
Viele bergbauliche Details wie das Ritual beim Muten einer Fundstelle werden schon in Agricolas Werk »De Re Metallica« so beschrieben wie hier geschildert. Die meisten der von Marthe verwendeten Heilmittel sind an die Medizin Hildegard von Bingens angelehnt, die genau zu der Zeit lebte, in der diese Geschichte spielt.

Die Rebellion der sächsischen Fürsten gegen Heinrich den Löwen endete 1170 mit dem Tod Albrechts des Bären. Der offene Bruch zwischen Heinrich und Kaiser Barbarossa erfolgte 1176, nachdem der Kaiser der Legende zufolge tatsächlich den Löwen auf Knien gebeten haben soll, ihn mit seinem Heer auf dem Kriegszug nach Italien zu begleiten – vergebens. Nachdem Heinrich drei Vorladungen zum Reichstag nicht folgte, verurteilten ihn die Fürsten zu Reichsacht und zum

Verlust seiner Lehen. Zuvor sollte Markgraf Dietrich noch Heinrich den Löwen zum Zweikampf fordern. Von alldem und von der weiteren Entwicklung in Christiansdorf werde ich als Nächstes erzählen.

Glossar

Bergregal: Recht zum Abbau von
    Bodenschätzen

Bliaut: Übergewand

böse Wetter: bergmännischer Begriff für
    untertägig auftretende Gase, die zu
    Vergiftungen oder Explosionen führen
    können

Bruche: eine Art Unterhose, an der die
    Beinlinge befestigt wurden

Burgwartei, Burgward: Burgbefestigung
    und Landbezirk mit mehreren Dörfern.
    Solche Burgwarde wurden im Zuge der
    Ostexpansion unter Otto I. eingerichtet,
    später verloren sie ihre Bedeutung

Gambeson: gepolstertes Kleidungsstück, das
    unter dem Kettenhemd getragen wurde

Gewerkschaft: im Bergbau Zusammenschluss
    von Bergleuten zum Abbau in einer Grube

Gezähe: Werkzeug der Bergleute

Haspel: u. a. Hebevorrichtung im Bergbau

Heimlichkeit: mittelalterlicher Begriff für Abort

Hufe: mittelalterliches Flächenmaß, beschrieb
    etwa so viel Land, wie eine Familie für den
    Lebensunterhalt brauchte; die Größe war

von Region zu Region verschieden und umfasste in der Mark Meißen etwas mehr als zwanzig Hektar

Infirmarium: Krankensaal eines Klosters

Lokator: Anführer eines Siedlerzuges

Mark Silber: im Mittelalter keine Wert-, sondern eine Gewichtsangabe

Ministerialer: unfreier Dienstmann eines edelfreien Herrn, als Ritter oder für Verwaltungsaufgaben eingesetzt, teilweise auch in bedeutenden Positionen

Muten: (im Bergbau) eine Fundstelle beim Bergmeister melden und für sich zum Abbau beanspruchen

Palas: wichtigster Wohnraum einer Burg

Pfalz: mittelalterliche Bezeichnung für die Burgen, in denen der reisende kaiserliche oder königliche Hofstaat zusammentrat, aber auch Regierungsstätte beispielsweise eines Grafen oder Herzogs

Probierer: Berg- oder Hüttenmann, der Erze und Metalle auf ihre Zusammensetzung und ihren Edelmetallgehalt prüft

Reisige: bewaffnete Reitknechte

Schöppengericht: Gremium von sieben bis zwölf Freigeborenen, die ihr Urteil sprechen sollen, bevor der Graf seines verkündet.

Diese Gerichtsform war nicht überall in Deutschland verbreitet, in Sachsen jedoch vorgeschrieben und wird auch im »Sachsenspiegel« benannt, in dem das mittelalterliche Recht dargelegt ist

Schurf: Grabung zum Aufdecken eines Erzganges

Schwertleite: Aufnahme in den Ritterstand, für lange Zeit die deutsche Form des Ritterschlags

Wergeld: Bußgeld für die Tötung eines Mannes oder Menschen, ist schon Teil des germanischen Rechts und wird auch im »Sachsenspiegel« genannt. Die Höhe richtete sich nach dem Stand des Toten

Wüstung: aufgegebenes bzw. verwaistes Dorf

Zaunreiterin oder »hagazussa«: deutscher Vorläuferbegriff für »Hexe«. Das Wort »Hexe« setzte sich eigentlich erst später als zum Zeitpunkt dieser Geschichte durch, wird hier aber schon wegen des besseren Verständnisses verwendet

Sabine Ebert

Die Spur der Hebamme

Roman

Sachsen im Jahre 1173: Die Hebamme Marthe und ihr Mann, der Ritter Christian, sind rundum glücklich, doch da erreicht sie eine schlimme Nachricht: Randolf, Christians ärgster Feind, ist aus dem Heiligen Land zurückgekehrt. Und damit nicht genug: Eines Tages taucht im Dorf jener fanatische Beichtvater auf, dem Marthe und ihre Fähigkeit, die Menschen zu heilen, schon lange ein Dorn im Auge sind. Nur zu gern ergreift er die Gelegenheit, die Hebamme als Hexe zu denunzieren. Christian will seine Frau in Sicherheit bringen, doch zu spät: Marthe muss sich vor einem Kirchengericht verantworten …

»Sabine Eberts Erzähltalent steht dem anderer Autorinnen von unterhaltsamen Geschichtsromanen – wie etwa Iny Lorentz – durchaus nicht nach. [...] ein paar unterhaltsame Stunden sind garantiert.«
Sächsische Zeitung

Knaur Taschenbuch Verlag